BASTEI
LÜBBE

JERRY COTTON

JUBILÄUM

Killer nach Maß

Die Heldin der Nation

Debüt eines Mörders

Drei Kriminalromane

BASTEI LÜBBE

BASTEI LÜBBE TASCHENBUCH
Band 31 927

Erste Auflage: Juni 2000

Lektorat: Rainer Delfs
Titelbild: Sal Mineo in dem United-Artists-Film ›Exodus‹
(Die abgebildeten Schauspieler stehen in keinem Zusammenhang
mit den Romantiteln und dem Inhalt der Romane)
Umschlaggestaltung: QuadroGrafik, Bensberg
Satz: QuadroPrintService, Bensberg
Druck und Verarbeitung: 50684
Société Nouvelle Firmin-Didot, Frankreich
Printed in France
ISBN 3-404-31927-3

Sie finden uns im Internet unter
http://www.bastei.de
oder
http://www.luebbe.de

Der Preis dieses Bandes versteht sich einschließlich der gesetzlichen Mehrwertsteuer

Killer nach Maß

»Das Mädchen ist da, Jake«, meldete Malocs Bodyguard über die Sprechanlage.

»Durchsucht sie!«

»Schon erledigt, Jake! Sie ist sauber, und wenn ich mir die Bemerkung erlauben darf, Jake, sie ist ein Spitzengirl. Bombenfigur! Macht Spaß, sie abzutasten.«

»Wenn du sie angefaßt hast, Kelly, muß sie duschen, bevor ich sie anfasse«, antwortete Maloc lachend. »Warum begnügst du dich nicht mit dem Detektor?«

»Weil ich sicher sein wollte, daß sie nicht eine Plastikpistole im Höschen einschleppt. Sei vorsichtig, Jake! Ich habe mir Blasen an den Fingern geholt, als ich ihre Haut berührte.«

»Ich werde dir die Finger abhacken lassen, wenn du weiter an Sachen herumfummelst, die mir gehören. Schick sie rein!«

Jake Maloc schaltete die Sprechanlage ab und drückte den Knopf, der die Tür öffnete.

Durch die schmale Schleuse betrat eine junge Frau das große Zimmer.

Maloc stand auf und ging ihr entgegen. »Hallo, Honey! Wie heißt du?«

»Jane. Kein besonders aufregender Name, oder?«

»Hauptsache, du bist aufregend, Honey.«

Er legte beide Hände um ihre Taille. »Kelly hat nicht übertrieben. Mit der Figur kämst du bei jeder Schönheitskonkurrenz unter die ersten drei.«

»Dein Gorilla ist ein dreckiges Schwein«, antwortete sie und warf ihre Schultertasche auf den nächsten Sessel.

Maloc sog hörbar die Luft durch die Nase. Das Mädchen gefiel ihm außerordentlich gut. Für eine Frau war sie überdurchschnittlich groß, und da er selbst ein Hüne von fast zwei Meter und reichlich zweihundert Pfund war, fand er ihre Größe passend. Das dunkle Haar fiel in weichen Wellen bis zu den Schultern. Das Oval des Gesichts wurde von einem großen, starklippigen Mund beherrscht. Dichte Wimpern beschatteten die graugünen Augen.

Maloc zog sie an sich, küßte sie heftig und legte eine Hand auf ihre Brust. Das Mädchen bog sich ihm entgegen und rieb den Körper mit langsamen Kreisbewegungen an ihm. Aus Malocs Kehle kam ein erregtes Knurren.

Plötzlich wandte das Mädchen den Kopf zur Seite. Malocs feuchte Lippen rutschten über ihren Hals, und sie spürte den Druck seiner Zähne.

»Gibt's bei dir vorher nichts zu trinken?« fragte sie kühl, stemmte beide Hände gegen seine Brust und drückte ihn zurück.

Er lachte kurzatmig. »Du bringst mich um den Verstand, Süße!«

Er gab sie frei, ging zur eingebauten Bar und griff nach den Gläsern.

»Was willst du?«

»Bourbon on the rocks. Nicht zu wenig Bourbon.« Sie strich durch das riesige Doppelzimmer, das Jake Maloc zum Wohnen, zum Schlafen und als Festung zugleich diente. Ihre Bewegungen erinnerten an eine Katze, die sich in einer neuen Umgebung zurechtfinden will.

Maloc brachte die Drinks. Sie nahm das Glas, trank und ging weiter. Hinter der gläsernen Schiebetür entdeckte sie den Swimmingpool auf der Dachterrasse.

Ihr Gesicht leuchtete auf. »Los, Jake! Laß uns zusammen schwimmen!«

»Nein«, antwortete er hart.

»Du weißt nicht, was du dir entgehen läßt, Mann! Ich habe keinen Badeanzug mitgebracht.«

»Nein«, wiederholte er, nahm ihr das Glas aus der Hand und stellte es auf einen Tisch.

»Es macht mir Spaß im Wasser«, lockte sie. »Im Wasser bin ich Spezialistin.«

»Du wirst mich auch auf dem Trockenen nicht enttäuschen«, lachte Maloc.

Er hob das Mädchen auf seine Arme und trug es zu dem großen Bett.

»Wollen Sie wirklich allein reingehen, G-man?« fragte der Einsatzführer der Special Squad.

»Zu zweit«, antwortete Phil lächelnd und wies auf mich.

»Soviel ich weiß, hat der Junge, den Sie rausholen wollen, nichts zu verlieren und läßt sich von einer Herde Gorillas bewachen.«

»Seine Gorillas sind nur Gossen-Cowboys.«

»Sehen Sie sich die Tür an«, sagte der Squad Officer. »Ohne Sprengladung kriegen Sie den Eingang nicht auf.«

»Wir kennen ein Stichwort: Sesam öffne dich!« Phil schnippte mit den Fingern. »Ein Zauberspruch, der jedes Feuerwerk überflüssig macht.«

»Schade. Wir haben eine Menge davon mitgebracht.«

»Falls wir uns irren, wird es Ihren Leuten an Einsatzmöglichkeiten für jede Sorte Knallkörper nicht fehlen, Lieutenant«, versprach ich.

Er verzog keine Miene und ließ nicht erkennen, daß er es für idiotisch hielt, dreißig hochtrainierte Squad-Polizisten aufmarschieren zu lassen und dann auf ihre Mitwirkung zu verzichten. Als wir das Spezialkommando angefordert hatten, war uns das Stichwort noch nicht bekannt gewesen, und ob es funktionieren würde, wußten wir auch jetzt nicht genau. Die Squad-Jungs nach Hause zu schicken, wäre verfrüht gewesen.

Phil und ich stiegen in den Wagen, einen protzigen Cadillac mit Chicagoer Kennzeichen. Erst vor zwei Stunden hatten wir drei Abgesandte der Chicagoer Frash-Gang kassiert, die nach New York gekommen waren, um

Dan Wellwood in den Schutz seiner Chicagoer Freunde zu holen. Die Polster waren noch warm von den Hintern der Frash-Gangster. Das Stichwort, das uns die Tür öffnen sollte, war uns aus derselben Quelle zugeflüstert worden, die uns seit Wochen mit Tips und Informationen über Dan Wellwood versorgte, ja, geradezu überschüttete.

Wellwoods letzte Zufluchtsstätte war ein großer, vergammelter Bungalow an der Harbor Road in Woodmeere, ein paar Meilen jenseits der Stadtgrenze von Queens.

Der Bau lag so isoliert im Gelände, daß die Squad-Polizisten den Einbruch der Dunkelheit hätten abwarten müssen, um ungesehen heranzukommen.

Phil und ich benutzten die Straße. Wir fuhren vor, als wäre es die selbstverständlichste Sache der Welt. Beide trugen wir Sonnenbrillen und breitkrempige Hüte. Zwar waren wir nie zuvor persönlich mit Dan Wellwood aneinandergeraten, aber es war nicht auszuschließen, daß einer seiner Leute uns kannte.

Die Tür, die der Squad-Lieutenant uns durch sein Fernglas gezeigt hatte, bestand aus solidem Stahl mit einer Sichtklappe in Augenhöhe.

Der Bungalow machte einen völlig unbewohnten Eindruck. Alle Fensterläden waren geschlossen. Kein Wagen stand in der Garagenauffahrt. Kein Geräusch war zu hören.

Phil schlug mit der Faust gegen das Stahlblech der Tür. »Bist du sicher, daß die Adresse stimmt?« fragte er laut und mit dem breiten Akzent des nördlichen Idaho. »Warum öffnen diese New Yorker Idioten nicht?«

Er spuckte sein Kaugummi gegen die Tür. Das Gummi blieb kleben.

Die Sichtklappe wurde geöffnet. Ich sah dunkle Augen unter buschigen Augenbrauen. Wellwood war es nicht, denn der hatte vorquellende blaue Froschaugen.

»Endlich!« röhrte Phil. »Laß mich rein! Ich muß dringend pinkeln.«

Ich schob ihn leicht zur Seite. »Frash schickt uns, und er gab uns ein Stichwort mit. Es lautet: letzte Chance!«

Der Mann hinter der Tür zog die Riegel so eilig zurück, als hätte ich ihm eine Million Dollar als Mitbringsel angekündigt. Er riß die Tür auf und rief: »Wir warten auf euch!«

Ich wußte, warum sie sehnsüchtig auf die Möglichkeit einer Ortsveränderung warteten. Sie hatten in den letzten sechs Monaten jede Menge Zunder bekommen. Ein halbes Dutzend ihrer Kumpane waren ermordet worden, und mindestens zehn hatte die Polizei kassiert. Sie gehörten zu einer geschlagenen Truppe, und ihre letzte Hoffnung war ein sicheres Asyl in einer anderen Stadt.

Der Mann, der uns einließ, war Sol Jiffer, einst Boß von Wellwoods Schlägergarde, als diese Garde noch existierte und bei den Nightclub-Besitzern der 42nd Straße gefürchteter war als jede Polizeirazzia. Beim jetzigen Stand der Dinge verfügte Jiffer nur über vier oder fünf Männer, und keiner von ihnen zählte zur ersten Garnitur. Denn Top-Gorillas verlassen eine auseinanderbrechende Organisation ebenso schnell wie Ratten ein sinkendes Schiff.

»Die Chicagoer sind da!« rief Jiffer und warf die Tür hinter sich ins Schloß.

Wir standen in einer großen Halle, die ohne jede Einrichtung war. Vier Männer drängten aus einem angrenzenden Raum und glotzten uns neugierig an. Zwei trugen keine Jacken. Aus den Achselholstern ragten die Griffe schwerer Revolver.

Ich ließ den Blick über die Gesichter gleiten. Auf jedem lag ein erfreutes Begrüßungsgrinsen. Der letzte Mann in der Reihe war klein, breitschultrig und rothaarig, und ich sah, wie das Begrüßungsgrinsen langsam erlosch, wie sich die Augen zusammenzogen, die Mundwinkel nach unten wanderten und die Freude sich in Mißtrauen verwandelte.

Eine Sonnenbrille ist nun einmal keine ausreichende Tarnung. Ich kannte den Mann, wenn mir auch sein Name nicht einfiel, und er kannte mich. Er war einer der weißen Zuhälter aus der ›Get It‹-Diskothek, die immer an der Bar rumlungerten, als wir auf der Suche nach den Rowe-Brüdern ein paarmal dort aufgekreuzt waren.

»Sol, sag dem Mann, er soll seine Brille abnehmen!« stieß er heiser hervor.

Ich nahm die Brille ab. Gleichzeitig zog ich den 38er.

Phil, der näher bei Sol Jiffer stand, hielt sich nicht mit der Vorrede auf, sondern holte den einzig gefährlichen Mann der Runde mit einem krachenden linken Haken von den Füßen.

Ich sprang den Rothaarigen an und riß ihm die Kanone aus dem Holster, bevor er reagieren konnte. Der zweite Mann ohne Jacke zog instinktiv. Genauso instinktiv ließ er, als er die Mündung meines 38ers auf sich gerichtet sah, die Waffe wie glühendes Eisen fallen.

Sol Jiffer kam hoch. Er riß eine massige Pistole aus dem Gürtel. Phil schlug zweimal zu. Zuerst gegen das Handgelenk, und die Pistole knallte auf den Fußboden. Dann gegen das Kinn, und Sol Jiffer kippte auf die Seite und streckte sich.

Die beiden Männer, die Jacken trugen, unternahmen nichts. Während wir ihre Kumpane abräumten, standen sie reglos wie zu Salzsäulen erstarrt. Als ihnen dann klar wurde, daß sie jetzt an der Reihe waren, stießen sie die Hände in die Luft, als gälte es, hoch über ihren Köpfen die feinsten Äpfel zu pflücken.

»Wo ist Wellwood?« brüllte ich den Rothaarigen an.

»Dort!« Selbst bei dem einsilbigen Wort stotterte er. Sein Daumen wies auf eine geschlossene Tür in der Stirnwand.

Der Anlauf reichte aus. Mit voller Wucht warf ich mich gegen die Füllung. Die Tür krachte, aber sie gab nicht nach.

Keine Sekunde zu früh drehte ich mich zur Seite in den Schutz der Mauer.

Eine Maschinenpistole hämmerte eine Serie heraus und stanzte ein Muster aus Durchschlaglöchern in die Tür.

»Das ist sinnlos, Wellwood!« rief ich.

»Lebend bekommt ihr mich nicht!« brüllte er mit überkippender Stimme zurück.

Die meisten Gangsterbosse sind Großmäuler. Zehn Jahre hatte sich Daniel Wellwood in jeder Art von Luxus gesuhlt, und ich glaubte nicht eine Sekunde lang daran, daß er dabei Härte gegen sich selbst gelernt hatte. Er würde anders reagieren, sobald er sich einer Revolvermündung gegenüber sah.

Mit drei Kugeln zertrümmerte ich das Schloß. Dann genügte ein Fußtritt. Die Tür schwang auf.

Noch einmal setzte Wellwood die MPi in Betrieb und gefährdete seine eigenen Leute, die sich eilig auf den Boden fallen ließen und Deckung an den Wänden suchten.

»Wir geben dir drei Sekunden!« rief ich ungerührt und zählte laut: »Eins, zwei ...«

Vor der letzten Zahl schepperte Metall auf Holz, und Wellwood schrie: »Nicht schießen! Ich komme ...!«

Ich schob den Kopf vor. Er stand in der Zimmermitte hinter einem Tisch, auf den er die Maschinenpistole hatte fallen lassen. Das angegraute Haar hing ihm ins gedunsene Gesicht. Er trug keine Jacke. Sein seidenes Hemd – Maßarbeit für rund zweihundert Dollar das Stück – war fleckig und verknittert.

Ich ging auf ihn zu. Er war ein großer Mann, nur wenig kleiner als ich. Als Jake Maloc und er noch zusammengearbeitet hatten, nannte man beide die Golems.

Wellwood rang keuchend nach Luft.

Die vorquellenden blauen Augen glotzten mich mit einem Blick an, der mich an seinem Verstand zweifeln ließ.

»Der Bastard ist tot, oder?« japste er.

»Von wem sprichst du?«

»Von dem Schweinehund Jake Maloc! Ist er tot?« Nichts schien ihm wichtiger zu sein als die Antwort auf diese Frage.

»Keine Ahnung!« antwortete ich mit einem Achselzucken. »Das letzte, was ich von ihm hörte, war nicht gerade eine Todesnachricht. Soviel ich weiß, wartete er in seinem Penthouse darauf, daß wir dich fassen, Wellwood. Wahrscheinlich wird er sich morgen zum erstenmal seit drei Monaten wieder auf die Straße wagen.«

Wellwoods Gesicht lief rot an. Er verdrehte die Augen. Seine Knie gaben nach. Er brach zusammen.

Zum erstenmal erlebte ich, wie ein Mann vor Haß ohnmächtig wurde.

Maloc lag nackt auf dem zerwühlten Bett, die Arme hinter dem Kopf verschränkt, eine Zigarette zwischen den Lippen. Ein letzter Nachhall der Erregung zitterte in seinen Nerven.

Das Zusammensein mit dem Mädchen empfand er auf eine dumpfe und unerklärliche Weise als ein besonderes Erlebnis. Sie schien ihm wertvoller als die vielen anderen Frauen, die durch seine Hände gegangen waren. Er wußte, daß sie nur ein Callgirl war, für dessen Dienste die Vermittlerin fünfhundert Dollar berechnete.

Trotzdem gefiel ihm diese Jane so gut, daß er mit dem Gedanken spielte, sie bei sich zu behalten, bis Dan Wellwood endgültig erledigt war.

Sie kam aus dem Badezimmer, bis unter die Achseln in

ein weißes Badetuch eingewickelt, in das Malocs Initialen eingewebt waren. Das dunkle Haar hatte sie mit einem Band hochgebunden.

»Komm her, Honey!« rief Maloc.

Sie trat ans Bett, beugte sich über ihn und nahm ihm die Zigarette aus dem Mund.

»Du hast bekommen, was du wolltest«, sagte sie, sog an der Zigarette und blies ihm den Rauch ins Gesicht.

»Davon habe ich noch lange nicht genug.« Er schlang den Arm um ihre Hüfte. »Wie heißt du?«

»Jane. Das weißt du doch.«

»Ich will den vollständigen Namen wissen.«

»Miller, Synder, Smith – such dir aus, was dir gefällt.«

Sie gab ihm die Zigarette zurück, glitt aus seinen Armen und ging zur großen gläsernen Schiebetür, die auf die Dachterrasse führte. Bei jedem Schritt schlug das Badetuch auseinander und gab ihre Oberschenkel frei.

»Bleib hier!« rief Maloc.

»Nein, ich will in den Pool. Nie zuvor hatte ich die Chance, in der fünfzigsten Etage in einem richtigen Pool zu schwimmen.«

Der Griff der Tür war gleichzeitig der Schalter für den Elektromotor. Als Jane ihn berührte, glitt die zimmerhohe und überbreite Glastür zur Seite. Manhattans aufgeheizte Luft drang wie heißer Wind in den klimatisierten Raum.

Sie trat auf die sonnendurchglühte Dachterrasse hinaus. Jenseits der Lexington Avenue überragten die sechzig- und siebzigstöckigen Fassaden von Olympia Tower und Masson Tower den Wolkenkratzer, in dem Maloc wohnte, um ein Dutzend Etagen.

Jane verschwendete keinen Gedanken daran, daß sie gesehen werden konnte. Sie knotete das Badetuch auf, warf es ab, reckte sich am Rand des Pools und sprang ins Wasser. Sie tauchte durch bis an den gegenüberliegenden Rand, kam hoch und winkte Maloc zu.

»Es ist herrlich!« rief sie. »Oh, Mann, es ist einfach wundervoll!«

Sie legte sich auf den Rücken, stieß sich ab und glitt zur Poolmitte.

Es war der Anblick ihres makellosen, glänzenden Körpers, auf dessen Haut Wasser und Licht schimmernde Reflexe zeichneten, der Jake Maloc vom Bett trieb. Er zerdrückte die Zigarette und durchquerte das Zimmer.

»Komm raus!« rief er. »In allen Büros von der einundfünfzigsten Etage aufwärts bricht der Betrieb zusammen.«

»Komm rein!« rief sie zurück. »Niemand kann uns sehen!«

Maloc blickte zu den Fassaden hinüber. In den getönten Fensterscheiben spiegelte sich das Sonnenlicht. Keine Spur von Leben zeichnete sich in der sterilen Kette gläserner Quadrate, die sich nicht bewegen und nicht öffnen ließen, und die Entfernung war zu groß, um ohne Fernglas irgendwelche Einzelheiten zu erkennen.

»Wie du willst!« schrie Maloc. »Ich werd's dir zeigen.«

Noch einmal zögerte er an der Schwelle zwischen Wohnung und Terrasse. Dann lief er in die Helligkeit hinaus.

New Yorks Straßenlärm drang aus der Straßenschlucht wie das Rauschen einer fernen Brandung.

Maloc stoppte am Poolrand, holte Luft und setzte an zum Sprung. »Vorsicht! Der weiße Hai greift an!« schrie er.

Nicht wahrscheinlich, daß er den Schlag spürte, und schwer zu sagen, ob er noch sprang oder schon fiel. Sein Körper schlug plump auf dem Wasser auf, trieb zwei Yards weit auf der Oberfläche und kam langsam zum Stillstand, während sich eine Wolke trüber, dunkler Flüssigkeit um seinen Kopf ausbreitete.

Die Frau, die sich Jane nannte, schwamm mit wenigen

hastigen Kraulzügen zum Rand und schwang sich aus dem Becken. Ohne sich umzusehen, lief sie in die Wohnung. Sie betätigte den Griff. Die große Glastür schloß sich.

Eilig und konzentriert, aber ohne Hast trocknete sich die Frau ab. Ihr Haar band sie auf.

Sie zog sich an und ging in den vorderen Raum. Ihre Schultertasche lag auf dem Sessel. Sie öffnete sie, nahm einen Spiegel und einen Lippenstift heraus und zog die Konturen ihres Mundes nach. Dann vertauschte sie Lippenstift und Spiegel mit einem handtellergroßen Gerät.

Sie ging zum Schreibtisch. Eine Sekunde zögerte sie, bevor sie auf den Knopf der Rufanlage drückte.

Über den Lautsprecher meldete sich Kelly, der Mann, der sie in die Wohnung gelassen hatte.

»Ich höre, Jake«, sagte er.

Die Frau hielt das kleine Gerät dicht ans Mikrofon. »Das Mädchen kann gehen!« sagte eine Männerstimme. War es Malocs Stimme? »Laß sie raus, Nat.« Kelly zweifelte keine Sekunde daran, daß er die Stimme seines Bosses hörte.

»Hast du es ihr schon besorgt, Jake?« röhrte er. »Du scheinst nicht in deiner besten Form …«

Die Frau schaltete die Sprechanlage ab. Sie verstaute das kleine Tonbandgerät in der Schultertasche und drückte den Türöffner.

Die Innentür öffnete sich und schloß sich automatisch, als sie die Schleuse betrat.

Kelly öffnete die Außentür.

»Hat's Spaß gemacht, Baby?« fragte er grinsend. Er war ein breiter, untersetzter Typ mit einem kurzgeschorenen runden Schädel.

Sie antwortete nicht, sondern ging an Kelly und den beiden anderen Gorillas vorbei zum Ausgang.

»Wie teuer bist du, Baby?« rief Kelly ihr nach. »Hast du für's Wochenende noch einen Termin frei?«

Die Frau trat hinaus auf den Flur. Hinter ihr fiel die Tür ins Schloß.

Nat Kelly wandte sich an die beiden Männer, die mit ihm Malocs Sicherheit garantieren sollten. »Findet ihr nicht, daß sie 'nen unzufriedenen Eindruck machte?« fragte er. »Jake muß sie enttäuscht haben.« Er brach in lautes Gelächter aus.

Ich stoppte den Jaguar auf dem privaten Parkplatz des Residence Tower, jenes Hochhauses an der Lexington Avenue, von dessen vier Penthousewohnungen die größte Jake Maloc gekauft hatte.

Bewaffnete Pförtner fingen uns in der Halle ab. Sie waren beileibe keine Maloc-Gangster, sondern eine private Wachtruppe, die für die Sicherheit aller Bewohner zu sorgen hatte. Erst nach einem Blick auf die FBI-Ausweise gaben sie den Weg zu den Aufzügen frei. Natürlich telefonierten sie und kündigten uns bei Maloc an.

Malocs Bodyguard erwartete uns vor der Wohnung.

»Jake will euch nicht sehen«, verkündete Nat Kelly.

»Das nützt ihm nichts«, antwortete ich. »Wir wollen ihn sprechen.«

Er ließ uns in die Wohnung, wo Stanley Stove und Billy O'Hara, zwei weitere Gorillas aus Malocs Mannschaft, herumlungerten.

»Jake meldet sich nicht«, erklärte Kelly und wies auf die Sprechanlage. »Wahrscheinlich schläft er. Vor rund zwei Stunden hatte er anstrengenden Besuch.« Kelly grinste von einem Ohr zum anderen. »Ein Mädchen.«

Ich drückte den Rufknopf der Sprechanlage und beugte mich über das Mikrofon. »He, Maloc! Hier spricht Cotton vom FBI!« Ich erhielt keine Antwort.

»Öffne die Tür!« befahl ich Kelly.

»Nur Maloc kann die Tür von innen öffnen.«

»Unsinn! Auf irgendeine Weise muß sich die Tür auch von außen öffnen lassen. Wer sollte sonst Maloc helfen, wenn er zum Beispiel eine Fischgräte verschluckt hätte?«

»Ein Spezialschlüssel liegt im Tresor der Hausverwaltung.«

»Hol ihn, mein Junge.«

Noch einmal versuchte er, Maloc über die Sprechanlage aufzuwecken. Als der Versuch vergeblich blieb, telefonierte er mit der Hausverwaltung und ließ den Schlüssel hochbringen.

Eine kurze Schleuse mit zwei Türen trennte die eigentliche Wohnung vom Vorraum der Leibwächter.

Kelly schloß die zweite Tür auf. Malocs Wohnung bestand aus einem riesigen Raum, dessen hinterer Teil als Schlafzimmer eingerichtet war und durch eine Falttür abgetrennt werden konnte. Die Falttür war zurückgeschoben. Wir blickten über Schreibtisch, Sitzgruppen und große Ledersessel hinweg auf das überdimensionale Bett.

»Jake!« rief Kelly. »He, Jake!«

Er ging zur Tür, die zum Badezimmer führte, klopfte gegen die Füllung und rief: »Jake, bist du drin?«

»Dort ist Jake«, sagte Phil, der inzwischen zur großen Glaswand gegangen war, die den Schlafraum von der Dachterrasse trennte. »Im Swimmingpool!«

Kelly stürzte quer durch den Raum. Er prallte gegen die Glaswand und glotzte fassungslos hinaus.

»Das kann nicht Jake sein!« stammelte er.

Phil betätigte den Griff der Schiebetür. Wir traten auf die Terrasse hinaus.

Im Wasser des Swimmingpools schwebte der nackte Körper eines Mannes, das Gesicht nach unten, Arme und Beine gespreizt. Es gab keinen Zweifel daran, daß er tot war. Denn obwohl der Körper nicht bis zum Boden abgesunken war, hing der Kopf tief unter der Wasserfläche.

Kelly trat mit schwankenden Schritten an den Beckenrand. Er starrte auf den Körper, der sich unendlich langsam um die eigene Achse zu drehen schien.

»Es ist Jake!« stöhnte er. »Das Luder hat ihn umgebracht!«

Er ballte die Hände, drehte den Kopf und brüllte: »Wie, zum Teufel, hat sie's geschafft?«

Der Beamte des Homicide Departments hantierte mit einer langen Stange, an der eine Schlinge befestigt war. Er führte die Schlinge um Jake Malocs rechten Arm und zog den Körper an den Rand des Beckens. Drei Männer griffen zu und holten den Toten aus dem Wasser. Als sie die Leiche auf den Rücken legten, sahen sie, woran Jake Maloc gestorben war. Eine Kugel hatte seine Stirnwand zerschlagen. Da es keine Austrittsöffnung gab, mußte sie noch in seinem Kopf stecken.

Zwischen Phil und mir stand Detective Lieutenant Ronald Christopher, ein hagerer rotblonder Mann, der aussah, als wäre er frisch aus Schweden eingewandert.

In Wahrheit tat seine Familie in der dritten Generation Dienst bei der City Police.

»Wir werden nicht einmal herausfinden, aus welcher Richtung er erschossen wurde«, sagte er lakonisch. »Da er ins Wasser fiel, wissen wir nicht, wo er stand, als die Kugel ihn traf.«

Phil wies auf die Front der hohen Wolkenkratzer. »Dafür kommen alle Fenster und jedes Dach in Frage.«

Lieutenant Christopher blickte hinüber.

»Wer auf solche Entfernung trifft, muß ein vorzüglicher Schütze sein. Kann es nicht möglich sein, daß der Mann aus größerer Nähe erschossen wurde?«

»Er hatte eine Besucherin in den letzten zehn Stunden.

Kelly schwört, daß sie unbewaffnet war. Er hat sie mit einem Detektorgerät und eigenhändig überprüft.«

Kelly saß im Vorzimmer und hielt sich an einem gefüllten Whiskyglas fest.

»Sprechen wir noch einmal über das Mädchen«, sagte ich. »Wann kam sie?«

»Gegen zwei Uhr nachmittags.«

»Beschreib sie.«

»Sehr groß, prächtige Figur, dunkles Haar, graue Augen. Sie trug einen knappen roten Lederrock und eine weiße Bluse.«

»Hatte sie eine Handtasche?« erkundigte sich Phil.

»Ja, eine Tasche an einem Schulterriemen.«

»Hast du den Inhalt überprüft?«

»Selbstverständlich! Es war nur darin, was Frauen immer mitschleppen: Lippenstift, Make-up und so weiter.«

»Trotzdem glaubst du, daß sie Maloc erschoß?«

Er schüttelte den Kopf. »Sie kann es nicht gewesen sein. Jake lebte noch, als sie die Wohnung verließ.«

»Woher weißt du das? Hast du ihn danach gesehen?«

»Nicht gesehen, aber gehört. Es war Jake selbst, der mir über die Sprechanlage befahl, das Mädchen rausgehen zu lassen. Im ersten Augenblick, als ich seine Leiche sah, habe ich nicht mehr daran gedacht.« Er forderte Stove und O'Hara auf, seine Aussage zu bestätigen, und beide nickten nachdrücklich.

O'Hara wies auf die Sprechanlage. »Sie können es selbst hören, G-man. Die Anlage ist mit einem Tonband gekoppelt, das sich einschaltet, wenn der Knopf gedrückt wird.«

»Wozu?«

»Jake war mißtrauisch. Er wollte wissen, was in seiner Abwesenheit gesprochen wurde.«

»Spiel das Band ab.«

Das Gerät stand unter der Sprechanlage in einem

Schrank. Kelly holte es heraus, ließ das Band zurückspulen und spielte es ab. Wir hörten, wie Kelly das Mädchen mit ein paar zweideutigen Bemerkungen ankündigte und Maloc entsprechend darauf reagierte. Das Ein- und Ausschalten der Anlage wurde vom Tonband als Knacken registriert. Nach einem solchen Knacken war zuerst Kellys Stimme zu hören. Dann sagte Maloc: »Das Mädchen kann gehen. Laß sie raus, Nat.«

Wieder hatte Kelly eine Anzüglichkeit von sich gegeben, auf die Maloc nicht mehr geantwortet hatte.

»Gleich darauf kam sie durch die Schleuse«, berichtete der Leibwächter. »Natürlich ließen wir sie gehen.«

»Gib mir das Tonband.«

»Noch eine Frage, Nat«, sagte Phil. »Bei wem hatte sich Jake Maloc das Callgirl bestellt?«

»Meistens ließ er sich die Mädchen durch Twiny Cullings vermitteln.«

»Die Adresse?«

»Revington Building, Central Park East.«

»Was kannst du uns noch sagen?«

Er leerte sein Glas. »Ich verstehe nicht, warum Jake so leichtsinnig war.« Kopfschüttelnd griff er zum Nachfüllen zur Flasche. »Er ließ Panzerglas in das Fenster und die Tür zur Terrasse einbauen. Seit mindestens zwei Monaten hat er keinen Fuß auf die Terrasse gesetzt, nicht einmal bei Nacht. Ich erinnere mich, daß er mich angeschnauzt hat, als ich bei Dunkelheit hinausgehen wollte. Er sagte, es gebe Infrarotzielgeräte. Daran sollte ich gefälligst denken. Jake hatte große Angst, ein von Dan Wellwood bezahlter Killer könnte ihn noch in der letzten Phase des Krieges erwischen. Ich kann nicht glauben, daß er plötzlich alle Bedenken fallen ließ, am hellen Tag hinausging und in den Pool sprang.«

»Vielleicht brauchte er nach der Anstrengung eine Abkühlung«, mischte sich Stanley Stove ein.

»Sie war nicht das erste Mädchen, das Jake besuchte«, antwortete Kelly. »Bei allen anderen genügte ihm die Dusche.«

Zwei Beamte brachten Jake Malocs verhüllten Körper auf einer Bahre. Sie trugen ihn aus der Wohnung.

Kelly machte mit der Hand, in der er das Whiskyglas hielt, eine Geste, als wollte er seinen toten Boß grüßen.

Eine Tropfenspur zeichnete Jake Malocs letzten Weg.

Central Park East gilt als feine Adresse in New York. Das Revington Building ist ein marmorstrotzender Prachtbau voll Luxuswohnungen. Mrs. Cullings bewohnte Apartment K 9.

Ein dunkelhäutiges Hausmädchen öffnete die Wohnungstür einen Spalt breit bis zum Anschlag der doppelten Sicherungskette.

Phil hielt die ID-Card in die Öffnung. »Wir wollen Mrs. Cullings sprechen. Sagen Sie ihr gleich, daß es keinen Zweck hätte, sich verleugnen zu lassen.«

Das Hausmädchen knallte die Tür ins Schloß, ließ uns satte zehn Minuten warten und öffnete die Tür zum zweitenmal ohne vorgelegte Kette.

»Mrs. Cullings versteht nicht, was FBI-Agenten von ihr wollen.«

»Wir werden es ihr sagen.«

Das Mädchen führte uns durch die Halle. Sie ging vor uns her und ließ ihre Hüften schwingen. Sie war jung und hübsch, und ich fragte mich, ob sie auch auf Twiny Cullings' Verleihprogramm stand.

Das Wohnzimmer, in das sie uns brachte, war ein Traum in Rosa und Weiß. Schwellende Polster, ein langhaariger Teppich, Möbel mit geschwungenen Füßen und Bilder an den Wänden, die so süß waren, als wären sie mit Marmelade gemalt.

Ein rosaroter Vorhang teilte sich, und Twiny Cullings trat auf. Sie war eine pompöse rothaarige Lady, deren geliftetes Gesicht ihr Alter nicht erkennen ließ. Sie lächelte freundlich. Aber der Blick ihrer sehr hellen Augen war aus gehärtetem Stahl.

»Ich möchte noch einmal Ihre Ausweise sehen!« forderte sie. Mißtrauisch beäugte sie die ID-Cards, als wären es gefälschte Schecks. »Welches Interesse hat der FBI an mir? Werde ich als Spionin verdächtigt?«

»Nein, Madam, Sie verdienen Ihr Geld einige Etagen tiefer. Sie betreiben einen Callgirl-Ring.«

Ihr Gesicht lief nicht nur rot an – es flammte auf.

»Für diese Behauptung bringe ich dich vor Gericht, Mann!« röhrte sie mit einer Stimme, die auch für einen Fischmarkt gereicht hätte.

»Spielen Sie kein Theater, Twiny!« sagte Phil ungerührt. »Sie haben ein Mädchen an Jake Maloc vermittelt. Als das Mädchen ihn verließ, war er tot. Damit haben Sie gute Aussichten, sich eine Anklage wegen Beihilfe zum Mord einzuhandeln, wenn Sie uns die Zusammenarbeit verweigern.«

In Mrs. Cullings' Gehirn setzte eine Art Rechenmaschine ein, die durchkalkulierte, welche Strafe ihr für den Callgirl-Ring drohte, verglichen mit den Gefahren einer Mordanklage. Sie brauchte nur drei Minuten, um herauszufinden, daß ein guter Rechtsanwalt bei der Callgirl-Sache für ein mildes Urteil sorgen konnte.

»Es war keine gewerbsmäßige Vermittlung, G-man«, sagte sie. »Ich nannte Jake nur den Namen eines Mädchens, von dem ich wußte, daß sie sein Typ war. Selbst habe ich mich nicht eingemischt, und selbstverständlich nahm ich kein Geld für diese Gefälligkeit.«

Sie drückte ihre komplizierte Frisur zurecht. »Gefälligkeiten bringen nur Ärger.«

»Wie heißt das Mädchen?«

Sie kaute mit den Zähnen, als bearbeitete sie ein besonders zähes Stück Fleisch.

Phil drohte ihr mit dem Finger. »Keine Phantasienamen, Twiny, und behaupten Sie nicht, die Adresse wäre Ihnen unbekannt.«

»Ellis Taomi.« Sie spuckte uns den Namen gewis-sermaßen vor die Füße. »Sie wohnt 260 West 74th Street.«

»Fahren Sie mit uns, Twiny«, schlug ich vor. »Wir möchten verhindern, daß Sie das Mädchen anrufen und ihr sagen, sie solle verschwinden.«

Fünf Minuten später saß Twiny Cullings auf dem Beifahrerplatz, während sich Phil auf dem Notsitz das Rückgrat verbog. Bis zur 74th Street sprach sie kein Wort.

Nr. 260 war ein Haus mit Klein-Apartments. Ellis Taomis Name fanden wir auf dem Bewohnerverzeichnis als Apartment 802.

Die Tür war verschlossen. Niemand reagierte auf unser Läuten. Phil machte sich auf die Suche nach einem Hausverwalter, während Twiny Cullings und ich vor Nr. 802 warteten.

Der Hausverwalter brachte den Generalschlüssel mit und öffnete für uns das Schloß.

Ich ging als erster in die Wohnung. Von einer schmalen Diele führte eine Tür zum Wohnzimmer. Ich stieß sie auf.

Es war eine nette, freundliche Wohnung, hell und luftig, und die Sonne fiel durch ein breites Fenster weit in den Raum. Sie leuchtete das starre Gesicht der Frau auf der Couch unerbittlich aus.

Phil und Mrs. Cullings standen noch im Flur. »Kommen Sie herein«, sagte ich. »Machen Sie sich auf einen schlimmen Anblick gefaßt.«

Ihr Blick fiel auf das verfärbte und geschwollene Gesicht. Sie kippte nach hinten weg. Phil fing sie auf und brauchte alle Kräfte, um ihre hundertsiebzig Pfund Lebendgewicht auf den Füßen zu halten.

»Bringt mich raus«, stöhnte sie. »Mir wird schlecht!«

»Sehen Sie hin, und sagen Sie uns, ob es sich um Ellis Taomi handelt.«

»Ja, es ist Ellis«, japste sie.

»Wann haben Sie bei ihr angerufen und ihr gesagt, daß Jake Maloc ihre Dienste wünscht?«

»Gestern abend. Ungefähr um zehn Uhr. O Gott, wo ist das Badezimmer?«

Phil schleifte sie raus, stieß eine Tür auf, die tatsächlich ins Badezimmer führte, und ließ Twiny Cullings auf der einzigen Sitzgelegenheit zurück, die es dort gab. Dann kam er zu mir.

»Das ist nicht die Frau, die vor drei Stunden bei Jake Maloc war«, stellte er sachlich fest.

»Nein«, bestätigte ich. »Ich glaube, diese Frau ist seit gestern tot. Wahrscheinlich wurde sie in der Nacht ermordet. Zur Sicherheit werden wir sie Kelly zeigen.«

Das Telefon stand auf dem Tisch dicht neben dem Kopf der Toten. Um Fingerabdrücke nicht zu verwischen, hob ich den Hörer mit Hilfe eines Taschentuchs ab und wählte die Nummer des Homicide Departments.

»Cotton vom FBI!« sagte ich. »Wir haben einen Mord, der in Zusammenhang mit dem Verbrechen an Jake Maloc steht. Unterrichten Sie Lieutenant Christopher, und schicken Sie uns ein Kommando. Die Adresse ist 260 West 74th Street, Apartment 802.«

Das Haus war das letzte in der Hutchinson Avenue, und das Grundstück grenzte ans Ufer der Eastchester Bay. Gebaut worden war es vor fünfzig Jahren für einen millionenschweren Wallstreet-Jobber, der angenehm im Grünen und nicht zu weit von seinem Arbeitsplatz wohnen wollte. Noch immer lagen die Grünflächen des Pelham Bay Parks in Sichtweite. Aber die Stadt hatte sich so nahe herangefressen, daß der Jobber längst das Quartier gewechselt und die Villa verkauft hatte. Inzwischen gehörte sie einer Immobilienfirma, von der sie ihr jetziger Bewohner mit der gesamten Einrichtung gemietet hatte.

Jessica Lesco fuhr den silbfarbigen Mustang auf die Garagenauffahrt. Das Tor öffnete sich automatisch. Sie steuerte ihren Wagen neben den schwarzen Firebird, den Milton Scarr bevorzugte, stieg aus, warf mit heftiger Bewegung den Schlag zu und ging, während sich das Garagentor schloß, durch den Verbindungsgang ins Haus.

Sie hatte die Kleider nicht gewechselt. Noch immer trug sie den engen roten Lederrock, die weiße Bluse und die hochhackigen Schuhe, und ihr Haar war noch nicht ganz trocken.

In der Halle begegnete ihr Herman Mezz, grinste sie an und hielt den Daumen hoch.

Sie lief die Treppe hinauf, stürmte ins Schlafzimmer, schleuderte die Schuhe von den Füßen, riß sich auf dem Weg ins Bad die Kleider vom Leib und warf sie achtlos nach links und rechts.

Als wenig später Milton Scarr das Zimmer betrat, lächelte er beim Anblick der verstreuten Kleidungsstücke. Er nahm die Tasche vom Bett, öffnete sie und holte das kleine Tonbandgerät heraus. Er ließ das Band zurücklaufen und hörte den kurzen Satz ab. Mit dem Gerät in der Hand betrat er das Badezimmer.

Jessica Lesco stand unter der Dusche, ließ heißes, dann eiskaltes Wasser über ihren Körper laufen. Sie sah Scarr, aber sie nahm keine Notiz von ihm. Geduldig wartete er, bis sie das Wasser abstellte, und reichte ihr einen weißen Bademantel.

»Dein Wasserbedürfnis erstaunt mich«, sagte er. »Cinski berichtete, du hättest bis zum letzten Augenblick in Malocs Pool geplanscht.«

»Hör auf, davon zu reden!« fauchte sie ihn an. »Hat Cinski dir auch erzählt, daß Maloc in den Pool fiel? Während der ganzen Fahrt wurde ich das scheußliche Gefühl nicht los, voll Blut zu sein.«

Scarr schüttelte den Kopf und lächelte nachsichtig. »Du vergißt, wieviel Wasser ein Swimmingpool enthält. Die wenigen Unzen, die Maloc beisteuerte, waren ohne …«

»Rede nicht darüber, sondern hol mir einen Drink, damit ich's vergessen kann.«

Er ging zurück ins Zimmer, öffnete den Barschrank und füllte ein Glas mit Eisstücken und Bourbon. Er wußte, was Jessica am liebsten trank.

Sie kam und nahm ihm das Glas aus der Hand. »Wie hoch ist mein Anteil?« fragte sie.

»Zwanzigtausend Dollar!«

Sie ließ sich in einen Sessel fallen und trank den Bourbon in kleinen Schlucken.

»Dafür mache ich so etwas nie wieder. Der Kerl hat mich fast erdrückt!«

»Darling, nie zuvor erhielt ein Callgirl zwanzigtausend Dollar für zwei Nachmittagsstunden. Du wurdest sehr hoch bezahlt.«

»Wenn etwas schiefgegangen wäre, wäre ich die einzige gewesen, die bezahlt hätte. Was glaubst du, was Maloc und seine Gorillas mit mir gemacht hätten, wenn Cinski vorbeigeschossen hätte?«

»Cinski schießt nie vorbei«, sagte Scarr. Er setzte sich auf die Sessellehne und strich mit dem Handrücken über Jessicas Wange. »Es war gute Arbeit«, sagte er. »Ich danke dir.«

Für einen Augenblick preßte sie das Gesicht gegen seine Hand. »Ich habe versucht, ihn auf die Terrasse zu locken. Vorher, verstehst du? Es gelang nicht, und er hätte Verdacht geschöpft, wenn ich mich gewehrt hätte.«

»Vergiß es!« Scarr beugte sich über sie. Seine Lippen streiften ihre Stirn. »Für mich spielt es keine Rolle, wieviel du tun mußtest. Für mich ist die Hauptsache, daß wir den Auftrag erledigen konnten.«

Er stand auf, legte die Hände auf den Rücken und ging im Zimmer auf und ab. »Viel Zeit zum Ausruhen bleibt uns nicht«, erklärte er. »Unser neuer Auftrag betrifft einen netten jungen Mann aus bester Familie. Nach allem, was ich von ihm weiß, wird er es uns leicht machen, an ihn heranzukommen, denn er ist kein mißtrauischer Gangster wie Jake Maloc, sondern ein junger, lebenslustiger Millionär.«

»Wer ist es?«

»Er heißt Gene Raines, ist sechsundzwanzig Jahre alt und kommt in wenigen Tagen nach New York zurück. Bis vor einigen Wochen hat er an einem Forschungsobjekt im Amazonasgebiet mitgearbeitet. Von Beruf ist er Ingenieur und Architekt.«

»Und Millionär?«

»Vielfacher Millionär. Er erbt die Downhill Construction Company.«

»Nie gehört.«

»An der Börse werden DCC-Aktien mit dem zwölffachen Nennwert gehandelt, aber es sind nur wenige Anteile im Umlauf. Achtzig Prozent besitzt die Raines-Familie. Nach dem Tod seiner Mutter wird Gene Raines Alleinherrscher über die Company.«

»Warum soll er umgebracht werden?«

Erstaunt blieb Scarr stehen. »Danach hast du noch nie gefragt. Warum willst du ausgerechnet in diesem Fall den Grund wissen?«

»Will ich gar nicht«, antwortete Jessica Lesco mit einem gleichgültigen Achselzucken. »Aber wenn ich dabei nicht gebraucht werde, setze ich mich gern für ein paar Wochen nach Florida ab.«

»Ob du gebraucht wirst oder nicht, wird sich erst herausstellen.« Scarr nahm die Wanderung von einer Wand des Zimmers zur anderen wieder auf. »Auf Gene Raines wurde vor acht Monaten während eines Aufenthalts in New York ein dilettantischer Mordanschlag verübt, der selbstverständlich scheiterte. Raines wurde durch das Ereignis gewarnt, und das Direktorium der DCC besteht darauf, daß er sich in New York nicht ohne Bodyguards in der Öffentlichkeit bewegt. Der Vertrag mit einer Privatfirma, die den Schutz gefährdeter Personen übernimmt, wurde bereits abgeschlossen.«

»Privatdetektive als Gorillas?« Jessica lachte. »Die Typen sind für dich doch kein Problem, Milton. Ebensogut könnte sich der Millionärsjunge von Schaufensterpuppen bewachen lassen.«

»Mag sein, aber Gene Raines' Tod sollte möglichst nicht als ein Mord zu erkennen sein.«

»Ich verstehe. Es soll wie ein Unfall aussehen.«

»Für einen tödlichen Unfall zahlt der Auftraggeber das doppelte Honorar.«

Sie hielt ihm das Glas hin.

»Die Aussicht auf doppeltes Geld wird dein Gehirn zu Höchstleistungen anspornen, Milton. Du wirst dir für Gene Raines ein Killing nach Maß ausdenken. Gieß ein und laß uns auf den nächsten Erfolg anstoßen.«

Scarr nahm ihr das Glas aus der Hand. »Du trinkst zuviel, Honey. Bei unserem Job kann man sich keinen umnebelten Kopf leisten.«

»Vielleicht trinke ich wegen des Jobs«, sagte sie wütend. »Vielleicht ertrage ich es ohne Whisky nicht länger, dir dabei zu helfen, daß du Menschen umbringen läßt, die dir nichts getan haben, die du nicht einmal kennst.«

»Unsinn, Jessica. Du besitzt Nerven aus Stahl. Das hast du heute bewiesen. Ich weiß, daß du nicht aussteigst, bevor dein Konto auf eine runde Million Dollar angeschwollen ist. Der neue Auftrag bringt dich deinem Ziel ein gutes Stück näher.«

»Zeig mir ein Foto von dem Jungen.«

Scarr nahm eins aus der Brusttasche und reichte es ihr.

Sie betrachtete es lange. »Sieht gut aus. Zu schade für den Sarg.«

»Es gibt viele, die früh sterben müssen«, antwortete er ungerührt.

»Solltest du jemals obduziert werden, Milton, werden sich die Ärzte wundern, was sie in dir statt eines Herzens finden: einen großen Brocken Granit.«

Scarr lachte. »Mit einer weichen Stelle darin, die dir gehört, Jessica. Ruh dich aus. Sobald ich den genauen Termin von Raines' Ankunft kenne, werde ich entscheiden, ob wir ein paar Tage Urlaub machen, bevor wir ihm sein Killing nach Maß schneidern.« Er schüttelte den Kopf. »Killing nach Maß, so hast du meine Methode genannt. Der Ausdruck gefällt mir.« Er ging zur Tür.

»Noch eine Frage, Milton!« rief Jessica Lesco.

Scarr blieb stehen, eine Hand schon am Türknauf.

»Das Mädchen, dessen Rolle ich übernahm, weiß viel über mich. Fast drei Wochen lang waren wir fast jeden Tag zusammen. Sie überließ mir den Job bei Jake Maloc aus Freundschaft, weil ich ihr vorspielte, daß ich unbedingt Geld brauchte. Die Schnüffler werden sie finden. Sie kann ihnen 'ne Menge über mich erzählen.«

»Vergiß sie.« Scarr lächelte dünn. »Das Problem hat Herman schon in der letzten Nacht beseitigt.«

Über Bildschirm holte unser Chef, John D. High, den Leiter des Laboratoriums für Spezialuntersuchungen, Charles Bedford, in die Konferenz. Bedford nahm also an der Unterredung zwischen Mr. High, Phil und mir teil, ohne den Hintern aus seinem Washingtoner Sessel zu heben.

»Hallo, Charles«, sagte High. »Wir sind neugierig zu erfahren, was Sie mit dem Tonband anfangen konnten.«

»Wir haben die Stimmfrequenzen nachgemessen, die Lautbildung verglichen und die Atemführung analysiert. Genaugenommen war es zuviel Aufwand für eine einfache Sache.«

»Und das Ergebnis?«

»Auf dem Tonband reden zwei verschiedene Männer.«

»Bitte genauer, Charles!« verlangte Mr. High

»Der Mann, der am Anfang sagt: ›Durchsucht sie!‹ ist nicht identisch mit dem, der am Schluß befiehlt: ›Das Mädchen kann gehen!‹«

»Die Stimmen klingen gleich«, warf ich ein.

Bedford schnitt ein Gesicht, als hätte ich eine falsche Antwort auf die Frage gegeben, wieviel zwei und zwei sind.

»Für Sie vielleicht, mein Junge, aber nicht für unsere Meßgeräte. Der zweite Mann hat versucht, die Stimme nachzuahmen. Das ist kein großes Kunststück. Hunderte von Kabarettisten, Schauspielern und Entertainern produzieren sich damit vor dem Publikum. Haben Sie nie Eddy Buster im Fernsehen erlebt? Er imitiert die Stimme und Sprechweise von sieben US-Präsidenten, und er macht es viel besser als der Bursche auf dem Tonband mit der Stimme seines Vorredners. Außerdem besteht eine fünfzigprozentige Wahrscheinlichkeit, daß die Sätze nicht direkt ins Mikrofon der Sprechanlage gelangten, sondern ihrerseits von einem Tonband abgespielt wurden. Einige Nebengeräusche deuten darauf hin.«

»Danke, Charles. Bitte, schicken Sie uns das Tonband zurück.« Mr. High schaltete die Tele-Verbindung ab.

»Verrückte Geschichte«, sagte Phil kopfschüttelnd. »Jake Maloc wurde also in Anwesenheit des Mädchens erschossen, aber nicht von ihr, denn sie hatte keine Waffe bei sich.«

»Die ballistische Untersuchung liegt vor.« Mr. High nahm einen schmalen Aktenhefter vom Schreibtisch. »Die Kugel, die Maloc tötete, wurde aus einem Präzisionsgewehr verschossen. Die Mündungsgeschwindigkeit liegt besonders hoch, um das Geschoß während des Fluges zu stabilisieren. Da die Kugel nicht wieder austrat, rechnen die Ballistiker mit einer Entfernung von mindestens hundertfünfzig Yards zwischen dem Schützen und seinem Opfer. Malocs Mörder lauerte in einem der Wolkenkratzer jenseits der Lexington Avenue.«

»Trotzdem war der Mord ein Teamwork«, sagte ich. »Die Frau lockte Maloc auf die Terrasse, damit der Schießvirtuose ihn ins Fadenkreuz des Zielfernrohrs bekam, und ein drittes Mitglied der Crew brachte das echte Callgirl um.«

»Der Mann, der den Mord bestellte und bezahlte, war zweifellos Dan Wellwood.« Mr. High stand auf und trat hinter seinem Schreibtisch hervor. »Im Krieg gegen Maloc war er auf die Verliererstraße geraten. Maloc hatte sich das Gebiet des ehemaligen Partners angeeignet und benutzte uns, den FBI, und die City Police, um Wellwood endgültig auszuschalten. Auch die letzte Information, die besagte, daß sich Wellwood nach Chicago absetzen wollte, kam von ihm. Natürlich wußte er, daß sein Expartner alles daransetzen würde, ihn in die Hölle zu schicken. Er traf Vorkehrungen. Er baute sein Penthouse zur Festung aus. Es hat ihm nichts genutzt. Er ist tot, und Dan Wellwood lebt, wenn auch hinter Gittern.«

»Hinter Gittern wird er bleiben, Sir. Auch ohne Jake Maloc reicht das Material, das wir dem Staatsanwalt übergeben, für eine Verurteilung aus.«

»Glauben Sie, daß wir Wellwood zum Reden bringen können?«

»Nein, Sir. Niemals wird er uns sagen, bei wem er den Mord an Jake Maloc bestellte. Damit würde er sich selbst auf den elektrischen Stuhl bringen. Noch kann er sich eine Chance ausrechnen, daß seine Anwälte ihn vor der Todeszelle bewahren.«

»Versuchen Sie es mit Sol Jiffer«, schlug Mr. High vor. »Als Boß der Schlägergarde war er immer in Wellwoods Nähe. Ich denke, Sie können ihm klarmachen, daß Zusammenarbeit ein paar Pluspunkte vor Gericht einbringt.«

»In Ordnung, Sir.«

»Was können wir noch tun?« Mr. High sah Phil und mich abwechselnd an.

»Sir, mir geht die nachgeahmte Stimme nicht aus dem Kopf«, sagte Phil. »Bedford hat zwar erklärt, es gebe ein paar hundert Leute, die das könnten, aber hundert sind immer noch wenig. Wir sollten eine Fahndung über die TV- und Radiostationen laufen lassen, in der wir das Band abspielen und den Mann, der die Sätze gesprochen hat, auffordern, sich zu melden.«

»Ein guter Gedanke«, lobte Mr. High. »Sobald das Band aus Washington zurück ist, werde ich mit den Sendern sprechen.«

Der Wärter führte Sol Jiffer in die Sprechzelle. Dan Wellwoods Spitzenschläger war ein knochiger, mittelgroßer Mann. Im kantigen Gesicht sprangen die Backenknochen stark vor. Das dichte Haar wucherte tief in die Stirn. Unter buschigen Brauen wanderten schwarze Augen unruhig hin und her.

Mit einer Handbewegung wies ich auf den Stuhl. Er setzte sich. Phil schob ihm eine Packung Zigaretten hinüber. Jiffer bediente sich und ließ sich von Phil Feuer geben.

»Jake Maloc ist tot.« Mit dem Satz eröffnete ich das Gespräch.

»Das weiß ich.« Jiffer stieß den Rauch aus. »Der Anwalt hat es erzählt. Er sagte auch, Dan führe in seiner Zelle Freudentänze auf und vergesse, daß er und wir alle bis zum Hals im Dreck stecken.«

»Wir geben dir die Chance, dich rauszuwinden. Uns interessiert brennend, bei welchem Berufskiller Wellwood den Mord an Maloc bestellte. Für Mithilfe gibt es Rabatt vor Gericht.«

»Ich kann euch sagen, wieviel Dan dafür gezahlt hat. Hunderttausend Dollar! Ein Koffer voll Geld. Ich habe ihn selber in ein Schließfach der Central Station gestellt.«

»Wohin wurde der Schlüssel geschickt?«

»Den Schlüssel warf ich in den nächsten Gully. Er war uns zugeschickt worden. Ich nehme an, daß die andere Seite einen Zweitschlüssel besaß.«

»Hat Wellwood dir nicht erzählt, auf welche Weise er mit dem Killer ins Geschäft kam?«

»Er kannte eine Telefonnummer. Nach dem ersten Kontakt traf er den Mann drei- oder viermal. Immer allein. Als er vom ersten Treffen zurückkam, machte er eine Bemerkung über die Vorsicht des Mannes. Er war empört darüber, daß der Killer Vorausbezahlung verlange, aber sein Gesicht nicht gezeigt habe. Am Ende ging er auf alle Bedingungen ein. Damals steckte er schon in großen Schwierigkeiten. Er setzte große Hoffnung auf den Killer. Ich erinnere mich, daß er an einem Abend zu mir sagte, er habe das beste Killer-Team auf Jake Maloc angesetzt, das auf dem Markt sei. Er nannte es eine Mannschaft, die Maloc umlegen würde, selbst wenn er sich in Fort Knox einschließen lasse.« Jiffer drückte die Zigarette aus. »Allerdings hatte Wellwood, als er das sagte, schon eine Flasche Champagner geleert. Das Zeug versetzt ihn immer in überschäumende Stimmung.«

»Weißt du, ob Dan Wellwood Tonbänder mit Malocs Stimme besaß?« wollte Phil wissen.

»In Mengen! Beide waren jahrelang Partner, und Dan ließ immer ein Tonband mitlaufen, wenn Jake zu geschäftlichen Besprechungen kam.«

»Hast du nie versucht herauszufinden, wem dein Boß hunderttausend Dollar hinblätterte?« fragte ich und suchte seinen Blick. »Du selbst gehörst zum harten Gewerbe, Jiffer. Hunderttausend Dollar müßten dich gereizt haben.«

Er nahm eine neue Zigarette und benutzte den Griff nach der Schachtel, um meinem Blick auszuweichen.

»Einen drittklassigen Killer findet man für weniger als fünftausend Dollar«, sagte er. »Wäre Maloc ein Mann gewesen, den man bei einer Begegnung auf der Straßenkreuzung hätte abknipsen können, hätte sich Dan den hohen Preis für einen Killer nach Maß gespart. Was mich betrifft, G-man, wäre ich auch für doppeltes Geld nicht zu nahe an Jake Maloc herangegangen.«

Ich stand auf. »Danke für die Auskünfte. Ich fürchte, für so wenig kannst du nicht viel Rabatt erwarten.«

Er zuckte mit den Schultern. »Mehr weiß ich nicht.«

Ein halbes Dutzend Zeitungen machten Malocs Ermordung zur Schlagzeile der Kriminalseite. Die fixen Jungs aus der Meute New Yorker Reporter fanden schnell heraus, unter welchen Umständen Maloc den Tod gefunden hatte. Die knalligen Überschriften ließen sie sich nicht entgehen.

Gangsterboß nach Sex im Dachpool erschossen.

Erst Sex, dann Tod für Jake Maloc.

Callgirl als Todesbotin.

Der Ablauf wurde minutiös geschildert wie im Polizeibericht, soweit es die Tatsachen betraf. Für alles, was sich hinter der Tür abgespielt hatte, ließen die Schreiber ihre Phantasie ins Kraut schießen.

Interviews mit Kelly und den anderen Gorillas hatten wir nicht verhindern können. Fettgedruckt brachten die Zeitungen Jake Malocs letzte Worte: ›Das Mädchen kann gehen. Laß sie raus, Nat!‹.

»Ich fürchte, wir können uns das Abspielen des Tonbandes über die TV-Stationen schenken«, stellte Phil resigniert fest.

»Außer uns weiß niemand, daß der Befehl von einem Fremden und nicht von Maloc gesprochen wurde.«

Phil lächelte mich an. »Noch nicht ausgeschlafen, Alter? Gehirn noch nicht in Betrieb?«

»Ich finde, du machst verdammt überflüssige Bemerkungen«, knurrte ich. »Nur Bedford konnte mit seinen Meßtricks feststellen, daß Malocs Stimme nachgeahmt worden war. Das wissen nur wir.«

»Und der Mann, der es gemacht hat. Wenn er die letzten Worte Jake Malocs liest, muß er sich daran erinnern, daß er sie gesprochen hat.«

»Das weiß er auch, ohne sie in der Zeitung zu lesen.«

Phil schüttelte den Kopf. »Du bist wirklich noch nicht voll da, Jerry. Okay, irgendein Schauspieler oder wer sonst immer hat Malocs Stimme nachgeahmt, aber ich glaube nicht, daß er wußte, zu welchem Zweck er es tat.« Phil schlug mit dem Handrücken gegen die Zeitung. »Jetzt weiß er es!«

»Ich verstehe, was du meinst. Ich hätte es sofort verstanden, wenn du dich klarer ausgedrückt hättest, alter Junge. Die Zeitungsberichte haben die gleiche Wirkung wie ein Abspielen des Bandes für die Öffentlichkeit. Wir hoffen, daß sich der Stimmenimitator meldet, vorausgesetzt …«

Ich sah Phil an, ohne den Satz zu beenden.

Er nickte.

»Das Callgirl haben sie getötet. Durchaus möglich, daß sie auch den Mann umbrachten.«

Das Telefon läutete. Phil nahm ab. Ich hörte über Lautsprecher mit.

»Sergeant McPratt vom 26. Revier«, meldete sich ein Beamter der City Police. »Wir erhielten den Anruf eines gewissen Max Mills. Der Mann war sehr aufgeregt. Er sagte, er habe eine wichtige Aussage zum Mordfall Jake Maloc zu machen, aber er bestand darauf, mit einem zuständigen Beamten zu sprechen. Ich versprach, ihm den richtigen Namen zu nennen, informierte mich und erfuhr, daß der FBI den Fall bearbeitet.«

»Das ist richtig, Sergeant«, bestätigte Phil.

»Soll ich diesen Max Mills informieren, oder wollen Sie sich direkt mit ihm in Verbindung setzen?«

»Haben Sie Adresse oder Telefonnummer?«

»Beides, G-man. Er wohnt 504 West 131st Street. Als Telefonnummer nannte er 643-1311.«

»Danke, Sergeant!«

Phil drückte die Gabel nieder und sah mich an. »Hältst du eine Wette, daß Mr. Mills der Mann ist, der Malocs Stimme nachahmte?«

Auf den ersten Blick schien es ein undenkbares Zusammentreffen zu sein, daß sich der Mann, von dem wir gesprochen hatten, in der nächsten Sekunde meldete wie auf ein Stichwort beim Theater. Aber ich habe in unserem Job Zufälle ganz anderen Kalibers erlebt.

Ich nahm die Wette nicht an.

Phil wählte die Nummer. Nach dem ersten Läuten meldete sich eine Männerstimme mit einem leisen Hallo.

»FBI-Agent Decker«, sagte Phil. »Sergeant McPratt vom 26. Revier informierte uns, daß Sie eine Aussage im Mordfall Jake Maloc zu machen hätten. Wir bearbeiten den Fall.«

Der Mann atmete heftig.

»FBI. So, so«, sagte er fahrig. »Ich bin nicht mitschuldig. Das müssen Sie mir glauben! Man hat mich belogen. Man hat mir gesagt, es handele sich um einen Scherz. Ich hatte keine Ahnung, was sie planten, und ...«

»Der Reihe nach, Mr. Mills!« versuchte Phil, ihn zu stoppen. »Welchen Beruf haben Sie?«

»Schauspieler. Sänger. Auf kleinen Bühnen arbeite ich auch als Stimmenimitator.«

Phil warf mir einen triumphierenden Blick zu. »Haben Sie Jake Malocs Stimme nachgeahmt? Sprachen Sie die zwei Sätze auf ein Tonband?«

»Ja, aber ich wußte nicht, was sie damit beabsichtigten. Der Mann redete von einem Spaß, den man sich unter Kollegen machen wollte, und der Text, den ich sprechen sollte, war unverfänglich. Ich habe mir nichts dabei gedacht, und die hundert Dollar, die er mir für alle Stimmen bot, konnte ich brauchen.«

»Haben Sie noch andere Stimmen nachgeahmt?«

»Fünf oder sechs. Mit zwei Stimmen kam ich nicht zurecht. Ich mußte es ihm sagen, als er die Tonbänder abholte. Trotzdem kürzte er das Honorar nicht.«

»Wann war der Mann bei Ihnen?«

»Vor sechs Wochen. Am nächsten Tag verließ ich New York, weil ich auf Tournee ging. Heute morgen kam ich zurück, kaufte eine Zeitung und las ...«

Ich mischte mich über den zweiten Hörer ins Gespräch. »FBI-Agent Cotton. Sehr vernünftig, daß Sie anrufen, Mr. Mills. Ich komme sofort zu Ihnen. Bleiben Sie in Ihrer Wohnung, und erzählen Sie meinem Kollegen alles, was Sie wissen.«

Ich nickte Phil zu.

Er sagte: »Hier spricht wieder Decker, Mr. Mills. Bitte, erklären Sie mir, wie es Ihnen gelang, die Stimmen so täuschend ähnlich nachzuahmen. Richteten Sie sich nach Tonbandaufzeichnungen?«

»Ja, er brachte für jede Stimme eine Aufzeichnung mit, mal länger, mal kürzer ...«, hörte ich noch die Antwort mit. Ich fuhr hinunter, stoppte an der Telefonzentrale und ließ mir eine Verbindung mit dem 26. Revier geben.

»Sergeant McPratt, schicken Sie einen Wagen zu Max Mills. Er ist ein wichtiger Zeuge. Lassen Sie Ihre Leute scharf auf ihn aufpassen. Er darf nicht auf die Straße.«

»Geht in Ordnung, G-man.«

Ich brachte den Jaguar auf Touren. In Manhattans Straßen tobte das morgendliche Verkehrsgewühl. Ich setzte das Rotlicht aufs Dach und verschaffte mir freie Bahn.

Die West 131st Street ist eine gewöhnliche Wohnstraße in Spanisch Harlem. Ein Streifenwagen stand vor Haus Nr. 504, einem verwahrlosten Wohngebäude mit drei Eingängen.

Ich wählte den Eingang, vor dem der Streifenwagen parkte. Ein Mann begegnete mir im Hausflur. Ich fragte ihn nach der Wohnung von Max Mills. Er antwortete mit einem Achselzucken. Dann polterte jemand die Treppe herunter. Es war ein City Policeman mit seinem Revolver in der Hand und einem völlig verstörten Gesicht.

Ich brüllte ihn an: »Was ist los?«

Er reagierte nicht, sondern stürzte auf die Straße, riß die Tür des Streifenwagens auf und griff nach dem Hörer der Sprechanlage.

Mit langen Sätzen raste ich die Treppen hoch. In der vierten Etage stand eine Tür offen. Davor ein Cop, ebenfalls mit der Kanone in der Hand und dem Ausdruck fassungsloser Bestürzung im Gesicht.

»Cotton! FBI!« schrie ich ihn an.

Wortlos zeigte er mit dem Daumen über die Schulter auf die offene Tür.

Ich rannte in die Wohnung, kam in eine enge, dunkle Diele und dann in ein Wohnzimmer, vollgestopft mit billigen Möbeln. An den Wänden Fotos, Plakate und eingerahmte Zeitungsausschnitte. Auf einem Ecktisch stand das Telefon mit ausgehängtem Hörer. Eine Wandöffnung mit Vorhang führte in die Küche. Der Vorhang war zurückgeschlagen, und ich sah die Beine eines Mannes, der in der Küche auf dem Boden lag.

Ich ging hinein. Der Mann lag auf dem Gesicht und dicht am Spülbecken, dessen Wasserhahn aufgedreht war. Das Wasser lief gleichmäßig mit schwachem Strahl. Die rechte Hand des Mannes war seitlich weggestreckt. Ihre Finger berührten die Scherben eines zerbrochenen Glases.

Der Mann hatte spärliches graues Haar, das er lang bis zum Nacken trug. Sein Oberkörper steckte in einer gewürfelten, auffälligen Jacke. Die Hose war weinrot. Die Schuhe waren zweifarbig weiß und braun.

Ich beugte mich zu ihm und berührte seine Wange. Noch bewahrte sein Körper einen Rest von Wärme.

Hinter mir räusperte sich jemand. Ich drehte mich um und sah den City Cop.

»Es geschah vor einer Minute«, sagte er, streckte die Hand aus und wies auf das Loch im Glas des Küchenfensters. Sprünge gingen von dem Loch aus und zogen sich durchs Glas wie das Muster eines Spinnennetzes.

Ich machte einen weiten Schritt über den Toten hinweg zum Fenster. Mein Blick ging über einen Hinterhof und die Fenster der Häuser an der 132nd Street.

»Wir riegeln ab«, sagte der Cop. »Tom hat alles veranlaßt.«

»Okay«, antwortete ich, tat den Schritt zurück, verließ den reglosen Körper und ging in das Zimmer.

Ich hob den Hörer ans Ohr. »Hallo, Phil?«

»Jerry? Was ist los?«

»Max Mills wurde erschossen. Wahrscheinlich auf die gleiche Weise wie Maloc.«

Betroffen schwieg Phil.

»Warum hat er das Gespräch unterbrochen?« fragte ich.

»Er wollte ein Glas Wasser trinken. Er sagte, seine Kehle sei trocken vom langen Reden.«

Die Abriegelung der City Police blieb ebenso ohne Ergebnis wie der Versuch, in den Häusern der 132nd Street eine Spur des Schützen zu finden.

Es gab keinen Zweifel daran, daß Max Mills von einer Kugel aus derselben Waffe getötet worden war wie Jake Maloc, und der Mörder hatte ebenso genau getroffen.

Das übliche Ritual lief ab. Ein Kommando des Homicide Department sicherte den Tatort, nahm alle Spuren auf und fotografierte den Toten, bevor der Körper zur Obduktion ins Leichenschauhaus gebracht wurde.

Ich blieb am Tatort, sprach mit Mills' Nachbarn und versuchte, mir ein Bild zu machen. Er schien ein harmloser Mann gewesen zu sein, im Showgeschäft ohne besonderen Erfolg. Seit vielen Jahren trat er bei Werbeveranstaltungen, Hausfrauennachmittagen und Betriebsfeiern auf. In einer großen Show hatte er nie mitgewirkt.

Am frühen Nachmittag fuhr ich ins Hauptquartier zurück.

»Mr. High hat eine Besprechung für drei Uhr angesetzt«, sagte Phil.

»Hat Mills während des Telefongesprächs etwas Wichtiges gesagt?«

»Hör es dir selber an«, antwortete Phil. »Ich habe es mitgeschnitten.«

Genau zwölf Minuten hatte das Gespräch zwischen Phil und Max Mills gedauert - von dem Augenblick an, in dem ich das Office verlassen hatte, bis zu Mills' letzten

Worten: *Hören Sie, G-man! Meine Kehle ist trocken vom Reden. Ich hole mir ein Glas Wasser aus der Küche. Den Hörer lege ich für ein paar Sekunden neben den Apparat.*

Kurz vorher waren die Cops eingetroffen, und während des Gesprächs hatte Phil eine Menge Fragen gestellt, auch nach dem Aussehen des Mannes, der Mills hundert Dollar für seine Arbeit gezahlt hatte.

Mills beschrieb ihn als einen großen, schlanken Mann mit getönter Brille, blonden Haaren und einem blonden Kinnbart. Über Gesichtsschnitt und Augenfarbe wußte Mills nichts zu sagen. Wäre er am Leben geblieben, hätte man mit seiner Hilfe ein Phantombild anfertigen können

Weitere Fragen Phils betrafen die Texte, die Mills mit den Stimmen anderer Menschen gesprochen hatte. Mills antwortete, es habe sich immer um sehr kurze Anweisungen und Befehle gehandelt, etwa: *Kommen Sie sofort zurück ins Büro! Für heute brauche ich meine Begleiter nicht! Rufen Sie die Leute ab!*

An dieser Stelle stoppte Phil das Tonband.

»Was jetzt kommt, scheint mir besonders wichtig«, sagte er. »Mills' Auftraggeber übergab ihm Bänder mit Aufzeichnungen der Stimmen, die er nachahmen sollte. Ich fragte ihn, ob sich daraus nicht Rückschlüsse auf die Personen ziehen ließen, ob Namen genannt worden seien und worüber die Leute auf den Bändern gesprochen hätten. Hör dir seine Anwort an!«

Phil setzte das Gerät in Gang. Mills' Antwort lautete: *Lassen Sie mich nachdenken, G-man! Es waren manipulierte Aufzeichnungen. Manchmal brachen die Sätze einfach ab, weil Namen herausgeschnitten worden waren.*

»Worüber sprachen die Leute?« fragte Phils Stimme. »Ließ sich ein Thema erkennen? Ich nehme nicht an, daß sie Gedichte aufsagten oder den Börsenbericht vorlasen.«

Alles war bruchstückhaft, G-man. Ich habe nicht auf den Text, sondern nur auf die Sprechweise geachtet. Genau genom-

men erinnere ich mich nur an das Band, auf dem ein Mann eine Art Vortrag hielt. Er erwähnte Bauprobleme von Indianerwohnungen im Amazonasgebiet. Übrigens war es die Stimme eines jungen Mannes, und ich konnte sie nicht glaubhaft nachahmen.

Zum zweitenmal schaltete Phil das Tonband ab.

»Bauprobleme von Indianerwohnungen im Amazonasgebiet«, wiederholte er. »Der Mann, der über ein so ausgefallenes Thema spricht, müßte sich finden lassen.«

Er blickte auf die Armbanduhr und stand auf. »Drei Uhr! Der Chef wartet!«

Guy Cinski nahm den Lauf ab, hielt ihn gegen das Licht und blickte prüfend hindurch. Wie nach jeder Benutzung machte er sich daran, seine Waffe mit äußerster Sorgfalt zu reinigen.

Cinski nannte das Präzisionsgewehr, das im Schaft die Bezeichnung Made in Germany trug, sein Dutch Baby. Ein Raum neben der Garage diente ihm als Werkstatt.

Milton Scarr kam herein. Cinski grinste ihn an und hielt einen Daumen nach oben.

»Das war erstklassige Arbeit, Guy.«

Cinski streichelte den Gewehrlauf. »Auf mein Baby kann ich mich verlassen. Aber sah verdammt danach aus, als würde ich ihn nicht vor Babys Mündung bekommen. Ich dachte, mich trifft der Schlag, als plötzlich uniformierte Cops durchs Blickfeld vom Zielfernrohr liefen.«

»Du warst großartig, Guy«, versicherte Scarr noch einmal. »Beim nächsten Job wirst du es leichter haben.«

»Den Burschen auf der Dachterrasse abzuschießen war für mich viel schwieriger, als es dem Mann in der Küche zu besorgen, obwohl bei ihm die Cops herumliefen. Weißt du den Grund, Milton?«

Scarr, schon auf dem Wege aus dem Zimmer, blieb an der Tür stehen. »Nein. Warum war es schwieriger?«

»Weil Jessy-Schätzchen ohne einen Fetzen Stoff am Körper im Pool planschte. Mann, hat mich das aufgeregt! Ich dachte, ich schieße eine halbe Meile daneben.«

Er stieß sein kicherndes Gelächter aus und leckte sich über die Lippen.

Scarr drohte ihm mit dem Finger und verließ die Werkstatt. Er traf Jessica Lesco auf der Terrasse. Sie lag unter einem bunten Sonnenschirm. Der Blick von der Terrasse über die Bucht und das jenseitige grüne Ufer des Parks war idyllisch, wenn sich auch das Brausen und Dröhnen des Autostroms von der nahen Pelham Bridge Road als häßliche Lärmflut über die Landschaft ergoß.

Sie schob die dunkle Brille nach unten und sah ihn über den Rand an.

»Mir scheint, der große, unfehlbare Meister hat sich einen dicken Anfängerfehler geleistet«, spottete sie.

Scarr öffnete den Knoten seiner Krawatte, nahm ein Glas vom fahrbaren Bartisch und füllte es mit Eiswürfeln, Orangensaft und Sodawasser.

»Es war kein Fehler, sondern eine Panne«, antwortete er. »Der Mann erhielt überraschend das Engagement für eine Tournee und verließ New York. Hätte ich ihm Cinski nachschicken sollen? Dazu war er nicht wichtig genug. Die Panne wurde ausgebügelt.«

»Immerhin konnte er vorher mit der Polizei sprechen.«

»Woher willst du das wissen?«

»Cinski gibt damit an, daß er ihn aus einer Meute Cops herausgeschossen habe.«

»Unsinn! Es war nur die Besatzung eines Streifenwagens. Zwei Polizisten. Guy tat nur das, was ich ihm über Sprechfunk befahl. Die Cops und Max Mills waren nicht einmal zehn Minuten zusammen.«

»Zeit genug, um eine Menge zu erzählen.«

»Er konnte nichts erzählen. Er wußte nichts.«

»Du bist voreilig, Milton. Er hat dich gesehen und konnte dich beschreiben.«

Scarr lachte amüsiert. »Mit der Beschreibung habe ich nicht die leiseste Ähnlichkeit. Mills bekam mich nur in großer Aufmachung zu sehen.«

In ihrem Blick mischten sich Ärger und Bewunderung. »Geh zum Teufel!« sagte sie. »Du hältst dich selbst für den Größten. In Wahrheit wärst du hilflos ohne Cinski und Herman Mezz und ohne mich.«

Er umfaßte ihre nackten Knie. »Ohne dich? Ja, das stimmt. Ich wüßte nicht, was ich nachts ohne dich machen sollte.«

Sie zog die Knie an und trat ihn spielerisch vor die Brust. »Eines Tages werde ich Cinski bitten, seine Künste an dir auszuprobieren.«

»Nicht auszuschließen, daß du damit Erfolg hättest, wenn du ihm genug versprichst. Geld ist nicht alles.«

Sie schauderte bei dem Gedanken.

Scarr bemerkte ihr Entsetzen mit Befriedigung. »Außerdem wäre es schade, wenn Cinskis Dutch Baby alle schönen Pläne in meinem Gehirn zerstörte. Pläne, die uns alle reich machen werden. Also versuch nicht, ihn zu verführen.«

Er stand auf. »Gene Raines' Ankunft in New York verzögert sich um eine Woche. Wir können uns einige Tage Urlaub leisten. Ich habe Flugkarten für dich und mich nach Miami bestellt. Cinski und Mezz bekommen jeder fünftausend Dollar und dürfen sich in den Spielsälen von Atlantic City amüsieren. Am achten Juli werden wir uns in New York treffen.«

Zwei Tage nach der Ermordung Max Mills' wurden Phil und ich nach Detroit beordert, weil sich eine Gang auf den Diebstahl fabrikneuer Autos spezialisiert hatte. Die Bande räumte Fabrikparkplätze ab und überfiel Transporter. General Motors erlitt erhebliche Verluste.

Bevor wir uns an dem Fall warmgelaufen hatten, überraschte eine normale Highway Patrol die Gangster bei der Arbeit. Die Verkehrspolizisten, sonst auf Geschwindigkeitssünder spezialisiert, schossen zwei Gangster an und nahmen alle fest. Damit wurde die Aufklärung zur Routinearbeit. Phil und ich durften nach New York zurückfahren.

Einen Tag nach unserer Rückkehr meldeten wir uns beim Chef John D. High.

»Ein etwas überflüssiger Ausflug«, bemerkte er zu unserem Abstecher. »Die nächste Arbeit wartet auf Sie.« Er drückte auf einen Knopf und ließ das Tonband ablaufen, auf dem Phil sein Telefongespräch mit Max Mills aufgezeichnet hatte.

Als das Band durchgelaufen war, sagte Mr. High: »Wir haben den Mann gefunden, der diesen Vortrag vor vier Monaten hielt. Es war nicht besonders schwierig. Ein Fachjournalist, der eine Zeitschrift für Architektur herausgibt, half uns auf die richtige Fährte. Der Mann, der den Vortrag über Indianerhäuser im Amazonasgebiet hielt, heißt Gene Raines. Er ist sechsundzwanzig Jahre alt. Das stimmt mit Max Mills' Bemerkung überein, es habe sich um die Stimme eines jungen Mannes gehandelt. Von Beruf ist Raines Ingenieur und Architekt. Vor gut einem halben Jahr wurde auf ihn ein Mordanschlag verübt, der mißlang.«

»Und der Täter?« fragte ich.

»Raines' Auto wurde aus einem entgegenkommenden Wagen beschossen. Der Täter entkam. Raines wurde nicht verletzt. Die Ausführung war dilettantisch. Das Kaliber der benutzten Pistole war so klein, daß nur eine Kugel die Karosserie durchschlug.«

»Und warum wurde auf Gene Raines geschossen?«

»Vermutlich, weil er der Erbe der Downhill Construction Company ist. Er arbeitete nach seinem Studium in Südamerika, unter anderem auf Baustellen am Amazonas. Daher auch das Thema seines Vortrages, den er auf einem Architektenkongreß hielt. Am fünften Juli kommt er nach New York zurück.«

»Also bleibt uns eine Woche, um Raines' Umfeld abzuklopfen«, sagte. ich.

Mr. High schüttelte den Kopf. »Sie, Jerry, dürfen morgen noch den Unabhängigkeitstag feiern. Am fünften Juli treten Sie dann Ihren neuen Job bei Safe Protection an.«

»Eine Sicherheitsfirma?«

Mr. High nickte.

»Sie hat einen Vertrag mit der Downhill Company über den Schutz für Gene Raines. In der Öffentlichkeit soll Raines von zwei Leibwächtern beschattet werden. Einer dieser Bodyguards werden Sie sein, Jerry. Nur der Chef von Safe Protection kennt Ihre Identität. Er ist ein alter Freund von mir. Weder Raines noch irgendwer sonst wird erfahren, daß sich unter den Leibwächtern ein G-man befindet. Sie erhalten Papiere auf den Namen Jerry Croft und massenhaft Zeugnisse und Empfehlungen von Privatdetekteien, für die Sie angeblich gearbeitet haben. Mieten Sie sich ein bescheidenes Apartment, und benutzen Sie statt des Jaguars einen möglichst alten Wagen der unteren Mittelklasse.«

Ich dachte an die unheimlich genauen Schüsse, durch die Jake Maloc und Max Mills getötet worden waren.

Wie schützt man einen Mann gegen einen heimtückischen Mörder, der mit dem Zielfernrohr und einem hochgezüchteten Gewehr auf der Lauer liegt, ohne ihn in ein Stahlgehäuse zu packen?

Gene Raines war sechsundzwanzig Jahre alt. Es würde ihm verdammt wenig schmecken, nur noch hinter Panzerglas und Beton herumzulaufen.

»Phil wird die Verbindung mit Ihnen halten«, fuhr Mr. High fort. »Sollte es notwendig werden, wird er als FBI-Beamter in Erscheinung treten und eingreifen. Sind Sie einverstanden, Jerry?«

Was hätte ich anders antworten können als: »Selbstverständlich, Sir!«

Am 10. Juli stand ich in der VIP-Lounge der Avianca und wartete auf die Landung der Maschine aus Rio de Janeiro. Ich hielt ein Walkie-talkie in der Hand, trug unter der Jacke einen kurzläufigen Revolver, Modell Colt Agent, und mein Ausweis, einschließlich der Erlaubnis, in Ausübung meines Berufs eine Waffe zu benutzen, lautete auf den Namen Jerry Croft.

Mit mir wartete Hank Kinsey, seit fünf Jahren Bodyguard bei Safe Protection, wie ich abkommandiert zum Schutz von Gene Raines, der in wenigen Minuten mit der Avianca-Maschine eintreffen würde. Hank war ein schlanker, hellhäutiger Farbiger mit Ringerfahrung im Halbschwergewicht. »Ich war ein guter Fighter«, hatte er mir erzählt, »aber als ich mir zum zweitenmal den Mittelhandknochen brach, mußte ich aufhören.«

Ein breiter, grauhaariger Mann kam in die Lounge, gefolgt von einer Hosteß der Fluggesellschaft. Das Mädchen balancierte ein Tablett mit gefüllten Champagnergläsern. »Stellen Sie die Gläser auf den kleinen Tisch!« befahl der Mann mit einer Stimme, die an das rauhe Bellen einer großen Dogge denken ließ.

Er sah sich um. »Wo sind die Blumen?« schnauzte er die Hosteß an. »Ich hatte angeordnet, daß Mr. Raines mit einem Blumenstrauß begrüßt wird.«

»Das Geschäft hat noch nicht geliefert, Sir.«

»Dann kümmern Sie sich gefälligst darum!« donnerte der Mann und faßte Hank Kinsey und mich ins Auge.

»Sie sind die Protection-Leute?«

»Jawohl, Sir!«

»Die Ausweise!«

Er studierte unsere Ausweise genau, und ich studierte sein Gesicht. Er hatte schwere, geäderte Wangen, eine stumpfe Nase und ein Kinn so ausgeprägt wie eine Betonramme. Das graue, noch dichte Haar trug er stramm an den Kopf gebürstet. Alles in allem machte er den Eindruck eines Mannes, der es gewohnt ist, seinen Willen durchzusetzen.

Er gab uns die Ausweise zurück und sah Hank Kinsey an. »Sie sind farbig«, sagte er.

»Wie Sie sehen, Sir«, antwortete Hank.

»Ich bin Lyon Ross«, nannte der Graukopf seinen Namen. »Außerdem bin ich nicht nur Präsident der Downhill Construction, sondern auch Genes Onkel. Seit sein Vater tot ist, fühle ich mich für ihn verantwortlich. Hören Sie gut zu, was ich Ihnen zu sagen habe! Sie werden Gene nicht aus den Augen lassen, sobald er sein Haus oder das Büro der Firma verläßt. Gene wird vielleicht kein Verständnis für seine Bewachung haben. Ich halte es für möglich, daß er versucht, euch wegzuschicken. Solche Wünsche werdet ihr ignorieren.«

»Das kann zum Krach zwischen Mr. Raines und uns führen«, sagte Hank Kinsey.

»Für diesen Fall verlange ich, sofort informiert zu werden. Verdammt, ich erwarte, daß ihr Jungs euch geschickt benehmt. Euer Chef versprach, die besten und diskretesten Leute seiner Mannschaft zu Genes Schutz einzusetzen. Natürlich sollt ihr nicht neben dem Bett stehen, in dem Gene es mit einem Mädchen treibt. Aber das Zimmer solltet ihr im Auge haben. Und es wäre verdammt gut, wenn ihr euch das Mädchen vorher genau angesehen hättet.«

Ich dachte an Malocs Ermordung. Seine Gorillas hatten das angebliche Callgirl bis auf die Unterwäsche gefilzt, ohne ihn vor einem gewaltsamen Ende zu bewahren.

Die Hosteß kam mit einem Blumenstrauß zurück.

»Bin ich verstanden worden?« blaffte Lyon Ross.

»Durchaus, Sir«, antworteten Kinsey und ich wie aus einem Munde.

Ich setzte hinzu: »Erlauben Sie eine Frage, Sir?«

Mit einem Knurrlaut gab er seine Einwilligung.

»Warum fürchten Sie um Mr. Raines' Leben?«

»Auf ihn wurde schon einmal ein Mordanschlag verübt. Ist euch das nicht mitgeteilt worden?«

»Darüber wurden wir unterrichtet, Sir. Bestimmt haben Sie Überlegungen angestellt, wer ein Interesse an Mr. Raines' Tod haben könnte. Darauf zielte meine Frage.«

»Das geht Sie nichts an, Mann! Ihre Aufgabe besteht darin, auf Gene so aufzupassen, daß ihm kein Haar gekrümmt wird. Trotzdem will ich Ihnen antworten. Genes Vater bootete vor dreißig Jahren zwei Partner aus und ruinierte sie. Als Nachkommen leben sechs Söhne und Töchter, denen die Väter Haß gegen die Downhill Construction und die verdammte Raines-Familie eingeimpft haben. Außerdem hat Raines senior im harten Kampf viele Konkurrenten aufs Kreuz gelegt. Und er zögerte keine Sekunde, sogar seine Direktoren zu feuern, wenn sie nicht nach seiner Pfeife tanzten. Das ergibt drei Personengruppen mit zusammen vierzig oder fünfzig Köpfen. Suchen Sie sich aus, in welchem Kopf der Gedanke herumgeistert, die Rechnung mit dem alten Raines durch einen Mord an seinem Sohn zu begleichen.«

Er riß der Hosteß den Blumenstrauß aus der Hand. »Wieviel Verspätung hat die Maschine?«

»Sie ist bereits gelandet, Sir.«

»Sorgen Sie dafür, daß Mr. Raines in diesen Raum geführt wird und nicht in der Halle herumirrt.«

»Jawohl, Sir!« Sie flatterte erschreckt davon wie ein Vogel, auf den geschossen wurde.

Zwanzig Minuten dauerte es, bis ein Aufgebot von Hostessen, Angestellten der Fluggesellschaft und Flughafenpolizisten einen schlanken jungen Mann in die VIP-Lounge eskortierten.

Gene Raines steckte in einem verknitterten Khakianzug. Das hellblonde Haar fiel ihm tief in den Nacken. Er hatte blaue Augen, eine gerade Nase und einen gutgeschnittenen Mund. Sein Gesicht strahlte eine Mischung aus Energie und Fröhlichkeit aus.

»Hallo, Onkel Lyon!« rief er.

Ross breitete die Arme aus. »Willkommen, mein Junge!« dröhnte er. Sie umarmten sich. Ich hatte den Eindruck, als schimmerte es feucht in den schmalen Augenschlitzen des alten Schlachtrosses. Erst nach der Umarmung übergab er dem jungen Raines den Blumenstrauß.

»Wirst du sentimental, Lyon?« fragte Raines mit leichtem Spott.

»Ich bin froh, daß du endlich in New York bleiben und mir die Verantwortung für die Firma abnehmen wirst.«

»Nicht sofort, Lyon. Mindestens zwei Monate lang möchte ich mich entspannen und gleichzeitig die Ergebnisse meiner Arbeit ordnen.«

»Zwei Monate halte ich schon noch durch!« röhrte Ross. Dann scheuchte er alle Flughafen- und Airline-Angestellten aus der Lounge mit Ausnahme von drei Hostessen.

»Die Direktoren wollen dich begrüßen, Gene«, teilte er mit und schnauzte eine Hosteß an: »Holen Sie die Jungs rein!«

Ein gutes Dutzend Personen quollen in den Raum, begrüßten Gene Raines, schüttelten ihm die Hand und tranken ihm mit dem Champagner zu, den die Hostessen anboten.

Kinsey und ich wurden in eine Ecke gedrängt. »Stell dir vor, unter die Jungs hätte sich ein Killer gemischt!« flüsterte Hank. »Wie sollten wir verhindern, daß er Raines aus kurzer Distanz umnietet?«

Uns bot eine Hosteß Champagner auf dem Tablett an. Ich lehnte ab. Hank bediente sich, goß sich den Stoff hinter die Gurgel und stellte das Glas schnell aufs Tablett zurück.

Irgendwann in dem Begrüßungstrubel geriet Gene Raines in unsere Nähe. Er faßte uns ins Auge, lächelte und sagte: »Hallo, ich bin Gene Raines. Wer sind Sie? Ich kenne Sie nicht.«

Bevor wir antworten konnten, tauchte Ross bei uns auf. »Sie sind Angestellte der Safe Protection. Sie werden für deine Sicherheit sorgen.« Er wies auf Hank, dann auf mich. »Hank Kinsey. Jerry Croft.«

Raines runzelte die Stirn. »Was soll der Unsinn, Lyon?« fragte er ärgerlich. »Ich bin nicht der Präsident der Vereinigten Staaten. Ich brauche keine Bodyguards.«

»Und ob du sie brauchst!« widersprach Ross. »Du weißt, was voriges Jahr geschah. Damals hast du Glück gehabt. Ich will nicht, daß sich ein solcher Vorfall wiederholt.«

»Du blähst die Sache auf, Lyon! Ich glaube immer noch, daß es nur ein dummer Streich irgendwelcher hirnloser Rowdys war.«

»Gene, es ist besser, wenn du dich nicht gegen die Anwesenheit dieser Männer sträubst«, erklärte Ross energisch. »Sie stehen zu deiner Verfügung, sobald du das Haus oder die Firma verläßt. Mach dir keine Gedanken darüber, wenn du sie viele Stunden am Tag beanspruchst. Sie erhalten jede Minute gut bezahlt. Ich hätte auch einen Schutz im Acht-Stunden-Rhythmus organisieren können. Aber ich wollte nicht, daß du dich an ein halbes Dutzend Gesichter gewöhnen mußt.«

»Sollen sie vor meinem Schlafzimmer auf der Türmatte liegen wie Wachhunde?«

»Dein Haus und das Büro werden ohnedies von unserer privaten Polizei bewacht. Ich habe veranlaßt, daß für Kinsey und Croft zwei Zimmer eingerichtet werden, in denen sie sich aufhalten können, wenn du sie nicht brauchst. Natürlich dürfen sie auch in ihre eigenen Wohnungen gehen, falls feststeht, daß du das Haus nicht verlassen willst.«

Lyon Ross legte seinem Neffen den Arm um die Schulter. »Arbeite mit den Jungs zusammen, Gene«, sagte er. »Ich bitte dich darum. Versuch nicht, sie abzuschütteln. Ich habe deiner Mutter versprochen, auf dich aufzupassen. Mach mir die Erfüllung meines Versprechens nicht zu schwer.«

Raines machte eine Geste, die Resignation ausdrückte. »Meinetwegen, Lyon. Das Versprechen gilt nur für zwei Monate. Wenn bis dahin nichts passiert ist, wirst du hoffentlich einsehen, daß deine Angst grundlos ist.«

Er reichte Hank und mir die Hand.

»Ich hoffe, wir gewöhnen uns aneinander«, sagte er freundlich. Zehn Minuten später blies Lyon Ross den Empfang ab. Alle verließen die VIP-Lounge.

Kinsey und ich nahmen Gene Raines in die Mitte und geleiteten ihn zum Wagen.

Auf dem Weg sah ich Phil. Er stand in der Nähe des Ausgangs und las in einer Zeitung.

Das Raines-Haus stand in Richmond Valley auf Staten Island. Es gehörte zu einer Gruppe von rund fünfzig Häusern auf einem eingezäunten Gelände, zu dem nur die Bewohner, eingeladene Gäste und Lieferanten Zugang hatten. Eine Schranke sperrte die Einfahrtstraße. Uniformierte und bewaffnete Angehörige einer privaten Polizei, die von den Anwohnern bezahlt und unterhalten wurde, überwachten die Zufahrt rund um die Uhr. Während der Nacht patrouillierte eine dreiköpfige Mannschaft in einem Streifenwagen durch die Anliegerstraßen.

Das Haus war eine weiße Villa in einer weiten Gartenanlage mit zwei Anbauten für die Garagen und für das Personal, das aus einem Gärtner, zwei Hausmädchen und einer Köchin bestand. Eins der Hausmädchen war eine hübsche, junge Farbige, und Hank Kinsey pirschte sich sofort an.

Kinsey und ich erhielten je ein Zimmer im Personalanbau zugewiesen. Das Badezimmer, das zwischen beiden Räumen lag, benutzten wir gemeinsam.

New York erlebte einen heißen Sommer. Niemand hatte etwas dagegen, daß wir den Swimmingpool benutzten, und dazu fanden wir reichlich Zeit, denn während der ersten Wochen verließ Gene Raines das Haus so gut wie gar nicht. Zunächst schlief er sich zwei Tage aus. Dann lud er Freunde zu Begrüßungspartys ein, die alle in der Villa stattfanden. Tagsüber arbeitete er an dem Material, das er aus Brasilien mitgebracht hatte. Nur einmal begleiteten Kinsey und ich ihn nach Manhattan, wo er für sich ein paar Anzüge und ein Dutzend Hemden kaufte.

Hank gefiel dieses Leben. »Der angenehmste Job, den ich je hatte«, erklärte er. »Sieh dir meine Rippen an. Ich habe mindestens zwei Pfund angesetzt.«

Wir lagen am Swimmingpool in der Sonne. Auf der Terrasse deckte Alice, das dunkelhäutige Hausmädchen, den Frühstückstisch und winkte uns zu. Natürlich meinte sie Kinsey. Seit ich sie unter unserer Dusche gefunden hatte, klopfte ich an, bevor ich das gemeinsame Badezimmer betrat.

Von seinem Standpunkt gesehen, hatte Kinsey recht. Aber ich begann mich zu fragen, ob ich nicht sinnlos Zeit vergeudete, wenn ich in der Rolle eines privaten Bodyguard meistens am Schwimmbecken herumlag.

In den ersten Tagen hatte ich das abgeschirmte Gebiet des Prominentenviertels überprüft. Für einen Killer gab es kaum eine Möglichkeit, an Gene Raines heranzukommen. Auch nicht mit einem Präzisionsgewehr. Wenn er tatsächlich umgelegt werden sollte, mußte es außerhalb des bewachten Geländes geschehen. Solange Raines keine Neigung zeigte, die Villa zu verlassen, würden die Mörder nicht zum Schuß kommen.

Gene Raines behandelte uns freundlich und korrekt. Gewöhnlich ließ er uns gegen fünf Uhr nachmittags durch ein Hausmädchen sagen, daß er das Haus nicht mehr verlassen würde und wir über die Zeit verfügen könnten.

Kinsey blieb trotzdem fast immer in der Villa, weil er auf Alices Nachtbesuch rechnete.

Ich fuhr an einigen Abenden nach Manhattan, wo ich eine winzige Wohnung in einem Haus der East 54th Street bewohnte. Ich achtete scharf darauf, ob ich verfolgt wurde.

An den Abenden, an denen ich mit Phil zusammentraf, legte ich mit meinem Pinto, Baujahr 78, einen Zwischenstopp in einer Hochgarage ein. Das war ein sicheres Mittel, einen Verfolger abzuschütteln.

Wir trafen uns in einem Quick-Service-Restaurant und saßen wie zufällig nebeneinander.

»Es ist sinnlos, daß ich in Richmond Valley rumhänge«, sagte ich. »Wir haben erwartet, daß der Anschlag auf

Raines bald nach seiner Rückkehr verübt werden würde. Jetzt habe ich den Eindruck, daß es viele Monate dauern kann, bis es geschieht – falls es überhaupt geschieht. Lyon Ross glaubt an Rache als Motiv. Aber niemand weiß, ob der Mann, der damals auf Raines schoß, nicht jeden Gedanken an Rache längst aufgegeben hat. Wir sollten Raines über unsere Kenntnisse informieren und ihm zu besonderer Vorsicht raten. Das halte ich für besser, als auf einen Mordversuch zu warten, der vielleicht nie unternommen wird.«

»Ich werde Mr. High von deinen Bedenken unterrichten«, versprach Phil.

Als wir uns das nächste Mal trafen, zuckte er mit den Schultern. »Mr. High bittet dich, einige Wochen weiterzumachen.«

Also trat ich meinen Job in der Raines-Villa auch in der zweiten Woche an. Nichts ereignete sich bis zum Freitag. Selbst Hank Kinsey begann sich zu langweilen.

»Ich brauche 'ne Pause«, sagte er. »Die nächsten Nächte werde ich zu Hause schlafen.«

Am Sonnabendnachmittag kam Alice und sagte, Mr. Raines wolle uns sprechen. Wir gingen in sein Arbeitszimmer.

»Wollen Sie einen Drink?« fragte er und ließ Alice Tequila auf Eis mit viel Soda servieren.

Dann fuhr er fort: »Ein paar Leute, mit denen ich auf der Universität zusammen war, treffen sich heute abend in einer Kneipe, die wir während unserer Studentenzeit oft aufgesucht haben. Es ist eine drittklassige Kaschemme in der Lower East Side. Damals gingen wir hin, weil wir es aufregend fanden, mit Rockern, Straßenmädchen und Zuhältern an einer Theke zu stehen. Aber es ist nie etwas ernsthaft Gefährliches passiert. Wir nahmen sogar unsere Freundinnen mit. Einige Mädchen werden auch heute dabeisein. Ich werde gegen neun Uhr hinfahren. Der

Laden nennt sich The Corner. Ich halte es für überflüssig, daß Sie mich begleiten. Aber Onkel Lyon würde mir die Ohren abreißen, wenn ich allein ginge. Also sage ich Ihnen Bescheid, sobald ich startbereit bin. Allerdings bitte ich Sie, mich The Corner allein betreten zu lassen. Sie können ein paar Minuten später hereinkommen.«

»Wollen Sie, daß wir vorgeben, Sie nicht zu kennen, Mr. Raines?« fragte Kinsey.

»Das hängt nicht mit Ihnen als Person zusammen«, versicherte Raines. »Wenn ich mit zwei Leibwächtern aufkreuze, lachen sich meine Freunde tot.«

Er leerte sein Glas, setzte es ab uns sagte: »Bitte, nennen Sie mich nicht so feierlich Mr. Raines, sondern Gene, und erlauben Sie mir, Sie Hank und Jerry zu nennen.«

Auf dem Raines-Gelände standen ein halbes Dutzend Autos. Wir schlugen Gene einen Ford Country vor, einen unauffälligen Wagen. Kinsey übernahm das Steuer. Kurz vor acht Uhr setzte uns die Fähre nach Manhattan über. Drüben brachten wir den Ford Country in einem Parkhaus unter, begleiteten Raines zu der Kneipe und gingen ein paar Minuten nach ihm hinein.

The Corner war eine Kaschemme mit einer langen Bartheke, einem runden Dutzend Tische und einem separaten Billardsalon. Ein bäuchiger Glatzkopf dirigierte von seinem Platz hinter der Theke vier stramm verpackte Mädchen, die die Gäste mit Drinks und Gelegenheit zum Anfassen versorgten.

Gene Raines stand in einer Gruppe junger Leute seines Alters. Drei Mädchen gehörten dazu. Als wir hereinkamen, tauschte er gerade Begrüßungsküßchen mit einer hübschen Blondine. Die Gruppe, ungefähr zwanzig Personen, blockierte die halbe Theke.

An der anderen Hälfte und an den Tischen waren die

Typen versammelt, die in der Lower East Side Heimatrecht beanspruchen. Eine bunte Mischung aus Künstlern, Tramps von der nahen Bowery, Zuhältern mit ihren Ladys, großen und kleinen Gaunern. Sechs oder sieben Rocker in bemalten Jeansanzügen machten sich an einem Tisch breit. An den Billards spielten Männer, die italienisch miteinander sprachen und vermutlich den Obst- und Gemüsemarkt in der nahen Essex Street kontrollierten.

Kinsey und ich suchten einen freien Ankerplatz am unteren Drittel der Theke. Wir bestellten Bier.

»Warum trifft er seine Freunde nicht in einem schicken Restaurant der Park Avenue?« fragte Hank halblaut.

»Das hier macht ihm mehr Spaß.«

»Ich bin neugierig, wieviel Spaß es ihm machen wird, wenn einer von den harten Jungs ihm das Messer unter die Nase hält und nach seiner Brieftasche fragt.«

»Keine Sorge, Hank. Der Glatzkopf hinter der Theke duldet keinen Raub unter seinem Dach. Das würde ihn seine Lizenz kosten.«

»Danach fragen die Rocker wenig.«

Ich blickte zum Tisch der Rocker hinüber. Ihre ärmellosen Westen waren mit einer Teufelsfratze und der Bezeichnung Red Devils bestickt.

»Er hält sie ruhig, indem er ihnen Freibier spendiert.« Ich hob mein Glas, trank und wischte mir den Schaum von den Lippen. Das Bier war ausgezeichnet. »Was du hier siehst, Hank, ist zu fünfzig Prozent Folklore!«

Alles deutete darauf hin, daß es ein friedlicher Abend werden würde.

Gene und seine Freunde schwelgten in Erinnerungen und hielten sich beim Bierkonsum nicht zurück. Sie bestellten große Portionen einer besonderen Muschelsorte, deren Zubereitung Spezialität von The Corner zu sein schien. Sie wurden immer lauter. Schließlich sangen sie ein Lied, das irgendwie mit ihrem Studium zusammenhing.

Die friedliche Stimmung verflog schlagartig, als die Tür aufgestoßen wurde und eine Horde Rocker hereindrängte. Keine Red Devils, sondern eine Konkurrenz-Gang in schwarzem Leder, jeder einzelne behängt mit Orden und klirrenden Ketten, die Hosen und Jacken bepflastert mit Nieten. Das Wappentier auf dem Rücken der Lederjacken war ein fauchender Pantherkopf. Entsprechend lautete der Name: Wild Panthers. Sie brachten ihre Girls mit, grellgeschminkte, kreischende Kätzchen in handtuchschmalen Lederröcken und niedrigen Wadenstiefeln.

Die Red Devils sprangen auf, griffen nach den Stühlen und Biergläsern und drängten sich eng zusammen.

Der bäuchige Glatzkopf hinter der Theke brüllte: »Macht keinen Ärger, Leute! 'ne Runde Freibier für euch ist drin!«

Die Panther kümmerten sich nicht um das Angebot. Ihre Absichten waren von Anfang an klar, denn mindestens ein halbes Dutzend von ihnen hatten sich die Gesichter mit karierten Tüchern verhüllt. Sie bahnten sich einen Weg zu den Devils, stießen Tische und Stühle um und schlugen auf jeden ein, der ihnen im Weg stand.

Nicht alle stürzten sich auf die Konkurrenz-Rocker.

Sechs Burschen und ein paar Mädchen griffen die Leute an der Bartheke an. Von Raines' Freunden gingen die ersten unter Faustschlägen und Fußtritten zu Boden. Der Blondine, mit der Gene Küßchen getauscht hatte, zerfetzten Panther-Girls die Bluse. Ein vermummter Rocker drang auf Raines ein.

Ich sprang auf die Theke, rannte drei Schritte und trat den Rocker, der es auf Raines abgesehen hatte, vor die Brust. Er flog zurück und riß zwei Kumpane mit.

»Hinter die Theke!« schrie ich Raines an. Er reagierte

nicht, weil er seine Freunde, unter denen die Rocker wüteten wie Wölfe in einer Schafherde, nicht im Stich lassen wollte.

Der Bursche, den ich vor die Brust getreten hatte, griff wieder an. Von der Theke herunter sprang ich ihn an. Wir prallten gegeneinander. Ich spürte, daß er ein stabiler Muskelmann war, und konzentrierte mich darauf, ihm die grüne Flasche aus der Hand zu schlagen. Ich knackte seine Hand auf. Die Flasche entfiel ihm. Er revanchierte sich mit einem wuchtigen linken Haken, der voll bei mir einschlug und mir die Luft nahm. Ich preßte mich gegen ihn, umklammerte ihn und verhinderte so, daß er ausholen konnte.

»Springen Sie über die Theke, verdammt!« brüllte ich Raines zu und drängte den Rocker zurück. Zwei seiner Kumpane versuchten, an mich heranzukommen, und er selbst zielte mit Kniestößen nach mir.

Kinsey, inzwischen auch auf der Theke, machte mit dem zögernden Raines kurzen Prozeß. Er packte ihn unter den Achseln, zog ihn hoch und stieß ihn auf der anderen Seite runter.

»Ich hab ihn!« schrie er.

»Bring ihn raus!«

Ich ließ meinen Gegner los und feuerte einen wilden, fast verzweifelten Haken in seine Vermummung. Ich traf voll. Er war für einen Augenblick gelähmt, fiel aber nicht um. Ich lehnte mich rücklings gegen die Theke, klammerte mich fest, zog beide Knie an und trat ihn zum zweitenmal vor die Brust. Wieder wurde er zurückgeschleudert. Ich gewann zwei Sekunden, die für einen Sprung über die Theke genügten.

Die Kaschemme hatte sich in ein Schlachtfeld verwandelt. Red Devils und Wild Panthers bearbeiteten sich mit Stuhlbeinen und Baseballschlägern. Die Zuhälter schützten ihre Ladys mit den rasiermesserscharfen Klingen ihrer Schnappmesser, und die italienischen Racketeers verteidigten ihr Revier mit umgedrehten Billardqueues.

Raines' Freunde waren am schlechtesten dran. Nur einige besannen sich auf den Sport, den sie an der Universität getrieben hatten, und schlugen zurück. Hank Kinsey handelte nüchtern und routiniert. Er deckte Raines mit seinem Körper und schob ihn durch eine Türöffnung zwischen den Flaschenregalen, die in eine Küche führte. Dorthin hatten sich der glatzköpfige Besitzer von The Corner und zwei Serviermädchen geflüchtet. Der Glatzkopf hielt einen Telefonhörer am Ohr.

Für eine halbe Minute sah es aus, als befände sich Raines in Sicherheit. Draußen hielt das Geschrei unvermindert an.

Dann kamen sie. Vier Panther, alle vermummt, drangen in die Küche ein. Der Bursche, mit dem ich mich herumgeprügelt hatte, schwang statt der Flasche eine kurze Eisenstange.

Kinsey schob Raines in Deckung zwischen einen großen Eisschrank und einem Regal. Er baute sich vor ihm auf.

»Höchste Zeit, daß wir den Jungs die Zähne zeigen«, sagte er, griff unter die Jacke und zog den Colt Agent.

Ein Panther stieß einen Hocker um, auf dem ein großer Topf stand. Eine Flut von schwarzen Muscheln ergoß sich scheppernd über den Steinboden.

Kinsey feuerte eine Kugel gegen die Decke. Sie schrammte eine lange Narbe in den Verputz.

»Ende der Vorstellung!« überbrüllte er den Krach. »Wer einen Schritt näher kommt, dem jage ich eine Kugel ins Knie!«

Die Drohung wirkte auf die Rocker, als wäre eiskaltes Wasser über ihre hitzigen Köpfe ausgegossen worden. Sie stockten und ließen die Arme sinken. Einer sagte: »Machen wir Schluß, Leute!«

»Sie bluffen!« schrie der Mann mit der Eisenstange.

Kinsey setzte ihm eine Kugel vor die Füße. Ein paar Muscheln spritzten durch die Gegend.

»Raus mit euch!«

Ihr Rückzug schlug in Panik um. Nur der Mann, mit dem ich mich herumgeprügelt hatte, zögerte noch. Dann warf er uns die Eisenstange vor die Füße und flüchtete.

Als Truppe waren die Wild Panthers gut eingespielt. So schnell sie über The Corner hereingebrochen waren, so schnell verschwanden sie auch.

Ein paar Pfiffe gellten. Noch einmal ging ein bißchen Glas zur Bruch. Dann war der Spuk vorbei.

Zurück blieben eine verwüstete Kneipe, ein Dutzend Leute mit Schrammen, Beulen und Rippenbrüchen und zwei bewußtlose Mädchen.

»Hol den Wagen«, bat ich Hank Kinsey. Er verließ die Küche. Die Muscheln krachten unter seinen Schuhen.

Raines wollte sich um seine Freunde kümmern. Ich drückte ihn in die Nische zwischen Eisschrank und Regal zurück.

»Sie bleiben hier, bis Hank mit dem Wagen kommt.«

Er reagierte wütend. »Warum, zum Teufel? Ich will wissen, wieviel meine Freunde abbekommen haben.«

»Bleiben Sie, wo Sie sind! Ich bin verantwortlich für Ihr Leben.«

»Sie übertreiben, Mann!« antwortete er zornig. »Okay, wir sind in eine Schlägerei geraten. Ohne Ihr großartiges Eingreifen hätte ich vielleicht ein blaues Auge. Aber es ist Unsinn, von Lebensgefahr zu reden.«

Ich konnte ihn nicht zurückhalten. Er ging in die Kneipe, sah erschreckt, was die Rocker angerichtet hatten und bemühte sich um die bewußtlosen Mädchen.

Draußen heulten Polizeisirenen. Die Zuhälter, die Red Devils und die Racketgangster vom Gemüsemarkt nahmen das Heulen als letzte Aufforderung, sich schleunigst aus dem Staub zu machen. Als die Cops die Szene betraten, fanden sie eine Menge Trümmer vor, aber keinen von den Leuten, die sie verursacht hatten.

»Wer ist sich hier in die Haare geraten?« fragte der Sergeant den Glatzkopf.

»Die Wild Panthers fielen über die Red Devils her. Das haben sie noch nie getan«, jammerte der Besitzer von The Corner. »Die Gangs respektieren ihre Reviere. Die Panthers und die Devils gelten sogar als befreundet. Ihre Bosse haben schon gemeinsam an meiner Theke gestanden.

»Willst du Anzeige erstatten?«

»Um Himmels willen, nein! Ich habe euch nur gerufen, damit niemand ernsthaft verletzt wird.«

Der Sergeant blickte sich um. »Will sonst jemand Anzeige erstatten?«

Er erhielt keine Antwort. Auch Raines' Freunde scheuten die Umstände und den Ärger, den eine Anzeige mit sich brachte und die kaum zu einem Ergebnis führen würde.

»Sieht aus, als könnten wir wieder gehen.« Der Sergeant stieß seinem Kollegen den Ellbogen in die Rippen und lachte. »Trotzdem wollen wir uns die Namen und Adressen der Leute aufschreiben, die hier noch herumstehen.«

Kinsey kam zurück und sagte: »Der Wagen steht vor der Tür.«

Ich ging zu Gene Raines und klopfte ihm auf die Schulter. »Wir bringen Sie nach Hause, Gene.«

Er stand ungefähr dort, wo er sich beim ersten Angriff befunden hatte. Mein Blick fiel auf die grüne Flasche, mit der der Rocker auf ihn losgegangen war. Sie lag zwischen den Trümmern und war in zwei Teile geborsten.

Ich hob sie auf, und sie war viel schwerer, als eine leere Flasche ist. Sie war nicht leer, sondern bis zum Hals mit Zement ausgegossen.

Ein Mann kann einen Hieb mit einer leeren Flasche überstehen. Im schlimmsten Fall trägt er eine Gehirnerschütterung und Schnittwunden davon.

Ein Schlag mit dieser Flasche hätte Gene Raines den Schädel zertrümmert und wäre tödlich gewesen.

Lyon Ross rannte knurrend und fauchend wie ein schlechtgelaunter Löwe auf und ab.

»Zum Teufel, es wäre eure verdammte Pflicht gewesen, Gene aus dieser Schlägerei rauszuhalten!« beschimpfte er Kinsey und mich.

»Du verlangst Unmögliches, Onkel Lyon«, widersprach Gene Raines. »Jeder, der sich in The Corner aufhielt, wurde darin verwickelt. Die Rocker machten keine Ausnahme.«

»Sie hätten dich nicht hineingehen lassen dürfen«, beharrte Ross.

»Soviel ich weiß, bin ich seit fünf Jahren volljährig. Es war mein Wunsch, meine Freunde in The Corner zu treffen.« Raines' Stimme klang schärfer. »Du solltest dich bei Hank und Jerry bedanken, Onkel Lyon. Sie sorgten dafür, daß ich nicht einmal eine Schramme davontrug.«

Lyon Ross war am Morgen in der Villa aufgetaucht, gut informiert über die Ereignisse der vergangenen Nacht. Er schnaubte vor Wut und gab uns die Schuld daran, daß Gene in Gefahr geraten war.

Aber auch Ross hielt den rauhen Auftritt der Wild Panthers in The Corner für einen Zufall, nicht für die Kulisse eines geplanten Mordanschlags.

Ich wußte es besser. Die mit Zement ausgegossene Flasche lag im Kofferraum des alten Pinto. Der Mann, der sie benutzt hatte, war sofort auf Raines losgegangen. Ich würde herausfinden, welches Gesicht sich hinter der Vermummung verbarg.

Am frühen Nachmittag fuhr ich nach Manhattan und traf Phil. Ich zeigte ihm die Zementfüllung und die Bruchstücke der Flasche.

»Ich werde die Wild Panthers fragen, wer von ihnen damit zuschlug.«

»Darauf werden sie dir keine Antwort geben«, sagte Phil. »Oder eine Antwort auf ihre Art, die dich für Wochen in ein Krankenhaus bringen kann.«

Ich zog ein schmales Bündel Dollarnoten aus der Tasche. »Darauf werden sie antworten.«

Ein Anruf bei der City Police, Abteilung Straßenkriminalität, genügte, das Stammquartier der Wild Panthers in Erfahrung zu bringen. Sie hatten sich an der Grenze zu Chinatown in einem alten Haus der Forsythe Street eingenistet.

Ich fuhr allein. In meiner Jackentasche steckte ein Walkie-talkie, und Phil blieb in Reichweite.

Ungefähr ein Dutzend Motorräder blockierten die halbe Fahrbahn vor dem Rockerquartier. Eine kurze Treppe führte zum Eingang. Vier Panther saßen auf den Stufen und ließen die Whiskyflasche kreisen.

Ich stoppte den alten Pinto zwischen den Motorrädern, nahm die Bruchstücke der Flasche und die Zementfüllung aus dem Kofferraum und steuerte die Treppe an.

Die Panther nahmen keine Notiz von mir.

»Ich will euren Boß sprechen.«

Der Rocker, der gerade die Flasche angesetzt hatte, schluckte genüßlich, gab sie weiter, leckte sich die Lippen und grinste mich an.

»Meinst du Clutch?«

»Wenn euer Boß so heißt, dann meine ich ihn.«

Er zeigte mit dem Daumen auf die Tür. »Du willst wirklich ins Haus?«

»Ja, das will ich.«

»Hast du dir das gut überlegt? Ich kann dir nicht

garantieren, daß du auf eigenen Füßen wieder rauskommst.«

Sein Nachbar rammte ihm den Ellbogen in die Rippen. »Die Visage von dem Bastard kenne ich. Der Hundesohn hat gestern in The Corner mitgemischt.«

»Bulle?« fragte der erste.

Ich schüttelte den Kopf. »Clutch soll mir eine Frage beantworten. Ich zahle bar.«

»Dein Risiko, Mann. Weißt du, daß Clutch dich aus dem Fenster wirft, falls er sich von dir gestört fühlt?«

Ich stieg über die ausgestreckten Beine weg und öffnete die Tür. Glasscheiben, leere Büchsen und zerrissene Zeitungen machten den Flur zur Müllhalde. Eine brüchige Treppe ohne Geländer führte in die erste Etage. Von oben dröhnte Rockmusik.

Die vier Panther waren aufgestanden und folgten mir. Einer zeigte auf die Treppe.

»Clutch wohnt oben.«

Ich ging die Treppe hinauf und folgte dem Dröhnen der Musik. Auf diese Weise gelangte ich in ein großes Zimmer, dessen Einrichtung aus Matratzen, leeren Bierbüchsen und einer nagelneuen Stereoanlage mit gewaltigen Lautsprecherboxen bestand. Ein halbes Dutzend Jungen und Mädchen rockten in der freien Mitte, zehn lagen auf den Matratzen. Neben der Stereoanlage hockte ein rotbärtiger, feister Bursche, dem der Bauch über den breiten Nietengürtel quoll.

Als er mich erblickte, schaltete er die Stereoanlage ab. Die Tanzenden blieben stehen wie abgelaufene Automaten.

»Wer ist der Kerl?« brüllte der Rotbart.

»Er will dich sprechen, Clutch«, sagte einer der Treppen-Rocker. »Er war gestern in The Corner dabei.«

Auch Clutch stellte die übliche Frage. »Bulle?«

»Ich arbeite für Safe Protection.«

»Privatschnüffler?« Clutchs Bartgestrüpp zerteilte sich zum breiten Grinsen. »Wenn wir dich zur Fußmatte verarbeiten, gibt's kaum Ärger mit den echten Cops.«

»Ich biete dreihundert Dollar für die Beantwortung einer Frage.«

Er grinste noch immer. »Mann, wie willst du mich daran hindern, einfach in deine Tasche zu greifen?«

»Versuch's lieber nicht, Clutch. Du würdest an der Kanone unter meiner Jacke nicht vorbeikommen.«

Er stellte sein Grinsen ab und die Stereoanlage wieder an. »Macht weiter, Leute!« brüllte er in das aufbrandende Gedröhn und stampfte quer durch den Raum auf mich zu.

»Komm mit.«

Am Ende des Flurs stieß er die Tür zu einem kleinen Zimmer auf, ließ mich vorgehen und schloß die Tür hinter sich.

Das Zimmer war so klein, daß Clutchs Ausdünstungen von Whisky und Schweiß die Luft in Sekundenschnelle durchdrangen.

»Wieviel wurde dir für den Überfall auf The Corner bezahlt?« fragte ich.

»Bezahlt? So etwas machen wir aus Spaß.«

»Du lügst, Clutch. Der Überfall war bestellt. Außerdem wurdest du von deinem Auftraggeber reingelegt.«

»Wieso?«

»Weil er eure Schlägerei als Kulisse für einen Mordversuch benutzte.« Ich warf ihm die Zementfüllung der Flasche auf die Füße. Ich traf gut. Obwohl er Stiefel trug, brüllte er auf.

»Verrückt geworden, Mann?«

»Damit versuchte einer deiner Jungs, dem Mann, den ich als Leibwächter beschütze, den Schädel einzuschlagen.«

»Keiner von meinen Jungs«, antwortete er schnell.

»Genau das meine ich, Clutch. Dein Auftraggeber

steckte mindestens einen seiner Leute in Rockerkluft. Während ihr The Corner aufmischtet, versuchte er, einen Mord zu begehen. Wäre es ihm gelungen, dann würdest du mich hier nicht zu Besuch haben, weil ihr alle in Untersuchungshaft säßet und die Leute vom Homicide Department euch wieder und wieder durch die Vernehmungsmangel drehten. Ich glaube nicht, daß du ihnen die Geschichte vom großen Unbekannten verkaufen könntest.«

»Sie ist wahr!« schrie Clutch.

Ich hielt ihm die Dollarscheine hin. »Dann verkauf sie mir.«

Er kratzte in seinem Bart und dachte lange nach. Schließlich pflückte er das Geld aus meinen Fingern.

»Okay, der Überfall auf The Corner war bestellt. Der Typ, der uns anheuerte, sagte, er wolle sich einen Spaß machen und seine Freunde erschrecken.«

»Hast du ihm geglaubt?«

»Mich interessieren nur die Kohlen. Wenn er in Wahrheit seinen Freunden einen Denkzettel verpassen wollte, wär's mir auch recht.«

»Er wollte einen Mord begehen ...«

»Bei 'nem Mord hätte ich nicht mitgespielt. Mord gibt zuviel Ärger mit den Bullen.«

»Wie sah der Mann aus?«

»Grauhaarig, dick, mit 'nem Schnauzbart. Trug immer einen Overall und 'ne Baseballkappe.«

»Wann kam er zum erstenmal?«

»Vor drei Wochen. Er brachte fünf Kartons Bier für alle mit und bot fünfhundert Dollar.«

»Wie oft sahst du ihn danach?«

»Dreimal. Immer lud er ein halbes Dutzend Kartons Bier ab und vergewisserte sich, daß wir alle Bedingungen einhalten würden.«

»Welche Bedingungen?«

»Er wollte, daß wir bereit wären, kurzfristig loszuschlagen, daß ein Freund von ihm mitmachen durfte und daß wir uns vermummten. Tatsächlich kam er gestern angebraust und sagte: ›Es geht los, Leute!‹«

»Beschreib den Mann, der mitmachte.«

»Kann ich nicht. Bekam ihn nicht zu sehen. Vermutlich mischte er sich unter uns, als wir The Corner stürmten.«

»Welchen Wagen benutzte dein Geschäftspartner?«

»Irgendeinen alten Lieferwagen.« Clutch machte zwei Schritte auf mich zu. »Frag mich nicht nach dem Kennzeichen, Mann! Ich finde, für dreihundert Bucks habe ich genügend Fragen beantwortet.«

Er stampfte zur Tür und riß sie weit auf.

»War vielleicht ein Fehler, daß ich mich von dir zum Quasseln verleiten ließ. Nimm 'ne Warnung mit, Mann! Falls du jetzt zu den Berufsbullen rennst und ihnen vorjammerst, die Wild Panthers hätten 'nem Killer geholfen, dann gibt es für dich noch viel größeren Ärger als für uns. Wir finden dich immer.«

Ich ging an ihm vorbei und klatschte ihm den Handrücken auf den nackten Bauch. Er zuckte zusammen. Leute, die viel trinken, sind sehr empfindlich in der Lebergegend.

»Keine Sorge, Clutch! Mein Verein erledigt seine Angelegenheiten selbst«, sagte ich freundlich.

Phil wartete in einem nahen Drugstore. Das Walkie-talkie lag eingeschaltet auf der Theke.

»Konntest du etwas verstehen?« fragte ich.

»Nur Bruchstücke.«

Ich erzählte, was ich vom Boß der Panthers erfahren hatte.

»Raffiniert ausgedacht«, sagte Phil mit einem Unterton von Bewunderung. »Zufälliger Tod bei einer Rockerprügelei! Für New Yorker Verhältnisse eine Art von Verkehrsunfall.«

»Anscheinend wünscht der Auftraggeber einen Mord, der nicht wie ein Mord aussieht. Gene Raines soll nicht einfach abgeschossen werden, wie es mit Maloc und Mills geschah.«

»Mills beschrieb den Mann, der die Stimmimitationen bei ihm bestellte, als blond und schlank. Der Pantherboß sprach von einem grauhaarigen Dicken. Keine Übereinstimmung, Jerry.«

»Das bedeutet wenig. Erstens haben wir es mit einem Killer-Team zu tun, so daß bei Mills und den Wild Panthers zwei verschiedene Mitglieder desselben Vereins gewesen sein können. Und zweitens kann es auch sein, daß es sich um einen Mann handelt, der sich meisterhaft zu maskieren versteht.«

»Hast du dir die Frage gestellt, woher die Killer wußten, daß Gene Raines seine Freunde in The Corner traf?«

»Ich glaube, daß Raines abgehört wird. Sie hatten Zeit genug, die Villa bis in den letzten Winkel zu verwanzen. Ich werde mich nach versteckten Mikrofonen umsehen.«

»Wann rechnest du mit dem nächsten Anschlag?«

»Keine Ahnung, Phil. Ich weiß nicht, welches Motiv den Auftraggeber treibt. Rache kann er kalt genießen, aber es ist auch möglich, daß er unter Zeitdruck steht.«

»Spielst du weiter den Bodyguard für Gene Raines?«

»Seit gestern bin ich überzeugt, daß es kein überflüssiger Job ist.«

Ich fuhr nach Staten Island zurück. In Richmond Valley stand vor der Schranke der Privatpolizei ein offener roter Sportflitzer. Die Insassen, zwei blonde Mädchen, verhandelten mit dem Privatcop, der sie nicht ins geschützte Gebiet einfahren lassen wollte.

Ich stoppte auf der zweiten Spur. Der Polizist kam an

meinen Pinto, erkannte mich und tippte an den Mützenschirm.

Das Mädchen auf dem Beifahrersitz rief mich an: »Warten Sie! Ich muß mit Ihnen sprechen!«

Sie sprang aus dem Auto und ließ dabei soviel Bein sehen, daß der Cop die Augen verdrehte. Ungeduldig riß sie meine Wagentür auf.

»Ich erkenne Sie. Gestern in The Corner waren Sie dabei! Sie haben sich um Gene gekümmert. Erinnern Sie sich an mich? Mein Name ist Hazel Enstone.« Sie zeigte mir ihre nackten Arme. »Sehen Sie nur die Druckstellen! Einer dieser Kerle packte mich mit beiden Fäusten! Ich dachte, ich würde vergewaltigt.« Sie beugte sich vor und sagte leise: »Sie ahnen nicht, wo ich noch blaue Flecken habe. Wochenlang werde ich keinen Bikini tragen können.«

Ich erinnerte mich an ihr Gesicht. Sie war das einzige Mädchen aus Raines' Freundeskreis, das den Angriff der Wild Panthers ohne Ohnmacht überstanden hatte. Sie war hübsch gewachsen mit einem leichten Hang zur Üppigkeit.

»Arbeiten Sie für Gene?« fragte sie mich.

»Ja, so kann man es nennen.«

»Dieser sture Gentleman ...«, sie wies auf den Polizisten, »... will uns nicht einlassen, weil Gene nicht zu erreichen ist. Befehlen Sie ihm, daß er die verdammte Schranke hochzieht.«

»Das kann ich nicht, Miss Enstone.«

»Seien Sie nicht so feierlich. Nennen Sie mich Hazel. Wie heißen Sie?«

»Jerry Croft.«

Sie beugte sich weit in den Wagen, lächelte mich aus einer Handspanne Abstand an und flötete: »Sie werden ein Mädchen wie mich nicht vor der Tür stehen lassen, Jerry. Sagen Sie Gene, daß wir unbedingt mit ihm sprechen müssen.«

»Wir?«

»Meine Freundin ist Journalistin. Sie hat mich interviewt. Jetzt möchte sie mit Gene sprechen. Er hat den prominentesten Namen von uns allen. Es ist wichtig für meine Karriere. Gene wird verstehen, wie wichtig Publicity für mich ist.«

»Falls er im Haus ist, werde ich ihm sagen, daß Sie an der Einfahrt festhängen.«

»Danke, Jerry!«

Sie küßte mich auf den Mundwinkel, zwar flüchtig, aber doch überraschend nach einer Bekanntschaft von zwei Minuten.

»Beeilen Sie sich«, sagte sie und warf die Wagentür ins Schloß. Das andere Mädchen hinter dem Steuer des Sportwagens blickte aufmerksam und ohne Lächeln zu uns herüber.

Ich fuhr zur Raines-Villa, parkte den Pinto und ging ins Haus. Alice begegnete mir. Ich fragte sie nach Gene.

»Im Arbeitszimmer«, antwortete sie.

Gene Raines saß hinter dem Schreibtisch. »Hallo, Jerry!« Er hob grüßend die Hand. »Es trifft sich gut, daß Sie kommen. Hank habe ich nach Hause geschickt, weil ich arbeiten wollte. Leider bin ich unfähig, mich zu konzentrieren. Sie ahnen nicht, was ich unternehmen möchte.«

»Sagen Sie es.«

»Ich möchte nach Manhattan fahren und ein paar Nightclubs besuchen. Aus Trotz! Verstehen Sie? Ich will mich durch die Ereignisse in The Corner nicht einschüchtern lassen. Beim Reiten gilt die Regel, daß man nach einem Sturz vom Pferd sofort wieder in den Sattel zu steigen hat. Gestern sind wir unsanft aus New Yorks Nachtleben gestürzt. Also steigen wir heute wieder ein! Kommen Sie mit, Jerry. Nicht als Leibwächter, sondern als Freund.«

»Gene, vor der Schranke steht eine Bekannte von

Ihnen, die gestern in The Corner war und auch rauh angefaßt wurde. Sie sagte, sie heiße Hazel Enstone. Sie hat eine Journalistin mitgebracht, von der sie sich Unterstützung für ihre Karriere verspricht.«

Raines lachte. »Hazel träumt von einer Showkarriere. Sie hat eine Schauspielschule besucht und spielt hin und wieder kleine Rollen an Broadwaytheatern. Finden Sie sie hübsch?«

»Ja, sie ist attraktiv.«

»Wie sieht die Journalistin aus?«

»Gut.«

Er griff zum Telefon und wählte über die Direktleitung die Einfahrtswache. »Lassen Sie Miss Enstone und ihre Begleiterin passieren!« Er legte auf. »Sind Sie einverstanden, daß wir die Mädchen mitnehmen?«

»Was machen Sie, wenn ich nicht einverstanden bin?«

»Dann fahre ich allein.«

»Damit würden Sie einen neuen Krach mit Onkel Lyon heraufbeschwören.«

»Darauf pfeife ich, Jerry! Onkel Lyon muß lernen, daß ich nicht länger unter seiner Fuchtel stehe. In sechs Wochen übernehme ich die Firma. Dann wird sich Onkel Lyon aufs Altenteil zurückziehen müssen und nichts mehr zu befehlen haben. Am besten gewöhne ich ihn schon jetzt an diesen Zustand.« Er stand auf und nahm meinen Arm.

»Kommen Sie, Jerry. Empfangen wir unsere Besucherinnen.«

Der rote Sportwagen kam mit hohem Tempo die Straße herauf und wurde hart abgebremst.

Hazel Enstone winkte mit beiden Armen, sprang heraus und warf sich Raines an den Hals. »Hallo, Gene! Ich wußte, daß du mich nicht abweisen würdest.«

»Warum sollte ich?« Er schob sie auf eine Armlänge Abstand von sich weg. »Bist du okay? Hast du den Zwischenfall von gestern verkraftet?«

»Als es überstanden war, Gene, fand ich's nur noch aufregend.«

Das andere Mädchen stieg aus. Sie war einen guten Kopf größer als Hazel Enstone. Das Haar, weißblond und ohne Wellen, trug sie zusammengebunden. Die sonnengebräunte Haut kontrastierte mit hellen Augen und einem ungeschminkten roten Mund. Sie trug Jeans und eine einfache weiße Bluse, in deren Ausschnitt eine goldene Kette mit einem Anhänger aus Jade glänzte.

»Hallo, Mr. Raines«, sagte sie und streckte die Hand aus. »Ich bin Sheila Farmer.«

»Nett, Sie kennenzulernen.« Raines schüttelte ihre Hand. Seinem Gesicht war anzusehen, daß er beeindruckt war.

»Bekomme ich ein Interview von Ihnen?«

»Für welche Zeitung arbeiten Sie?«

»Ich bin freie Journalistin und verkaufe meine Fotos und Artikel an Zeitschriften, die an der Westküste erscheinen und deren Leser wissen wollen, was in New York geschieht.«

Sie griff in den Wagen und hob eine lederne, abgeschabte Reisetasche vom Notsitz.

Ich nahm ihr die Tasche aus der Hand. »Lassen Sie mich das tragen.«

Ein erstaunter Blick traf mich. »Darin ist meine Ausrüstung. Wenn Mr. Raines einverstanden ist, möchte ich ein paar Fotos schießen.«

»Ja, ich bin einverstanden!« rief Raines. »Vorher nehmen wir einen Drink. Das lockert auf. Ohne Drink sehe ich auf Fotos wie ein schüchterner Collegeschüler aus.«

»Ich gebe Ihnen Ihre Kamera«, sagte ich und öffnete den Reißverschluß.

Auf Sheila Farmers Lippen erschien ein kleines Lächeln. Noch immer sah sie mich an.

Die Tasche enthielt drei Kameras, einen Satz Objektive und ein Blitzgerät.

»Welche Kamera wünschen Sie?«

»Die RX 4.«

Ich mußte mir die Apparate genau ansehen, bis ich die RX 4 herausgefunden hatte.

»Danke«, sagte sie spöttisch. »Für einen guten Assistenten sind Sie noch zu langsam.«

Raines führte die Mädchen auf die Terrasse. Er ließ Drinks servieren und erlaubte der Journalistin, Fotos von sich und dem Haus zu machen. Natürlich sorgte Hazel Enstone dafür, daß sie mit auf die Bilder geriet.

»Und Sie?« fragte mich Sheila Farmer.

»Danke. Ich habe keinen Bedarf an Publicity.«

»Schluß mit den Fotos!« entschied Raines. »Sie können mich morgen interviewen, Sheila. Wir fahren nach Manhattan und schlagen uns die Nacht um die Ohren. Was haltet ihr davon, wenn wir ins The Corner gehen?«

»Nein!« schrie Hazel Enstone. »Um keinen Preis!«

»Lassen Sie mich das Programm übernehmen, Gene«, schlug ich vor.

»Alle einverstanden?«

Raines blickte die Mädchen an.

Mit einer Handbewegung wies Sheila Farmer auf ihre Jeans. »Vorausgesetzt, Sie führen uns nicht in einen Club, wo Abendkleider verlangt werden.«

»Dafür garantiere ich.«

Wie hatten Jake Malocs Gorillas die Frau beschrieben, die ihn zuletzt besucht hatte? Groß, gute Figur, dunkelhaarig. Zwei Drittel der Beschreibung paßten auf Sheila Farmer. Bewaffnet war sie nicht. Aber auch Malocs letzte

Besucherin hatte keine Waffe mitgebracht und war trotzdem an seinem Tod beteiligt gewesen.

Als Wagen wählte ich einen weißen Chevrolet Camaro und bestand darauf, ihn zu fahren. Raines und Sheila nahmen die Rücksitze. Hazel Enstone, angeregt von den Drinks, rückte vom Beifahrerplatz auf Tuchfühlung an mich heran. Verwechslungen zwischen Schalthebel und ihrem Knie ließen sich kaum vermeiden.

Ich fuhr nicht zu den Fähren, sondern nahm den längeren Weg über die Verrazano-Brücke. Wahrscheinlich rechnete Hazel mit mehr Interesse für sich, aber ich konzentrierte alle Aufmerksamkeit auf die Rückspiegel. Als wir Brooklyn und dann über Manhattan Bridge das Zentrum erreichten, war ich sicher, daß uns niemand gefolgt war.

Wir aßen in Chinatown in einem winzigen kantonesischen Restaurant. Ich versuchte, Sheila Farmer zum Reden zu bringen. Ihre Antworten blieben sparsam.

Vor Mitternacht wechselten wir in den Black Heavens Club, an der Grenze zu Harlem gelegen und eine der heißesten Adressen New Yorks für Show, Musik und bunte Mischung.

Raines bestellte Champagner. Nach dem ersten Glas zog er Sheila Farmer mit sich auf die Tanzfläche.

»Wie steht's mit uns?« fragte Hazel.

Ich füllte ihr Glas. »Zuerst trinken wir noch einen Schluck. Seit wann kennen Sie Sheila?«

»Seit heute nachmittag um drei Uhr. Sie rief mich an und sagte, sie habe von einem befreundeten Reporter erfahren, daß ich in ein Rockerabenteuer verwickelt gewesen sei. Sie wollte mich darüber interviewen.«

»Hat sie den Namen von Gene Raines ins Spiel gebracht?«

»Sie fragte, wer noch beteiligt gewesen sei. Ich erwähnte Gene und sagte ihr, daß er der Besitzer der Downhill

Company ist. Klar, daß ihr das Wasser im Mund zusammenlief. Eine Schlagzeile vom Kaliber *Junger Millionär von Rockern zusammengeschlagen!* verkauft sich leicht.«

»Schlug Sheila vor, zu Gene zu fahren?«

Hazel leerte ihr Glas. »Zum Teufel, nein! Ich versprach ihr, sie mit Gene zusammenzubringen.« Sie lachte und zeigte auf die Tanzfläche, wo Raines und Sheila Farmer engumschlungen und Wange an Wange tanzten. »Sieht aus, als wäre es gelungen.« Sie stieß mir die Faust vor die Brust. »Wenn du jetzt nicht mit mir tanzt, suche ich mir einen anderen Partner.«

Sie schleppte mich auf die Tanzfläche. Sie war hübsch, temperamentvoll, sexy und wäre es wert gewesen, wenn ich mich ausschließlich ihr gewidmet hätte. Aber ich versuchte, Raines und die Journalistin im Gedränge nicht aus den Augen zu verlieren.

Sie benahmen sich wie alle anderen Paare. Zweifellos hatte Gene Raines Feuer gefangen, und Sheila Farmer spielte das uralte Spiel mit. Als die Musik endete, küßten sie sich.

Wir trafen uns am Tisch. Raines bestellte eine zweite Flasche Champagner.

Breaktänzer zeigten eine Show, die dreißig Minuten dauerte.

Danach setzte wieder Bluesmusik ein. Ich fragte Raines, ob er mir Sheila Farmer für eine Runde überlasse. Für eine Ablehnung war er zu gut erzogen, obwohl ihm die Zustimmung schwerfiel.

Sie ließ sich von mir zur Tanzfläche führen und leistete keinen Widerstand, als ich sie dicht an mich zog.

»Wo wohnen Sie in New York, Sheila?« fragte ich, die Lippen dicht an ihrem Ohr.

»Wollen Sie mich besuchen?« fragte sie zurück.

»Nötigenfalls ja.«

»Was bedeutet das?«

»Es bedeutet, daß ich mich um Sie kümmern werde, falls Gene etwas zustößt.«

»Ich verstehe noch immer nicht.«

»Auf Gene Raines wurden Mordanschläge verübt.« Sie nahm den Kopf so weit zurück, daß sie mir in die Augen sehen konnte. »Jetzt machen Sie mich neugierig, Jerry. Ich bin Journalistin.«

»Ob sie wirklich für Zeitungen arbeiten, werde ich feststellen.«

Sie zog die Augenbrauen hoch. »Halten Sie mich für eine Mörderin? Was bringt Sie auf diesen absurden Gedanken?«

»Ich bin nur vorsichtig.«

»Soviel ich weiß, benötigt man zum Morden eine Waffe. Haben Sie einen Revolver oder ein Messer in meiner Kameratasche gefunden?«

»Nein, aber ...«

»Glauben Sie, ich wäre kräftig genug, Gene zu erwürgen?«

»Geben Sie mir die Möglichkeit, Ihre Identität zu überprüfen.«

»Einverstanden. Ich wohne seit drei Tagen im Tristar Hotel am La Guardia Airport. Vorher war ich vier Monate für eine Reportage über die feine Gesellschaft von Brasilien und Mexiko im Süden. Ein fester Wohnsitz lohnt sich nicht für mich. Ich bin zuviel unterwegs. Warum soll ich Miete für eine Wohnung bezahlen, die ich kaum benutzen könnte?«

»Welcher Journalist hat Ihnen Hazels Namen genannt?«

»Die TV-Station Local 6 brachte in den Morgennachrichten einen kurzen Bericht über die Schlägerei in The Corner. Ich rief die Redaktion an und ließ mir Namen und Adressen der Beteiligten nennen.«

»Hazel sagten Sie, ein befreundeter Reporter habe Ihnen die Auskünfte verschafft.«

Sie lächelte. »Das sind kleine Berufstricks.«

»In welchen Zeitungen sind denn Artikel von Ihnen erschienen?«

»San Francisco Guardian, People of the Coast, Los Angeles Society, Stage Mirror. Genügt Ihnen das?«

»Danke.«

»Sind Sie ein Polizist, Jerry?«

»Ich arbeite für eine private Sicherheitsfirma.«

In ihren Augen blitzte Spott auf. »Anscheinend nehmen Sie Ihren Job ernst.« Sie löste sich aus meinen Armen. »Gehen wir zum Tisch zurück.«

Gene Raines war in bester Stimmung. »Ich will wissen, worüber ihr gesprochen habt. Jerry machte ein ernstes Gesicht, als ginge es um Börsenkurse.«

Sie hielt ihm ihr Glas zum Nachfüllen hin. »Nein, er sprach über Lebensversicherungen.«

Raines lachte schallend.

Bis drei Uhr morgens blieben wir im Black Heavens. Raines und Sheila Farmer beschäftigten sich immer ausschließlicher miteinander. Hazel Enstone trank so viel Champagner, daß sie sich zu einem Soloauftritt hinreißen ließ. Sie sang zwei Rocknummern und erhielt viel Beifall, worauf sie den Erfolg mit noch mehr Champagner feierte, bis sie am Tisch einschlief. Als wir aufbrachen, mußte ich sie zum Wagen tragen.

Raines kannte ihre Adresse. Wir lieferten sie in ihrer Wohnung ab, was bedeutet, daß wir den Schlüssel aus ihrer Handtasche nahmen, sie hinaufbrachten und auf eine Couch legten, ohne daß sie wach wurde.

Ich fragte Sheila Farmer, ob ich sie zu ihrem Hotel fahren sollte.

»Mein Wagen steht vor Genes Haus«, antwortete sie und wandte sich an Raines. »Nimm mich mit. Ich werde mit meinem Auto zurückfahren. Ich brauche den Wagen morgen.«

»Du kannst bleiben. Wir haben Gästezimmer.«

Für den Rückweg nahmen wir die Fähre und erreichten Richmond Valley im Morgengrauen.

Ich stoppte den Camaro neben Sheilas Sportwagen, ließ sie und Gene aussteigen und fuhr weiter zu den Garagen, weil ich ihnen die Chance zum ungestörten Abschied nehmen geben wollte. Als ich aus der Garage kam, sah ich, wie beide Hand in Hand die kurze Treppe hinaufgingen und in der Villa verschwanden.

Ich setzte mich in den Pinto, fuhr ihn an einen Platz, von dem aus ich das Haus überblicken konnte, und dachte nach.

Natürlich war es möglich, Sheila Farmers Angaben zu überprüfen. Auch eine Gegenüberstellung mit Nat Kelly und den anderen Gorillas aus Malocs Vorzimmer ließ sich organisieren. Es genügte, Phil anzurufen. Aber er würde ungefähr vierundzwanzig Stunden brauchen.

Befand sich Gene Raines wirklich in Lebensgefahr? Oder sah ich Gespenster, wenn ich Sheila Farmer und das Callgirl für dieselbe Person hielt? Gefährlich konnte sie für ihn nicht werden. Sie war unbewaffnet, und Richmond Valley bot keine Möglichkeit, Raines vor die Mündung eines Präzisionsgewehrs zu locken.

Trotz solcher Überlegungen räumte ich meinen Platz nicht. Ich war entschlossen, Sheila Farmer, falls sie das Haus verlassen wollte, so lange festzuhalten, bis ich mich überzeugt hatte, daß Raines ihre Umarmung unbeschadet überstanden hatte.

Um sechs Uhr kam der Gärtner aus dem Personalanbau. Ihm folgten die Köchin und wenig später Alice und das andere Hausmädchen.

Alice entdeckte mich im Pinto und trat an den Wagen. »Warum schläfst du nicht in deinem Bett?« erkundigte sie sich kopfschüttelnd.

»Bring mir Kaffee, Alice«, bat ich. »Sehr starken Kaffee!«

Sie entdeckte den roten Sportwagen. Mit sicherem Instinkt erriet sie, daß es der Wagen einer Frau war.

»Liegt sie in deinem Bett, und traust du dich deshalb nicht hinein?« sagte sie und schüttelte sich vor Lachen.

»Nicht so laut, Alice! Mr. Raines wünscht Ruhe für seinen Gast.«

Sie rollte die Augen. »Ist sie bei ihm?« fragte sie leise.

»Er bot ihr ein Gästezimmer an.«

»Ich werde nachsehen, ob sie's benutzt hat.« Sie lief zum Haus. Nach fünf Minuten erschien sie im Eingang, streckte den Arm aus und machte das V-Zeichen. Ich wußte nicht, was sie damit andeuten wollte, und war zu müde, darüber nachzudenken, denn sie vergaß, mir Kaffee zu bringen.

Um acht Uhr kam Hank Kinsey. Er war so erstaunt wie seine Freundin Alice, mich im Pinto zu finden.

Ich informierte ihn mit wenigen Sätzen. »Raines, ich und zwei Mädchen waren in einem Nightclub. Ein Mädchen, eine angebliche Journalistin, die sich Sheila Farmer nennt, hält sich im Haus auf. Alice wird wissen, in welchem Zimmer. Übernimm meinen Platz. Ich will nicht, daß sie das Haus verläßt.«

Ich fuhr aus dem überwachten Gebiet bis in den nächsten Ort. In einem Drugstore ließ ich mir Kaffee und das Telefon geben. Natürlich gab es Telefone genug in der Raines-Villa, aber ich wollte keinen Apparat benutzen, der vielleicht abgehört wurde.

Ich rief Phil an.

»Seit gestern abend kennt Gene Raines ein Mädchen, auf das die Beschreibung des Maloc-Callgirls zu zwei Dritteln paßt. Überprüf folgende Angaben ...«

Ich nannte ihm die Namen des Hotels und der Zeitungen, für die Sheila Farmer angeblich arbeitete. »Versuch außerdem, Nat Kelly oder einen anderen Bodyguard Malocs aufzutreiben, der das Callgirl gesehen hat.

Ruf mich nicht an, sondern schick mir eine schriftliche Nachricht durch einen Mann der Privatpolizei.«

»Kannst du ein Foto von ihr beschaffen?« fragte Phil.

»Ich versuche es. Frag bei den Cops an der Schranke nach einem Umschlag für dich.«

Eine halbe Stunde nach dem Telefongespräch parkte ich den Pinto wieder vor dem Haus. Sheila Farmers roter Sportwagen stand noch immer auf dem gleichen Fleck.

Hank Kinsey kam mir entgegen. Er lachte breit und zeigte sein Raubtiergebiß. »Leg dich ins Bett, Jerry, und schlaf dich aus. Raines' Mädchen wird sich nicht heimlich aus dem Haus stehlen. Vor fünf Minuten erzählte mir Alice, daß Gene Frühstück für zwei Personen auf der Terrasse bestellt hat.«

Er hob die Hand und spreizte zwei Finger. »Für zwei Personen!« wiederholte er.

Gegen ein Uhr mittags erwachte ich und blinzelte in die Sonne. Ich lag in einem Liegestuhl unter einer großen Platane. Wenn ich den Kopf hob, konnte ich den Swimmingpool, die Terrasse und die Rückfront der Villa überblicken.

Was ich sah, ähnelte einer Szene aus einem Hollywoodfilm. Sheila Farmer schwamm im blauen Wasser des Pools. Gene Raines saß am Rand in einer Hollywoodschaukel und sah ihr voller Bewunderung zu.

Zum Teufel, ich wurde das Gefühl nicht los, daß ich mich lächerlich benahm. Seit Stunden beobachtete ich zwei Menschen, die sich offensichtlich ineinander verliebt hatten. Was um alles in der Welt gingen mich Raines' Liebschaften an? Hier, an seinem eigenen Swimmingpool, war er nicht in Lebensgefahr. Es sei denn, ich hielt Sheila für fähig, ihn zu ertränken.

Natürlich fiel es mir schwer, nicht daran zu denken,

daß Maloc an seinem Swimmingpool gestorben war. Es sah wie eine ähnliche Situation aus. In Wahrheit war sie ganz anders. Weit und breit gab es kein Versteck für einen mordgierigen Meisterschützen.

Ich verdrängte das Bild des toten Maloc im Schwimmbecken, schwang mich aus dem Liegestuhl hoch und ging zum Haus.

Raines rief mich an: »Jerry, willst du einen Drink?«

»Danke, nein!« rief ich zurück.

Sheila Farmer reckte sich aus dem Wasser und winkte, als wären wir die besten Freunde.

Während ich zum Haus ging, fuhr der Streifenwagen der Privatpolizei auf den Vorplatz. Ein Uniformierter stieg aus. »Wir haben eine Nachricht für Mr. Croft.«

»Das bin ich.«

Er übergab mir den Umschlag, den ich sofort öffnete.

Phils Mitteilung bestand aus wenigen Sätzen. »Sheila Farmer als Journalistin bekannt bei den genannten Zeitungen. Zuletzt schrieb sie Berichte über die Reichen Brasiliens und Südamerikas. Kelly, Stove und O'Hara nicht auffindbar. Sollen sich einer Gang in San Diego angeschlossen haben.«

Das las sich, als wären meine Befürchtungen unbegründet. Ich dankte den Cops und zerriß den Zettel mit Phils Nachricht.

Der Streifenwagen der Polizei begegnete einer schwarzen Fleetwood-Limousine, die von einem Chauffeur gesteuert wurde.

Im Fond saß Lyon Ross.

Der Fahrer stieg aus und riß die Tür für Raines' Onkel auf. Ross sah mich und kam zu mir.

»Alles in Ordnung?« fragte er grußlos.

»Ja, soweit ich es beurteilen kann.«

»Wem gehört der Wagen?« Mit dem Daumen wies er auf das rote Sportauto.

»Miss Sheila Farmer.«

»Wer ist das?«

»Eine Zeitungsreporterin. Sie kam, um Gene über den Zusammenstoß mit den Rockern zu interviewen.«

»Wann?«

»Gestern.«

»Und sie ist noch immer hier?« rief er.

»Augenblicklich im Swimmingpool.«

Er drehte sich auf dem Absatz um und stampfte ins Haus.

Fünf Minuten später sah ich ihn mit Gene Raines und Sheila Farmer auf der Terrasse. Sheila trug einen weißen Bademantel. Sie sprachen miteinander wie gute Bekannte, und Lyon Ross benahm sich wie ein alter Hahn, der eine junge Henne anbalzt.

Hank Kinsey holte mich zu einem späten Lunch in das Eßzimmer für die Angestellten. Während wir aßen, kam Lyon Ross' Fahrer und sagte, sein Chef wolle Hank und mich sprechen.

Ross lehnte an der Karosserie seines schwarzen Cadillac und kaute auf einer Zigarre, die fast so schwarz war wie das Auto.

»Was wißt ihr über die Frau?« knurrte er uns an.

»Nicht mehr, als ich Ihnen schon sagte, Sir.«

»Ich will, daß sie sorgfältig überprüft wird. Laßt sie unter keinen Umständen mit Gene allein.«

»Unter keinen Umständen, Sir?« fragte Hank und grinste von einem Mundwinkel zum anderen.

»Was beide in der Villa treiben, kümmert mich nicht. Hier ist Gene sicher. Aber ich will nicht, daß er sich von ihr zu unbeschützten Ausflügen verführen läßt. Habt ihr verstanden?«

Er warf sich in den Cadillac, daß die Federn ächzten, schnauzte seinen Fahrer an, er solle sich beeilen, und würdigte uns bei der Abfahrt keines Blickes.

»Bastard von einem Kapitalisten«, sagte Hank. »Seinetwegen sind unsere kreolischen Bohnen kalt geworden.«

Um fünf Uhr rief Gene Raines mich durch Alice in sein Arbeitszimmer.

Ich traf ihn allein an.

»Vor zehn Minuten telefonierte ich mit Hazel«, sagte er lächelnd. »Sie hat noch Kopfschmerzen und wollte wissen, wer sie ins Bett gebracht habe. Ich antwortete ihr, du hättest die Hauptarbeit beim Transport geleistet, und sie schien zu bedauern, daß sie dich beim Aufwachen nicht neben sich gefunden hat. Wenn du interessiert an ihr bist, würde ich dir raten, sie anzurufen und dich mit ihr zu verabreden.«

»Brauchst du mich nicht?«

»Nein«, antwortete er und schüttelte den Kopf.

»Wirst du die Villa nicht verlassen?«

Er wich meinem Blick aus. »Vielleicht werde ich Sheila zu ihrem Hotel begleiten. Dabei brauche ich weder dich noch Hank.«

»Onkel Lyon hat uns noch einmal eingeschärft, daß wir dich nicht unbewacht lassen dürfen.«

Sein Gesicht verfärbte sich vor Wut. »Ich habe es satt, daß Lyon mein Kindermädchen spielt!« schrie er. »Was fällt ihm ein, mir Bodyguards zu verordnen, ohne mich zu fragen? Morgen kündige ich den Vertrag mit eurer Firma. Ich brauche keine Muskelmänner, die mir ständig auf den Zehen herumstehen. Schert euch zum Teufel!«

»Lyons Sorge ist berechtigt, Gene«, sagte ich ruhig. »Du bist in Lebensgefahr.«

»Unsinn!«

Ich ging zum Schreibtisch, nahm den Hörer von der Gabel und schraubte die Sprechmuschel ab. Bis jetzt hatte ich weder Zeit noch Gelegenheit gefunden, nach Wanzen zu suchen. Ein Mini-Mikrofon in einen Telefonhörer einzubauen ist die älteste und einfachste Abhörmethode, weil sich der Telefonstrom als Energie für den Sender benutzen läßt. Natürlich ist es auch besonders leicht zu entdecken, und ich war nicht sicher, ob die Villa auf so einfache Weise verwanzt worden war.

Ich hatte Glück. Groß wie ein Daumennagel hing eine Wanze zwischen der Verdrahtung.

»Was ist das?«

»Ein Abhörmikrofon. Irgendwo sitzen Leute, die jedes Wort mithören, das wir sprechen.«

Ungläubig blickte er auf das Mikrofon. »Welche Leute?«

»Keine Ahnung, Gene. Vielleicht professionelle Abhörer, die ihre Dienste genauso verkaufen, wie Safe Protection Schutz und Sicherheit verkauft. Sie übernehmen Abhöraufträge, dringen unter Vorwänden in die Häuser ein, bringen die Mikrofone an und liefern ihren Auftraggebern Tonbandaufzeichnungen oder Einzelinformationen.«

Ich schraubte die Sprechmuschel zusammen und zog Raines am Ärmel aus dem Arbeitszimmer auf die Terrasse. Neben dem Tisch stand ein großer Kassettenrecorder, der über zwei Lautsprecher Musik lieferte, wenn auf der Terrasse getanzt werden sollte.

Ich schaltete ihn ein. »Für den Fall, daß auch hier Mikrofone versteckt wurden«, erklärte ich. »Du willst zu Sheilas Hotel fahren, Gene. Du mußt damit rechnen, daß die Leute, die dich töten wollen, das schon wissen.«

»Niemand will mich töten!« schrie er wütend. »Das ist ein Hirngespinst von Lyon Ross!«

»Die Mikrofone sind kein Hirngespinst, Gene!«

»Dabei mußt du nicht an Mord denken«, beharrte er störrisch. »Wahrscheinlich steckt die Konkurrenz dahinter. Die Baubranche ist ein rauhes Gewerbe, Jerry. Da wird mit harten Bandagen gekämpft. Wenn die Konkurrenz zum Beispiel erfährt, welche Preise wir bei Großobjekten nennen wollen, kann sie uns unterbieten. Glaubst du, Manager schreckten vor illegalem Abhören zurück, wenn es um viele Millionen geht?«

»Gene, der Zusammenstoß mit den Rockern in The Corner war kein Zufall, sondern als Kulisse für einen Mord inszeniert. Für den Mord an dir!«

»Woher willst du das wissen?«

»Der Anführer der Wild Panthers gab zu, daß der Überfall seiner Gang bestellt und bezahlt wurde.«

»Von wem?«

»Wenn ich die Frage beantworten könnte, würde ich die Polizei bitten, den Mann zu verhaften.«

Er dachte einige Sekunden lang nach, drehte sich um und ging in das Arbeitszimmer zurück. Er riß den Hörer aus der Gabel, schraubte die Sprechmuschel ab und nahm das Abhörmikrofon heraus.

»Morgen werde ich die Villa von Spezialisten absuchen lassen«, erklärte er energisch. »Danke für deine Informationen, Jerry. Du kannst gehen.«

»Wirst du die Villa verlassen?«

»Ja.«

»Dann werden Hank und ich dich begleiten.«

»Nein!« Er schmetterte den Hörer auf die Gabel. »Ich brauche keine Aufpasser. Ich will mit Sheila allein sein.«

»Nimm Vernunft an, Gene. Bedenke, daß …« Ich spürte, daß sich hinter mir jemand bewegte, und drehte mich um.

Sheila Farmer stand in der Tür zur Terrasse. Sie trug wieder die Jeans und die weiße Bluse. Über der Schulter hing die große Kameratasche.

»Streitet ihr euch?« fragte sie.

Raines ging zu ihr.

»Ein Streit ohne Bedeutung. Meine völlig überflüssigen Bodyguards bestehen darauf, dir und mir den Abend zu verderben.«

»Verdächtigen Sie mich immer noch, Jerry?« Sie lächelte mich an. »Haben Sie meine Angaben nicht überprüft?«

»Wovon redet ihr?« fragte Raines.

Sie wandte sich ihm zu und legte einen Arm um seine Schultern.

»Nichts von Bedeutung«, wiederholte sie seine Worte. »Es ist Jerrys Job, für deine Sicherheit zu sorgen. Mach ihn nicht brotlos. Laß ihn mitkommen.«

»In deinem Wagen?«

»Mein Wagen hat nur Platz für zwei Personen, aber ich habe nichts dagegen, wenn er uns folgt.«

Raines schüttelte den Kopf. »Nein, es gefällt mir nicht, wenn wir ...«

»Du kannst ihn zu jeder Zeit wegschicken, Gene. Oder noch besser, wenn wir seine Aufpasserei satt haben, hängen wir ihn ab. Mein Wagen ist ziemlich schnell.«

Sie gab es mir. Sie zahlte mir mein Mißtrauen knüppeldick zurück und zeigte, daß sie die Asse in der Hand hielt.

»Wohin fahren sie?« fragte Hank Kinsey und schnippte die Zigarettenkippe aus dem Seitenfenster.

Fünfzig Yards vor uns steuerte Sheila Farmer ihren offenen Alfa Spider über den Highway 25 A, der zur Ostküste von Long Island führt.

»Keine Ahnung«, antwortete ich.

Seit zwei Stunden fuhren wir im Kielwasser des roten Sportautos durch Manhattan und Brooklyn. Wir waren dem Mädchen und Raines zum Tristar Hotel gefolgt und hatten mit Raines in der Halle gewartet, während sie sich umzog. Raines sprach nicht mit uns. Er übersah uns auch später, als er und Sheila in Geschäften der Fifth Avenue einkauften.

Ich warf einen Blick auf die Armbanduhr. Vor neun Uhr wird es an Juliabenden nicht dunkel. Drei Stunden konnten wir dem Spider noch mühelos folgen.

»Verdammt schade, daß wir den Job verlieren«, sagte Kinsey. »Alice geht mir zwar langsam auf die Nerven. Aber es war doch angenehm, in Richmond Valley am Swimmingpool zu liegen.«

»Sei froh, Hank. Wenn wir noch lange in der Raines' Villa blieben, müßtest du am Ende Alice heiraten.«

»Es gibt Schlimmeres«, antwortete er und zündete eine neue Zigarette an. »Stell dir vor, wir müssen beim nächsten Job einen Politiker auf einer Wahlkampftournee beschützen. Ich habe es vier Wochen gemacht. Mann, du ahnst nicht, wie viele Tomaten und faule Eier an meinem Schädel zerplatzten! Noch unerträglicher war, daß ich viermal täglich die Rede von dem Politquassler anhören mußte. Am Ende des Einsatzes wurde mir schon übel, sobald er den Mund öffnete.«

Wir hatten die Stadtgrenze New Yorks längst hinter uns gelassen. Sheila Farmer hielt sich an das Geschwindigkeitslimit und unternahm keinen Versuch, uns abzuschütteln, obwohl der Alfa Spider um einiges schneller sein konnte als mein altersmüder Pinto.

»Ich hoffe, sie fahren zum Essen an die Küste«, meinte Kinsey. »Es gibt dort wundervolle Fisch- und Hummerrestaurants. Glaubst du, Raines würde protestieren, wenn wir Hummer bestellten und mit den Spesen abrechneten?«

In East Norwich verließ Sheila Farmer den Highway. Sie fuhr durch den Ort Oyster Bay und weiter auf einer schmalen Straße, die oberhalb der Steilküste verlief. Nach fünf Meilen bog sie ab in einen gerade noch autobreiten Weg, der in Haarnadelkurven zum Strand hinunterführte.

Ich stoppte an der Einfahrt. Kinsey las den Text eines großen Reklameschildes, das dort stand.

The Pirate Inn. Direkt am Strand. Frische Fischspezialitäten. Bar und Tanzfläche.

»Hört sich an, als kämen wir zu unserem Hummer. Fahr los, Jerry.«

Das Schild war alt, die Schrift verwaschen. Ich lenkte den Pinto in den Weg. Die Asphaltierung war voller Schlaglöcher. Pflanzen wucherten von den Rändern in die Fahrbahn. Auf den Ausweichflächen für entgegenkommende Wagen häufte sich Schutt. Der Weg mündete am Strand einer schmalen Bucht. Am anderen Ende der Bucht stand ein großes, dreistöckiges Haus mit zur Hälfte eingestürztem Dach und leeren Fenstern.

»'ne Ruine!« rief Hank. »Der Laden ist pleite!«

Die Zufahrt zum Haus war von Sand überweht und kaum zu erkennen, aber der Alfa Spider rollte im Schritttempo auf die Ruine zu.

»Gib Gas, Jerry!« Kinsey stieß mich heftig an. »Das sieht nicht gut aus. Hier riecht's nach Falle!«

Ich gab Gas. Ich hielt den Pinto nicht auf dem versandeten Weg, sondern steuerte ihn zum Strand, wo die Flut den Sand verfestigt hatte. Zwei Minuten brauchte ich, um Sheila Farmers Wagen zu überholen. Ich stellte den Pinto quer und zwang sie zu stoppen.

Raines sprang mit einem Satz aus dem Auto. »Seid ihr verrückt geworden?« schrie er. »Schert euch zum Teufel!«

Hank und ich stiegen aus. Hank ging zu Raines und breitete die Arme aus.

»Entschuldigung, Mr. Raines«, sagte er. »Das ist eine verdammt einsame Gegend. Wir waren beunruhigt.«

Sheila Farmer blieb hinter dem Steuer, beide Hände am Lenkrad. Ich stand dicht neben ihr. Sie blickte nicht auf. Ich sah, daß sie die Lippen heftig aufeinander preßte. Ihr Mund war ein schmaler Strich.

»Wollen Sie zu diesem Haus, Mr. Raines?« fragte Hank in einem sanften Tonfall, so als spräche er zu einem schwierigen Kind. »Es ist eine Ruine. Was wollen Sie dort?«

»Sheila glaubte, es wäre ein Restaurant«, antwortete Raines. Unsicherheit schwang in seiner Stimme.

»Danach sieht es nicht aus, Sir. Bleiben Sie hier. Ich werde hingehen und mich überzeugen.«

Hank drehte sich um, ging am querstehenden Pinto vorbei und auf die Hausruine zu.

Wie groß war die Entfernung? Fünfzig Yards? Oder mehr?

»Hank ...!« rief ich.

Ich sah noch den Ansatz seiner Schulterbewegung, als er sich umdrehen wollte. Im selben Augenblick traf ihn die Kugel. Sein Kopf flog wie von einer unsichtbaren Faust getroffen in den Nacken. Seine Muskeln spannten sich in der letzten, entsetzlichen Sekunde, die dem gewaltsamen Tod vorausgeht.

Dann stürzte Hank Kinsey, ein ehrlicher, lebensfroher, mutiger Mann, in den Sand.

Es gibt Sekunden, die brennen sich ins Gedächtnis ein, als wären sie zu einem Bild erstarrt, auf dem sich nichts bewegt, die Gestalten in ihrer Haltung verharren und selbst die Zeit stehengeblieben ist.

Eine solche Sekunde erlebte ich an jenem Nachmittag. Kinsey lag reglos im Sand. Gene Raines stand vor dem Pinto, und Sheila Farmer saß wie festgefroren hinter dem Steuer.

Ich wußte, der zweite Schuß würde fallen. Die Kugel würde Raines treffen. Er würde in den Sand stürzen und würde dort liegen als schreckliches Gegenstück zu Hank Kinsey.

Nicht kühle Überlegung, nein, Instinkte und Reflexe bestimmten mein Handeln. Ich riß den Colt aus dem

Holster und tat etwas, was ich nie zuvor in meinen Leben getan hatte.

Ich setzte die Mündung an Sheila Farmers Kopf und schrie: »Schießt nicht auf den Mann, oder ich besorg's ihr!«

Die Frau warf den Kopf herum.

Mit der linken Hand riß ich den Wagenschlag auf, packte ihren Arm, zog sie aus dem Wagen und auf die Füße.

Ich stieß sie gegen die Karosse des Pinto, preßte mich gegen sie und nagelte sie mit meinem Gewicht fest.

»Runter, Gene!« schrie ich Raines an. »Wirf dich hin!«

Er rührte sich nicht. Er bot eine Zielscheibe wie auf dem Schießstand.

In einer Fensteröffnung der Ruine blitzte Mündungsfeuer. Eine Armlänge neben meinem Kopf schlug die Kugel ins Wagendach.

Eine Armlänge daneben! Warum schoß er so schlecht? Warum schoß er nicht auf Raines?

Die Frau schrie: »Schieß nicht, Guy! Du triffst mich! Guy, ich werde dich lieben! Schieß nicht! Bitte ...!« Ihre Stimme überschlug sich und brach. Ich spürte, daß ihre Glieder vor Angst bebten.

Endlich ließ sich Raines fallen. Er kroch unter dem Pinto durch und kam auf meine Seite. Niemand hinderte ihn. Kein Schuß fiel.

»Steig in den Wagen!« befahl ich. »Starte den Motor!«

»In den Pinto?«

»Nein, in den Spider!«

Er gehorchte, aber seine Hände zitterten. Er brauchte drei Versuche, bis der Motor ansprang.

Im Haus blieb es ruhig.

»Hört zu, ihr Hundesöhne!« rief ich laut. »Wir werden abhauen, und ihr werdet uns nicht daran hindern, oder eure Freundin muß dafür bezahlen! Kapiert?«

Ich erhielt keine Antwort.

Mit der linken Hand drückte ich Sheila Farmer auf die Knie, kroch zusammen mit ihr um das Heck des Sportwagens herum, schob sie auf den Beifahrersitz und zwängte mich daneben. Der querstehende Pinto deckte uns gegen das Haus, allerdings nur, solange die Wagen dicht beieinanderstanden.

»Setz zurück!« befahl ich Raines. »Dann wende!«

Er war so aufgeregt, daß er kaum den Rückwärtsgang reinbrachte. Dann gab er so hastig Gas, daß der Spider einen Satz machte.

»Nur die Ruhe, Gene! Fahr langsam! Mit diesem Schätzchen halten wir die höchste Trumpfkarte in der Hand.«

Ich griff in Sheilas Haar und zwang sie, ihren Kopf an meinen zu pressen. Im offenen Spider gab es keine Deckung für uns, und ich fürchtete die Schießkünste des Mannes, der Maloc und Mills getötet hatte.

Raines steuerte den Wagen in Schlangenlinien rückwärts.

»Wenden!« rief ich.

Er hatte die Kontrolle über seine Nerven zurückgewonnen, wechselte die Gänge, zog das Auto herum, beschleunigte und steuerte den Weg an, der zur Küstenstraße hinaufführte.

Ich wandte mich um und sah einen großen schwarzen Wagen hinter der Hausruine hervorkommen.

Ich zog Sheilas Kopf herum. Unsere Blicke kreuzten sich. Sie hatte die Augen weit aufgerissen. Panik und Angst verzerrten ihr Gesicht.

»Das wird teuer für dich!« zischte ich zwischen zusammengebissenen Zähnen. Ich haßte sie, denn ich dachte an Hank, dem sie keine Chance gegeben hatte.

Raines jagte den Wagen durch die erste Haarnadelkurve. Die Reifen kreischten. Er fuhr zu schnell. Der Wagen drohte auszubrechen.

»Langsamer!«

Er schrie auf und trat auf die Bremse. Sein Schrei riß mir den Kopf herum. Da sah ich den Lastwagen, der von oben kam, ein mittelschwerer Laster mit geschlossenem Laderaum. Kein Truck und doch im Vergleich zu dem schmalen Spider ein Fahrzeug von der Wucht eines Panzers.

Ich schoß auf den Mann, dessen Umrisse sich hinter dem Steuerrad abzeichneten. Die Windschutzscheibe zersprang.

Den Wagen brachte ich mit ein paar Revolverkugeln nicht zum Stehen. Wie eine Wand wuchs der mächtige Kühler vor uns auf.

Mit ohrenbetäubendem Krachen prallte die massive Stoßstange gegen die Front des Sportwagens, verwandelte in Sekundenschnelle Kotflügel und Motorhaube in verknautschtes Blech.

Wir wurden durcheinandergerüttelt. Der Truck schob den Spider vor sich her und drückte das leichte Fahrzeug gegen die Felsen, die den Weg begrenzten. Es schien, als sollten wir zerquetscht werden.

Ich setzte alles auf eine Karte. Ich schnellte mich seitlich aus dem Spider. Schwer schlug ich auf und prallte mit dem Kopf gegen einen Felsbrocken.

Für Sekunden funktionierte nichts mehr in meinem Gehirn. Ich stürzte in ein bodenloses schwarzes Loch. Als ich wieder auftauchte, sah ich dicht vor meinen Augen die Beine eines Mannes. Seine Füße steckten in staubigen kurzen Stiefeln.

Er beugte sich zu mir herab. Sein Gesicht tauchte in meinem Blickfeld auf, eine breite rote Fratze, in die schwarze Knopfaugen eingestanzt waren wie Löcher.

Der Mann schlug zu. Die Welt explodierte und löste sich zu Nichts auf.

Als mein Bewußtsein zurückkehrte, blieb es finster vor meinen Augen. Es dauerte lange, bis ich begriff, daß mir die Augen mit Heftpflaster zugeklebt worden waren. Dicke Pflasterstreifen verschlossen auch meinen Mund.

Das Atmen fiel mir schwer. Mir war erbärmlich übel. Ich versuchte, Hände und Füße zu bewegen, und fand heraus, daß ich Handschellen trug. Die Füße waren zusammengebunden.

Ich hörte Motorengeräusch und spürte das Rütteln eines Wagens. Das Gehäuse, in dem ich lag, war eng. Anscheinend handelte es sich um den Kofferraum des Wagens. Mühsam erinnerte ich mich an die Ereignisse.

Sie hatten Hank erschossen, aber nicht mich. Und sie hatten auch Gene Raines nicht getötet, obwohl er minutenlang eine erstklassige Zielscheibe abgegeben hatte.

Wollten sie ihn nicht erschießen, sondern ihn auf eine Art umbringen, die wie ein Unfall aussah? Hatten sie aus diesem Grund den Lastwagen eingesetzt? Dann war vielleicht alles längst geschehen, und Gene Raines lag tot in den Trümmern des Spider.

Warum lebte ich noch? Warum hatten sie mich nicht vor die Räder ihres Trucks geworfen und überrollt?

Natürlich fand ich keine Antwort. Aus Erfahrung wußte ich, daß es für ein durchgerütteltes Gehirn besser ist, wenn man nicht von ihm verlangt, Rätsel zu lösen.

Mein Bewußtsein sackte noch einmal weg. Ich weiß nicht, wie lange der Zustand dauerte. Als ich zum zweitenmal wieder zu Verstand kam, stand der Wagen.

Die Kofferraumklappe wurde geöffnet. Für mich blieb die Welt unter der Verpflasterung dunkel.

»Lebt er?« fragte eine Männerstimme.

Ich wurde angefaßt und geschüttelt.

Eine zweite Stimme antwortete: »Ja, er hat es überstanden. Aber ich begreife nicht, warum du ihn mitgenommen hast, Milton.«

»Natürlich begreifst du es nicht, Herman. Dafür hast du zuviel Hohlraum unter der Schädeldecke. Macht nichts, mein Junge, solange du gute Muskelarbeit leistest. Trag ihn nach oben.«

Ich wurde aus dem Kofferraum gehievt. Es war nur ein Mann, der mich rauszog und sich meinen Körper wie einen Sack auf die Schulter lud. Er trug mich geradeaus und nach zwanzig Schritten einige Stufen hinunter. Ich hörte, wie er mit dem Fuß eine Tür aufstieß und einen Raum betrat.

Dann lud er mich ab. Er ließ mich fallen. Wehrlos und durch die Fesselung unfähig, den Sturz abzufangen, schlug ich schwer auf und trat zum drittenmal geistig weg.

Oder war's das vierte Mal? Haben Sie mitgezählt?

Stunden später holten sie mich. Zwei Männer kamen herein. Sie lösten meine Fußfesseln und stellten mich auf die Füße. Dann führten sie mich durch einen Gang, eine Treppe hinauf und in einen Raum, in dem ein TV-Gerät laufen mußte, denn ich hörte, wie ein Sprecher Nachrichten verlas.

Ein Fausthieb traf meine Magengrube.

Ich stürzte.

Diesmal fiel ich weich in einen Sessel.

»Nehmt ihm die Pflaster weg«, befahl ein Mann. Ich erkannte die Stimme wieder. Dieser Mann hatte, als der Kofferraum geöffnet wurde, gefragt, ob ich noch lebte.

»Auch von den Augen?« fragte eine Frau. Klar, daß ich die Stimme kannte. Ich hatte sie oft genug gehört.

»Warum nicht?« Der Mann lachte. »Dein Gesicht vergißt er auf keinen Fall.«

Sie rissen mir die Pflaster ab, und sie dachten nicht im Traum daran, vorsichtig zu sein. Haut und Haare der

Augenbrauen rissen sie mit. Meine Lippen sprangen auf und bluteten.

Das Licht blendete mich. Es dauerte Sekunden, bis ich klar sehen konnte.

Das Zimmer, in das sie mich gebracht hatten, war groß und gut mit Möbeln, Teppichen und Bildern eingerichtet.

Die Frau, die ich unter dem Namen Sheila Farmer kannte, saß in der Ecke einer Couch. Ihr linker Arm lag in einer Schlinge. Die Hand war verbunden. Auf ihrer Stirn war Verbandsmull mit Pflaster befestigt, und die rechte Wange zeigte Schrammen und getrocknetes Blut.

Neben ihr saß ein Mann, schätzungsweise zwischen fünfunddreißig und vierzig Jahre alt. Er war schlank, über mittelgroß, mit einem ovalen Gesicht, das von kalten grauen Augen beherrscht wurde. Das schwarze Haar trug er kurz. An den Schläfen zeichneten sich einzelne graue Fäden ab.

Zwei andere Männer standen wenige Schritte vor meinem Sessel. Einer war ein bulliger Bursche mit ungewöhnlich breiten Schultern, kurzem Hals und quadratischem Schädel. Das Gesicht hatte eine ungesunde rote Hautfarbe. Die Augen waren klein mit schwarzen Stecknadelpupillen. Es war die Visage, die ich nach dem mißglückten Sprung aus dem Spider über mir gesehen hatte, bevor es für mich Nacht wurde.

Der andere Mann war das genaue Gegenteil.

Mager, krummrückig, mit schlenkernden Armen, einem schmächtigen Kopf, an dem lange, fettige Haarsträhnen klebten, ähnelte er einem halbverhungerten Landstreicher.

Der graue Anzug, in dem er wie in einem Sack steckte, war viel zu weit und voller Ölflecke. Seine Augen paßten nicht zu seiner Erscheinung. Sie waren sehr hell, fast gelb, mit großer schwarzer Pupille und gewölbt wie die Augen eines Raubvogels.

»Ich bin Milton Scarr«, sagte der Mann neben Sheila Farmer. »Genauer gesagt, so nenne ich mich zur Zeit. Überrascht es dich, daß ich dir meinen Namen nenne? Damit will ich dir beweisen, daß ich ein faires Geschäft anbiete.«

Er wies auf den breitschultrigen Bullen. »Er heißt Herman Mezz, und den Mann neben ihm nennen wir Guy Cinski.«

Er wandte sich der Frau zu. »Natürlich heißt sie bei uns nicht Sheila Farmer, sondern Jessica.« Mit dem Handrücken streichelte er vorsichtig ihre unverletzte Wange.

Unwirsch drehte sie den Kopf zur Seite.

»Sie ist böse, weil du uns die Sache so schwer gemacht hast«, sagte Milton Scarr. »Fast hättest du meinen Plan vereitelt.«

»Ein Scheißplan!« schrie die Frau giftig. »Um ein Haar hätte Mezz mich niedergewalzt.«

»Unsinn, Jessica! Er wußte genau, was er zu tun hatte.«

»Und mein Gesicht!« kreischte sie außer sich vor Zorn. »Davon werden Narben zurückbleiben.«

»Mach dir keine Sorgen, Baby. Die Schrammen verheilen spurlos.«

Sie wollte antworten.

Scarr faßte hart ihren Oberarm.

»Halt den Mund!« befahl er. Unter seinem Blick duckte sie sich.

Scarr fragte mich: »Willst du einen Drink?«

»Nur Wasser.«

»Keinen Whisky?«

»Besser nicht. Könnte sein, daß er mich umwirft.« Es fiel mir schwer, Worte und Sätze zu bilden. Alles lief langsam, zäh und stockend ab. Die Lippen zu bewegen war anstrengende Schwerarbeit.

»Gib ihm Wasser, soviel er will, Herman.«

Der Breitschultrige gab mir ein Glas Sodawasser. Ich leerte es auf einen Zug, und er füllte es wieder.

»Jessica sagt, du wärst von Anfang an mißtrauisch gewesen. Warum?« fragte Scarr.

Was sollte ich antworten? Ich konnte nicht nur schlecht sprechen, ich war auch unfähig, vernünftig nachzudenken. Instinktiv witterte ich, daß ich Malocs Ermordung nicht erwähnen durfte. Ich kannte Scarrs Pläne nicht. Aber sogar mein lahmendes Gehirn begriff, daß ein Bodyguard, der sich als G-man entpuppte, in keinen Plan paßte.

»Ross, der Onkel von Raines, hatte uns zu besonderer Vorsicht ermahnt«, stammelte ich.

»Hast du versucht, ihre Identität zu überprüfen?«

Ich leerte das zweite Glas Wasser und nickte.

»Was hast du herausgefunden?«

»Es gibt eine Sheila Farmer, und sie arbeitet für Zeitungen.«

Scarr lachte selbstzufrieden. »Richtig, aber sie ist fünfzig Jahre alt und sieht ganz anders als Jessica aus. In New York war sie seit Jahren nicht. Begreifst du, wie ausgekocht ich bin? Ich übersehe nichts. Ich berücksichtige auch Kleinigkeiten. Ich mache keine Fehler.«

»Deine Fehler trage ich im Gesicht!« fauchte Jessica alias Sheila Farmer.

»Bedank dich bei ihm und bei dir selbst«, sagte Scarr zynisch. »Du hättest ihn von deiner Harmlosigkeit überzeugen müssen, Darling. Für sein Mißtrauen warst du nicht gut genug …«

Das Wasser hatte mich belebt. Ich fühlte mich besser. »Habt ihr Gene Raines getötet?« fragte ich.

Scarr schüttelte den Kopf. »Nein, dazu ist er zu schade. Millionäre tötet man nicht. Man melkt sie.«

»Ein Kidnapping?«

»Richtig, mein Freund.«

»Verlangt ihr Lösegeld?«

Er stand auf, kam zu mir und suchte meinen Blick.

»Du verlangst ein Lösegeld, Jerry Croft«, sagte er. »Die Entführung ist dein Werk.«

»Die Story wird niemand glauben.«

»Warum nicht? Weil du ein Bodyguard bist? Es gibt viele Dutzend Fälle von Bodyguards, Geldtransporteuren und Sicherheitsschützern, die zugriffen, als sich ihnen die richtige Chance bot. Warum solltest du eine Ausnahme sein?«

Ich war eine Ausnahme, aber das wußten nur Mr. High, Phil und der Chef der Safe Protection Agency. Wenn Scarr und seine Leute es erfuhren, würden sie mich sofort töten.

»Ich höre«, sagte ich.

Scarr ging zur Couch zurück, setzte sich und legte einen Arm um Jessica. »Für Raines wirst du zwei Millionen Dollar verlangen. Zehn Prozent, also zweihunderttausend Dollar, erhältst du als Provision. Wenn der alte Lyon Ross die Summe zusammengebracht hat, wirst du das Geld holen.«

»Warum holst du es nicht selbst?«

»Du bist die falsche Fährte, Croft. Denkst du, ich gebe dir zweihunderttausend Dollar ohne Gegenleistung? Jessica, ich und natürlich auch Herman und Guy wollen uns in Ruhe absetzen können. Dich werden die Schnüffler jagen. Aber es liegt in deiner Hand, dir genügend Vorsprung zu verschaffen.«

»Auf welche Weise?«

»Wir übergeben dir Gene Raines. Dann kannst du entscheiden, wann du ihn freiläßt. Solange er sich in deiner Gewalt befindet, müssen sich die Schnüffler zurückhalten.«

Ich roch Schwefelgestank in jedem seiner Worte. Nicht eine Silbe glaubte ich ihm, obwohl ich nicht erkannte, worauf sein Plan abzielte. Trotzdem spielte ich mit. Ein andere Wahl gab es nicht.

»Was soll ich tun?«

»Ruf Lyon Ross an. Hier ist der Text.« Er gab mir ein Blatt, auf das er ein halbes Dutzend Sätze geschrieben hatte.

»Ross wird Beweise verlangen, daß Raines noch lebt«, wandte ich ein.

Er legte ein kleines Tonbandgerät auf den Tisch. »Spiel ihm das Band vor. Raines wird ihm selbst sagen, was geschehen ist.«

Ich starrte auf das Gerät, das nicht größer als ein Handteller war. War es das Gerät, das bei der Ermordung Malocs eine Rolle gespielt hatte?

»Bring das Telefon!« befahl Scarr.

Herman Mezz brachte einen Apparat.

»Wähl 698-4422.« Scarr wiederholte die Ziffern, die ich eintippte. »Verlang Mr. Ross. Falls nach deinem Namen gefragt wird, antworte, du riefst im Auftrag von Gene Raines an.«

Eine Mädchenstimme meldete sich. »Downhill Construction.«

»Verbinden Sie mich mit Mr. Lyon Ross.«

»Wer spricht?«

»Ich rufe im Auftrag von Gene Raines an.«

»Warten Sie einen Augenblick. Ich werde nachfragen, ob Mr. Ross zu sprechen ist.«

Scarr hatte einen Lautsprecher eingeschaltet, der mit dem Telefon gekoppelt war. Ich hielt den Hörer mit beiden Händen, denn ich trug noch immer die Handschellen.

Ross' polternde Stimme dröhnte an mein Ohr. »Bist du es, Gene?«

»Ich habe eine Nachricht von Gene für Sie, Mr. Ross.«

»Wer spricht? Zum Teufel, nennen Sie Ihren Namen!«

Ich las die ersten Sätze vor, die Scarr aufgeschrieben hatte.

»Gene wurde entführt. Wir verlangen zwei Millionen Dollar. Einzelheiten werden Ihnen später mitgeteilt. Schalten Sie nicht die Polizei ein! Beim leisesten Verdacht …«

Er unterbrach mich und brüllte: »Ich kenne Ihre verdammte Stimme! Du bist einer von den Bodyguards! Der Weiße, oder? Du heißt Croft! Mann, ich werde dich eigenhändig in die Hölle befördern, wenn du …«

Ich las weiter, ohne mich um sein Gebrüll zu kümmern: »… Verdacht, daß Sie sich nicht an unsere Anweisungen halten, töten wir Ihren Neffen!«

»Du lügst …«

»Überzeugen Sie sich, daß sich Gene in unserer Gewalt befindet. Hören Sie ihn selbst.«

Ich schaltete das Tonband ein. Aus dem Lautsprecher kam Gene Raines' Stimme.

»Ich bin entführt worden, aber ich bin gesund, unverletzt und werde gut behandelt. Bitte, befolge alle Befehle und erfülle die Forderungen meiner Entführer! Ich bin überzeugt, daß sie mich nach Zahlung des Lösegeldes freilassen werden. Halt die Polizei unbedingt aus der Sache raus! Ihre Einmischung wäre für mich tödlich. Ich vertraue dir, Onkel Lyon!«

»Das kam vom Tonband!« schrie Ross. »Keinen Cent zahle ich ohne eindeutigen Beweis, daß Gene lebt. Oh, Himmel, ihr alle werdet auf dem elektrischen Stuhl gebraten!«

»Halten Sie zwei Millionen Dollar bereit!« las ich den letzten Satz ab. »Sie hören von uns bis morgen abend.«

Ich legte den Hörer auf die Gabel.

»Sehr gut!« lobte Scarr. »Jetzt lassen wir den Alten vierundzwanzig Stunden in seiner eigenen Verzweiflung schmoren.«

»Ohne Beweise, daß Gene lebt, zahlt er nicht«, sagte ich. »Er ist ein Eisenschädel.«

»Ein Polaroidfoto ist schon unterwegs. Morgen lassen wir Raines die Nachrichten vom Tage vorlesen.«

Er schnappte mit den Fingern und befahl Mezz und Cinski: »Bringt ihn ins Badezimmer. Er kann sich waschen. Wenn er will, gebt ihm zu essen.«

Mezz packte die Handschellen zwischen meinen Gelenken und zog mich aus dem Sessel.

Sie führten mich durch die Wohnung zum Badezimmer.

Ich bemühte mich, einen Überblick zu gewinnen. Ohne Zweifel befand ich mich in einem ziemlich großen Haus. Vor allen Fenstern waren Vorhänge vorgezogen oder Rollläden heruntergelassen. Ich hörte das gleichmäßige Geräusch vieler Automotoren, das zu einem Rauschen und Brausen verschmolz. Eine Autobahn mußte in der Nähe vorbeiführen.

»Schließt mir die Handschellen auf. Mit gefesselten Händen kann ich mich nicht waschen.«

Mezz grinste mich an. »Bei dir sind freie Hände gefährlich. Ich weiß, daß du ein schneller und harter Schläger bist.«

Er zog einen großkalibrigen Revolver aus einem Gürtelholster und reichte die Waffe dem schmuddligen Guy Cinski. »Nur zur Vorsicht, Guy. Halte Abstand.« Mezz schob mich ins Badezimmer. Er hielt mir drohend die geballte Faust vors Gesicht. »Dieses Mal schlage ich dich platt!«

»Hast du es schon versucht?«

Er verstärkte sein Grinsen. »Erinnerst du dich nicht?« Mit einem flachen Schlüssel öffnete er die Handschellen.

Ich begriff, daß er der Mann war, der sich als Rocker getarnt und versucht hatte, Gene Raines mit der Zementflasche zu erschlagen.

Ich zog die Jacke aus, streifte das Hemd über den Kopf und ließ kaltes Wasser über Kopf und Schultern laufen.

Mezz und Cinski standen in der offenen Tür.

»Verstehst du, warum Milton nicht wollte, daß ich den Jungen ebenso abschieße wie den Schwarzen?« fragte Cinski. Seine Stimme hatte einen gequetschten, gellenden Klang wie eine geborstene Trompete. »Ich dachte, ich würde verrückt, als ich sah, wie der Bastard sich Jessica schnappte. Er knallte sie gegen den Wagen und quetschte sie fest. He, du!« schrie er mich an. »Ich hätte dir verdammt gern das Lebenslicht ausgeblasen.«

Ich hob den Kopf. »Versucht hast du's, oder? Um eine Armlänge hast du vorbeigeschossen.«

»Weil Scarr mich anstieß!« schrie Cinski. »Ich schieße nie vorbei, Mann! Ich hoffe, es kommt der Tag, an dem ich dir's beweisen kann.«

Wie Jake Maloc, dachte ich, wie Max Mills und wie Hank Kinsey. Ich biß die Lippen aufeinander. Mir war, als dünsteten diese gefühllosen Killer Blutgeruch aus, der mir den Atem nahm.

Mezz lachte dröhnend. »Ich wette, deine Hand zitterte, weil der Junge deine heißgeliebte Jessica bearbeitete. Hast du dich noch immer nicht daran gewöhnt, daß sie sich mit anderen Männern rumwälzt?«

»Scarr verlangt es von ihr.«

»Mag sein, Guy. Aber ich kenne einen Mann, bei dem sie sich weigern würde, selbst wenn Scarr ihr mit Auspeitschung drohte.«

»Bei wem?« stotterte Cinski töricht.

»Bei dir, du Idiot!« Mezz brüllte vor Lachen und schlug sich auf die Oberschenkel.

In Cinskis Gesicht zuckten die Muskeln.

Ein Speichelfaden floß vom Mundwinkel übers Kinn.

»Du lügst, Hundesohn!« kreischte er. »Sie hat mir versprochen, daß sie …«

Er fuchtelte mit dem Revolver. Mezz wurde bewußt, daß er seinen Kumpan gereizt hatte, und riß Cinski die Waffe aus der Hand.

»Sag mir Bescheid, wenn sie dir das Datum genannt hat«, höhnte er. »Ich spendiere eine Flasche Whisky für eure gemeinsame Nacht.«

Cinski schlug nach ihm. Mühelos hielt Mezz den mageren Mann mit ausgestrecktem Arm auf Abstand. »Gib Ruhe, Guy. Ich will dir nur klarmachen, daß du Jessica überschätzt. Für hundert Dollar kannst du ein Mädchen haben, das besser ist als sie.«

Er wandte sich mir zu. »Das genügt, Croft. Her mit den Händen.«

Er schloß die Handschellen um meine Gelenke. Ich leistete keinen Widerstand.

Mezz hielt sich an Scarrs Anweisungen. Er fragte mich, ob ich essen wolle. Ich antwortete, mir genüge Wasser. Trotzdem ließ er von Cinski ein paar Konservenbüchsen holen.

Sie brachten mich in einen fensterlosen Kellerraum, in dem eine alte Couch und einige Möbel standen. Die Tür war aus Stahl und hatte zwei massive Riegel an der Vorderseite. Als Mezz sie vorschob, hallte das Stahlblech wie ein angeschlagener Gong.

Ich ließ mich auf die Couch fallen und verschränkte die Arme im Nacken. Ich wollte nachdenken, aber ich war noch nicht im Vollbesitz meiner Kräfte und schlief ein.

Phil betrat Mr. Highs Büro.

»Sir, der Kontakt zu Jerry ist abgerissen.«

»Seit wann?«

»Seit gestern abend. Jerry und ich hatten vereinbart, daß er einen Umschlag mit einem Foto dieser Sheila Farmer im Büro der Privatpolizei von Richmond Valley hinterlegt. Ich fragte im Büro nach. Sie hatten keinen Umschlag. Ein Polizist erzählte mir, Gene Raines habe gegen drei Uhr in einem roten Sportwagen mit einer Dame am Steuer Richmond Valley verlassen. Seine Leibwächter seien ihm in Jerrys blauem Pinto gefolgt. Ich blieb bis zehn Uhr abends in der Nähe der Einfahrtschranke. Sie kamen nicht zurück. Heute morgen rief ich an und verlangte, Gene Raines zu sprechen. Ich erhielt die Antwort, Mr. Raines sei verreist.«

»Das kann die Wahrheit sein, Phil. Als Bodyguard muß Jerry ihn begleiten.«

»Die angebliche Sheila Farmer fuhr mit, Sir.«

»Angebliche? Gestern hielten Sie den Namen für echt.«

»Der Name ist echt, Sir. Es gibt eine Journalistin, die so heißt. Und sie arbeitet für die Zeitungen, die Jerry mir nannte. Inzwischen habe ich gründlicher nachgeforscht und einen Redakteur aufgetrieben, der Sheila Farmer persönlich kennt. Er schildert sie als eine intelligente, aber häßliche Frau von rund fünfzig Jahren. Die Frau, die unter dem Namen in Richmond Valley auftauchte und Gene Raines den Kopf verdrehte, ist höchstens Mitte zwanzig und attraktiv wie die Sünde persönlich ...«

Mr. High drückte den Knopf für die Rufanlage und bat seine Sekretärin: »Helen, verschaffen Sie mir eine Verbindung mit Tom Harrer, dem Chef der Safe Protection Agency.«

Zwei Minuten später teilte Helen mit: »Mr. Harrer auf Leitung zwei, Sir!«

High begrüßte seinen alten Freund. »Hallo, Tom.«

Harrer, der einen dröhnenden Baß hatte, antwortete fröhlich: »He, John! Alles in Ordnung?«

»Ich weiß nicht recht, wie ich die Frage beantworten soll. Wir machen uns Sorgen, Tom. Wann hast du zuletzt von deinen Bodyguards gehört?«

»Von Hank Kinsey und unserem gemeinsamen

Angestellen Jerry Croft? Laß mich nachdenken, John. Kinsey rief vor zwei Tagen unser Büro an und reklamierte einen Fehler in der Spesenabrechnung für seinen vorigen Einsatz. Seitdem – Sendepause.«

»Müssen sich deine Leute in regelmäßigen Abständen bei dir melden?«

»Nicht bei einem Vierundzwanzig-Stunden-Einsatz wie der Raines-Bewachung. Uns genügt es, wenn die Jungs einmal in der Woche einen Berichtsbogen mit der Zahl der abgeleisteten Stunden schicken. Ist irgend etwas nicht in Ordnung?«

»Raines ist verreist. Bei ihm ist eine Frau, die möglicherweise bei einem Mord eine Rolle gespielt hat.«

Harrer stieß einen leisen Pfiff aus. »Und unsere Männer?«

»Soweit wir wissen, fuhren beide mit, allerdings nicht im selben Wagen.«

»Was sagt Lyon Ross? Habt ihr mit ihm gesprochen?«

»Noch nicht. Die Auskunft über Raines' Reise stammt von einer Hausangestellten.«

»John, wenn du willst, rufe ich Ross an und sage ihm, ich müßte meine Leute unbedingt sprechen. Von ihm kann ich erfahren, wo sich Raines aufhält.«

High dachte einen Augenblick lang nach. »Erlaubst du, daß einer von uns mit ihm spricht?«

»Als FBI-Agent?«

»Nein, als Mann deiner Firma. Stellst du noch Leute ein, Tom?«

Harrer lachte. »Dir zu Gefallen, John – immer!«

»Phil Decker kommt zu dir. Bitte, gib ihm einen Ausweis der Safe Protection.«

»Mach ich, John! Falls es Neuigkeiten gibt, informiere mich. Hank Kinsey ist ein guter Mann. Für ihn lege ich die Hand ins Feuer. Es wäre schade, wenn ihm etwas zustieße.«

Mr. High trennte die Verbindung, nickte Phil zu und sagte: »Sprechen Sie mit Lyon Ross. Verschweigen Sie ihm unter allen Umständen Ihre und Jerrys Zugehörigkeit zum FBI.«

Die immer gleichen Gedanken bohrten in meinem Gehirn wie stechende Kopfschmerzen.

Scarr, Jessica, Herman Mezz, Guy Cinski – diese vier Menschen bildeten das Killer-Team, das Maloc ermordet und Max Mills beseitigt hatte.

Es gab keinen Zweifel, daß sie als nächsten Auftrag die Ermordung Gene Raines' übernommen hatten. Sie hatten versucht, den Auftrag auszuführen. Scarrs erster Plan hatte darauf abgezielt, Gene bei einer Rockerprügelei zu erschlagen.

Als dieser Plan mißlungen war, hatte sich Jessica alias Sheila Farmer an Raines herangemacht. Fast mühelos war es ihr gelungen, Gene vor Cinskis Gewehr zu locken, nicht anders als Jake Maloc.

Dann war der tödliche Schuß gefallen. Aber nicht Raines hatten sie erschossen, sondern den unglücklichen Hank, der nicht in Scarrs teuflischen Plan paßte, in seinen zweiten Plan. Jetzt war nicht mehr von Mord die Rede, sondern von Entführung und zwei Millionen Dollar Lösegeld. Wollten sie beide Verbrechen kombinieren?

Klar, daß irgendwer sie für den Mord an Raines bezahlte. War Scarr auf die Idee verfallen, Lyon Ross kräftig abzukassieren, bevor er den Auftrag ausführte und den Neffen des Alten umbrachte?

Das war die Frage, die mich am meisten quälte. Wenn Ross die zwei Millionen Dollar zahlte, würden sie darauf verzichten, den Mord zu begehen? War Raines zu retten, wenn ich bis zum Schluß mitspielte?

Meine eigenen Chancen schätzte ich auf Null. In diesem Punkt machte ich mir keine Illusionen. Für Scarrs Gesäusel von Partnerschaft und zehn Prozent Provision gab ich keinen Cent. Sie hatten mir ihre Gesichter gezeigt. Ich wußte, wie sie aussahen. Das genügte als Grund, mich abzuknipsen, sobald ich meine Rolle in Scarrs Spiel beendet hatte.

Bis jetzt behandelten sie mich nicht schlecht. Am Morgen hatten sie mich ins Badezimmer geführt. Danach durfte ich in einer Küche frühstücken und wurde von Cinski und Mezz bedient.

Scarr und die Frau bekam ich nicht zu sehen.

In allen Zimmern waren die Fenster verhängt oder mit Rolläden verschlossen. Trotzdem fiel Licht durch Spalten, und ich wußte, daß es Tag war.

Das Brausen von der nahen Autobahn hielt während der ganzen Zeit an. Zwischendurch hörte ich einzelne Motorengeräusche, die sich rasch näherten und ebenso schnell entfernten. Ich erkannte, daß sie von Motorbooten stammten. Daraus ließ sich schließen, daß das Haus in der Nähe eines Ufers stand.

Ich versuchte, aus Mezz und Cinski herauszuholen, wo Gene Raines gefangengehalten wurde, aber sie ließen mich mit meinen Fragen auflaufen. Nach dem Frühstück brachten sie mich in den Keller zurück. Mezz vergaß nicht, mir die Handschellen anzulegen.

Wieder verrannen viele Stunden, bis die Riegel knallten, die Tür aufflog und sie mich holten.

Sie brachten mich in den Wohnraum. Wie gestern saßen die Frau und Milton Scarr auf der Couch.

»Fühlst du dich besser, Croft?« fragte Scarr mit schleimiger Freundlichkeit.

»Einigermaßen.«

»Riskierst du heute einen Drink?«

»Warum nicht?«

»Bourbon oder Scotch?«

»Lieber Bourbon.«

Mezz ging zum Barschrank, füllte ein Glas mit Eiswürfeln und Whisky und drückte es mir in die gefesselten Hände.

Scarr prostete mir zu. »Auf gute Zusammenarbeit!«

Eine verrückte Situation! Ich trank mit dem eiskalten Killer, der meinen Tod längst beschlossen hatte.

»Es ist wichtig, daß du schnell in Form kommst«, sagte er. »Am liebsten will ich unser Geschäft mit Ross schon morgen abwickeln. Je länger sich die Sache hinzieht, desto größer wird die Gefahr, daß etwas durchsickert. Die Bankleute könnten sich fragen, wozu der Alte zwei Millionen in bar braucht. Also ruf ihn jetzt an und knall ihm die Sätze um die Ohren.«

Wie gestern hatte er auf ein Blatt geschrieben, was ich sagen sollte.

»Nimm ihm das Glas ab, Herman, und gib ihm das Telefon!« Er schob das Tonbandgerät über den Tisch.

»Als erstes spielst du ihm das Band vor, damit er die Stimme seines Neffen hört und sich überzeugen kann, daß der Junge lebt. Dann liest du ab, was ich aufgeschrieben habe. Sobald er die letzte Frage beantwortet hat, legst du auf. Alles klar?«

»Ja«, sagte ich langsam, nahm den Hörer ab und klemmte ihn mit der Schulter ans Ohr.

Scarr diktierte die Ziffern. Ich tippte sie der Reihe nach ein, und während ich das tat, fragte ich mich, wie Scarr den schweren Fehler übersehen konnte, den er in diesem Augenblick beging.

Kein Kidnapper benutzt beim zweiten Anruf dasselbe Telefon, weil er damit rechnet, daß trotz aller Drohungen die Polizei am anderen Ende mithört. Er weiß, daß eine Fangschaltung auf seine Spur führen kann. Also benutzt er ein öffentliches Telefon, aber niemals einen Apparat, der in seiner Wohnung steht.

Scarr, der sich rühmte, jede Kleinigkeit zu berücksichtigen, schien daran nicht gedacht zu haben.

Ich hörte das Summen des Rufs. Dann meldete sich die Frauenstimme. »Downhill Construction.«

Wie gestern sagte ich: »Verbinden Sie mich mit Mr. Ross. Ich habe eine Nachricht von seinem Neffen für ihn.«

Für Phil war es schwierig, bis zu Lyon Ross vorzudringen. Zwei Sekretärinnen versuchten, ihn abzuwimmeln.

Der Zufall wollte es, daß Ross selbst durch das Vorzimmer kam, während Phil noch mit der Sekretärin verhandelte.

Ross trug einen schwarzen Koffer aus Krokodilleder. Er schleppte schwer daran.

Die Sekretärin ließ Phil stehen und eilte auf ihren Chef zu. Sie streckte beide Hände nach dem Koffer aus. »Darf ich helfen, Mr. Ross?«

»Zu schwer für Sie, Mabel.«

Phil nutzte die Chance.

»Dann lassen Sie mich das Ding tragen«, sagte er und vertrat Ross den Weg.

»Hol Sie der Henker!« brüllte Ross los, stellte den Koffer ab, setzte den Fuß darauf und herrschte Phil an: »Wer sind Sie, Mann?«

»Phil Decker, Sir. Ich arbeite für Safe Protection Agency.« Er beobachtete, wie sich Ross' Gesichtsausdruck veränderte. Statt Wut zeichnete sich lauerndes Mißtrauen ab.

»Kommen Sie in mein Büro.«

Wieder griff Phil nach dem Koffer. Ross kam ihm zuvor. »Trage ich selbst!« schnaubte er.

Er stampfte voraus und befahl Phil: »Schließen Sie die Tür.«

Das Chefbüro war mit wuchtigen, düsteren Möbeln

eingerichtet. Ohne sich um Phil zu kümmern, hantierte Lyon Ross am Zahlenschloß eines Wandtresors, öffnete den Panzerschrank und stellte den Koffer hinein. Sorgfältig drückte er die schwere Tür zu, drehte sich um und befahl: »Wiederholen Sie Ihren Namen!«

»Phil Decker, Sir.«

»Warum schickt Sie die Firma?«

»Sir, ich habe den Auftrag, Jerry Croft abzulösen.« In Ross erwachte Interesse. Er kam zum Schreibtisch und setzte sich in den breiten Armsessel.

»Warum sollen Sie Croft ablösen? Ich habe mich nicht über den Mann beschwert. Vor einer Woche sagte ich Ihrem Chef, daß es mir nicht gefalle, einen Schwarzen neben meinem Neffen als Bodyguard zu sehen. Irren Sie sich nicht? Sollen Sie vielleicht den Farbigen ersetzen?«

»Nein, Sir. Ich soll Croft ablösen und zwar sofort.«

»Gilt er als unzuverlässig?«

»Die Frage kann ich nicht beantworten.«

»Eins will ich Ihnen und Ihrer verdammten Firma sagen, mein Junge!« legte Ross los. »Wenn sich einer von euren Leuten als Strolch entpuppt, dann mache ich euren Laden dem Erdboden gleich.«

»Ich glaube nicht, Sir, daß Mr. Harrer Leute mit zweifelhafter Vergangenheit beschäftigt.«

»Wenn alles bei euch so sauber ist, warum sollen Sie dann diesen Jerry Croft ablösen? Dafür muß es einen Grund geben.«

»Ich habe meinen Chef nicht nach dem Grund gefragt«, antwortete Phil. »Bitte, sagen Sie mir, wo ich Jerry Croft finde.«

»Er begleitet meinen Neffen auf einer Reise. Ich habe nicht die leiseste Ahnung, wo sich mein Neffe augenblicklich aufhält. Hören Sie gut zu, Mann! Nicht die leiseste Ahnung!«

»Hat Ihr Neffe Sie nicht angerufen, Sir?«

»Das hat er. Aber er war nicht in der Lage, mir zu sagen, wo er sich aufhält.«

»Wann erwarten Sie ihn zurück?«

»Auch das weiß ich nicht.«

Phil dachte einen Augenblick lang nach. »Sobald Ihr Neffe noch einmal anruft, fragen Sie ihn bitte, wo wir Jerry Croft erreichen können. Nötigenfalls werde ich mit einem Flugzeug zur Ablösung an jeden Ort der USA fliegen.«

»Plagt euch das schlechte Gewissen?«

Phil entschloß sich, den Stier bei den Hörnern zu fassen. »Verdächtigen Sie Jerry Croft, an irgendwelchen ungesetzlichen Handlungen beteiligt zu sein?«

Ross senkte den schweren Schädel. »Verdammt, ihr müßt eure Leute besser kennen als ich. Wie soll ich wissen, ob irgendein Bursche, den ihr mir ins Haus schickt, ein Gauner, ein Bluffer oder ein Ehrenmann ist?«

Das Telefon summte. Ross riß den Hörer aus der Gabel und meldete sich mit einem Knurrlaut. Er lauschte ein paar Sekunden, bevor er sagte: »Warten Sie!« Mit der Hand deckte er die Sprechmuschel ab und schnauzte Phil an: »Hauen Sie ab, Mann!«

Zögernd stand Phil auf.

Ross brüllte: »Raus! Beeilen Sie sich, oder ich lasse Sie rauswerfen!«

Immer noch langsam zog sich Phil zur Tür zurück. Ross behielt ihn im Blick. Dabei nahm er die Hand nicht von der Sprechmuschel. Phil blieb nichts anderes übrig, als das Büro zu verlassen und die Tür zu schließen.

Ross' Sekretärin bearbeitete ihre Schreibmaschine. Als Phil an ihren Arbeitstisch trat, blickte sie auf.

»Mr. Ross versprach uns, seinen Neffen beim nächsten Anruf zu fragen, wo wir unseren Angestellten Jerry Croft erreichen können«, sagte Phil freundlich. »Bitte, erinnern Sie ihn daran, damit er es nicht vergißt.«

Sie wies auf ihre Telefonanlage, über die alle Gespräche für Ross vermittelt wurden. »Oh, hoffentlich denkt er jetzt daran.«

»Kam der Anruf von Mr. Raines?« fragte Phil schnell.

»Nicht direkt von Mr. Raines, sondern ein Anruf in seinem Auftrag«, antwortete sie. Plötzlich wurde ihr bewußt, daß sie Antworten gab, die ihr Chef vielleicht nicht gebilligt hätte. Sie senkte den Kopf und begann, auf ihre Maschine einzuhämmern.

Phil starrte auf die Telefonanlage. Eine kleine rote Lampe glühte und zeigte an, daß die Leitung zu Ross belegt war. Phil spürte den Drang, den Hörer aus der Gabel zu reißen, sich in das Gespräch zu mischen und mit einem Gewaltakt Antwort auf alle Fragen zu erzwingen.

Er beherrschte sich, denn er wußte, daß die Folgen unübersehbar wären.

»Ich verbinde Sie mit Mr. Ross«, sagte die Sekretärin. Es knackte in der Leitung, als sie das Gespräch ins Chefbüro durchstellte.

Gleich darauf dröhnte Ross' Stimme: »Warten Sie!« An der Veränderung des Geräuschpegels war zu erkennen, daß er die Sprechmuschel mit der Hand abdeckte. Es dauerte Minuten, und ich sah, daß Scarr nervös mit den Augen zwinkerte. Erleichtert atmete er auf, als Ross sagte: »Ich höre!«

Ohne Antwort drückte ich auf den Knopf des Tonbandgeräts. Unverkennbar war es Raines' Stimme, die aus dem Lautsprecher drang.

»Heute ist der 23. Juli. In den Mittagsnachrichten wurde der Absturz eines Militärhubschraubers über Ariston Airbase gemeldet. Fünf Marinesoldaten kamen ums Leben. New York verzeichnete um zwölf Uhr eine Temperatur von einunddreißig Grad Celsius. Meine

Situation ist unverändert. Ich werde gut behandelt. Bitte, erfülle alle Forderungen bald!«

Ich schaltete das Tonband ab und las den ersten Satz vor: »Zufrieden, Mr. Ross? Glauben Sie nun, daß Ihr Neffe lebt?«

»Ja«, knurrte Ross.

»Haben Sie das Geld beschafft?«

»Ja!«

»Die Übergabe findet morgen statt. Warten Sie auf meinen Anruf in Ihrem Büro. Verlassen Sie sofort danach das Verwaltungsgebäude und benutzen Sie einen Wagen, dessen Typ ich Ihnen beim Anruf vorschreiben werde. Fahren Sie allein und auf kürzestem Weg zu dem Ort, den ich Ihnen nennen werde. Vergessen Sie das Geld nicht, Mr. Ross!«

Scarr schnappte mit den Fingern, und Herman Mezz drückte die Gabel nieder.

»Es läuft ausgezeichnet«, sagte Scarr und rieb sich die Hände. »Morgen um vier Uhr nachmittags sacken wir die zwei Millionen Dollar ein, geben dir zweihundert Riesen ab, wünschen dir Hals- und Beinbruch und verschwinden.«

Ich schob Mezz mein Glas hin. »Gib mir noch einen Bourbon.«

Scarr lachte. »Gieß ein, Herman. Hast du noch andere Wünsche, Jerry Croft?«

»Ja. Ich will Gene Raines sehen und mit ihm sprechen.«

»Warum?«

»Weil ich nicht glaube, daß er lebt.«

»Genügt dir das Tonband nicht?«

»Nein.«

Scarr zog die Lippen von den Zähnen. »Dann mußt du dich auf mein Wort verlassen, Jerry Croft.«

»Ich weiß nicht, was Lyon Ross verschweigt, Sir«, sagte Phil. »Aber es steht fest, daß er nicht die Wahrheit sagt.«

»Von der Sekretärin haben Sie erfahren, daß ein Mann im Auftrag von Gene Raines anrief«, wiederholte Mr. High den letzten Teil von Phils Bericht. »Ross behauptet, mit seinem Neffen gesprochen zu haben?«

»Er drückte sich merkwürdig aus, Sir. Wörtlich sagte er, Raines sei nicht in der Lage gewesen, seinen Aufenthaltsort zu nennen. Außerdem beharrte Ross darauf zu erfahren, aus welchem Grund Jerry abgelöst werden solle. Er unterstellte, daß die Agency fragwürdige Leute als Bodyguards beschäftige, und er drohte mit der Vernichtung der Firma, falls sich einer der Agency-Angestellten als Gauner entpuppe. Er sprach in einer Art und Weise darüber, als sei er bereits davon überzeugt. Trotzdem wich er der Antwort auf meine direkte Frage aus.«

Mr. High klopfte mit dem Ende seines Kugelschreibers auf den Schreibtisch. »Was sollen wir tun, Phil?«

»Karten auf den Tisch, Sir! Wir bringen Ross bei, daß sein Mißtrauen bei einem FBI-Agenten grundlos ist, und verlangen, daß er ausspuckt, was er weiß.«

Minutenlang wartete Phil auf eine Antwort. Aber John D. High war so in Nachdenken versunken, daß er Phils Anwesenheit vergessen zu haben schien. Als er wieder sprach, war es eine Frage.

»Sie sagten, Ross sei mit einem Koffer ins Büro gekommen, den er unbedingt selbst tragen wollte. Halten Sie es für denkbar, daß Geld im Koffer war?«

»Keine Ahnung, Sir. Er ließ ihn mich nicht anfassen, aber er schleppte schwer daran. Wenn der Koffer Geld enthielt, dann muß es eine stolze Summe gewesen sein.«

»Es hat keinen Zweck, die Banken zu fragen. Ohne richterliche Anordnung gibt man uns keine Auskünfte.«

»Denken Sie an Entführung, Sir?«

»Ich sehe nur zwei Möglichkeiten, Phil. Entweder

erreichten die Killer ihr Ziel, und Gene Raines ist tot. Oder er wurde tatsächlich entführt. Ross ist sein nächster Verwandter und wird von den Entführern erpreßt. Er fürchtet um das Leben seines Neffen und sagt daher nicht die Wahrheit.«

»Warum fragen wir ihn nicht, Sir?«

»Weil ich fürchte, daß er bei der Unwahrheit bleiben wird. In einem Fall von Entführung können wir niemanden zur Zusammenarbeit zwingen. Wenn Ross das Leben seines Neffen durch Zahlung von Lösegeld retten will, müssen wir ihm freie Hand lassen.«

»Sir, es geht nicht nur um Gene Raines, sondern auch um Jerry.«

Für eine Sekunde biß sich Mr. High auf die Lippen. »Das habe ich nicht vergessen, Phil. Mord oder Entführung, weder das eine noch das andere Verbrechen kann ohne Jerrys Widerstand verübt worden sein. Zweifellos hat er für Raines' Leben und Freiheit gekämpft, und der Kampf muß Spuren hinterlassen haben.«

Er nahm eine lange Liste vom Schreibtisch.

»Über Fernschreiben habe ich von allen Polizeizentralen in New York und in einem Umkreis von hundert Meilen Meldungen über sogenannte besondere Vorkommnisse angefordert. Vier Meldungen habe ich angekreuzt, Phil. Überprüfen Sie, ob irgendwelche Zusammenhänge mit Raines und Jerry erkennbar sind.«

Phil nahm die mehrseitige Liste und blätterte sie durch. Die Meldungen waren numeriert und stichwortartig zusammengefaßt. In einer Rubrik war die Dienststelle vermerkt, von der die Nachricht 4 stammte.

»In Ordnung, Sir«, sagte er.

Phil benutzte den Jaguar und trat eine makabre Reise durch alle Arten des Verbrechens an.

Highs Liste führte ihn in die Bronx, wo auf einem Abbruchgelände drei Personen in einer Wellblechbaracke verbrannt waren. Ein Detective Sergeant des 44. Reviers begleitete ihn zum Tatort.

»Einen Toten konnten wir inzwischen an den Fingerabdrücken identifizieren«, erklärte der Sergeant. »Ein Klein-Dealer aus der Heroinszene.«

»Und die anderen?«

»Von denen blieb nicht einmal für Fingerabdrücke genug übrig. Vermutlich handelt es sich bei dem zweiten Toten um den Bruder des Dealers, denn er wird vermißt. Der dritte Mann kann ein Kunde gewesen sein.«

»Unfall oder Mord?« fragte Phil.

»Mord! Den Kanister, aus dem sie mit Benzin übergossen wurden, haben wir gefunden. Sie müssen wissen, G-man, daß bei uns im Rauschgiftgeschäft um jede Straßenecke gekämpft wird.«

Phil bedankte sich für die Unterstützung und fuhr zum nächsten Schauplatz: Queens.

In einer Wohnung war ein erdrosselter, nicht identifizierter Mann von fünfundzwanzig bis dreißig Jahren gefunden worden. Nachbarn hatten beobachtet, daß ein Mann und eine Frau die Wohnung in großer Eile verlassen hatten. Die Frau war als besonders attraktiv beschrieben worden.

Der Tote lag im Schauhaus. Sein Gesicht war entstellt. Obwohl der Mann keine Ähnlichkeit mit Gene Raines hatte, ließ sich Phil Kopien der Fingerabdrücke geben.

An dritter Stelle hatte Mr. High eine Meldung angekreuzt, die von einem Hubschrauber der Küstenwache stammte und völlig nebensächlich zu sein schien. Die Meldung lautete: Kontrollflug CG 19 sichtete um 2 Uhr 20 nachmittags im Küstengebiet von Sagamore auf der

Zufahrt zur sogenannten Piratenbucht einen verunglückten roten Sportwagen. Personen wurden beim wiederholten Überfliegen nicht entdeckt. Strand wies Autospuren auf. Büro des County Sheriffs in Port Jefferson wurde benachrichtigt.

Phil rief das Sheriffbüro an und wurde mit einem Gehilfen des Sheriffs verbunden, der sich am Telefon als Ken Quentin vorstellte.

»Der FBI interessiert sich für den roten Sportwagen, den der Hubschrauber der Coast Guard entdeckte und eurem Büro meldete«, sagte Phil.

Hilfssheriff Quentin schluckte hörbar. »Das begreife ich nicht, G-man. Das ist ein geklauter Wagen, den irgendwelche jungen Rabauken zu Schrott fuhren.«

»Wo wurde er gestohlen?«

»Das weiß ich noch nicht, G-man. Vermutlich in New York. Zwei, drei Wagen finden wir jede Woche längs der Küste. Die Jungs klauen die Schlitten, verladen ihre Girls und fahren so lange herum, bis der Sprit verbraucht oder bis sie den Wagen vor einen Baum gesetzt haben. Manchmal finden wir sie noch hinter dem Steuer, und dann sehen sie nicht mehr gut aus. In dem roten Sportwagen war niemand.«

»Sie haben nachgesehen?«

»Ich fuhr heute nachmittag hin, sah mich um und schraubte die Nummernschilder ab. Abschleppen lassen wir das Wrack erst, wenn der Besitzer ermittelt ist. Dort, wo der Wagen liegt, stört er keinen Menschen. Die Zufahrt ist keine öffentliche Straße.«

»Ich möchte mir den Wagen ansehen.«

»Dann müssen Sie sich beeilen, G-man. Es wird bald dunkel. Straßenlaternen gibt es an der Piratenbucht nicht.«

»Ich fahre sofort los.«

Für die Fahrt brauchte Phil eine Stunde. Es war Freitag

abend. Zum üblichen Strom der Pendler, die von den Firmen im Stadtzentrum zu ihren Wohnungen und Häusern in den Suburbs unterwegs waren, gesellten sich Zehntausende auf dem Weg ins Weekend. Als er Port Jefferson erreichte, dämmerte es bereits.

Hilfssheriff Ken Quentin war ein hünenhafter, noch junger Mann. Er zeigte Phil die Nummernschilder.

»Nach Ihrem Anruf habe ich die Kennzeichen beim Zentralregister für gestohlene Fahrzeuge abgefragt«, sagte er. »Ich hätte es sofort tun sollen. Aber am Nachmittag hatten wir einen Tankstellenüberfall, bei dem geschossen wurde, und wir waren alle auf der Jagd nach den beiden Tätern. Was den Wagen in der Piratenbucht betrifft, so ist er nicht als gestohlen gemeldet.«

»Auf wen ist er zugelassen?«

»Auf einen Autohändler in New Jersey. Ich versuchte, ihn anzurufen. Niemand meldete sich. Vermutlich hat er heute seinen Laden früh geschlossen und ist ins Weekend gefahren. Daß der Wagen nicht als gestohlen registriert ist, spricht nicht dagegen, daß er doch geklaut wurde. Manche Leute merken erst, daß ein Wagen fehlt, wenn sie nachzählen.«

Er hielt die Bemerkung für einen Witz und lachte.

»Zeigen Sie mir den Weg, Ken«, sagte Phil.

»Selbstverständlich, G-man. Am besten nehmen wir meinen Cherokee ...«

Der Jeep mit dem Sheriffstern auf der Tür stand auf dem reservierten Parkplatz vor dem Office.

Quentin sah den Jaguar. »Ihr Wagen, G-man?«

»Der Wagen eines Freundes.«

»Exotischer Import, nicht wahr? Das Auto in der Bucht ist auch ein Exote, ein Italiener.«

Er öffnete den Schlag für Phil und setzte sich hinters Steuer.

»Vielleicht sollten wir King mitnehmen«, schlug er vor.

»Falls Sie es für notwendig halten, daß wir die Bucht absuchen, G-man, nützt uns seine Nase mehr als die eigenen Augen.«

»Ein Suchhund?«

»Der Sheriff unterhält einen Zwinger mit erstklassigen Fährtenhunden. King erschnüffelte vor wenigen Wochen ein vermißtes Kind in den Klippen, das nicht einmal von den Hubschrauberpiloten entdeckt worden war.«

Außerhalb der Stadt stoppte Quentin den Cherokee Jeep vor einem Farmhaus, bat Phil zu warten und kam nach wenigen Minuten mit einem kräftigen Schäferhund zurück, den er in den Laderaum springen ließ. Der Hund beschnupperte Phil. Dann legte er sich hin.

Quentin fuhr durch Ferienorte längs der Steilküste, bog nach einer halben Stunde von der Straße ab und stoppte an einer schmalen Zufahrt. Die Scheinwerfer erfaßten ein verwaschenes, brüchiges Reklameschild.

Phil las: Pirate Inn. Direkt am Strand. Frische Fischspezialitäten. Bar und Tanzfläche.

»Der Laden ging vor sechs, sieben Jahren bankrott«, erklärte Quentin. »Die Strömungsverhältnisse in der Bucht änderten sich. Mehrmals wurden Menschen mitgerissen und ertranken. Der Strand mußte fürs Baden gesperrt werden. Als Folge blieben die Gäste aus, und Pirate Inn wurde geschlossen.«

Der Jeep rollte die steile Straße hinunter und durch zwei Haarnadelkurven. Etwa hundert Yards nach der zweiten Kurve lag das Wrack eines offenen roten Sportwagens dicht an der Felswand.

Quentin ließ die Scheinwerfer eingeschaltet. Als Phil und der Sheriff ausstiegen, richtete sich der Hund auf und begann unruhig zu winseln.

Das Heck des Wagens und die linke Seite waren eingedrückt. Ein Vorderrad war weggebrochen, und die Motorhaube stand völlig verformt offen.

Der Hilfssheriff richtete den Lichtstrahl einer starken Stablampe in den Wagen.

»Gefunden habe ich nichts«, sagte er.

»Fahren wir weiter zum Strand!« schlug Phil vor.

»Wie Sie wollen, G-man. Aber außer der Ruine der Pirate Inn gibt es unten nur Sand und Wasser.«

»Die Hubschrauberpiloten meldeten Reifenspuren.«

»Ich denke mir, daß die Jungs am Strand herumgekurvt sind, bevor sie auf der Rückfahrt den Wagen vor die Felswand donnerten.«

Nach einer dritten Kurve rollte der Jeep über die versandete Buchtstraße. Inzwischen war es dunkel geworden. Die phosphoreszierenden Schaumkämme der Wellen markierten die Grenze zwischen Land und See.

Im Scheinwerferlicht des Jeeps zeichneten sich Reifenspuren im Sand ab. Die Spuren kreuzten und überschnitten sich.

»Halten Sie an, Ken!« sagte Phil.

Er stieg aus, folgte dem Lichtkegel der Scheinwerfer und prüfte die Spuren. Er lächelte bei dem Gedanken, daß er, ein G-man aus dem Betondschungel der Großstadt New York, Spuren im Sand prüfte wie ein Indianer. Aber es bedurfte keines besonderen Scharfblicks, um zu erkennen, daß sich die Profile der Reifenabdrücke gründlich voneinander unterschieden.

Er ging zum Jeep. »Bitte, schalten Sie den Suchscheinwerfer ein, Ken.«

Der Sheriff-Jeep trug einen schwenkbaren Einzelscheinwerfer auf dem Dach. Quentin schaltete ihn ein, und Phil richtete ihn so, daß der Lichtkegel den Autospuren bis zu den schwarzen Ruinen eines Gebäudes am Ende der Bucht folgte.

»Das war Pirate Inn«, erläuterte Ken Quentin.

»Fahren Sie hin.« Phil sprang auf die Trittstufe und hielt sich am Türrahmen fest.

Quentin fuhr zweihundert Yards bis dicht vor den Bau. Aufgeregt bellend sprang der Hund im Laderaum von Wand zu Wand.

Der Sheriff stieg aus und holte King aus dem Jeep. »Achten Sie auf Ratten«, warnte er Phil. »Manchmal flüchten sie nicht, sondern greifen an.«

Trümmer, zerbrochene Dachziegel und zerschlagene Möbel umgaben den Bau wie ein Feld von Tretminen. Phil übernahm vom Sheriff eine Stablampe und ließ sich von den Reifenspuren zu einem Anbau führen. Die Spuren endeten vor einem Tor, das schief in den Angeln hing, sich aber noch bewegen ließ. Mit vereinten Kräften zogen Quentin und Phil einen Torflügel auf.

Der Sheriff leuchtete den Raum ab. Das Licht erfaßte einen Wagen. Quentin stieß einen Laut der Überraschung aus.

»Was sagen Sie dazu, G-man? Kennen Sie den Wagen?«

»Ja«, antwortete Phil, denn es war der alte blaue Pinto, den Jerry in seiner Rolle als Bodyguard benutzt hatte.

Er richtete den Lichtstrahl in den Wagen und fühlte Erleichterung, als der Innenraum leer war. Der Zündschlüssel steckte. Im Dach entdeckte Phil ein Loch, das nach einem Einschuß aussah.

King schlug wütend an, zerrte an der Leine und strebte tiefer in den Bau hinein. Quentin ließ sich von dem Hund zu einem Stapel aufgetürmten Gerümpels ziehen. King versuchte, sich einen Weg freizuscharren.

Phil und der Sheriff räumten die Reste von türlosen Schränken und zerbrochenen Stühlen zur Seite und stießen auf eine modrige Segeltuchplane.

Der Hund bellte in jaulenden Tönen, als würde er von irgend etwas gequält.

Die Männer zerrten die Plane zur Seite und legten Gesicht und Oberkörper eines Mannes frei. Der Mann war ein Farbiger. Die Augen standen offen. Eine Kugel hatte ihn in den Kopf getroffen.

»Wer ist das?« fragte Quentin entsetzt.

»Er heißt Hank Kinsey.« Phils Kehle war so trocken, daß ihm das Sprechen schwerfiel. »Er arbeitete als Leibwächter für die Safe Protection Agency.«

Er drehte sich um. »Das ganze Haus muß abgesucht werden, Sheriff«, sagte er.

Ein Geräusch weckte mich. Die Riegel vor der Tür meines Gefängnisses wurden vorsichtig zurückgezogen. Gleich darauf knirschten die Angeln.

Das Licht konnte nur von außen eingeschaltet werden. Seitdem Herman Mezz und Guy Cinski mich gegen zehn Uhr abends in den Keller gebracht hatten, mochten vier oder fünf Stunden vergangen sein.

Ich atmete ruhig weiter und lauschte auf die Schritte, die sich näherten, und auf das winzige Geräusch, das die Kleidung eines Menschen verursacht, der sich bewegt. Dann kam der Augenblick, in dem ich ihn roch, eine Mischung aus Parfüm, Tabakrauch und Alkoholatem.

Ich schnellte mich von der Couch, riß den anderen von den Füßen, fiel mit ihm auf den harten, schmutzigen Kellerboden und lag quer über seinen Beinen. Er versuchte, sich wegzuwälzen. Ich kam ihm zuvor, warf mich herum und hielt ihn mit dem vollen Gewicht meines Körpers unten.

Er schrie nicht, sondern schlug mit der linken Hand zu. Ein scharfer, brennender Schmerz fuhr wie eine Lötflamme über meine Schulter.

Ich zog ein Knie an und rammte es in seinen Körper. Die Handschellen zwangen mich, mit beiden Fäusten gleichzeitig zuzuschlagen. Der erste Hieb verfehlte seinen Kopf.

Ich zerschrammte mir die Knöchel am rauhen Beton des Fußbodens, bog den Oberkörper weit zurück und holte zum zweiten Schlag aus.

Die Deckenlampe flammte auf. Ich sah Jessicas Gesicht, ihre entsetzt aufgerissenen Augen und das wirre Haar. Ich bremste den Schlag. Um Haaresbreite zischten meine Fäuste an ihrem Gesicht vorbei.

Ein wuchtiger Hieb traf mich zwischen die Schulterblätter. Ein Fußtritt in die Rippen schleuderte mich zur Seite.

»Bleib liegen, oder ich zerblase dir den Schädel!« sagte Cinskis blecherne Trompetenstimme.

Er stand dicht vor mir. In den Händen hielt er ein Gewehr, eine seltsam aussehende Waffe mit langem Lauf und breitem, ausgeformtem Kolben. Trotz des geringen Abstands zwischen ihm und mir hielt er das Gewehr nicht an der Hüfte, sondern hatte es an die Schulter gesetzt und visierte mich an, als wäre ich ein weit entferntes Ziel.

»Steh auf, Baby! Geh raus aus seiner Reichweite!«

Jessica kroch über den Boden. Sie atmete keuchend. Die weiße Bluse war schmutzig vom Dreck des Kellerbodens und über der linken Schulter zerrissen.

»Danke, Guy«, stammelte sie. »Um ein Haar hätte er mich umgebracht.« Sie stand auf und drückte sich an Cinski, als suche sie bei ihm Schutz.

»Immer bin ich's, der dich rausholt, Baby. Ich hörte den Lärm. Ohne mich hätte er dich erledigt. Höchste Zeit, daß du dich bei mir bedankst. Du weißt, was ich meine.«

»Ich tu's, Guy«, zischte sie. »Ich komm' mit in dein Zimmer. Sofort. Verlaß dich darauf. Ich verspreche es dir.«

Cinski ließ das Gewehr sinken. Auf seinen eingefallenen Wangen zeichneten sich rote Flecken ab. »Wirklich? Worauf warten wir? Gehen wir.«

Sie brachte ihre Lippen dicht an sein Ohr und flüsterte

ihm Worte zu, die ich nicht verstehen konnte. Cinski bog den Kopf zurück. Er starrte sie an. »Scarr hat andere Pläne«, sagte er. »Wenn ich das täte, gäbe es einen höllischen Krach mit ihm.«

»Was Scarr vorhat, geht nicht gut«, antwortete sie leidenschaftlich. »Er hält sich für superschlau und will sich nicht überzeugen lassen, wie gefährlich Croft ist. Wenn Milton ihn freiläßt ...«, sie streckte den Arm aus und zeigte auf mich, »... dann enden wir alle auf dem elektrischen Stuhl.«

Irgend etwas Ungewöhnliches war mit ihr geschehen, das sie verändert hatte. Die weiten Pupillen ließen ihre Augen schwarz erscheinen. In ihrem Mundwinkel stand Speichel, und ihr Gesicht wurde vom Haß zur Fratze verzerrt.

»Milton weiß, was er will.« Cinski trat von einem Fuß auf den anderen.

»Er ist ein Narr, ein Großmaul! Uns läßt er die heiße Arbeit machen. Sich selbst hält er aus der Gefahr raus.« Sie sprach so hastig und unkontrolliert, daß Speichel von ihren Lippen sprühte. »Ich werde Scarr zeigen, daß er nicht mit uns umspringen kann, wie er will. Wenn wir Croft umbringen, muß er auf seinen verdammten Plan verzichten.«

Sehr vorsichtig zog ich die Knie an. Stück für Stück richtete ich mich auf. Ich verstand nicht die Bedeutung von Jessicas Sätzen und wußte nicht, was sie in Erregung versetzte. Aber ihre Absichten waren klar.

Sie hatte sich in den Keller geschlichen, um mich umzubringen!

Das Messer, ein schweres Schnappmesser mit breiter Klinge, lag auf dem Boden.

Über der Schulter war mein Hemd aufgeschlitzt und voll Blut.

»Nein, ich mache es nicht.« Cinski schüttelte den Kopf

so heftig, daß die fettigen, langen Haarsträhnen flatterten. »Wenn ich ihn umlege, legt Milton mich um.«

»Dann rechne nicht auf mich, verdammter Feigling!« Sie packte ihn an der Jacke und schüttelte ihn. »Dann erfülle ich dir deine Wünsche nie!«

»Bring mich nicht in Teufels Küche!« Cinskis Stimme kippte über und nahm einen Klang an, als würde er im nächsten Augenblick in Tränen ausbrechen. »Ohne Miltons Befehl kann ich ihm nicht 'ne Kugel in den Schädel jagen! Milton würde …«

Sie schlang beide Arme um seinen Hals, zog seinen Kopf an ihren Mund und flüsterte auf ihn ein. Dann gab sie ihn frei und sagte laut: »Alles andere mache ich.«

»Warum überläßt du Scarr nicht die Entscheidung?« stöhnte Cinski.

»Er erfährt nicht, daß du mitgemacht hast.« Sie stieß ihn an. »Los, Guy! Besorg's ihm!«

Zögernd kam Cinski auf mich zu. Er hielt das Gewehr mit beiden Händen in Höhe des Schlosses und am Laufansatz. Ich beobachtete, daß er den Griff änderte, die rechte Hand löste und über die linke hinweg die Finger um den Lauf schloß. Er wollte die Waffe drehen und mit dem massiven Kolben zuschlagen.

Ich ließ ihn herankommen. In dem Sekundenbruchteil, in dem er ausholte, schnellte ich hoch, stieß die Fäuste vor und rammte sie von unten gegen sein Kinn.

Er war ein leichter Mann. Der Stoß warf ihn so weit zurück, daß er gegen die Wand prallte.

Jessica schrie auf und flüchtete.

Cinski hielt das Gewehr fest und versuchte, es zu drehen. Er war ein vorzüglicher, aber kein schneller Schütze. Er brachte die Waffe nicht in Anschlag, bevor ich bei ihm war. Verzweifelt drückte er auf den Abzug. Der Schuß löste sich. Das Mündungsfeuer zuckte. Aber die Kugel schlug nur eine lange Schramme in die Decke.

Ich schlug mit den aneinandergeketteten Fäusten zu. Cinskis Kopf knallte gegen die Mauer, und der Mann fiel in sich zusammen. Das Gewehr schepperte auf den Boden.

Nie zuvor habe ich mich schneller gebückt. Ich glaube, ich hielt die Waffe schon in den Fäusten, bevor ihr Besitzer unten ankam. Endlich etwas in den Händen zu halten, mit dem ich Scarr die Zähne zeigen konnte, war ein Gefühl, als fielen alle Sonntage auf ein Datum.

Klar, daß der Schuß Scarr und Mezz alarmiert hatte. Ich klemmte die Waffe zwischen die Knie und suchte Cinskis Taschen ab. Er trug weder Munition noch einen Revolver bei sich.

Mit Handschellen an den Gelenken ein Gewehr zu bedienen, ist problematisch. Ich mußte Cinskis Waffe am Schloß fassen und den Kolben mit dem Unterarm gegen die Hüfte pressen. Nie zuvor hatte ich ein Gewehr dieses Typs in den Händen gehalten. Das Magazin war klein. Ich fürchtete, daß es höchstens fünf Kugeln faßte.

Aus dem Keller, in dem sie mich gefangengehalten hatten, gelangte ich in einen Gang. Ich lief an rauhen Betonmauern entlang und schaffte es bis zu einer Treppe, die nach oben führte. Ich hörte Scarrs und Mezz' Stimmen.

Mezz schrie: »Hier ist er!«

Im Kellergang brannte eine Lampe. Mezz konnte mich sehen, aber er schoß nicht. Ich wich von der Treppe zurück und zerschlug die Lampe mit dem Gewehrlauf.

Milton Scarr rief mich an: »Hörst du mich, Croft? Was ist los?«

»Deine Freundin hat versucht, mir die Kehle durchzuschneiden!« rief ich zurück.

Er stieß einen wüsten Fluch aus und schrie: »Du verdammte Idiotin!«

Ich hörte, wie er auf die Frau einschlug. Sie schrie und

jammerte. Scarr zerrte sie anscheinend in einen anderen Raum, denn ihr Weinen verstummte.

Ich schlich bis zum anderen Ende des Gangs. Auf jeder Seite gab es drei Keller wie den, in dem ich eingesperrt gewesen war. Sie waren alle fensterlos und ohne Verbindung nach draußen. Ich saß noch immer in der Falle.

Scarr meldete sich. »Tut mir leid, daß Jessica so etwas mit dir versucht hat. Sie haßt dich und kann dir nicht verzeihen, daß du nicht auf sie reingefallen bist. Sie denkt, sie könnte jeden Mann um den Finger wickeln, und deine Weigerung macht sie krank vor Wut.«

»Erzähl mir nicht solchen Unsinn, Scarr!«

»Sie hat gekokst, verstehst du? Wenn sie zuviel von dem Zeug geschnupft hat, begeht sie Verrücktheiten. Sie verliert jede Kontrolle über sich. Vergiß den Zwischenfall. Ich sorge dafür, daß sich nichts dergleichen wiederholt. Komm rauf und laß uns einen Schluck auf den Schreck trinken.«

»Scarr, du behauptest, daß Gene Raines noch lebt?«

»Selbstverständlich lebt er.«

»Dann werden Raines und ich zusammen das Haus verlassen.«

Scarr lachte. »Willst du mich um zwei Millionen Dollar bringen, Croft? Du kannst mir keine Bedingungen diktieren, weil du Cinski das Dutch Baby abgenommen hast. So nennt er sein Gewehr. Im Magazin sind fünf Kugeln. Nein, nur noch vier! Einmal wurde geschossen. Mit vier Kugeln kannst du dir nicht den Weg freischießen. Es gibt nur einen Ausgang aus dem Keller, und die Tür davor ist aus Stahl. Wir können sie schließen und dich dort unten verhungern lassen. Das Haus steht einsam. Niemand würde dein Schreien hören. Nicht einmal durch Schüsse könntest du auf dich aufmerksam machen.«

Er wartete auf meine Antwort. Aber ich schwieg. Nach zwei Minuten legte er wieder los.

»Nimmt Vernunft an, Croft! Mach mich nicht für Jessicas Verrücktheiten verantwortlich. Ich will dich nicht umbringen. Ich brauche dich. Vielleicht hast du noch nie ein krummes Ding gedreht, und es gefällt dir nicht, daß du bei einer Entführung und Erpressung mitmachen sollst. Aber vergiß nicht, daß ich dir ein Zweihunderttausend-Dollar-Pflaster auf dein Gewissen klebe! Das ist eine Summe, die jede Wunde heilt.«

»Du lügst, Scarr. Ihr habt Gene Raines getötet.« Diesmal antwortete er nicht. Die Stahltür wurde zugeschlagen.

Ich ging in den Keller zurück. Cinski wälzte sich herum und stöhnte vernehmlich. Er war auf dem Weg, zu sich zu kommen.

Ich lehnte das Gewehr an die Wand, richtete Cinski auf und verpaßte ihm ein paar Ohrfeigen, bis er mit den Augen blinzelte und sie aufschlug.

»Hör zu, Mann!« schnauzte ich ihn an. »Ich gebe dir eine Chance, wenn du mir aus dem Loch raushilfst.«

»Über die Treppe und durch die Garage«, stammelte er bereitwillig.

»Gibt es einen anderen Weg?«

»Nein.«

»Steh auf!«

Er stützte sich an der Wand ab. Wackelnd kam er auf die Füße.

»Vorwärts!«

Mit seinem eigenen Gewehr trieb ich ihn in den Gang.

Am Ende der Treppe wurde die Stahltür geöffnet. Scarr rief: »Croft, wir haben dir 'nen Freund mitgebracht! Sieh ihn dir an!«

Noch blieb ich im Schutz der Mauer. Oben wurde Licht eingeschaltet, das über die Stufen bis in den Gang fiel.

»Das ist kein Trick, Croft!« rief Scarr. »Wir schießen nicht!«

Ich schob den Kopf vor und blickte hinauf.

Auf der obersten Stufe stand Gene Raines. Er trug den blauen Anzug, in dem ich ihn zuletzt gesehen hatte. Sein Gesicht war sehr blaß. Eine dünne, noch blutige Narbe zog sich von der linken Augenbraue bis in den Haaransatz. An den Gelenken blinkte Metall. Auch seine Hände waren mit Handschellen aneinandergekettet.

»Zufrieden?« fragte Scarr. Er hielt sich seitlich von der Türöffnung, so daß ich ihn nicht sehen konnte. »Deine Befürchtungen waren unbegründet. Ich spiele ein ehrliches Spiel. Raines lebt, und sobald die zwei Millionen Bucks gezahlt werden, kannst du über seine Freilassung entscheiden. Wenn du nicht mitmachst, müssen wir die Sache ohne dich durchziehen. Sollte uns das Risiko zu groß werden, geben wir vielleicht auf. Dann allerdings wären wir gezwungen, alle Augenzeugen zu beseitigen. Ich brauche dir nicht extra zu sagen, was das für Raines und dich bedeuten würde.«

Ich sprang aus der Deckung und schrie Raines an: »Komm runter, Gene! Laß dich fallen!«

Er blieb stehen wie versteinert. Rechts neben ihm tauchte die bullige Gestalt von Herman Mezz auf.

Ich feuerte zweimal.

Mezz zuckte zurück, aber ich hatte ihn nicht getroffen. Okay, ich hielt eine Superwaffe in den Händen, ein Präzisionsgewehr, mit dem Cinski auf hundert Yards getötet hatte. Aber ich hielt es in Händen, die aneinandergekettet waren, und ich stützte es an der Hüfte ab. Zu allem Überfluß hatte ich Angst, Raines zu treffen, und schwenkte den Lauf zu weit nach links.

»Spring!« brüllte ich. »O Hölle! Spring doch endlich!«

Er machte einen halben, unsicheren Schritt nach vorn. Es hätte genügt, wenn er sich die Treppe heruntergerollt hätte. Aber er reagierte so erbärmlich lahm, daß sich die letzte Chance in Luft auflöste.

Mezz sprang hinter ihn, schlang den Arm um seinen Hals und schleifte ihn wie eine Schaufensterpuppe aus der Türöffnung. Raines leistete nicht den geringsten Widerstand.

Nur drei Sekunden brauchte ich für meinen Entschluß. Mit den beiden Kugeln im Magazin konnte ich Raines nicht rausholen, und wahrscheinlich nicht einmal mich selbst retten.

Ich nahm die Kugeln aus der Waffe und warf sie weg. Dann packte ich das Gewehr am Lauf und schmetterte es so wuchtig auf die Betonstufen, bis der Kolben abbrach. Den Lauf schleuderte ich Cinski vor die Füße.

»He, Scarr, du hast mich überzeugt. Ich gebe auf. Und wenn du noch willst, mache ich mit.«

Eine Minute lang blieb es still. Noch immer brannte oben das Licht. Schließlich schob sich Mezz' rotes Gesicht aus der Deckung.

Ich hob die Arme über den Kopf.

Mezz meldete: »Er hat Cinskis Baby weggeworfen.«

»Komm rauf!« befahl Scarr.

Ich stieg die Treppe hinauf. Im Augenblick, in dem ich die Türöffnung durchschnitt, schmetterte Mezz mir die Faust zwischen die Schulterblätter. Ich stürzte auf die Knie und fiel aufs Gesicht.

Von der anderen Seite traf mich ein Fußtritt. Ich wälzte mich auf den Rücken. Rechts stand Herman Mezz, links Milton Scarr.

Scarr musterte mich lange, die Lippen zu einem häßlichen Lächeln verkrümmt. »Croft, ich denke darüber nach, ob Jessicas Absicht vielleicht doch richtig war«, sagte er langsam.

Cinski kam die Treppe hoch, den Lauf und den Kolben des zerschlagenen Gewehrs in den Händen. »Der Bastard hat mein Dutch Baby ruiniert!« schrie er gellend.

»Du bist selber schuld, verdammter Narr«, antwortete

Scarr zornig und stieß Cinski hart vor die Brust. »Warum gehst du so nahe an ihn heran?«

»Womit soll ich schießen? Dutch Baby war einzigartig!«

Scarr riß ihm die Reste des Gewehrs aus den Händen und schmetterte sie auf den Boden. »Statt rumzujammern, bring eine andere Kugelspritze in Ordnung!«

Cinski zog den Kopf zwischen die Schultern, hob Lauf und Kolben auf und schlich sich davon.

Scarr stieß mich mit dem Fuß an. »Steh auf!«

Ich stand auf. Bei jeder Kopfbewegung schmerzte die Stelle zwischen den Schulterblättern, an der Mezz' Faust eingeschlagen war.

»Ich sollte dich umlegen, Croft«, sagte Scarr, »aber ich hasse es, meine Pläne zu ändern.« Mit einer Armbewegung wies er auf Gene Raines, der wenige Schritte neben Herman Mezz auf dem Boden lag. »Du siehst, daß er lebt. Willst du nun mitmachen oder nicht? Entscheide dich!«

»Laß mich mit Raines sprechen.«

Mezz stieß ein kurzes Gebrüll aus, halb Gelächter, halb Wutgeschrei.

»Denkst du immer noch, du könntest Bedingungen stellen? Milton, ich verpaß ihm 'ne Lektion, damit er endlich lernt, wer kommandiert und wer zu gehorchen hat.«

Scarr wehrte mit einer Handbewegung ab.

»Wir sind großzügig. Meinetwegen sprich mit ihm.«

Ich wandte mich an Raines.

»Gene, du weißt, daß sie zwei Millionen Dollar Lösegeld für dich verlangen. Wird Lyon Ross zahlen?«

»Ja, ich bin sicher, daß er mich auslöst.«

»Natürlich gibt es keine Garantie dafür, daß sie dich nach der Zahlung tatsächlich freilassen.«

Scarr mischte sich sofort ein. »Das ist eine verdammte Verleumdung. Croft entscheidet über dich, mein Junge.

Wir kassieren und verschwinden. Was danach mit dir geschieht, liegt bei ihm.« Er blickte von Raines zu mir und wieder zurück. »Wenn ich mir deinen Freund Croft ansehe und daran denke, daß er zweihunderttausend Dollar mitkassiert, würde ich mir an deiner Stelle auch Sorgen machen«, fügte er tückisch hinzu.

Mezz lachte laut und schrie: »Und ich würde höchstens eine Zehn-zu-eins-Wette auf deine Gesundheit annehmen, Raines!«

Gene Raines sagte leise: »Ich habe Vertrauen zu dir, Jerry.«

»Na, wunderbar!« Scarrs Stimme verriet Hohn und Zynismus. »Bring Croft zurück, Herman. Ich kümmere mich um Raines.«

Mezz stieß mich die Treppe hinunter und führte mich in den Keller zurück. Er verabschiedete sich mit einem Faustschlag, dem ich durch schnelles Zurückweichen nur die halbe Wirkung nehmen konnte und hinter dem so viel Dampf saß, daß ich zu Boden stürzte.

Die Stahltür wurde zugeschmettert und das Licht gelöscht.

Ich tastete mich zur Couch. Dort streckte ich mich aus.

Der Zwischenfall hatte außer ein paar zusätzlich schmerzenden Stellen nichts eingebracht.

Oder doch?

Ich wußte, daß Gene Raines lebte und daß die besprochenen Tonbänder kein Imitationstrick wie bei Jake Maloc waren.

Das war wichtig.

Ein halbes Dutzend Scheinwerfer erhellten die Ruine der Pirate Inn. Nicht weit vom Strand entfernt lag ein Boot der Coast Guard in der schwachen Brandung. Von seinem Deck tasteten breite Lichtkegel den Strand ab.

Seit Stunden durchsuchten fünfzig Polizeibeamte und FBI-Agenten die Bucht und die Hausruine. Zweimal hatte das Coast-Guard-Boot ein Schleppnetz durchs seichte Wasser vor dem Strand gezogen. Über Sprechfunk teilte der Kapitän mit, daß auch die zweite Suche ergebnislos geblieben sei.

Um Mitternacht schienen alle Möglichkeiten ausgeschöpft. Ein Lieutenant der State Police kam zu Mr. High. Er legte die Hand an die Mütze.

»Sir, meine Leute müssen abgelöst werden. Sie gehören zur Mittagsschicht und machen seit fünfzehn Stunden Dienst.«

Mr. High lehnte an der Motorhaube des Dienstwagens. Phil stand neben ihm.

»Wir blasen die Suche ab«, entschied High.

Er forderte Phil auf, mit ihm in den Lincoln einzusteigen.

»Jerrys Jaguar steht vor dem Sheriff's Office in Port Jefferson«, sagte Phil.

»Ich bringe Sie hin.«

Während der Fahrt nach Port Jefferson sprach er nicht. Erst als der Lincoln neben dem Jaguar stand und Phil sich anschickte auszusteigen, legte Mr. High ihm die Hand auf den Arm.

»Es gibt keinen Grund, die Hoffnung aufzugeben, Phil«, sagte er. »Ich glaube, daß Jerry lebt. Wenn er getötet worden wäre, hätten wir ihn neben dem unglücklichen Hank Kinsey gefunden.«

»Wahrscheinlich haben Sie recht, Sir. Aber wie sollen wir verhindern, daß er getötet wird?«

»Erpresser bringen ihr Opfer nicht um, zumindest so lange nicht, bis das Lösegeld gezahlt wurde. Seit Ihrem Anruf, Phil, lasse ich Lyon Ross überwachen.«

»Ross interessiert sich nur für seinen Neffen. Für Jerry zahlt er keinen Cent. Sir, lassen Sie mich mit Ross sprechen! Er muß wissen, daß es nicht nur um das Leben von Gene Raines geht, sondern daß auch wir unseren Mann rausholen wollen.« Leiser setzte er hinzu: »Falls es nicht längst zu spät ist.«

High schüttelte den Kopf. »Überwachen Sie Ross, aber sprechen Sie nicht mit ihm, Phil! Lassen Sie ihn keine Sekunde aus den Augen. Wenn wirklich eine Erpressung läuft, müssen die Kidnapper Kontakt mit ihm aufnehmen. Direkten, persönlichen Kontakt bei der Geldübergabe. Das wird der Augenblick der Wahrheit. Der Mann, der das Geld übernimmt, muß uns zu den Entführern und damit zu Jerry bringen. Das ist unsere einzige Chance. Alle Hilfsmittel stehen bereit, Phil. Ich glaube, wir können es schaffen, wenn wir vorsichtig und entschlossen zugleich handeln.«

»Wenn wir Ross zur Mitarbeit bewegen könnten, wäre vieles leichter, Sir.«

»Sie haben recht, Phil. Leider müssen wir damit rechnen, daß er die Zusammenarbeit verweigert. Dann wird es sehr schwierig, ihm unbemerkt zu folgen.«

Phil stieg aus.

»Schlafen Sie ein paar Stunden, und kommen Sie morgen um sechs Uhr in mein Büro. Falls Ross noch in der Nacht sein Haus verläßt, werden Sie alarmiert.«

Das Licht wurde eingeschaltet. Davon erwachte ich.

Die Riegel knallten. Herman Mezz öffnete die Tür und betrat den Keller.

»Du verdammter Idiot hast mich um die Hälfte meines Schlafs gebracht«, sagte er und gähnte mit weit aufgerissenem Mund. »Mann, warum veranstaltest du so eine Show? Scarr bietet dir einen Haufen Dollars. Statt zuzugreifen, zierst du dich wie 'ne Jungfrau vorm ersten Stich, ballerst rum und willst Raines befreien. Was hättest du davon?« Er stieß mich mit dem Fuß an. »Steh jetzt auf!«

Allein brachte er mich ins Badezimmer. Cinski, der sonst immer dabei war, ließ sich nicht blicken.

Er öffnete die Handschellen und zog sich rasch zurück. Während ich mich wusch, blieb er in der Türöffnung stehen.

»Scarr kocht vor Wut über Jessica«, redete er drauflos wie eine Frau, die Klatsch aus der Nachbarschaft erzählt. »Bis jetzt war es ihm gleichgültig, daß sie kokst. Nach einer gehörigen Prise geriet sie immer mächtig in Fahrt. Solche Verrücktheiten wie heute nacht hat sie noch nie angestellt. Ich glaube, es lag daran, daß sie eine Menge Whisky auf den Koks gegossen hatte.«

Ich trocknete Gesicht und Oberkörper ab.

»Zieh dich um«, befahl Mezz. »Scarr wünscht, daß du in eine andere Kluft umsteigst.«

Er warf mir einen weißen Overall zu. Ich fragte nicht nach dem Grund, streifte den Overall über meinen verdrückten Anzug und zog den Reißverschluß hoch.

Ohne mir die Handschellen anzulegen, brachte er mich in den Wohnraum.

Scarr, Jessica und Gene Raines warteten auf mich. Raines saß isoliert in einem Sessel. Seine linke Hand war mit der Handschelle an ein Heizungsrohr gekettet. Scarr und Jessica saßen nebeneinander auf der Couch. Obwohl die Frau ein starkes Make-up aufgelegt hatte, waren die Spuren der Schläge deutlich zu sehen.

»Vorletzter Akt«, sagte Milton Scarr. »Lies das.«

Er gab mir ein Blatt. Ich las folgenden Text:

Guten Morgen, Mr. Ross. Befolgen Sie minutiös meine Anordnungen! Nehmen Sie das Geld, und fahren Sie in das Parkgeschoß des Bürogebäudes. Steigen Sie in eins der Firmenfahrzeuge, die von den Ingenieuren der Downhill Construction zur Kontrolle von Bauten benutzt werden. Fahren Sie auf dem kürzesten Weg zur Baustelle Laconia

Avenue. Benutzen Sie Zufahrt 4, und treffen Sie mich im Innenhof. Sollten Sie nicht bis 11 Uhr 30 eingetroffen sein, betrachte ich unsere Vereinbarung als gescheitert. Sie werden dann nichts mehr von mir hören und Ihren Neffen nicht wiedersehen. Damit Sie sich überzeugen können, daß er noch lebt, wird er ein paar Worte mit Ihnen sprechen.

»Wie gefällt dir meine Dichtung?« fragte Scarr zynisch. »Ich wette, sie wird dem alten Ross Beine machen. Sobald du alles vorgelesen hast, schalte ich auf den zweiten Apparat um, damit Raines seinem Onkel einen guten Morgen wünschen kann. Alles verstanden, Croft?«

Er schob das Telefon über den Tisch. Ich nahm den Hörer ans Ohr. Wieder diktierte Scarr die Ziffern derselben Telefonnummer ohne Furcht vor einer Fangschaltung.

Nicht eine Frauenstimme, sondern Ross' Baß meldete sich nach dem ersten Ruf.

Ich las den Text ab. Er unterbrach mich mit keinem Wort. Nur seinen schnaufenden Atem hörte ich.

»… wird er ein paar Worte mit Ihnen sprechen.«

Mezz hatte Gene Raines einen zweiten Telefonapparat gegeben.

Raines nahm mit seiner freien Hand den Hörer ab.

»Hallo, Lyon«, sagte er ruhig. »Ich glaube, wir haben keine andere Wahl, als auf die Bedingungen einzugehen und zu hoffen, daß sie ihr Wort halten. Tut mir leid, Lyon, daß ich dir soviel Ärger mache.«

Auf ein Zeichen nahm Mezz ihm den Hörer aus der Hand. Er hob ihn in die Gabel zurück.

»Leg Croft die Handschellen an«, befahl Scarr. Er zog einen kurzläufigen Revolver. Zum ersten Mal sah ich eine Waffe in seiner Hand.

Mezz schloß die Handschellen um meine Gelenke. Sein Boß wandte sich an Jessica.

»Wiederhol nicht den Fehler der vergangenen Nacht, Honey!« Er beugte sich zu ihr und küßte sie auf den Mund.

»Geh nicht zu nah an Raines heran. Aber bring ihn zum Schweigen, falls er unsere Abwesenheit auszunutzen versucht.«

Er wies auf eine Pistole mit versilbertem Griff, die auf dem Tisch lag.

Jessica nickte, streckte die Hand aus und nahm die Waffe an sich.

Er trat zu mir und nahm meinen Arm, als wären wir dick befreundet.

»In einer Stunde bist du ein freier Mann, Croft. Dann trägst du zweihunderttausend Dollar in der Tasche und brauchst nur noch das Problem zu lösen, wie du dich und das Geld in Sicherheit bringst.«

Er führte mich aus dem Wohnzimmer in eine Halle und weiter durch einen Gang, der in eine große Garage mündete.

Ein silberfarbener Mustang und ein schwarzer Firebird standen nebeneinander.

Mezz stieg als erster in den Firebird. Er setzte sich auf den hinteren Notsitz. Scarr schob mich auf den Beifahrerplatz. Sobald ich saß, legte Mezz eine Schlinge von hinten um meinen Hals und zog sie stramm.

Milton Scarr ließ sich hinter das Lenkrad fallen und startete den Motor.

»Nimm mir die Schlinge nicht übel«, sagte er. »Falls wir von einem Rotlicht gestoppt werden, soll sie verhindern, daß du den nächsten Cop herbeirufst.«

»Ich stell' dir die Luft ab, wenn du nur die Lippen spitzt«, drohte Mezz.

Das Garagentor öffnete sich automatisch. Mezz stülpte mir eine weiße Kappe mit Schirm über Kopf und Gesicht. Er tat es eine Sekunde zu spät. Ich sah zwei große, weißblühende Bäume, die die Garagenauffahrt flankierten. Dahinter überspannte eine vierspurige Highwaybrücke eine Wasserfläche.

Ich kenne New York von Grund auf und wußte sofort, daß ich Eastchester Bay und die Hutchison River Bridge sah.

Die Fahrt dauerte länger als eine halbe Stunde. Mehrmals stoppte Scarr den Wagen an einer Ampel. Ich hörte die Schritte und Stimmen der Menschen, die dicht an dem Firebird vorbeigingen.

»Meinetwegen kannst du dich umsehen«, sagte Scarr. »Gleich sind wir an Ort und Stelle.«

Ich schob die Mütze aus der Stirn, sah, daß wir die Bronx erreicht hatten und die Laconia Avenue entlang nach Norden fuhren. Die Straße durchschneidet ein Sanierungsgebiet. Blöcke alter und verfallener Häuser wurden abgerissen, um neuen Häusern Platz zu machen. Der Aufbau steckte noch in der Anfangsphase.

Scarr zündete sich eine Zigarette an und machte eine einladende Handbewegung. Ich schüttelte den Kopf.

An der rechten Straßenseite tauchte ein großer Komplex unfertiger Neubauten auf. Eine Mauer aus Betonplatten grenzte das Gelände gegen die Straße ab. Die Bauten waren zwischen fünfzehn und zwanzig Etagen hoch. Die noch unverkleideten Teile ihrer Stahlskelette ragten als rostrote Gerüste in den Himmel.

Scarr bog in eine Seitenstraße ab. Er steuerte den Firebird an der Mauer entlang, in die Tore eingelassen waren, gekennzeichnet mit primitiv aufgemalten weißen Ziffern.

Niemand begegnete uns. Kein Fahrzeug kam uns entgegen. Am Wochenende wurde auf der Baustelle nicht gearbeitet.

An der Rückseite des Geländes stand der linke Torflügel mit der Nummer 8 offen.

»Wir sind am Ziel«, sagte Scarr, und Herman Mezz löste die Schlinge von meinem Hals.

Scarr fuhr langsam ins Baugelände ein. Die Zufahrt war geschottert, aber vom Gewicht der Schwertransporten ausgefahren. Schaukelnd arbeitete sich der Firebird durch tief eingefräste Räderspuren.

Vorbei an Betonsilos, Kränen und Stapeln Baumaterial steuerte Scarr seinen Wagen auf das Gebäude zu, in dem eine Durchfahrt ausgespart war. Die Durchfahrt führte in einen Innenhof von der Größe eines Footballplatzes.

Vier Bauten begrenzten den freien Platz. Jedes Gebäude hatte eine Durchfahrt.

Milton Scarr brachte den Firebird noch in der Durchfahrt zum Stehen.

»Das soll eine Grünanlage werden«, sagte er nachlässig, als wären wir zur Besichtigung hier. »Ross wird Tor vier benutzen. Er kommt von der anderen Seite. Am besten gehst du ihm bis zur Platzmitte entgegen, nimmst ihm den Koffer ab und wartest, bis er seinen Wagen gewendet und den Platz auf demselben Weg verlassen hat, auf dem er kam. Dann bringst du uns den Koffer. Ich werde den Firebird zehn Schritte zurücksetzen, damit Ross ihn nicht zu sehen bekommt. Der Mann ist fähig, sich das Kennzeichen zu merken.«

Ich wandte den Kopf und suchte Scarrs Blick. »Was soll ich tun, wenn irgend etwas schiefläuft?«

»Was soll schieflaufen?«

»Zum Beispiel könnte Ross eine kleine Armee von Polizisten mitbringen.«

»Er wird sich hüten, denn er weiß, daß er damit seinen Neffen umbringen würde.«

Scarrs Selbstsicherheit grenzte an Leichtsinn. Nichts im Ablauf einer Entführung ist heikler für den Entführer als die Geldübergabe. Fürs große Inkasso muß er seine Deckung verlassen.

Es ist der Augenblick, in dem er die Initiative verliert. Er weiß nicht, ob sich die Gegenseite an seine Vorgaben hält, ob ihm präpariertes Geld übergeben wird, ein Minisender zwischen Dollarbündeln versteckt wurde oder Polizisten ein weites Netz um den Ort der Begegnung gezogen haben.

Um solchen Gefahren zu entgehen, sind Entführer auf die ungewöhnlichsten Ideen für die Geldübergabe verfallen. Sie haben verlangt, daß es aus Flugzeugen und Zügen abgeworfen wurde. Sie geleiteten die Opfer durch Sprechfunk von Ort zu Ort, schalteten Mittelsmänner ein und versuchten alles mögliche.

Das alles schien Milton Scarr für überflüssig zu halten. Er wählte einen Ort, an dem sich Lyon Ross vermutlich besser auskannte als er. Auf der Fahrt in die Bronx hatte er auf alle Umwege verzichtet.

»Nimm ihm die Handschellen ab«, befahl er Mezz.

Ich stieg aus. Mezz folgte mir und zog den Schlüssel aus der Tasche. Er öffnete die Handschellen, trat zwei Schritte zurück und schob die rechte Hand unter die Jacke.

»Mach deine Sache gut, Croft«, sagte er grinsend. »Versuch nicht abzuhauen, weder mit noch ohne den Zaster. Ich behalte dich im Auge.«

Vier Schritte genügten, um mich aus dem Schatten der Durchfahrt in das Licht des freien Platzes zu bringen. Hinter mir setzte Scarr den Firebird zurück. Dann stellte er den Motor ab.

Unzählige leere Fensterhöhlen starrten aus der langen Front der vier Häuser auf das Rechteck der unbebauten Fläche. Die Schotterstraße durchschnitt den Platz in ganzer Länge. Eine zweite Straße führte vom linken zum rechten Haus. Wo beide Fahrbahnen sich kreuzten, hatte sich ein kleiner Tümpel gebildet, in dem lehmfarbiges Wasser stand.

Ich ging weiter. Meine Blicke suchten die vielfachen Reihen der Fenster ab. Kauerte Cinski in einer Öffnung, verdeckt von ein paar aufgeschichteten Steinen?

Für mich bestand kein Zweifel daran, daß mein Tod beschlossene Sache war. Was ich nicht wußte, war allein der Zeitpunkt.

Natürlich würden sie mich nicht umlegen, bevor Ross das Geld abgeliefert hatte. Da Ross mich für den Erpresser und Entführer halten sollte, würden sie warten, bis er das Baugelände wieder verlassen hatte.

Vielleicht sah Scarrs Plan vor, mich an einem anderen Ort zu erledigen. Dann würde er mich wieder in den Firebird verfrachten und ins Haus mitnehmen. Vielleicht mußte ich ihm noch beim Geldzählen helfen, bevor er Mezz das vereinbarte Zeichen gab. So oder so, früher oder später, würden sie mich auf die große Reise schicken.

Gab es einen Ausweg?

Natürlich konnte ich mein Glück in der Flucht suchen. Das Gelände war günstig. Wenn ich die Strecke bis in ein Haus überstand, hatte ich gute Aussichten, ihnen zu entkommen.

Der Haken lag darin, daß ich entkommen konnte, aber nicht Gene Raines. Meine gelungene Flucht würde das Todesurteil für ihn bedeuten.

Ein anderer Gedanke drängte sich vor.

Raines sollte der Bande zwei Millionen Dollar einbringen. Wenn mir die Flucht mit dem Geld gelänge, würden sie Gene dann am Leben lassen, um noch einmal zwei Millionen zu verlangen?

Das Fragezeichen hinter dem Gedanken war dick wie ein Baumstamm.

Während ich alle Möglichkeiten überdachte, wurde ich das unangenehme Gefühl nicht los, daß ich etwas Wichtiges übersah.

Ich hörte das Geräusch eines Motors. In der gegenüberliegenden Toreinfahrt tauchte ein Wagen auf. Es war ein khakigelber Rabbit. Der Wagen fuhr bis dicht vor den Tümpel und stoppte. Ich sah die Umrisse des Fahrers hinter der Windschutzscheibe.

Ohne Eile ging ich auf den Wagen zu. Auf der Motorhaube standen die Worte: Downhill Construction Company. Darunter die Zahl 9.

Die Seitentür wurde aufgestoßen. Der Fahrer stieg aus. Ich sah mich Lyon Ross gegenüber.

Trotz der Wärme des Tages trug er einen Trenchcoat. Das dichte graue Haar lag straff gebürstet am kantigen Schädel. Sein rotes Gesicht war ausdruckslos.

»Hallo, Mr. Ross«, sagte ich.

Er antwortete nicht, sondern bückte sich leicht und nahm einen schwarzen Krokodillederkoffer aus dem Wagen.

»Das Geld!« stieß er zwischen zusammengebissenen Zähnen hervor.

Ich nahm den Koffer und sah Lyon Ross in die Augen.

»Zufrieden?« fragte er.

»Sie halten sich an die Abmachung, Mr. Ross.«

»Genau.«

Nur dieses eine Wort antwortete er. Aber ich sah das spöttische Aufblitzen in seinen Augen und den Hauch des triumphierenden Lächelns, das seine Lippen für einen Sekundenbruchteil krümmte.

Es war, als würde ein Vorhang vor einer Bühne weggerissen. Alles, was sich dahinter im Dunkeln abgespielt hatte, lag plötzlich im grellen Scheinwerferlicht.

»Ich werde nachzählen, Mr. Ross«, sagte ich, warf den Koffer auf die Motorhaube und drückte auf die Verschlüsse.

Die Schlösser sprangen auf. Ich klappte den Deckel hoch.

»Feine Dollars, Mr. Ross!« schrie ich.

Der Koffer war bis an den Rand mit zerschnittenem Zeitungspapier gefüllt.

Ross griff in die Trenchcoattasche.

Ich sprang ihn an. Er prallte gegen den Rabbit. Der Wagen wackelte. Der Koffer rutschte von der Motorhaube und klatschte in den Tümpel.

Ross brachte die Hand aus der Tasche. Die Finger umklammerten den Griff einer schmalen Pistole. Ich fing die Hand am Gelenk ab und schlug sie ins Türfenster des Rabbits. Das Glas ging zu Bruch.

Verzweifelt drückte Ross auf den Abzug. Die Kugel schlug in die Polsterung. Ich schmetterte seine Hand noch einmal gegen den Fensterrahmen. Er stöhnte vor Schmerzen. Die Finger öffneten sich, und die Pistole fiel in den Wagen, irgendwohin zwischen die Sitze.

Er wollte nicht aufgeben. Mit der freien Faust drosch er auf mich ein.

Ich zahlte zurück, und der Zorn ließ mich alles vergessen. Ich schlug ihn und schrie ihn an: »Du willst, daß Gene stirbt. Du bist der Auftraggeber aller Mordversuche! Weil's nicht geklappt hat, hast du dir mit Scarr eine Entführung ausgedacht. Du zahlst, aber die Kidnapper bringen deinen Neffen trotzdem um! Was kann der arme Onkel dafür? Er hat sein Möglichstes getan und ...«

Ich schrie meinen Zorn und meine Empörung heraus. Ross sackte unter einem schweren Haken weg.

Das brachte mich zur Vernunft. Ich fing ihn ab und versuchte, ihn in den Wagen zu bugsieren. Er war ein großer und schwerer Bursche, und ein Rabbit ist nicht gerade ein Lastwagen. Es gelang mir nicht auf Anhieb, ihn in den Wagen zu verstauen.

Der Schuß peitschte über das Gelände. Die Kugel zerschlug den Seitenspiegel. Genau dahinter befand sich gerade mein Kopf, weil ich mich bückte, um Ross in den Wagen zu drücken.

Ich ließ Ross los und hechtete hinter den Rabbit.

Wieder knallte es, und ich glaube, die zweite Kugel ging weit daneben, weil ich im genau richtigen Augenblick abgesprungen war.

Ross fiel neben dem Rabbit zu Boden. Er arbeitete mit Armen und Beinen wie ein angeschlagener, aber nicht ausgeknockter Boxer, der wieder auf die Füße kommen will.

Geduckt hockte ich hinter dem Rabbit. Die Schüsse stammten aus einem Gewehr. Das hatte ich am Knall erkannt. Also war Cinski zur Stelle. Ich hatte die Leichen von zwei Männern gesehen, die er erschossen hatte, und wußte, daß ich verloren war, wenn ich mir eine Blöße gab.

Am Ende des Platzes löste sich Mezz' bullige Gestalt aus der Toreinfahrt. Im plumpen Galopp rannte er wie ein angreifender Bär auf mich zu, den schweren Revolver in der Hand.

Ich öffnete die Hecktür des Rabbit, warf mich in den Wagen, suchte nach Ross' Pistole und ertastete sie zwischen den Vordersitzen.

Ein schnell anwachsendes Motorengeräusch erfüllte die Luft und stieg zu ratterndem Dröhnen an, das die Luft erschütterte. Ein tieffliegender Hubschrauber raste über die Neubauten hinweg.

Mezz blieb stehen, als wäre er gegen eine unsichtbare Wand gerannt. Er warf den Kopf in den Nacken und sah dem Hubschrauber nach.

Ich fischte Ross' Pistole zwischen den Sitzen raus. Sie war ein leichtes Kaliber, aber immer noch besser als leere Hände.

Ross hatte sich auf die Füße gestrampelt. Ich sah, wie er sich neben dem Rabbit aufrichtete.

»Runter!« rief ich. »Bleiben Sie unten!«

Er war taub für die Warnung, setzte sich in Bewegung und lief nach vorn.

Der Schuß knallte. Ross stolperte, als wäre ihm irgend etwas zwischen die Füße geraten. Er stürzte. Mit Kopf, Oberkörper und weit ausgebreiteten Armen fiel er in den Tümpel. Das lehmfarbene Wasser spritzte.

Das Dröhnen schwoll erneut an. Der Hubschrauber kehrte zurück.

Mezz verfeuerte den Inhalt der Revolvertrommel auf den Rabbit. In einem Regen aus Glaskrümeln zerplatzte die Windschutzscheibe. Ich rollte mich aus dem Auto.

Wie ein riesiges Insekt aus Stahl schwang sich der Hubschrauber über die Barriere der Bauten, überschüttete den Platz mit dem Brüllen des Motors und den pfeifenden Sensenhieben seiner Rotoren. In engen Spiralen stieg er hoch, legte sich schräg und setzte zum Sinkflug an.

Mezz verlor die Nerven. Er warf sich herum und flüchtete zurück in die Durchfahrt.

Ich richtete mich auf und winkte zum Hubschrauber hinauf. Der Pilot beugte sich weit aus der Seitentür und winkte zurück.

Sekunden später kam ein grauer Wagen mit hoher Geschwindigkeit durch die Einfahrt, die Ross benutzt hatte, und bremste dicht hinter dem Rabbit. Die Tür flog auf.

Phil sprang ins Freie.

»Vorsicht!« brüllte ich.

Er reagierte blitzschnell und ließ sich fallen.

Der Peitschenknall des Gewehrs durchschlug das Motorengedröhn. Die Kugel stanzte ein Loch in die Wagenkarosserie.

Ich hatte das Aufblitzen des Abschusses gesehen. Cinski lauerte auf der vierten Etage des rechten Neubaus.

Phil kroch zu mir und stieß mir die Faust in die Rippen.

»Alter Junge, ich dachte, ich würde dich nie wiedersehen!« schrie er gegen den Lärm an.

»Ganz meinerseits! Die Freudenfeier müssen wir verschieben. Gene Raines ist noch in ihrer Gewalt. Kannst du den Hubschrauber runterholen? Ich glaube, daß ich das Haus aus der Luft finde.«

Phil zog ein Walkie-talkie aus der Brusttasche und brüllte ins Mikrofon: »Hörst du mich, Harry?«

Die Antwort kam leise, aber verständlich. »Ich höre dich, Phil! Alles in Ordnung da unten?«

»Komm runter und lade uns ein!«

»Unmöglich, solange all' die Autos in der Platzmitte stehen.«

»Wir räumen sie weg!«

Ich faßte Phils Arm. »Vorher müssen wir Cinski ausschalten!« schrie ich ihm ins Ohr.

»Cinski? Wer ist das?«

»Der Mann, der Maloc und Mills erschoß. Er liegt im rechten Bau! Vierte Etage und siebte Fensteröffnung von links.«

Phil teilte dem Hubschrauberpiloten mit: »Du mußt noch warten, Harry!« Dann rief er unseren Kollegen Steve Dillaggio: »Wo steckst du, Steve?«

»Dreh dich um, und du kannst mich sehen!« antwortete Steve. Wir folgten der Aufforderung. In einem Fenster des Hauses an der Laconia Avenue winkte Dillaggio.

»Wie viele Leute sind bei dir?«

»Fünf.«

»Gib mir Feuerschutz! Schießt auf die Fenster eins bis neun der vierten Etage im rechten Bau!«

Er schob das Walkie-talkie in die Tasche und ging in Startstellung.

»Ich komme mit!« sagte ich.

»Hast du eine Kanone?«

»Die hier!« Ich hielt Ross' Pistole hoch.

»Okay, ich nehme den linken Eingang!« Er stieß einen Arm in die Luft als Signal für Steve. Zwei Maschinenpistolen und drei Revolver eröffneten das Feuer.

Phil sprintete aus der Deckung, schlug zwei Haken und rannte auf den Bau zu. Einen Atemzug später folgte ich, wich nach rechts aus und preschte in langen Sätzen auf das Haus zu.

Wenn Cinski die Nerven behielt, hatte er verdammt gute Aussichten, einen von uns zu erwischen.

Bis heute weiß ich nicht, ob er auf Phil oder mich schoß oder ob er sich entnervt vom Feuer der G-men in irgendeine Deckung drückte. Auf jeden Fall erreichte ich unangekratzt das Haus und hechtete aus vollem Lauf durch eine Fensteröffnung.

Die G-men stellten das Feuer ein.

Ich suchte den Aufgang zu den oberen Etagen und stieß auf gegossene, geländerlose Betontreppen. Überall lagen Werkzeug und Baumaterial. Jede Etage war eine große graue Betonfläche ohne Zwischenwände. Nur die Streben des Stahlgerüsts ragten zwischen den Geschossen wie die Pfeiler einer Brückenkonstruktion.

Ich zählte die Treppenabsätze, bis ich glaubte, in der vierten Etage zu sein.

Das Motorengeräusch des Hubschraubers war viel schwächer geworden. Offenbar hatte Harry die Maschine hochgezogen.

Ich bewegte mich vorsichtig. Sobald ich die Etage, in der ich Cinski vermutete, erreicht hatte, ging ich hinter einem Stahlpfeiler in Deckung.

Ein Pfiff machte mich auf Phil aufmerksam. Er kam von der anderen Seite und zeigte nach links.

Mit den Blicken folgte ich seinem Wink und entdeckte den Mann, der zwischen zwei engstehenden Stahlträgern kauerte.

»Cinski!« rief ich halblaut.

Der Mann zwischen den Trägern machte eine heftige Bewegung. Kopf und Gesicht blieben verdeckt.

»Wirf das Gewehr weg und komm raus!«

Er dachte nicht daran, sich zu ergeben. Der Lauf seiner Waffe kam am äußeren Träger zum Vorschein.

Phil schlug einen weiten Bogen. Schnell und sicher wechselte er von Pfeiler zu Pfeiler, bis er mit Cinskis Deckung auf einer Höhe war.

»Wir geben dir drei Sekunden!« rief ich und zählte laut: »Eins, zwei ...«

Phil trat aus der Deckung.

»Arme hoch, Cinski!«

Scarrs Superschütze versuchte, das Gewehr herumzuschwenken. Er war zu langsam.

Phil feuerte. Er traf ihn in die Beine. Cinski kippte seitlich aus der Deckung. Seine Hände umkrampften das Gewehr, aber er wußte nichts mehr damit anzufangen.

Phil war vor mir bei ihm, entriß ihm die Waffe und warf sie mir zu, weil er freie Hände brauchte.

Ich fing sie auf. Es war ein gewöhnliches Magazingewehr, und mir schoß der Gedanke durch den Kopf, ob Cinski mit seinem Dutch Baby besser getroffen hätte.

Über Sprechfunk rief Phil die Kollegen. Zwei G-men kamen heraus und übernahmen Guy Cinski. Die anderen fuhren Phils Wagen zur Seite. Der Rabbit funktionierte nicht mehr und mußte geschoben werden.

Lyon Ross' Körper wurde aus dem Tümpel gehoben und in einer Durchfahrt niedergelegt.

Dann landete der Hubschrauber. Harry Veercan, ein Pilot der City Police, setzte ihn neben den Tümpel. Phil und ich turnten in die Maschine.

Veercan zog den Helikopter dicht an einem Baukran vorbei hoch, übersprang den Ausleger, der wie eine herabgelassene Schranke den Weg versperrte, und schrie mich an: »Wohin?«

»Eastchester Bay! Orientiere dich an der Hutchison River Bridge!«

Phil hielt mir seine Armbanduhr vor die Augen. »Er hat achtzehn Minuten Vorsprung! Wenn wir die Cops alarmieren, können sie ihn vielleicht abfangen. Welchen Wagen fährt er?«

»Einen schwarzen Firebird.«

Veercan übergab Phil das Mikrofon.

»FBI-Agent Decker an Bord von DC 14! Erbitte Unterstützung durch Streifenwagen der City Police. Halten Sie Ausschau nach schwarzem Firebird, unterwegs zwischen Bronx und Eastchester Bay! Stoppen Sie das Fahrzeug mit allen Mitteln! Vorsicht! Die Insassen sind bewaffnet.«

In der Luftlinie liegen das Zentrum der Bronx und Eastchester knapp sechs Meilen auseinander. Der Hubschrauber übersprang die Strecke in wenigen Minuten.

Veercan deutete nach unten. »Hutchison River Bridge. Welche Richtung?«

Er drosselte das Tempo. Ich schob die Seitentür zurück und hing weit aus der Maschine. Der Fahrtwind zerrte an mir.

Wir überflogen Häuser, die aus der Vogelperspektive einander verzweifelt ähnlich sahen. Dann entdeckte ich die beiden weißblühenden Bäume links und rechts vor der Garagenausfahrt.

»Das ist es!« schrie ich Veercan zu.

Er schwenkte seine Maschine herum, als wäre sie ein Pferd, das auf Zügel und Schenkel reagiert, blickte nach unten und schüttelte den Kopf.

»Landung unmöglich! Ich bleibe in den Bäumen hängen!«

»Wo kannst du uns absetzen?«

»Auf dem Dach. Vorausgesetzt, ihr habt Mut genug für einen Sprung!«

Die Villa war zweistöckig mit flachem Dach.

Veercan drückte die Maschine in einer engen Spirale nach unten. Ich löste meinen Sicherheitsgurt und stellte mich sprungbereit in die Türöffnung.

Der Motorenlärm und das wüste Pfeifen der Rotoren machten jede Verständigung unmöglich. Als ich den Eindruck hatte, der Helikopter hänge tief genug, sprang ich.

Ich sauste wie ein Stein runter und schlug hart auf. Phil folgte. Ihm gelang es, den Sprung abzufedern und auf den Füßen zu bleiben.

Ich raffte mich auf. Wir rannten über das Dach und schwangen uns über die Brüstung auf das tieferliegende Dach der Garage. Von dort sprangen wir auf die Terrasse an der Gartenseite.

Wie immer waren alle Fenster verhängt oder die Rolladen von innen herabgelassen. Ich wählte ein Fenster ohne Rolladen, zerschlug das Glas, brach die Sprossen aus dem Rahmen und riß den Vorhang zur Seite.

Wir gerieten in ein Zimmer, in dem ich nie gewesen war. Ich riß die Tür auf, erkannte den Flur, durch den Scarr und Mezz mich in die Garage geführt hatten, wandte mich nach links und rammte mit einem Fußtritt die Doppeltür zum großen Wohnzimmer auf.

Nicht viel hatte sich in der knappen Stunde verändert. Noch immer saß Gene Raines in dem Sessel. Noch immer war er mit der linken Hand an das Heizungsrohr gekettet. Nur Jessica saß nicht mehr auf der Couch.

Sie stand hinter Gene Raines. In der Hand hielt sie die Pistole mit dem silbernen Griff. Die Mündung der Waffe berührte Genes Kopf.

Das Gesicht der Frau war weiß bis in die Lippen.

»Ich töte ihn!« sagte sie tonlos.

»Nimm Vernunft an.« Ich breitete die Arme aus, um ihr zu zeigen, daß ich nicht schießen wollte. »Du kannst nicht mehr gewinnen.«

Ich sprach nicht laut. Der Motor des Hubschraubers war nur noch als ein fernes, rauhes Mahlgeräusch zu hören.

»Gib mir den Weg frei!«

»Den Weg? Wohin?«

»In die Garage!« Ihre Stimme hatte einen unnatürlichen, kreischenden Klang. An ihrem Hals zeichnete sich die Schlagader ab, weil sie jedes Wort mit größter Anstrengung durch die Kehle pressen mußte. »Ich nehme ihn als Geisel mit!« Sie stieß die Mündung heftig gegen Raines' Kopf.

»Einverstanden. Wir gehen auf alle Bedingungen ein, wenn du versprichst, daß er nicht verletzt wird. Schließ die Handschellen auf.«

Aus den Augenwinkeln sah ich, wie sich Phil langsam nach rechts in den Raum schob. Er wollte in Jessicas Rücken gelangen.

Sie schien nicht auf ihn zu achten.

»Ich kann ihn nicht losmachen«, stieß sie hervor. »Mezz hat die Schüssel!«

Mit einer Bewegung aus dem Handgelenk schleuderte ich die Ross-Pistole in den nächsten Sessel. »Nimm mich als Geisel«, sagte ich und ging langsam auf sie zu.

»Bleib stehen!« kreischte sie. »Du willst mich reinlegen!«

»Ich will, daß Raines nicht getötet wird. Du kannst nicht hinter ihm stehenbleiben, bis du angewachsen bist. Ich weiß, daß du keine Chance hast. Aber wenn du dein Glück noch einmal versuchen willst, dann, zum Teufel, tu es! Setz mir deine Kanone an den Kopf und zwing mich, deinen Wagen zu fahren, bis wir uns an einer Polizeisperre beide das Genick brechen!«

In ihrem Gesicht arbeitete es.

»Dreh dich um!« befahl sie heiser.

Ich gehorchte.

»Laß die Arme oben!«

»Selbstverständlich.«

»Der andere soll rausgehen!«

Phil wechselte einen Blick mit mir. Ich nickte, und er zog sich in den Gang zurück.

Ich hörte ihre Schritte. Als sie ganz nahe war, roch ich sie.

Wie in der Nacht, als sie mich hatte töten wollen.

Ich ließ die Arme fallen, schwang meinen Oberkörper herum und traf sie mit beiden Fäusten. Sie war eine Frau, aber daran zu denken war zu riskant. Ich legte die volle Kraft in den Schlag, der gegen ihre Schulter krachte und sie von den Füßen riß, als wäre sie nur eine Schaufensterpuppe.

Sie flog fünf Schritte weit, bevor sie niederstürzte. Da der Schlag ihre Armnerven gelähmt hatte, gelang es ihr nicht, den Finger zu krümmen. Die Pistole entfiel ihr, ohne daß sich ein Schuß gelöst hätte.

Sie lag still und hielt die Augen geschlossen. Ich wußte nicht, ob sie bewußtlos war, aber ich kümmerte mich nicht um sie. Ich ging zu Gene Raines, der in seinem Sessel zusammensackte und nach Luft rang.

»Es ist überstanden«, sagte ich und zeigte lächelnd auf die Handschellen. »Ein paar Minuten mußt du noch aushalten, bis wir eine Zange aufgetrieben haben, die deinen Armschmuck knacken kann.«

Vom Gang her rief Phil: »Jerry, ein Wagen!«

Scarrs Firebird schoß die Garagenauffahrt hoch. Das Tor öffnete sich automatisch. Scarr jagte den Wagen in die Garage.

Phil und ich standen am Kopfende des Verbindungsflurs zwischen Garage und Wohnhaus. Wir hörten, wie Scarr aus dem Wagen sprang.

»Jessica!« schrie er und stürzte aus der Garage in den Gang. Sechs Schritte ließen wir ihn kommen. Unsere Deckung in den Türnischen zu Zimmern rechts und links vom Gang war erstklassig.

Phil rief ihn an: »FBI! Bleiben Sie stehen! Nehmen Sie die Arme hoch!«

Scarr prallte zurück, als hätte er einen Faustschlag erhalten.

Hinter ihm blitzte Mündungsfeuer auf. Mezz, der seinem Boß folgte, feuerte blindlings um sich. Wir waren für seine Kugeln unerreichbar. Aber Scarr schrie auf und stürzte nach vorn aufs Gesicht.

Herman Mezz warf sich herum und rannte in die Garage zurück. Er sprang in den Firebird und startete den Motor.

Draußen heulten Sirenen! Von allen Seiten rasten Streifenwagen der City Police heran. Harry Veercan hatte die Besatzungen vom Hubschrauber aus an den richtigen Ort geführt.

Mezz schaffte es noch, den Firebird aus der Garage rauszubringen. Doch schon blockierte ein Streifenwagen die Ausfahrt. Der Firebird rammte den Polizeiwagen. Mezz sprang aus dem Auto, wurde angerufen, drückte noch zweimal auf den Abzug und brach im Feuer der Polizei zusammen.

Als Milton Scarr unter seinem richtigen Namen Averell White vor Gericht erscheinen mußte, wurde er in einem Rollstuhl in den Verhandlungssaal gefahren. Mezz' Kugeln hatten sein Rückgrat verletzt und ihn für immer gelähmt.

Mit ihm saßen Jessica Lesco und Guy Cinski auf der Anklagebank.

Milton Scarr alias Averell White legte ein volles

Geständnis ab. Er nannte die Namen von vierzehn Personen, für die er als ›Killer nach Maß‹ mit Unterstützung seiner Geliebten und seiner Helfer Morde verübt hatte.

Sein fünfzehnter Auftraggeber, Lyon Ross, lag zur Zeit der Gerichtsverhandlung seit fünf Monaten unter der Erde.

ENDE

Die Heldin der Nation

Aus der glühenden Mittagshitze tauchte der Subway-Zug in die Schwärze des Tunnels. Die Stahlräder kreischten auf den Schienen. Es klang wie der Schrei eines verletzten Tiers.

Die Frau fluchte auf sich selbst. In Gedanken. Sie hätte sich ohrfeigen können für ihren Entschluß. Diese verdammte New Yorker U-Bahn war ein stinkendes, dreckverschmiertes Ungeheuer. Weshalb, in aller Welt, fuhren die Leute überhaupt noch in solchen rumpelnden Schrottkisten?

Mit der Einfahrt in den Tunnel mußte normalerweise die Beleuchtung aufflammen. Doch es wurde stockfinster. Die Lampen flackerten einmal kurz auf und erloschen wieder. In der schwarzen Betonröhre nahm das Kreischen der Räder einen schrillen Nachhall an.

Die Frau bemerkte, wie sich jemand ihrem Eckplatz näherte. Schritte waren nicht zu hören. Aber sie roch den fremden Schweiß, das Leder, und sie hörte einen rasselnden Atemzug. Sie spürte, wie sie sich innerlich verkrampfte. Schwierigkeiten wollte sie nicht. Alles andere als das.

Es war um die Mittagszeit. Die Luft in dem Wagen war zum Schneiden dick. Nur etwa die Hälfte der Plätze war besetzt. Die Frau hatte die Situation genau erfaßt, schon als sie eingestiegen war. Ein paar Jugendliche, Farbige und Puertoricaner meist. Zwei alte Frauen, deren unablässiger Redeschwall über die Köpfe von fetten Schoßhünd-chen hinwegplätscherte.

Eine kleine Gruppe von Männer in blauen Overalls. Irgendwo in der Nähe mußte eine Fabrik sein, bei der die Spätschicht begann.

Wieder flackerte und erlosch die Beleuchtung.

Die Frau glaubte einige Silhouetten gesehen zu haben. Drei oder vier. Ein glucksendes Lachen? Das verfluchte Kreischen!

Was für Leute waren noch in dem Wagen? Ein paar mehr von diesen schäbigen Gestalten. So schäbig wie Brooklyn, von wo der Tunnel nach Manhattan hinüberführte.

Anständig gekleidete Menschen waren jedenfalls die Ausnahme in diesem Dreckwurm, der sich unter dem East River hindurchwand.

Plötzlich endete das Kreischen, und in derselben Sekunde flammte das Licht auf. Ein zuckendes Licht. Das Geräusch der Räder klang jetzt wie in einem Schnellzug.

Die Frau entspannte sich. Sie wußte, woran sie war. Gefahr bedeutete ihr fast nichts mehr, sobald sie sie erkannt hatte. Unerträglich war für sie nur eine unausgesprochene und nicht erkennbare Bedrohung.

Vor den fahlen Leuchtstoffröhren bildeten die Kerle eine Schattenwand, die sich auf sie legte. Niemand im Wagen blickte herüber. Die alten Frauen redeten noch angeregter. Die Overall-Männer studierten schweigend ihre Zeitungen. Die anderen stierten einfach vor sich hin.

Wer sich in New York City um einen anderen kümmert, hat selber schuld. So sagte man. Die Frau hatte es oft genug gehört.

Sie hob den Kopf und betrachtete die Gesichter der Kerle. Alle vier grinsten ein Grinsen, das sie den schrägen Vögeln im Kino oder im Fernsehen abgeguckt hatten. Es sollte bedeuten, daß sie die Herren der Lage waren. Daß man einen höllischen Fehler beging, wenn man sich ihnen widersetzte.

»Ihr seht aus, wie aus der Mülltonne gezogen«, sagte die Frau verächtlich. Sie verzog das schmale Gesicht in einer Art, daß es aussah, als würde sie auch noch ausspucken.

Den Kerlen fiel das Grinsen aus dem Gesicht. In die eben noch heimtückischen Augen trat ein ungläubig staunender Ausdruck.

»Das war wohl nichts«, sagte der älteste der vier. »Daß du nicht von hier bist, hört man, Baby. Aber deswegen brauchst du dich noch lange nicht im Ton zu vergreifen.« Sein Schnauzbart war so struppig wie seine schulterlange Mähne. Er trug die gleiche schwarze Lederkleidung wie seine Kumpane. Abgewetztes Leder, an dem sie unzählige Male ihre dreckigen Finger abgewischt hatten.

»Oh, Verzeihung«, sagte die Frau spöttisch. »Ich wollte die Gentlemen nicht beleidigen.« Vielleicht konnte sie Zeit gewinnen. Aber sie wußte andererseits, daß die paar Minuten bis nach Manhattan Downtown noch verteufelt lang werden konnten.

Die Kerle nahmen den Spott nicht wahr.

»Klingt schon viel besser, was?« Einer mit einem struppigen Irokesenschnitt sah die anderen nacheinander an.

»Weiß nicht«, sagte der nächste, ein Bartloser mit sorgfältig gescheiteltem Glanzhaar. »Vielleicht kommt sie uns gleich wieder mit so einem dämlichen Spruch. Kann ja sein, daß sie denkt, sie fertigt in Nebraska hinter dem Heuhaufen ein paar Dorftrottel ab.«

Die vier brachen in johlendes Gelächter aus, krümmten sich vor Vergnügen und klatschten sich auf die belederten Schenkel.

Die übrigen Personen im Wagen wurden stiller. Die beiden alten Frauen stellten ihr Gespräch ein. Niemand rührte sich. Die blonde Frau auf dem Eckplatz lächelte, scheinbar gleichfalls erheitert.

»Bestimmt habt ihr recht«, nickte sie, als die sich Schwarzgekleideten beruhigt hatten. »Ich muß mich wohl erst an New York gewöhnen.«

»Dabei können wir helfen«, feixte der, der bislang noch nichts gesagt hatte. Ein pickelgesichtiger Jüngling mit verschlagenem Blick. »Wir können dir die tollsten Sehenswürdigkeiten zeigen.«

Die anderen kicherten und glucksten.

»Na, dann laßt mal was sehen«, forderte sie kühl.

Starre Blicke aus fassungslosen Augen hefteten sich auf sie. Doch nach einer Sekunde ging der Ausdruck der Augen in Wut über.

»Verscheißern können wir uns selber«, fauchte der Schnauzbärtige. Seine rechte Hand zuckte unter die Jacke und war blitzartig mit einem Stilett wieder da.

Er ließ die Klinge herausschnappen und richtete sie auf den Busen der Frau, der sich unter dem sommerlichen Shirt abzeichnete. Die hellblaue Baumwollhose ließ auch über ihre übrigen Formen keinen Zweifel.

»Nimm das Ding weg, bitte!« Ihre Stimme klang jetzt angstvoll.

»Na also«, zischte der mit dem Schnauzbart. »Du brauchst erst einen Dämpfer, wie?«

»Was wollt ihr von mir?« fragte sie scheinbar zaghaft. »Mich vergewaltigen?«

Wieder ertönte Gelächter.

»Nicht so hastig!« rief der Pickelgesichtige. »Kannst es nicht abwarten, stimmt's?«

»Erst mal ein paar Glimmstengel«, forderte der Irokese. »Dann Feuer und ein paar Bucks. So was hast du doch sicher dabei.« Er deutete auf ihre flache Handtasche, die sie auf den Knien hielt.

»Aber ja«, antwortete sie leise. »Nur das Messer muß weg.«

Der Schnauzbärtige klappte das Stilett zusammen und sah seine Kumpane großspurig an. Dann zuckte seine Linke vor. Der Griff, mit dem er ihre Brust packte, war schmerzhaft.

Mit der rechten Hand schlug sie zu. Aufstöhnend wich er zurück, als hätte ihn eine Schlange gebissen. »Macht sie fertig!« brüllte er im nächsten Moment. Sein Gesicht war schmerzverzerrt. »Nehmt sie euch vor, dieses Miststück! Zeigt es ihr, verdammt noch mal!«

Die Frau wußte, daß ihr nur noch eine Sekunde blieb. Wenn sie das wehrlose Huhn spielte, das diese Strolche in ihr vermuteten, dann würde sie es vielleicht nicht überstehen – im Hospital aufwachen oder zwischen den Schienen im Subway-Tunnel enden.

»Laßt mich in Ruhe!« sagte sie warnend.

Es nützte nichts. Die Kerle grölten vor Hohn und walzten auf sie los. In einer der Fäuste funkelte eine Rasierklinge zwischen zwei Fingern.

Es war der Punkt, bei dem der Frau die Sicherung durchbrannte.

Sie griff in die Handtasche. Ihre Bewegung war mit Blicken kaum zu verfolgen. Im Hochreißen entsicherte sie die Pistole und zog durch. Viermal hintereinander feuerte sie.

Hell peitschte das Bellen der Pistole durch den Wagen. Die Leute schrien und warfen sich zu Boden. Jede Kugel tötete innerhalb von einem Atemzug, und mehr als vier Kugeln brauchte sie auf die kurze Entfernung ohnehin nicht.

Sie sprang auf. Ihre Sinne waren glasklar. Nichts von einem Rausch, von Panik oder anderen unkontrollierten Zuständen. Sie erfaßte die Einzelheiten mit der Genauigkeit eines Computers, der eine Kamera auslöst.

Vor ihr die vier Kerle, die ein verkrümmtes Knäuel bildeten. Blut rann über schwarzes, schmutzverschmiertes Leder. Sie hörte die Angstschreie, die noch immer durch den Wagen gellten. Von den Leuten war keiner mehr zu sehen. Alle hatten sich unter die Sitze verkrochen.

Plötzlich sangen die Bremsen des Subway-Zuges. Ein durchdringendes Schaben von Metall auf Metall. Jemand hatte die Notbremse gezogen, vermutlich im vorausfahrenden Wagen, denn nach hinten gab es keinen Durchgang.

Die blonde Frau mußte sich an einer Haltestange festhalten. Die Bremswirkung nahm jetzt rasch zu. Es gelang ihr, die Handtasche zu schultern und das halbleere Pistolenmagazin mit geübten Griff gegen ein gefülltes Reservemagazin auszutauschen. Sie spürte ein Kribbeln unter der Haut, sah, wie sich die feinen Härchen auf ihren Unterarmen aufrichteten. Die Lage entwickelte sich ungünstig für sie – teuflisch ungünstig. Noch lagen die Leute unter den Sitzen. Aber wenn sich in den nächsten zwei, drei Sekunden nichts tat, würde bei den ersten die Angst der Neugier weichen. Sie würden Blicke riskieren und sich dann später mit der Zunge über die Lippen fahren, wenn sie von der gutgebauten Blondine berichteten.

Sie wußte es nur zu gut: So widersinnig es war, ihre Attraktivität bedeutete in bestimmten Situationen einen Klotz am Bein.

Jemand entriegelte die Waggon-Verbindung. Durch die beschlagenen und bekritzelten Scheiben war zunächst nur ein Schatten zu erkennen. Die Frau behielt die Pistole in der Hand. Der Mann, der vorsichtig aus dem Dunst der Glasscheiben auftauchte, trug die Uniform des Subway-Personals. Er schnellte nach rechts, ging halb in die Knie, breitbeinig, und brachte einen schweren Smith & Wesson im Beidhandanschlag hoch. Ein älterer Mann mit grauen Haaren. Sicher ein Army-Veteran, wahrscheinlich ein Kontrolleur.

»Wer hat geschossen?« brüllte er.

»Ich«, antwortete die Frau ruhig. »Nehmen Sie die Waffe herunter, Sir!«

Der Subway-Angestellte musterte sie einen Atemzug lang und sah die Pistole, die sie am langen Arm hielt. Er richtete sich auf und ließ den Revolver sinken. »Sind Sie Polizeibeamtin?« fragte er.

Sie ergriff die Chance schnell und eiskalt. »Allerdings. Hätte ich sonst eine Waffe?«

Der Mann atmete erkennbar auf. Er holsterte seinen

Revolver und ging auf die Frau zu. Die Leute unter den Sitzen rührten sich noch immer nicht. New Yorker Einwohner wissen, daß eine Gefahr meist erst dann vorüber ist, wenn ein verantwortlicher Beamter das offiziell bekanntgibt. Die Bewegung des Angestellten stockte. Erst jetzt sah er das schwarzlederne Menschenknäuel in dem Mittelgang zwischen den Sitzen. Mehrere Blutlachen hatten sich gebildet.

»Mein Gott!« hauchte er.

»Sie wollten mich vergewaltigen«, sagte die Frau. »Ausrauben und vergewaltigen. Jeder hat es gehört. Es war Notwehr.«

Der Angestellte ging mit starrem Blick auf die Toten zu.

»Von denen lebt ja keiner mehr«, flüsterte er entgeistert. Er wollte sich der Frau zuwenden, doch hastige Schritte nahten polternd aus dem vorderen Waggon.

Zwei Männer waren es, die jetzt hereinstürmten. Beide trugen die Uniform der New Yorker City Police, und beide brachten ihre Dienstwaffen in Anschlag, nachdem sie auf Sicherheitsabstand gegangen waren.

Die Frau beging nicht den Fehler, sich jetzt zu bewegen.

»Harry!« rief der eine Beamte schneidend. »Zur Seite, Mann!«

Der Angestellte wich von den Toten weg. Er wirkte verunsichert.

»Sie ist ein weiblicher Cop«, sagte er mit zitternder Stimme.

Die uniformierten Zugbegleiter wechselten einen Blick aus den Augenwinkeln heraus.

»In Ordnung, Madam«, sagte der ältere Beamte. »Nehmen Sie mit der linken Hand ihre Dienstmarke aus der Tasche! Aber so langsam, daß wir alles genau sehen können. Sie kennen das.«

Beide Männer veränderten ihre Haltung nicht. Sie gehörten zu einer Abteilung der Traffic Patrol, die das New York City Police Department eigens für die Sicherheitskontrollen in der Untergrundbahn eingerichtet hatte.

Behutsam wie befohlen, schob die Frau ihre Linke in die Handtasche. Mit den Fingerkuppen ertastete sie die keltische Bronzebrosche, die sie einmal bei einem irischen Straßenhändler in Miami gekauft hatte. Das billige Ding reichte für einen Bluff. Sie nahm es heraus und wollte es den Beamten zuwerfen.

»Stopp, Madam«, sagte der Ältere rauh. In seinen Augen glomm bereits das Mißtrauen. Klar, daß er die Dienstmarken seines eigenen Arbeitgebers auch auf zehn Yards Entfernung von einem verschnörkelten Schmuckstück unterscheiden konnte.

Der Subway-Angestellte sah es deutlich genug. Den Helden wollte er nicht spielen. Ohne einen Laut ging er auf Tauchstation zwischen zwei Sitzbänken.

Mit sicherem Instinkt hatte die Frau den einzig möglichen Fluchtweg erkannt. Die hintere Wagentür war nur zwei Schritte von ihr entfernt.

Der jüngere Beamte wollte sich in Bewegung setzen.

Das Festnahmemanöver, das sich die beiden Cops ausgedacht hatten, war riskant. Es beruhte darauf, daß sie die Frau im Ungewissen ließen, ob sie den Trick durchschauten oder einfach nur mißtrauisch waren.

Sie riß die Pistole hoch und ging im selben Sekundenbruchteil in die Hocke. Es waren zwei gegenläufige, doch blitzschnell und fließend ineinander übergehende Bewegungen.

Die Pistole bellte trocken. Zweimal hintereinander.

Die Cops feuerten, indem sie sich hinwarfen. Doch ihre Gegnerin befand sich schon nicht mehr dort, wo sie eben noch gestanden hatte.

Kalte Luft trug den Geruch von Öl- und Metallstaubablagerungen aus dem Tunnel herein. Gewandt sprang die Frau aus dem Wagen und tauchte in der Dunkelheit unter. Doch ihre Schritte waren auf dem Schotter zu hören.

Die beiden Polizeibeamten nahmen die Verfolgung auf.

»Funkspruch, Harry!« brüllte der ältere dem Subway-Angestellten zu. »Sie sollen den Tunnel dichtmachen! Dann sitzt das Miststück wie die Maus in der Falle!«

Seine Stimme hallte weit durch die Betonröhre unter dem East River.

Manchen dösenden Taxifahrer traf es wie ein signalroter Blitz in der Mittagspause. Und bevor er aus seiner Lenkradträumerei erwachte, war mein Jaguar schon vorbeigerauscht.

Mit Sirene und aufgepapptem Magnetrotlicht drosch ich den Flitzer in Richtung Manhattan Süd. Ich hielt einen gefährlichen Kurs in der Mitte zwischen den Fahrspuren des Broadway. Unser Ziel lag ganz unten, wo Manhattans berühmteste Straße endet.

Phil war mit dem Funkgerät beschäftigt. Er gab laufend Positionsmeldungen an die Zentrale durch. Dann erhielt er eine Direktverbindung mit John D. High, unserem Chef. Ich konnte nur mit halbem Ohr hinhören.

Die Fahrt in der Broadway-Mitte hatte verteufelte Ähnlichkeit mit einer Slalomstrecke. Mehr als die Hälfte aller Fahrzeuge waren gelbe Taxis. New Yorker Taxidriver gelten als die unfreundlichsten der Welt. Das und die mittägliche Trägheit waren eine Zusammenstellung, die meine Nackenhaare alle paar Sekunden senkrecht stehen ließ.

Einer, der mir in einem klobigen alten Checker Cab

entgegenkam, mußte alle schlechten Eigenschaften für sich gepachtet haben. Er benutzte die schmale Gasse, die mir blieb, und wollte an zwei dahinzuckelnden Lieferwagen vorbeiziehen. Er gab sich keine Mühe, rechtzeitig wieder einzuscheren.

Die Wagen rechts vor mir fuhren zweispurig und konnten nicht weiter ausweichen. Ich stieß einen Fluch aus und stieg in die Bremse. Die Reifen wimmerten. Phil kümmerte sich um nichts. Er hatte das Funkmikro zwischen die Knie geklemmt, hockte vornübergeneigt auf dem Beifahrersitz und hielt sich die Ohren zu.

Groß und breit, mit grinsender Chromschnauze, stand das Checker-Taxi vor mir. Der Fahrer, ein bulliger Kerl, hockte hinter dem Lenkrad und tat, als wartete er geduldig. Sein Gesicht war so ausdruckslos, als nähme er mich überhaupt nicht zur Kenntnis.

Das Rotlicht kreiste auf dem Jaguardach, und ich drückte auf den Hupring, daß die Sirene zu nervenzerfetzendem Schrillen anstieg. Ein Chevy-Fahrer stoppte in der Kolonne, um den Taxidriver einscheren zu lassen. Der Mann reagierte nicht. Er grinste jetzt. Ich sah es deutlich. Er wollte mich herausfordern. Manche haben einen Haß auf alles, was nach Polizei riecht.

Ich kuppelte aus und zog die Handbremse an. Für Händeringen oder langes Palaver hatte ich keine Zeit. Ich schwang mich ins Freie. Phil lauschte der quäkenden Stimme aus dem Funklautsprecher. Die Sirene senkte ihre Stimme zu einem langgezogenen, tiefen Orgeln. Mit einem Satz flankte ich um den Jaguar-Kotflügel herum und war im nächsten Moment an der Fahrerseite des Taxis. Blicke aus den vorbeischleichenden Autos folgten mir. Irgendwo rechts von mir stoppte ein besonders Neugieriger, und ein Hupkonzert setzte ein.

Der bullige Taximann schob seinen muskulösen Unterarm aus dem Wagenfenster. Ein nackter Frauenkörper schillerte blau-rot auf seinem Bizeps. Ich zeigte ihm den FBI-Silberadler und steckte die Dienstmarke wieder ein.

»Geben Sie den Weg frei!« sagte ich. »Ich bin FBI-Beamter und auf einer Alarm-Einsatzfahrt. Wenn Sie sich widersetzen, muß ich Sie festnehmen.« Im Menschengewühl auf dem Bürgersteig sah ich zwei Fußstreifen-Cops, die aufmerksam geworden waren.

Der Bullige schob seinen Kaugummi geringschätzig von einer Seite zur anderen. »Ich bin ein freier Bürger, Mann. Und ich denke, du bist ein Spinner, der sich wichtig machen will. Ich nehme an, deine Blechmarke hast du in der Spielzeugabteilung bei Macy's gekauft, und dein feines Rotlicht ...«

Ich ließ ihn nicht zu Ende reden. Erschrocken zuckte er zusammen, als ich die Tür aufriß. Und seine Augen wurden im nächsten Moment noch größer. Es sah mühelos aus, wie ich ihn am Kragen packte und aus dem Wagen zog. Ich hatte ihn schon neben seiner Blechkiste senkrecht gestellt, als seine Gehirnwindungen erst soweit waren, daß sie es verarbeiteten. Er wollte seine Fäuste hochreißen, sie mir in die Körpermitte rammen. Ich tupfte zweimal kurz hintereinander bretthart mit der Hand-kante hin. Er gurgelte vor Schmerz und stierte auf seine gelähmt herabhängenden Arme.

»So was«, sagte ich kalt, »lernst du bei Macy's in der Spielecke für Spinner.«

Die beiden Cops waren zur Stelle. Sie hatten den Verkehrsfluß gestoppt und waren mit langen Sätzen quer über die Fahrspuren herbeigeeilt. Ich nannte ihnen meinen Namen und meine Dienststelle und bat sie, den Mann wegen Einsatzbehinderung und Widerstand gegen die Staatsgewalt festzunehmen. Einer der Cops verpaßte ihm Handschellen und bugsierte ihn in Richtung Bürgersteig. Der andere schwang sich hinter das Checker-

Lenkrad und rangierte die klobige Kiste aus dem Weg.

Ich war bereits wieder im Jaguar, bedankte mich mit einem Handzeichen bei den uniformierten Kollegen, ließ die Sirene erneut anschwellen und gab Gas. Der Festgenommene stierte hinter uns her. Wahrscheinlich verstand er die Welt nicht mehr. Ich habe einfach kein Verständnis für blödsinnige Sturheit dieser Art. Unsereins hält seine Knochen für die Bürger dieses Staates hin. Dafür können wir ein Minimum an Verständnis erwarten.

»Genau sechsunddreißig Sekunden«, sagte Phil, der seine Funkerei vorübergehend eingestellt hatte. Er grinste und steckte zwei Zigaretten an. Eine schob er mir zwischen die Finger. »Der Aufenthalt hätte leicht länger dauern können. Aber dafür ist das Ansehen aller Ermittlungsbehörden mal wieder restlos im Eimer. Die Berufsorganisation der Taxifahrer wird dich öffentlich in der Luft zerreißen. Und wenn irgendein Autofahrer seine Kamera dabeihatte, kassiert er einen Tausender als Honorar für das Pressefoto des Monats.«

Ich grinste zurück. »Willst du meine Gegenmaßnahme hören?«

»Klar, daß du schon eine auf Lager hast.«

»Ich schließe mich der Kampagne gegen unfreundliche Taxifahrer an, und dann kriegen sie Zunder.«

»Die Zeitungs- und Fernsehleute werden dir dankbar sein für die Storys, die du ihnen lieferst.«

Ich sog an der Zigarette, ohne den Blick von der Fahrbahn zu wenden. Wir kamen jetzt zügig voran. Es war, als hätte sich die Pleite des widerborstigen Checker-Drivers in Windeseile herumgesprochen.

»Was hast du Neues?« fragte ich.

»Die Tatsachen sind noch die alten. Eine offenbar durchgedrehte weibliche Person im Lexington Subway-Tunnel. Verfolgung durch Sicherheitsbeamte, beide Tunnelseiten abgeriegelt. Neu sind die Vermutungen.«

»Möglicher Terroranschlag?« entgegnete ich. Zumindest war es der Gesichtspunkt, den John D. High als Anlaß genommen hatte, uns loszujagen.

»Ist nicht mehr auszuschließen«, bestätigte Phil.

»Geiselnahme?«

»Ist noch nicht bekannt. Die Meldungen gingen bislang ziemlich wirr durcheinander. Was wir bis jetzt an klaren Tatsachen haben, ist folgendes: Schießerei im Subway-Zug. Jemand hat die Notbremse gezogen, und er hält jetzt ungefähr im ersten Drittel des Tunnels, von Brooklyn aus gesehen. Es soll eine Frau sein, die geschossen hat, und es soll mehrere Tote gegeben haben. Zwei Cops von der Traffic Patrol haben sie gestellt, aber dann ist sie ihnen doch entwischt. Die beiden haben die Verfolgung aufgenommen und den Tunnel abriegeln lassen.«

»Dann ist die Lage mal wieder klar«, sagte ich. »Unsere Kollegen von der City Police erledigen die Dreckarbeit, und wir tauchen am Tatort auf, um nur noch die Lorbeeren zu ernten.«

Phil nickte. Er wußte, wovon ich sprach. Die alten Vorurteile schlummern bei manchen Leuten noch immer im Unterbewußtsein – sowohl bei unseren uniformierten Kollegen als auch bei Zeitungs- und Fernsehredakteuren. Cops sind da gleichbedeutend mit Frontkämpfern, die den Kopf hinhalten. Und FBI-Agenten werden gleichgesetzt mit hochnäsig umherstolzierenden Elite-Offizieren, die sich mundgerechte Ergebnisse überreichen lassen. Es gibt aber nur noch selten Fälle, in denen solche Stimmungsmache betrieben wird. Unsere gute Zusammenarbeit mit den Kollegen ist die Regel.

Wie sich die Situation im Subway-Tunnel entwickelte, hing zunächst nicht von uns ab. Ob wir überhaupt Einfluß auf die Lage nehmen konnten, stand noch in den Sternen. An Phil und mir lag es, notfalls Verstärkung anzufordern und einen FBI-Großeinsatz anzuleiern. Die

Möglichkeit, daß es sich um einen Terrorakt handelte, lag für uns nahe.

Frauen, die in Flugzeugen, Eisenbahnzügen oder an sonstigen belebten Stellen um sich schießen, sind meistens Terroristinnen. Die Folgerungen im Subway-Fall waren noch offen. Hatte die Frau eine Geisel genommen, um sich den Fluchtweg freizuhalten?

Oder hatte sie eine Bombe mit Funkzünder unter den Zug gepappt, um ihre Forderungen durchzusetzen?

Die südlichste Station der Lexington Avenue-Linie in Manhattan ist Bowling Green, unmittelbar am Nordostzipfel des Battery Parks gelegen. Die Absperrung sahen wir schon von weitem. Streifenwagen mit kreisenden Rotlichtern standen quer auf den Bürgersteigen und am Straßenrand. Uniformierte Cops winkten die Fahrzeuge vorbei, und Fußgänger wurden durch eine schmale Gasse von Holzbarrieren an den Eingängen der Subway Station vorbeigeschleust. Ich stoppte den Jaguar hinter einem der Streifenwagen und drückte einem Patrolman die Schlüssel in die Hand. Wie es bei Einsätzen dieser Art üblich ist, hatten wir die Dienstmarken außen in die Brusttasche unserer Jacketts gehängt.

Den Einsatzleiter fanden wir unten auf dem Bahnsteig, neben einem Zug, der in Fahrtrichtung Brooklyn hielt. Die Fahrgäste durften den Zug nicht verlassen. Bevor die Lage nicht geklärt war, wollte man kein unnötiges Durcheinander. Wir erfuhren, daß sich im Tunnel nur jener eine Zug befand, in dem sich das Drama abgespielt hatte. Da die Subway dieser Linie zu dieser Tageszeit nur in Fünfzehn-Minuten-Abständen fuhr, war die Absperrung auf beiden Seiten rechtzeitig veranlaßt worden.

Dieser verhältnismäßig große Zeitabstand hatte es auch ermöglicht, daß auf dem Gegengleis von der Grand Central Station eine Draisine herbeigeschafft werden konnte. Das elektrisch betriebene kleine Schienenfahrzeug bestand aus einer Plattform mit hüfthohen Ladeklappen an allen vier Seiten. Wir verständigten uns mit dem Einsatzleiter, einem Captain. Neue Meldungen über den Fluchtverlauf der mutmaßlichen Terroristin lagen nicht vor. Auch keine Bombendrohung oder Nachricht von einer Geiselnahme.

Phil und ich überquerten die Schienen vor dem haltenden Zug. Wir schwangen uns in die Draisine. Der Fahrer, ein Subway-Angestellter, nickte uns zu und grinste dabei kampflustig.

»Ich bin Junggeselle, habe keine Kinder und war in Vietnam dabei«, sagte er und ließ das Ding anrollen. »Machen Sie sich also meinetwegen keine Sorgen, Gentlemen!«

»Dies wird kein Himmelfahrtskommando«, sagte ich überzeugt.

Phil sah mich von der Seite an, und ich las die Zweifel in seinem Blick. Restlos überzeugt war ich von meinen Worten auch nicht.

Die Schwärze des Tunnels nahm uns auf. Dieser kühle, trockene Hauch von Eisen und Öl wehte uns entgegen.

Lynn Cheston stoppte ihre Schritte in dreißig Yards Entfernung vom Zug. In der totalen Finsternis hatte sie die Vorteile auf ihrer Seite. Wie zum Hohn für die Cops brannte das Licht in dem Subway-Zug noch immer. Diese Bullen waren geradezu sträflich leichtsinnig, denn vor dem Licht zeichneten sich ihre Silhouetten deutlich ab. Andererseits hatten sie keine Wahl.

Wenn sie die Verfolgung aufnehmen wollten, mußten sie den Lichtkreis durchbrechen. Und dann, im Dunkeln, standen die Chancen fifty-fifty.

So weit wollte die blonde Frau es nicht kommen lassen. Sie hob die Pistole im Combatanschlag und feuerte auf den ersten Beamten, einen breitschultrigen Mann, der sich vorsichtig, Schritt für Schritt, voranarbeitete. Er ging geduckt und schien mit seinen Blicken die Dunkelheit durchdringen zu wollen.

Der Schuß bellte und verursachte ein rollendes Echo.

Kein Schmerzensschrei. Nichts.

Lynn Cheston stieß einen leisen Fluch aus. Deutlich sah sie, daß sich der Beamte erst Sekundenbruchteile nach dem Schuß zu Boden warf. Er war unverletzt.

Sie schnellte nach links weg.

Der zweite Cop hatte sich lediglich in die Nische zwischen zwei Waggons gedrückt. Jetzt war er blitzschnell wieder da, und vor seinem Brustkasten erblühte eine grellrote Feuerblume.

Lynn Cheston konnte den heißen, sengenden Luftzug der Kugel spüren. Der Cop hatte eine uralte Methode angewendet und den Mündungsblitz ihrer Pistole als Zielpunkt genommen. Sie begriff, daß sie es nicht mit ausgefuchsten Kämpfern zu tun hatte. Dies waren einfache Beamte aus dem Streifendienst. Ihre Praxis im Umgang mit der Dienstwaffe hatten sie wahrscheinlich hauptsächlich auf dem Schießstand erworben.

Die Frau warf sich herum und rannte weiter. Sie wußte nicht genau, wie groß die Entfernung bis zum Tunnelausgang auf der Brooklyn-Seite war. Ein Entkommen gab es für sie dort ohnehin nicht. Sie hatte die Funkdurchsage gehört. Der Tunnel war an beiden Seiten dicht.

Während sie auf den Schwellen in die rabenschwarze Finsternis vordrang, überlegte sie angestrengt, welche Möglichkeiten ihr blieben. Den Cops auflauern und einen von ihnen als Geisel nehmen?

Nein, die Erfolgsaussichten eines solchen Verzweiflungsakts waren mäßig. Es konnte passieren, daß die Gegenseite eine solche Geisel über die Klinge springen ließ, ohne lange zu fackeln. Frauen und Kinder waren bedeutend mehr wert als ein Polizist, der in Ausübung seines Dienstes sowieso jederzeit draufgehen konnte.

Einen Atemzug lang verharrte sie und horchte in die Finsternis hinter sich.

Sie konnte die vorsichtig tastenden Schritte der Beamten hören.

Der Lichtschein des Subway-Zuges war jetzt weit entfernt, ein heller Punkt nur noch. Aber die Bullen würden kein Risiko mehr eingehen. Die erste Lektion hatte ihnen genügt.

Unvermittelt entstand ein helles, singendes Geräusch. Es kam scheinbar aus dem Nichts, schwoll an und füllte den Tunnel aus.

Die Mörderin überwand ihren Schreck rasch. Sie lief weiter. Was da herannahte, war das Rollgeräusch von Eisenrädern auf Schienen. Kein Zug. Ein kleines Fahrzeug nur, von der Manhattan-Seite.

Also schickten sie Verstärkung …

Lynn Cheston gelangte zu der Überzeugung, daß sie sich den Weg freischießen mußte. Ein gottverdammter Zufall war schuld, daß sie in diese Lage geraten war. Aber sie wollte nicht in einem stinkenden New Yorker Subway-Tunnel sterben – von Kugeln aus Polizeiwaffen durchbohrt.

Unser Fahrer brachte die Draisine vor dem haltenden Subway-Zug zum Stehen und schaltete den blassen Scheinwerfer aus.

»Bleiben Sie, wo Sie sind, und halten Sie sich zur Verfügung!« rief ich halblaut, während wir uns hinunterschwangen.

Der Vietnam-Veteran brummte zustimmend. Man hörte, daß es ihm nicht paßte, in eine tatenlose Rolle gedrängt zu werden.

Auf den Schwellen der Gegengleise liefen wir an dem Zug entlang. Im Licht hinter den beschlagenen Scheiben waren die Gesichter der Menschen nur als helle Flecken zu sehen. Trotzdem glaubte ich die Angst in diesen Gesichtern zu erkennen.

Die Türen des vorletzten Wagens standen offen. Ein Mann in der Uniform der Subway-Angestellten tauchte vorsichtig geduckt in der hinteren Tür auf und winkte uns heran.

Mir stockte der Atem, als ich die Toten auf dem von Papierabfällen übersäten Wagenboden sah. Aber wir hatten keine Zeit zu fragen, was genau geschehen war.

»Sind noch alle Fahrgäste im Wagen?« fragte ich rasch.

»Ja, Sir.« Der Mann wirkte verstört.

»Gut. Dann sorgen Sie dafür, daß alle drinbleiben! Schließen Sie am besten die Türen!«

»Ja, Sir.«

»Wer verfolgt die Täterin?« fragte Phil.

»Sergeant Robeson und Patrolman Garreth, Sir. Garreth hat ein Walkie-talkie bei sich, wenn das für Sie wichtig ist.«

»Ist es«, sagte Phil. »Wir kümmern uns um Sie, sobald die Lage klarer ist.«

Ich lief bereits weiter. Phil folgte mir mit drei Schritten Abstand. Ohne eine Pause einzulegen, zog ich mein Walkie-talkie aus der Tasche, schaltete auf Senden und rief den Patrolman. Dabei dämpfte ich meine Stimme.

Er meldete sich innerhalb von einer Sekunde, und seine Stimme war ebenfalls nur halblaut. »Hier Patrolman Garreth, Sir. Over.«

»Cotton, FBI«, sagte ich und verfiel in Schrittempo. »Wie weit sind Sie vom Zug entfernt, Mr. Garreth?«

»Ungefähr zweihundert Yards, Sir.«

»Kann die fliehende Person unseren Funkspruch hören?«

»Ausgeschlossen. Ich hatte das Gerät unter der Jacke. Haben Sie Anweisungen?«

»Wir schließen zu Ihnen auf. Unternehmen Sie inzwischen nichts! Versuchen Sie lediglich dranzubleiben. Over und Ende.«

»Verstanden, Sir. Ende.«

Ich schaltete das Gerät aus, versenkte es in meinem Jackett und beschleunigte meine Schritte wieder. Phil folgte mir mit dem gewohnten Sicherheitsabstand. Worte waren überflüssig. Unsere jahrelange Zusammenarbeit hat es mit sich gebracht, daß wir uns auch stumm verständigen können.

Ich zählte meine Schritte und bemühte mich beim Laufen, so wenig Geräusche wie irgend möglich zu verursachen. Es ließ sich aber nicht immer vermeiden, daß man über die Schwellen hinausgeriet und den Schotter umrührte.

Die Fliehende konnte getrost wissen, daß die Zahl ihrer Verfolger zunahm.

Plötzlich flammte Licht vor mir auf, zum Greifen nahe. Eine Stablampe. Ein fünfzig Yards langer Abschnitt des Tunnels war auf einmal taghell erleuchtet. Wollte der Cop uns irgend etwas beweisen? Tatsache war, daß er eine prachtvolle Zielscheibe abgab.

Ich sah eine jähe Bewegung, noch innerhalb des Lichts, hart an der rechten Tunnelwand aus schmutzverkrusteten Fliesen.

»Die Lampe aus!« brüllte ich.

Es half nichts mehr.

Rechts vor mir warf sich der Patrolman zu Boden. Hinter mir hörte ich Phil auf dem Schotter in Deckung gehen.

Ich spurtete und überbrückte die letzten drei Yards mit einem federnden Sprung.

Ich erwischte den Sergeant in dem Moment an der

Schulter, in dem der erste Schuß bellte. Überrascht durch den Anprall, ließ er die Lampe fallen. Der Lichtkegel vollführte bizarre Sprünge und erhellte dann nur noch ein winziges Stück Schotter zwischen den Schienen.

Die Kugel fauchte über uns hinweg. Gemeinsam mit dem Sergeant ging ich zu Boden.

Zwei weitere Schüsse bellten. Diesmal lagen die Kugeln bedeutend zu hoch. Aber ich hatte die Mündungsblitze gesehen. Im Liegen zog ich den 38er.

»Bleiben Sie unten!« zischte ich dem Sergeant zu.

Im nächsten Sekundenbruchteil feuerte ich, fächerte vier Kugeln von links nach rechts in die Gegend, in der ich das Mündungsfeuer gesehen hatte.

Querschläger orgelten mit schrillem Mißklang durch den Tunnel.

Ich ließ die Waffe sinken. Kein Schrei. Kein Geräusch eines fallenden Körpers.

Statt dessen leichtfüßige Schritte, nur einen Moment später. Sie entfernten sich rasch in Richtung Brooklyn.

»G-man, Sie haben mir das Leben gerettet«, flüsterte der Beamte neben mir. »Ich weiß nicht, was mir in den Kopf gekommen ist.«

»Denken Sie nicht darüber nach«, entgegnete ich leise. Ich holsterte den Revolver, streckte den rechten Arm aus, erwischte die Lampe, knipste sie aus und nahm sie an mich. Vielleicht konnte ich sie gebrauchen.

Wir schickten die Cops zurück zum Zug. Dann setzten Phil und ich die Verfolgung fort.

»Ich habe verstanden«, sagte der schlanke Mann mit den silbergrauen Schläfen. Seine nervigen Finger hielten den Hörer des Autotelefons so fest, als handelte es sich um eine schwere Last. »Du verschaffst dir sofort Gewißheit und gibst mir in spätestens zwei Minuten wieder Nachricht. Und denke daran, daß wir etwas in die Wege leiten müssen! Sofort!«

Er legte auf. Durch die getönten Scheiben des Wagens sah er die sonnendurchglühte East 14th Street in einem matten Glanz. Das Bild hatte etwas Unwirkliches, denn wegen der besonderen Schallisolierung des Mercedes 500 waren die Straßengeräusche nur als ein leises Rauschen zu hören – wie bei einem Fernsehapparat, dessen Ton heruntergedreht war. Von draußen war kein Blick in die dunkelblaue Limousine möglich. Das Spezialglas verhinderte das.

Der Fahrer, ein athletisch gebauter Mann mit wulstiger Nackenmuskulatur, drehte sich um. »Darf ich rauchen, Mr. Frazer?«

Randolph Frazer nickte geistesabwesend. In seinem Kopf drehte sich das Gedankenkarussell mit den immer gleichen Worten und Sätzen. Meist Fragen waren es, die ihn fast verrückt machten.

Was, in aller Welt, machte dieses Weib so halsstarrig? Warum hatte sie es abgelehnt, vom La Guardia Airport abgeholt zu werden? Warum, verdammt noch mal, mußte sie auf Umwegen mit Taxis und Subway nach Manhattan gelangen?

Und warum wartete er hier wie ein Trottel vor der Subway-Station 14th Street, um sie abzuholen?

Frazer blickte in die Rauchschwaden, die der Fahrer durch das spaltbreit geöffnete Sonnendach abziehen ließ.

Es ließ sich nicht mehr ändern. Es war schiefgelaufen, und es galt jetzt, eine Katastrophe zu verhindern. Das Weibsbild hatte mit ihrem Starrsinn alles in Gefahr gebracht, aber auch alles. Woran lag es, daß sie mit einer solchen Selbstverständlichkeit ihre Bedingungen durchgesetzt hatte? In ihrer Branche war sie so etwas wie ein Star. Das mußte ihr zu Kopf gestiegen sein. Frazer mußte vor sich selbst zugeben, daß er hocherfreut gewesen war, als sie seinen Auftrag angenommen hatte. Lynn Cheston galt als der Geheimtip in der Branche.

Und jetzt?

Sie war noch nicht einmal richtig in New York und hatte schon alles versaut. Für einen Auftrag war sie in dieser Stadt nicht mehr zu gebrauchen. Sie mußte so schnell wie möglich und unauffällig wieder hinaus aus der Stadt. Statt einer wertvollen Unterstützung und statt schlagkräftiger Hilfe war die gefürchtete Lady aus dem Süden für ihn zu einer Belastung geworden – ja, zu einer ernsthaften Bedrohung seiner Existenz. Wenn sie geschnappt wurde, konnte er seine Koffer packen. Nicht einmal der einfältigste Cop würde ihr abkaufen, daß sie aus reinem Vergnügen nach New York gekommen war.

Und irgendeinen verdammten Spitzel fanden die Bullen immer. Irgendeinen gab es immer in der Szene, der etwas hatte läuten hören.

Zum Teufel, es mußte alles versucht werden, um dieses dickschädlige Weib aus dem Tunnel zu holen und verschwinden zu lassen.

Das Autotelefon summte. Frazer riß den Hörer von der Gabel, nannte seinen Namen und wartete, bis die Vermittlungsangestellte verbunden hatte.

»Jetzt ist alles geklärt«, sagte Mercer Hymes am anderen Ende der Leitung. »Ich habe alles aus dem Funkverkehr der Subway. Die Cops senden und empfangen über Zerhacker, seit sie wissen, um was für einen Fall es sich handelt.«

»Fall?« rief Frazer bestürzt. »Willst du damit sagen, daß sie das Weib identifiziert haben?«

»Unsinn. Die Meldung von vier Toten wurde inzwischen bestätigt. Zuerst haben sie wohl geglaubt, daß es mit Terrorismus zu tun hat. Deshalb sind auch FBI-Bullen im Einsatz.«

Randolph Frazer preßte die Lippen zu einem Strich

aufeinander, als sein Stellvertreter und engster Berater über die Einzelheiten berichtete.

»Und was hast du veranlaßt?« fragte Frazer tonlos, nachdem Hymes geendet hatte.

»Sie versucht, in Richtung Brooklyn abzuhauen. Ich habe ein paar Leute hingeschickt, mit klaren Anweisungen. Die Sache läuft übrigens schon im Radio und auch im Fernsehen. Wenn du Radio Two einschaltest, kannst du's hautnah mithören. Soll ich die Fernsehübertragung auf Video aufzeichnen?«

»Auf jeden Fall«, antwortete Frazer. »Melde dich, sobald du mehr weißt. Ich fahre hier ab. Wir haben lange genug herumgestanden.«

Er legte auf. Der Fahrer hatte den Motor angelassen und blickte fragend in den Innenspiegel. Frazer nickte ihm zu. Sanft setzte sich der Mercedes in Bewegung. Frazer schaltete das Radio ein und suchte die Lokalstationen durch, bis er die hektische Stimme eines Reporters vor starken Hintergrundgeräuschen hörte.

»... scheint es so, als ob dort drinnen, im Tunnel, Ruhe eingekehrt ist. Aber jeder der hier Anwesenden, meine Hörer, hat das Gefühl, daß es nur die Ruhe vor dem Sturm ist. Welches dramatische Geschehen wird in diesem Subway-Tunnel unter den Fluten des East River ablaufen? Wie viele Menschen werden noch sterben? Wird es gelingen, die Fliehende zu fassen? Fragen, die im Augenblick noch niemand beantworten kann. Es scheint festzustehen, daß die Täterin hierher unterwegs ist, in Richtung Brooklyn. Alles blickt wie gebannt in die Tunnelöffnung - Polizeibeamte, Notärzte, Feuerwehrleute und meine vielen Kollegen von Presse, Rundfunk und Fernsehen. Da sich im Augenblick noch nichts tut, schalte ich um zu meinem Kollegen Herb Fellow, der auf der Manhattan-Seite des Tunnels im Einsatz ist ... Hallo, Herb, können Sie mich hören?«

Die Stimmen der Fernseh- und Rundfunkreporter klangen wie ein wilde, unkontrollierte Diskussion, bei der alle gleichzeitig reden durften.

Etwa fünfzig Yards von der schwarz gähnenden Tunneleinfahrt entfernt hatten die Aufnahmeteams ihre Kameras aufgebaut. Pressefotografen ließen schon jetzt immer wieder ihre motorgetriebenen Kameras schnurren und klicken, obwohl es nichts zu fotografieren gab, außer der Polizeiabsperrung und den Polizeibeamten, die mit kugelsicheren Westen und Maschinenpistolen in Stellung gegangen waren. Als Deckung dienten ihnen Sandsäcke, die von Männern der Fire Brigade auf Schienen und Schotter gepackt worden waren.

Funkgeräte schnarrten und krächzten. Rotlichter warfen ihr kreisendes Glühen von den angrenzenden Fahrbahnen herüber, auf denen kein Auto rollte. Der Verkehr wurde um die Station Borough Hall und den anschließenden Hochbahnabschnitt bis zur Tunneleinfahrt herumgeführt.

Höchste Sicherheitsstufe! Die Reporter betonten es immer wieder, und sie ließen nicht aus, daß sie in höchster Gefahr schwebten – wie die Polizeibeamten auch.

Das Geschehen, das aus Lautsprechern und über Bildschirme live in New Yorks Livingrooms gefiltert wurde, barg genügend Spannung in sich, um immer mehr Lokalsender zu veranlassen, ihr reguläres Programm für eine Direktübertragung zu unterbrechen.

Obwohl Unbeteiligte nicht durchgelassen wurden, ballte sich doch eine dichte Menschentraube hinter den Journalisten – Subway-Angestellte, wartende Fahrgäste aus der Station Borough Hall, die man nicht hatte wegschicken können, Sanitäter aus den Ambulanzwagen, Feuerwehrmänner und Zeitungsreporter, die die Leute nach ihrer Meinung über das Geschehen ausquetschten, da es zur Zeit nichts Besseres zu tun gab.

Mitten in diese Stimmung aus atemloser Spannung und träger Tatenlosigkeit gellte ein Schrei. Niemand vermochte später mehr zu sagen, aus welchem Teil der Menschentraube dieser Schrei gekommen war.

»Da ist sie! O verdammt, da ist sie!«

Die Szene verwandelte sich in Chaos, von einer Sekunde zur anderen.

Was alle sehen konnten, spielte sich unmittelbar neben dem Tunneleingang ab, gleich hinter dem hohen Gitterzaun, der den Subway-Schienenweg von der angrenzenden Fahrbahn abtrennte.

Ein leuchtend blonder Haarschopf, der abwärts sauste, noch einmal hochfederte und sich dann zur anderen Straßenseite hin entfernte.

»Sie ist über den Zaun gesprungen!« brüllte einer der Fernsehreporter. »Hast du sie im Kasten, Mel? Mann, sieh zu, daß du sie in den Kasten kriegst!« Der Kameramann zitterte und stolperte vor Aufregung. Mit dem schweren elektronischen Gerät rannte er los, auf den Gitterzaun zu, ohne sich um die Polizeiabsperrung zu kümmern. Die anderen folgten ihm wie ein Rudel Wölfe, die Blut gerochen hatten.

Die Cops gerieten in Verwirrung. Zwei wollten die Verfolgung aufnehmen. Im nächsten Atemzug zögerten sie. Denn ihre Kollegen sahen sich auf einmal dem heranwalzenden Rudel mit mehreren Dutzend glotzender Kameralinsen gegenüber.

»Zurück!« rief ein Sergeant schneidend. »Stehenbleiben!« Auch er zögerte. Er wußte nicht, ob er einen Warnschuß abfeuern sollte.

Im selben Moment bellten Schüsse von der anderen Straßenseite.

»Deckung!« schrie der Sergeant in Panik. Er hatte den Revolver frei, wußte aber immer noch nicht, wohin er sich wenden sollte.

Die Reportermeute verwandelte sich in ein Knäuel. Wieder bellte eine Pistole. Keine Frage, daß es sich um die fliehende Schießerin handelte. Jemand hatte sie gestellt. Ein Kameramann schaffte es, sich aus dem Gewirr von Armen und Beinen freizukämpfen. Triumphierend stürmte er vor. Er würde die Flucht der Frau exklusiv kriegen! Hinter ihm fluchten und schrien sie, versuchten, ihre Kameras zu schützen, wälzten sich auf dem öligen Subway-Schotter und behinderten sich doch nur gegenseitig.

Der Sergeant hatte in diesem Augenblick erkannt, daß nichts an der ganzen Sache stimmte. Er hatte keinen warnenden Funkspruch erhalten, obwohl alle beteiligten Beamten im Tunnel mit Walkie-talkies ausgerüstet waren. Und er hatte keine Gestalt mit blondem Haar aus dem schwarzen Rund auftauchen sehen. Oder hatte er etwa so angestrengt hingestarrt, daß er schon gar nichts mehr mitgekriegt hatte?

»Halt!« befahl er, halb in Deckung wie seine Leute, die auf einen Befehl warteten.

Der Kameramann grinste nur. »Ich bin im Dienst, Officer. Hindern Sie mich nicht an der Ausübung meines Berufes, oder Sie kriegen Ärger!«

Der Beamte holte tief Luft und glaubte zu träumen, als der Fernsehmann ihn mit der freien Hand einfach zur Seite stieß. Er fand sein Gleichgewicht wieder und wollte hinterher. Aus dem Knäuel der Gestürzten hatten sich schon die nächsten Kamerawölfe freigekämpft und waren im Anmarsch.

Der erste brauchte nur noch drei Schritte bis zum Gitterzaun. Wie ein huschender Lichtreflex war weit entfernt durch die Eisenstäbe das Blondhaar zu sehen. Plötzlich spürte der Mann einen harten Schlag. Es war, als risse ihn jemand an der rechten Schulter herum. Die elektronische Kamera flog zur anderen Seite weg und krachte auf den Schotter. Erst in diesem Moment hörte er das Bellen des Schusses, doch er begriff noch immer nicht. Denn noch nie in seinem Leben war er von einer Kugel getroffen worden.

Er torkelte und stürzte. Bevor er das Bewußtsein verlor, hatte er nur den einen Gedanken, daß die Exklusivaufnahmen nun für ihn gestorben waren.

Alle anderen lagen jetzt flach. Die Polizeibeamten robbten mit schußbereiten Waffen auf den Gitterzaun zu.

Phil und ich hörten die Pistolenschüsse und das Geschrei, als wir den Tunnelausgang noch nicht sehen konnten.

Ohne zu zögern, spurteten wir los und stürmten durch die langgezogene Biegung des Tunnels. Dann erst, nach endlosen zwei oder drei Sekunden, sahen wir das Tageslicht als helles Halbrund.

Menschen schrien und brüllten. Polizeibeamte wußten nicht, in welche Richtung sie sich zuerst wenden sollten. Einer mit einer riesigen Kamera stürmte vor, und dann flog der elektronische Kasten durch die Luft, als ein weiterer Schuß hart und trocken bellte.

Die Cops arbeiteten sich flach auf dem Schotter voran.

Ein Gedanke durchzuckte mich. Ein Zischlaut genügte mir, um mich mit Phil zu verständigen. Wir verharrten und beratschlagten im Flüsterton. Die Schritte der fliehenden Schießerin hatten wir schon eine ganze Weile nicht mehr gehört. Bis vor drei Sekunden hatten wir angenommen, daß sie uns irgendwo auflauern würde. Aber wegen der Tunnelbiegung und der Tatsache, daß wir die letzten hundert Yards erst jetzt überblicken konnten, waren wir nicht sicher.

Möglich, daß sie diese hundert Yards als Sprintstrecke benutzt und sich den Weg freigeschossen hatte.

Möglich aber auch, daß sie uns immer noch auflauerte.

Was wiederum bedeutete, daß sie Helfer außerhalb des Tunnels hatte. Ich vergewisserte mich, indem ich das Walkie-talkie auf Senden schaltete. Eine halbe Sekunde später hatte ich Verbindung mit dem Sergeant, der den Einsatz drüben bei der Absperrung leitete.

»Hat die Frau den Tunnel verlassen?« fragte ich im Flüsterton, wobei ich die Sprechmuschel dicht an die Lippen hielt. »Haben Sie sie gesehen? Was ist überhaupt passiert?«

Ich hörte den Beamten schnaufen.

»Wenn ich das wüßte, Sir! Aus dem Tunnel ist nichts und niemand gekommen, meine ich. Aber vielleicht habe ich einen Moment nicht aufgepaßt. Jedenfalls glauben die meisten hier, daß sie über den Zaun gesprungen und quer über die Straße gerannt ist. Dabei hat sie dann gefeuert und einen Kameramann getroffen.«

Aus dem Hintergrund war aufgeregtes Stimmengewirr zu hören. Mir wurde klar, daß niemand einen wirklichen Überblick hatte. Wer auch immer das Durcheinander angezettelt hatte, er hatte einen teuflisch funktionierenden Dreh dafür gefunden, Aufregung und atemlose Spannung in ein totales Chaos zu verwandeln.

Ich traf eine Blitzentscheidung. Ich teilte sie dem Sergeant mit und stieß das Walkie-talkie in die Jackentasche. Zwei Worte genügten zur Verständigung mit Phil. Ich überließ ihm die Stablampe.

Ich sprintete los. Den 38er hatte ich bereits wieder in der Rechten. Geduckt und mit federnden Sätzen stürmte ich auf dem rechten Gleis voran. So gut es ging, schlug ich Haken. Jeden Sekundenbruchteil rechnete ich mit dem Aufzucken eines Mündungsblitzes. Was auch immer die Schießerin zu ihrem Wahnsinn getrieben haben mochte, ihre Nerven mußten zum Zerreißen gespannt sein. In die Enge getrieben, würde sie auf eine Weise reagieren, die nicht vorhersehbar war.

Phil folgte mir langsam und sichernd. Seine Aufgabe war es, mir Feuerschutz zu geben und die Frau zu überwältigen.

Die Tunnelöffnung wuchs auf mich zu. Gleißend hell! Vor und hinter der Absperrung lagen sie noch immer flach. Der ganze Widersinn wurde mir in dieser Sekunde bewußt. Es war eine Frau, die getötet hatte. Eine Frau, gegen die wir mit unnachgiebiger Härte vorgehen mußten. Trotz aller Einsicht in die Gleichberechtigung konnte ich mich mit diesem Gedanken beim besten Willen nicht anfreunden.

Nichts geschah.

Als ich die Absperrung erreichte, hatten sich die Cops aufgerappelt. Notarzt und Sanitätshelfer mit einer Trage eilten herbei, um den verletzten Kameramann abzutransportieren. Die übrigen Reporter, Fotografen und Kameraleute waren noch nicht wieder auf den Beinen. Der Schreck steckte ihnen noch in den Knochen. Kein Wunder!

Ich ließ den Smith & Wesson sinken und bremste meine Schritte. Die Dienstmarke an der äußeren Brusttasche meines Jacketts war deutlich zu erkennen.

Achselzuckend kam der Sergeant auf mich zu. In der linken Hand hielt er ein Walkie-talkie, in der Rechten eine Thompson-MPi mit dem Lauf nach unten.

»Spurlos verschwunden«, sagte er bedauernd und deutete mit einer Kopfbewegung auf die Straße hinter dem Gitterzaun.

Gruppen von Cops durchkämmten Hauseingänge und Torwege.

Ich runzelte die Stirn. Ein gut vorbereiteter Fluchtweg? Wie war das möglich nach einer Verzweiflungstat, die doch offenbar aus reinem Zufall geschehen sein mußte?

Ich zögerte nicht erst, machte kehrt und lief zurück auf den Tunnel zu. Phil kam mir bereits entgegen.

Auch er zog die Schultern hoch. »Nichts«, sagte er niedergeschmettert.

Gemeinsam suchten wir noch einmal systematisch die letzten hundert Yards des Tunnels ab. Auf dieser Strecke gab es an beiden Seiten jeweils zwei Mauernischen, vorgesehen für Streckenarbeiter, die sich dort beim Herannahen eines Zuges in Sicherheit bringen konnten.

Unvermittelt, schon kurz vor der Biegung, verspürte ich einen Luftzug. Links von uns befand sich die letzte Nische, eben vom Lichtkegel der Stablampe erfaßt.

Die Nische war leer. Im selben Moment sahen Phil und ich aber die spaltbreit offenstehende Stahltür. Ich schnellte los und stieß sie mit dem Fuß auf. Im nächsten Atemzug ließ ich den 38er wieder sinken.

Nichts.

Das Tunnelgehäuse aus Beton ragte an dieser Stelle noch halb über das Straßenniveau hinaus. Zehn Treppenstufen führten von der Stahltür zum Gitterzaun hoch. Dort gab es eine Pforte. Verschlossen. Ich blickte an den Gitterstäben hoch, die oben mit Spitzen bewehrt waren. Die Frau mußte schon höllisch geschickt sein, wenn sie hinübergeklettert war.

Trotzdem veranlaßte ich, daß auch diese Straßenseite abgesucht wurde.

Regungslos harrte Lynn Cheston in der Finsternis des Tunnels aus. Sie war so weit in die Biegung zurückgeschlichen, daß sie den hellen Ausgang eben noch überblicken konnte. Die Hilfe von draußen konnte kein Zufall gewesen sein. Der Mann, der sie herbestellt hatte, verstand etwas von seinem Handwerk. Sie bedauerte es, daß sie vorerst nicht für ihn arbeiten konnte.

Die Strolche im Subway-Wagen hatten ihr einen Strich

durch die Rechnung gemacht. Daran gab es nichts zu rütteln. Auch die Entscheidung zu fliehen war richtig gewesen. Sie konnte es sich nicht leisten, von der polizeilichen Verhörmaschine durchgeknetet zu werden – und wenn sie zehnmal in Notwehr gehandelt hatte.

Die Unterstützung von außerhalb des Tunnels und eine Portion Glück hatten ihr vorerst weitergeholfen. Die Mauernische, die unverschlossene Stahltür und ihr Vorsprung waren entscheidend gewesen. Die Verfolger hatten sie nicht sehen können, weil sie durch die Tür geschlüpft war und gewartet hatte. Und nun tat sie haargenau das, was garantiert kein Mensch von ihr erwartete. Sie war in den Tunnel zurückgekehrt und bewegte sich lautlos voran – in die Richtung, aus der sie geflohen war. Ihre Automatik hatte sie nachgeladen, doch gesichert. Wenn es irgend möglich war, wollte sie die Waffe nicht noch einmal einsetzen.

Es war nicht mehr still. Hinter sich hörte sie die aufgeregten Stimmen vom Ende des Tunnels. Und andere Stimmen drangen von vorn, aus der schwarzen Betonröhre, auf sie ein. Es war, als sickerten die Laute durch das dünne Ende eines großen Trichters – seltsam dumpf, wie aus einer anderen Welt.

Lynn Cheston zwang sich zu klaren, nüchternen Gedanken. Dies war nicht der Zeitpunkt, sich in irgendwelche düsteren Gefühlsabgründe fallen zu lassen. Immer und immer wieder hatte sie den Männern in ihrer Branche bewiesen, daß sie sich eiskalt unter Kontrolle hatte. Manch einer hatte sich an ihrer Eiseskälte die Finger verbrannt. Warum sollte sie ausgerechnet jetzt ihre besonderen Fähigkeiten ungenutzt lassen? Ausgerechnet in dieser verdammten Situation, in die sie durch ein paar dreckige Rowdys aus Brooklyn geraten war?

Nein, sie mußte es schaffen. Mit der ganzen wilden Willenskraft, zu der sie immer fähig gewesen war.

Yard um Yard drang sie in den Tunnel vor. Mit jedem Schritt bewegte sie sich sicherer auf den Schwellen.

Noch hatte sie also alle Chancen.

Sie sah den matten Lichtpunkt. Der Zug! Er stand noch immer da. Das Frohlocken machte sich in ihr nicht als überschwappende Gefühlswoge bemerkbar. Sie hatte damit gerechnet, daß der Zug noch da sein würde. Es war ein Bestandteil ihrer Kalkulation. Und ihre Kalkulationen waren immer aufgegangen. Erfolge hatte sie stets Schritt für Schritt erzielt. Es brachte sie schon lange nicht mehr in Verzückung, wenn jeder einzelne Bestandteil ihrer Pläne haargenau so verwirklicht werden konnte, wie sie es von Anfang an gewollt hatte.

Sie näherte sich dem Zug bis auf zweihundert Yards und verharrte sekundenlang.

Es herrschte noch immer Ratlosigkeit. Das konnte sie aus dem Klang der Stimmen hören. Funkgeräte krächzten und knackten. Die Beleuchtung des Zuges war noch eingeschaltet, die Scheiben waren milchig beschlagen. Das Hecklicht glotzte Lynn Cheston rund und glutrot an. Standscheinwerfer waren nicht aufgebaut. Das bedeutete, daß die Beamten noch keine Verstärkung erhalten hatten. Und es zeigte, wie wenig Zeit tatsächlich erst vergangen war.

Sie setzte ihren Weg fort, schlich schräg nach rechts und stieg vorsichtig über den gut kniehohen Stromabnehmerkasten. Dort gab es keinen Schotter mehr, nur staubbedeckten Beton. Dennoch setzte sie ihre Füße mit äußerster Vorsicht auf. Sie mußte mit herumliegenden Abfällen rechnen. Sekunden später verhütete sie tatsächlich das Scheppern einer leeren Bierdose und dann das Rascheln einer Zigarettenschachtel. Je mehr sie sich dem Zug näherte, desto tiefer duckte sie sich. Die letzten Yards legte sie kriechend hinter dem Stromabnehmer zurück.

Sie hörte das Summen der Aggregate und wußte, daß

sie den Zug erreicht hatte. Nur einen Atemzug lang drehte sie den Kopf nach links. Sie konnte die beschlagenen Wagenfenster sehen, die schattenhaften Umrisse der Leute, die in Panik geraten würden, wenn der Aufenthalt noch ein paar Minuten länger dauern würde. Schweißperlen liefen über die Stirn der Frau, als sie sich vorstellte, daß der Zug jetzt, in dieser Sekunde, abfahren konnte. Dann war es aus mit ihr, endgültig aus.

Aber wieder gelang es ihr, sich selbst zu beruhigen. Ihr Plan stand fest, und ihr Plan würde funktionieren. Dahinter stand ihre ganze Energie, ihre unbändige innere Kraft, mit der sie Einfluß auf die Dinge nahm.

Sie erreichte den vorderen Wagen, an dessen Spitze sich das Führerhaus befand. Sie hatte Berichte über die berüchtigte New Yorker Subway gelesen. So wußte sie, daß alles getan wurde, um wenigstens das Personal vor Gewalttaten zu schützen. Deshalb gab es keinerlei Verbindung zwischen Zugführerkabine und Fahrgastraum.

Der Mann fiel auf ihren Trick herein, als sie kurzerhand an die Einstiegstür des Führerhauses klopfte. Im Tunnel war es dunkel. Er konnte sie nur für einen der Beamten halten, der einen Kontrollgang um den Zug unternommen haben mußte. Denn damit, daß die Gesuchte auf direktem Weg in die Höhle des Löwen zurückkehrte, rechnete kein Mensch.

Der Zugführer öffnete schnell und bereitwillig. Ein Schwarzer. Das Weiße in seinen Augen war zu sehen, als er erschrocken in die Pistolenmündung starrte. In der engen Kabine herrschte Halbdunkel, nur die Armaturenbeleuchtung und eine kleine Leselampe brannten.

Lynn Cheston zog sich behende in die Kabine, ohne die Pistole aus der Visierlinie zu nehmen. Behutsam, so daß kein Geräusch entstand, verriegelte sie die Tür hinter sich.

»Deinen Namen und deine Adresse!« forderte sie,

während sie sich hockend in den engen Bodenraum zwängte.

Er brachte keinen Ton heraus. Er konnte sie nur anstarren. Das Weiß seiner Augen begann zu flackern.

Kurz und hart schlug sie mit der Pistolenmündung zu. Er zuckte nach vorn und umklammerte mit beiden Händen das Knie, in dem der Schmerz tobte. Ein Stöhnen drang tief aus seiner Kehle.

»Wenn du schreist, ist es aus mit dir«, sagte Lynn Cheston gefährlich leise. »Ich habe nichts zu verlieren, Bruder. Sollte ich dich umlegen müssen, habe ich einen ganzen Zug voller Geiseln. Also noch mal: Wie heißt du, und wo wohnst du?«

Er hob den Kopf. Das schwache Licht ließ in seinem schmerzverzerrten Gesicht Furchen der Verzweiflung entstehen. »George Derry«, keuchte er. »143 Beaver Street, Manhattan South.«

»Gut. Das kann man sich merken. Besser als eure verdammten numerierten Straßen.« Sie nickte ihm zu wie eine Lehrerin, die mit ihrem Schüler zufrieden ist. »Paß auf, George! Du solltest nicht versuchen, irgendwelche Heldentaten zu vollbringen. Du siehst so aus, als ob du Familie hast. Richtig?«

»Ja«, antwortete er heiser. »Verheiratet. Zwei Kinder.«

»Trautes Heim«, lachte sie. »Darauf kann man sich freuen, was?« Sie hielt ihm die Pistole nahe vor das Gesicht, so daß er entsetzt hochfuhr. »Entschließt du dich zu einer Heldentat, lege ich dich um, George. Wenn du spurst – okay. Wenn du aber später die Klappe aufreißt, wird es deiner Familie schlecht gehen. Du wirst keine ruhige Minute mehr haben, wenn du hinter deinem Subway-Steuerknüppel sitzt. Es kann nämlich jeden Tag und jede Stunde passieren, daß ich deine Frau oder deine Sprößlinge besuche. Was hast du? Mädchen, Jungen oder beides?«

»Zwei Söhne«, stöhnte er.

»Da kannst du stolz sein, George. Denke darüber nach, wie du ihnen am besten ein Vorbild bist. Klugheit ist nicht gleich Feigheit.«

Er schluckte, räusperte sich und wollte etwas sagen.

Das Funkgerät, das sich mit Scheppern und Krachen und einem Summton Aufmerksamkeit verschaffte, hinderte ihn daran.

Lynn Cheston nickte ihm aufmunternd zu. »Am besten klappt es, wenn du dir vorstellst, ich sei gar nicht da«, sagte sie spöttisch.

George Derry wollte kein Held sein. Er gehorchte. »Derry hier«, sagte er in das Mikrofon, das an einer biegbaren Spiralstange aus dem Armaturenbrett ragte. »Code sieben-eins-drei. Over.«

Die Frau wußte, daß sich Subway-Fahrer und Leitstellen untereinander durch Codenummern verständigen. Der Schwarze bemühte sich, seine Stimme fest klingen zu lassen. Er hatte wirklich Angst, und er würde keine Schwierigkeiten machen.

»Leitstelle Lexington, Code sieben-eins-null«, krächzte eine Männerstimme aus dem Lautsprecher. »George, wir arbeiten hier eng mit der Polizei zusammen, und wir haben auch direkten Funkkontakt mit den Beamten bei dir im Tunnel. Sie sind alle in den Zug gestiegen und kümmern sich um die Fahrgäste. Folgendes, George: Du fährst jetzt deinen Zug bis nach Bowling Green. Dort wird es den Leuten dann gleich besser gehen. Keine Panik, verstehst du? Außerdem müssen die Toten raus. Du wirst eine Weile in Bowling Green halten müssen. Aufnahme der Personalien und so. Die Leute werden erst dann aus dem Zug gelassen, wenn sie den Cops Namen und Adresse gegeben haben. Außerdem ...«, der Mann in der Leitstelle lachte leise, »... könnte es ja sein, daß die Lady mit dem schnellen Schießeisen in einen anderen

Wagen umgestiegen ist, stimmt's? Also – fahr jetzt los und sieh zu, daß du heil nach Bowling Green kommst! Muß ja nicht sein, daß es in deinem Zug noch mal eine Schießerei gibt.« Wieder lachte der Mann in der Leitstelle. »Alles verstanden, George? Over.«

Der Fahrer wiederholte die Anweisungen und beendete das Gespräch.

»Dein Vorgesetzter scheint ein netter Kerl zu sein«, sagte Lynn Cheston im Plauderton.

»Ist er auch«, entgegnete Derry gepreßt.

»Fein. Dann mal los, George! Ich bleibe unsichtbar zu deinen Füßen.« Sie vergewisserte sich, daß die Einstiegstür hinter ihrem Rücken verriegelt war. »143 Beaver Street! Ich habe ein gutes Gedächtnis, George. Also sei ein vernünftiger Bursche – auch wenn ich weg bin! Es würde mir verdammt leid tun, wenn deine Familie deinen Bockmist ausbaden müßte.«

Im Halbdunkel nickte er nur. Er brachte nicht mehr als ein zustimmendes Krächzen heraus. Kleine Schweißperlen glitzerten auf seiner Stirn. Er betätigte Hebel und Knöpfe, und mit einem sanften Rucken setzte sich der Zug in Bewegung.

Lynn Cheston ließ die Worte des Subway-Angestellten aus der Leitstelle in ihren Gedanken nachhallen. Die Lady mit dem schnellen Schießeisen – wenn nicht bewundernd, so hatte es doch zumindest anerkennend geklungen.

Es gelang ihr nicht auf Anhieb, diese Tatsache zu erklären. Zu sehr war sie noch mit ihrer Flucht beschäftigt. Aber nach und nach sickerte in ihr die Erkenntnis durch, daß vielleicht kaum jemand den vier Rowdys nachtrauerte. Sie gehörten zu jenem Erscheinungsbild, das der New Yorker Subway wie eine Pestbeule anhaftete. Bislang hatte es nur niemand geschafft, diese Pestbeule auszubrennen.

Und ich habe es getan, dachte Lynn Cheston. Ein Lächeln umspielte ihre Lippen, während sie den schwitzenden Subway-Fahrer im Auge behielt. Ich habe einen Anfang gesetzt. Mit Feuer und Blei.

Auf einmal bedauerte sie, daß sie sich nicht der Polizei stellen konnte. Jede andere Person an ihrer Stelle hätte sich viele Sympathien einhandeln können – vielleicht sogar bei den Cops.

Alles weitere verlief reibungslos. In der Station Bowling Green, die für den Publikumsverkehr gesperrt war, wurden die Toten in Zinksärge gelegt und abtransportiert, nachdem die Spurensicherer in dem Wagen ihre Markierungen angebracht hatten. Cops hielten die Presseleute im Eingangsbereich der Station zurück. Bei der Aufnahme der Personalien schien man sich auf den Wagen zu beschränken, in dem die Schüsse gefallen waren.

Lynn Cheston folgerte daraus, daß der Aufenthalt des Zuges nicht mehr als eine halbe Stunde dauerte.

Reporter und Kameraleute wurden nicht vorgelassen, und die Fahrerkabine blieb verschlossen. Dann erhielt George Derry über Funk die Anweisung, direkt den nächsten Subway-Betriebsbahnhof anzufahren. Einzige Mitfahrer waren die Spurensicherer, die sich hinten in dem Wagen befanden und ihre Arbeit auf dem Betriebsgelände fortsetzen würden.

Derry beschrieb ihr den Weg, den sie nehmen mußte. Die Schweißperlen auf seiner Stirn waren zu dicken Tropfen geworden.

Eine Viertelstunde später verschwand sie unbemerkt durch die Hintertür einer düsteren Halle, in der der Zug zum Stehen gekommen war. Durch schmale Gänge zwischen Hallen und Schuppen erreichte sie einen Zaun, der nur noch aus Drahtresten und Stangen bestand. Auf der gegenüberliegenden Straßenseite befand sich eine Fabrik.

Verstaubte Backsteinmauern, blinde Fensterscheiben, dumpfe Maschinengeräusche, keine Menschenseele.

Lynn Cheston ging in die angegebene Richtung und erreichte eine belebtere Straße. Sie winkte ein Taxi herbei, ließ sich in die Sitzpolster sinken und zündete sich eine Zigarette an.

Der Alptraum war vorbei. Sie stellte es kühl und sachlich fest, ohne überschwengliche Freude.

Dem Driver nannte sie ein Hotel an der West 46th Street. Eine Ausweichadresse, die sie jedoch nicht verwenden würde.

»... und das war dann alles, was es in Bowling Green zu sehen gab. Die Polizei zeigte sich hier sehr zugeknöpft, liebe Zuschauer. Manche Journalisten, die dort im Einsatz waren, hatten das Gefühl, daß es bei einem Staatsbesuch lockerer zugeht.« Der Sprecher legte eine Pause ein.

Auf dem Bildschirm war die lange Wagenreihe des Zuges zu sehen. Das Graffiti-Chaos auf der Aluminiumhaut der Wagen barg einige kunstvolle Malereien, bestand jedoch überwiegend aus wirren Schmierereien. Die Türen schlossen sich mit fauchender Druckluft, und der Zug rollte aus dem Aufnahmewinkel der Kamera.

Als hätten die Fotografen und Kameraleute dem Subway-Zug geradezu wehmütig nachgeschaut, verweilte die Bildeinstellung sekundenlang auf dem sich entfernenden Schlußlicht und dem silbern auf dunklem Schotter schimmernden Doppelband der Gleise.

Wieder setzte die Stimme des Sprechers ein. Dröhnende Lautstärke, damit der Verkehrslärm übertönt wurde.

Denn die Fenster standen offen, weil eine Klimaanlage hier unvorstellbarer Luxus war.

Phil und ich befanden uns im Livingroom eines

Hauses an der Lafayette Street, Manhattan Downtown. Vierte Etage. Der unablässige Krach der Autos brandete wie in einem Schacht verstärkt herauf.

Vor den Fenstern befanden sich die balkonartigen Gitterkäfige, über die man die Feuerleiter erreichte. Es war eins der älteren Gebäude, die die häßlichen Stahlgerippe noch an der Fassade haben. In dem einen Gitterkasten spielten zwei Kleinkinder, Mädchen, vier oder fünf Jahre alt. In dem anderen hockte eine zahnlose alte Frau auf einem Kissenstapel, die Beine lang ausgestreckt. Sie hatte sich so gedreht, daß sie durch das offene Fenster die dröhnende Fernsehsendung verfolgen konnte. Für die Bewohner solcher Häuser sind die Feuerleiterplattformen in der warmen Jahreszeit meist der einzige Ort, an dem es ein wenig Frischluft gibt.

Phil und ich warteten.

Mit uns im Livingroom saßen schweigend und gebannt die Ehefrau des Hausherrn, zwei kaugummikauende jugendliche Töchter, die beide Kette rauchten, und ein sommersprossiger Zwölfjähriger, der abwechselnd das Fernsehgeschehen verfolgte und sich mit den Zügen eines piepsenden Schachcomputers maß. Es roch nach erkaltetem Fritierfett. Wohnungen dieser Art lassen sich kaum lüften, wenn in den Straßen kein Windhauch weht.

Desmond Egan hieß der Mann, dem die Wohnung gehörte. Stahlarbeiter in einem Karosseriewerk drüben in Brooklyn. Und der vorläufig wichtigste Zeuge aus dem Subway-Wagen, in dem das Blutbad stattgefunden hatte. Seine Frau, eine mollige Schwarzhaarige in geblümtem Kittel, warf uns hin und wieder mißbilligende Blicke zu. Bei unserem Erscheinen hatte sie in irgendeiner Kneipe angerufen und den Barmann gebeten, ›Mondy‹ nach Hause zu schicken, und zwar ein bißchen plötzlich.

Das war vor einer Viertelstunde gewesen. Phil und ich beneideten Mondy in keiner Weise. Verständlich, daß er sich nach der Aufregung in der Subway ein paar Drinks gönnte. Und noch verständlicher, daß ihn nichts nach Hause zog. Wir bauten indessen auf die Autorität seiner besseren Hälfte und ließen es geschehen, daß wir vorübergehend Zwangszuschauer des Lokalfernsehens wurden.

Auf diese Weise erfuhren wir wenigstens, daß die Journalisten wieder einmal mehr wußten als wir selbst.

Die Namen der Erschossenen waren während der Sendung schon mehrmals erwähnt worden. Herb Delgado, Elmer Stray, Bill Manson und Jay Cole, zwischen zwanzig und zweiundzwanzig Jahre alt und alle vier vorbestraft wegen Straßenraub und verschiedenen Einbrüchen. Das war auch unser Wissensstand. Laut Fernsehbericht waren alle vier aber auch wegen Vergewaltigung vorbestraft. So stand es auch in den ersten Nachmittagsausgaben der Zeitungen.

Wir hatten es längst überprüft. Gegen keinen der vier jungen Männer war jemals auch nur wegen Vergewaltigung ermittelt worden.

»... schalten wir jetzt um in die Sendezentrale.« Der Fernsehsprecher hämmerte seine Worte im näselnden Auf und Ab des Berichterstatter-Singsangs in den Raum. »Sie hören einen Kommentar von Abe Morgan. Wir melden uns anschließend wieder mit aktuellen Meldungen vom Subway-Überfall.«

Phil und ich wechselten einen Blick. Diese Variante war neu für uns. Plötzlich lauschten wir dem Bericht mit neu erwachtem Interesse. Mondy Egan rückte vorerst in den Hintergrund. Es ist für uns stets wichtig, welchen Zungenschlag die Medien in einem Kriminalfall für angebracht halten.

Überfall! Nicht Mord, Totschlag oder Unglücksfall.

Welcher Tatbestand zu Lasten der vier jungen Männer ging, war noch nicht geklärt. Aber der verantwortliche

Fernsehredakteur schob es in den Vordergrund. Eine Vermutung, die sich gut verkaufen ließ.

Rowdy-Quartett will hübsche Blondine vor Zeugen in der Subway vergewaltigen. Opfer wehrt sich mit der Waffe.

Ein gefundenes Fressen für die Sex-and-Crime-Blätter.

Abe Morgan erschien im Bild. Ein knorriger Mittfünfziger, braungebrannt und mit kantigem Gesicht. Man konnte ihn sich in der Weite der westlichen Plains vorstellen, als Reklame-Cowboy im Sattel eines Pferdes, eine Zigarette hinter männlich-behaarter hohler Hand anzündend.

»Da fährt eine Frau allein in der Subway«, sagte er mit einer Stimme, die nach Whisky und Lagerfeuerrauch klang. »Viele von Ihnen, liebe Zuschauer, werden sagen, daß das schon viel zu riskant sei. Sicher richtig. Aber kann sich die betreffende Frau die Frage nicht auch so gestellt haben: Ich bin eine freie Bürgerin in einem freien Land. Warum, um Himmels willen, kann ich nicht ein öffentliches Verkehrsmittel benutzen, das normalerweise sicherer sein müßte als die meisten anderen Fortbewegungsarten? Die Subway kann nicht abstürzen wie ein Flugzeug. Die Subway kann nicht untergehen wie ein Schiff. Und die Subway kann nicht mit einer anderen zusammenstoßen wie ein Auto. Aber trotzdem ist es in der Untergrundbahn lebensgefährlich.

Ein Widerspruch in sich, werden Sie sagen, und ich gebe Ihnen recht. Eine Stadt, ein Staat nimmt es hin, daß seine Sicherheitsorgane vor dem Verbrechen kapitulieren. Nicht anders kann man es bezeichnen, denn die Schutzmaßnahmen in der New Yorker Subway sind lächerlich und unwirksam. Was bleibt also dem Bürger, wenn der Staat versagt? Er muß sich selbst verteidigen. Er muß für die Ruhe und die Ordnung sorgen, die er sich wünscht.

Genau das und nichts anderes hat die bemerkenswerte

Frau getan, als sich ihr in der Subway vier Verbrecher mit eindeutigen Absichten näherten. Jawohl, Verbrecher! Ich stelle diese Behauptung auf und trete dafür ein, falls auch nur irgend jemand das bestreiten möchte.

Diese tapfere Unbekannte, meine Zuschauer, hat etwas getan, was längst überfällig war. Die Strolche, die jede Subway-Fahrt und jeden Abendspaziergang zu einem riskanten Unternehmen machen, müssen endlich wissen, daß es für sie mindestens genauso riskant ist. Das hat die unbekannte Frau uns gelehrt. Und es ist gut, daß eine Frau so gehandelt hat. Denn gerade Frauen sind am häufigsten Opfer von Überfällen.

Weil wir ihren Namen nicht kennen, möchte ich ihr einen geben. Für mich ist sie ab sofort Lady Peacemaker. Eigentlich brauche ich Sie nicht extra aufzuklären, was ich damit sagen will. Denn die meisten von Ihnen werden wissen, daß der sechsschüssige 45er Colt von 1873 noch heute unverändert gebaut wird und noch heute als Peacemaker bezeichnet wird – als Friedensstifter.

Damals, in der Zeit des Wilden Westens, konnte ein jeder so eine Waffe kaufen. Und jeder, der gegen einen anderen Gewalt anwenden wollte, mußte damit rechnen, daß dieser andere einen Peacemaker besaß. Also verzichtete man eher auf die Gewalttat, als daß man sie beging. Der Peacemaker, liebe Zuschauer, sorgte dafür, daß der Wilde Westen nicht wild blieb. Und Lady Peacemaker hat uns in New York City gezeigt, wie man die Subway sicherer machen kann.

Die aufrechte Frau sollte wissen, daß sie sich nicht verstecken muß. Falls Sie diese Sendung jetzt sehen, Madam, dann nehmen Sie meinen Rat an! Stellen Sie sich der Polizei! Eine Woge der Unterstützung wird für Sie aufbranden. Weder um eine Kaution noch um Verteidigungs- und Gerichtskosten werden Sie sich Sorgen machen müssen. Ich bin überzeugt, viele beherzte New

Yorker würden spontan eine Spendenaktion für Sie einleiten.

Ich danke für Ihre Aufmerksamkeit und gebe zurück an unser Reportage-Team.«

Phil stieß die Atemluft mit einem Zischlaut aus.

Plötzlich schrie die alte Frau auf der Feuerleiterplattform los, wahrscheinlich Mondys Mutter oder Schwiegermutter. Da sie den Straßenlärm lauter hörte als die im Zimmer Anwesenden, schrie sie mit schrill stechendem Ton.

»Lady Peacemaker! Das ist gut! Recht so! Recht hat er, dieser Abe Morton!«

»Morgan, Grandma«, rief eins der kaugummikauenden Mädchen, und beide kicherten los.

»Ruhe!« ordnete Mondys befehlsgewohnte Ehehälfte an, und sie brauchte sich nicht zu wiederholen. Großmutter und Enkeltöchter parierten aufs Wort. Nur der Schachcomputer piepste noch gelegentlich in die Übertragung, die jetzt wieder aus der Station Bowling Green kam.

Die Reporter wärmten Bekanntes auf.

»Das wird der reine Wahnsinn«, sagte mein Freund und Kollege leise, während wir uns eine Zigarette anzündeten. »Ich glaube, wir machen uns noch gar keinen Begriff, was für eine Lawine da auf uns zukommt. Mir scheint, Abe Morgan war nur ein harmloser Anfang.«

»Darauf gebe ich dir Brief und Siegel«, nickte ich. Der Kommentar hatte mich genauso schockiert wie Phil. Wir hatten noch keine Zeit gehabt, uns mit den Schlußfolgerungen zu befassen. Im Vordergrund stand für uns noch die mißglückte Aktion im Subway-Tunnel. Fernsehen, Rundfunk und Zeitungen verbreiteten das in allen Einzelheiten.

Jemand war der unbekannten Schießerin spontan zur Hilfe gekommen. So wurde es dargestellt, und es klang plausibel. Denn natürlich hatte so etwas nicht geplant werden können, weil niemand vorher von dem blutigen Zwischenfall in der Subway geahnt haben konnte. Im Handumdrehen hatten sich die Reporter ihre Erklärung zurechtgebastelt:

Da hatte einer der Zuschauer bei der Absperrung auf der Brooklyn-Seite mitgekriegt, wer gesucht wurde. Also hatte sich dieser Betreffende eine blonde Perücke besorgt – der Teufel wußte, wo – und den wilden Mann markiert. Die Waffe, mit der er herumgeballert hatte, war natürlich nur eine Schreckschußpistole gewesen.

Tatsache war, daß die Perücke existierte. Unsere Spurensicherer hatten sie zwischen Mülltonnen auf einem Hinterhof gefunden. Aber uns fehlte noch der Friseurladen, aus dem das haarige Ding gestohlen worden sein mußte, wenn die Geschichte der Journalisten stimmen sollte.

Daß der verletzte Kameramann überhaupt nicht in diese Spielart der Geschichte paßte, wurde dezent verschwiegen. Nur die seriösen Sender und Verlage erwähnten in ihren Berichten, daß die vermeintlich fliehende Perücken-Person mit einer scharfen Waffe geschossen hatte.

Die Wunde des Kameramanns war im übrigen nicht lebensgefährlich. Ein Zufallstreffer, Durchschuß, ohne Komplikationen. In spätestens einer Woche würde er das Hospital verlassen haben.

Ich riß mich von meinen Gedanken los und warf einen Blick auf meine Armbanduhr. »Jetzt reicht es«, knurrte ich.

Phil grinste und nickte.

Eine Fernbedienung sah ich nirgendwo herumliegen. Deshalb ging ich kurzerhand auf die dröhnende Flimmerkiste zu und drehte dem Moderator den Hals ab.

Vor der Mattscheibe wandte ich mich der versammelten Familienmannschaft zu.

»Was fällt Ihnen denn ein?« fauchte Mrs. Egan mich an. Es mußte ungefähr der Ton sein, mit dem sie Mondy in die Schranken zu weisen pflegte.

Ich war zu keinerlei Scherzen mehr aufgelegt. Vor allem deshalb nicht, weil ich diesen Kommentar gehört hatte.

»Mein Kollege und ich waren gut zwanzig Minuten lang höflich«, sagte ich schneidend. »Wir haben uns als FBI-Beamte ausgewiesen, und Sie wissen, worum es geht, Mrs. Egan. Ihr Mann ist derzeit der wichtigste Zeuge in einem Fall von vierfachem Mord oder mindestens vierfachem Totschlag.«

»Notwehr!« keifte die alte Frau vor dem Fenster.

»Du bist still, Mom!« zischte Mrs. Egan, ohne den Kopf zu wenden. Es gab keine Widerworte von außerhalb des Fensters. Die Augen der schwarzhaarigen Frau verengten sich. »Wenn es stimmt, was man in den Krimis hört, G-man, dann brauchen Sie einen Durchsuchungsbefehl. Oder etwa nicht?«

»Sie haben nicht richtig aufgepaßt, Madam«, sagte Phil mit einer Freundlichkeit, die mir anzeigte, daß ihm gleich der Kragen platzen würde.

Mrs. Egan schnellte aus ihrem Sessel hoch. Ihr sonst durchaus hübsches Gesicht wurde häßlich in ihrer Wut.

Ich ließ sie nicht zu Wort kommen.

»Bleiben Sie auf dem Teppich!« fuhr ich sie an. »Wir haben nicht vor, Ihre Wohnung zu durchsuchen. Wenn Sie es verlangt hätten, hätten wir sogar draußen vor der Tür warten müssen. Das wissen Sie sehr gut. Also kommen Sie uns nicht mit Sprüchen! Was wir aber tun können, ist etwas anderes: Wenn ich nicht in einer Minute weiß, wo sich Ihr Mann aufhält, löse ich eine Fahndung nach ihm aus. Er ist unser wichtigster Tatzeuge. Hält er sich mit Absicht fern, kann ich ihn wegen Verdunklungsgefahr festnehmen lassen. Und ich versichere Ihnen, Mrs. Egan, ich kriege auch einen Haftbefehl für ihn.«

Ihr Gesicht erschlaffte. Die Augen wurden groß. Sie öffnete den Mund und holte tief Luft.

»Den Namen der Kneipe!« forderte Phil rauh. »Und die Telefonnummer. Für Sie, Mrs. Egan, sieht es auch nicht besonders gut aus, wenn Sie uns an der Nase herumführen sollten.«

Die Frau sackte in den Sessel zurück. »Er ist drüben«, sagte sie tonlos. »Im Schlafzimmer. Der Reporter hat ausdrücklich verlangt, daß sie nicht gestört werden. Von niemandem, auch nicht von Bullen.«

»Originalton Presse«, sagte das ältere Mädchen und grinste uns an. Wahrscheinlich riskierte sie das große Wort nur deshalb, weil sie wußte, daß ihre Mutter vorübergehend die scharfe Zunge verloren hatte.

Phil und ich glaubten zu träumen.

»Wo ist das Schlafzimmer?« knurrte mein Freund und Kollege.

Das jüngere Mädchen stand auf und drückte die Zigarette aus.

»Ich bringe Sie hin«, erklärte sie feierlich. »Mann, das gibt eine Schau!«

Mrs. Egan hatte nicht mehr die Kraft einzuschreiten.

Im Gefolge des Girls durchquerten wir den Korridor und erreichten die Küche. Hinter uns begann der Fernseher von neuem zu lärmen. Phil drückte die Küchentür zu. Der Krach erreichte uns nur noch gedämpft. Berge von schmutzigem Geschirr und Lebensmittelpackungen türmten sich auf Tisch und Spüle. Die Sensationsberichte über das Subway-Blutbad mußten jede Hausfrauentätigkeit in New York in Verzug gebracht haben.

Das Mädchen blieb vor den Geschirrbergen stehen, zupfte eine zerknautschte Packung aus ihren Jeans und steckte sich eine neue Zigarette an der alten an. Der Stummel erlosch zischend, als sie ihn ins Spülbecken warf.

»Mit meinem Alten ist nicht zu spaßen«, sagte sie grinsend. »Ich will Sie bloß vorwarnen, Gentlemen. Wenn der den richtigen Drive draufhat, fühlt er sich als ganz großer Larry. Und wo der hinlangt ...« Sie klemmte sich die Zigarette zwischen die Zähne, öffnete ihre Hose, drehte sich halb um zeigte uns ihr Hinterteil. Da waren blaue Striemen in hübschem Parallelmuster.

Phil und ich sahen uns an. Wir brauchten nichts zu sagen. Daß sich Desmond Egan nach altväterlicher Art mit seinem Nachwuchs über dem Knie abmühte, war vermutlich so erfolgversprechend wie ein Schuß in den Ofen.

»Jetzt den Konferenzraum«, forderte ich. »Wir sind mächtig beeindruckt.«

Sie zog die Hose hoch, paffte eine blaue Wolke in die Luft und ging voran. Der Weg führte durch ein Badezimmer, das sich in einem ähnlichen Zustand befand wie die Küche. Die Kleine deutete mit vielsagendem Blick auf die Tür nach nebenan. Ich gab ihr mit ebenso deutlichem Blick zu verstehen, daß sie sich zurückziehen solle. Sie verzog sich bis in den Durchgang zur Küche, wo sie erwartungsvoll weiterqualmte.

Ich klopfte. Phil baute sich mit zwei Schritten Abstand schräg rechts hinter mir auf. Die Badewanne, in der haufenweise schmutzige Wäsche lag, würde seinen Aktionsradius im Ernstfall behindern.

»Mr. Egan!« sagte ich laut und vernehmlich. »Hier FBI! Jerry Cotton, Special Agent. Wir brauchen Ihre Zeugenaussage. Jetzt sofort.«

Es blieb still. Ich klopfte noch einmal. Als sich dann

immer noch nichts rührte, packte ich den Türknauf und drehte ihn nach links. Abgeschlossen! Ich zog den Revolver und hämmerte mit dem Griffstück gegen das Türholz.

»Egan!« brüllte ich. »Wenn Sie nicht öffnen, brechen wir die Tür auf!«

Keine Antwort.

Phil drehte sich zu dem Girl um. »Gibt es einen zweiten Ausgang?« Sie feixte und schüttelte den Kopf.

Ich drehte mich um, und das Feixen verging ihr. Erkennbare Vorsicht zeichnete sich in ihrem Gesicht ab, dessen Züge das Vierfache ihres wirklichen Lebensalters spiegelten. Sie wußte, daß es besser war, vorsichtig zu sein, solange sie nicht genau wußte, welchen Drive wir draufhaben konnten.

Ich hämmerte noch einmal mit dem Griff des Smith & Wesson. »Mr. Egan!« brüllte ich von neuem. »Letzte Warnung! Ich kann Sie vorläufig festnehmen, wenn Sie nicht …«

Die Tür vor mir wurde aufgerissen und krachte gegen einen Schrank. Der Mann, der mich aus dem offenen Rechteck heraus anfunkelte, war hager, bartlos und bebrillt. Leo Daly von der Stadtillustrierten Evening Mirror. Ein Schlitzohr.

Hinter ihm die Ehebetten, immerhin ordentlich. Zigarettenrauch zum Schneiden dick. Hinten in der Ecke zwei Stühle, ein runder Tisch und Papier darauf. Der Mann, der dort aufgestanden war, mußte Desmond Egan sein – bullig und dunkelhaarig. Das einfache Gemüt konnte man ihm ansehen.

»Sie haben kein Recht«, fauchte Daly, »einfach hier einzudringen! Wo kommen wir denn da hin! Ich werde dafür sorgen …«

Ich ging einen Schritt auf ihn zu. Er duckte sich unwillkürlich und schob wütend die Unterlippe vor.

»Ach ja? Wofür wollen Sie sorgen, Leo? Kennen Sie Ihre Rechte?«

Er fing sich wieder. »Und ob!« schrie er. »Mich schüchtert ihr nicht ein! Mr. Egan hat seine Aussage vor dem Vernehmungsbeamten gemacht. Er ist nicht verpflichtet, sich weiter belästigen zu lassen.«

»Vor allem soll er nichts mehr rauslassen«, sagte Phil, der hinter mir am Türrahmen lehnte. »Haben Sie den Exklusivvertrag schon unter Dach und Fach, Daly? Wie hoch ist das Taschengeld, das Sie dem armen Kerl zahlen?«

Daly pumpte sich auf. »Ich bin nicht Ihr Vernehmungsopfer«, giftete er. »Sie haben überhaupt kein Recht, hier irgendwelche Fragen zu stellen. Wenn Sie jetzt nicht sofort verschwinden, werde ich meinen Anwalt verständigen.«

»Tun Sie das!« entgegnete ich mit frostigem Lächeln. »Ich würde es Ihnen sogar ans Herz legen, Leo. Und sagen Sie Ihrem Rechtsberater gleich, daß es um versuchte Vereitelung einer Zeugenaussage geht! Es könnte auch sein, daß er Sie im Untersuchungsgefängnis aufsuchen muß. Je nachdem, wie sich die Dinge hier entwickeln.«

Dies war der Zeitpunkt, an dem bei Mondy Egan die Dimes, Cents und Nickels gefallen waren. Er kam hoch, flankte um die Bettkante und wischte den Reporter mit einer Handbewegung beiseite. Daly rollte über die Tagesdecke und landete fluchend auf dem Boden.

Sekundenlang stand Egan vor mir, auf den Zehenspitzen wippend. Ein beeindruckender Schrank von einem Kerl. Sein flaches Gesicht war verzerrt, die Augen waren klein und drohend.

»Haut ab, ihr verfluchten Mistbullen!« brüllte er mich an. »Haut ab, oder ich schmeiße euch achtkantig raus! Dies ist immer noch meine Bude, oder?«

»Mr. Egan«, sagte ich geduldig und äußerlich völlig

ruhig. »Ich erkläre es Ihnen noch einmal. Mein Kollege und ich sind FBI-Beamte. Ihre erste Aussage wurde von der City Police zu Protokoll genommen. Wir haben das Recht, Sie noch einmal persönlich zu verhören. Sie sind sogar verpflichtet, bei uns im District Office zu erscheinen, wenn wir Sie vorladen. Also machen Sie jetzt keine weiteren Umstände und ...«

»Lassen Sie sich nicht einwickeln, Mondy!« schrie Daly, der sich neben dem Bett aufgerappelt hatte.

»Ich weiß«, knurrte Egan. »Die verfluchten Hunde gönnen einem bloß das Geld nicht. Da kann man mal einen Extra-Buck machen, und schon bilden sie sich ein, daß sie die Hand draufhalten können. He, wenn ihr glaubt, daß ihr bei mir euren Schmiergeldanteil kriegt, dann habt ihr euch in der Haustür geirrt! Raus jetzt!«

Es war genug. Mehr als genug.

»Mr. Egan«, sagte ich grob. »Sie sind vorläufig festgenommen. Alles, was Sie von jetzt an sagen, kann gegen Sie verwendet werden. Sie haben das Recht ...«

Er ließ mich nicht ausreden. Statt dessen walzte er auf mich los. Seine Adern an Hals und Schläfen sahen aus, als würden sie platzen.

Phil wich zurück, um mir Platz zu machen. Mein Sidestep war kurz und schnell. Egans Schmiedehammerfäuste zischten ins Leere. Der eigene Schwung brachte ihn ins Stolpern. Aber er fing sich noch vor der Tür und noch bevor Phil ihn in Empfang nehmen konnte. Ohnehin schien er nur an mir interessiert zu sein. Ich mußte der Inbegriff des bösen Bullen für ihn sein. Er wirbelte herum und erfaßte mich als Zielobjekt vor der Ecke des Kleiderschranks.

»Mach ihn fertig!« schrie Leo Daly anfeuernd. Die Gier nach der Exklusivstory mußte seinen Grips völlig durcheinandergebracht haben. »O verdammt, mach ihn fertig!«

Egan fühlte sich bestätigt und setzte seine Muskelpakete zur neuen Attacke in Bewegung.

Diesmal schmetterte ich ihm die Arme von unten weg. Im nächsten Sekundenbruchteil stanzte ich ihm eine Serie von Geraden auf den Brustkasten. Die ersten drei oder vier Zwerchfelltreffer schluckte er unerschütterlich wie eine Wand. Dann stierte er fassungslos auf seine Arme, die er nicht mehr hochreißen konnte, und im selben Moment begann er zu wanken wie ein entwurzelter Baum im Sturmwind.

Mit einem betonharten Uppercut gab ich ihm den Rest. Er wurde ein ganzes Stück angehoben und flog rücklings auf das Ehebett. Es krachte und ächzte unter dem Aufschlag.

Dann war Ruhe. Leo Daly wich neben den Nachttisch zurück und stierte mich mit flackernden Augen an.

»Mann«, sagte das Girl von der Tür her. »Du hast's echt drauf, G-man. Deine Handschrift möchte ich nicht auf meinem hübschen Hintern haben.«

Ich drehte mich um. Sie hatte eine neue Zigarette im Mund. Ich schenkte es mir, etwas zu sagen. Ich schüttelte nur den Kopf. Auch Phil hatte keinen Kommentar mehr auf Lager.

Ich löste meine Handschellen vom Hosenbund und verpaßte sie dem Bewußtlosen. Phil ging zum Telefon, das sich im Korridor befand. Wir brauchten einen Streifenwagen, der Egan in den Vernehmungstrakt des FBI-Gebäudes brachte.

Ich wandte mich Leo Daly zu. »Sie können verschwinden, Leo. Wir machen aus der Mücke keinen Elefanten. Gegen Ihren Exklusivvertrag mit Egan ist auch nichts einzuwenden. Immerhin leben wir in einem freien Land. Sie hätten die Dinge nicht auf den Kopf stellen sollen. Sie wissen verdammt genau, daß Sie einen Zeugen weder beeinflussen noch ihn an seiner Aussage hindern dürfen.

Hätten Sie nicht diesen Zirkus veranstaltet, müßten wir Egan jetzt nicht einsperren.«

Phil kehrte vom Telefon zurück. »Ein Radio Car ist unterwegs.«

Daly war in diesen wenigen Augenblicken ein völlig anderer Mensch geworden. »G-men, ich bitte euch«, sagte er weinerlich. »Könnt ihr denn nicht mal beide Augen zudrücken? Ich war nervös, okay, das gebe ich zu. Ich rechne es euch auch hoch an, daß ihr mir keinen Strick draus dreht. Aber was soll ich denn ohne Egan machen? In der Redaktion brauche ich gar nicht erst anzutanzen. Die zerreißen mich in der Luft. Und dann habe ich noch den Vertrag unterschrieben! Ich muß ihm das Geld zahlen, ob ich will oder nicht.«

»Mir kommen die Tränen«, sagte Phil trocken. »Leo Daly, der Reporter ohne Furcht und Tadel, ist zum Traumtänzer geworden! Wer hätte das für möglich gehalten?«

Daly senkte den Kopf und sah tatsächlich richtig zerknirscht aus.

»Was haben Sie Egan zu zahlen?« fragte ich. »Wo ist der Vertrag?«

Mit einer matten Kopfbewegung deutete er auf den Tisch. »Tausend Bucks«, brummte er, und es klang qualvoll, wie er die Summe zwischen den Zähnen hervorquetschte.

»Gut«, sagte ich und nickte. »An den Vertrag sind Sie gebunden, Leo. Sie händigen ihn Mrs. Egan aus und geben ihr das Geld. Daß Sie es bei sich haben, dürfte klar sein. Und dann können Sie Mondy ganz normal in der Untersuchungshaft besuchen. Sie stellen Ihren Antrag, kriegen die Genehmigung und halten sich an die Besuchszeiten.«

Zwei Cops vom zuständigen Revier trafen ein. Sie nahmen uns Egan ab, der noch benommen war und von seiner Umgebung kaum etwas mitkriegte. Leo Daly war den Tränen nahe. Aber er parierte.

Als sie die tausend Dollar in der Hand hielt, hatte Mrs. Egan nichts mehr dagegen einzuwenden, daß ihr Mann vorübergehend außer Haus sein würde. Daly zog davon wie ein geprügelter Hund.

Die beiden Girls begleiteten uns zur Wohnungstür. Die jüngere hatte die ältere über das Geschehen unterrichtet.

Wir waren schon im Treppenhaus, als sie sich gegenseitig mit Glimmstengeln versorgten und uns wehmütig nachblickten.

»In euch G-men kann man sich richtig verlieben!« rief die ältere hinter uns her.

Wir waren froh, daß wir nur ein paar Treppenstufen hinter uns zu bringen brauchten, um Land zu gewinnen. Ich hatte eine Erwiderung auf der Zunge, in der das Wort Kindergarten vorkam. Aber ich schenkte es mir. Es wäre vergebliche Mühe gewesen.

Das Funkgerät machte mit seinem Lichtzeichen auf sich aufmerksam, als wir nur noch zwei Blocks von der Federal Plaza entfernt waren. Phil klinkte das Mikro aus und meldete sich. Myrnas unvergleichlich rauchige Stimme ertönte aus dem Lautsprecher, und nicht einmal das Rauschen und Scheppern der atmosphärischen Störungen vermochte die Klangfarbe dieser Stimme zu beeinträchtigen.

»Der Chef möchte, daß ihr euch umgehend bei ihm meldet«, sagte unsere bezaubernde Kollegin aus der Telefon- und Funkzentrale.

»Wir haben eine dringende Vernehmung zu führen«, sagte Phil. »Er müßte es wissen. Desmond Egan. Wir haben Mr. High aus der Lafayette Street Nachricht gegeben.«

»Er weiß es, und er muß euch trotzdem zuerst sprechen. Die Vernehmung kann ein paar Minuten warten, soll ich ausrichten.«

»Verstanden«, antwortete Phil.

Daß der Chef seine guten Gründe hatte, erfuhren wir drei Minuten später.

Auf seinem Schreibtisch lagen die druckfrischen Abendausgaben der New Yorker Tageszeitungen. Daneben ein halbes Dutzend Videokassetten. Die Techniker unserer Presseabteilung zeichnen grundsätzlich alle Fernsehsendungen auf, die sich mit einem aktuellen Fall befassen. Später wird dann das nicht benötigte Material gelöscht, sobald das entsprechende Gerichtsverfahren abgeschlossen ist.

John D. High forderte uns mit einer Handbewegung auf, in den Besuchersesseln Platz zu nehmen.

»Ich weiß, daß wir von Egan wahrscheinlich die entscheidende Personenbeschreibung erhalten. Aber es gibt da eine Wende in der Berichterstattung, die uns wahrscheinlich mehr zu schaffen machen wird als alles andere. Angefangen hat es mit einem Bericht im Lokalfernsehen und einem Kommentar von Abe Morgan.« Er nahm die oberste der Kassetten und wollte sich dem Recorder zuwenden, die sich hinter ihm auf einem Ständer befand.

»Nicht nötig, Sir«, sagte ich und erklärte es ihm.

Er nickte, legte die Kassette weg und nahm die erste Zeitung auf. »Morgans Wortschöpfung ist der große Knüller. Alle haben es übernommen. Wichtig ist natürlich, was dahintersteckt. Kein Mensch scheint plötzlich mehr davon zu sprechen, daß es Selbstjustiz in diesem Land nicht geben darf.«

Er hielt den Evening Mirror hoch. Die Schlagzeile nahm die Hälfte der Titelseite ein.

LADY PEACEMAKER GIBT IHNEN, WAS SIE VERDIENEN!

Wir brauchten den Artikel nicht zu lesen, um zu wissen, was darin stand. Die unbekannte Schießerin aus der Subway entwickelte sich zur Volksheldin. Die Journalisten nahmen für sich in Anspruch, die Meinung der Öffentlichkeit wiederzugeben. Vielleicht hatten sie nicht einmal unrecht. Zumindest nach der Statistik gibt es in New York City keine einzige Familie, von der nicht wenigstes ein Mitglied schon einmal Opfer eines Verbrechens war – vom Handtaschenraub bis zur Vergewaltigung. Entsprechend leicht läßt sich der Zorn der sogenannten öffentlichen Meinung hochkochen.

»Es gibt die verrücktesten Theorien«, sagte der Chef. »In einem der Blätter wurde geschrieben, daß die Frau vielleicht doch eine Polizeibeamtin war, die einfach durchgedreht ist und nach den Schüssen das Weite gesucht hat.«

»Jedenfalls steht für alle fest, daß sie in Notwehr gehandelt hat«, sagte Phil und preßte die Lippen aufeinander. »Der, der den Peacemaker heraufbeschwört, hat vergessen, daß die Ordnungsliebe der Öffentlichkeit damals auch zur Lynchjustiz geführt hat.«

»Die Frage nach dem Waffenbesitz wird gar nicht erst aufgeworfen«, fügte ich hinzu. »Daß eine Polizeibeamtin so unüberlegt gehandelt haben soll, ist verrückt. Aber welche Frau hat schon einen Waffenschein – bei unseren Gesetzen?«

John D. High faltete den Mirror zusammen und legte ihn beiseite. »Waffen kann man sich auch auf dem schwarzen Markt beschaffen. Aber das sind alles nur Punkte, um die es mir im Augenblick nicht geht. Den absoluten Irrsinn haben wir hier.« Er faltete den Chronicle auseinander und hielt uns die Titelseite hin.

Die Schlagzeile schrie uns geradezu an.

RICHARDS: MACHT LADY PEACEMAKER ZUR BÜRGERMEISTERIN VON NEW YORK CITY!

Es konnte einem den Atem rauben. Was die Leute verlangten, war ein Freifahrtschein für die Selbstjustiz. Und die Journalisten aller Medien hieben kräftig in die Kerbe, weil sie sich hoher Auflagenzahlen und Zuschauerquoten sicher sein konnten.

»Richards?« fragte Phil stirnrunzelnd. »Wer, in aller Welt, ist das?«

»Mick Richards«, antwortete der Chef und drehte die Zeitung um, so daß er den Text überfliegen konnte. »Leiter der East Side Vigilantes. Das ist eine freiwillige Bürgerwehr in Manhattan Midtown, Ostseite. Was Vigilanten sind, ist in dem Artikel auch erklärt. Vigilanz ist das Fremdwort für Wachsamkeit, und bei den alten Römern war Vigilia die Nachtwache.«

»Nicht zu vergessen die Vigilanten des amerikanischen Westens«, sagte ich. »Das waren die Vereine, die damals die berüchtigten Hängepartys veranstaltet haben.«

Der Chef nickte.

»Damals ging es um Viehdiebe und Postkutschen- und Eisenbahnräuber. Denen wurde ohne viel Federlesens der Prozeß gemacht. Sobald Recht und Ordnung durch das Gesetz gewahrt wurden, lösten sich die Vigilanten-Vereinigungen auf. Nick Richards und seine Leute kann man damit überhaupt nicht vergleichen. Sie unterstützen mit behördlicher Billigung die Polizei. Das heißt, sie laufen Streife in ihren Wohnstraßen, um Einbrüche und kleinere Überfälle zu verhindern. Mit gewissem Erfolg.«

»Dagegen ist nichts einzuwenden«, sagte Phil, und ihm war anzumerken, wie er sich ereiferte. »Aber was dieser Richards mit seiner Bürgermeister-Aussage betreibt, ist ein Anzweifeln unseres demokratischen Rechtswesens.«

»Es ist zu lächerlich, um an maßgeblicher Stelle ernst genommen zu werden«, widersprach ich. »Das einzig Dumme ist, daß die breite Masse voll darauf anspringen wird. Das kann so weit führen, daß Geschworene beeinflußt werden.«

»Haargenau«, sagte der Chef. »Wenn wir das verhindern wollen, haben wir zur Zeit nur eine einzige Möglichkeit: Wir müssen den wirklichen Sachverhalt so schnell wie möglich aufklären. Und das geht nur über die Unbekannte. Mit Zeugenaussagen allein kommen wir nicht weiter.«

Phil und ich ließen uns den Chronicle geben und studierten den Text. Daneben war ein Foto von Richards eingerückt. Es zeigte ihn in der Phantasieuniform, in der er und seine Gesinnungsfreunde ihre Streifen liefen. Richards hatte kurzgeschorenes Haar, Schnauzbart und einen athletischen Körperbau – alles in allem eine überaus militärische Erscheinung. Der Typ des Ledernacken-Sergeants, der seine Rekruten scheucht, daß es bis an die Grenze der Menschenwürde geht.

In dem Interview plusterte sich Richards auf wie ein Gockel. Er mußte Morgans Kommentar im Fernsehen verfolgt haben, denn er verwendete ähnliche Worte. So und nicht anders müsse die Methode aussehen, mit der man dem Verbrecherpack auf unseren Straßen und in den Subways beikomme. Dieses Gesindel müsse ständig damit rechnen, eine Kugel verpaßt zu bekommen, dann werde die Zahl der Überfälle und Vergewaltigungen auch im Handumdrehen zurückgehen.

Im selben Augenblick forderte Richards eine freizügigere Waffengesetzgebung und eine großzügigere Auslegung des Notwehr-Paragraphen: ›Wer in Notwehr gehandelt hat, muß sich nicht erst noch dafür rechtfertigen‹, lautete seine Kernaussage.

Damit hatte Richards auch gleich den Aufhänger für seine Aufforderung an die tapfere Unbekannte, sich doch zu melden. Und Ehrenmitglied bei den East Side Vigilantes sollte sie auch noch werden.

Und die Erklärung des Vigilantenchefs, die zu der Schlagzeile geführt hatte, hörte sich im Originaltext so an: »Wenn es nach mir ginge, würde diese tapfere Frau Bürgermeisterin von New York. Es muß endlich Schluß damit sein, daß anständige Bürger in Angst leben. Menschen wie Lady Peacemaker haben das Zeug dazu, für Recht und Ordnung zu sorgen!«

John D. High hatte hundertprozentig recht gehabt. Unser Gespräch war nötig gewesen. Wir hatten jetzt den richtigen Einstieg für das Verhör von Desmond Egan.

Er wirkte ernüchtert. Diesen Eindruck verstärkte sicherlich das kalkige Licht. Die Kollegen hatten ihn für uns in ein freies Vernehmungszimmer gesetzt. Er sah uns an und verfolgte jede unserer Bewegungen, doch sein Gesicht blieb ausdruckslos wie eine glatte Wand. Andere an seiner Stelle hätten uns mit einem Wortschwall überfallen. Desmond Egan wartete geduldig, bis er an der Reihe war.

Ich knipste die Tischlampe an und setzte mich ihm gegenüber. Phil schaltete die Deckenbeleuchtung aus und blieb irgendwo hinter mir im Dunkeln stehen.

»Sie haben ein paar Prachtexemplare von Töchtern, Mondy«, sagte ich lächelnd und bot ihm eine Zigarette an.

Er bediente sich dankbar und schirmte die Feuerzeugflamme mit hohler Hand ab, obwohl es keinen Luftzug in dem Zimmer gab. Freude erhellte seine eben noch dumpfe Miene.

»Da haben Sie recht, Sir, verdammt recht. Die Burschen, die die beiden mal kriegen, haben wirklich was zum Anpacken, was?«

Ich mußte mich beherrschen, um nicht zu würgen. Ich war von der falschen Voraussetzung ausgegangen, daß Egan meinen leisen Spott verstehen würde.

Ich hätte es besser wissen müssen.

»Sie wissen, weshalb Sie hier sind?« fragte Phil aus der Dunkelheit heraus.

Egan grinste unbeholfen. »Na, weil ihr mich eingebuchtet habt, denke ich.«

Ich gab Phil ein unauffälliges Handzeichen. Eine Denktätigkeit, die zu Schlußfolgerungen führte, konnten wir bei diesem Burschen nicht voraussetzen. »Richtig, Mondy«, sagte ich geduldig. »Und wir werden Anklage gegen Sie erheben. Vorsätzlicher Widerstand gegen Ermittlungsbeamte, versuchte Körperverletzung. Der Richter wird Sie für ein paar Wochen auf Staatskosten nach Riker's Island schicken. Ich wette, mit einer Geldstrafe kommen Sie nicht davon.«

Er zuckte kaum merklich zusammen. Die New Yorker Gefängnisinsel hat nicht gerade den besten Ruf.

»Dabei sollten Sie nur als Zeuge vernommen werden«, sagte Phil. »Hätten Sie nicht so ein Theater gemacht, könnten Sie jetzt in einer gemütlichen Kneipe sitzen, mit einem netten Girl auf dem Schoß, und den Dollarsegen genießen. Das mit dem Exklusivvertrag ist übrigens in Ordnung. Daly hat den Vertrag und das Geld Ihrer Frau gegeben. Er wird sich bei Ihnen melden.«

Egan verzog das Gesicht, als durchzuckte ihn heftiger Schmerz. Aber er riskierte kein böses Wort über seine bessere Hälfte.

»Und wenn ich jetzt rede?« murmelte er mit gesenktem Kopf. »Seid ihr dann 'n bißchen freundlicher zu mir?«

»Bestimmt«, entgegnete ich lächelnd. »Aber ich sag's noch mal: Sie sind Zeuge, Mondy. Kein Angeklagter. Und wir sind keine Richter. Unser Job ist es, eine Frau zu finden, die vier Menschen auf dem Gewissen hat.«

Er starte mich auf einmal empört an. »Was soll denn das heißen, Mann? Die Lady hat sich bloß gewehrt. Was

Besseres konnte sie doch gar nicht machen. Ich hab ja nichts dagegen, wenn ein Kerl mal 'n bißchen mit einem Weibsbild rummacht. Aber was diese vier Knilche sich geleistet haben, das war denn doch zuviel.«

»Warum haben Sie ihr nicht geholfen?« sagte Phil. »Sie sind doch sonst so schnell mit den Fäusten, Mondy. Und Sie waren mit Arbeitskollegen zusammen.«

Egan zog die Brauen zusammen und blickte in die Dunkelheit, wo er Phil vermutete. »Wo leben Sie, G-man? Mindestens einer von denen hatte ein Messer. Und dann hatten sie noch Rasierklingen und solche Scherze.«

Alle vier hatten Messer gehabt. Manson und Cole hatten außerdem teleskopartige Totschläger unter der Jacke getragen. Der mit der Rasierklinge war Elmer Stray gewesen. Delgado, offenbar der Anführer, hatte als einziger eine Schußwaffe besessen, eine kleine Beretta.

Ich beugte mich vor und drückte meine Zigarette aus. »Wissen Sie was, Mondy? Damals im Wilden Westen wäre jeder anständige Kerl sofort für eine Lady eingesprungen. Damals hätte es keiner gewagt, eine Lady auch nur schief anzusehen.«

»Wir haben hier doch keinen Wilden Westen«, knurrte er unwillig.

»Manche Leute behaupten das«, grinste ich. Er verstand nicht. Ich sah es an seinem hohlen Blick. »Zum Thema, Mondy. Sie haben die blonde Frau ganz aus der Nähe gesehen. Erklären Sie, warum! Und dann brauchen wir jede Einzelheit über ihr Äußeres.«

Egan ließ sich noch eine Zigarette geben und inhalierte tief, wie vor einer schweren Prüfung.

»Als es haarig wurde, bin ich in Deckung gegangen« sagte er leise. Im nächsten Moment runzelte er die Stirn, und seine Stimme wurde lauter. »Wie alle anderen auch, G-man! Die haben alle flachgelegen, alle! Sie glauben doch nicht, daß ich als erster – oder als einziger ...«

»Unsinn«, entgegnete ich mit einer energischen Handbewegung. »Wir haben die Protokolle verglichen. Es lagen alle zur selben Zeit auf dem Wagenboden. Das ist nicht der Punkt für uns. Die Frau, Mondy, die Frau!«

So verstand er es besser. Beruhigt atmete er durch. »Ja, ich war unter der Sitzbank, direkt neben ihrer. Stellen Sie sich das mal vor, G-man! Vor meiner Nase die dreckigen Quadratlatschen von diesen Strolchen und gleich rechts die arme Frau. Das heißt, zuerst hat's mir noch gut gefallen. Irgendwie hatte ich genau den richtigen Blickwinkel, wissen Sie.«

Ein Grinsen zog sich über sein Gesicht. »Da war vielleicht was zu sehen. Richtig Holz vor der Hütte hatte die. So ein dünnes Shirt und keinen BH drunter, wenn Sie wissen, was ich meine. Und dann diese enge Hose. Ein richtiges Prachtweib. Richtig was zum Hinlangen. Erst hab ich ja den Kerl beneidet, als der ihr an den Busen gegrapscht hat, aber dann ...«

Ich unterbrach ihn, bevor er sich weiter steigern konnte. »Ehrlich gesagt, Mondy, ihr Gesicht interessiert uns mehr. Vielleicht können Sie auch die Frisur beschreiben.«

Wilm Hilesch, der im Vernehmungstrakt Dienst hatte, brachte uns kühle Orange-Drinks aus dem Automaten. Auch Egan kriegte seinen Pappbecher. Es spornte ihn zu sichtlichem Eifer an.

»Ich denke nach«, behauptete er mit verschleiertem Blick und rieb sich das Kinn. »Warten Sie mal, also – blond ist sie, das wissen Sie ja schon.«

»Kurze Haare, lange Haare?«

Er hob den Kopf und sah mich an, als hätte ich ihm etwas völlig Verblüffendes offenbart.

»Teufel auch, wenn ich das jetzt genau sagen sollte – hm, so ganz kurz waren ihre Haare wohl nicht. Aber auch nicht ganz lang.«

Hinter mir gab Phil einen Laut von sich, der wie ein

Stöhnen klang. Natürlich hatte sich der gute Mondy mehr auf die deutlicheren Dinge konzentriert. Eine Frau an seiner Stelle hätte uns wahrscheinlich sogar sagen können, bei welchem Friseur die Haarpracht der Unbekannten vermutlich in Form gebracht worden war.

»Auf jeden Fall ist sie verdammt hübsch«, fuhr Egan murmelnd fort. »Ein Gesicht wie eine Puppe, nur eben lebendig. Blaue Augen, würde ich sagen, und der Mund …«

Jetzt fing er an zu phantasieren. Dahinter steckte der Wunsch, sich bei uns anzubiedern.

»Das reicht«, sagte ich.

»Halt!« schrie er plötzlich, ohne auf mich zu hören, und er hieb mit der Faust auf den Tisch. »Da war doch was! Jetzt fällt's mir ein. Wie im Krimi, was? Da kommen die Leute auch erst immer drauf, wenn's schon fast zu spät ist. Stimmt's?« Er lachte dröhnend. Dann beugte er sich vor und sah mich eindringlich an. »Die Lady ist nicht von hier. Spricht irgendwie anders. Dieser Messerknilch hat's auch zu ihr gesagt.«

»Wie anders?« fragte ich.

Aber es brachte nichts.

Es war zuviel verlangt, von Desmond Egan zu erwarten, daß er einen Akzent geographisch einstufen konnte.

Wilm Hilesch trat erneut ein. Er winkte mich zu sich. Phil nahm meinen Platz ein. Ich ging mit Wilm hinaus auf den Korridor.

»Ein Telefongespräch für dich, Jerry. Der Mann will den Sachbearbeiter in dem Subway-Fall. So hat er sich ausgedrückt. Mr. High hat entschieden, daß du das gleich übernimmst. Das Gespräch wird aufgezeichnet.«

Ich eilte zu dem Apparat im Dienstzimmer des Vernehmungstrakts und meldete mich. »Cotton. Mit wem spreche ich?«

Die Stimme am anderen Ende der Leitung klang

gehetzt. Ich stellte mir ein Gesicht mit Schweißperlen vor, das sich alle paar Sekunden nach Verfolgern umsah.

»George Derry. Habe ich jetzt endlich den richtigen? Wenn Sie mich noch mal verbinden wollen, lege ich auf.«

»Ich bin Special Agent«, antwortete ich. »Gemeinsam mit Kollegen bearbeite ich den Fall Lexington Avenue Subway Line.«

»Aber Sie sind der Sachbearbeiter? Oder Einsatzleiter, oder wie man das nennt?«

»Richtig.«

»Gut.« Derry atmete hörbar auf. »Sir, ich bin der Fahrer des Zuges von heute mittag. Meine Adresse wurde zu Protokoll genommen. Allerdings erst, nachdem ich den Zug schon auf dem Betriebsbahnhof abgestellt hatte.«

»Das hört sich an, als ob es damit eine besondere Bewandtnis hat.«

»Allerdings, Sir. Ich rufe aus einer Telefonzelle im Post Office an. Ich habe mal gelesen, daß das die einzigen Telefone sind, bei denen man sicher sein kann, daß keiner mithört. Also: Die blonde Frau, die Sie suchen, hat bei mir in der Fahrerkabine gesessen. Ich habe sie rausgebracht und ihr gesagt, wie sie vom Betriebsgelände aus am sichersten verschwinden kann. Ich habe lange überlegt, ob ich es melden soll. Dann wurde mir klar, daß ich mich strafbar mache, wenn ich meine Aussage zurückhalte.«

Mir fiel es wie Schuppen von den Augen. Der plötzliche Trubel an der Brooklyn-Seite des Tunnels. Das Durcheinander, bis die Situation geklärt werden konnte. Die Dunkelheit im Tunnel, die spaltbreit geöffnete Stahltür in der Sicherheitsnische.

Alles war sorgfältig aufeinander abgestimmt gewesen. Lady Peacemaker war nicht etwa durch die Stahltür verschwunden. Nein, sie hatte nur gewartet, bis Phil und ich außer Sichtweite gewesen waren, um dann in den Tunnel zurückzukehren.

Ich fing an, mir ein Persönlichkeitsbild von ihr zu machen. »Sie hat Sie unter Druck gesetzt?« fragte ich.

»Und wie, Sir! Ich habe die ganze Zeit überlegt, was ich tun soll. Zu einem Polizeirevier oder zu Ihnen, zum FBI, konnte ich nicht gehen. Ich mußte ja damit rechnen, daß dieses Teufelsweib mich beobachtet. Sollte mich nicht wundern, wenn ich gleich auflege und sie steht draußen vor der Telefonzelle.«

»Sie kann Ihnen nicht beweisen, wen Sie angerufen haben«, entgegnete ich. »Erzählen Sie von Anfang an!« Ich konnte seine Erleichterung hören, wie er sich alles von der Seele redete. Ich hörte geduldig zu und machte mir Notizen. Er hatte sie länger und genauer gesehen, auch wenn es in seinem Fahrerhäuschen nicht sehr hell gewesen war. Folglich war seine Personenbeschreibung besser als die, die uns Mondy Egan geliefert hatte.

»Ovales Gesicht, fast schmal«, sagte er. »Wirklich sehr hübsch, wenn sie nicht so eiskalt wäre.«

»Den Eindruck hatten Sie?«

»Ganz deutlich. Ich wußte: Die legt dich um, wenn du nicht spurst. Die vergreift sich auch an deiner Familie.«

»Augenfarbe?«

»Blau, Sir. Die Nase nur eine Idee zu lang, die Lippen etwas zu schmal. Kann aber sein, daß das auch nur durch ihre Kaltschnäuzigkeit so aussah.«

Sonst bestätigte er Egans Angaben.

»Sie soll mit Akzent sprechen«, sagte ich. »Ist Ihnen das aufgefallen?«

»Aber ja!« rief er. »Natürlich. Die Sachen, die am klarsten sind, vergißt man manchmal.«

»Völlig menschlich. Deshalb ist unsereins da, um Fragen zu stellen. Können Sie sagen, was für ein Akzent es war?«

»Südstaaten. Wahrscheinlich Louisiana, vielleicht New Orleans oder Umgebung.«

»Kein Zweifel?«

»Kein Zweifel, Sir. Meine Familie stammt von da unten, das heißt, meine Großeltern sind nach New York raufgekommen. Ich habe sie als Kind lange genug reden hören. Da Sie's nicht sehen können: meine Hautfarbe ist schwarz.«

»Sie sind ein ehrlicher Mann, Mr. Derry. Ihr Anruf hat uns einen Riesenschritt weitergebracht.«

»Das freut mich, Sir. Aber ich muß noch die Frage stellen, die für mich am wichtigsten ist: Werden Sie meinen Anruf geheimhalten?«

»Ich gebe Ihnen mein Wort darauf. Nur die Kollegen, die mit dem Fall befaßt sind, erfahren davon. An Presse, Rundfunk und Fernsehen geht keine einzige Silbe. Und Sie können mich jederzeit anrufen.« Ich nannte ihm auch meine Privatnummer. »Melden Sie sich vor allem dann sofort, wenn Sie etwas bemerken, was Ihnen verdächtig vorkommt.«

Er bedankte sich, denn er hatte gespürt, daß ich ihm nicht mit leeren Worten gekommen war.

Ich notierte seine Adresse und beendete das Gespräch.

Mit den Einzelheiten, die ich jetzt hatte, konnte ich etwas anfangen. Ich marschierte mit meinen Notizen in die Telexzentrale und gab alles fein säuberlich an das Zentralarchiv in Washington durch.

Lynn Cheston warf einen vorsichtigen Blick durch die getönten Scheiben. Die geblümten Vorhänge ließen nur eine Handbreit von dem außen dunklen Glas frei.

Das Wohnmobil rollte schaukelnd auf ein Tankstellengrundstück. Daneben ein Parkplatz. Wartende Autos. Werbetafeln für eine Waschanlage. Hohe Pilzleuchten erhellten das Ganze. Viele Geschäfte in Manhattan waren bis spätabends dienstbereit.

Kopfschüttelnd lehnte sich die Frau in die Polster zurück. Es erschien ihr widersinnig, wenn jemand in einem Dreckpfuhl wie New York noch seinen Wagen waschen ließ.

Der Fahrer, ein schweigsamer Bursche von höchstens fünfundzwanzig Jahren, lenkte die schwere Dodge-Kiste auf die Rampe einer Tiefgarage. Mit sanft schwingender Federung ging es abwärts. Der schweigsame Junge hatte Lynn Cheston abgeholt, nachdem sie auf verschlungenen Wegen eine Cafeteria in Staten Island erreicht hatte.

Während der Stunden vorher hatte sie sich bewußt ins Gewühl gestürzt. Bei Woolworth am Times Square hatte sie sich eine billige brünette Perücke gekauft und gleich in einer Umkleidekabine aufgesetzt. Auch ihre Kleidung hatte sie ausgetauscht, mit Sonderangeboten von Macy's.

Sie trug jetzt schlammfarbene Edeljeans, passende leichte Schuhe und ein duftiges Sweatshirt, das für die kühle Abendluft gerade richtig war. Die Baumwollhose und das Shirt mit den Schmierfingerabdrücken des Bastards aus der Subway lagen in einem Kaufhaus-Müllschlucker bei Macy's. Ihre Koffer, seit der Ankunft in einem Schließfach auf La Guardia Airport, würde sie wohl kaum noch benötigen.

Der Driver setzte das Wohnmobil mit seiner Plattschnauze dicht vor eine gekalkte Wand. Das Fahrzeug schüttelte sich, als der Motor erstarb. Lynn Cheston sah das Schimmern der Gier in den Augen des Jungen, als er sich zu ihr umdrehte. Sie war neunundzwanzig, wirkte jedoch wesentlich jünger. Und die Billigperücke vermochte ihre Ausstrahlung nur wenig zu schmälern.

»Vielen Dank für die angenehme Fahrt«, sagte sie und zwang sich zu einem Lächeln.

»Nichts zu danken«, grinste der Schweigsame. »Würde mich freuen, wenn ich dich mal in meinem Privatwagen mitnehmen darf. Ein schneller Schlitten.«

»Genauso schnell wie du?«

Er wurde tatsächlich verlegen. »Wie – wie meinst du das?« stotterte er.

Sie lachte leise und beschloß, ihm Hoffnung zu machen. In ihrer augenblicklichen Situation, noch dazu in dieser verdammten fremden Stadt, konnte sie nicht wissen, ob sie nicht irgendwann einen Handlanger brauchte – einen Hofhund, der ihr aus der Hand fraß.

»Du gehst mächtig ran, mein Lieber.« Sie widmete ihm einen gekonnten Augenaufschlag. »Wenn du so auch aufs Gas trittst, muß ich mich wohl gut anschnallen, wie?«

Er strahlte. »Heißt das …?«

»Ich denke, wir verlieren uns nicht aus den Augen. Erst mal muß ich sehen, was für Dienstanweisungen dein Boß für mich hat.«

Der schweigsame Driver führte sie durch die Büroräume, die im Kellergeschoß an die Tiefgarage grenzten. Für einen unwissenden Besucher sah alles so aus, als ob es sich um den kaufmännischen Teil des Geschäfts mit Benzinverkauf, Wagenwaschen und ein paar Gebrauchtwagen handelte.

Ein gut getarntes Hauptquartier! Lynn Cheston mußte anerkennend feststellen, daß die New Yorker offenbar ihr Handwerk verstanden. Insbesondere Frazer.

Er empfing sie in seinem Büro, das nur durch ein Vorzimmer zu erreichen war. Mit Ledermöbeln und mahagonigetäfelten Wänden hätte dieses Büro in jede Chefetage an der Wall Street gepaßt. Nur die Fenster fehlten. Den Ausgleich besorgte eine gut funktionierende Klimaanlage.

Randolph Frazer trat hinter seinem Schreibtisch hervor und reichte ihr die Hand.

»Sie haben uns eine Menge Schwierigkeiten gemacht, Lynn«, sagte er statt einer Begrüßung. Es klang nüchtern und ohne Wertung. Wenn es vorwurfsvoll gemeint war, dann verstand Frazer es geschickt, seine Gefühle zu verbergen.

»Mir selbst habe ich die größten Schwierigkeiten gemacht«, verbesserte sie kühl. »Trotzdem vielen Dank für die Unterstützung.«

Er lachte und setzte sich ihr gegenüber in einen Sessel. Ein zweiter Mann saß bereits an dem flachen Glastisch. Er musterte die Frau, ohne einen Ton von sich zu geben. Sie hatte das Gefühl, seine Blicke wie tastende Hände auf ihrem Körper zu spüren.

»Zusammengefaßt: Wir sitzen also in einem Boot«, erklärte Frazer versöhnlich. Er war groß und schlank, trug einen eleganten hellen Sommeranzug, und das graumelierte Haar paßte zum Gesamteindruck des erfolgreichen Geschäftsmannes.

Als er die Beine übereinanderschlug und das Jackett öffnete, sah Lynn, daß er eine Automatik unter dem Hosenbund trug, in einem Inside-Holster. Sie erkannte das Griffstück einer Beretta. Die italienischen Waffenmodelle waren wieder Favorit, seit einer Beretta vor der guten alten Colt Government der Vorzug als Army-Dienstwaffe gegeben worden war.

Lynn Cheston blickte den zweiten Mann an. Sie musterte ihn auf die gleiche abschätzende Weise, wie er es bei ihr getan hatte. Ein mittelgroßer, etwas untersetzter Mann mit rundem Gesicht und aschblondem Haar. Er war das typische Energiebündel.

»Ich nehme an, ich soll mich rechtfertigen«, sagte sie rundheraus und wandte sich wieder Frazer zu. »Wer ist der Typ neben Ihnen?«

Frazer grinste und blies die Luft durch die Nase. »Himmel! Können Sie mir noch einmal verzeihen, Lynn? Bei all der Aufregung habe ich glatt meine Höflichkeit vergessen!« Er klopfte seinem Nebenmann, der das Gesicht verzog, auf die Schulter. »Das ist Mercer Hymes, meine rechte Hand in allen Lebenslagen. Wenn Sie mit ihm reden, ist es, als ob Sie mit mir reden.«

»Gut zu wissen.« Sie nickte dem Aschblonden zu, der sie kurz ansah und dann seinen Blick auf ihren Busen senkte. Manchmal hatte sie das Gefühl, daß sie sich der Emanzipationsbewegung Women's Liberation anschließen sollte.

Doch sie hatte bessere Mittel, den Kerlen auf die Finger zu klopfen. Wenn es sein mußte, kriegte ein Mercer Hymes das genauso zu spüren wie die Subway-Bastarde.

»Wir müssen jetzt zusehen«, sagte Frazer gedehnt, »wie wir die Dinge wieder zurechtrücken, ohne daß größerer Schaden entsteht.«

Er sprach in gelassenem Ton, als hätte er es mit der völlig normalen Abwicklung eines Geschäfts zu tun.

Die Frau ließ sich dadurch nicht täuschen. »Es läßt sich nichts zurechtrücken«, widersprach sie. »Es wäre so oder so schiefgegangen. Hätte ich mich in der Subway nicht gewehrt, wären die Kerle über mich hergefallen, und Sie müßten auf mich verzichten, Randolph. Ich habe mich gewehrt, und Sie müssen ebenfalls verzichten. Meine Dienste taugen nichts mehr.«

»Letzteres stimmt leider«, nickte Frazer. »Dabei hatte ich so große Hoffnungen in Sie gesetzt. Sie können sich vorstellen, wie groß die Konkurrenz in unserer Branche ist. Als Spezialistin wären Sie so eine Art Wunderwaffe gewesen. Schade, wirklich schade.« Er holte Luft und zögerte einen Moment.

»Sie brauchen nichts zu sagen«, entgegnete Lynn Cheston, bevor er weitersprechen konnte. »Meinetwegen werfen Sie es mir vor, daß ich nicht von La Guardia abgeholt werden wollte. Ein Rezept funktioniert hundertmal, und beim hundertsten Mal geht es schief. Ich habe bisher gute Erfahrungen damit gemacht, in der Masse unterzutauchen und die Masse als Ausgangspunkt zu wählen.«

»New York ist nicht New Orleans.«

»Leider.«

»Ich muß mein Urteil über Sie berichtigen.« Frazer lächelte, stützte die Ellbogen auf die Tischplatte und preßte die Fingerkuppen gegeneinander. »Ich hatte Starallüren bei Ihnen vermutet, bevor ich Sie persönlich kannte. Es war ein ungerechtfertigtes Vorurteil. Jetzt allerdings könnten Sie ein Star werden. Haben Sie die Presseberichte verfolgt? Die Fernsehnachrichten?«

»Wie sollte ich?«

Frazer gab seiner rechten Hand einen Wink. »Mercer, lassen Sie die Abendausgaben zusammensuchen und auf Miss Chestons Zimmer bringen. Und vergewissern Sie sich, daß ihr TV-Portable einen ordentlichen Empfang hat.«

Hymes nickte, stand auf und verzog sich.

Der blonden Frau fiel erst jetzt auf, daß der Mann die ganze Zeit kein einziges Wort von sich gegeben hatte.

»Sie wollen mich hier unterbringen?« fragte sie stirnrunzelnd. »Ist das sicher genug?«

»Für eine, höchstens zwei Nächte. Wie gesagt, Lynn, wir sitzen in einem Boot. So traurig es klingt, aber mir ist daran gelegen, Sie so schnell wie möglich loszuwerden. Wenn man Sie mit mir in Verbindung bringt, kann ich meine Pläne begraben.«

»Darf ich Ihre Pläne erraten?«

»Wie ich Sie einschätzen, ist das kein großes Rätsel für Sie.«

»Danke für die Blumen. Also, ich vermute, Sie wollen sich an die Spitze der New Yorker Syndikate katapultieren. Und dafür brauchen Sie einen geeigneten Vollstrecker, der ihnen den Weg nach oben von lästigen Figuren freischießt. Richtig?«

»Haargenau. Nur hatte ich mir eine Vollstreckerin vorgestellt. Etwas so Ungewöhnliches, daß es einfach durchschlagende Wirkung haben muß. Aber Spaß beiseite: Ihr guter Ruf ist bis in den Norden und den Nordosten gedrungen.«

»Überhäufen Sie mich nicht mit Komplimenten! Was haben Sie vor?«

»Das hängt davon ab, wie sich der Rummel weiter entwickelt. Lesen Sie die Berichte, sehen Sie sich die Nachrichtensendungen an, und Sie werden wissen, wovon ich rede. Zur Zeit dürfte es höllisch schwer sein, jemanden aus New York City hinauszubringen, ohne daß unsere lieben Freunde vom FBI uns dabei auf die Finger sehen.«

»FBI?« Lynn Cheston zog die Brauen hoch.

»Allerdings. Man hat Sie anfangs für eine Terroristin gehalten. Und jetzt habe ich das Gefühl, daß sich die G-men an der Geschichte festbeißen werden.«

Schon eine halbe Stunde später hatte Lynn Cheston alle Zeitungsberichte gelesen und die ersten Fernsehsendungen gesehen.

Sie mußte feststellen, daß Randolph Frazer nicht die Spur übertrieben hatte.

Jemand klopfte merkwürdig dumpf an die Tür des Telexraums. Stirnrunzelnd wandte ich mich von dem Ticker ab, der jeden Moment anspringen mußte. Die Ansammlung von Maschinen erfüllte den Raum mit einem vielstimmigen Summen.

Ich öffnete. Es war Phil, der sich mit einem Ellbogen bemerkbar gemacht hat. In jeder Hand hielt er einen dampfenden Kaffeebecher. Ich nahm ihm beide Becher ab und stellte sie auf den Tisch mit den vielen Verteilerkörben.

»Du sorgst für mich ...«, setzte ich an.

»Bitte keine unpassenden Vergleiche!« fiel er mir ins Wort. »Außerdem habe ich fast nur an mich selbst gedacht. Notgedrungen, damit ich deine neidischen Blicke nicht ertragen muß, während ich meinen Kaffee schlürfe, habe ich dir auch einen mitgebracht.«

Ich versorgte uns mit Zigaretten und klärte ihn über den Stand der Dinge auf. Von Phil erfuhr ich, daß er Egan wieder in seine Zelle verfrachtet hatte. Mondy würde wahrscheinlich davon träumen, wo er jetzt mit seinen Dollars hätte sein können, wenn er nicht so einen hirnverbrannten Unsinn angestellt hätte.

Der heiße Kaffee war eine Wohltat, wenn auch nur aus dem Automaten und durch nichts vergleichbar mit jenem meisterhaften Gebräu, das Helen, die Sekretärin des Chefs, uns hin und wieder vorsetzt.

Die Telexmaschine sprang an, als wir unsere Plastikbecher noch nicht halb geleert hatten. Wir beobachteten den Nadeldrucker, der schnurrend über das Papier huschte. Dann, als wir sahen, daß es mehr als zwei Zeilen wurden, wuchs unsere Spannung. Der Computer in Washington hatte angesprochen. Die genaue Personenbeschreibung hatte ausgereicht, um aus dem elektronischen Gedächtnis etwas ans Tageslicht zu bringen.

Gleich darauf, als die Maschine stoppte, wußte ich, weshalb es diesmal ein paar Minuten länger gedauert hatte als gewöhnlich. Der Zentralcomputer in Washington hatte in seiner eigenen Mikrochip-Kartei nichts gefunden. Deshalb hatte er die Suche auf die angeschlossenen Elektronikdateien der District Offices des FBI ausdehnen müssen.

Ich riß das Blatt Papier von der Rolle, glättete es auf dem Tisch, und gemeinsam studierten Phil und ich den Text.

*** betreff anfrage fbi nyc reg. no. 8831432
personenbeschreibung laut eingabe in zentralrechner washington negativ *** keine fahndungsunterlagen vorhanden *** positives ergebnis district office new orleans

personenbeschreibung paßt auf lynn cheston, nr. 1 der zehn meistgesuchten verbrecher im bundesstaat louisiana *** cheston gilt als berufsmäßige mörderin, arbeitet auf eigene rechnung für gangsterorganisationen in louisiana und anderen staaten des südens *** in mindestens drei mordfällen gibt es eindeutige beweise gegen sie, in anderen fällen wird noch ermittelt *** fbi new orleans bittet dringend um nachricht über fahndungserfolg *** daten zur person:

lynn cheston, 29, weiblich, unverheiratet, geboren in baton rouge, louisiana, zuletzt wohnhaft vermutlich in new orleans.

körpergröße ca. 1.68, haarfarbe blond, augenfarbe hellblau,

gesichtsform oval, volle lippen, statur schlank.

Phil drehte seine Zigarette zwischen Daumen und Zeigefinger und schüttelte den Kopf. »Ich weiß, bei uns in den Staaten gibt es nichts, was es nicht gibt. Aber eine Profikillerin? Das hat zumindest Seltenheitswert.«

»Jedenfalls haben wir es nicht mit Terrorismus zu tun«, entgegnete ich.

Phil blies die Luft durch die Nase. »Aber zuständig sind wir erst recht.«

Einen Moment lang sah ich ihn nachdenklich an. Dann drückte ich meine Zigarette im Aschenbecher aus. »Wir werden das so lange wie möglich für uns behalten.«

»Du meinst, keine Presseverlautbarung?«

»Genau das.«

»Aber das führt dazu, daß sie ihre Lady Peacemaker als Heldin immer höher schaukeln.«

»Pech für Lady Peacemaker.«

»Kannst du dich nicht etwas weniger rätselhaft ausdrücken?«

Ich konnte nicht. Denn ich hatte nur eine ungefähre

Vorstellung von dem, was sich weiter abspielen würde. Es hing davon ab, wie unser nächster Schritt endete.

Wir warteten das Funkfoto aus New Orleans ab, verständigten Mr. High und rauschten dann mit dem Jaguar nach Queens, La Guardia Airport.

Dank der Sicherheitsmaßnahmen, die ohnehin auf unseren Flughäfen laufen, hatten wir es verhältnismäßig leicht. Im Office des Security Department versorgte uns der Einsatzleiter der Überwachungsmannschaften mit dem notwendigen Papierkrieg.

Alle Passagierlisten der ankommenden Flüge von New Orleans waren komplett vorhanden. Phil und ich beschränkten uns zunächst auf die Direktflüge aus der Mississippi-Metropole. Fanden wir nichts, konnten wir uns immer noch die Flüge aus anderen Städten vornehmen.

Wir begannen mit den Ankünften vor dem Zwischenfall in der Subway und arbeiteten uns langsam zeitlich rückwärts voran. Alle weiblichen Personen, die vom Alter her paßten, sortierten wir aus, indem wir die Namen in ein Bildschirmgerät eingaben. Daß Lynn Cheston nicht unter ihrem wirklichen Namen gereist war, stand für uns so gut wie fest.

Nachdem wir die Passagierlisten der letzten drei Tage durchgewühlt hatten, waren es neun Frauen, die ungefähr das Alter von Lynn Cheston hatten. Alle neun waren auf dem Lakefront Airport in New Orleans in die Maschine gestiegen und nach dem Direktflug auf dem New Yorker La Guardia Airport wieder von Bord gegangen.

Wir konnten von Glück sagen, daß es von New Orleans nach New York und zurück keine Shuttle-Flüge gibt wie beispielsweise nach Washington D.C. oder Chicago. In diesem Pendelflugverkehr beschränken sich die Kontrollen auf das Mindeste. Man besteigt die

Maschine wie einen Bus, bezahlt sein Ticket an Bord und ist am Ankunftsort ebenso schnell wieder draußen. Die langen Zeiten des Eincheckens, besonders für Geschäftsleute lästig, gibt es dabei nicht.

In unserem Fall gab es nicht nur Passagierlisten, sondern auch eine Paßkontrolliste für die jeweilige Maschine. Namen und Paßnummern waren darin festgehalten. Wieder hatten Phil und ich eine Fleißarbeit zu bewältigen, als wir zu unseren neun Namen die Paßnummern heraussuchen mußten.

Der Rest war nur noch eine Frage von Minuten. Natürlich waren die Bildschirmgeräte für eine Kommunikation mit den Datenbanken der Polizeibehörden eingerichtet. Das Security Department des Airport mußte in Notfällen in der Lage sein, blitzschnell zu entscheiden und zu reagieren.

Über Akustikkoppler und mit Hilfe unseres Codeworts nahmen wir Verbindung mit dem Zentralrechner des FBI-Hauptquartiers Washington auf. Ich tastete die Namen und Paßnummern ein, die Phil für mich aufsagte. Dann fügte ich die Modemnummer der Sicherheitsabteilung von La Guardia hinzu und bat um sofortige Rückäußerung. Wir nutzten die Wartezeit, um uns eine Zigarette anzuzünden.

Erneut liefen die elektronischen Drähte zwischen Washington und New Orleans heiß. Alle neun Paßnummern stammten aus der Stadt am Mississippi-Delta, und wenn wir die richtigen Personendaten aufstöberten, konnten wir uns auch das dazu registrierte Paßfoto herüberfunken lassen.

Es dauerte nicht mehr als eine halbe Zigarettenlänge.

Mikrochips im Dienst polizeilicher Ermittlungen können ein Segen sein. Wir ließen die Daten von dem mit dem Bildschirm gekoppelten Drucker auf Papier festhalten.

Unter den ersten acht Namen gab es nur eine einzige Blondine, die jedoch fünfunddreißig Jahre alt und eine Handbreit größer als Lynn Cheston war.

Dann, als der Drucker die Nr. 9 auf der Liste erreichte, wußten wir schlagartig, daß wir sie hatten.

Vera Anderson.

Unter diesem Namen funkte der Zentralcomputer Fehlanzeige. In ganz New Orleans war niemals ein Paß auf den Namen Vera Anderson ausgestellt worden. Die Paßnummer gab es zwar, doch das dazugehörige Personalpapier war Eigentum eines neunundsechzigjährigen Kreolen namens Joseph St. Cyr.

Phil stieß einen leisen Pfiff aus. Ich riß das Blatt Papier aus dem Drucker. Wir hatten sie. Lynn Cheston war Vera Anderson. Oder umgekehrt. Sie war am Vormittag um kurz nach elf Uhr aus der planmäßigen Maschine gestiegen. Die Paßkontrolle hatte kein Hindernis für sie bedeutet, da das Datensichtgerät dort nur die Personalien der Fahndungslisten mit den vorgezeigten Pässen vergleicht.

Der Vera-Anderson-Paß war eine Fälschung aus New Orleans. In New York hatte er der blonden Frau geholfen, durch die Maschen des Sicherheitsnetzes zu schlüpfen. Eine der leichtesten Übungen für Profis. Aber andererseits gibt uns die moderne Elektronik Möglichkeiten in die Hand, die Nachteile durch das bei uns fehlende Einwohnermeldesystem ein wenig zu mildern.

Wir bedankten uns bei den Sicherheitsbeamten und nahmen mit, was wir an Unterlagen brauchten. Im Jaguar nahm Phil sofort Funkverbindung mit der Zentrale an der Federal Plaza auf. Der Chef würde auf uns warten. Phil gab dem diensthabenden Kollegen die Einzelheiten durch und bat ihn, ein Telex an den FBI-District New Orleans abzusetzen. Möglich, daß die Kollegen über die Paßfälschung den Hintergrund der Killerin ausforschen konnten. V-Leute bringen einem manchmal die erstaunlichsten Ergebnisse, wenn man sie nur im Untergrund wühlen läßt.

Das Funkfoto von Lynn Cheston, das wir erhalten hatten, war fünf Jahre alt. Es stammte aus den Polizeiakten von New Orleans und war bei einer Vernehmung in Zusammenhang mit einem blutigen Bandenkrieg aufgenommen worden. Gegen Lynn Cheston war damals aus Mangel an Beweisen keine Anklage erhoben worden. Und seither war sie nie wieder in Erscheinung getreten, wie es im dienstlichen Sprachgebrauch so treffend hieß.

John D. High sah mich einen Moment lang prüfend an, nachdem wir sein Büro betreten hatten.

»Ich habe das Gefühl, daß ich Ihre Gedanken lesen kann, Jerry«, sagte er dann. Die Ergebnisse unserer Wühlarbeit auf La Guardia kannte er natürlich. »Sie haben etwas ganz Bestimmtes im Hinterkopf.«

»Allerdings, Sir«, gab ich lächelnd zu.

»Es hat mal wieder haargenau so geklappt, wie er es sich vorgestellt hat«, sagte Phil anerkennend.

»Und?« fragte der Chef.

»Lady Peacemaker ist Vera Anderson«, antwortete ich. »Das ist es, was wir der Presse sagen sollten, Sir. Und zwar so schnell wie möglich.«

John D. High zog die Brauen hoch. »Und kein Wort darüber, daß wir von Lynn Cheston wissen! So haben Sie es sich gedacht, nicht wahr?«

»Genau, Sir.«

»Ausgezeichnet«, nickte der Chef. »Der Plan paßt noch aus einem anderen Grund gut ins Konzept. Unsere Public-Relations-Abteilung in Washington hat eine Sonderschicht eingelegt und wertet aus, was von den internationalen Presseagenturen und von den Auslandskorrespondenten verbreitet wird. Es sieht ganz danach aus, daß Lady Peacemaker zu internationalem Ruhm gelangt. Überall in der Welt stürzen sich die Journalisten auf das Thema. Der Mythos von Recht und Ordnung durch den Colt in der Hand wird in allen Variationen aufgekocht. Vor allem die Reaktion der Öffentlichkeit wird von den Ausländern sehr genau beobachtet. Die Zustimmung der Leute zu der Bluttat gilt als eindeutig. New York wird als die Hochburg des Verbrechens schlechthin bezeichnet, und der Jubel der Bevölkerung klingt für die Reporter wie Musik in den Ohren. Wie sonst könnten sie die Story verkaufen, daß die US-Bürger am liebsten in die Zeit des Wilden Westens zurückverfallen würden?«

Ich konnte mir ein ausgesprochen breites Grinsen nicht verkneifen.

»Die halbe Welt leckt sich also alle zehn Finger danach, die famose Lady Peacemaker aufzugabeln‹, sagte ich.

»Jetzt wird es mir klar«, rief Phil. »Für Miss Vera Anderson wird es so gut wie unmöglich, überhaupt noch irgendwo in Erscheinung zu treten. Das heißt, sie ist in New York festgenagelt.«

»Wenn wir schnell genug handeln«, nickte ich.

John D. High griff bereits zum Telefonhörer. »Veranstalten wir eine Blitz-Pressekonferenz! Wetten, daß wir trotz der späten Stunde noch ein volles Haus bekommen? Und wetten, daß die Neuigkeit schon in den Mitternachtsnachrichten läuft?«

Wir konnten beim besten Willen nichts dagegenhalten.

Genauso stand es fest, daß die Morgenzeitungen ihren Andruck zurückhalten würden, damit sie die Sensation noch auf der ersten Seite einrücken konnten.

Wir hatten der Killerin den Rückweg abgeschnitten.

Selbst in der wirkungsvollsten Verkleidung konnte sie es kaum riskieren, sich irgendwo blicken zu lassen. Nicht nur die Reporter, auch die Millionen von Zeitungslesern und Fernsehzuschauern waren hellwach geworden. Wo ein weibliches Wesen auch nur entfernte Ähnlichkeit mit der mutmaßlichen Heldin der Nation hatte, wurde es neugierig beäugt und schließlich ausgefragt.

New Yorks Bürger fieberten darauf, endlich ihre Heldin feiern zu können.

Ohne mit der Wimper zu zucken, hatten wir das Bild veröffentlichen lassen. Unser Laborant hatte das Polizeifoto aus New Orleans in aller Eile retuschiert, reproduziert und neu vergrößert, so daß es aussah wie das Funkfoto eines Paßbildes.

An der Ecke Park Avenue / East 60th Street stoppte ich den Jaguar vor einem Kiosk. Passanten drängten sich. Die Auflagen der Morgenzeitungen würden innerhalb kürzester Zeit vergriffen sein. Phil sprang aus dem Wagen und bahnte sich einen Weg durch die Menschentraube. Wir brauchten einen Überblick über die Veröffentlichungen, und wir hatten genügend Zeit bis zu unserem Termin um 8 Uhr 30 auf Riker's Island.

Zeitweise, wenn sich das Gedränge etwas lichtete, konnte ich einen Blick auf die Zeitschriftenbude erhaschen. In Kopfhöhe hing ein Schwarz-Weiß-Bild. Posterformat. Ich erkannte, daß es ein Sonderdruck des Mirror war.

Das Bild zeigte Lynn Cheston, von der noch niemand wußte, daß sie so hieß – außer ihren Komplizen und uns. Über ihrem getürkten Paßporträt prangten riesige rote Lettern.

WANTED FOR BRAVERY!

Gesucht wegen Tapferkeit – ich ließ die Worte in meinen Gedanken nachklingen. Es war mehr, als ich erwartet hatte. Die Zeitungsleute überboten sich im Ausschlachten des Themas.

Bei der spätabendlichen Pressekonferenz hatten wir ein volles Haus gehabt. Und dieser Steckbrief war eine glänzende Idee. Selten hatte es eine Fahndung gegeben, die mit einer solchen Medienunterstützung gelaufen war. Wobei die Journalisten und wir vom FBI natürlich völlig unterschiedliche Motive hatten.

Ich ließ die Seitenscheibe herunterschnurren, steckte mir eine Zigarette an und schob den Ellbogen über die Fensterkante. Es roch nach frischer Morgenluft. Das Grün der Park Avenue lag noch im Schatten, aber das bißchen Sonne, das schon in die 60th Street fiel, zeigte an, daß es ein prächtiger Tag werden würde. Schubweise rauschten die Autos im Ampelrhythmus über die Avenue, und die Fußgänger waren mit Aktentaschen, Taschen und unter den Arm geklemmten Zeitungen ausgerüstet.

Wir hatten es geschafft.

Nur ein Thema beschäftigte die Menschen – in ganz New York und in der halben Welt.

Lady Peacemaker war Vera Anderson. Sie war greifbar geworden. Sie wollten sie haben und umjubeln. Denn Vera Anderson war über Nacht nicht nur zur Heldin der Nation geworden, sondern auch zu einer Symbolfigur. Sie hatte den Leuten in New York gezeigt, wie man die Angst vor dem Verbrechen besiegen konnte. Der Weg aus der Angst war vorgezeichnet worden, und alle würden danach schreien, der Heldin auf diesem Weg folgen zu können.

Ein trügerischer Weg nach unserer Meinung.

In diesen Minuten war es für mich ein seltsames Gefühl, die Menschen in den morgenfrischen Straßen zu beobachten. Wir vom FBI hatten es in der Hand, den ganzen Zauber wegzublasen. Wir mußten aufpassen, um eine Massenhysterie rechtzeitig zu verhindern. Doch wir konnten das Geheimnis um Vera Anderson nicht aufdecken, bevor wir nicht wenigstens eine greifbare Spur hatten.

Phil kehrte mit einem Packen Morgenzeitungen und Stadtillustrierten zurück.

»Da müssen Hundertschaften von Zeitungsleuten Überstunden gemacht haben«, sagte er und ließ sich mit der druckfrischen Papierlast auf den Beifahrersitz sinken. »Ich habe nur die wichtigsten Blätter genommen. Auf der Titelseite haben sie es alle, sogar die kleinen Stadtteilzeitungen.«

Ich nickte, ließ die Maschine kommen und fädelte den Flitzer in den fließenden Verkehr ein. Ins District Office, wo unsere Presseabteilung einen Überblick über die gesamten Veröffentlichungen zusammenstellte, würden wir vermutlich erst spät zurückkommen. Es war gut zu wissen, was sich auf dem Nachrichtenmarkt abspielte. Und es war fast ein Nervenkitzel, sich vorzustellen, wie Lynn Cheston auf den Medienrummel reagierte.

Panik?

Möglich. Aber vielleicht eher bei den Leuten, die sie nach New York geholt hatten.

Wir erreichten die Auffahrt zur Queensboro Bridge, und dann rollten wir über East River und Roosevelt Island der Morgensonne entgegen. Das Häusermeer des nördlichen Queens schimmerte in einem warmen und freundlichen Licht.

»Wie läuft die Stimmungsmache?« fragte ich meinen Freund und Kollegen, der sich in den raschelnden Papierwust vertiefte und sich druckschwarze Finger holte.

»Nichts Überraschendes, wenn du mich fragst«, antwortete er gedehnt und warf die ersten beiden Blätter auf den Rücksitz. »Sie bringen viel Hintergrundmaterial. Law and Order im alten amerikanischen Westen. Da wird der Pioniergeist heraufbeschworen, wie zu erwarten war.

Dann Meinungsumfragen auf der Straße. Ich habe noch keinen einzigen Satz gelesen, der sich mit der Frage befaßt, wie weit Notwehr geht. Die Opfer werden kurz und schmerzlos als Gewaltverbrecher dargestellt, vereinzelt sogar als Bestien. Dann werden Vergleiche zwischen den Waffengesetzen in den Bundesstaaten angestellt. Und natürlich über die Todesstrafe. Da kommt ein Riesenrattenschwanz wieder zum Vorschein, fürchte ich.«

Ich atmete tief durch.

»Hoffentlich müssen wir uns nicht wie der Zauberlehrling herumplagen«, murmelte ich.

Phil sah mich überrascht von der Seite an. »Meinst du, wir hätten irgendwelche Geister gerufen? Vergiß nicht, daß die Journalisten Lady Peacemaker erfunden haben. Wir sind nur auf den Zug aufgesprungen. Mit Recht, meine ich. Und lassen das Kartenhaus zusammenfallen, wenn die Zeit da ist.«

Natürlich stimmten Phils Überlegungen. Aber ich wurde das elende Gefühl nicht los, daß die Dinge ausufern und sich auf eine Art und Weise entwickeln konnten, die wir nicht im entferntesten erahnten.

Durch die Straßenschluchten am nördlichen Horizont war jetzt die Wasserfläche des East River zu sehen, der sich vor dem Long Island Sound zu imposanter Breite ausdehnt. Zwischen dem Stadtteil Astoria in Queens und Hunts Point in der Bronx auf der anderen Seite liegt die Gefängnisinsel Riker's Island.

Desmond Egan war dorthin gebracht worden. Auf meine Anweisung hin. Doch ich hatte die Stimmung der Öffentlichkeit nicht einkalkuliert.

Attorney und Richter hatten sich nicht zu einem Haftbefehl durchringen können. Sie hielten Egans Vergehen nicht für so schwerwiegend, daß man ihn bis zur Verhandlung hinter Gittern halten mußte. Ich war anderer Ansicht, aber ich wußte, daß die Juristen unter den augenblicklichen Umständen vor allem vermeiden wollten, den Zorn der öffentlichen Meinung auf sich zu lenken.

Sehr schnell würden der Staat und seine Ermittlungs- und Vollzugsbehörden in die Rolle des ungelenken Apparats gedrängt werden, der seine Bürger nicht zu schützen vermochte und dann auch noch die Falschen bestrafte.

Wir trafen Desmond Egan in einem sonnendurchfluteten Besucherzimmer. Der Staub schwebte in breiten Lichtbahnen über dem Tisch. Ein Aufseher führte Mondy herein und verließ den Raum sofort wieder.

»Jetzt bin ich richtig frei, was?« Egan grinste breit, hob den Stuhl mit Daumen und Zeigefinger hoch, drehte ihn mit der eisenharten Miene des Selbstbewußten um und setzte sich rittlings darauf. »Gibt's noch was zu besprechen, G-men?«

Ich schob ihm einen Notizzettel mit unseren dienstlichen und privaten Telefonnummern hin.

»Klar, Sie sind frei, Mondy. Aber Sie müssen auch allein zurechtkommen.« Ich setzte ein freundliches Lächeln auf. »Wenn es irgendeinen Anlaß geben sollte – Sie können einen von uns beiden jederzeit erreichen.«

Er blickte auf den Zettel und stopfte ihn dann in die Gesäßtasche seiner Jeans. »Einen Anlaß? Was heißt das?«

»Es könnte Leute geben, die Sie aushorchen möchten«, sagte Phil geduldig.

»Aushorchen! Haben Sie mal 'ne Zigarette?« Er inhalierte tief, nachdem ich ihm meine Packung hingehalten und Feuer gegeben hatte. »Worüber denn aushorchen?«

»Über alles, was Sie außer uns nur Leo Daly erzählen dürfen«, antwortete ich.

Sekundenlang rauchte er hastig und schweigend, wobei sich die Falten auf seiner Stirn vervielfachten.

»Kapiert«, knurrte er schließlich. »Dalys Mitstreiter, was? Die liebe Konkurrenz. Keine Sorge. Ich halte dicht, wenn ich's versprochen hab'.«

Wir gaben es auf, ihm noch mehr erklären zu wollen. Es war besser, ihn gewähren zu lassen und ihn dabei nicht aus den Augen zu verlieren. Das Taxi, das wir auf dem Parkplatz vor dem Besucherblock hatten auffahren lassen, wurde von einem Cop in Zivil gesteuert. Es war mit einer Spezialfunkanlage ausgestattet. Über den Lautsprecher liefen ständig die Durchsagen der Taxizentrale an ihre Fahrer.

Der Sender, den unser Kollege eingeschaltet hatte, arbeitete jedoch auf der FBI-Frequenz. Wenn er also seine Positionen durchgab, hörte es sich an, als ob er die dienstlich vorgeschriebenen Meldungen an das Taxiunternehmen abgab.

Wir hatten Zeit und ließen dem Cabbie-Kollegen einen Vorsprung von fünf Minuten. Dann fuhren wir los, und Phil teilte unserer Zentrale mit, daß die Durchsagen jetzt direkt auf unser Gerät geschaltet werden konnten.

Minutenlang war aus dem Lautsprecher nur Rauschen zu hören. Dann knackte und schepperte es, und eine Stimme war einigermaßen klar zu vernehmen.

»Astoria Boulevard, Ecke Hoyt Avenue, weiter Richtung Queensboro Plaza ...«

Wir befanden uns erst auf dem Ditmars Boulevard. Der Vorsprung war in Ordnung. Egan würde ohnehin kaum etwas mitkriegen. Fahrgäste sitzen in New Yorker Taxis stets hinten, und Fond und Fahrerplatz sind durch eine Panzerglasscheibe mit Durchreiche voneinander getrennt.

Phil konnte sich weiter mit den Zeitungen befassen. Alle paar Minuten folgten neue Funkmeldungen. Mondy Egan ließ sich von seinem Driver über die Queensboro Bridge nach Manhattan kutschieren. Doch kaum in der

Eastside, veranlaßte Egan unseren Kollegen, über die First Avenue zurück bis zur York Avenue zu fahren. Wir befanden uns noch drüben auf der Queens-Seite, als wir es erfuhren.

»Ich halte am Bürgersteig, York Avenue, Höhe 63rd Street«, meldete der Kollege mit blecherner Funkstimme. »Egan hat eine Telefonzelle betreten. Er hat zwar gesagt, daß ich warten soll. Aber was soll ich tun, wenn er nun doch auf das Taxi verzichten will?«

Die Frage war berechtigt. Es war ziemlich sicher, daß Egan mit Daly telefonierte. Doch ich war überzeugt, daß unser Freund Leo kein besonderes Interesse mehr an Mondy hatte. Die Dollars für die Exklusivstory waren praktisch in den Sand gesetzt, denn seit der öffentlichen Identifizierung von Lady Peacemaker als Vera Anderson hatte Egans Zeugenaussage keinen großen Wert mehr.

Um so interessanter mußte es für bestimmte Leute sein, über Egan herauszufinden, wie der Wissensstand bei uns vom FBI aussah. Wir näherten uns der Eastside, und ich nahm Gas weg, um notfalls auf die First Avenue abzubiegen. Doch die Meldung des Taxikollegen kam rechtzeitig. Wir fuhren weiter in Richtung Fifth Avenue.

Egan war jetzt vorübergehend hinter uns. Aber ich glich es aus, indem ich den Jaguar in Höhe des Rockefeller Center in eine Parkbucht rangierte. Klar, daß Egan von Daly eine Abfuhr erhalten hatte. Der Reporter dachte nicht daran, weitere Scheine auszuspucken. So war Mondy gezwungen, in seine Bleibe zurückzukehren. Sicher hatte er wenig Hoffnung, daß seine bessere Hälfte einen Anteil von dem Exklusivgeld für ihn abzweigen würde.

»Lady Peacemaker hat etwas geweckt, das in uns allen schlummert«, las Phil vor, der sich in eine Illustrierte vertieft hatte. Er hob den Kopf und sah mich an. »He, fühlst du es auch? Das, was sie geweckt hat, meine ich.«

Ich grinste. »Was sie bei mir geweckt hat, wird sie sich bestimmt nicht wünschen.«

Phil verdrehte die Augen in Richtung Wagenhimmel. »Du bestätigst ein Vorurteil, Alter.«

»Welches?«

»Das vom phantasielosen Polizeibeamten. Du gibst also zu, daß sie nichts als Jagdfieber in dir hervorgerufen hat.«

»So ungefähr. Aber keinen primitiven Instinkt. Nenne es eher berufliches Interesse.«

»Okay, okay. Du kannst es drehen und wenden, wie du willst. Du gehörst nicht zur großen Mehrheit, und du hast nicht den Geist des alten Amerika in dir. Sonst würdest du spüren, daß wir wieder dorthin müssen, wo unsere Wurzeln sind. Zu Recht und Ordnung in dem Stil, den Lady Peacemaker Vera Anderson uns vorgeführt hat. Und ausgerechnet wir Männer müssen uns das von einer Frau vor Augen führen lassen!«

»Auch das noch«, seufzte ich. »Die Emanzenclubs hängen sich auch noch dran?«

»Das wird sich nicht vermeiden lassen.« Phil verzog spöttisch die Mundwinkel. »Mit welchem Recht, frage ich dich, soll denn der Beruf des Killers den Männern vorbehalten bleiben? Und im übrigen darf ein weiblicher Berufskiller nicht schlechter bezahlt werden als ein männlicher. Das sind alles Punkte, über die nachzudenken sich lohnt.«

»Wir werden es rechtzeitig verhindern«, sagte ich rauh, nachdem ich uns mit Zigaretten versorgt hatte.

Als sich unser Taxikollege von der Kreuzung 42nd Street meldete, setzten wir die Fahrt fort.

An der Lafayette Street, gleich hinter der Ecke Spring Street, ließ sich Egan absetzen. Phil und ich hatten rechtzeitig aufgeschlossen, so daß unser Kollege mit seinem Cab verschwinden konnte. Ein paar Häuserblocks weiter, außer Sichtweite, würde er sich allerdings zur Verfügung halten, bis wir ihn entließen.

Egans bullige Statur war unter den Fußgängern nicht zu übersehen. Er wirkte unschlüssig, hatte beide Hände in die Hosentaschen vergraben und schlenderte an den Hausfronten entlang.

Wir waren dreißig Yards hinter ihm. Als ich eine leere Parkbucht entdeckte, zog ich den Jaguar hinein. Vor uns stand ein Lieferwagen mit Kastenaufbau. Aber Phil konnte von seinem Platz aus den Bürgersteig überblicken.

»Richtig gerochen«, sagte er. »Mondy hat sich entschlossen, noch nicht nach Hause zu gehen.«

Wir stiegen aus und gingen auf die andere Straßenseite, um einen besseren Überblick zu haben. Vor den Schaufenstern eines Hifi-Shops gab es genügend Leute, so daß wir unauffällig die andere Seite beobachten konnten.

Egan schien noch ein bißchen Kleingeld bei sich zu haben. Ich konnte mir vorstellen, wie sehnsüchtig er an die Dollars dachte, die zu Hause bei seinem Drachen unter Verschluß lagen. Er hatte sich vor einer Imbißstube aufgebaut und erhielt eine Dose Bier und einen Pappbecher. Gleich darauf einen Pappteller mit Pommes frites.

Die Bude war umlagert. Sie stand direkt am Bürgersteig. Dahinter drehte sich auf einem leeren Abbruchgrundstück ein altersschwaches Kinderkarussell, das von einem tuckernden Benzinmotor angetrieben wurde. Kinder zerrten ihre Mütter vom Karussell zur Imbißbude und zurück. Ich staunte darüber, wie ein billiges Vergnügen in der Zeit von Video und Satellitenfernsehen so großen Anklang fand. Aber vielleicht müssen wir uns nur daran gewöhnen, daß solche Gegensätze einander nicht ausschließen.

Mondy Egan hatte die Hälfte der Pommes frites in sich hineingeschaufelt und den zweiten Schluck Bier genossen.

Mehr wurde ihm nicht gegönnt.

Ein Buick stoppte in der zweiten Reihe. Türen flogen auf, und die drei Männer, die auf die Bude zuschnellten, waren wie Schatten. Frauen schrien und wurden von den Kerlen brutal zur Seite gestoßen.

Phil und ich sprinteten los, quer über die Straße.

In diesem Moment schrien auch die Kinder. In der Fahrbahnmitte mußten wir zwei vorbeirauschende Limousinen abwarten.

Ich sah, wie einer der Kerle einem kleinen Mädchen, das ihm im Weg stand, einen Fußtritt versetzte. Die Kleine schlug hin.

Ihr schriller Schmerzensschrei stach mir in die Ohren, und mir drehte sich der Magen um.

Sie schnappten Egan und schleiften ihn durch das Gewühl. Ich konnte es nicht genau sehen, war aber sicher, daß sie ihn mit einem Handkantenhieb gefügig gemacht hatten.

Phil und mir fehlte eine Sekunde Zeit.

Wahnsinn, den Revolver zu ziehen. Die Gefahr, unbeteiligte Frauen und Kinder zu treffen, war zu groß.

Sie stießen Egan in den Fond des Buick, als wir noch drei Schritte entfernt waren.

Mit kreischenden Hinterreifen fegte die schwere Limousine los.

Ich wirbelte herum und rannte zum Jaguar. Aus den Augenwinkeln heraus sah ich, wie Phil in die Hocke ging. Er hatte nun doch den Smith & Wesson gezogen. Aber im nächsten Moment ließ er ihn wieder sinken. Die Lafayette Street gehört zu den verkehrsreichsten Straßen in Manhattan Downtown. Das Risiko, mit einer kurzläufigen Waffe zu feuern, war einfach zu groß.

Ich ließ den Jaguar lospreschen und stoppte kurz, um Phil aufzunehmen. Noch bevor die Beifahrertür zuschlug, trat ich das Gaspedal wieder durch. Phil holsterte seinen 38er und klinkte das Funkmikro aus.

Ich konzentrierte mich auf die Verfolgung, während Phil die Daten an die Zentrale durchgab. Der Buick war hellgrün, stumpfer Lack, mindestens fünf Jahre alt. Wegen der Entfernung ließ sich das Kennzeichen nicht entziffern. Er rauschte die Lafayette Street hinunter, Richtung Financial District.

Phil bat um Verstärkung durch die City Police. Auch unser Kollege im Taxi würde sich an der Jagd beteiligen. Dann zog Phil seinen 38er aus dem Schulterholster. Ich gab ihm auch meinen stupsnasigen Smith & Wesson. Mit seinem Zwei-Zoll-Lauf war der Dienstrevolver für das, was vermutlich vor uns lag, nicht geeignet.

Phil verstaute die Waffen in einer aufbruchsicheren Stahlkassette, die er vom Rücksitz zog. In der Kassette befanden sich zwei Smith & Wessons mit Vier-Zoll-Lauf, Kaliber 357 Magnum. Phil lud beide Revolver und nahm zusätzlich je zwei Speedloader für ihn und für mich heraus.

Der Buick hielt ein hohes Tempo. Er wechselte rasant die Fahrspuren und schaffte es, seinen Vorsprung von zwei Häuserblocks zu halten – trotz der Ampeln. Die Gangster wußten, daß sie verfolgt wurden. Trotzdem blieben sie auf der Lafayette Street und versuchten nicht, uns abzuhängen, indem sie Seitenstraßen benutzten. Das konnte nur eins bedeuten: Sie hatten ein festes Ziel, das sie erreichen mußten. Andernfalls würde ihnen ihr Boß wahrscheinlich den Hals umdrehen, wenn er sie zu fassen kriegte.

Es hing davon ab, wer von uns schneller war.

Ich hielt das Lenkrad mit der Linken und verstaute den 357er im Schulterholster. Das Leder war so gearbeitet, daß es auch die schwerere Waffe aufnahm. Die beiden Speedloader steckte ich in die Jackentasche.

Der Fluchtwagen hatte die City Hall hinter sich gelassen und fegte nach rechts in die Fulton Street. Phil rief die

Zentrale per Funk und gab die neue Richtung durch. Die beiden gigantischen Türme des World Trade Center ragten über uns in den Himmel. Keine Sehenswürdigkeit für uns. Unser Interesse konzentrierte sich auf das, was zu ebener Erde geschah.

Die Gangster jagten in Richtung Hudson River. Soviel stand fest. Vier Radio Cars der City Police und unser Taxidriver hatten sich mittlerweile drangehängt. Für sie galt die Anweisung, nur einzugreifen, wenn wir es verlangten.

Links ab! Trinity Place!

Ich rammte das Gaspedal aufs Bodenblech. Der Jaguar machte einen Satz nach vorn. Ich ließ die Seitenscheibe herunter und knallte das Magnetrotlicht aufs Dach. Dann die Sirene.

Das Geheul hallte hohl und mit nervenzerfetzendem An- und Abschwellen in der Schlucht zwischen den Wolkenkratzern. Limousinen wichen vor uns beiseite. Hier waren die Fahrer vernünftiger als im Asphaltdschungel der Midtown.

Rasant holte ich auf. Der Buick war ein müdes Schlachtroß im Vergleich zu meinem Raubkatzen-Flitzer.

Mit wedelndem Heck und bedrohlicher Schräglage tauchte die Limousine nach rechts in die Liberty Street, unmittelbar am Fuß des World Trade Center.

Phil hatte erneut das Mikro vor den Lippen. Ich glaubte, den Zielort bereits zu kennen.

Das häßliche schwarze Stahlgerippe des West Side Highway schob sich ins Blickfeld. Zwischen den stählernen Stelzenbeinen schimmerten Sonnenreflexe auf der Wasserfläche des Hudson River. Drüben die Häuserfronten von Jersey City.

Die Ampel an der Einmündung West Street unterhalb des Highways stand auf Rot. Der Vorsprung des Buick war auf fünfzig Yards zusammengeschmolzen. Mit

Todesverachtung zog der Driver an vier haltenden Wagen vorbei. Eine entgegenkommende Limousine, die von der West Street einbog, entging dem Frontalzusammenstoß nur durch schnelle Reaktion des Fahrers.

Der Gangster, der den Buick lenkte, entdeckte eine Lücke zwischen den parkenden Wagen unter dem Highway und stieß hindurch.

Ich mußte mich darauf verlassen, daß die Sirene den Weg freihielt.

»Heliport Liberty Street!« rief Phil ins Mikro und rammte es zurück in die Halterung. Er löste den Sicherheitsgurt, zog den Smith & Wesson und ließ die Trommel rotieren. Alle sechs Kammern geladen. Es war dieses Bedürfnis, das von nervlicher Anspannung hervorgerufen wird – sich noch einmal überzeugen zu müssen, obwohl man es genau weiß.

Wir hatten uns nicht getäuscht.

Ich scheuchte den Jaguar durch dieselbe Lücke und stieß nach halbrechts über die Fahrbahn der Jay Street vor. Auf der hölzernen Plattform des Heliport standen drei Maschinen. Zwei waren blaugelb lackiert, Linienmaschinen eines Zubringerdienstes. Die dritte Riesenlibelle war ein weißer Bell Jet Ranger, und die Rotorblätter bildeten bereits einen schwirrenden Kreis. Die Maschine stand ganz außen, am Ende der Plattform zum Fluß hin.

Der Fahrer des Buick jagte kurzentschlossen auf die freie Bohlenfläche vor den drei Hubschraubern.

Ich stieg in die Bremse und kuppelte aus. Wir ließen die Jaguartüren auffliegen. Und waren draußen, bevor der Buick den startbereiten Hubschrauber erreichte.

Nach zwei federnden Schritten gingen Phil und ich in die Hocke. Unsere 357er flogen im Beidhandanschlag hoch. Die schweren Revolver wummerten dumpf und bäumten sich in unseren Fäusten auf.

Wir hatten den Fluchtwagen im Schußwinkel schräg von links. Dahinter nur die Hubschrauber und freie Wasserfläche. Gleich eine der ersten Kugeln zerfetzte den linken Hinterreifen des Buick. Der schwere Wagen begann zu schlingern, noch fünf Yards von der startbereiten Maschine entfernt.

Und der Fahrer reagierte in Panik. Er gab Gas, als könnte er dadurch entkommen. Wir feuerten weiter. Die Schüsse der 357er verdichteten sich zu einem rollenden Donner.

Gummifetzen flogen von dem durchdrehenden Hinterreifen. Im nächsten Moment zerfetzten unsere Geschosse den linken Vorderreifen. Der Wagen geriet ins Schleudern, und jagte noch im Schlingerkurs ein Stück geradeaus.

Auf der anderen Seite war eine Tür aufgeflogen. Einer der Gangster warf sich aus dem Wagen, rollte über die Planken und schaffte es tatsächlich, wieder aufzuspringen. Mit langen Sätzen rannte er auf den Hubschrauber zu. Wir beachteten ihn nicht.

Das Geschehen raubte uns den Atem. Wir ließen die Revolver sinken.

Der Driver hatte den Buick völlig aus seiner Gewalt verloren. Mit unveränderter Geschwindigkeit jagte die schwere Limousine auf die Außenseite der Plattform zu. Keine weitere Gestalt, die sich durch einen Sprung in Sicherheit brachte.

Wie auf einer Sprungschanze hob sich der Buick ein Stück in die Luft. Scheinbar zögernd, wie ein lebendiges Wesen, neigte der Wagen seine Chromschnauze im kurzen Flug und tauchte dann in die trübgrauen Fluten.

Das Turbinengeheul des Hubschraubers schwoll an.

Ich zögerte keine Sekunde lang, warf Phil meinen Smith & Wesson zu, streifte die Jacke ab und rannte los.

Vom schweren Motorblock gezogen, richtete der Buick

sein Heck steil auf und sank in einem großen Kreis weißer Luftblasen sehr schnell. Die Wassertiefe war hier trotz Ufernähe beträchtlich. Früher, als die Piers noch existierten, haben an der Westside von Manhattan die großen Luxusliner angelegt. Was davon geblieben ist, ist die Fahrwassertiefe des Hudson River.

Phils Revolver wummerte erneut. Ich wußte, daß er mir Feuerschutz gab. Aus den Augenwinkeln heraus sah ich, daß die Kabinenluke des weißen Bell Jet Ranger offenstand. Der Gangster, der aus dem Wagen gesprungen war, hatte es geschafft. Er befand sich an Bord.

Das Heck des Buick versank in einem Schwall von blubbernden Blasen.

Ich rannte auf die Plankenkante der Plattform zu, stieß mich mit der geballten Kraft meiner Beinmuskeln ab und sprang flach und weit. In dem Sekundenbruchteil, bevor ich in das Brackwasser tauchte, hörte ich noch den startenden Hubschrauber. Dann schlug die lauwarme Hudson-Brühe über mir zusammen.

Ich riß die Augen weit auf und tauchte mit zügigen Arm- und Beinbewegungen abwärts. In dem düsteren Grau der Fluten, das sich mit jedem Yard Tiefe mehr dem undurchdringlichen Schwarz näherte, sah ich die kantigen Umrisse des Wagens, der zu schweben schien.

Wenn ich Glück hatte, blieben mir Sekunden. Möglich, daß im Kofferraum noch Luft war, die den Wagen eine Weile hielt.

Ich tauchte rasch tiefer. Fast undurchdringlich war das Grau schon jetzt. Meine tastend vorgereckten Hände stießen auf kaltes Blech. Ich glitt daran abwärts, fühlte einen Türgriff und packte reaktionsschnell zu. Die linke Fondtür. Sie ließ sich nur mit äußerster Kraftanstrengung öffnen. Im Innenraum befand sich also ebenfalls noch Luft.

Gurgelnd schoß das Wasser in den Wagen. Ich konnte

nur Umrisse erkennen. Gestalten, die wie leblos wirkten. Durch die plötzliche Schleuderbewegung des Wagens und vielleicht auch beim Aufprall auf die Wasseroberfläche mußten sie mit dem Kopf gegen Holme oder Stahlkanten geschlagen sein und das Bewußtsein verloren haben. Ich packte die beiden Männer, die auf der hinteren Sitzbank zusammengesunken waren. Mondy Egan konnte ich beim besten Willen nicht erkennen. Aber ich vermutete, daß es einer von beiden war.

Ich stieß mich mit den Füßen am Karosserieblech ab, und es gelang mir, beide Bewußtlosen durch die Türöffnung zu ziehen. Meine Atemluft ging zur Neige. Mit ruckartigen Beinstößen arbeitete ich mich der Wasseroberfläche entgegen. Ich schaffte es, trotz der zweifachen Körperlast.

Und erlebte eine böse Überraschung. Kaum hatte ich den Kopf über Wasser und pumpte die Luft tief in meine Lungen, als ich es sah. Kleine Fontänen zuckten sehr nahe aus der trüben Brühe hoch – gischtend weiß. Und im selben Moment hörte ich das Heulen des Hubschraubertriebwerks und das Klatschen der Rotorblätter. Das Bellen der Schüsse ging in dem Höllenlärm unter.

Mir blieb nur eine Möglichkeit. Ich schwamm auf die Plattformkante zu. Dort gab es ein wenig Schutz.

Wenn Phil mittlerweile Verstärkung durch die Cops erhalten hatte, klappte es vielleicht, die Riesenlibelle zu verscheuchen.

Die Absicht der Gangster im Cockpit war klar. Uns sollte niemand in die Hände fallen, der noch den Mund aufmachen konnte.

Ich fühlte mich elend langsam wie eine Schnecke.

Zwei Menschen auf einmal aus dem Wasser zu ziehen ist nicht gerade eine der leichtesten Übungen.

Immer noch verfolgten mich die Fontänen mit häßlich peitschenden Lauten, näher und näher. Ich glaubte zu spüren, wie einer der beiden Körper zuckte. Aber es mochte eine Täuschung sein, hervorgerufen durch die innere Anspannung.

Unvermittelt hörte ich wieder Schüsse vom Ufer her. Eine Thompson hämmerte metallisch hart. Dazwischen das Wummern von 357ern. Feuerschutz! Die Verstärkung war zur Stelle.

Hilfreiche Hände reckten sich über die Plattformkante und befreiten mich von der schweren Last. Dagegen erschien es mir wie ein Kinderspiel, mich selbst hinaufzuziehen.

Ich sah Phil. Er warf mir meinen 357er zu. Immer noch wurde geschossen. Ich packte den Revolver fest mit beiden Händen, rollte mich zur Seite weg und stieß ihn dann über die Plattformkante schräg nach oben.

Der Bell heulte und dröhnte über uns wie ein bösartiges Insekt. Aus den offenen Luken zuckten noch immer Mündungsblitze. Ich feuerte. Phil hatte den 357er nachgeladen. Am Rand meines Blickfeldes sah ich die Cops, die sich auf der Plattform verteilt hatten.

Der schwere Smith & Wesson zuckte mit Urgewalt in meinen Fäusten. Geschosse prasselten in den Bauch der Maschine und ins Kanzelglas. Aber für uns war die Situation auch nicht viel besser. Ich sah einen uniformierten Beamten, der sich mit einer stark blutenden Armwunde in Sicherheit brachte.

Heißes Blei schwirrte herab, klatschte in die Holzbohlen und rief dicht vor meiner Nase wieder diese bedrohlichen Fontänen hervor.

Möglich, daß die Durchschlagskraft der Magnum-Geschosse die Entscheidung brachte. Möglich auch, daß es an unserer zahlenmäßigen Überlegenheit lag.

Jäh sank die Turbinendrehzahl des Hubschraubers. Die Maschine begann zu torkeln und schoß in Richtung Flußmitte davon.

Wir ließen die Waffen sinken, hielten den Atem an und richteten uns langsam auf.

Die Nase schräg nach unten gerichtet, raste der Helikopter auf die Wasseroberfläche zu. Zum Glück waren keine Motorboote oder Segeljachten in unmittelbarer Nähe. Wir waren Zeugen des Geschehens und konnten nichts tun, um es aufzuhalten.

Wie eine riesige Handkreissäge schnitt sich der Hubschrauber in spitzem Winkel ins Wasser hinein. Gischtschwaden wehten hoch. Die Rotorblätter drehten sich langsamer und langsamer, peitschten die Fluten mit nachlassender Kraft, und im nächsten Moment versank die Maschine wie ein Stein.

»Flußpolizei ist verständigt!« rief einer der Polizeibeamten von der Jay Street her. »Tauchkommando ist im Anmarsch!«

Ich nickte Phil zu. Gemeinsam begaben wir uns zu den uniformierten Kollegen, die sich um die beiden Geretteten kümmerten. Aber bei näherem Hinsehen erkannte ich, daß ich mich täuschte.

Für den einen gab es keine Rettung mehr. Eine der Kugeln aus dem Hubschrauber hatte ihn knapp unter der Wasseroberfläche erwischt. Jede Hilfe kam zu spät.

Der andere hatte die Augen aufgeschlagen und blinzelte ins Tageslicht. Ich atmete auf, als ich sah, daß es Mondy Egan war. Ihm hatte meine Rettungsaktion in erster Linie gegolten. So ruppig er sich uns gegenüber auch verhalten haben mochte, er hatte es nicht verdient, von Gangstern entführt und umgebracht zu werden.

Wir ließen Egan von einem Ambulanzwagen abholen.

Während der nächsten zwei Stunden blieben wir am Einsatzort. Der gesamte Uferbereich rings um den Heliport war abgesperrt worden. Reporter und Fotografen wurden nicht durchgelassen. Ich hatte strikte Anweisungen gegeben, kein Wort der Information verlauten zu lassen. Wir durften keinen Spaß mehr verstehen. Was durch Lady Peacemaker heraufbeschworen worden war, hatte zu ernste Formen angenommen.

Draußen in der Flußmitte waren der Polizeikreuzer Talkowsky und ein Schwimmkran der Port Authority, der Hafenbehörde, in Stellung gegangen. Taucher bargen die Leichen der Gangster, und sie hängten schließlich das Hubschrauberwrack an den Haken, so daß es ans Tageslicht gehievt werden konnte.

Unsere Erkennungsdienstler waren ebenfalls kurz nach dem Ambulanzwagen eingetroffen. Den Toten wurden Fingerprints abgenommen, und sie wurden fotografiert, bevor man sie ins Leichenschauhaus abtransportierte.

Über Funk wurden wir aus dem Bellevue Hospital angerufen. Der Chefarzt der Unfallabteilung ließ uns wissen, daß Desmond Egan wohlauf war. Über die Zentrale informierte ich den Chef. Er versprach, die City Polizei um Amtshilfe zu bitten. Cops würden Egan ab sofort rund um die Uhr bewachen, bis die Sache ausgestanden war.

Außer dem Toten, den ich an Land gebracht hatte, wurden zwei weitere Leichen aus dem Buick geborgen. Und drei Gangster waren in dem Hubschrauber ums Leben gekommen.

Der Schwimmkran stampfte durch den Wellengang und senkte das Wrack auf die Bohlenplattform. Mit Hilfe der Taucher wurde anschließend auch der Buick geborgen.

Phil und ich stiegen in den Jaguar. Ich hatte meine nassen Sachen gegen den Trainingsanzug aus dem Kofferraum ausgetauscht. Jetzt sah ich eher aus wie ein durchgeschwitzter Jogger, der sein Tagespensum absolviert hatte. Vielleicht lag es daran, daß die Pressemeute mich nicht auf Anhieb ernst nahm.

Als ich meinen roten Flitzer zur Absperrung lenkte, räumten zwei Cops eine der hölzernen Barrieren beiseite. Ein halbes Dutzend weitere Cops hatten Mühe, die herandrängende Menschentraube zurückzuhalten. Ich stoppte vor der Wand aus glotzenden Kameraobjektiven.

Phil und ich hatten die Seitenscheiben heruntergekurbelt. Motorgetriebene Verschlüsse schnurrten und klickten. Wenn sie nichts Besseres im Kasten hatten, dann wenigstens den Jaguar mit zwei G-men vor dem Schauplatz des Geschehens im Hintergrund.

Die Reporter fingen an, zu gestikulieren und sich gegenseitig zu überbrüllen.

»Wer hat versucht, Desmond Egan zu entführen?«

»Wer waren die Gangster in dem Hubschrauber?«

»Wie viele Tote hat es gegeben?«

»Ist Egan noch am Leben?«

Ich wechselte einen Blick mit Phil. Wir brauchten nichts zu sagen.

Einer dieser Sensationsgeier hatte unseren Funk abgehört. Und es hatte sich herumgesprochen wie ein Lauffeuer. Egan war ein Reizwort im Fall der Lady Peacemaker, die sich Vera Anderson nannte.

Ich konnte Leo Daly nicht entdecken. Vielleicht hatte er nach seiner nutzlosen Geldverschwendung die Nase voll. Oder sein Verlag hatte ihn von der Aufgabe abgezogen und einen anderen eingesetzt. Die Bräuche in der New Yorker Zeitungsbranche sind rüde.

Ich zog die Handbremse an, schwang mich ins Freie und blieb im Winkel der offenen Tür stehen.

Das Gebrüll, das schon nicht mehr zu verstehen war, verstummte. Aber sie erwarteten das Falsche von mir. Wenn sie an eine Erklärung zur Sache geglaubt hatten, dann wurden sie in der nächsten Sekunde herb enttäuscht.

»Keine Verlautbarung!« rief ich schneidend. »Wenn es

eine Pressekonferenz geben sollte, erhalten Sie Nachricht.«

Atemzüge lang herrschte fassungsloses Schweigen. Dann setzte erneutes Geschrei ein. »Das können Sie nicht machen, Cotton!«

»Dazu haben Sie kein Recht!«

»Wir haben die Pflicht, unsere Leser umfassend zu informieren!«

Ich mußte brüllen, um mir Gehör zu verschaffen. »Geben Sie den Weg frei! Sie haben eine Minute Zeit, Gentlemen! Ich warne Sie! Sie behindern meinen Kollegen und mich im Einsatz. Ich lasse Sie festnehmen, wenn Sie nicht sofort Platz machen!«

Bei den letzten Worten hatte meine Stimme einen harten und metallischen Klang angenommen. Und jedes Wort war so gemeint, wie ich es hinausgebrüllt hatte.

Wieder wurde es still. Mehr als drei Dutzend Augenpaare starrten mich ungläubig an.

Und dann machte einer den Anfang, löste sich aus der Traube und ging einfach zur Seite. Andere folgten ihm. Sie hatten begriffen, daß sie zu weit gegangen waren. Ihre Verbissenheit wich der Ernüchterung. Die menschliche Barriere zerfaserte.

Ich bedankte mich mit einem Nicken bei den Cops, stieg wieder ein und fuhr an.

»Das hat sich angehört, als ob du tatsächlich Ernst gemacht hättest«, sagte Phil.

Ich nickte grimmig. »Hätte ich. Irgendwo hat der Spaß ein Ende.«

Es gab an diesem Tag keine Pressekonferenz mehr. John D. High war derselben Meinung wie ich. Die weiteren Ermittlungen wurden nur gefährdet, wenn wir etwas nach außen dringen ließen.

Denn die Identifizierung der Toten hatte uns einen Riesenschritt weitergebracht. Wir hatten nur ein paar unserer zuverlässigsten V-Leute angezapft und bald hundertprozentige Gewißheit gehabt.

Alle sechs Gangster hatten auf der Lohnliste eines Gangsters gestanden, den FBI und City Polizei seit Monaten im Visier hatten. Und damit wußten wir auch, wer Lynn Cheston nach dem Subway-Blutbad so hilfreich unter die Arme gegriffen hatte. Mit seinen fünfundvierzig Jahren zählte er zu den jüngeren Syndikatsbossen in New York. Doch mit Sicherheit war er der gefährlichste. Denn er wollte an die Spitze.

Randolph Frazer …

Der Kameramann vom Local TV Network mußte ein Witzbold sein. Als der Schwimmkran den Buick aus dem Wasser zog, holte er den Wagen mit der Zoomoptik heran. Aus den offenen Türen und Fenstern rauschte ein Schwall von Wasser. Die Kamera verharrte sekundenlang auf einem armdicken Aal, der sich durch das zerborstene Heckfenster wand.

Lynn Cheston schüttelte den Kopf, nippte an ihrem Chianti im Plastikbecher und zündete sich eine Zigarette an.

Diese Fernsehtypen waren manchmal nicht ganz richtig gepolt. Sie zogen sich mit kindlicher Freude an Sachen hoch, für die jeder normale Mensch nur ein müdes Lächeln übrig hatte.

Die Frau lehnte sich in ihrem Sessel zurück und genoß die Behaglichkeit des kleinen Zimmers, das Frazer ihr zur Verfügung gestellt hatte. Sie verstand es, sich zu entspannen, obwohl sie wußte, daß sie keinen Grund hatte, sich sicher oder gar beruhigt zu fühlen.

Durch den Zigarettenrauch betrachtete sie das Fernsehbild vom südlichen Manhattan, wo eine Verfolgungsjagd am Hudson River ihr Ende gefunden hatte. Der

Bildschirm zeigte jetzt wieder die Totale. Menschen, die sich vor der Absperrung drängten.

»Wir sind auf Vermutungen angewiesen, liebe Zuschauer«, sagte der Reporter, der gleich darauf mit seinem Mikrofon im Bild erschien. »Es gibt keinerlei Informationen. Polizei und FBI, das ist die Meinung vieler Unbeteiligter hier, haben offenbar überreizt reagiert. Es soll sechs Tote gegeben haben. Und wenn ich richtig gesehen habe …«

Lynn Cheston grinste. Was der Typ da redete, war nicht die Meinung der vielen Unbeteiligten, sondern seine eigene. Diese Burschen hatten ein besonderes Talent, ihre eigene Ansicht als allgemeingültig darzustellen. Vor allem dann, wenn sie sich auf den Schlips getreten fühlten.

»… stimmt diese Zahl tatsächlich. Sechs Tote wegen der Verfolgung eines Mannes namens Desmond Egan, wie schon gesagt. Ich verrate Ihnen sicher nichts Neues mehr, wenn ich darauf hinweise, daß Egan einer der Zeugen aus der Subway ist, die Lady Peacemaker aus unmittelbarer Nähe gesehen haben. Von den zuständigen Beamten gibt es kein Wort darüber, weshalb Egan jetzt plötzlich in eine Verfolgungsjagd verwickelt war. Ebensowenig über den Grund für seine vorübergehende Festnahme und die überraschende Freilassung von Riker's Island. Es scheint so, als ob hier bewußt Unterdrückung von Tatsachen …«

Der Reporter unterbrach sich. »Moment, Ladies and Gentlemen, da tut sich etwas. Wir werden versuchen, für Sie am Ball zu bleiben!«

Das Bild begann zu schwanken, als die Handkamera durch das Gedränge und Geschiebe geführt wurde. Minutenlang war außer Schultern nichts zu sehen und außer wildem Stimmengewirr nichts zu hören. Dann wurde die Bildfläche unvermittelt frei, und der rote Lack eines schnittigen Fahrzeugs leuchtete mitten im Bild.

Lynn Cheston beugte sich ruckartig vor. Es war ein unerklärlicher Impuls, den sie verspürte. Nicht etwa durch den rassigen Jaguar, den die Journalisten da an der Absperrung belagerten.

Nein, es war der hochgewachsene Mann im Trainingsanzug. Er stand in der offenen Tür seines Wagens. Sein Gesicht spiegelte eine Härte, die die Frau erschauern ließ.

»... lasse Sie festnehmen, wenn Sie nicht sofort ...« Der Ton war wieder weg, weil der Mann mit dem Mikro von anderen Reportern angerempelt worden war. Das Bild schwankte einen Augenblick und beruhigte sich dann wieder.

Lynn Cheston fühlte, wie sich ihre Nackenhaare und die Härchen auf den Unterarmen aufrichteten. Diese Stimme hatte einen Klang, der sie ins Mark traf. Und es überraschte sie nicht, daß die Reporter tatsächlich den Weg freigaben. Die Härte dieses Mannes war nicht etwa gespielt.

Das bullige Jaguarheck war einen Moment lang zu sehen, als der Wagen davonjagte. Das Magnetrotlicht auf dem Dach kreiste. Dann wandte sich der Kameramann wieder dem Geschehen am Hudson-Ufer zu.

Lynn Cheston wußte in dieser Sekunde, daß sie ihren Todfeind gesehen hatte.

Es war dieser Mann, der als nahezu unüberwindbares Hindernis vor ihrer Freiheit stand. Sie spürte es mit allen Fasern ihrer Sinne.

»Sie haben es selbst miterlebt, welche ruppigen Methoden G-men und Cops hier an den Tag legen«, fuhr der Reporter fort. »Einsatzleiter Jerry Cotton vom FBI wird vermutlich wissen, was er tut, wenn er den Journalisten wegen ihres berechtigten Interesses mit Festnahme droht. Daß so etwas unsererseits auf absolut kein Verständnis stößt ...«

Jerry Cotton.

Lynn Cheston sprach den Namen flüsternd nach. Dieser Name brannte sich in ihr Gedächtnis ein, ebenso wie dieses markante Gesicht. Ein Mann, der ihr gefährlich werden konnte. In jeder Beziehung, nicht nur als Feind. Auf unerklärliche Weise sehnte sie sich danach, ihm nur mit den Waffen einer Frau begegnen zu müssen, um diese Waffen schließlich nach nervenkitzelndem Vorgefecht zu strecken. Doch das Leben bot die Chancen selten so, wie man sie sich wünschte.

»… werden Sie, liebe Zuschauer, sicherlich nachempfinden können.«

Unsinn, dachte Lynn Cheston lächelnd, er hatte völlig recht, euch Aasvögel zu verscheuchen. Und jetzt seid ihr beleidigt, weil ihr klein beigeben mußtet.

Ihr Blick fiel auf die Zigarette. Sie war fast bis zum Filter verglimmt.

Lynn Cheston haßte sich plötzlich dafür, daß sie sich wie ein Schulmädchen von dieser komischen Ergriffenheit hatte packen lassen.

Sie schaltete den Fernsehapparat aus, nahm einen Schluck Wein und zündete sich eine neue Zigarette an. Sie stand auf und begann, unruhig im Zimmer auf und ab zu wandern.

Jetzt wußte sie, wer die Vera Anderson-Geschichte ausgegraben und für sich ausgeschlachtet hatte. Cotton war es auch gewesen, der Egan festgenommen hatte. Ein Mann, der es verstand, blitzschnell zuzupacken und haargenau die richtige Maßnahme zu treffen. Geschickt hatte er den Presserummel um Lady Peacemaker für seine Zwecke ausgenutzt, indem er Vera Anderson ins Spiel brachte.

Bis ins kleinste konnte sie nachempfinden, mit welcher Absicht er das getan hatte. Sie konnte praktisch keinem Menschen über den Weg laufen, ohne sofort erkannt zu werden. Selbst die beste Perücke nützte ihr herzlich wenig.

Rätselhaft war ihr noch immer, wie die G-men das Paßfoto hatten auftreiben können. Es stimmte nicht mit dem Bild überein, das sie dem Fälscher gegeben hatte. Davon gab es ohnehin nur das eine Exemplar, und das befand sich in dem Paß, den sie bei sich hatte.

Jäher Verdacht bohrte sich wie ein Schmerz aus ihrer Magengrube herauf.

Namen und Wörter reihten sich in ihren Gedanken bedeutungsschwer aneinander.

Jerry Cotton – FBI – New York. New Orleans – Personenbeschreibung – Archive ...

Vielleicht hatte Egan die Beschreibung geliefert, vielleicht auch George Derry, der Zugführer. Im letzteren Fall konnte sie ihm nicht einmal mehr die angedrohte Strafe verpassen. Wenn sie ihre Situation mit einem Schachspiel verglich, dann war es dieser verfluchte Cotton, der sie mit seinen Zügen systematisch in die Enge getrieben hatte.

Dabei hatte er die Kombination, die zum Schachmatt führte, noch nicht einmal durch die winzigste Andeutung anklingen lassen. Trotzdem ahnte Lynn Cheston, daß seine Strategie bereits feststand. Und damit führte er die gesamte Presse- und Fernsehmeute von New York City an der Nase herum.

Okay, sagte sie sich, Taktik erkannt. Was, wenn sie den Spieß umdrehte und seine Vorteile zu den ihren machte? Ein Plan begann Formen anzunehmen.

Das Haustelefon surrte. Jedes Zimmer war mit diesen Apparaten ausgestattet, von denen man allerdings nicht nach draußen telefonieren konnte.

Sie nahm den Hörer ab und meldete sich mit einem knappen »Ja?« Zum erstenmal hörte sie die Stimme des Mannes, den Frazer seine rechte Hand genannt hatte.

»Hymes. Kommen Sie bitte herüber, Miss Cheston. In

Mr. Frazers Büro. Wir müssen die nächsten Schritte planen, und wir wollen Sie nicht vor vollendete Tatsachen stellen.«

»Einverstanden«, sagte sie und legte auf. Die Stimme dieses Kerls war so unangenehm ölig wie sein Blick, sein Gesichtsausdruck, sein ganzes Äußeres.

Innerhalb des Kellergeschosses hatte sie sich von Anfang an frei bewegen können. Frazer hatte ihr keinerlei Beschränkungen auferlegt. Er hatte ihr lediglich empfohlen, sich im eigenen Interesse nirgendwo außerhalb des Bürobereichs blicken zu lassen. Er hatte gewußt, daß sie sich daran halten würde. Sie war ihm ausgeliefert. Sie war von seinen Entscheidungen und Maßnahmen abhängig. Jetzt allerdings hatte er sich in die falsche Richtung bewegt. Sie würde es ihm klar vor Augen führen.

Sie stutzte, als sie das luxuriöse Büros betrat und Hymes allein vorfand. Mit übereinandergeschlagenen Beinen saß er in einem Ledersessel. Er lächelte und wies einladend auf die freien Plätze.

»Mr. Frazer wird gleich da sein. Setzen Sie sich.« Sein Blick senkte sich von ihrem Blick abwärts. Sie trug einen flauschigen weißen Pullover und leichte Jeans. Frazer hatte ihr ein paar Sachen zum Wechseln besorgen lassen. Nur die Handtasche, die sie geschultert hatte, war noch die, die sie in der Subway bei sich gehabt hatte.

»Alles in Ordnung?« fragte sie mit unverhohlenem Spott und ließ sich ihm gegenüber nieder.

Was sie meinte, verstand er sofort. Doch er ließ sich nicht in Verlegenheit bringen.

»Sie sind eine Augenweide, Lynn. Ich glaube, Sie können anziehen, was Sie wollen. Ihnen steht einfach alles. Ich muß aber zugeben, daß ich mir etwas anderes vorstelle, wenn ich Sie sehe. Ich stelle mir vor, wie Sie die Sachen ausziehen. Und ich habe das Gefühl, daß Sie es irgendwann tun werden. Für mich.«

Sie spürte sofort, daß er sie herausfordern wollte. Auf eine Art und Weise, die einer anderen an ihrer Stelle das Blut in den Kopf getrieben hätte. Seine Anzüglichkeit hatte er im Tonfall einer geschäftlichen Besprechung von sich gegeben. Für ihre Begriffe war es eine widerwärtige Art von Beleidigung.

Sie verzog das Gesicht zu einem Grinsen. Es machte ihn unsicher. Die kalte Glätte in seinem Blick wich einem Flackern.

»Sie sehen nicht so aus, als ob Sie irgend etwas zu bieten hätten«, entgegnete sie geringschätzig. »Seien Sie mal ehrlich, Mercer. Welche Frau sollte denn auf so was wie Sie fliegen? Sie müssen entweder dafür bezahlen oder Gewalt anwenden. Stimmt's? Große Töne spucken allein genügt nicht, um zum Ziel zu kommen.«

Seine Gesichtshaut färbte sich zu kalkiger Blässe. Seine Augen wurden schmal. Er krallte die Finger in die Sessellehnen und zog sich ruckartig in die Senkrechte.

»Sind Sie größenwahnsinnig?« flüsterte er gefährlich leise. »Haben Sie vergessen, in welcher Lage Sie sich befinden?«

»Überhaupt nicht. Aber wenn Sie unverschämt werden wollen, kriegen Sie was auf die Finger, Mercer.«

»Ihr Ton paßt mir nicht!« fauchte er.

Sie zog die Schultern hoch und grinste noch verächtlicher. Wie sehr sie andere damit auf die Palme bringen konnte, hatte sie oft genug ausprobiert. Sie öffnete die Handtasche und nahm ihre Rauchutensilien heraus. Gelassen zündete sie sich eine Zigarette an. Sie blies den Rauch über den Tisch und lehnte sich zurück.

»Ehrlich gesagt, Mercer, es interessiert mich herzlich wenig, was Ihnen paßt und was nicht. Ich bin es nicht gewohnt, mich mit unteren Chargen abzugeben.« Ihre Stimme gefror zu Eiseskälte. »Ich habe angenommen, Frazer will mich sprechen. Er wird von mir zu hören kriegen, daß er mit Egan einen Fehler gemacht hat. Wenn Sie aber glauben, mit mir ein billiges Vergnügen haben zu können, dann ziehe ich Ihnen die Ohren lang, Mercer. Das ist kein Witz. Sie werden es erleben.«

Sein Kinn war nach unten gesackt. Er konnte sie nur noch anstarren - fassungslos. Mit ihrer Überheblichkeit hatte sie die seine um Längen geschlagen. Er begriff erst jetzt, daß diese Frau nicht mit den Maßstäben zu messen war, die Männer im allgemeinen für angebracht hielten.

Sie war die einzige Frau, von der er jemals gehört hatte, daß sie Mordaufträge übernahm und perfekt ausführte. Er war skeptisch gewesen, hatte Frazer die ganze Zeit gewarnt und schließlich triumphiert, als sie sich diese Dummheit in der Subway geleistet hatte.

Plötzlich aber wußte er, was es bedeutete, daß sie die vier Strolche eiskalt über den Haufen geschossen hatte.

»Schon gut«, ächzte er mit mühsam erzwungener Versöhnlichkeit. »Sie müssen ja nicht gleich jedes Wort auf die Goldwaage legen, oder? Ich will sehen, wo Mr. Frazer steckt. Er müßte längst hier sein.«

Sie ließ ihr Grinsen in ein besänftigtes Lächeln überwechseln. Daß er sie anlog, hatte sie sofort gespürt. Doch sie ließ es sich mit keinem Wimpernzucken anmerken.

Hymes stand auf und ging zum Schreibtisch. Er schob ein paar Aktenstapel hin und her und tat, als suchte er nach dem Terminkalender des Syndikatsbosses.

Dann öffnete er die mittlere Schublade und griff hinein.

Lynn Cheston hatte die Zigarette im Mundwinkel. Es gab ihr etwas Spöttisches, Überlegenes. Ihre Rechte zuckte nach unten und flog im selben Sekundenbruchteil wieder hoch. Sie feuerte durch das Leder der Handtasche.

Zwei Kugeln stießen den rundgesichtigen Mann vom Schreibtisch weg. Eine Beretta kam aus der Schublade zum Vorschein. Im Hochreißen verlor Hymes sie aus den schon kraftlosen Fingern. Die Waffe flog torkelnd über den Schreibtisch und polterte auf den Teppichboden.

Im Fallen riß Hymes den Drehsessel um. Er war schon tot, als er mit dem Hinterkopf gegen die Wand schlug und daran zu Boden sackte.

Die Tür rechts hinter dem Schreibtisch flog auf.

Lynn Cheston hatte die Automatik längst aus der Handtasche befreit.

»Okay, Mercer, damit hätten wir erst mal ...« Randolph Frazer prallte zurück, als er zwei Schritte in den Raum gemacht hatte.

Lynn Cheston lachte leise und spöttisch und winkte auffordernd mit dem Waffenlauf.

»Treten Sie ein, Randolph! Und begehen Sie nicht den Fehler, mich durch irgendeine komische Bewegung nervös zu machen.«

Frazer spürte die ganze Härte, zu der diese Frau fähig war. Und er sah den leblosen Körper von Hymes aus den Augenwinkeln heraus. Beides zusammen traf ihn mit der Wucht eines furchtbaren Hiebes. Er kam nicht einmal auf den Gedanken, sich den Anordnungen der Killerin zu widersetzen. Er hatte in ihre Fähigkeiten vertraut. Jetzt wußte er, daß er sich nicht getäuscht hatte.

Hölle und Teufel, sie war besser als alle, die jemals für ihn gearbeitet hatten!

Ohne daß sie ihn dazu aufgefordert hatte, hob er die Arme und legte die Hände auf den Hinterkopf.

»Ich weiß daß Sie mir überlegen sind«, murmelte er tonlos. »Nutzen Sie es nicht aus, Lynn.«

»Keine Sorge, Randolph. Ihr kleines bißchen Leben bleibt Ihnen noch erhalten, wenn Sie Ihre Leute zurückpfeifen.«

Seine Augen wurden groß. »Sie wollen hier raus?«

»Was denn sonst? Daß Sie sich Egan schnappen wollten, war fast so ein schlimmer Fehler wie meiner in der Subway. Wir haben keine andere Wahl, Randy. Im Grunde können Sie mir sogar dankbar sein, daß ich Sie mitnehme. Vielleicht schaffe ich es, Sie auch in Sicherheit zu bringen.«

Er überhörte den triefenden Hohn keineswegs. Denn sie hatte ihn durchschaut bis auf die Knochen. Er hatte seine Leute angewiesen, sie zu keiner Zeit und unter keinen Umständen vom Grundstück zu lassen. Er hatte sichergehen wollen, daß er sie unter Kontrolle hatte. Nun wußte er es besser.

Eine Frau wie Lynn Cheston kriegte man nicht unter Kontrolle.

Die Möglichkeiten waren begrenzt.

Ich wußte keine bessere als den direkten Vorstoß.

Über unsere Kontakte zur Unterwelt fanden wir innerhalb von zwei Stunden heraus, welche denkbaren Schlupfwinkel es für Randolph Frazer gab.

Da war eine Wochenendvilla in Lattingtown am Long Island Sound, Nassau County. Dann eine Jagdhütte in den Catskill Mountains, ein Hausboot im Jachthafen am Hudson River, Inwood Hill Park, nahe der Mündung des Harlem River, und ein Ferienapartment in Daytona Beach, Florida.

Frazer hatte eine steile Karriere hinter sich - wenn man das Geldverdienen auf der illegalen Seite des Berufslebens als Karriere bezeichnen kann. Allem Anschein nach, das bestätigten uns die Gespräche mit den V-Leuten, hatte Frazer beileibe noch nicht das Gefühl, am oberen Ende der Erfolgsleiter angelangt zu sein.

Neben seinen privaten Adressen gab es eine Reihe von Firmen, bei denen Frazer entweder Alleininhaber oder

Teilhaber war. Die legalen Aushängeschilder, die jeder Syndikatsboß für seine Steuererklärungen und für die Geldwäsche braucht. In Frazers Fall waren es eine Konservenfabrik in Bensonhurst, Brooklyn, eine Spedition in Weehawken, New Jersey, eine Textilhandelsgesellschft in Flatbush, Queens, eine Tankstelle in Downtown Manhattan und ein Drive-in-Kino oben in Yonkers.

Ich veranlaßte, daß bei allen Adressen auf die Minute genau zugeschlagen wurde. Da sämtliche Einsatzorte im Bereich der Atlantic Standard Time lagen, brauchten wir den beteiligten Kollegen nicht einmal unterschiedliche Zeiten anzugeben. Oben in den Catskills übernahm ein Kommando der New York State Police den Job, und in Florida waren es Kollegen vom dortigen FBI-District. Bei den New Yorker Anschriften waren es unsere örtlichen Kollegen, unterstützt von Beamten der City Police.

»Okay«, sagte Phil, als wir den gesamten Einsatzplan auf die Beine gestellt hatten. Eine gute halbe Stunde blieb uns noch. »Du glaubst doch nicht im Ernst, daß sich Vera Anderson-Peacemaker in Florida verkrochen hat!«

»Kaum«, entgegnete ich lächelnd. »Bei allem Interesse für die Lady vergesse ich aber Frazer nicht.«

Phil nickte. Es war klar, daß wir sämtliche Nester Frazers auf einen Schlag ausheben mußten, wenn wir verhindern wollten, daß irgendwo irgend etwas an die Seite geschafft wurde. Belastendes Material konnte nur dann gesichert werden, wenn der Einsatz ohne Vorwarnung, blitzschnell und haargenau zum selben Zeitpunkt erfolgte. Frazer hatte uns mit seinem Entführungsversuch Egans und dem Hubschrauber-Angriff am Hudson River immerhin den Grund geliefert, gegen ihn vorzugehen.

»Welche Adresse suchen wir uns aus?« fragte mein Freund und Kollege.

»Ich gehe davon aus, daß sich Frazer für den kürzesten Weg entschieden hat.«

»Von welcher Subway-Station aus?«

»Ich nehme an, daß er bei seinen ursprünglichen Plänen geblieben ist. Das würde bedeuten, daß er sie wahrscheinlich irgendwo in Manhattan Downtown abholen lassen wollte. Der kürzeste Weg wäre dann zur Tankstelle an der Ninth Avenue.«

»Es gibt noch einen Punkt, der dafür spricht«, entgegnete Phil. »Die Killerin ist aus dem Subway-Tunnel zur Manhattan-Seite geflohen. Dank George Derry wissen wir das. Bei dem anschließenden Rummel durfte sie es kaum riskiert haben, Manhattan zu verlassen.«

Es gab nichts mehr zu überlegen. Wir meldeten uns bei der Zentrale ab. John D. High übernahm es, während der gesamten Einsatzdauer den Funkverkehr zu überwachen. Mit uns in Richtung Downtown fuhren die Kollegen Steve Dillaggio, Zeerookah, Joe Brandenburg und Fred Nagara in zwei neutralen Dienstwagen.

Vier Radio Cars der City Police, mit jeweils vier Cops besetzt, waren in Bereitstellung an der Eighth und der Tenth Avenue.

Zwei Häuserblocks vor der Kreuzung West 14th Street gab Phil das Einsatzkommando durch. Unsere Smith & Wessons hatten wir überprüft. Ich knallte das Rotlicht aufs Dach, schaltete die Sirene dazu und gab Gas.

Sternförmig von allen Seiten jagten insgesamt sieben Einsatzfahrzeuge auf das Tankstellengrundstück zu. Das Sirenengeheul schwoll zu höllischem Lärm an. In den Straßenschluchten ringsum wurde jedes andere Geräusch erstickt.

Ich stieß den Jaguar durch eine Lücke zwischen wartenden Wagen vor den Zapfsäulen. Tankstellenkunden duckten sich erschrocken und warfen sich schutzsuchend in ihre Fahrzeuge.

Drüben bei den Wartenden vor der Waschanlage war es das gleiche.

Die beiden Dienstlimousinen unserer Kollegen und die Radio Cars der Cops kamen mit kreischenden Reifen zum Stehen und versperrten alle Ausfahrten des Grundstücks. Die Sirenen erstarben mit langgezogenem Heulton.

Türen flogen auf. Männer in Uniform und Zivil stürmten auf das Hauptgebäude zu. Ihre feuerbereiten Revolver und Maschinenpistolen waren in der Tat geeignet, Unbeteiligten einen gehörigen Schrecken einzujagen. Aber mit Vorankündigung wäre dieser Einsatz von vornherein zum Scheitern verurteilt gewesen.

Phil und ich hatten ebenfalls die Richtung auf das Hauptgebäude mit seiner großen Glasfront eingeschlagen. Noch zwanzig Yards davon entfernt, hörten wir das Aufbrüllen eines Motors.

Rechts von uns, nur einen Steinwurf weit entfernt, tauchte ein bulliger Off-Road-Wagen aus der Versenkung auf. Ein Chevrolet Blazer. Die schwere Kiste machte einen regelrechten Satz und jagte dann auf eine Ausfahrt zu, die von einem Radio Car versperrt war.

Reaktionsschnell änderten Phil und ich die Richtung, gaben Steve und Zeery ein Handzeichen, sich um das Tankstellengebäude zu kümmern.

Eine Maschinenpistole hämmerte. Mehrere Revolver bellten trocken. Dann hörten wir den Motor des Chevrolet spucken und stottern, als wir schon vor der Abfahrt in die Tiefgarage waren.

Der breite Schacht mit der Betonrampe befand sich gut getarnt hinter mannshohen Reifenstapeln.

Phil und ich stürmten abwärts. Wir hielten ausreichenden Sicherheitsabstand von drei Yards.

Das Kellergeschoß war taghell ausgeleuchtet. Ketten von Leuchtstoffröhren ließen keinen schattigen Winkel übrig.

Frazer hatte vor Überraschungen sicher sein wollen. Jetzt geriet es ihm zum Nachteil.

Schritte hallten dröhnend, und es waren nicht nur unsere eigenen.

Weit hinten, über lackglänzende Wagendächer hinweg zu sehen, war eine Stahltür aufgezogen. Schattenhafte Gestalten schnellten durch die Gassen zwischen den parkenden Fahrzeugen.

Ich stoppte meinen rasanten Vormarsch blitzartig, verharrte breitbeinig und ließ den Revolver im Beidhandanschlag hochrucken. Phil war mit einem Satz hinter einem Pfeiler in Deckung gegangen.

»Stehenbleiben!« brüllte ich. »FBI! Das Gelände ist umstellt! Leisten Sie keinen Widerstand, sonst ...« Ich schluckte den Rest hinunter. Eine der Gestalten wirbelte herum. Ich erkannte die Seitwärtsbewegung von Waffenstahl als matten Reflex.

Ich feuerte in die Bewegung hinein. Und lag im nächsten Atemzug flach.

Die Waffe des Gangsters peitschte hell. Doch in das Peitschen stach sein schriller Schmerzensschrei. Etwas Metallisches polterte zu Boden. Dann das Aufschlagen eines Körpers. Der Schrei versiegte.

Ich stützte mich auf und machte mich bereit hochzuschnellen. Im selben Moment setzten die Schüsse ein. Phils 357er krachte dumpf und hart. Die Pistolen der Polizisten klangen trockener, stechender. Ich verständigte mich mit Phil durch ein Handzeichen und huschte geduckt voran, fast noch auf allen vieren.

Die Schüsse der Gangster verdichteten sich zu einem wilden Knattern. Geschosse schlugen gegen die Betonpfeiler, orgelten als Querschläger davon und klatschten ins Karosserieblech der Autos.

Weitere 357er wummerten hinter mir. Joe Brandenburg und Fred Nagara!

Ich erreichte das Heck eines Lincoln. Vorsichtig schob ich mich am Kotflügel entlang und riskierte einen Blick über das mächtige Stoßstangenhorn hinweg.

Eine Kugel sirrte haarscharf an meiner Nase vorbei. Das Blei durchstanzte irgendwo links von mir einen Reifen. Ich hörte das zischende Entweichen der Luft trotz der lärmenden Schüsse und heulenden Querschläger.

Ich tat etwas, womit der Schießer nicht rechnete. Ich riskierte einen zweiten Blick. Und ich sah ihn deutlich.

Er kauerte hinter der Motorhaube eines Jeep Renegade und hatte die Arme zum Anvisieren über das Blech vorgeschoben. Ich las die Verblüffung im schnauzbärtigen Gesicht des Gangsters. Ich hatte meinen Smith & Wesson einen Atemzug schneller in der Visierlinie als er seine FN Highpower.

Der schwere Revolver bäumte sich in meinen Fäusten auf. Eine Feuerzunge raste grellrot aus dem Lauf.

Er krümmte den Zeigefinger noch. Doch im selben Atemzug erwischte ihn das Magnum-Geschoß wie eine Riesenfaust an der Schulter und riß ihn nach hinten weg. Das Vollmantelblei aus der FN-Automatik sirrte schräg zur Betondecke empor, plattete sich ab und klatschte irgendwo hinter mir auf Karosserieblech.

Das ohrenbetäubende Krachen der Schüsse hatte nachgelassen.

Ich war wieder in Deckung und wollte mich weiter voranpirschen.

In diesem Moment ertönte eine Stimme - hoch und beinahe weinerlich.

»Nicht mehr schießen! Hört auf zu schießen, verdammt noch mal! Wir geben auf!«

Ich wandte mich halb um und sah Phil, der sich bis zu einem Betonpfeiler in meiner unmittelbaren Nähe vorangearbeitet hatte. Er hob die Linke und reckte Daumen und Zeigefinger hoch. Zwei Gangster waren es also noch.

»Einverstanden!« antwortete ich laut und vernehmlich. »Werfen Sie die Waffen weg, nehmen Sie die Hände hoch, und stellen Sie sich so, daß wir Sie sehen können!«

Wieder beobachtete ich Phil. Er hatte den besseren Überblick.

Das knackende Geräusch von Stahl auf Beton war zweimal kurz hintereinander zu hören. Dann nickte mir mein Freund und Kollege zu. Ich rappelte mich hinter dem Lincoln auf. Die Gangster sah ich sofort. Bleich, die Hände über dem Hinterkopf gefaltet, standen sie in einer Gasse zwischen den Wagen hinten bei der Stahltür.

Wir näherten uns ihnen mit der gebotenen Vorsicht, die Revolver auf sie gerichtet. Auch Joe Brandenburg und Fred Nagara waren jetzt zur Stelle. Aber die Vorsicht war überflüssig. Die beiden Gangster dachten nicht mehr an Widerstand. Wir verpaßten ihnen Handschellen. Joe und Fred übernahmen es, sie abzuführen und die verfügbaren Ambulanzwagen anzufordern.

Auch draußen wurde nicht mehr geschossen.

Phil und ich sahen nach den Verwundeten. Schulterdurchschüsse, wie ich sie beabsichtigt hatte. Nichts Lebensgefährliches.

Minuten später wußten wir, woher die mangelnde Kampfmoral der Frazer-Truppe rührte.

Einer der beiden Verwundeten war bei Bewußtsein und klärte uns mit matter Stimme über das Geschehene auf.

Das blonde Teufelsweib, von dem er sprach, war niemand anders als Lady Peacemaker alias Vera Anderson alias Lynn Cheston. Sie hatte Frazers engsten Vertrauten erschossen und dann den Syndikatsboß selbst als Geisel genommen, um sich abzusetzen. Dazu hatte sie sich einen kleinen dunkelblauen Mercedes 190 aus dem Fuhrpark des Syndikats ausgesucht.

Phil veranlaßte die sofortige Fahndung über Funk.

Sogar das Kennzeichen des Mercedes erfuhren die Kollegen oben im Verkaufsraum von den Angestellten, die den offiziellen Papierkrieg verwalteten. Trotzdem hatte ich wenig Hoffnung auf einen Erfolg der Fahndung. Lynn Cheston war nicht die Frau, die noch einmal einen schwerwiegenden Fehler beging. Wenn der Wagen irgendwo entdeckt wurde, dann ohne Insassen.

Unser Erkennungsdienst rückte bereits eine Viertelstunde nach Ende des Schlußwechsels an. Mercer Hymes wurde in einem Zinksarg abtransportiert. Die Obduktion und die anschließende Vergleichsarbeit der Ballistiker würde ergeben, daß Hymes aus derselben Waffe getötet worden war wie die vier Männer in der Subway. Was sich abgespielt hatte, war für Phil und mich klar, ohne daß wir lange überlegen mußten.

Randolph Frazer hatte eingesehen, daß die Entführung Egans ein Riesenfehler gewesen war. Er hatte messerscharf gefolgert, daß man ihm über kurz oder lang auf den Pelz rücken würde. Deshalb hatte er versucht, sich die Killerin vom Hals zu schaffen. Sie wußte vermutlich von seinen Plänen gegen die Konkurrenzsyndikate. Wenn sie etwas ausplauderte, wurde sie zum Bumerang für ihn. Ohne sie hätte er eine Chance gehabt, das Blatt doch noch zu seinen Gunsten zu wenden. Da es aber praktisch unmöglich geworden war, sie aus New York wegzubringen, war ihm nur ein Ausweg geblieben.

Mercer Hymes war an dem Auftrag seines Bosses kläglich gescheitert. Die offene Schreibtischschublade und die auf dem Fußboden liegende Beretta bewiesen es.

Der Chef rief uns über den Firmenanschluß der Tankstelle an. Eine Telefonistin, deren Stimme zaghaft klang, legte das Gespräch auf den Apparat auf Frazers Schreibtisch.

»Alle Einsätze sind abgeschlossen«, berichtete John D. High. »Widerstand hat es nur bei den Firmenadressen gegeben. Insgesamt haben wir zweiunddreißig Festnahmen, die Tankstelle mitgerechnet. Neun Verwundete. Es konnten Berge von Buchführungsmaterial gesichert werden. Unsere Fachleute von der Steuerfahndung werden ihre helle Freude daran haben. Übrigens - wenn Sie irgendwo in der Nähe einen Fernsehapparat finden, schalten Sie den Lokalsender ein. Es lohnt sich.«

Ich bedankte mich für den Hinweis und legte auf. Die Beschlagnahme der Buchführungsunterlagen würde Frazer so oder so zu Fall bringen. Es war uns gelungen, seine gesamten Filialen auf einen Schlag auszuheben. Der Durchsuchungsbefehl des Federal Attorney lag inzwischen vor. Niemand hatte das Syndikat vorwarnen können. Frazers Leute hatten keine Chance gehabt, belastendes Material verschwinden zu lassen.

Phil rief mich von der anderen Seite des Korridors. Er durchsuchte das Zimmer, in dem Lynn Cheston übernachtet hatte. Er deutete auf ein zusammengeknülltes Kleidungsbündel in einer Sofaecke. Wir mußten die Festgenommenen noch einmal abklopfen, um herauszufinden, was Lady Peacemaker jetzt trug.

Ich erblickte den tragbaren Fernseher und schaltete ihn ein. Der Lokalsender war noch eingestellt. Lynn Cheston wußte also, welchen Ruhm sie inzwischen erworben hatte.

Die Bildröhre flackerte auf, und der Ton setzte mit einem Rauschen ein. Phil sah mich mißbilligend an.

Aber im nächsten Moment begriff er.

Abe Morgan spielte wieder seine Kommentatorrolle. Seine markige Stimme, mit der er ein bißchen den guten alten John Wayne zu imitieren versuchte, war unverwechselbar. Er saß auf seinem Kommentatorensessel und blickte in die Kamera, als wollte er das Millionenpublikum auf einen Schlag hypnotisieren. Dabei brauchte er nicht einmal viel Energie aufzuwenden, um die

Zuschauer von seinen Ansichten zu überzeugen. Ganz Amerika hielt die vermeintliche Vera Anderson inzwischen für eine Heldin.

»... hat sich eine Welle von Sympathie über das gesamte Land, ja, über den ganzen Kontinent ausgebreitet. Wir haben Zuschriften sogar aus Übersee erhalten.« Morgan raschelte mit einem Stapel Papier. »Überall auf der Welt werden Menschen schließlich von der Kriminalität bedroht. Ich bin sicher, liebe Zuschauer, Vera Andersons Beispiel wird vielen Mut machen. Ganoven und Gangster werden vorsichtiger werden. Das bewirkt die Gefahr, eine Kugel einzufangen - wie es früher war, in den guten alten Pionierzeiten, die wir leider nur aus den Überlieferungen kennen.«

Morgan setzte seinen Sermon fort, indem er einige Zuschauerbriefe zitierte. Es konnte einem grausen. Da wurden die aberwitzigsten Vorschläge unterbreitet.

Vera Anderson-Peacemaker zum Bürgermeister von New York City zu wählen war noch die harmloseste Idee. Andere wollten sie zum Polizeichef, zur FBI-Direktorin und ein ganz Verwegener sogar zum Präsidenten der Vereinigten Staaten machen. Ein Briefschreiber setzte sich dafür ein, daß der angeblichen Heldin sofort ein Denkmal gesetzt werden müsse. Andere Vorschläge lauteten, eine Straße nach ihr zu benennen, unter ihrem Namen eine Wohltätigkeitsveranstaltung zugunsten der Opfer von Verbrechen auf die Beine zu stellen oder den Tag des Subway-Blutbads zum Gedenktag zu machen.

Als Abe Morgan behauptete, die Liste der Vorschläge sei endlos, glaubte ich es ihm aufs Wort. Sonst konnte einem der arme Kerl fast leid tun. Da verstieg er sich in eine Sache, die im Grunde längst gestorben war. Wir brauchten nur mit dem Finger zu schnippen, um die Story von der Heldin der Nation wie einen Luftballon zerplatzen zu lassen.

Sie blendeten Abe Morgan aus, und der Moderator der Sendung meldete sich wieder.

»... und sehen Sie jetzt den angekündigten Bericht über Mick Richards und seine East Side Vigilantes! Eine Reportage, die unsere Reporterin Lois Mayden und ihr Kamerateam heute morgen gedreht haben.«

Ich versorgte Phil und mich mit Zigaretten. Das war es also, worauf der Chef uns hatte aufmerksam machen wollen.

Die Reportage begann mit einer Szene, deren Machart von Westernfilmen abgeguckt war. Gleißendes Sonnenlicht, das schräg in eine Straße fiel - keine staubige Main Street, sondern eine Wohnstraße irgendwo in Manhattan Eastside. Nirgendwo eine Menschenseele. Dann Schritte von harten Stiefelsohlen. Die Kamera blieb in der Froschperspektive. Ins Bild kamen die blankgeputzten Stiefel - keine hochhackigen Cowboyboots, sondern stramm geschnürte Springerstiefel.

Dann endeten die Schritte. Die beiden dazugehörigen Männer blieben breitbeinig stehen. Langsam glitt die Kamera hoch. Schwarze Hosen mit messerscharfen Bügelfalten. Ein breites Lederkoppel mit baumelndem Schlagstock aus Hartholz. Ein Futteral mit Walkie-talkie, ein weiteres mit einem schwarzen Hemd mit einem silbern funkelnden Phantasieabzeichen. Und schließlich kantige Gesichter unter einer Schirmmütze, wie sie unsere Cops tragen.

Der mit dem Schnauzbart war Mick Richards. Sein Nebenmann war etwas schlanker, sah aber nicht weniger grimmig aus. Die Kamera schwenkte in einem weiten Bogen um die beiden Männer und zeigte sie von hinten, wie sie weitermarschierten. Als sie das Ende der Straße erreichten, rechnete man fast damit, daß sie sich jetzt auf einen Gaul schwingen würden, der vor einem Saloon angeleint war.

Die Reporterin schob sich ins Bild. Lois Mayden, ein ständig strahlendes Girl, das bestens in eine Waschmittelreklame gepaßt hätte. Man hatte den Eindruck, daß sie allem eine schöne Seite abgewinnen konnte.

Lois Mayden war beliebt beim Fernsehpublikum. Sie hatte es schon fertiggebracht, sich mitten in die düsterste Ruinenlandschaft der South Bronx zu stellen und mit fröhlichem Lächeln von einem grandiosen Wiederaufbauprogramm zu berichten – von dem auch der einfältigste New Yorker wußte, daß diese ständig am Rand des Ruins stehende Stadt es niemals finanzieren konnte.

»Diese Männer«, sagte Lois Mayden mit ihrem Waschmittellächeln, »sorgen für Recht und Ordnung. Sie tun, was in ihren Kräften steht, damit unsere Stadt wieder sicherer wird. Sie nennen sich Vigilanten. Ihre Vorbilder sind die Männer, die in der Pionierzeit ihren Beitrag zum Aufbau Amerikas leisteten. Vigilanten! Mit diesem Wort verbindet sich die Sehnsucht unserer in Frieden und Freiheit lebenden Nation nach Gewaltlosigkeit und nach Sicherheit.«

Phil verdrehte die Augen und blickte zur Decke.

Die Kameraeinstellung wechselte.

Mick Richards war jetzt in weißer Kluft zu sehen, in einem blitzblank gefliesten Raum, in dem er weiße Tücher und anderen weißen Kram sortierte. Er wandte sich der Kamera zu und lächelte hart und vertrauen-einflößend.

»Das ist Mick Richards an seinem Arbeitsplatz«, berichtete Lois Mayden, diesmal unsichtbar hinter der Kamera. »Mr. Richards ist Krankenpfleger im Bellevue Hospital. Er hat es sich zur Lebensaufgabe gemacht, anderen Menschen zu helfen. Aber nicht nur in seiner Dienstzeit, nein, auch in seiner Freizeit. Mick Richards ist der Chef der East Side Vigilantes.«

Es folgte eine ausführliche Story über die vierundzwanzig Mann starke private Schutztruppe, die vor allem abends in den Straßen der Lower East Side Streife ging. Nachtaufnahmen hatte das Reportage-Team jedoch aus Zeitmangel nicht schießen können.

Die nächste Einstellung war in der Wohnung des Ehepaars Richards. Mick, der wackere Wächter, kehrte vom freiwilligen Nachtdienst heim und hängte sein Koppel und die Mütze an den Haken. Susan, dreißig Jahre alt, dunkelhaarig und ein bißchen mollig, wurde als treusorgende Pioniersfrau vorgeführt, die ihrem selbstlosen Cowboy schon den stärkenden Kaffee bereitet hatte.

Der aufmerksame Fernsehzuschauer erfuhr, daß das Ehepaar Richards keine Kinder hatte und sich auch deshalb so hingebungsvoll dem Dienst am Nächsten widmete. Susan führte in dem Raum des Apartments, der eigentlich Kinderzimmer hätte sein können, eine Art Kommandozentrale.

Funkstation, Anrufbeantworter, Home Computer und andere technische Raffinessen waren vorhanden. Lois Mayden klang regelrecht verzückt, als sie erwähnte, daß Mick seine gesamten Ersparnisse für die Vigilanten ausgegeben hatte. Als leuchtendes Vorbild für die anderen Mitglieder seiner Truppe, wie er stolz in die Kamera sagte.

Ich schaltete den Apparat ab, bevor wir wieder Lois Mayden, Abe Morgan oder einen anderen Hurra-Typen zu sehen bekamen.

Als wir in den Jaguar stiegen, war es bereits dunkel geworden. Unsere Kollegen hatten das Tankstellengelände geräumt. Drinnen beendeten auch die Erkennungsdienstler ihre Arbeit.

Die kleine Wandlampe verstreute mattgelbes Licht. Aus einem Lautsprecher plätscherte die sanfte Musik, die man in jedem Zimmer hören konnte, wenn man auf den Knopf drückte.

Mick Richards blätterte in einem Magazin für Söldner. Er beneidete diese harten Burschen, die irgendwo in einem privaten Camp eine mörderische Ausbildung absolvierten und sich dann für ein Wahnsinnsgeld nach Mittelamerika oder Afrika verdingten. Ja, er beneidete und bewunderte sie. Diese Männer sorgten nicht nur im eigenen Land, sondern auch in den chaotischsten Winkeln der Welt für Ruhe und Ordnung. So etwas war eine Lebensaufgabe.

Richards betrachtete ein Farbfoto, das einen breitschultrigen Mann in olivgrün gescheckten Kampfanzug zeigte. Der Mann grinste siegesgewiß. Mick Richards sehnte sich nach diesem Abenteuerleben, nach dieser Freiheit, die ihm verwehrt war. Wenn diese Gedanken in ihm aufstiegen, empfand er seine Ehe als Hindernis. Dann träumte er davon, eines Tages einfach zu verschwinden und …

Das Telefon summte.

Er warf das Magazin auf den Tisch und griff sich den Hörer im Aufspringen, denn er rechnete mit einem Notfalleinsatz.

»Jetzt offenbart sich eine Seite an dir, die ich überhaupt noch nicht kenne«, säuselte die Diensthabende in der Telefonzentrale. »Mick Richards und Frauengeschichten! Hast du keine Angst, daß Susan davon erfährt? Wenn ich zum Beispiel nicht dichthalte …«

»Zum Teufel, Brenda«, knurrte er, »was redest du für wirres Zeug!«

»Kein wirres Zeug«, entgegnete die Telefonistin gereizt. »Da ist dein Darling in der Leitung. Und mach mich gefälligst nicht an! Sonst könnte ich auf die Idee kommen, tatsächlich mit Susan ein Wort von Frau zu Frau ...«

»Schluß!« fauchte er. »Entweder hast du ein Gespräch für mich oder nicht!« Statt einer Antwort knackte es im Hörer. Richards konnte sich das beleidigte Gesicht des Telefongirls vorstellen. Er rechnete damit, daß jemand vom Fernsehsender dran war. Lois, dieses Prachtmädchen, hatte angekündigt, daß sie eine Fortsetzung der ersten Reportage drehen wollte. Mit mehr Einzelheiten über die East Side Vigilantes. Teil eins war ja mehr ein persönliches Porträt gewesen. »Hallo?« sagte er mit unüberhörbarer Vorfreude.

»Mick?« Die Stimme war sanft und unbekannt.

»Ja«, antwortete er. »Mick Richards hier.«

»Vera Anderson.«

»Was?« Er schluckte. Seine Kehle wurde plötzlich trocken wie ein Schwamm.

»Mein Name ist Vera Anderson, Mick. Haben Sie denn nicht von mir gehört - in den Zeitungen gelesen, im Fernsehen ...«

Richards hatte das Gefühl, sein Herzschlag müsse aussetzen. Er stöhnte leise und brachte noch immer kein Wort hervor. Diese Frau hatte eine Stimme, so sanft, so unglaublich sanft. Es war die verlockendste Stimme, die er jemals gehört hatte.

»Sind Sie noch da, Mick?«

»Ja, ja, natürlich«, krächzte er.

»Wollen Sie nicht mit mir sprechen?«

»O doch - doch!« Er räusperte sich angestrengt. Dann holte er tief Luft. »Sorry, Madam, tut leid. Das hat mich eben umgehauen. Total. Daß Sie bei mir anrufen! Davon hätte ich nicht mal zu träumen gewagt. Das ist eine Ehre für mich, Madam, eine große Ehre.«

»Sagen Sie nicht Madam zu mir! Ich heiße Vera. Okay?«

»Okay – Vera.«

»Ich habe die Berichte über Sie verfolgt, Mick. Sie sind der einzige, der mir helfen kann.«

»Helfen? Ihnen?«

»Ja. Stimmt das, was Sie den Reportern gesagt haben? Stehen Sie auf meiner Seite?«

»Total, Ma... Vera. Aber wenn Sie schon bei mir anrufen, dann muß ich es Ihnen sagen: Ich begreife nicht, weshalb Sie sich nicht stellen. Sie haben doch nichts zu befürchten. In der Subway, das war Notwehr. Ganz klar! Kein Mensch in New York versteht, warum Sie sich verstecken. Kein Mensch in den Staaten versteht das. Welcher Richter könnte es sich denn erlauben, Sie zu verurteilen? Welcher Geschworene ...«

»Mick«, unterbrach sie seinen Redefluß behutsam, »machen wir uns nicht gegenseitig etwas vor. Die Gesetze in unserem Land sind nicht so, wie wir sie uns wünschen. Wer hier für Recht und Ordnung eintritt, wird meistens noch dafür bestraft.«

»Leider«, seufzte er. »Verdammt wahr, verdammt wahr.« Grimmig preßte er die Lippen zusammen und nickte mit dem Telefonhörer am Ohr.

»Mick, ich habe keine Zeit, lange zu diskutieren. Ich glaube, ich habe mich nicht in Ihnen getäuscht. Wollen Sie mir helfen?«

»Für Sie tue ich alles«, antwortete er heiser. »Und das ist nicht bloß dahergeredet, Vera.«

»Ich glaube es Ihnen aufs Wort.«

Er hatte das Gefühl, sie lächeln zu sehen. »Was soll ich tun?«

»Kann jemand unser Gespräch mithören?«

»Verdammt.« Er knirschte mit den Zähnen. An die Möglichkeit hatte er in der Aufregung überhaupt nicht gedacht.

»Ja, kann sein. Leider.«

»Nicht schlimm, Mick. Darauf kann man sich einstellen. Können Sie sich diese Nacht freimachen?«

»Kein Problem.«

»Gut. Dann rufen Sie mich in einer halben Stunde an. Die Nummer, die ich Ihnen jetzt nenne, gehört zu einer Telefonzelle. Keine Schwierigkeiten also.«

Er schrieb sich die Nummer auf und versprach, pünktlich zu sein. Fast hätte er sich noch für die Ehre bedankt, mit ihr sprechen zu dürfen. Aber rechtzeitig fiel ihm ein, daß Lady Peacemaker vielleicht keinen Kerl mochte, der sie wie ein Hund behechelte. Sie war selbst hart wie Stahl gewesen. Also mußte der Mann, von dem sie etwas halten sollte, mindestens genauso hart sein.

Er zog seine Wetterjacke über und verließ die Station, ohne sich abzumelden. Wenn er Glück hatte, gab es keinen Einsatz. Dann vermißte ihn niemand. Abmelden konnte er sich auf keinen Fall, da seine Aktion für Lady Peacemaker natürlich geheim bleiben mußte.

Vera ... Mit einem glückselig entrückten Lächeln stürmte er an der Pforte vorbei und forderte die Telefonistin mit einer ungeduldigen Handbewegung auf, den Summer zu betätigen.

Sie wollte fragen, was mit ihm los sei. Doch als sie seinen wild entschlossenen Gesichtsausdruck sah, biß sie sich auf die Unterlippe.

Kopfschüttelnd sah sie ihm nach. Mick Richards mußte restlos den Verstand verloren haben. Verständlich allerdings. Einer, der sich zum erstenmal in ein Abenteuer stürzte, mußte ja durchdrehen.

Susan Richards erschrak, als plötzlich die Tür aufschwang. Entgeistert nahm sie die Kopfhörer ab und starrte ihren Mann an. Er hatte seine Sachen über dem Arm und sah gehetzt aus.

»Schnell!« sagte er, ohne auf ihren verdutzten Gesichtsausdruck einzugehen. »Ich muß mich umziehen. Ruf die Jungs zusammen! Alle! Sondereinsatz!«

»Mick, um Himmels willen, was ist los mit dir? Ich habe keinen Notruf gekriegt! Was ist passiert?« Sie sprang auf und wollte auf ihn zugehen.

Er stieß einen unwilligen Knurrlaut aus, packte sie mit der freien Hand an der Schulter und drückte sie grob auf den Stuhl zurück. Ihre Augen wurden groß.

»Du tust mir weh, Mick.« Es klang traurig, wie sie es sagte. Aber sie spürte auch, daß es ihn nicht interessierte. Sie las in seinem Gesicht, daß er sich woanders befand, irgendwie in einer anderen Welt.

»Ich habe keine Zeit für Gefasel«, knurrte er. »Die Sache ist eilig. Trommle die Jungs zusammen, aber schnell! Treffpunkt wie üblich. Den genauen Einsatzort kriegen sie dann von mir.«

Susans Widerstand wuchs jäh ins Unbezwingbare. Es war seine verächtliche Art, die das bewirkte. Sie hieb mit ihrer kleinen Faust auf das freie Stück Tischplatte zwischen all den Knöpfen, Tasten und Kabeln.

»Nein! Es reicht jetzt, Mick, und das ist mein Ernst. Ich bin nicht dein Dienstmädchen. Du kannst mich nicht von oben herab abfertigen. Du brichst deinen Dienst im Hospital ab, kommst her und erteilst mir Befehle und hältst es nicht einmal für nötig, mir auch nur mit einem Satz zu erklären …«

»Es ist wichtig!« brüllte er. »Verdammt noch mal, es ist das Wichtigste, was wir je hatten! Lady Peacemaker hat mich um Hilfe gebeten! Vera Anderson! Sie hat bei mir angerufen! Bei mir!«

Sie verspürte Erschrecken und grenzenlose Enttäuschung zugleich. Und während die Eifersucht in ihr zu nagen begann, wußte sie schon jetzt, daß sie die Verliererin sein würde. Diese fremde Frau, die so eiskalt tötete wie ein Mann, hatte eine alles überwältigende Macht über Mick gewonnen. Das war es, was sie von dem Moment an in seinem Gesicht gesehen hatte, in dem er durch die Tür getreten war.

»Mick«, sagte sie ernsthaft, »du kannst alles von mir verlangen, aber nicht so etwas.« Sie stand auf und schob den Stuhl unter den Tisch. Es war eine Geste von Endgültigkeit. »Ich habe immer alles für dich getan, auch wenn es nicht aus Überzeugung geschah. Ich schlage mir für deinen Verein die Nächte um die Ohren ...«

»Das ist kein Verein!« schrie er.

»Ich stehe an deiner Seite, was auch passiert. Weil ich dich liebe, Mick. Aber wenn du mich wie ein Stück Dreck behandelst, wie einen Handlanger für deine heldenhafte Lady, dann ist es aus. Du mußt dich entscheiden.«

»Hör auf mit dem Quatsch!« brüllte er. »Setz dich an die Funkkiste und tu, was ich dir gesagt habe!«

Sie schüttelte standhaft den Kopf. »Es ist kein Quatsch, Mick. Ich sehe es in deinen Augen, daß diese Lady dich restlos umgekrempelt hat. So kindisch es vielleicht klingt, aber du mußt dich jetzt entscheiden. Sie oder ich.«

Richards holte tief Luft und zwang sich, seine Stimme zu dämpfen. Er streifte die Krankenpflegerschuhe ab und begann, sich umzuziehen. Seine ganze zitternde Gereiztheit sprach aus seinen Bewegungen.

»Jetzt hör mal zu, Kleines! Ich habe keine Zeit für deinen Blödsinn. Es ist Kinderkram, da hast du recht. Jetzt geht es um was Wichtigeres. Sobald es erledigt ist, kannst du erzählen und erzählen. Aber jetzt ...«

»Nein, tut mir leid. Ich habe dir meine Gründe genannt, Mick. Diese Frau, für die du dich so begeisterst, wird von der Polizei gesucht. Sie muß sich stellen. Du machst dich schuldig, wenn du ihr hilfst. Nach dem Gesetz ist sie eine Mörderin. Begreifst du das nicht?« Er ließ seine Sachen fallen und kam auf sie zu. Sein Gesicht verzerrte sich vor Wut. Seine Augen und seine Lippen wurden schmal wie Striche.

Susan wich zurück. Schon bevor er die Faust hob, um zuzuschlagen, wußte sie, daß sie verloren hatte. Unwiderruflich.

Der Abend hätte gemütlich sein können.

Draußen ging feiner Regen wie ein feuchter Schleier nieder. Es war kühl geworden. Der Livingroom meines Apartments spendete Behaglichkeit. Aus den Stereoboxen sickerte leise Swingmusik. Das gedämpfte Licht vermittelte innere Ruhe. Ich hatte die Beine hochgelegt und genoß einen schottischen Malt mit Eis und Mineralwasser.

Trotzdem konnte ich nicht abschalten. Es blieb das Gefühl, etwas Unerledigtes vor sich zu haben. Der Gedanke, daß Lynn Cheston und Randolph Frazer in dieser Stadt frei herumliefen, war schwer zu ertragen. Okay, Phil und ich hatten alles in die Wege geleitet, was im Augenblick möglich war. Und es hätte auch nicht das geringste genützt, kopflos durch Straßen und Kneipen zu irren oder die Stunden im Office totzuschlagen. Das sagte ich mir immer wieder. Aber es half nichts. Ich konnte mich nicht selbst besänftigen.

Deshalb war es eine Erleichterung für mich, als das Telefon summte.

»Mr. Cotton?«

Es klang wie ein Hilfeschrei. Seelischer Aufruhr und Verzweiflung waren aus dieser Frauenstimme herauszuhören. Ich richtete mich auf und stellte mein Glas weg.

»Ja«, sagte ich heiser.

»Ich habe beim FBI angerufen. Man sagte mir, daß Sie – oh, Verzeihung, ich habe noch gar nicht gesagt, wer ich bin. Mein Name ist Susan Richards. Es handelt sich um diese Frau, diese – oh, entschuldigen Sie!« Sie begann zu schluchzen.

»Sie brauchen sich für nichts zu entschuldigen«, entgegnete ich behutsam. »Erzählen Sie mir alles, was Sie zu erzählen haben! Ich bin ein guter Zuhörer. Sie sind die Susan Richards, die ich heute nachmittag im Fernsehen gesehen habe?«

Sie lachte leise und bitter.

»Ja, das treusorgende Hausmütterchen, nicht wahr? So hätte er mich am liebsten. Aber jetzt ...«

Erneut versiegte ihre Stimme in einem Weinkrampf.

»Machen Sie sich keine Sorgen«, sagte ich. »Lassen Sie sich Zeit. Ich habe nichts Besseres zu tun, als Ihnen zuzuhören.«

Sie lachte wieder ein wenig. »Warten Sie, ich muß Kleingeld nachwerfen! Ich bin nämlich in einer Telefonzelle. Weil ich Mick verfolgt habe.«

Ich hörte, wie sie Münzen in den Automaten warf. »Sind Sie in Gefahr?« fragte ich stirnrunzelnd.

»Nein, niemand hat mich bemerkt. Am allerwenigsten Mick. Der ist so verbohrt, daß er nicht mehr links und rechts sehen kann.«

»Was ist passiert?«

»Er stand plötzlich in der Tür. Das war vor einer Stunde ...«

Sie schilderte, was sich abgespielt hatte. Sie ließ keine Einzelheit aus. Ich konnte verstehen, was sie durchgemacht hatte.

»Bleiben Sie, wo Sie sind«, sagte ich schließlich. »Mein Kollege und ich sind in zwanzig Minuten bei Ihnen.«

Sie versprach es und beschrieb mir den Standort der Telefonzelle drüben an der Huron Street in Brooklyn.

Ich rief Phil an und stürmte zwei Minuten später aus der Wohnung. Mein teurer Malt Whisky blieb zurück. Ich hatte nur daran genippt.

Jede Einzelheit, die Lady Peacemaker genannt hatte, stimmte. Das Hausboot lag aufgeslippt auf einer Helling am East River. Es gab keine Wachen auf dem Werftgelände und keinen störenden Zaun. Auf dem nachtdunklen Wasser des Flusses spiegelte sich das nie verlöschende Lichtermeer von Manhattan. Das leise Rauschen des Straßenverkehrs wehte herüber.

Mick Richards empfand unbändigen Stolz, als er sich dem Hausboot näherte. Die Fenster waren natürlich verdunkelt. Er ging bis zur Mitte des Rumpfs und klopfte im vereinbarten Rhythmus an den harten Kunststoff. Gleich darauf waren Schritte aus dem Inneren des großen, kastenförmigen Wasserfahrzeugs zu hören. Die Einstiegstür an der Seite wurde geöffnet.

Das Licht von den Straßenlampen reichte nicht bis hierher. Mick Richards konnte nur das seidig schimmernde blonde Haar sehen. Dann hörte er diese Stimme, die ihn schon am Telefon so berauscht hatte.

»Sie sind es, Mick!« Es war eine Feststellung, und es klang heraus, wie selbstsicher sie war. Das konnte sie auch sein, mit Fug und Recht. Ihre Selbstsicherheit bestätigte seinen Stolz. Sie verließ sich auf ihn. Sie wußte, daß er sie aus dem Schlamassel herausholen würde.

»Ja, ich bin's.« Er wunderte sich über den seltsam belegten Klang seiner Stimme.

»Dann kommen Sie schon herein. Schnell!«

Sein Herzschlag beschleunigte sich, als er die flache Reling packte und sich hochzog. »Ich habe alles vorbereitet«, sagte er keuchend. »Sie können ganz beruhigt ...«

»Seien Sie still!« zischte sie. »Schließen Sie die Tür hinter sich!«

Er gehorchte. Natürlich hatte sie recht. Siedend heiß wurde es ihm bewußt. Was sie mit ihm zu besprechen hatte, war nicht für unbefugte Ohren bestimmt. Er mußte sich daran gewöhnen, daß er ihre Vertrauensperson war.

Sie knipste das Licht an. Eine matte Deckenlampe erhellte den Mittelgang zwischen den Kajüten des Hausboots. Rechterhand führte ein Niedergang vermutlich zum Kommandostand.

Mick Richards hielt unwillkürlich den Atem an, als er Vera Anderson vor sich hergehen sah. Ihr Körper war atemberaubend. Er wußte auf einmal, sie würde ihn um den Finger wickeln.

Sie führte ihn in einen holzgetäfelten Raum, in dem viel Messing blinkte. Richards stutzte, als er den Mann sah, der auf einem eingebauten Sofa hockte. Der Mann war groß und schlank und hatte graumeliertes Haar. Und er war gefesselt und geknebelt.

Die blonde Frau drehte sich um und musterte Richards lächelnd von Kopf bis Fuß. Sie trug eine Handtasche am Riemen über der linken Schulter. Den Anflug von Spott in ihrem Lächeln entdeckte er nicht.

»Eine schöne Uniform haben Sie da, Mick. Selbst ausgedacht?«

Er nickte verwirrt. Mit einer unsicheren Handbewegung deutete er auf den Gefangenen. »Wer ist das? Was hat das zu bedeuten?«

»Wer das ist?« Sie lachte leise. »Noch nie von ihm gehört? Randolph Frazer, einer der großen Bosse aus der Unterwelt.«

Frazers Augen über dem breiten weißen Klebestreifen, der seinen Mund zuhielt, wurden schmal und haßerfüllt.

Mick Richards begriff nicht, was Lady Peacemaker ausgerechnet mit so einem Kerl zu tun hatte. »Doch, ich hab' mal was über ihn gelesen. Aber weshalb ist er hier?«

Sie winkte ab. »Eine lange Geschichte, Mick. Wenn Sie mir wirklich helfen wollen, müssen wir uns jetzt um das Naheliegende kümmern. Für mich geht es einzig und allein darum, aus New York City rauszukommen.«

Er nickte zuversichtlich, in dem Gefühl, alles bestens

im Griff zu haben. »Meine Männer stehen draußen bereit«, sagte er stolz. »Die ganze Truppe. Notfalls kämpfen wir den Weg für sie frei, Vera. Natürlich …«, er lachte unsicher, »… muß es dazu ja nicht unbedingt kommen.«

Sie starrte ihn an. Ihr Gesicht wurde blaß. Sie öffnete den Mund und brachte doch keinen Ton hervor.

Mick Richards erschrak, als er sah, wie sich der sanfte Ausdruck ihrer Augen änderte. Eine plötzliche kristallene Härte entstand in der Tiefe ihrer Pupillen.

»Idiot!« schrie sie so unvermittelt, daß er zusammenzuckte. »Wer hat was davon gesagt, daß du deinen dämlichen Haufen mitbringen sollst? Wer hat überhaupt gesagt, daß du diese lächerliche Kluft anziehen sollst? Am besten pinselst du dich gleich an wie ein Zebra - das wird den Bullen auch nicht mehr auffallen!«

Er hatte das Gefühl, in einen Abgrund zu stürzen. Das war nicht mehr die Vera Anderson, die er am Telefon gehört und die er sich vorgestellt hatte. Dies war ein eiskaltes Weib, das eine Sprache draufhatte wie ein Kerl aus den Docks. Wie war diese jähe Wandlung möglich? Warum hatte sie ihm etwas vorgespielt? Und was, in aller Welt, bedeutete dieser Gangsterboß?

»Ich habe gedacht …«, setzte er an.

»Gedacht?« überschrie sie ihn. »Du und gedacht? Dazu scheint dein Grips nicht auszureichen. Ich habe dir gesagt, daß ich unauffällig verschwinden muß. Und du Schwachkopf marschierst mit deiner ganzen Hammelherde auf! Wahrscheinlich sind die Cops gleich im Schrittempo hinterhergefahren, damit sie euch rechtzeitig auf die Finger klopfen können! Ebensogut kannst du auch im Revier anrufen und ihnen sagen, wo sie Lady Peacemaker finden!«

Der Abgrund, in den er stürzte, schien nicht enden zu wollen.

»Mein Gott«, hauchte er. »Wie ist so was bloß möglich?

Was habe ich denn getan, daß ich so bestraft werde?«

»Jetzt fang noch mit der rührseligen Tour an!« zischte sie. Ihre Rechte fuhr in die offene Handtasche und kam mit einer Automatik wieder zum Vorschein. Mick Richards begriff, daß es die Pistole war, mit der sie die Kerle in der Subway erschossen hatte. Und jetzt?

Sie wandte sich dem Gefesselten zu. Irgendwie wirkte sie unschlüssig. In ihren Mundwinkeln zuckte es. Ihr Gesicht verzerrte sich. Richards sah, wie ein Flackern in den Augen des Syndikatsbosses entstand. Lady Peacemaker hob einfach die Pistole und drückte ab. Zweimal hintereinander.

Ungewollt schrie Mick Richards auf, als das Peitschen der Schüsse auf sein Trommelfell traf. Er warf sich zu Boden und barg seinen Kopf unter den Armen. Jeden Sekundenbruchteil rechnete er damit, ebenfalls von Kugeln durchbohrt zu werden.

Er begriff, was für ihn bis eben noch unfaßbar gewesen wäre. Diese Frau war keine Heldin. Sie war eine skrupellose Mörderin. Deshalb war sie aus der Subway geflohen, und allein deshalb wollte sie sich nicht der Polizei stellen.

Die Tatsache, daß er mit seiner gesamten Truppe anmarschiert war, hatte sie in eine seltsame Mischung von Panik und eiskalter Überlegung gestürzt.

Mit dem Fuß trat sie ihm in die Seite. Der Schmerz durchzuckte ihn wie ein Stechen. Er stöhnte auf.

»Steh auf, du feiger Hund!« befahl sie schneidend. »Du elender Mistkerl hast alles versaut. Los, steh auf, oder …« Sie ließ ihre Drohung unausgesprochen.

Er gehorchte und rappelte sich auf, so schnell er konnte, denn er wollte kein zweites Mal von ihr gedemütigt werden. Mit erhobenen Händen wich er an einen Einbauschrank zurück.

Ihr Blick war stechend geworden. Die Mündung der Pistole war auf seinen Brustkasten gerichtet. Er brauchte nicht hinzusehen, um festzustellen, daß Frazer tot war. Sie hatte den Gangsterboß kaltblütig ermordet.

Auf einmal ahnte er die wirklichen Zusammenhänge. Ein Menschenleben bedeutete dieser Frau nichts, gar nichts. Die vier Rowdys in der Subway hatten nicht ahnen können, worauf sie sich einließen, als sie ihr teuflisches Spiel trieben.

Frazer mußte für sie überflüssig geworden sein. Er hatte als Geisel keinen Wert mehr.

»Deine Kerle«, sagte sie gefährlich leise, »hören die bedingungslos auf dein Kommando?«

»Ja«, antwortete er gepreßt. »Wenn ich ihnen einen Befehl gebe, dann werden sie gehorchen.«

»Gut, gut«, nickte sie. »Dann gehen wir beide jetzt an die Tür und zeigen uns ein bißchen. Du wirst ihnen sagen, daß sie das Boot zu Wasser lassen sollen.«

»Aber es ist doch …«

»Nein, ist es nicht. Es ist seeklar. Es sollte nur einen neuen Anstrich kriegen. Es gehört einem von Frazers Geschäftspartnern. Er hat es mir gesagt. Also los jetzt! Und denk daran, daß meine Pistole in deinem Rücken ist! Läuft die kleinste Kleinigkeit schief, muß ich dir eine Kugel verpassen.«

Er preßte die Lippen aufeinander.

Dann, als sie auffordernd den Pistolenlauf schwenkte, wandte er sich langsam um, hielt die Hände weiter auf dem Hinterkopf und setzte sich in Bewegung. Er fühlte sich unendlich müde, ausgelaugt wie nach einer übermenschlichen körperlichen Anstrengung.

Wir hatten den Jaguar außer Hörweite zurückgelassen und hatten Susan Richards wie vereinbart getroffen. Auf leisen Sohlen näherten wir uns dem Werftgelände. Die Hafengegend war menschenleer.

Susan war rechtzeitig aus der Bewußtlosigkeit erwacht, um ihren Mann zu verfolgen, nachdem er seine Leute selbst über Funk alarmiert hatte. Einer der anderen Vigilanten hatte ihn abgeholt, und so hatte sie den eigenen Wagen benutzen können. Daß sie beobachtet worden waren, schienen sie in ihrem Einsatzeifer nicht bemerkt zu haben.

Ein paar einsame Lampen standen am Rand des Werftgeländes. Die Ausläufer des Lichts reichten nur knapp bis auf die freie Fläche vor der Helling. Wir verharrten hinter einem Schuppen, nur zwanzig Yards von den in Reih und Glied angetretenen Männern entfernt.

Susan hatte sich tapfer gehalten. Äußerlich wirkte sie ruhig. Doch ich wußte, wie aufgewühlt sie innerlich war. Ich hätte es niemals geschafft, sie zurückzuhalten.

Rechts neben dem Schuppen gab es einen brusthohen Stapel von Eisenteilen, die nach Schmieröl rochen. Schrott. Ein wirres Durcheinander. Wir verständigten uns durch Berührungen und Zeichen und schlichen auf den Stapel zu. Dann verharrten wir und wagten es, auf die freie Fläche zu spähen.

Frazer gehörte offenbar einem Club von Hausbootbesitzern an, denn wir wußten, daß dies hier nicht sein eigener Kahn war. Der Mercedes 190 war am Abend von einer Streife an der York Avenue in Manhattan gefunden worden. Lynn Cheston mußte den Syndikatsboß gezwungen haben, ein anderes Fahrzeug zu beschaffen. Ebenso, wie sie ihn gezwungen haben mußte, dieses Versteck auszusuchen.

Die Aufmerksamkeit der Vigilanten war auf das Hausboot gerichtet. Vorerst brauchten wir also nicht zu befürchten, entdeckt zu werden. Ich schätzte, daß es zwei Dutzend Männer waren. Genau ließ sich das nicht feststellen, da die Reihen der schwarz Uniformierten im Halbdunkel nicht deutlich zu überblicken waren.

Plötzlich fielen die Schüsse im Hausboot.

Die Haltung der Vigilanten versteifte sich. Kein Wort fiel, doch die jähe Anspannung war zu spüren.

»Mein Gott!« hauchte Susan kaum hörbar.

Ich ergriff ihren Unterarm und hoffte, daß die Geste beruhigend genug wirkte. Mehrere Sekunden lang tat sich auf der Helling nichts. Doch es war, als ob ein Pulverfaß gleich in die Luft gehen würde. Die Männer in den schwarzen Uniformen würden nicht lange unschlüssig bleiben. Davon war ich überzeugt.

Plötzlich wurde in der dunklen Seitenwand des Hausboots ein helles Rechteck sichtbar. Dann die Umrisse zweier Menschen.

Susan stieß einen erstickten Laut aus.

Die vordere Gestalt trug schwarze Uniform.

Mick Richards!

Hinter ihm war das blonde Haar der Frau zu sehen, die noch immer als Heldin der Nation galt.

»Herhören!« rief sie schneidend. »Euer Chief wird euch jetzt einen Befehl erteilen, und ihr werdet genau das tun, was er sagt, klar? Wenn nicht, könnte es ihm ziemlich dreckig gehen. In seinem Rücken hat er nämlich meinen Pistolenlauf. Bildet euch also nicht ein …«

Susans Schrei gellte neben mir so plötzlich, daß ich überrascht zusammenzuckte. Und in ihrer jäh aufkeimenden Panik entwickelte sie unbändige Kraft.

Mit einem Ruck riß sie sich los und rannte um den Eisenstapel herum auf das Hausboot zu.

»Mick!« schrie sie. »Mick, um Himmels willen! Ich lasse es nicht zu, daß dieses Weibsbild dich umbringt! Eher will ich selber sterben!«

Sie erreichte den kantigen Rumpf des Bootes und wollte sich mit Todesverachtung hinaufschwingen.

Im selben Moment traf die eisig peitschende Stimme der Killerin sie wie ein Hieb.

»Ausgezeichnet, Vigilantenweib! Los, los, laß dich nicht zurückhalten! Rauf mit dir! Eine weibliche Geisel ist immer besser als eine männliche.«

Phil und ich hatten die Revolver bereits gezogen. Doch es gab nichts, was wir im Augenblick tun konnten. Zwei Menschenleben standen auf dem Spiel. Unsere Ausgangsposition war nicht so, daß wir sie durch einen gezielten Einsatz hätten retten können.

Ich sah, wie Susan erstarrte. Jäh mußte ihr klargeworden sein, was sie durch ihre Kurzschlußhandlung heraufbeschworen hatte. Sie gehorchte und zog sich hoch, in den schmalen Raum zwischen Reling und Aufbauten.

Eine Sekunde später bekamen wir unsere Chance völlig unverhofft.

»In Ordnung!« rief Lynn Cheston. »Ihr Burschen da draußen werdet jetzt tun, was Mick Richards euch befiehlt. Alles hört auf sein Kommando, klar!« Der Hohn in ihrer Stimme war triefend.

»Alles hört auf mein Kommando!« wiederholte der Anführer der Vigilanten. »Hausboot zu Wasser lassen und zurückbleiben. Keine weiteren Handlungen. Unterführer Smith, Befehl wiederholen!«

Eine schnarrende Stimme meldete sich und betete die Anordnung noch einmal in Stichworten herunter.

»Befehl ausführen!« schrie Richards schrill.

Die Reihen der Uniformierten setzten sich in Bewegung. Geduckt schnellten Phil und ich hinter unserer Deckung hervor. Lautlos folgten wir den Vigilanten.

In ihrer nervlichen Anspannung bemerkten sie nicht, daß wir dichtauf hinter ihnen waren. Auch die Killerin konnte uns in dem schwarzen Durcheinander nicht entdecken.

»Bildet euch keine Schwachheiten ein!« schrie sie. »Wenn einer auf der anderen Seite an Bord klettert, muß es das Richards-Pärchen leider ausbaden!«

Die Männer arbeiteten still. Sie lösten die ersten Halterungen. Ich wußte, daß sie nichts riskieren würden. Phil und ich hielten uns im toten Winkel. Noch war keiner auf uns aufmerksam geworden – wozu auch die Dunkelheit beitrug.

Langsam setzte sich das Boot in Bewegung, rollte drei Yards weit auf den Schienen abwärts und erreichte dann mit einem mächtigen Rauschen das Wasser.

»All right!« rief die Killerin, als das Boot ruhiger lag. »Jetzt könnt ihr euren Boß wiederhaben! Natürlich nicht lebend. Seine bessere Hälfte behalte ich. Die brauche ich noch. Das seht ihr doch ein, oder?« Ich wußte schlagartig Bescheid.

Sie würde Mick Richards vor den Augen seiner Frau und vor den Augen der Männer erschießen.

Ich überlegte nicht eine Sekunde lang. Ich schnellte los, wie von einer Bogensehne getrieben. Mir blieb nicht einmal mehr Zeit, mich mit Phil zu verständigen. Von den hilflos dastehenden Uniformierten waren überraschte Laute zu hören, als ich an ihnen vorbeijagte. In meinem rasanten Ansturm blieb mir gerade noch Zeit, den Revolver ins Holster zu stoßen.

Dann überbrückte ich die letzte Distanz vom seichten Uferwasser bis zur Reling mit einem Sprung.

Lynn Chestons Schrecksekunde genügte mir.

Ich erwischte Mick Richards an der Uniform, packte mit aller Kraft zu und zog ihn abwärts. Für Susan konnte ich in diesem winzigen Moment nichts tun. Micks Leben war in unmittelbarer Gefahr.

Im Fallen ließ ich ihn los.

Ich hörte den Wutschrei der Killerin. Ihre Pistole bellte, als ich auf das düstere Wasser aufschlug.

Ein jäher, glühender Schmerz schrammte über meinen linken Oberarm.

Dann tauchte ich. Die nächste Kugel klatschte wirkungslos ins Wasser. Geistesgegenwärtig hatte ich eingeatmet und verfügte über genügend Luft.

Lynn Cheston sollte glauben, daß sie mich erwischt hatte. Ich ging hinunter bis auf den schlammigen Grund und stieß mich in die Richtung ab, in der ich den Bootsrumpf wußte. Von Mick Richards sah ich nichts. Vielleicht tat er instinktiv das Richtige und tauchte unter dem Boot hindurch, um sich auf der anderen Seite in Sicherheit zu bringen.

Vorsichtig tastete ich nach dem Rumpf. Meine Fingerkuppen stießen auf kalten, glatten Kunststoff. Ich tastete weiter. Ein Katamaranrumpf. Zwischen den beiden breiten Wülsten gab es ein Gestänge. Ohne lange zu überlegen, hielt ich mich mit beiden Händen daran fest und zog mich hoch. Die Höhe des Raums zwischen den beiden Rumpfteilen reichte eben aus, um den Kopf über Wasser zu bringen.

Bewegungslos verharrte ich, das Gestänge fest umklammert. Mein Atem ging nach wenigen Zügen gleichmäßig.

Nach sekundenlanger Stille hörte ich erneut die Stimme der Mörderin. »Zurück! Verschwindet! Und laßt euch nicht einfallen, mich zu verfolgen! Ich habe die Frau, vergeßt das nicht!«

In ihrer Panik schien sie nicht erkannt zu haben, daß der Mann, der Mick Richards über Bord gerissen hatte, keine Uniform getragen hatte. Sonst hätte sie vielleicht gefordert, daß die Vigilanten das Wasser nach mir absuchten. Oder sie glaubte tatsächlich, daß sie mich erwischt hatte.

Mick Richards schien für sie jedenfalls uninteressant geworden zu sein.

Die Maschine des Hausboots wurde angelassen.

Zwei Yards von mir entfernt war das Heck. Dort quirlten die beiden Propeller das Wasser.

Ich ließ mich durch die Brühe ziehen. Im East River war das Wasser keinen Deut besser als drüben im Hudson.

Ein Hausboot ist keine Motoryacht. Trotzdem reichte die Fahrt des Kahns aus, mir das Leben höllisch schwerzumachen. Schräg hing ich im Wasser, und die Fluten zerrten an meiner Kleidung, als wollten sie mir alles vom Leib reißen.

Während der ersten Minuten mußte ich mich darauf konzentrieren, mich festzuhalten. Die Streifschußwunde am Arm schickte einen ständig pulsierenden Schmerz durch meinen Oberkörper. Aber ich konnte den Arm noch gebrauchen. Das war alles, was zählte. Ich schaffte es, den Schmerz zu ertragen und fast nicht mehr wahrzunehmen.

Vorsichtig veränderte ich die Stellung meiner Hände. Ich konnte unmöglich stundenlang unter dem Doppelrumpf aushalten. Und wenn ich losließ, war es aus. Dann würde ich zum Heck getrieben werden, wo mich die Schrauben zerhackten.

Mir blieb nur die eine Möglichkeit: Ich mußte mich zum Bug vorarbeiten. Wenn ich die Bootskonstruktion richtig gesehen hatte, konnte man das kleine Vordeck vom Kommandostand aus nicht überblicken. Die Chance für mich. Und zugleich die einzig denkbare Hoffnung, die es für Susan Richards vorerst geben konnte.

Natürlich würde Phil an Land veranlassen, was irgend denkbar war. Bestenfalls konnte er allerdings Hubschrauber einsetzen, die das Hausboot aus ausreichender Entfernung beobachteten. Kreuzer der Flußpolizei oder der Coast Guard hinter der Killerin herzujagen bedeutete ein zu großes Risiko für die Geisel. Auf Sichtweite durften sich die Verfolger auf keinen Fall heranwagen. Nur ihr Radar konnten sie einsetzen. Aus der Ortung konnte Lynn Cheston keinesfalls entkommen. Früher oder später würden wir sie erwischen.

Doch ihre Unberechenbarkeit war der größte Unsicherheitsfaktor für uns.

Wenn sie sich in die Enge getrieben fühlte, tötete sie mit dem Mordinstinkt eines Raubtiers.

Das hatte sie inzwischen oft genug bewiesen.

Ich verlagerte alle Kraft in den unversehrten rechten Arm Vorsichtig lockerte ich den Griff der Linken. Es klappte. Ich ließ vollends los und hing augenblicklich schräg im Fahrwasser. Mit den Füßen stieß ich gegen den Backbordrumpf des Katamarans. Einen Atemzug lang horchte ich bestürzt. War das Geräusch an Deck zu hören gewesen?

Aber das Motorengedröhn blieb unverändert. Und sicher übertönte es alles andere.

Mit der suchenden Linken erreichte ich eine Querverstrebung weiter vorn. Ich packte zu und zog mich mit zusammengebissenen Zähnen gegen den rauschenden Fahrtstrom.

Ich schaffte mit der Rechten gleich noch einmal ein kleines Stück.

Die Verstrebungen schienen sich etwa in diesem Abstand zu befinden. Besser konnte ich es mir nicht wüschen. Ich hatte zumindest die Chance, den Bug zu erreichen, wenn meine Kräfte nicht vorzeitig erlahmten und die Wunde mir keinen Strich durch die Rechnung machte. Wenn …

In meinem linken Oberarm hämmerte der Schmerz. Die Muskelbelastung blieb nicht ohne Folgen. Das Wasser zerrte und zerrte und machte meine Kleidung zur scheinbaren Zentnerlast. Das widerwärtige Gefühl, daß Ewigkeiten vergingen, ohne daß sich an meiner Lage etwas veränderte, begann mich zu plagen.

Ich setzte meine Kraftreserven dagegen. Dazu die in vielen Dienstjahren erworbene Fähigkeit, Schmerzen so weit zu unterdrücken, daß sie zur Nebensache werden.

Jede Querstrebe, die ich schaffte, war ein ungeheures Erfolgserlebnis. Die Minuten dehnten sich endlos. Und irgendwann glaubte ich, kein Gefühl mehr in den Fingern zu haben. Ich bekämpfte die Panik, die sich in mir ausbreiten wollte. Wenn ich wirklich losgerissen wurde, blieb mir nur eins: Ich mußte so schnell wie möglich versuchen, mit Schwimmstößen aus dem tödlichen Gefahrenbereich der Propeller zu gelangen.

Doch unvermittelt sah ich einen Stern funkeln. Dann noch einen. Ich war versucht, einen Triumphschrei auszustoßen. Ich wandte den Kopf nach links und nach rechts und hatte die Bestätigung. Ich befand mich zwischen den beiden Bugspitzen des Doppelrumpfes. Direkt vor meiner Nase war die Plattformkante des kleinen Vordecks. Ich schaffte auch noch die letzte Querverstrebung und konnte nun bereits die senkrecht aufragende Kunststoffwand und die quadratischen Fenster der vorderen Kajüte erkennen.

Der Kommandostand war außerhalb meines Blickwinkels. Also konnte auch Lynn Cheston mich nicht sehen.

Den ersten Erfolg so deutlich vor Augen zu haben verlieh mir neue Kräfte. Mit einem einzigen Klimmzug war ich oben, rollte mich bis an die kalte weiße Wand und blieb regungslos liegen. Mein linker Oberarm war wie ein gefühlloser Klumpen, in dem es hämmerte, stach und brannte. Mir schien, als könnte ich den Arm nur noch mit Mühe bewegen. Aber das mochte auch an der Anstrengung liegen, die ich hinter mir hatte.

Die kühle Nachtluft traf auf meine klatschnasse Kleidung und ließ mich frösteln. Ich drehte mich auf den Rücken und streifte das Jackett ab. Der linke Hemdsärmel war rot von Blut. Ich zog auch Schuhe und Strümpfe aus, denn ich mußte mich lautlos und sicher bewegen können.

Die beiden Speedloader aus der Jackentasche verstaute ich in der Hosentasche. Dann überprüfte ich den 357er. Die Waffe war ordnungsgemäß eingefettet. Alle beweglichen Teile funktionierten glatt und geschmeidig. Ich schob den Revolver ins Holster zurück. Mein Atem ging wieder regelmäßig.

Ich hatte nicht vor, Zeit zu verschwenden.

Ich brauchte nicht lange zu überlegen, um zu wissen, welchen Weg ich nehmen würde. Ich entschied mich für die Steuerbordseite. Der Ausstieg, in dem Lynn Cheston mit ihrer Geisel erschienen war, befand sich gegenüber an Backbord.

Ich richtete mich vor der Kunststoffwand halb auf und schob mich hinüber nach Steuerbord. Gleich darauf stieß ich mit den Fingern gegen etwas Weiches. Ich betastete es. Seilwindungen. Ein aufgeschossenes Kuntstofftau.

An dem einen Ende befand sich ein handlicher kleiner Anker. Das kühle, rostfreie Metall war naß von den Gischtschwaden. Ich fischte mein Taschenmesser aus der Hose und durchtrennte das andere Tauende mit wenigen Schnitten. Es war irgendwo in der Nähe der Reling befestigt. Ich steckte das Messer wieder ein und schob mich auf dem nur fußbreiten Riffelblech zwischen Reling und Aufbauten nach achtern.

Es lief zügig. Innerhalb von zwei Minuten hatte ich die Heckplattform erreicht. Vorsichtig richtete ich mich ein Stück auf. Im nächsten Atemzug duckte ich mich wieder. Der Kommandostand war schräg über mir, und Lynn Cheston konnte die achtere Plattform mühelos einsehen, wenn sie sich umdrehte.

Ich wagte einen vorsichtigen zweiten Blick.

Ein paar Sekunden genügten. Ich sah die blonde Killerin stehend hinter dem Steuerruder. In der linken

Hand hielt sie ein Funkmikro. Links neben ihr, auf dem erhöhten Sitzplatz des Copiloten, war der Oberkörper von Susan Richards zu erkennen. Straffe weiße Kunststoffasern schimmerten über ihren Armen. Lynn Cheston hatte ihre Geisel gefesselt.

Ich duckte mich erneut, hielt die Taurolle mit dem Anker fest vor dem Oberkörper und beeilte mich, wieder zum Bug zu gelangen. Es klappte reibungslos. Die Maschine des Hausboots lief mit unverminderter Drehzahl. Noch immer hatte die Killerin nicht die leiseste Ahnung, daß sie einen blinden Passagier an Bord hatte.

Ich kauerte mich in den toten Winkel vor der Kajütwand und wandte den Blick nach vorn.

Ohne den winzigsten Zweifel erkannte ich in diesem Moment, was die Frau vorhatte.

Unter dem klaren und tiefen Blau des Nachthimmels zeichnete sich das schwarze Stahlskelett der Verrazano Narrows Bridge ab. Davor die Konturen eines Frachtschiffs mit schwerem Ladegeschirr. Der Frachter lag auf Kurs Lower Bay und Atlantik.

Er hatte die Maschinen gestoppt.

Und Lynn Cheston hielt direkt auf das tiefliegende Schiff zu.

Für mich gab es keine Rätsel mehr. Lynn Cheston hatte Funkkontakt mit dem Frachter. Sie betätigte sich als Seepirat, indem sie den Kapitän zwang, sie an Bord zu nehmen. Eine neue Variante nach den vielen Fällen der Luftpiraterie. Außerhalb der US-Hoheitsgewässer würde sie Zeit und Gelegenheit haben, sich für einen passenden Kurs zu entscheiden. Auch konnte sie ein anderes Schiff anfordern und sich übersetzen lassen, ohne daß wir es schnell genug mitkriegen konnten.

Ich mußte von Deck des Hausboots verschwinden. Wenn die Fachterbesatzung mich entdeckte, konnte sich garantiert niemand einen Reim auf meine Anwesenheit machen. Ein unbedachtes, vorschnelles Wort genügte dann, und Lynn Cheston roch den Braten.

Ich hakte meinen Anker in den Querverstrebungen zwischen den Rumpfteilen fest, schlang mir das Tau um den Oberkörper und ließ mich dann an einem kurzen Ende abwärts gleiten. Wieder mußte ich in dem Raum zwischen den Rümpfen ausharren, diesmal jedoch durch das Tau gesichert und mit wesentlich weniger Kraftanstrengung.

Es dauerte nur noch wenige Minuten.

Mit unsanftem Rammen bugsierte Lynn Cheston die Backbordseite des Hausboots an die dunkle Bordwand des Frachters. Was sich abspielte, konnte ich nur aus den Geräuschen folgern. Aber es war eindeutig. Eine Jakobsleiter wurde herabgelassen. Die Killerin befreite Susan Richards von den Fesseln, damit sie hinaufklettern konnte. Klar jedoch, daß sie ihrer Geisel mit schußbereiter Waffe dichtauf folgte.

Die Maschine des Hausboots tuckerte im Leerlauf. Das Boot trieb ab. Ich mußte mich beeilen.

Wenn ich die verstrichene Zeitspanne richtig abschätzte, mußten sich die beiden Frauen jetzt bereits an Deck des Frachters befinden.

Ich ließ die Verstrebungen los, schwamm nach vorn und hakte den Anker los. Behutsam legte ich ihn mir über die Schulter. Mit lautlosen Schwimmzügen glitt ich unter dem Hausboot hervor und erreichte gleich darauf die schwarz gestrichene Bordwand des Frachtschiffs. Es war offenbar voll beladen, denn es hatte beträchtlichen Tiefgang.

Mein Glück …

Es dauerte quälend lange, bis ich das Heck erreichte. Dort, so hoffte ich, würde ich eine Chance haben, unbemerkt an Deck zu gelangen.

Mein Vorhaben wurde zu einem höllischen Nervenkitzel. Lynn Cheston befand sich mit ihrer Geisel an Bord. Jeden Moment konnte der Kapitän den Befehl ›Volle Kraft voraus‹ geben.

Aber noch drehte sich der Propeller nicht.

Ich hatte die bullige Rundung des Hecks über mir und konnte die hellen Schriftzüge entziffern. Der Frachter hieß ›Stolzenfels‹, ein deutsches Schiff mit Heimathafen Hamburg.

Ich trat Wasser und nahm den Bootsanker von meiner Schulter. Um den Schmerz im linken Oberarm kümmerte ich mich nicht. Nichts war jetzt unwichtiger als das. Ich löste das Tau und schaffte es, die Rolle über der Wasseroberfläche zu halten.

In diesem Augenblick setzte ein dumpfes Rumoren unter mir ein.

Die Gewißheit durchzuckte mich wie ein Stromstoß.

Ich hatte nur einen einzigen Versuch.

Ich kam ein Stück im Wasser hoch und schleuderte den Anker mit aller Kraft, die ich noch aus meinem unversehrten Arm hervorzaubern konnte.

In steilem Bogen schwirrte das Ding empor. Das Tau schlängelte sich von meinem linken Arm hoch. Es gelang mir, hoch genug über Wasser zu bleiben. In rasender Folge stieß ich die Beine auf und ab.

Das Dröhnen des Schiffsdiesels und das rollende Geräusch des Propellers nahmen zu. Die Drehzahl erhöhte sich rasch.

Doch der Lärm erstickte das helle Geräusch, mit dem der Anker über die Achterdeckreling kippte und sich festhakte.

Mir blieb keine Zeit zu triumphieren. Reaktionsschnell

packte ich das Tau und spürte im selben Atemzug, wie das Schiff bereits an Fahrt gewann. Ich zog mich hoch, und gleich darauf stemmte ich mich mit den nackten Füßen gegen den glatten, lackierten Stahl der Heckwand.

Es war, als würde ich mir selbst den linken Arm abreißen. Das Schultergelenk schien sich in eine seltsam kugelige Masse verwandelt zu haben, in dem der Schmerz ein wildes, eigenständiges Leben entfesselte.

Ich erreichte die Reling, rollte mich hinüber und warf den Anker über Bord. Lautlos kroch ich bis zur Stahlwand unter dem Sonnendeck, verharrte und rang nach Atem. Ich hatte das sichere Gefühl, daß meine Reserven aufgezehrt waren. Aber das Gefühl trog. Schon nach ein paar tiefen Atemzügen spürte ich, wie meine Spannkraft zurückkehrte.

Über mir waren offene Fenster. Gelbes Licht fiel heraus. Ich konnte Männerstimmen hören und leise Radiomusik. Jemand knallte Karten auf einen Tisch. Ein Aufenthaltsraum. Es schienen an Bord noch nicht einmal alle mitbekommen zu haben, was sich abgespielt hatte.

Möglich, daß es sich um eine bewußte Anordnung des Kapitäns handelte. Er wollte die Mannschaftsmitglieder in nichts hineinziehen. Vielleicht gab es den einen oder anderen, der auf den Gedanken kommen konnte, den Helden zu spielen, was eine tödliche Gefahr für Susan Richards' Leben bedeutet hätte.

Ich rappelte mich auf und duckte mich unter die Fenster. Mit einem Griff überzeugte ich mich, daß der Smith & Wesson noch an seinem Platz war. Dann begann ich, mich lautlos in Richtung auf die Brücke voranzuarbeiten.

Unbehelligt erreichte ich den Niedergang, der zum Promenadendeck führte. Ich war schon im Begriff hinaufzusteigen, als ich Schritte über mir hörte.

Ich wich hinter den Niedergang zurück. Ich hoffte, daß das Halbdunkel im Schatten der Brücke ausreichte, um mich zu schützen.

Die Schritte kamen in meine Richtung, abwärts, klangen rhythmisch schwingend auf den Stufen des Niedergangs.

Ich sah betreßte Hosenbeine. Dann ein kurzärmliges Uniformhemd mit Schulterstücken, auf denen es golden funkelte. Der Mann war ein Offizier.

Ich faßte einen Blitzentschluß, als er die letzte Stufe erreichte und auf gleicher Höhe mit mir war.

»Nicht erschrecken!« sagte ich so behutsam wie möglich. »Ich bin FBI-Agent.«

Trotzdem zuckte er herum, als hätte ihn ein Tritt getroffen. Ein breitschultriger, blonder Mann mit kantigem Gesicht. Ich sah ihn nahe vor mir. Ich sah, wie er den Mund aufriß. Eine Reflexbewegung. Er wollte losbrüllen, sich den Schreck von der Seele brüllen.

Jetzt hatte er mich entdeckt.

»Bitte bleiben Sie still!« sagte ich halblaut und eindringlich. »Um Himmels willen keinen Laut!«

Er schaltete. Als Schiffsoffizier beherrschte er die englische Sprache und begriff, daß ich keine finsteren Absichten hegte. Sein Blick glitt über die Riemen meines Schulterholsters und den großen Revolvergriff. Die Tatsache, daß ich die Waffe nicht gezogen hatte, beseitigte seinen letzten Rest von Verdacht.

»Ich will versuchen, die Geisel zu befreien«, erklärte ich im Flüsterton. »Können Sie mir helfen, die Lage zu überblicken?«

Er nickte entschlossen und trat einen Schnitt auf mich zu neben den Niedergang.

»Ich kann mich nicht lange aufhalten«, sagte er leise. »Diese Wahnsinnige hat mich losgeschickt, damit ich etwas Eßbares für sie hole. Ich muß in fünf Minuten zurück sein. Sonst gibt es Ärger, hat sie gesagt. Und sie sieht verdammt so aus, als ob sie ihre Drohung wahr macht. Übrigens - ich bin der Erste Offizier Wolf Jürgensen.«

Er reichte mir die Hand.

Ich nannte ihm meinen Namen und berichtete in wenigen Worten, was sich abgespielt hatte.

Dann erfuhr ich von Jürgensen, daß sich Lynn Cheston und Susan Richards im Ruderhaus aufhielten. Den Zweiten und Dritten Offizier hatte sie hinausgeschickt. Bei ihr befanden sich derzeit nur noch der Kapitän und der Rudergänger.

Mein Plan stand in Sekundenschnelle fest. Der Erste würde einen Zettel schreiben und ihn dem Kapitän nach seiner Rückkehr mit der Verpflegung unauffällig zustecken. Der Kapitän würde den Zettel ebenso unauffällig lesen und dadurch erfahren, daß ich innerhalb der nächsten Minuten eingreifen würde.

Ich setzte meinen Vorstoß zum Ruderhaus fort. Daß sich außer dem Kapitän und den beiden anderen niemand mehr auf der Brücke aufhalten durfte, war ein Vorteil für mich. Mir konnte niemand in die Quere kommen, der mich ungewollt verraten hätte.

Über das Bootsdeck erreichte ich das Brückendeck und verharrte hinter dem Schott zum Kartenhaus. Vorsichtig schob ich mich weiter voran. Die Verbundglasscheiben waren nicht beschlagen. Ganz nahe, an Steuerbord, stand der Kapitän, ein hochgewachsener, dunkelhaariger Mann mit Vollbart. Sein Blick war starr zum Vorschiff gerichtet. Die Verrazano Bridge wuchs größer und größer auf uns zu.

Susan Richards lehnte in der Mitte des Ruderhauses an

einer Säule. Ihr Gesicht war kreidebleich. Sie trug wieder Fesseln. Hinter ihr saß Lynn Cheston. Die Killerin hatte sich die erhöhte Position auf dem Drehstuhl ausgesucht, der normalerweise dem Kapitän vorbehalten war. Dort hatte sie den Überblick über alle.

Der Rudergänger, ein noch junger Matrose, war fast so bleich wie Susan.

Lynn Cheston hielt die Pistole auf ihrem Oberschenkel. Sie sagte etwas, und der Kapitän antwortete mit einem bereitwilligen Nicken. Ich wußte, daß er alles vermeiden würde, um das Leben der Geisel zu gefährden.

Schritte näherten sich. Der Erste Offizier kehrte zurück. Er hatte zwei Tragetaschen bei sich, die prall gefüllt waren. Er sah mich und deutete mit einer Kopfbewegung auf das Schott zum Kartenhaus. Der Durchgang zur Brücke, von dieser Seite aus.

Ich beobachtete weiter, was sich im Ruderhaus abspielte. Schon beim Eintreten, im Vorbeigehen, steckte der Erste seinem Kapitän den Zettel zu. Sekunden später, als Jürgensen der Killerin die Tragetaschen übergab, schob der Kapitän den Zettel mit einer für Lynn Cheston kaum erkennbaren Bewegung auf eine Instrumentenkonsole in seiner Reichweite. Ich konnte seine Miene sehen, wie sie sich erhellte.

Der Erste Offizier erhielt Order, sich auf die Backbordseite des Ruderhauses zu begeben. Ich sah, wie Lynn Cheston ihn anherrschte. Dann überzeugte sie sich noch einmal, daß sie den perfekten Überblick hatte.

Susan Richards stand unverändert vor der Säule in der Mitte des Ruderhauses.

Der Kapitän ließ den Zettel wieder verschwinden. Die Killerin hatte keinen Verdacht geschöpft. Sie nahm ein Sandwich aus einer der Tüten und begann mit Heißhunger zu essen. Dazu klemmte sie sich die gesicherte Pistole zwischen die Oberschenkel. Nach zwei Bissen öffnete sie eine Cokedose, trank mit gierigen Schlucken und widmete sich dann wieder dem Sandwich.

Ich beschloß, nicht länger zu warten. Ohne das leiseste Geräusch drang ich in das Kartenhaus vor. Dort zog ich den Smith & Wesson. Ich lächelte, als ich sah, daß Jürgensen das Schott zum Ruderhaus angelehnt gelassen hatte.

Mein Vorgehen stand fest.

Ich spannte die Beinmuskeln und ließ sie explodieren.

Krachend flog das Schott unter meinem Anprall auf.

Fast im selben Atemzug lagen die Männer flach. Der Erste riß den Rudergänger mit sich zu Boden.

Mit einem gewaltigen Satz schnellte ich auf Susan Richards zu.

Sie schrie.

Lynn Cheston fiel das Sandwich aus der Hand.

Unter meinem Anprall schlug Susan hart zu Boden. Es ließ sich nicht vermeiden.

Neben ihr rollte ich mich ab.

Lynn Cheston war schnell, verteufelt schnell. Sie hatte die Automatik in dem Moment in der Rechten, in dem ich federnd auf die Beine kam – vier Schritte von ihr entfernt.

Ich brachte den Revolver ruckartig hoch. Alles in mir sträubte sich dagegen, auf eine Frau anzulegen.

Aber sie nahm mir die Entscheidung ab.

Sie schnellte vom Drehstuhl herunter. Aus der Bewegung heraus flog ihre Automatik hoch. Doch der Lauf ruckte nicht etwa in meine Richtung.

Die Teufelin wollte Susan erschießen! Trotz allem.

Ich jagte die erste Kugel aus dem Lauf. Der Schuß brach sich donnernd zwischen Wänden und Glasfront des Ruderhauses.

Das Geschoß raste tief genug über ihren Kopf hinweg, um sie zurück auf den Teppich zu bringen

Sie warf sich hin, federte im nächsten Sekundenbruchteil wieder hoch und hatte die Automatik erneut im Anschlag.

Reaktionsschnell stieß ich Susan aus der Schußlinie. Ich rollte mich in die entgegengesetzte Richtung ab. Dort, wo Susan eben noch gelegen hatte, pflügte das Projektil eine weiße Furche in die Bodenplanken.

Die Killerin schwenkte den Lauf in meine Richtung. Blitzartig setzte ich meine Rollbewegung fort. Und spürte den sengenden Hauch des Projektils, das hinter mir in die Holztäfelung knallte.

Ich jagte einen letzten Warnschuß hinüber. Das Geschoß riß Holzsplitter hoch und trieb sie ihr ins Gesicht.

Mit einem schrillen Wutschrei federte sie hoch, wirbelte herum und hastete aus dem Ruderhaus – auf dem Weg, auf dem ich gekommen war.

Ich war einen Atemzug später auf den Beinen und folgte ihr mit fünf Schritt Abstand. Sie konnte nicht fliehen. Auf dem Schiff saß sie in der Falle wie eine Maus. Aber sie konnte auf die Idee kommen, jemanden aus der Crew als Geisel zu nehmen. Das mußte ich verhindern.

Bis zum Bootsdeck schaffte ich es, unbehelligt dranzubleiben. Dann jedoch tauchte sie plötzlich vor mir hinter einem Ventilatorgehäuse auf. Ich sah ihr verzerrtes Gesicht, die hochfliegende Automatik. Buchstäblich im letzten Sekundenbruchteil brachte ich mich mit einem Sidestep in Sicherheit. Hell singend knallte die Kugel irgendwo in meiner Nähe auf Metall.

Ich feuerte auf den Ventilator. Der Querschläger jaulte auf die Upper Bay hinaus. Dann hörte ich ihre Schritte auf dem Hauptdeck. Rasend schnell, Richtung Vorschiff.

Ich überwand den Niedergang mit einem Sprung, kreiselte herum und sah noch, wie sie durch eine offene Luke verschwand.

Schritte auf dem Brückendeck, hoch über mir. Jürgensen, der Erste.

»Jetzt ist sie im Maschinenraum!« rief er halblaut. »Kommen Sie, ich zeige Ihnen einen anderen Weg!«

Augenblicke später war er bei mir. Mit einem Handzeichen forderte er mich auf, ihm zu folgen. Durch ein Gewirr von Gängen und Niedergängen erreichten wir ein Schott unterhalb des Brückenbereichs. Er sah mich fragend an.

Ich nickte ihm zu.

Mit einem Ruck riß er das Schott auf und wich beiseite.

Dröhnender Lärm schlug mir entgegen. Dazu feuchte, heiße Luft.

In dem Moment, in dem ich durch das Schott schlüpfte und die dahinter liegende Stahlplattform erreichte, peitschte ein Schuß wie aus endlos weiter Ferne.

Die Kugel lag zu hoch, schlug sich irgendwo platt und richtete keinen Schaden an. In der Tiefe dröhnte und hämmerte die Maschine. Es war, als hänge man unter dem Dach einer riesigen, mit Aggregaten vollgestopften Halle.

Ich hatte den Revolver im Beidhandanschlag, geduckt, breitbeinig, und ließ die Mündung suchend von links nach rechts wandern. Ich brauchte nur einen Sekundenbruchteil, um sie zu entdecken.

Sie war gut dreißig Yards entfernt, auf einer schmalen Galerie unterhalb der Luke, durch die sie hereingeschlüpft war. Sie sprang aus der Deckung hervor, die sie hinter einem dicken Rohrbündel gehabt hatte.

Ich feuerte einen Sekundenbruchteil eher. Dann duckte ich mich. Das Brüllen des Smith & Wesson war noch nicht verklungen, als die Feuerblume vor ihrer Pistolenmündung aufblühte. Aber ihre Bewegung war zu hastig gewesen. Wieder lag die Kugel zu hoch.

Ich hatte es bewußt wieder mit einem Warnschuß versucht. Ich wollte ihr zeigen, daß ich sie erwischen konnte, wenn ich wollte.

Ihr Zeigefinger krümmte sich erneut, schon auf dem Rückweg in die Deckung.

Kein Schuß.

Das Magazin war leer.

Es brachte sie aus der Fassung. Zu heftig wollte sie sich mit dem Fuß abstoßen, um hinter das Rohrbündel zu gelangen. Ihr Fuß rutschte auf dem feuchten Stahlrost ab. Ausgerechnet mit der Rechten, in der sie die Pistole hielt, versuchte sie, das Geländer zu packen.

Sie glitt ab. Die nachzuckende Linke griff ins Leere. Die Treppe, die nach unten führte, war zu nahe.

Sie stürzte über das steil nach unten absinkende Geländer hinaus.

In ohnmächtiger Hilflosigkeit mußte ich es mit ansehen.

Ihr markerschütternder Schrei durchstach den Maschinenlärm. Der Aufschlag war jedoch nicht zu hören.

Mir drehte sich der Magen um, als ich ihren in die Tiefe wirbelnden Körper sah, bis er zerschmettert auf den Zylinderköpfen des Diesels liegenblieb.

Ich wandte mich ab. Auf einmal fühlte ich die Müdigkeit in allen Knochen.

In der Offiziersmesse tranken Susan und ich einen Tee, der uns aufmunterte. Der Schiffsarzt, der den Tod Lynn Chestons festgestellt hatte, kümmerte sich um Susan und bescheinigte ihr, daß sie es ohne Schock überstanden hatte.

Der Kapitän ließ alle Maschinen stoppen, als sich der Polizeikreuzer Talkowsky über Funk ankündigte.

Phil empfing uns an Bord. Und Mick Richards. Ohne Uniform. Er trug Jeans und ein einfaches T-Shirt.

Phil und ich wandten uns ab, als Mick seine Frau wortlos in die Arme schloß. Es genügte uns, die Tränen in seinen Augen zu sehen. Er war kuriert. Endgültig.

Die Presseleute gaben in ihren nächsten Berichten nicht etwa kleinlaut zu, daß sie mit der Heldin der Nation einen großen Fehler begangen hatten.

Nein, sie nutzten kurzerhand die Chance, eine neue Sensation aufzubauen. Sie feierten uns vom FBI in überschwenglichen Berichten dafür, daß wir die Teufelin aus dem Süden unschädlich gemacht hatten. Unscheinbar am Ende der Artikel wurde erwähnt, daß Lynn Cheston jene Vera Anderson gewesen sei, die vorhergehend als Lady Peacemaker bezeichnet worden sei.

Die Tatsache, daß wir auch noch Frazers Syndikat zerschlagen hatten, kam den Reportern ebenfalls zugute. Sie hatten Stoff genug, um die unbequeme Vergangenheit zu verdrängen.

Das Verfahren gegen unseren rabiaten Augenzeugen Desmond Egan wurde mit unserem Einverständnis niedergeschlagen. Wegen Geringfügigkeit.

Wichtiger als alles andere war für Phil und mich die Einladung am Tag nach Lynn Chestons Ende bei den Richards'.

Susan und Mick empfingen uns bei sich zu Hause zu einem gemütlichen Essen bei Kerzenschein.

»Bei uns hat sich etwas geändert«, erklärte Mick feierlich und wechselte einen verstohlenen Blick mit Susan. »Die East Side Vigilantes gibt es nicht mehr. Dafür – wenn alles klappt ...« Er suchte nach Worten.

Susan zeigte uns den leergeräumten Funkraum. »Das ist eigentlich ein Kinderzimmer«, sagte sie und senkte den Blick. »Ich glaube, wir wissen jetzt, was für uns wichtiger ist als das, was man für eine sogenannte Lebensaufgabe hält.«

Mick hatte die Worte wiedergefunden.

»Und Selbstjustiz sorgt nicht für Recht und Ordnung«, sagte er ernst.

Dem hatten wir nichts hinzuzufügen. Wir genossen das Roastbeef, das Susan auf englische Art zubereitet hatte.

ENDE

Debüt eines Mörders

Dieser Baby-Benz war eine Rassekiste. Carl Donnelly knüppelte ihn durch den Abendverkehr, daß die anderen Driver meinten, ein nachtblaues Geschoß vorbeihuschen zu sehen. Aber es half nichts. Diese elende rote Langschnauze mit ihren großen Leuchtaugen tauchte immer wieder im Spiegel auf. Ließ sich nicht abschütteln, der Hundesohn.

Donnelly riß mit der Linken seinen Hemdkragen auf und zerrte den roten Seidenschal heraus. Platzangst! Er kannte das. Gleich würde ihm der Schweiß ausbrechen. Verdammt!

Der kleine Superschlitten sollte nicht zur rollenden Blechfalle für ihn werden.

Donnelly sah, wie die Jaguaraugen im Spiegel größer wurden. Die Lichtfinger tasteten sich über das Mercedesheck bis zu ihm ins Cockpit vor. Unwillkürlich zog Donnelly den Kopf zwischen die Schultern. Er rechnete mit dem berstenden Einschlag von Kugeln, daß sich die Windschutzscheibe vor seinen Augen in Krümel auflöste.

Schweiß bildete plötzlich ein Perlenmeer auf seiner Stirn, Bäche rannen über seine Schläfen, und gleich darauf spürte er Salzgeschmack in den Mundwinkeln.

Er riß den Wagen nach rechts und stieg voll auf die Bremse.

Es krachte. Die Bordsteinkante versetzte den Vorderrädern Stöße. Es ging dem blonden Mann durch und durch. Er stellte sich vor, wie die Karkassen der Reifen eingerissen und die Stoßdämpferaufhängungen ausgeschlagen wurden. Er war stolz darauf, ein einfühlsamer Mensch zu sein. Und normalerweise hätte er ein Auto niemals so behandelt. Aber es ging um seine Zukunft und sein Leben. Dieser verfluchte Hund im Jaguar wollte ihm alles kaputtmachen. Alles!

Ein paar Leute waren erschrocken zur Seite gewichen. Ihr Interesse versiegte bereits wieder, als der schlanke

Mann mit dem blonden Wikingerhaar aus dem Wagen sprang und losrannte.

Reifen rieben sich wimmernd auf dem Asphalt. Donnelly hörte es und wußte, daß sie ihm in zwei Sekunden im Nacken sitzen würden. Niemand hielt ihn auf, während er rannte. Wer in New York City zu leben gelernt hat, weiß, daß man andere besser mit ihren Schwierigkeiten allein läßt.

Der Türbogen mit der geschwungenen Leuchtschrift war wie ein Freiheitssymbol. Donnelly tauchte unter dem Bogen hindurch. Er drang in Stimmengewirr und Schwaden von Zigarettenrauch vor und hatte dabei das Gefühl, sich einen mächtigen, unerschütterlichen Rettungsring überzustülpen.

»J.P. Clarke's«, sagte Phil. »Auch das noch!«

Ich riß die Handbremse hoch, nahm das Walkie-talkie, das er mir entgegenhielt, und war mit einem Satz draußen. Ich lief um die lange Haube meines roten Flitzers herum und versenkte das brieftaschengroße Funkgerät in meine Jackentasche. Sprintend ließ ich den dunkelblauen Mercedes 190 hinter mir zurück, den sie bei uns in den Staaten Baby-Benz nennen.

Kein Mensch kümmerte sich um mich. Was in Manhattan tagtäglich über die Bürgersteige walzt, ist eine desinteressierte und geduldige Masse Mensch. Es gibt nichts, was man noch nicht gesehen hat. Und es gibt nichts, worum man sich kümmern könnte, ohne sich Probleme einzuhandeln. Ich rempelte keinen an, und keiner versperrte mir unnötig den Weg.

Die Fensterscheiben des Lokals waren beschlagen. Ich stieß die Tür auf und hatte das Gefühl, gegen einen Mehlsack anzurennen. Die Rauchschwaden waren zum Schneiden. Nach sechs Yards endete die Sicht wie im

Nebel. Über Köpfe und Gläser hinweg konnte ich eben noch einen Blick auf Donnelly erhaschen, bevor er mit seiner Wikingerfigur, in einen lässigen Schlabber-Trenchcoat gehüllt, im dichten Rauchnebel verschwand.

Ich blieb stehen, holte das Walkie-talkie hervor und schaltete auf Senden. In dem Durcheinander sich gegenseitig überschreiender Stimmen kriegte nicht einmal die kleine Wuschelköpfige etwas mit, die sich vor meiner Nase abmühte, gleichzeitig zu trinken, zu rauchen und zu reden. Die noch zu dem Pulk gehörten, waren ähnlich beschäftigt. Es setzte sich endlos fort. Pulk an Pulk, in weitem Rund um die riesige Theke.

»Phil«, sagte ich in die Sprechmuschel.

»Ja?«

»Er ist drin.«

»Verstanden. Ich denke, daß wir in zwei Minuten alle Ausgänge dicht haben.«

»Ende.« Ich knipste das Ding aus und fing an, mich zwischen Schultern, Rücken, Busen und dem bedrohlich schwappenden Inhalt von Gläsern hindurchzuwinden.

Was sich unser Mann vorstellte, konnte ich mir denken. Carl Donnelly war kein primitiver Handlanger. Er gehörte zur Spitze in seiner Branche. Aber er war nervös wie eine Diva. Eine Eigenschaft, die ihn uns vor die Flinte getrieben hatte.

Trotzdem beging ich nicht den Fehler, ihn für ungefährlich zu halten. Er galt als unberechenbar. Tückisch wie eine Viper.

J.P. Clarke's ist eine Kneipe im guten alten irischen Stil, an der Ecke East 55th Street und Third Avenue. Treffpunkt für die Eastside-Schickeria. Nach Mitternacht ging es erst richtig los. Jeder, der über seine festgefahrene Beziehungskiste oder Selbstverwirklichungsprobleme quatschen wollte, war hier an der richtigen Adresse. Dazu rauschten die Zapfhähne. Die stämmigen Iren hinter der Theke waren Weltmeister im Bierausschenken.

Ich hatte mir die Richtung eingeprägt, in der Donnelly in die wogende Masse aus Rauch, After-Shave und Eau-de-Cologne-Duftmischungen, Oversize-Jacketts und Geplapper getaucht war.

Er kannte sich aus. In den Laden paßten ungefähr dreihundert Menschen, wenn der letzte Quadratyard im Erdgeschoß und oberen Stockwerk ausgenutzt wurde. Rechnete man die Notausgänge mit, die oben zu den Feuerleitern führten, dann hatte Donnelly mindestens ein halbes Dutzend Möglichkeiten, wohin er verschwinden konnte. Praktisch standen ihm alle Himmelsrichtungen offen.

Ich drehte mich um. Phil überragte die Leute in der Nähe des Eingangs um einen halben Kopf. Er nickte mir zu. Ich schob mich weiter voran. Donnelly würde versuchen, so schnell wie möglich einen Ausgang auf der anderen Seite zu erreichen. Er war schlau genug, um zu wissen, wie wenig Zeit wir brauchten, um die Kollegen von der City Police heranrauschen zu lassen.

Ein leuchtend braunes Augenpaar schob sich in mein Gesichtsfeld. Ein unüberwindliches Hindernis. Ich las es in dem dazugehörigen Mienenspiel. Eifrig-freudige Kontaktwilligkeit.

»Hallo, Bruder«, sagte sie. »Du siehst aus, als ob du jemanden suchst. Gib es auf! Du bist nämlich schon am Ziel. Bei mir. Darauf einen Drink.« Sie hob zwei Gläser mit frisch gezapftem Bier.

»Allzeit bereit?« fragte ich grinsend und geistesabwesend. Ich versuchte, mir in der Sardinenenge einen Überblick zu verschaffen, und hoffte dabei auf die Signalwirkung von Donnellys blondem Haar.

Ich leistete mir einen Blick auf die braunen Augen und das Drumherum. Mehr als sehenswert. Innerlich fluchte ich auf die Situation. Die besten Gelegenheiten schienen sich immer dann zu ergeben, wenn ich keine Zeit hatte. Auch in meinem Beruf gibt es diese seltenen Momente, in denen man sich am liebsten einen anderen Job suchen möchte.

»Heutzutage muß man seine Chancen nutzen.« Das Augenpaar strahlte mich weiter an. »Verpaßten Möglichkeiten nachzutrauern ist unnötig belastend. Sag mal, warst du noch nie in diesem Schuppen?«

Sie wollte dezent andeuten, daß J.P. Clarke's eine Hochburg für Singles war. Was sich hier allabendlich versammelte, repräsentierte mindestens eine gescheiterte Ehe pro Nase.

»Baby«, sagte ich und legte ihr die Hand auf die Schulter. »Nimm die nächste Gelegenheit. Du kriegst sie, solange dein Bier noch frisch ist. Mit mir würdest du einen schlechten Fang ...« Ich unterbrach mich jäh.

Donnelly mußte den Kurs gewechselt haben, tauchte auf einmal schräg rechts vor der Treppe auf, die in den ersten Stock führte. Entfernung fünf Yards. Ich machte mir nichts vor. Mit einer Machete im subtropischen Dschungel würde ich fünf Yards schneller zurücklegen als hier.

Donnellys Wikingerblond strebte auf die Treppe zu.

Schiebend und stoßend bahnte er sich seinen Weg. Ruppiger, als es in der gelassenen Plauderatmosphäre üblich war. Er erntete Aufmerksamkeit und mißbilligende Blicke.

»Mir wäre es lieber, wenn du ehrlich wärst«, sagte das Girl mit den beiden Biergläsern. »Sag doch einfach, daß ich dir unsympathisch bin. Dann brauch' ich wenigstens nicht rumzugrübeln ...«

Ich schob mich an ihr vorbei. Donnelly ließ ich nicht mehr aus den Augen. Er war mir wichtiger als die Tatsache, daß ich der kleinen Braunäugigen einen Grübelabend beschert hatte.

Carl Donnelly fing an, Leute zur Seite zu stoßen.

Eine elegante Lady mit klugen Brillengläsern wirbelte empört herum. Es sah aus, als wollte sie ihm eine Ohrfeige verpassen. Aber sie ließ es. Ihre Empörung wich unerklärlichem Respekt. Wenn sie Platz gehabt hätte, wäre sie zurückgewichen. Nur ich kannte die Erklärung. Donnellys Vipernblick! Man spürte die Todesdrohung, wenn man in seine kalten Augen sah.

Er drängte weiter. Ich arbeitete mich voran, behielt Donnelly und seine Umgebung im Auge und wollte das Walkie-talkie hervorziehen. Phil mußte Bescheid wissen, welche neue Richtung unser Mann eingeschlagen hatte.

Mitten in der Menschenmasse sah ich ein bekanntes Gesicht. So überraschend, daß ich das Walkie-talkie vergaß. Der Mann stand auf der fünften Treppenstufe, an das Geländer auf der rechten Seite gelehnt, in lockeren Flanell gekleidet.

Er spähte hoffnungsvoll in meine Richtung. Als er sah, saß ich ihn erkannte, erhellte sich seine Miene.

Clive Shayne.

Vor zehn Jahren hatte sein markantes Gesicht Titelseiten geziert. Den Höhepunkt seiner Schauspielerkarriere hatte er hinter sich, aber er war noch immer das Markenzeichen für männliche Härte. Einmal hatte er den einsamen Rächer in der Großstadthölle gespielt und die halbe Unterwelt mit eiserner Hand ausgerottet.

Im Film!

Im wirklichen Leben war Clive Shayne durch alle Höhen und Tiefen geschritten, die es für einen Mann nur geben kann. Drei Scheidungen, Alkohol, Rauschgift, finanzieller Ruin. Mich kannte er, weil ich ihn aus einer Riesendummheit mit blauem Auge herausgepaukt hatte.

Seiner zweiten Frau hatte er nach der Trennung den gemeinsamen Sohn entrissen. Sie hatte die Sache an die große Glocke gehängt und einen Fall von Kidnapping daraus gemacht. FBI-Fall. Ich hatte Clive eine Nacht lang bei Kentucky Bourbon zugeredet und ihn schließlich überzeugt, daß er den Jungen zurückbringen mußte. Seither hatte ich bei ihm einen Stein im Brett - bei dem großen Clive Shayne, den ich so klein und hilflos erlebt hatte.

Ich winkte ihm zu. Er lachte und hob die Hand. Im nächsten Moment stockte mir der Atem.

Clive deutete mit einer Kopfbewegung auf den blonden Mann im Trenchcoat, der sich bis zur ersten Treppenstufe gedrängelt hatte. Clives Augen richteten sich wieder auf mich. Fragend, freundlich hilfsbereit.

Ich schüttelte heftig den Kopf. Ich bemühte mich, Entsetzen und eiserne Ablehnung zugleich in meinen Gesichtsausdruck zu legen. Immerhin war er Schauspieler und mußte so etwas deuten können.

Er tat es nicht. Wollte es vielleicht nicht.

Himmel, er konnte doch nicht so hirnverbrannt sein, hier den Helden spielen zu wollen!

Er stieß sich vom Geländer ab.

»Clive!« brüllte ich. »Nicht! Laß es sein!«

Ich schaffte es, das Stimmengewirr zu übertönen. Ich sah es daran, daß Donnelly verwirrt herumzuckte. Er war schon auf der zweiten Stufe.

Doch Clive Shayne war nicht mehr zu bremsen. Ich hatte das verdammte Gefühl, daß er sich für den Gefallen revanchieren wollte, den ich ihm getan hatte. Aber seine Glanzzeit war lange vorbei, und dies hier war nicht Hollywood.

Donnelly geriet in Panik. Er stieß die Leute jetzt mit Fausthieben weg. Also mußte er mich gesehen haben. Wütende Schreie wurden laut. Mitten durch das Gewühl stieß Clive Shayne vor. Wie damals in dem Rächerstreifen, als er auf das halbe Dutzend Rowdys losgegangen war, die seine Frau und seine Tochter vergewaltigt hatten.

Ich war schon dicht vor der ersten Treppenstufe. »Clive!« brüllte ich noch einmal. »Zurück!«

Er fühlte sich schon zu sehr in seinem alten Element.

Und Donnelly achtete nicht rechtzeitig auf ihn, weil er zuviel mit den widerspenstigen Menschenpulks zu tun hatte.

Hätte ich freie Bahn gehabt, hätte ich den Blonden mit einem Sprung erreichen und ihn aus Shaynes Reichweite stoßen können.

Shayne war schneller. Girls kreischten. Eine stürzte zu Boden, und eine ganze Traube von Leuten wogte mir entgegen. Ich mußte ausweichen, um nicht auch das Gleichgewicht zu verlieren.

Ich erwischte eine winzige Gasse im Gedränge und federte bis zur zweiten Treppenstufe hoch.

Und keinen Schritt weiter. Etwas Eiskaltes breitete sich in meinem Magen aus.

Shayne hieb mit seinen Handkanten auf den Mann im Trenchcoat ein. Diese Handkanten, die auf der Leinwand wie trockene Hammerschläge geklungen und ein halbes Dutzend Rowdys in Reihe flachgelegt hatten. Donnelly blinzelte nur verdutzt und wich mühelos aus. Er wollte unter den wirkungslosen Hieben wegtauchen und schaffte es auch fast. Shayne sah seine Felle davonschwimmen. Er warf sich mit einem Satz auf den Blonden, klammerte sich an seine Schultern und krallte die Hände von hinten um seinen Hals.

Ich nahm keine Rücksicht mehr. Ich stieß den Pulk vor mir unsanft auseinander.

Donnelly und seine Klette waren zum Greifen nahe.

Nur für einen Sekundenbruchteil.

Donnelly warf sich nach vorn und krümmte sich.

Clive Shayne flog in hohem Bogen über ihn hinweg -

so, wie es auf der Leinwand nur seinen schlimmsten Feinden passiert war. Schreie gellten, als er weiter oben auf der Treppe in einem Knäuel aus Armen und Beinen versank.

Donnelly federte hoch. Er gewann wieder einen Schritt Vorsprung. Ich blieb dran und kümmerte mich nicht um die zornigen Laute, die meine Ellbogenstöße begleiteten.

Clive Shayne hatte sich in seine Rolle verbissen. Das Jetzt-erst-recht-Gefühl verlieh ihm ungeahnte Energie. Plötzlich tauchte er aus dem Knäuel wieder hoch und warf sich dem Blonden erneut in den Weg.

Shayne wußte nicht, daß dieser Mann ein Gangster war.

Shayne wollte etwas für mich tun. Er tat es nicht, um noch einmal ganz groß in die Schlagzeilen zu gelangen. Nein, das war es nicht. Seit jener Nacht wußte ich, daß Clive Shayne ein großer Junge geblieben war. Sein Geradeausdenken hatte ihn in drei Ehen fast den Verstand verlieren lassen. Und jetzt war es diese Denkweise, mit der er sich in tödliche Gefahr stürzte.

Donnelly rammte ihm die Rechte in die Magengrube. Shayne klappte zusammen. Mit der Linken packte ihn der Blonde im Nacken und riß ihn hoch.

Die Schreie, die jetzt gellten, waren schriller. Sie stachen mir beinahe schmerzhaft auf die Trommelfelle.

Ich fühlte mich wie von einer Wand aufgehalten.

Donnelly hatte eine Automatik in der Hand. Er mußte sie schon in der Hand gehabt haben, als er Shayne in den Bauch gestoßen hatte.

Der Schauspieler war grünlich weiß im Gesicht. Er stieß ein qualvolles Gurgeln aus. Seine Augen schienen aus den Höhlen zu quellen. Ich wußte, welche furchtbaren Schmerzen er hatte. Trotzdem hätte ich ihn am liebsten angeschrien, wenn dadurch nur etwas zu retten gewesen wäre.

Hölle und Teufel, Clive Shayne, warum mußtest du dich in meine Angelegenheit einmischen? Wie hatte er es überhaupt mitgekriegt, daß ich den Blonden verfolgte? Nebensächliche Frage. Von seinem erhöhten Standort auf der Treppe mußte Shayne alles hervorragend überblickt haben. Donnelly und ich waren die einzigen Unruheherde in der sonst stetigen Masse gewesen.

Das Entsetzen trieb die Menschen aus Donnellys Nähe. Die schwarz schimmernde Pistole wirkte unscheinbar im schummrigen Licht. Und doch genügte ihr Anblick, um die Leute in einen schockartigen Zustand zu versetzen.

Dieser Mann im Trenchcoat besaß die Macht über Leben und Tod, und die eisige Kälte in seinen Vipernaugen bewies, daß er die Macht ausüben würde, wenn es sein mußte. Wenn irgend etwas seine Nerven zum Zerreißen brachte.

Ich hatte den Smith & Wesson so schnell aus dem Leder, daß keiner es auf Anhieb mitkriegte.

»Donnelly!« rief ich schneidend über die Köpfe der Auseinanderdrängenden hinweg. »Lassen Sie den Mann los, oder ...«

»Oder was?« überschrie er mich.

Wieder gellten Frauenstimmen. Jetzt hatten sie den Revolver in meiner Faust gesehen. Zwischen dem Killer und mir entstand eine Gasse. Ich fragte mich, ob das Treppengeländer dem Druck standhalten würde. Donnelly, seine Geisel und ich waren wie Brückenpfeiler in einem Strom.

Jemand hatte die Hintergrundmusik abgestellt. Nur noch Schreie und trappelnde Schritte. Der ganze Laden wirkte auf einmal kalt und ungemütlich.

Clive Shayne stöhnte im harten Griff seines Bezwingers. Ich sah, daß Clive die Schmerzen halbwegs überwunden hatte. Aber Donnelly ließ ihm keine Chance. Er preßte ihm die Mündung der Automatik unter das Kinn.

»Oder was?« schrie Donnelly noch einmal. »Hier gibt's kein Oder für dich, G-man! Nur für mich! Weg mit deinem Schießeisen, oder ich blase diesem Schwachkopf die Dummheit aus dem Schädel!«

Er zog Shayne mit sich, rückwärts die Treppe hinauf. Sie erreichten die Empore. Da oben herrschte bereits Leere. Die Leute hatten sich in Korridore und Nebenräume verzogen, vielleicht sogar durch die Notausgänge ins Freie.

Ich wußte nicht, wieviel Zeit verstrichen war. Keine Ahnung, welche Ausgänge von der City Police bereits abgeriegelt waren. Sekunden dehnten sich zu Ewigkeiten. Ich konnte mich nicht einmal umdrehen, um zu sehen, ob Phil sich heranwagte.

Die Schreie versiegten. Es wurde still. Atemlosigkeit kehrte ein. Große, vor Schreck geweitete Augen aus allen Richtungen, auf den einen Punkt konzentriert. Jetzt fehlte uns nur noch ein Fernsehteam, das den Funk abgehört hatte und die Todesangst live auf den Bildschirm bringen wollte.

»Donnelly«, sagte ich ruhig, ohne den 38er aus dem Anschlag zu nehmen. Meine Stimme schien in der Stille zu dröhnen. »Ich erklärte Ihnen, was passieren wird. Ich gebe Ihnen die Chance, darüber nachzudenken …«

Seine Pupillen waren wie schwarze Nadelköpfe. Sein Blick stach durch mich hindurch.

»… und sich zu entscheiden. Sie werden es nicht schaffen abzudrücken. Ich beherrsche den Todesschuß, der Ihr Nervensystem innerhalb von einer Tausendstelsekunde lähmt. Sie können den Zeigefinger nicht mehr krümmen. Jede Geiselnahme ist heute fast aussichtslos. Sie sollten das wissen.« Ich sagte es auch, um Clive zu beruhigen. Wenn man überhaupt jemanden in seiner Lage beruhigen konnte.

Donnellys maskenhaftes Gesicht formte ein Grinsen.

»Deine Rechnung hat einen kleinen Fehler, G-man. Ich beherrsche die nicht erkennbare Bewegung. Du wirst es mir nicht ansehen, wann ich den Finger krumm mache. Klar? Also nützt dir auch deine Tausendstelsekunde nichts.«

Er hatte recht.

Er schien zu ahnen, daß ich nicht feuern würde, wenn er mir nicht den letzten entscheidenden Anlaß dazu gab.

»Sie irren sich, Donnelly«, sagte ich trotzdem. »Ich habe das Recht, jetzt sofort auf Sie zu schießen. Es ist Notwehr, da Sie Mr. Shayne bedrohen.«

Seine Augen begannen zu flackern. Es machte den Eindruck einer irrwitzigen Heiterkeit. »Shayne, der Schauspieler?« Er lachte glucksend und verstärkte den Druck der Laufmündung. Shayne stöhnte schmerzerfüllt auf. Seine Augen verdrehten sich, so daß das Weiße zu sehen war. »Berühmtheiten sollen sich besonders gut als Geiseln eignen. Das erhöht den Respekt bei Burschen wie dir, Cotton, stimmt's? Ich wette, du hast einen Quasselkasten bei dir. Sag deinen lieben Kollegen, daß sie sich gefälligst bremsen sollen! Oder sie müssen halb Hollywood zum Begräbnis nach New York einfliegen lassen.« Er lachte erneut. Der Gedanke schien ihn besonders zu erheitern.

Ich nickte. Triumph blitzte in seinen Augen auf, als ich das Walkie-talkie mit der linken Hand aus der Tasche nahm und seine Anordnung befolgte. Phils Stimme klang krächzend. Nur eine Sekunde lang wunderte ich mich darüber, daß ich ihn nicht innerhalb des Raumes hörte. Er mußte den Laden verlassen haben, um gezielter eingreifen zu können.

»Wir geben ihm freien Abzug«, sagte mein Freund und Kollege, weil er es sagen mußte. Denn Donnelly konnte mithören. »Hat er sonst noch Forderungen?«

Ich sah Donnelly fragend an.

Er blies die Luft durch die Nase, während er sich auf der Empore langsam rückwärts zu bewegen begann.

»Keine Forderungen mehr, Cotton. Haltet ihr mich für blöd? Glaubt ihr, ihr könnt mir 'ne Kiste mit Haftwanzen unterjubeln?«

»Ich weiß«, sagte ich scheinbar gelassen. »Sie sind natürlich viel, viel cleverer.«

Ich mußte begreifen, daß er sich nicht hinhalten ließ.

»Erfaßt«, nickte er und bewegte sich schneller, immer noch rückwärts.

Ich schickte ein Stoßgebet zum Himmel, daß es da nichts gab, worüber er stolpern konnte. Ein winziger, unvorhergesehener Ruck genügte, um die tödliche Kugel aus dem Lauf der Automatik rasen zu lassen. Clive Shayne wirkte in seinem Griff erstarrt und leblos wie eine Schaufensterpuppe.

Die Sekunden dehnten sich immer mehr. Es war wie eine Zeitlupenaufnahme, die vor meinen Augen ablief. Unwillen überschattete diesen Ausdruck von Triumph, der eben noch in seinem Gesicht gelegen hatte. Ich begriff nicht sofort, was es war.

Im nächsten Atemzug erkannte ich die Ursache. Größere Anstrengung. Clive Shayne begann, seine Beinmuskeln zu benutzen, der Zugkraft seines Bezwingers Druck entgegenzusetzen. Sein Widerstandswille war auf einmal erwacht. Ankündigungslos und unerwartet für Donnelly.

»Clive!« zischte ich. »Um Himmels willen …« Mehr brachte ich nicht heraus.

Shayne krümmte sich jäh. Er fühlte sich wieder stark. Er schaffte es tatsächlich, sich aus dem Nackengriff des Blonden loszureißen. Der Pistolenlauf wies ins Leere.

Ich ließ das Walkie-talkie fallen.

Donnellys Automatik bellte.

Erneute Angstschreie! Leute warfen sich zu Boden. Vor

mir sah ich Shayne herumwirbeln und aus der gekrümmten Haltung hochkommen. Es traf mich wie ein Hammerschlag. Himmel, warum brachte er sich nicht in Sicherheit? Irgendein Faden mußte bei ihm gerissen sein. Allen Ernstes ging er von neuem auf Donnelly los. Ich hatte den 38er im Beidhandanschlag.

Sinnlos …

Donnelly duckte sich. Shayne, der viel zuviel Zeit brauchte, um ihn zu erreichen, war seine Deckung. Ich konnte nicht feuern, ohne Shayne zu treffen.

Wieder dieses Bellen. Trocken, wie unbedeutend. Weshalb das so war, sah ich erst in der nächsten Sekunde. An Shaynes Vorwärtsbewegung änderte sich nichts. Es hatte ohnehin ausgesehen, als ob er in Donnellys Richtung stürzte.

Der Blonde kreiselte herum, warf sich mit der Schulter gegen das Fenster, über dem klein und rot Notausgang zu lesen war. Scheiben zerbarsten schmetternd. Mit einer Rollbewegung flog Donnelly hinaus auf den Feuerleiterbalkon. Scherben rieselten.

»Halt!« brüllte ich. Ich jagte eine Kugel durch die obere Hälfte des Fensterrahmens. Der 38er krachte und ruckte in meinen Fäusten.

Die Silhouette schraubte sich draußen auf dem Stahlgitterbalkon hoch. Es gab einen matten Reflex von seiner Waffe.

Ich reagierte innerhalb von einer Hundertstelsekunde und zog durch. Die Mündungsblitze zuckten aufeinander zu, schienen sich gegenseitig auffressen zu wollen. Ich ließ mich fallen. Weit hinter mir splitterte und schepperte etwas.

Dumpfes Wummern von außerhalb des Gebäudes. Der erwartete Schmerz blieb aus. Ich hob den Kopf. Die Silhouette hinter dem geborstenen Fenster war verschwunden. Vor mir Shaynes Flanellanzug in häßlichen

Falten. Ein Hosenbein war hochgerutscht, und es wirkte auf eine Weise lächerlich, daß es schmerzte. Niemals hätte es ein Kameramann auch nur wagen dürfen, ihn aus einem so unvorteilhaften Winkel aufzunehmen.

Ich rappelte mich vorsichtig auf. Schritte dröhnten draußen auf der Feuerleiter. Mit einem Satz war ich beim Fenster. Eine Stablampe flammte auf und riß den verkrümmten Körper Donnellys aus dem Halbdunkel.

Ich erkannte Phil. Unten auf dem Hinterhof stand ein Halbkreis von uniformierten Cops, Maschinenpistolen und Revolver schußbereit. Phil gab das Handzeichen, das soviel wie Entwarnung bedeutete.

Ich sah, daß Donnelly von mehreren Kugeln getroffen worden war. Langsam wandte ich mich um. Die Kugel des Killers hatte den oberen Teil des Spiegelregals hinter der Theke in Scherben gelegt. Es interessierte mich nicht. Ebensowenig die Leute, die sich gaffend näher heranschoben.

Und dann war tatsächlich auch eine Fernsehkamera da! Das Team wühlte sich mit Kabeln und Scheinwerfern heran.

Ich holsterte den Smith & Wesson. Ich wollte mich zu Clive Shayne hinabbeugen. Da sah ich die Kamera und spürte das aufzuckende Halogenlicht wie einen Schmerz. Nur einen Moment lang kniff ich die Augen zu. Ich konnte meinen Zorn nicht unterdrücken. Diesmal nicht.

Mit zwei schnellen Schritten war ich bei den Fernsehleuten.

»Verschwinden Sie!« sagte ich klirrend. »Sofort.«

»Mann, wer gibt Ihnen das Recht?« knurrte der Kameramann.

Ich zeigte ihm meinen Silberadler.

»FBI.« Meine Stimme senkte sich zum Flüsterton. »Wenn Sie nicht augenblicklich das Lokal verlassen, sind Sie Ihre Kamera los.«

Er riß den Mund auf und wollte protestieren. Aber im selben Moment schien er zu erkennen, wie es in mir kochte. Er gab dem Beleuchter einen Wink. Die Halogenleuchte erlosch.

Sie verzogen sich tatsächlich. Ich sah es nur noch aus den Augenwinkeln. Neben Clive Shayne ging ich in die Knie. Er lag auf der Seite, hatte den Kopf aber so gedreht, daß er mich ansehen konnte.

Etwas schnürte mir die Kehle zu. Ich sah das Blut, das den Flanell in der Brustgegend tränkte. Keine Hoffnung mehr! Draußen heulten Sirenen.

»Der Ambulanzwagen«, sagte ich. »Gleich verarzten sie dich, alter Junge.«

Er lächelte zufrieden. »Habt ihr ihn?«

»Ja«, sagte ich heiser. Es verursachte mir ein Würgen in der Kehle, aber ich mußte die nächsten Worte sagen. »Ohne deine Hilfe hätten wir ihn nicht gekriegt, Clive. Er liegt draußen auf der Feuerleiter.«

»Gut, gut.« Shayne schloß für einen Moment ermattet die Augen. Langsam öffnete er sie wieder. Er sah regelrecht glücklich aus. »Wie war ich, Jerry?«

»Großartig«, antwortete ich und würgte den Kloß hinunter, der sich in meiner Kehle gebildet hatte. »Schade, daß wir keine Kamera dabeihatten, Clive.«

»Ja, wirklich schade. Weißt du, daß ich fast immer ohne Stuntmen ausgekommen bin? Ich hab die Kerle immer selbst ver…« Er hörte einfach auf zu sprechen. Nichts an seiner Stimme hatte sich verändert, nichts an seiner Haltung.

Clive Shayne war so nichtssagend gestorben, wie es auf der Leinwand niemals hätte geschehen können. Aber er war mit einem Glücksgefühl gestorben, in dem festen Glauben daran, daß er Phil und mir geholfen hatte, den Killer zu stellen.

Langsam richtete ich mich auf. Das Sirenengeheul

erstarb vor der Kneipe. Ich war froh, daß ich die Fernsehleute verscheucht hatte. In diesem einen Fall war es mir gelungen, die Würde des Sterbenden zu wahren. Doch gegen den beklemmenden Trend, das wußte ich, konnte ich nichts tun. Überall auf der Welt hatten sie angefangen, Menschen im Augenblick ihres Todes zu filmen – ob Verschüttete nach einem Erdbeben oder von Gewehrkugeln Zerfetzte bei Rassenunruhen. Es genügte nicht mehr, Schauspieler das Sterben spielen zu lassen. Die Leute, die sich mit Filzlatschen und Bierflasche von der Bildröhre beflimmern ließen, wollten die prickelnde Erregung der Wirklichkeit.

Ich empfand stille Genugtuung darüber, daß niemand außer mir Clive Shayne hatte sterben sehen. Nicht einmal die Umstehenden im J.P. Clarke's hatten es genau mitgekriegt. Clive war mit der Würde vom Leben in den Tod gewechselt, auf die nach meinem Ermessen jeder Mensch ein Recht hat.

Männer in Weiß stürmten herein. Ich wandte mich ab. Phil stieg durch das geborstene Fenster herein. Einer der irischen Barkeeper schob sich heran. Er hielt uns wortlos ein kleines Tablett mit Whiskygläsern entgegen. Wir nahmen an und bedankten uns mit einem Nicken für die Geste.

Der Notarzt schickte die Sanitäter mit der Trage weg. Der Whisky brannte wohltuend in der Kehle. Ich winkte ab, als der Arzt zu Erklärungen ansetzen wollte. Wir kannten dieses elende Geschäft lange genug, um zu wissen, daß Ambulanzwagen keine Toten transportieren. Phil und ich wechselten einen Blick. Die Zigarette, die wir uns ansteckten, war wohltuend.

Floyd Greene sehnte sich nach einem Cabrio, nach Sommersonne und nach dem Fahrtwind. Laut sagen durfte er so etwas nicht. Stone hätte ihn glatt für schwachsinnig erklärt. Unter ungünstigsten Voraussetzungen konnte das dazu führen, daß er seinen engsten Mitarbeiter feuerte.

Die Voraussetzungen waren verdammt ungünstig.

Sherman Stone kutschierte nur noch verriegelt und verrammelt durch Manhattan. Summend und weich wie auf einem Luftkissen glitt der Lincoln Town Car über den Asphalt. Die Vorhänge der Fondfenster waren zugezogen, alle Panzerglasscheiben geschlossen. Ebenso die Trennscheibe zwischen Cockpit und hinterer Sitzbank. Der Fahrer trug eine mausgraue Livree. Stone hatte schon immer das altväterlich Stilvolle geschätzt. Die Straßenschluchten waren nur in einem kleinen, nach vorn gerichteten Ausschnitt zu sehen.

Greene haßte es, sich von allem abzuschotten. Für ihn war das keine Problemlösung. »Wenn du dich verkriechst«, hatte er zu Stone gesagt, »dann ist das, als ob du der ganzen Welt sagst, was für ein schlechtes Gewissen du hast. Ich an deiner Stelle würde mich überall sehen lassen, Manny. Wie sonst auch. Würde jedem ins Gesicht grinsen und ihnen allen zeigen, daß sie mich mal sonstwo können.« Er war der einzige, der Sherman Stone »Manny« nennen durfte.

»Ich bin aber nicht du«, hatte Stone gesagt. Mehr nicht. Und von einer geschäftlichen Besprechung zur anderen fuhr er weiter mit verhängten Fenstern. Wenn er den Lincoln Town Car benutzte, waren gleichzeitig der Rolls-Royce und der Mercedes 500 unterwegs. Wer es auf ihn abgesehen hatte, mußte schon verdammt genau nachforschen, um herauszufinden, in welchem Wagen sich der große Sherman Stone wirklich befand.

Das Telefon summte.

Floyd Greene nahm den Hörer von der Mittelkonsole und meldete sich. Der Mithörlautsprecher war eingeschaltet. Stone haßte jede Art von Heimlichkeiten.

»Ein Ferngespräch, Sir«, sagte das Girl in der Vermittlung für den Autotelefonverkehr. »Für Mr. Stone persönlich.«

»Ich übernehme das«, entgegnete Greene mit einem Seitenblick. Der große, kantige Mann mit dem rostbraunen Haar wirkte geistesabwesend.

»Tut mir leid, Sir. Der Anrufer verlangt ausdrücklich Mr. Stone persönlich. Wenn ich ihn nicht erreiche, muß ich die Verbindung abbrechen.«

Stone hob diese große Hand, die trotz Maniküre immer noch aussah wie eine Bergarbeiterhand. Seine Bewegung wirkte müde. In den letzten Tagen hatte er eine Menge hämischer Anrufe erhalten. Die Ratten glaubten, ein sinkendes Schiff erobern zu können, um es wieder flottzumachen.

»Moment«, sagte Greene. »Mr. Stone übernimmt.« Er gab den Hörer weiter und beobachtete das verwitterte Gesicht des hochgewachsenen Mannes. Mit seinen fünfunddreißig Jahren wirkte Stone wie fünfzig. Dabei hatte er nie in den Kohlebergwerken von Wales geschuftet wie noch seine Großeltern, bevor sie in die Staaten gekommen waren.

»Ich bin Lucky Lansing«, tönte eine jungenhafte Stimme aus dem Einbaulautsprecher. »Merken Sie sich meinen Namen gut, Mr. Stone!« Die Stimme klang geradezu fröhlich. »Dies ist die Chance Ihres Lebens. Sie können mich haben. Natürlich können Sie auch ablehnen. Dann werden Sie noch eine Menge von mir hören. Allerdings nur von Ihren Spitzeln über das, was bei der Konkurrenz läuft.«

»Schön, schön«, brummte Stone mit mühsam erzwungener Geduld. »Hören Sie zu, Sie Witzbold! Was, meinen

Sie, gibt Ihnen das Recht, mich auf den Arm zu nehmen?«

»Falsch, Sir. Ich mache Ihnen ein Angebot.«

»Ich bin nicht an Angeboten interessiert.«

»Meins reißt Sie vom Hocker. Garantiert. Ich gehe mal davon aus, daß Sie ein paar ungelöste Probleme mit sich rumschleppen.«

»Darüber spreche ich nicht am Telefon. So long, Witzbold.« Stone wollte den Hörer weglegen.

»Halt, halt!« schrie der Mann am anderen Ende der drahtlosen Verbindung. »Ich kann Ihnen wohl schlecht auf die Bude rücken. Von South Dakota nach New York ist es verdammt weit für einen, der das Geld für ein Flugticket nicht hat. Zur Sache, Sir: Fällt Ihnen zu dem Namen Bruce Malone was ein? Eine Menge, stimmt's? Ein lästiger Konkurrent, den man verdammt gern vom Hals hätte. Sie haben das bislang nicht geschafft. Ich schaffe es. Was halten Sie davon?«

Stone hatte aufgehorcht. Doch nur einen Atemzug lang. Sein Interesse fiel in sich zusammen.

»Nichts«, knurrte er. »Ich habe die Nase voll von Spinnern.« Erneut wollte er auflegen.

»Kann ich verstehen.« Der Anrufer klang völlig gelassen und selbstsicher. »Sie brauchen mich auch nicht ernst zu nehmen. Noch mal im Klartext: Ich schaffe Ihnen Malone vom Hals. Gratis und franko. Wenn es erledigt ist, melde ich mich wieder. Dann sage ich Ihnen, warum.«

Es knackte im Hörer.

Sherman Stone schob ruckartig das Kinn vor und runzelte die Stirn. Dieser Lümmel hatte den Spieß umgedreht. Er hatte von sich aus aufgelegt. Das war zumindest merkwürdig.

Greene nahm den Hörer und legte ihn auf die Gabel.

Fast lautlos rollte der Lincoln Town Car die Fifth Avenue hinauf. Im Hotel an der Ecke East 71st Street würde Stone seine Unterführer treffen. Sie würden berichten, daß die Umsätze sowohl im Drogenhandel als auch im Glücksspiel weiter zurückgingen. Was noch lief, waren einzig die Nobelbordelle und die Nachtclubs. Das lag daran, daß die Kundschaft in dieser Branche nicht aus eingeweihten Kreisen stammte. Wer sich in der Szene auskannte, schenkte Stone nicht mehr das frühere Vertrauen.

Auf einmal verlangten sie Sicherheiten, bevor sie ein Geschäft mit ihm abschlossen.

»Die Welt ist voll von Verrückten«, sagte Floyd Greene. Er lachte und schüttelte den Kopf. Bedächtig zündete er sich eine Zigarette an. Die Klimaanlage schluckte den Rauch.

Stone wandte den Kopf und sah seinen Rechtsberater aus schmalen Augen an. Greene war der Consigliere aus dem Bilderbuch – schlank, smart, immer elegant gekleidet und mit einer dezenten Dauerwelle im dunklen Haar. Stone hatte manchen erlebt, der sich von Greenes Salonlöwenaussehen hatte täuschen lassen. Unter den teuren Anzügen, die er trug, verbargen sich durchtrainierte Muskeln.

»Wieso ausgerechnet Malone?«

»Die liebe Konkurrenz. Na und?« Greene hob die Schultern und ließ sie wieder sinken.

»Von Donnelly hat er kein Wort gesagt«, murmelte Stone und rieb sich das Kinn. »Fast so, als ob er gar nichts davon wüßte.«

Greene blies die Luft durch die Nase. »Manny, fang jetzt nicht an, dir irgendwas einzureden!«

»Ich habe nicht gesagt, daß ich den Kerl ernst nehmen will. Aber du mußt zugeben, daß es komisch klang.«

»Komisch? Eher verlockend, würde ich sagen. Stell dir mal vor, das wäre Wirklichkeit! Kein Malone vorhanden! Dann könntest du tief Luft holen und dich ganz neu aufblasen. Richtig?«

Stone grinste zum erstenmal. »Du verstehst es mal wieder, zum Kern der Dinge vorzustoßen. Hast du dir den Namen gemerkt?«

»Von dem Anrufer?«

»Ich wüßte nicht, mit wem wir sonst noch gesprochen hätten.«

Greene verzog das Gesicht. Er haßte Zurechtweisungen. Er konnte es nicht ausstehen, wenn jemand ihm Langsamkeit im Denken unter die Nase rieb. Stone war der einzige, der das ungestraft tun konnte.

»Was mit L«, murmelte Greene. »Lucky Sowieso.«

»Lucky Luciano, was?« Greene gluckste. »Würde zu dem Witzbold passen.«

»Landers, glaube ich«, sagte Stone sinnierend. »Zweimal L auf jeden Fall.«

Eine halbe Stunde später hatte der Syndikatsboß das seltsame Telefongespräch vorerst vergessen. Die rauhe geschäftliche Wirklichkeit fraß ihn auf.

John D. High betrat das Vernehmungszimmer, schloß die Tür leise und gab uns mit einem Handzeichen zu verstehen, daß wir uns nicht stören lassen sollten.

Der Mann, den wir in den Lichtkegel gesetzt hatten, starrte mißtrauisch in die Richtung, aus der das Geräusch kam. Sehen konnte er bestenfalls Umrisse, da ihn die Lampen isolierten.

Dave Tiswell, achtundzwanzig, US-Bürger, ledig, Army-Dienstzeit ohne besondere Vorkommnisse, danach sechsmal als Dealer geschnappt und sechsmal rechtskräftig verurteilt. Einer von denen, die wir nach Donnellys Tod festgenommen hatten. Hinweise gab es jede Menge. Aber nicht die, die wir brauchten, um bei Stone an der Haustür klingeln und ihm ein amtliches Stück Papier unter die Nase halten zu können.

Der Chef setzte sich auf einen Stuhl und schlug die Beine übereinander.

»Ich rede nicht weiter«, sagte Tiswell mürrisch, »solange ich nicht weiß, wer alles zuhört.«

»Davy, du mußt dir über deine Lage klarwerden«, belehrte ich ihn lächelnd. »Du hast mehrere Anwälte angerufen, aber keiner will dich vertreten. Den Pflichtanwalt lehnst du ab, und du hast noch nicht einmal angefangen zu reden. Also spiel dich nicht auf!«

Phil, der neben mir saß, winkte ab. »Weg mit ihm, Jerry, zurück in die Zelle. Wir haben genügend andere aus seinem Verein. Wenn nur einer dabei ist, der gegen Stone ...«

»He, he!« schrie Tiswell aufgebracht. »Kommt mir nicht auf die Tour! Von nichts kommt nichts. Kapiert? Wer soll denn dieser Stone sein, von dem ihr dauernd faselt?«

Es hatte keinen Sinn. Wir mußten das einsehen. Wir machten uns selbst etwas vor, wenn wir glaubten, diese tagelangen Vernehmungen würden noch irgend etwas einbringen. Dave Tiswell wußte, daß Phil geblufft hatte. Keiner von Daves Komplizen hatte auch nur die leiseste Ahnung, wie man Stone an den Karren fahren konnte. Wo nichts war, konnte man auch nichts holen. Leider hatte Davy recht. Stones Sicherheitssystem war perfekt.

Unser Vorhaben, das Syndikat von unten her aufzurollen, wollte nicht funktionieren. Über das Fußvolk kamen wir an die höheren Ränge nicht heran. Carl Donnelly war eine Ausnahme gewesen, ein Zufall.

John D. High war aufgestanden. Er trat auf den Tisch zu. »Sie brauchen sich nicht sofort zu entscheiden, Tiswell. Natürlich haben Sie Bedenkzeit. Es bringt uns schon weiter, wenn wir erfahren, in wessen Auftrag Donnelly gehandelt hat. Wenn Ihnen dazu etwas einfällt, melden Sie sich beim Aufsichtspersonal.«

»Kenne keinen Donnelly«, behauptete Davy empört.

Das Telefon summte.

»Sie müssen jetzt nicht reden«, sagte der Chef lächelnd. »Denken Sie erst in Ruhe nach. Auch darüber, ob Sie den Pflichtanwalt annehmen oder nicht.«

Phil stand auf, um den völlig verwirrten Davy hinauszuführen.

John D. High nahm den Hörer ab und nannte seinen Namen. Einen Moment lang hörte er zu.

»Ich gebe Ihnen den Special Agent, der den Fall federführend bearbeitet«, sagte er dann. »Moment.« Er hielt mir den Hörer entgegen und bedeckte die Sprechmuschel mit der rechten Hand. »Washington, Pressestelle. Lassen Sie sich nicht einschüchtern, Jerry!«

Ich lächelte nur, und der Chef nickte. Er wußte, daß mich die Direktionsbürokratie noch nie sonderlich beeindruckt hatte.

Phil kehrte in den Raum zurück. Mr. High schaltete den Mithörlautsprecher ein. Ich meldete mich mit vollem Namen.

»Kenneth Fisher, FBI-Hauptquartier, Presse- und Informationsbüro.« Die Stimme klang ein wenig von oben herab. »Sie sind also zuständig im Fall Shayne?«

»Im Fall Donnelly-Shayne«, verbesserte ich. »Worum geht es?«

»Der FBI-Direktor ist besorgt, Cotton. In Zusammenhang mit Shaynes Tod haben Presse und Fernsehen einen ziemlichen Wirbel veranstaltet. Wir sehen mal wieder nicht besonders gut aus.«

»Was heißt das – mal wieder?« Irgend etwas in mir fing an einzurasten.

»Cotton, Menschenskind, Sie wissen genau, wovon ich rede! Die drei Buchstaben FBI stehen für absolute Elite. Alles, was an diesem Image kratzt, ist von Übel. Wir dürfen nicht aufs Spiel setzen, was seit Hoovers Zeiten mit

Härte und Überlegenheit aufgebaut wurde. Klar, daß sich die Pressegeier mit größter Wonne auf jede Schwachstelle stürzen.«

Ich sah Phil an. Er zog die Augenbrauen weit hoch. John D. High preßte die Lippen zusammen und schüttelte nur kaum merklich den Kopf.

»Danke für die Unterrichtsstunde«, sagte ich beherrscht. »Was sind Sie, Fisher? Special Agent?«

»Nein, Jurist. Hören Sie, Cotton, wenn Sie andeuten wollen ...«

»Allerdings«, unterbrach ich ihn. »Ich sage es sogar klar und deutlich: Leute mit Ihrer Einstellung machen alles zunichte, was wir in langen Jahren erreicht haben. Wir sind darauf angewiesen, mit den uniformierten Cops und den Kollegen aus den Detective Divisions der City Police zusammenzuarbeiten. Es ist uns gelungen, das alte Vorurteil abzubauen, die Gentlemen vom FBI ließen andere die Dreckarbeit erledigen und kämen zum Schluß nur noch, um die Rosinen für sich herauszupicken. Wenn Sie solche Gedanken in den Medien verbreiten lassen, können Sie unsereinem ebensogut Knüppel zwischen die Beine werfen.«

»Sie verstehen mich falsch«, lenkte er ein. »Mir steht es nicht zu, in Ihre Arbeit hineinzureden. Aber was da mit Clive Shayne gelaufen ist, wird leider gegen uns ausgeschlachtet.«

»So hört es sich schon ganz anders an«, sagte ich und grinste den Hörer an. »Sie wollen sich also nicht in Vorwürfen ergehen?«

»Nein. Ich brauche Hinweise von Ihnen, wie wir den Jungs von der Presse den richtigen Weg weisen.«

»Und in der Beziehung verstehen Sie Ihr Handwerk.«

»Allerdings. Haben Sie gelesen, was bislang erschienen ist?«

»Ja«, antwortete ich. Wir haben ein gut arbeitendes

Archiv, das jeden Tag die lokalen und überregionalen Zeitungen und Illustrierten auswertet und außerdem lokale Fernsehsendungen aufzeichnet. Jeder G-man erhält auf die Weise druckfrisch auf den Tisch, was an dem jeweiligen Tag über seinen Fall veröffentlicht wurde.

»Gut. Dann wissen wir, worüber wir reden. Den Direktor stören zwei Dinge, und die muß ich in der Öffentlichkeit zurechtbiegen. Erstens: Es wird behauptet, Clive Shayne hätte sich als vorbildlicher Staatsbürger gezeigt und geholfen. Die eingesetzten Special Agents hätten ihn dabei aber im Regen stehenlassen. Zweitens: Einer der besagten Special Agents soll einen Kameramann an der Ausübung seines Berufs gehindert haben.«

»Alles bekannt«, sagte ich. »Sind Sie ernsthaft interessiert, die Dinge ins rechte Licht zu rücken?«

»Das ist meine Aufgabe. Und die nehme ich ernst. Ein Nestbeschmutzer bin ich nicht, Cotton, das können Sie mir glauben.«

»Gut. Vorweg: Ich habe Clive Shayne gekannt, gut gekannt. Wenn er noch am Leben wäre, würde ich ihm sagen, was für ein hirnverbrannter Idiot er war, sich in unsere Verfolgung einzumischen. Sehen Sie sich die Aufzeichnung der Fernsehberichte an, Fisher. Versuchen Sie, gedanklich zu rekonstruieren, was sich abgespielt hat. Unter den gegebenen Umständen war es unmöglich, etwas für Clive zu tun. Er war besessen.«

»Besessen?«

»Haargenau. Von dem Wahn nämlich, sein Comeback in der rauhen Wirklichkeit zu feiern. Was er getan hat, war beinahe Selbstmord. Das und noch mehr würde ich ihm sagen, wenn er mich hören könnte.«

»Verstehe«, sagte Fisher leise. »Aber Sie müssen mir abnehmen, daß ich das keinem Reporter verkaufen kann.«

»Tue ich. Sie sind der Fachmann, Fisher. Verpacken Sie

es so, daß es für die Sensationsgeier verdaulich wird.«

»All right. Ich werde es versuchen. Ich kann mir jetzt vorstellen, wie es gewesen ist. Und was ist mit dem Vorwurf wegen dieses Kameramanns?«

»Wenn es für einen Kameramann zur Ausübung seines Berufs gehört, einen Menschen zu filmen, wie er stirbt, dann habe ich ihn daran gehindert. Dazu stehe ich. Ich bin bereit, das in aller Öffentlichkeit zu vertreten. Auch wenn der FBI-Direktor anderer Meinung ist.«

»Schon gut, Cotton, schon gut! Regen Sie sich nicht auf. Wir kriegen das in den Griff. Wenn ich noch irgendwelche Fragen habe, melde ich mich wieder.«

Ich legte auf. Natürlich würde er die Sache mit dem Kameramann unter den Teppich zu kehren versuchen. Es würde ihm auch gelingen, denn etwaige Hintergründe über Clive Shayne würden von den Reportern geradezu begierig aufgenommen werden.

John D. High räusperte sich. »Ich erinnere mich an die Berichte, die in Zusammenhang mit der angeblichen Entführung seines Sohnes erschienen. Shayne wurde schon damals vereinzelt als labiler und hilfloser Mensch geschildert.«

»Richtig«, sagte Phil. »Aber die große Masse der Zeitungen und Illustrierten hat ihn als den strahlenden Helden dargestellt, der er in seinen Filmen war. Was wäre denn in so einem Fall im Wilden Westen passiert? Der betrogene Ehemann hätte seinem untreuen Eheweib den Sohn entrissen und die Ruchlose und ihren Liebhaber mit dem Colt niedergestreckt. Bis auf den letzten Punkt hat sich Shayne haargenau so verhalten, wie es seine Fans auf der Leinwand erwartet hätten.«

»Und jetzt hat er diese Erwartungen wieder erfüllt«, knurrte ich. Ich zündete mir eine Zigarette an. »Er war schon ein verbohrter Hundesohn. Aber ein sehr sympathischer.«

»Mich stört an der ganzen Sache vor allem eins«, sagte der Chef. »Shaynes Tod ist schlimm, sehr schlimm. Aber es wird ein unangemessener Rummel veranstaltet. Wir dürfen uns nicht hineinziehen lassen. Leute wie Fisher sollen sich damit herumschlagen. Schließlich ist es ihr Job. Für uns muß an erster Stelle Donnelly stehen.«

Phil und ich nickten. Wenn wir uns von den Veröffentlichungen verrückt machen ließen, konnten wir gleich aufgeben. Der Sumpf, aus dem wir Carl Donnelly an Land gezogen hatten, war tückisch genug.

Noch vor achtundvierzig Stunden hätten wir nicht im Traum geglaubt, die Nr. 1 in den Rollkommandos des Stone-Syndikats jemals überführen zu können. Bei einem Scheingeschäft der Narcotic Squad hatten Phil und ich zum Überwachungsteam gehört. Der Dealer, der in Stones Auftrag die vermeintliche Heroinlieferung an Land ziehen sollte, hatte offenbar keinen Verdacht geschöpft. Aber statt eines Koffers voll Bargeld hatte der Dealer den Killer in der Hinterhand gehabt.

Wie ein Schatten war er plötzlich aus der Dunkelheit des Hinterhofs aufgetaucht. Phil und ich hatten Donnelly in die Flucht schlagen können. Unser Kollege von der Narcotic Squad, der als Heroinverkäufer aufgetreten war, hatte einen Streifschuß abgekriegt.

Einen Schlußstrich konnten wir nicht ziehen, und ein Erfolgserlebnis war schon gar nicht zu verbuchen. Wir konnten nur vermuten, wie die Hintergründe aussahen. Stone hatte das Rauschgiftgeschäft ohne Bezahlung abwickeln und gleichzeitig der Konkurrenz einen schweren Schlag versetzen wollen. Er mußte unseren Mann von der Narcotic Squad für einen echten Konkurrenzdealer gehalten haben, denn Mord an einem Polizeibeamten hätte auch ein Carl Donnelly nicht ohne weiteres riskiert.

Der festgenommene Dealer hatte uns ein paar Leute ans Messer geliefert, um sich selbst vor dem Richter in ein gutes Licht zu rücken. Tiswell war einer dieser Burschen. Sie hatten uns nicht weitergebracht. Dank unserer V-Leute wußten wir lediglich, daß es unter den Syndikaten brodelte. Verschärfter Konkurrenzkampf war angesagt. Der Teufel mochte wissen, aus welchem Grund.

Donnelly hatte bei dem Anschlag während des Scheingeschäfts die Nerven verloren, als wir eingriffen. Stone mußte mittlerweile ebenfalls nervös geworden sein. Seine Nr. 1 fehlte ihm. Wenn er bislang geglaubt hatte, es nur mit seiner Konkurrenz zu tun zu haben, so wußte er spätestens seit den Fernseh- und Zeitungsberichten, daß er mit uns auch noch rechnen mußte.

Nur tagsüber harrte Lucky Lansing auf seinem gut geschützten Beobachterposten aus. Nach Einbruch der Dunkelheit, wenn auch der Straßenlärm aus Rapid City verklungen war, konnte er sich auf sein Gehör verlassen. Dann leistete er sich den Luxus, in seinem Einmannzelt zu schlafen.

Seine Sinne funktionierten. Darauf konnte er sich verlassen. Sobald unten im Industriegebiet ein Auto vorfuhr, war er schlagartig hellwach. Aber stets handelte es sich nur um Lieferfahrzeuge oder um die Wagen von Arbeitern und Angestellten.

Der vierte Tag brach an. Er zeigte sich mit strahlender Sonne und wolkenlosem Himmel von seiner besten Seite. Doch es war kühl in den Bergen. Das Gestein hatte die Kälte der Nacht eingezogen und speicherte sie. Lansing fröstelte trotz der Lederjacke mit Innenpelz. Er wußte, daß ihm Bewegung fehlte. Im Schutz der kleinen Senke, in der er sein Lager aufgeschlagen hatte, trat er von einem Bein auf das andere. Er rückte den breitkrempigen Stetsonhut zurecht und schlug die Arme ineinander. Das half.

Auf dem Gaskocher summte das Wasser im Kessel. Lansing brühte Pulverkaffee auf, frühstückte von seinen Proviantvorräten und nahm sich dann wie jeden Morgen das Gewehr vor. Er warf einen Blick auf die Armbanduhr. Unten im Industriegebiet fingen sie erst in einer halben Stunde an zu arbeiten. Er entlud das Gewehr und prüfte alle Funktionsteile einschließlich des Zielfernrohrs durch. Dann ließ er das Magazin wieder einrasten, sicherte die Waffe und schob sie in das wattierte Lederfutteral. Er gönnte sich noch eine Zigarette und dampfenden Kaffee aus dem Emaillebecher.

Lucky Lansing genoß die Ruhe, die ihn erfüllte. Das freie Land und die Berge gaben ihm alle Macht, zu der er fähig war. Er gewann seine Härte aus diesem Land, das ihn hervorgebracht hatte. Er fühlte sich so, wie sich jene Männer gefühlt haben mußten, die dieses Land im vergangenen Jahrhundert für sich beansprucht hatten. Sie hatten getötet, wenn sie ihr Ziel nicht anders erreichen konnten.

Lucky Lansing würde töten, um sein Ziel zu erreichen.

Er drückte seine Zigarette aus, räumte die Sachen ins Zelt und nahm das Gewehr und das Fernglas. Sein Beobachtungsposten war wie für seine Zwecke gemacht. Ein zinnenartiger Felseinschnitt mit brusthohem Sims. Er legte das Gewehr, noch im Futteral geschützt, neben sich und justierte die Scharfstellung des Fernglases.

Das Industriegebiet im Westen von Rapid City grenzte unmittelbar an die ersten natürlichen Felsbarrieren, die sich hier in den Ausläufern der Black Hills erhoben. Zeitungsverleger Andrew Moore hatte sich für seinen Betrieb den äußersten westlichen Zipfel ausgesucht - wohl, um wegen der nächtlichen Lärmbelästigung so weit wie möglich von den Wohngebieten entfernt zu sein. Der Zaun, der das Verlagsgrundstück umgab, reichte bis an die steil ansteigenden Felsen heran.

Lansing hatte das Zielfernrohr und die Visierung auf fünfhundert Yards eingestellt. Die Entfernung hatte er schon vor Wochen ermittelt. Genauigkeit würde ein wichtiges Qualitätsmerkmal seiner Arbeit werden. Ein Merkmal, mit dem man Leute wie Sherman Stone überzeugte.

Die Sonne stieg höher. Es wurde erträglich warm. Für die Jahreszeit war es noch nicht kalt genug. Nach und nach trafen unten die ersten Autos ein. Leute, die in der Frühschicht der Akzidenzdruckerei arbeiteten.

Lansing kannte die Wagen inzwischen. Auch in den Nachbarbetrieben setzte der Zustrom der Mitarbeiter ein. Stille herrschte nur bei der Bauruine jener Autofirma, die vor dem Einzug in ihr prachtvolles neues Gebäude pleite gegangen war.

Die Morgenstunden verliefen auch an diesem Tag ohne besondere Ereignisse. Lansing erlaubte es sich, für Minuten seinen Platz zu verlassen, um zu essen und zu trinken. Ihm wurde bewußt, wie höllisch schwer es war, als Neuling Fuß zu fassen.

Den erfahrenen Profis standen andere Mittel zur Verfügung als ihm. Die brauchten nicht tagelang auf einen Moment zu warten, der vielleicht überhaupt nicht eintrat. Die ließen sich alle Informationen servieren, traten kurz und wirkungsvoll auf und verschwanden wieder.

Lucky Lansing war geneigt, sich selbst zu bedauern. Er hatte niemanden, der ihn mit Informationen versorgte. Er hatte nicht einmal jemanden, der ihn beauftragte – geschweige denn bezahlte. Was er hatte, waren seine Fähigkeiten. Fähigkeiten, von denen er selbst überzeugt war. Er würde ihnen allen zeigen, was er konnte. Die Welt sollte aufhorchen!

Er grinste.

Es genügte schon, wenn nur ein bestimmter Teil der Welt aufhorchte.

Die Trägheit der Mittagszeit überwand er, indem er sich einen neuen Kaffee aufbrühte. Unerwünschte Gedanken drängten sich in sein Bewußtsein. Vielleicht stimmte nichts von all dem, was er sich zusammengereimt hatte. Er verdrängte die störenden Überlegungen.

Fast auf die Minute genau um drei Uhr wußte er, daß er sich nicht geirrt hatte.

Ein schwarzer Bentley rollte in die Einfahrt des Verlagsgrundstücks, unter dem Torbogen mit dem Schriftzug Rapid Chronicle hindurch.

Die Gebäudetrakte des Zeitungsverlags standen in rechten Winkeln zueinander. Sie bildeten ein großes U. Der Bentley passierte eine Durchfahrt, und Lansing konnte das Chicago-Kennzeichen sehen.

Er ließ das Fernglas sinken, staunte einen Atemzug lang über seine innere Ruhe und wollte nach dem Gewehr greifen.

Von diesem Moment an ging alles schief.

Der Bentley bog nicht, wie angenommen, auf den Besucherparkplatz ein. Die dunkel getönten Scheiben verursachten noch einen blitzenden Reflex. Dann verschwand das schwere Fahrzeug hinter dem Redaktionsgebäude.

Lansing biß sich auf die Unterlippe. Er wollte fluchen, doch er unterdrückte das Verlangen. Es gelang ihm, seine Nerven zu der gleichen eiskalten Ruhe zu zwingen, die ihn bis jetzt erfüllt hatte. Wenn da Unsicherheit aufgekeimt war, dann hatte er sie besiegt. Im Handumdrehen. Er war stolz auf sich selbst.

Die Kerle im Bentley konnten keinen Verdacht geschöpft haben. Unmöglich. Die Erklärung lag auf der Hand: Der Luxuswagen aus Chicago sollte von anderen Besuchern des Verlags nicht gesehen werden.

Verständlich.

Lansing grinste. Ihn konnten sie nicht austricksen. Ihre

Heimlichtuerei war zwar nur ein Zufall, den er nicht einkalkuliert hatte. Das hieß aber noch lange nicht, daß er seinen Plan aufgab, nur weil der Anfang nicht klappte. Auch Kalkulationen mußte man bisweilen frisieren, damit am Ende das Richtige herauskam.

Er wartete zwei Minuten, bis er sicher war, daß der Bentley seinen Platz hinter der Redaktion nicht wieder verließ. Dann nahm er das Gewehr mitsamt Futteral, ging zu seinem Lagerplatz und verstaute die Waffe und das Fernglas in einer Tennistasche.

Er verließ den Felshügel an der Westseite, die dem Industriegebiet abgewandt war. Nach fünf Minuten erreichte er den Schotterweg, der von der festen Straße aus in die Berge führte. Wildhüter und Forstleute benutzten diesen Weg. Manchmal auch ortskundige Liebespaare, die sich mangels eigener Wohnung noch im Auto wälzen mußten.

Lansing brauchte weitere zehn Minuten, um die befestigte Fahrbahn am Rand des Industriegebiets zu erreichen. Er ging die Straße ein Stück entlang. Linker Hand der Verlag des Rapid Chronicle. Keine Menschenseele zu sehen. Wer in den Gebäuden arbeitete, war kein Fenstergucker. Für sie hatte die Umgebung längst keinen Reiz mehr. Auf der rechten Seite der Straße wucherte fast schulterhoch das Unkraut. Der stämmige Mann mit dem Stetsonhut tauchte darin unter und verschwand hinter einer Baubude, die schon halb verwittert war.

Mehrere Minuten lang verharrte er regungslos. Nichts tat sich. Keine Schritte, keine Stimmen, die sich näherten. Auch nicht das, was er am meisten befürchtete: das Zuschlagen schwerer Autotüren. Er verließ seinen Platz und huschte in die Bauruine, ein riesiges, zweigeschossiges Betongerippe mit leeren Fensterhöhlen. Drinnen ragten überall rostige Moniereisen aus halbfertigen Bauteilen. Lansing stieg einen Treppenrohling hinauf. Die

Halle im ersten Stock war von stinkendem Unrat übersät. Die Ruine war bei Tramps bereits als Lager- und Festplatz bekannt.

Lansing verzog angewidert das Gesicht. Er verachtete Menschen, die sich gehenließen und so taten, als wäre es Schicksal, wenn sie mit dem Hintern nicht hochkamen. Er suchte sich eine geeignete Fensterhöhle im östlichen Teil des Gebäudes aus und kauerte sich unter die Brüstung. Schon mit bloßem Auge konnte er den Bentley hinter dem Redaktionsgebäude sehen. Jetzt war auch die Lösung des Rätsels zu erkennen. Es gab dort einen kleinen Nebeneingang.

Ein Mann in grauem Anzug lehnte an der altertümlichen Motorhaube der Luxuslimousine und paffte Zigarettenrauch in die Luft.

Lansing nahm das Fernglas und sah sich den Mann näher an. Die Gesichtszüge verrieten alles – breit, stumpf, ausdruckslos. Wahrscheinlich war es der Fahrer, bestenfalls ein Bodyguard. Lansing legte das Fernglas weg und nahm das Gewehr aus dem Futteral. Mit einem harten Ruck lud er durch, legte den Sicherungsflügel aber noch nicht herum.

Er wartete.

Er versuchte, sein bisheriges Verhalten selbstkritisch zu beurteilen. Okay, vielleicht war es ein Fehler gewesen, nicht alle Möglichkeiten durchzuspielen. Aber er hatte seine Ruhe bewahrt, vor allem seine Ruhe. Verdammt, ja, das war das Entscheidende. Kühl und sachlich hatte er überlegt und die richtige Entscheidung getroffen. Ein anderer wäre vielleicht in Panik geraten.

Vier Tage, um einen selbst erteilten Auftrag auszuführen. Vier lange Tage. Aber es sollte sich lohnen. Vor allem hatten sich seine Schlußfolgerungen bestätigt. Was er wußte, wußte er von Gesprächen von Verlagsangestellten, die er in den Feierabendkneipen belauscht hatte. Es war ein offenes Geheimnis, daß da irgendein Big Boß aus Chicago im Anmarsch war, um Andrew Moore auf die Bude zu rücken und in das Zeitungsgeschäft einzusteigen.

Es wurde gemunkelt, daß die Syndikate ein mächtiges Interesse an den kleinen Lokalzeitungen hatten.

Lokale Fernsehsender waren die Zukunft, und die noch existierenden Provinzblätter boten mit ihrem örtlichen Know-how genau das, was man brauchte, um eine geballte Meinungsmacht auf dem flachen Land zusammenzuschustern.

Die Tür des Nebeneingangs wurde geöffnet.

Lucky Lansing legte den Sicherungsflügel des Gewehrs herum, auf Einzelfeuer. Das Zielfernrohr zeichnete ein deutliches Bild. Lansing ließ die Balkenvisierung etwa in Brusthöhe zwischen dem Türrahmen schweben.

Bruce Malone war bekannt. Es gab sogar Fotos von ihm in den großen Zeitungen. Nach außen hin war er der strahlende, erfolgreiche Geschäftsmann. Dabei galt es als offenes Geheimnis, daß er seine erste Million illegal gemacht hatte. Und er wollte mehr. Immer mehr. Das kriegten sogar die Konkurrenten aus der eigenen Branche schon zu spüren. Malone begnügte sich nicht mehr mit Chicago. Er wollte New York, Philadelphia, Boston.

Keiner hatte ihn bisher aufhalten können.

Ich werde es tun, dachte Lansing. Die Furchen seines bartlosen Gesichts, trotz seiner fünfundzwanzig Jahre schon vorhanden, verhärteten sich.

Der erste, der aus der Tür trat, war ein Bodyguard. Athletischer Körperbau und die blasierte Miene des Abgebrühten, der jederzeit alles im Griff hatte.

Der Mann blieb einen Moment stehen, blickte kontrollierend in die Runde und gab dem Fahrer einen Wink. Der Graugekleidete hastete von der Motorhaube weg und riß die Türen an der rechten Wagenseite auf.

Während der Driver zurücklief, um an seinen Arbeitsplatz hinter dem Lenkrad zu gelangen, trat der Bodyguard einen Schritt ins Freie und ein Stück zur Seite.

Malone, der Big Boß aus Chicago, war ein rundlicher Mann mit gutmütig wirkendem Hundegesicht. Seine Halbglatze schimmerte im Sonnenlicht. Lansing wartete, bis der Kopf Malones über dem Fensterrahmen der offenen Fondtür erschien.

Er drückte ab.

Zweimal ließ er das Gewehr peitschen.

Nach der ersten Kugel war der Kopf noch zu sehen – erstarrt, wie in Standbildschaltung eines Films. Die zweite Kugel schleuderte Malone aus dem Rund des Zielfernrohrs und ließ ihn hinter einem Schwall von Blut verschwinden.

Lansing warf das Gewehr in die Tasche, schloß sie und rannte geduckt vom Fenster weg. Er brauchte eine Minute, um die Ruine an der Rückseite zu verlassen.

Er verschwand im Unkrautdickicht und schlug einen Haken nach rechts in Richtung auf die Berge.

Von den Verlagsgebäuden her war erregtes Gebrüll zu hören. Diese Burschen, die so hartgesotten taten, waren kopflos. Zumindest taten sie das Naheliegende nicht schnell genug.

Lansing lief etwa zweihundert Yards weit parallel zur Straße. Dann endete das brachliegende Grundstück. Der morsche Bretterzaun hatte an mehreren Stellen Löcher. Tramps machten nicht erst Umwege, wenn sie einen gemütlichen Platz vor Augen sahen.

Erst jetzt waren Schritte zu hören. Mindestens zwei Kerle mußten es sein, die da die Fahrbahn überquerten, um die Betonhöhle zu durchsuchen.

Lucky Lansing nutzte den Sichtschutz des Bauzauns

und lief am Fuß der steil anfragenden Felsen entlang bis zu der Stelle, wo die Asphaltfahrbahn endete. Er warf einen kurzen Blick zurück. Niemand auf der Straße. Also hatten die Bodyguards die Bauruine erreicht. Sie suchten nach Spuren, die sie verfolgen konnten.

Lansing lief auf dem Schotterweg nach Westen. Eine Zeitlang war er dabei ungeschützt wie auf einem Präsentierteller. Wenn die Leute im Verlagsgebäude aufpaßten, mußten sie ihn sehen. Aber sie wußten garantiert noch nicht einmal, was überhaupt passiert war. Vielleicht hatten sie auch gar nichts mitgekriegt.

Er legte Tempo zu und rannte jetzt mit langen, federnden Sätzen. Unter den Sohlen seiner Springerstiefel knirschten die Steine. Dann erreichte er die ersten Felsbrocken, die ihn vor Blicken aus den Verlagsgebäuden schützten. Teufel auch, wenn Malones Idioten ihn jetzt nicht hörten, mußten sie taub sein.

Er erreichte seinen Lagerplatz in der Hälfte der Zeit, die er für den umgekehrten Weg gebraucht hatte. Mit einem Ruck schleuderte er das Gewehrfutteral weg und ging hinter der Felszinne in Stellung.

Da waren sie.

Sie gingen beiderseits am Rand der Fahrbahn, etwas versetzt, und bewegten sich wie Infanteristen auf dem Vormarsch. Die Automatikpistolen, die sie schußbereit mit angewinkelten Armen hielten, identifizierte Lansing als Colt-Waffen vom Typ Government, Kaliber 45 ACP.

Er jagte dem, der auf der rechten Fahrbahnseite ging, eine Kugel vor die Füße. Steinsplitter spritzten als graue Fontäne hoch. Augenblicklich lagen beide Kerle flach, rollten sich ab und fanden nur klägliche Deckung hinter kleinen Felsbrocken.

Lansing schüttelte verständnislos den Kopf. Er hätte sie abknallen können wie Hasen. Aber es war ihm zu einfach, denn es würde zu wenig Eindruck machen. Den letzten Teil seines Plans wollte er haargenau so durchführen, wie er es vorbereitet hatte. Diese Bodyguards mochten harte und erfahrene Kämpfer sein. Doch an Denkfähigkeit mangelte es ihnen erheblich. Was sie anwendeten, waren Erfahrungswerte, keine geistige Beweglichkeit.

Er ließ ihnen Zeit, seinen Stetson hinter der Felszinne verschwinden zu sehen. Feuern konnten sie nicht. Gut vierhundert Yards waren zehnmal zuviel für einen gezielten Pistolenschuß. Aber sie wußten, wo er war.

Sie sollten es wissen.

Die wenigen Sachen, die zu seinem Lager gehört hatten, wickelte er in die Zeltplane. Er warf das Bündel in einen Felsspalt, dessen Boden sich in unergründlicher Tiefe befand. Niemand würde den Kram jemals finden. Wo er übernachtet hatte, ließ er nur eine leere Milchtüte und das Schraubglas zurück, in dem sich noch ein Rest Pulverkaffee befand. Die armen Kerle sollten nicht völlig ahnungslos hinter ihm herhecheln. Er grinste bei dem Gedanken.

Nur noch die Tennistasche mit dem Gewehr und dem Fernglas hatte er bei sich, als er weiter nach Westen vordrang. Die Felsen stiegen an. Er kannte jeden Quadratinch des granitharten Bodens. Und er konnte diesen Vorteil voll ausnutzen, da Malones Hofhunde den Fehler begingen, ihn zu verfolgen.

Bevor die Polizei auf der Bildfläche erschien, mußte alles erledigt sein.

Genau nach Plan erreichte er ein kleines Plateau, von dem er die gesamte Felslandschaft nach Osten hin überblicken konnte. Die Bodyguards stöberten zu diesem Zeitpunkt in der Umgebung seines Lagerplatzes herum und mühten sich ab herauszufinden, in welche Richtung er sich gewandt hatte.

Durch das Zielfernrohr sah er nun, daß Malone zwei

Bodyguards außer dem Fahrer bei sich gehabt hatte. Denn keiner der beiden Verfolger war der Driver.

Er jagte dem mit dem blasierten Gesicht eine Kugel knapp über den Kopf hinweg. Das Geschoß prallte gegen Felsen und heulte als Querschläger davon.

Wieder lagen sie flach.

Lansing gönnte ihnen erneut einen flüchtigen Blick auf seinen hellen Stetson, ehe er seinen Weg fortsetzte.

Das Plateau ging in ein Geröllfeld über, mit schwacher Steigung nach Westen hin. Er wußte, daß die Verfolger etwa fünf Minuten brauchten, um den östlichen Rand des Plateaus zu erreichen. Diese Zeitspanne stand ihm zur Verfügung, um das Geröllfeld hinter sich zu bringen. Eine fast senkrecht aufragende Felswand schloß sich im Westen an dieses Feld an.

Lansing schaffte es in vier Minuten. Er schlüpfte in den nur schulterbreiten Spalt, dessen Lage er genau kannte. Aus größerer Entfernung war der Einschnitt in der Felswand kaum zu erkennen. Lansing brachte das Gewehr in Anschlag, spähte durch das Zielfernrohr und wartete geduldig, bis die beiden Kerle am Ostrand des Plateaus auftauchten.

Diesmal waren sie vorsichtiger. Flach auf den Boden gepreßt, schoben sie sich voran. Die Pistolen, die sie immer noch in den Fäusten hielten, wirkten in dem Felsgelände mit seinen Entfernungen geradezu lächerlich. Vereinzelte Gesteinsbrocken boten ihnen nur unzureichende Deckung.

Lansing nahm den anderen ins Visier, einen Breitschultrigen mit altmodischem Borstenhaarschnitt. Diesmal mußte er ihnen eine deutlichere Lektion erteilen. Es war riskant. Auch ein Querschläger konnte tödlich sein, wenn er an der richtigen Stelle traf.

Er hielt tief genug und zog durch.

Das Peitschen des Gewehrschusses wurde von der

Felswand verstärkt und hallte wie ein schmetternder Schlag über das Plateau.

Lansing beobachtete das Ergebnis im Zielfernrohr.

Das Geschoß riß einen fächerförmigen Regen von Gesteinssplittern und Staub aus dem Boden und überschüttete den Breitschultrigen damit. Er zuckte zusammen und stieß einen Schrei aus, der bis weit über das Geröllfeld hinaus zu hören war.

Lansing sah, wie der mit dem blasierten Gesicht heraufspähte. Er jagte eine zweite Kugel aus dem Lauf, diesmal gefahrlos hoch. Jetzt wußte er, daß die Verfolger ihn gesehen hatten.

Der Breitschultrige griff sich an die linke Schulter. Als er die Hand wegnahm, war kein Blut zu sehen. Nur zerfranster Jackenstoff. Ein Streifschuß also. Auf der Haut bestenfalls eine Schramme. Trotzdem hatte der Kerl geschrien wie ein abgestochenes Schwein. Die Tatsache, getroffen worden zu sein, war eine niederschmetternde Erfahrung, wenn man sich stets überlegen gefühlt hatte.

Die Leute in Malones Diensten hatten bislang allen Grund gehabt, sich selbst als die Größten zu betrachten. Mit der Macht des Syndikatsbosses war auch der Respekt gewachsen, den alle Welt vor ihnen hatte.

Lansing wartete, bis er sicher war, daß ihn die beiden Kerle weiter verfolgten. Sie gaben nicht auf. Im Gegenteil, durch den Querschläger-Streifschuß schienen sie zu noch größerer Verbissenheit angestachelt zu sein.

Der Einschnitt in der Felswand mündete nach wenigen Yards in einen Talkessel von etwa fünfzig Yards Ausdehnung. Im Südwesten führte ein Paß aus dem Kessel hinaus und stieß auf ein weiteres, höher gelegenes Plateau. Es gab nur diesen einen Weg. Lansing machte sich daher keine Sorgen, daß seine Verfolger die Richtung verloren.

Im Laufschritt legte er den Rest der Strecke zurück, bis er den entscheidenden Punkt erreichte.

Das Plateau endete vor einer knapp hundert Yards breiten Schlucht. Tief unten wand sich ein Bach wie ein silberner Faden. Die Felswände fielen senkrecht ab.

Lucky Lansing ließ die Tennistasche mit Gewehr und Fernglas liegen und holte den Drachensegler unter einer Felsnase hervor. Mit wenigen Handgriffen setzte er das Gestänge zusammen, stieg in das Riemengeschirr und wich vom Rand der Schlucht zurück.

Als er Anlauf nahm, erschienen die Verfolger in der oberen Hälfte des Passes. Sie feuerten. Ihre Schüsse klangen dünn und bellend. Lachhaft! Auf gut zweihundert Yards Entfernung konnten sie beim besten Willen nichts ausrichten.

Lansing lief einfach über den Rand der Schlucht hinaus und genoß den Moment des Absinkens, den er so empfand, wie er sich die Schwerelosigkeit im All vorstellte. Dann folgte der Auftrieb, als der Flugwind in die Segelfläche des Drachens griff. Unendliche Freiheit. Lucky Lansing verspürte ein Glücksgefühl wie selten. Es war die Überlegenheit, die ihm das vermittelte, der überragende Vorsprung vor dem einfältigen Rest der Welt.

Nach kurzem Sinkflug erreichte er die von der Sonneneinstrahlung erwärmten Luftzonen. Er legte den Drachen in enge Schleifen und nutzte die Thermik, die ihn hoch über den jenseitigen Rand brachte. Als er zur Landung ansetzte, begannen sie hinter ihm zu feuern. Vier Pistolenschüsse, die völlig nutzlos waren. Er hielt auf eine ebene Felsfläche zu und wußte, daß der Moment der größten Gefahr da war.

Den Pistolenschüssen folgte eine Pause.

Sie hatten das Gewehr gefunden, das er ihnen als Appetithappen hinterlassen hatte.

Er spürte Boden unter den Füßen und lief mit.

Der erste Gewehrschuß peitschte. Krachend schlug die Kugel in das Aluminiumgestänge, haarscharf über seinem Kopf. Im Laufen löste er das Riemengeschirr. Der Drachen wehte von ihm weg, überschlug sich auf Geröll und blieb an einer mannshohen Felssäule hängen.

Lansing warf sich in einer Mulde in Deckung, wartete den nächsten Schuß ab und schnellte hoch. Hakenschlagend erreichte er den Felsbrocken, hinter dem er den wichtigsten Teil seiner Ausrüstung in wetterfester Kunststoffolie verborgen hatte.

Wieder feuerten sie von der anderen Seite der Schlucht. Das Geschoß heulte davon wie eine ausklingende Sirene.

Lansing packte seine Utensilien in aller Ruhe aus. Er setzte das Modell zusammen und hängte sich den Funkfernsteuerungskasten um den Hals. Mit Fingerspitzengefühl machte er den Zünder scharf und ließ den kleinen Motor an. Das Ding schrillte wie eine Kreissäge, und die Kerle drüben vergaßen vor Überraschung das Schießen.

Wedelnd wie ein Papierdrachen erhob sich das Flugmodell in die Luft. Ein Doppeldecker-Nachbau, kunstflugtauglich. Lansing sprang auf und brachte es auf Geradeauskurs.

Die Bodyguards glaubten an ihre große Chance, als sie ihn deckungslos sahen. Er erblickte sie in einer Bodensenke. Der Blasierte stieß das Gewehr über den Rand hinaus und visierte ihn an. Der andere hatte seine Colt Government im Beidhandanschlag und versuchte, das Modellflugzeug zu treffen. Die Automatik bellte, aber der kleine Doppeldecker zog unbeirrt seine Bahn.

Lansing wich hinter den Felsbrocken zurück. Haargenau im richtigen Moment. Die Gewehrkugel sirrte ins Leere. Mit einem Satz schnellte er erneut hinter der Deckung hervor. Gerade rechtzeitig, um den Doppeldecker in den Sturzflug übergehen zu lassen. Das Motorsägen schwoll zu schrillem Kreischen an. Die Bodyguards schrien, begriffen ihren Fehler aber zu spät. Sie wußten nicht, was auf sie zukam. Und ahnten doch, daß es der Tod war.

Dumpf wummernd flog das Modell in der Senke auseinander. Die Stahlsplitter der Granate waren von tödlicher Dichte. Mit dem Nachlassen des Explosionshalls kehrte Stille ein. Keine Schreie mehr, nicht einmal ein Stöhnen.

Lansing holte den Drachensegler und flog zur anderen Seite der Schlucht zurück. Er überzeugte sich, daß beide Männer tot waren. Er nahm ihnen das Gewehr ab, packte es zu dem Fernglas in die Tennistasche und zerlegte den Drachen in ein handliches Paket, das er schulterte.

Der Weg in einen nahegelegenen Canyon, in dem er den allradgetriebenen Ford Pick-up zurückgelassen hatte, nahm eine Viertelstunde in Anspruch. Lucky Lansing benutzte die Routen der Wildhüter in nordöstlicher Richtung, schlug einen Bogen um die Stadt und erreichte dann die Farm außerhalb von Rapid City, die sein Zuhause war.

Die Serviererin hatte jenes fernöstlich-verheißungsvolle Lächeln, dessentwegen tagtäglich ganze Flugzeugladungen von männlichen Touristen in Richtung Bangkok unterwegs sind. Hier war es nur Täuschung, ein Teil der von der Direktion vorgeschriebenen Bedienungstaktik. Der Laden war ein chinesisches Restaurant, das sich Shanghai nannte und sich rühmen konnte, zu den besseren Adressen an der Fifth Avenue zu gehören. An Personal wurde alles beschäftigt, was aus dem ostasiatischen Raum greifbar war - vom Malaien bis zum Koreaner.

Ich erklärte der Serviererin mit ebenfalls freundlichem Lächeln, daß Phil und ich außer Frühlingsrollen und je einer Coke keine weiteren Wünsche hatten. Das Girl, das meiner Einschätzung nach wahrscheinlich aus Thailand stammte, sah uns an, als befänden wir uns in einem Vier-Sterne-Lokal und hätten einen Hamburger mit Ketchup und Mayonnaise bestellt.

»Appetit kommt beim Essen«, sagte Phil beruhigend zu der verwirrten Mandeläugigen. »Die Dauer unseres Aufenthalts ist zeitlich nicht festgelegt. Es kann eine halbe Stunde sein, ebensogut drei Stunden. Im letzteren Fall werden wir uns noch einmal ausführlich mit der Speisekarte beschäftigen.«

»Oh, ich verstehe, Sir«, sang sie in hoher Tonlage, und ihr Lächeln kehrte zurück.

Phil drückte ihr ein Voraus-Trinkgeld in die Hand. Damit war das gute Klima hergestellt. Wir brauchten uns in der unüberschaubaren Dekorationsvielfalt zwischen Papierschlangen und Papierdrachen nicht wie Fremdkörper zu fühlen.

»Mit Bescheidenheit fällt man nur auf«, sagte ich, nachdem das Girl gegangen war. Ich versorgte meinen Kollegen und mich mit Zigaretten. Er gab mir Feuer.

»So oder so fällst du auf«, entgegnete er. »In unserer werten Firma würden wir genauso auffallen, wenn wir den Spesenetat zu sehr strapazieren. Ich wette, für eine Pekingente verlangen diese Buchhalter zwei Schreibmaschinenseiten Begründung.«

»Himmel noch mal«, grinste ich. »Versteh doch die armen Büroseelen! Wie, in aller Welt, sollen die einen dienstlichen Anlaß für eine Pekingente erkennen können?«

Phil wurde ernst. »Mit etwas gedanklicher Beweglichkeit. Sieh mal, das ist so: Jeder normal veranlagte Mensch ist in der Lage …«

Zum Glück unterbrach ihn unser freundliches Serviergirl mit Frühlingsrollen und Coke. Mein Freund und

Kollege beschäftigte sich in seiner Freizeit geradezu verbissen mit dem Buch Laterales Denken und geeignete Anwendungstechniken. Da wir außerhalb der Freizeit dauernd miteinander zu tun haben, muß ich mir täglich neue Beispiele anhören, wie man seine Denkweise so schult, daß man nicht nur geradeaus, sondern auch nach den Seiten denkt.

Die Frühlingsrolle lenkte Phil davon ab, wie man über Pekingente zu geistiger Beweglichkeit gelangt.

Und dann wollte es der dienstliche Anlaß, daß wir nur die Hälfte der erstklassig zubereiteten Vorspeise bewältigten.

»Er ist da«, sagte Phil zwischen zwei Bissen. Er brachte es fertig, dabei nicht einmal aufzublicken. Vielmehr stocherte er scheinbar hingebungsvoll mit der Gabel. »Er steht beim Eingang und sieht sich um.«

Wohlweislich hatte ich mich mit dem Rücken zur Tür gesetzt. Zwei interessierte Augenpaare wären auffälliger gewesen als eins.

»Der Geschäftsführer geht auf ihn zu und begrüßt ihn.«

Ich nickte, gönnte mir einen letzten Bissen Frühlingsrolle und nippte an meinem Glas.

»Jetzt marschiert er los. Allein. Den Mittelgang hinunter.«

Ich legte mein Besteck weg, tupfte mir mit der Serviette die Mundwinkel ab und stand auf.

Warren Kindred hatte den rückwärtigen Teil des Lokals schon erreicht. Er steuerte auf eine Nische zu, in der sich die Tür zur Küche befand.

Phil folgte mir mit zehn Sekunden Abstand. Der Geschäftsführer klapperte die Tische ab und tauschte Höflichkeiten mit den Gästen aus. Verdacht konnte er kaum schöpfen, da sich hinten auch die Türen für Ladys und Gents befanden.

Die Information, die uns zwei V-Leute unabhängig

voneinander gegeben hatten, stimmte. Kindred, dritter Mann bei Stone, würde für einen neuen Deal vorfühlen. Sein Kontaktmann sollte ein Thai sein.

Alle Tische in dem verwinkelten Lokal waren besetzt. Schätzungsweise zweihundert Personen schaufelten asiatische Speisevielfalt in sich hinein. Ich war froh, daß Kindred uns nicht zwang, ihm in dieser Umgebung auf die Finger zu klopfen. Die Erinnerung an das Geschehen im J.P. Clarke's trieb mir noch immer einen Schauer über den Rücken.

Kindred betrat die Küche, ohne sich umzudrehen. Eine Nachlässigkeit, die ich mir an seiner Stelle nicht geleistet hätte.

Ich folgte ihm mit der Selbstverständlichkeit eines Kellners, der im Dienst der hungrigen Seelen unterwegs war. Dunstschwaden, Brutzelgeräusche und die gesammelten Wohlgerüche des Fernen Ostens empfingen mich. Ich sah geflieste Gänge zwischen Kochaggregaten und Arbeitsflächen, Dunstabzugshauben wie Dächer über dampfenden Töpfen, alles blitzblank. In den Gängen eine eifrig werkelnde Versammlung von Weißgekleideten, Kochmützen über den Mandelaugen.

Kindred, mit seinem blonden Kraushaar und der modischen Schlotterkleidung, wirkte wie ein Fremdkörper in der klinisch reinen Umgebung.

Zielstrebig schritt er auf einen drahtigen Burschen zu, der in der übernächsten Küchenzeile unter der Abzugshaube hinweglinste. Er nickte Kindred zu. Stones Mann streckte die Hand zur Begrüßung aus. Ich erreichte den ersten Gang zwischen den Küchenblöcken. Noch beachtete mich niemand. Der Betrieb war hektisch. Hinter mir betrat Phil den gekachelten Raum.

Kindred blieb vor dem Thai stehen. Ich sah, daß sie Worte wechselten. Unser Ziel war es, das Geschäft zu verhindern, bevor es zustande kommen konnte. Stone sollte kein Bein mehr auf die Erde kriegen. Je mehr wir sein Machtgefüge durcheinanderbrachten, desto rascher erhielten wir die Möglichkeit, ihn zu packen.

Plötzlich blickte der Thai in meine Richtung.

Dieser Blick war wie ein Stechen, das mich durchbohrte. Tödlicher Haß lag darin. Haß auf die Staatsgewalt, die seinesgleichen immer wieder die gewinnträchtigen Geschäfte verdarb. Daß ich eben jene Staatsgewalt vertrat, sah er mir schon auf zehn Yards Entfernung an. Warren Kindred hatte davon noch nicht einmal etwas gemerkt.

Alles ging blitzschnell.

Der Thai zischte etwas. Ich sah es daran, wie sich sein Gesicht verzerrte.

Reflexartig spannte ich die Beinmuskeln und schnellte los. Meine Rechte zuckte unter das Jackett zum 38er-Griffstück.

Der Thai bewegte sich jäh. Etwas Schimmerndes wischte hoch. In diesem winzigen Sekundenbruchteil begriff ich, daß er durchdrehte.

Ich schaffte nur einen Schritt.

Drüben tauchte Kindred hinter dem Küchenblock weg.

Fast im selben Moment warf ich mich in die Waagerechte.

Mündungsfeuer glühte unter der Dunstabzugshaube auf. Der Schuß krachte ohrenbetäubend. Schreie gellten. Irgendwo in der Nähe des Eingangs knallte die Kugel in die Fliesenwand. Plötzlich war ich von einem Knäuel in Weiß umgeben. Arme und Beine verhedderten sich. Gesichter und schmale Augen waren voller Angst.

Phil brüllte von der Tür her: »Halt, stehenbleiben! FBI! Stehenbleiben, oder …«

Ein erneuter Schuß schnitt ihm das Wort ab. Wieder dieser harte Klang von zersplitternden Fliesen. Dann Schritte, die sich rasant entfernten. Ich schaffte es, aus dem Knäuel hochzukommen, und sah eine nachfedernde Schwingtür weit hinten im Küchenlabyrinth. Ich rannte los, ohne zu zögern.

Am Rand meines Blickfelds war Phil. Er sprintete vom Eingang her durch die Gänge. Die Weißgekleideten, die noch am Boden lagen, verhielten sich diszipliniert, drückten sich in die Ecken und rührten sich nicht.

Ich stürmte durch die Schwingtür, geduckt und hakenschlagend, auf einen halbdunklen Hinterhof hinaus. Batterien von Abfallgroßbehältern standen an beiden Seiten. Ich sah nur den Thai. Er hangelte sich am unteren Ende einer Feuerleiter hoch, im äußersten Winkel des Hinterhofs. Seine Kochmontur war wie ein Leuchtsignal.

Von Kindred kein Jackenzipfel.

»Halt!« brüllte ich, verharrte breitbeinig und brachte den Smith & Wesson im Beidhandanschlag hoch. »Hier FBI! Runter von der Leiter und die Hände hoch!« Der Thai hangelte nur noch schneller. Sein Ziel war die doppelt mannshohe Grenzmauer zum Nachbargrundstück. Wenn er dorthin verschwand, konnten wir Däumchen drehen.

Hinter mir tauchte Phil auf, federte nach links weg und hatte den 38er sofort schußbereit.

Ich jagte dem Thai einen Warnschuß über den Kopf hinweg. Die Kugel riß Tonstaub aus der Backsteinwand. Trotz des Halbdunkels glaubte ich zu erkennen, wie der Asiat zusammenzuckte. Er rührte sich nicht mehr, sondern hing auf einmal wie eine leblose Puppe am Gestänge der Feuerleiter, die Füße nur einen Yard über dem Boden.

Ich marschierte los, den Dienstrevolver ständig auf den Mann gerichtet.

Phils Stimme schnitt durch das Geräusch unserer Schritte: »Achtung! Er tötet sich selbst!«

Ich erspähte die kaum erkennbare Bewegung der linken Hand des Thais. Es mußte ihn enorme Anstrengung kosten, sich nur mit der Rechten in unveränderter Lage zu halten. Aber Phil hatte recht. Der Mann schob sich etwas in den Mund.

Ich begann zu rennen.

»Einen Ambulanzwagen!« rief ich Phil zu, ohne mich umzudrehen.

Ich war noch fünf Schritte von dem Weißgekleideten entfernt, als seine Pistole mit einem trockenen Laut auf das Steinpflaster fiel. Er hatte die Waffe nicht mehr benutzt, wußte, daß wir ihn in die Enge getrieben hatten. Nur noch zwei Yards trennten mich von der Leiter. Wie in Großaufnahme, erschreckend deutlich, sah ich die Hand, die sich von der rostigen Sprosse löste und erschlaffte.

Ich war rechtzeitig zur Stelle, um den Mann aufzufangen. Wenigstens schlug er sich beim Sturz nicht den Schädel ein. Langsam, vorsichtig ließ ich ihn zu Boden sinken.

Phil kehrte mit langen Sätzen zurück. Er brauchte mir nicht zu sagen, daß der Ambulanzwagen unterwegs war. Das herannahende Sirenengeheul war deutlich genug.

Und trotzdem zu spät. Der Thai starb, als wir uns über ihn beugten. Er hatte eine Zyankalikapsel zerbissen. Der Geruch aus seinem offenstehenden Mund war unverwechselbar. Wir richteten uns auf und schoben die 38er in die Holster. Schweigend rauchten wir. Fünf Minuten später bestätigte der Notarzt, was wir schon wußten. Für den Asiaten gab es keine Hilfe mehr.

Die Hintergründe waren rasch aufgeklärt. Die Küche hatte einen Lieferanteneingang, durch den man über einen Torweg die Straße erreichte. Kindreds Fluchtweg. Wahrscheinlich hätten wir ihn ohnehin nur vierundzwanzig Stunden festhalten können, da er sich an dem Angriff auf Phil und mich nicht beteiligt hatte.

Die Narcotic Squad kümmerte sich um den Thai, der

seinen Ausweg in einer Flucht gesucht hatte, die nicht rückgängig zu machen war. Es stellte sich heraus, daß der Mann schon lange in den Akten der Squad registriert war. Einer der Verbindungsleute zu den Lieferanten im Goldenen Dreieck. Bisher hatte man ihm nie etwas nachweisen können.

Wir hatten ihn in Panik gebracht. Er hatte befürchten müssen, daß wir Kindred schnappten und von ihm die Aussage kriegten, die wir brauchten. Außerdem hatte der Thai uns angegriffen. Beweise waren nicht einmal nötig. Da er nur eine Aufenthalts- und Arbeitsgenehmigung besaß, hätte die Einwanderungsbehörde ihn ohne große Umstände ausweisen können. Seine Auftraggeber in Südostasien hätten ihn für soviel Zuverlässigkeit über die Klinge springen lassen. Er hatte sich für den kurzen und schmerzlosen Tod entschieden.

Unser Ziel, Stones Geschäftsabläufe empfindlich zu stören, war erreicht - wenn auch mit einem bitteren Nachgeschmack.

Die spiegelblank gebohnerten Fußbodendielen knarrten unter Lucky Lansings Schnitten. Er versenkte sich in einen großen Ohrensessel und griff zum Telefon.

Seine Finger flogen über die Zifferntasten. Die Vorwahl und die New Yorker Rufnummer kannte er bereits auswendig. Er lehnte sich zurück, lauschte dem Knacken im Hörer und dann dem Doppelton des Rufzeichens. Durch das Sprossenfenster betrachtete er den Farmhof. Er nahm das Bild von Sauberkeit und Aufgeräumtheit in sich auf. Die untergehende Sonne verzauberte das Bild mit einem rötlichen Schein. Keine Spur von Unrat auf der Betonfläche des Hofes. Hinter ein paar Fenstern des Haupthauses brannte bereits Licht.

Wilma stand da drüben am Herd und bereitete das

Abendessen zu. Lucky konnte ihre Silhouette durch das beschlagene Küchenfenster erkennen. John rangierte den Traktor in den offenen Fahrzeugschuppen, wo bereits der Ford Pick-up, der Jeep Renegade und der Pontiac Sunbird in Reih und Glied abgestellt waren. Der frische braune Holzschutzanstrich der beiden Scheunen schien im späten Sonnenlicht zu glühen.

Der Anblick wirkte beruhigend auf Lucky Lansing, erfüllte ihn mit Stolz und gab ihm eine innere Kraft, die er für unbezwingbar hielt.

Auf der Dale-Farm hatte alles seine Ordnung, und das war zu einem großen Teil auch sein Verdienst.

Am anderen Ende der Leitung wurde abgenommen. Es war Floyd Greene, der sich meldete. »Geben Sie mir Stone!« forderte Lucky kurz angebunden.

»Mit wem spreche ich?«

»Das sollten Sie langsam wissen. Wenn ich einmal eine Stimme gehört habe, erinnere ich mich immer daran.«

»Ah, richtig! Lucky Luciano der Zweite! Habe ich recht?« Unüberhörbarer Spott lag in der Stimme Greenes.

»Ihr Gedächtnis ist wirklich nicht besonders«, knurrte Lansing. »Hören Sie, Spaßvogel, ich bin nicht auf Ihren Boß angewiesen. Es gibt viele andere, die sich für mich interessieren würden. Wenn Stone nicht mit mir reden will ...«

»Habe ich das gesagt, Mann?« Greene klang auf einmal gereizt. »Wenn Sie nicht erst den großen Geheimnisvollen gespielt hätten – okay, warten Sie einen Moment!«

Lucky Lansing lächelte, streckte die Beine aus und schlug sie auf dem Tisch übereinander. In dieser Sekunde wußte er, daß er eine Position der Stärke gewonnen hatte. Und das von einem Tag auf den anderen. Der Weg, den er gehen wollte, zeichnete sich deutlich ab. Er begann nicht unten. Nein, sein Weg begann ganz oben und führte immer höher hinauf.

Mit Leuten wie Greene stand er bereits auf einer Stufe.

»Stone.« Der Syndikatsboß raunzte es in den Hörer.

Lucky ließ sich von der barschen Art nicht beeindrucken. »Lansing hier. Können Sie sich meinen Namen jetzt merken? Oder besser – sind Sie bereit dazu?«

»Warum nicht, Mann? Was sind Sie, eine Mimose?«

»Überhaupt nicht, Sir.« Lucky ließ es betont spöttisch klingen. »Ich kann nur Leute nicht leiden, die jemanden von oben herab behandeln, obwohl sie noch gar nicht wissen, mit wem sie es zu tun haben. In dem Punkt sollten Sie Ihrem Mitarbeiter mal sagen, wo es langgeht.«

»Einverstanden«, sagte Stone mit falscher Freundlichkeit. »Können wir jetzt zur Sache kommen, Mr. Lansing?«

»Das hört sich richtig gut an«, sagte Lucky feixend. »Haben Sie's bei Ihnen im Radio und im Fernsehen gebracht, worüber wir uns unterhalten wollen?«

»Allerdings. Passen Sie auf, Lansing, machen wir's kurz! Ich bin interessiert, den Faden aufzunehmen. Wohnen Sie in diesem Nest ...?«

»Rapid City, South Dakota. Richtig.«

»Gut. Wir treffen uns. Ich sage Ihnen Bescheid, wenn ich da bin. Wie kann ich Sie erreichen?«

Lucky sagte ihm die Telefonnummer und legte auf. Ein nie gekanntes Gefühl überwältigte ihn fast. Es mußte daran liegen, daß er zum erstenmal in seinem Leben sicher war, einen Riesenschritt in die Zukunft getan zu haben.

Das Telefon summte dreimal kurz hintereinander. Das Zeichen aus dem Haupthaus. Zeit zum Abendessen. Lucky steckte Zigaretten und Feuerzeug in die Tasche und verließ das kleine Farmarbeiterhaus, das er mit Hilfe von John Dale renoviert hatte. Er hatte die behagliche Bude für sich allein. »Ein junger Mann kann nicht ständig unter den Augen von älteren Leuten leben«, pflegte Mary Dale zu sagen, und sie hatte verdammt recht damit.

Lucky schob die Hände in die Gesäßtaschen seiner Jeans und überquerte den Hof im Dämmerlicht des zu Ende gehenden Tages.

O Mann!

Stone kam nach Rapid City!

Er hätte es laut hinausschreien können. Aber seine innere Sperre funktionierte. Nicht einmal die beiden Menschen, die ihm wirklich nahestanden, durften etwas von seinem größten Erfolg erfahren.

Natürlich war die Gelegenheit unvergleichlich gewesen. Ein Syndikatsboß aus Chicago begab sich eigens in ein Provinznest am Rand der Black Hills, um Geschäfte anzubahnen. Und Lucky Lansing hatte damit die Chance seines Lebens frei Haus erhalten. Klar, daß Stone auch deshalb in Rapid City erscheinen würde, weil er das von seinem Konkurrenten ins Auge gefaßte Geschäft aufgreifen wollte. Aber der springende Punkt blieb, daß erfolgreiche Arbeit alle Wege ebnete.

John Dale verließ den Waschraum im Anbau des Farmhauses, ein Handtuch um den kräftigen Nacken gelegt. Er winkte Lucky zu, und die beiden Männer gingen gemeinsam ins Haus. John war ein breitschultriger Mann mit gutmütigem, gebräuntem Gesicht, und seine Augen schienen ständig jungenhaft verschmitzt zu zwinkern. Auch Mary, dunkelhaarig und mollig, hatte sich ein junges Äußeres bewahrt. Wie John war sie eben über fünfzig. Aber bei ihr gab es keine tiefen Falten, wie Lucky sie in den Gesichtern gleichaltriger Städterinnen gesehen hatte.

Er konnte sich nicht entsinnen, jemals eine der gemeinsamen Mahlzeiten in dem behaglichen Eßzimmer neben der Küche verpaßt zu haben. Mit seinen sechsundzwanzig Jahren hätte er der Sohn des kinderlosen Ehepaares Dale sein können. Sie hatten oft darüber gesprochen, beim Essen oder spätabends am Kamin. Außer seinen geheimsten Gedanken gab es nichts Ungesagtes zwischen ihnen. Er fühlte sich als ihr Sohn. Sie fühlten sich als seine Eltern.

Eltern.

Das Wort, allein in Gedanken geformt, versetzte ihm einen nagenden Schmerz tief im Inneren. Er vermied es, dieses Wort auch nur auszusprechen. John und Mary Dale kannten den Grund.

Es gab butterweich marinierte Porterhouse-Steaks mit gedünstetem Mais und gebackenen Kartoffeln. Mary war eine erstklassige Köchin. Sie fühlte sich glücklich, wenn es ihren Männern schmeckte. Lucky wußte, daß sie so etwas nicht nur daherredete. Er konnte haargenau nachempfinden, warum sie sich nach einer vollbrachten Leistung glücklich fühlte.

Nach dem Essen nahmen John und Lucky ihre Bierflaschen und gingen in den Livingroom. John schaltete den Fernsehapparat ein. Lucky klopfte eine Zigarette aus seiner Packung, ließ das Feuerzeug aufflammen und blies den Rauch in das entstehende Bild. Mary, die die Küche aufräumte, warf einen gelegentlichen Blick durch die offene Tür.

Auf der Farm kam man erst abends dazu, die Nachrichten zu sehen – in der Erntezeit meist überhaupt nicht. John Dale war einer der wenigen Farmer weit und breit, der sich kein Radio mit Kopfhörer ins Cockpit seines Traktors einbauen ließ. Er haßte die Berieselungsapparate, wie er sie nannte. »Meine Gedanken sind mir zu wertvoll«, hatte er einmal gesagt, »als daß ich sie durch Geplärr von außen durcheinanderbringen lasse.«

Der Regionalsender in Pierre brachte die Neun-Uhr-Abendnachrichten im gewohnten Strickmuster. Den Anfang machten die nationalen und internationalen Nachrichten, die der Sender von den großen Gesellschaften einkaufte. Die ersten Bilder zeigten den soeben gelandeten Space Shuttle auf einsamer Wüstenpiste, und winkende Burschen in funkelnden Overalls stiegen aus der Kanzel.

»Prachtvolle Jungs«, sagte John Dale bewundernd. »Die sorgen dafür, daß für uns mit der Zukunft alles klar ist. Was, Lucky? Ich sage dir, da oben im Weltraum wird sich irgendwas auftun, was für die Menschheit unheimlich wichtig ist ...«

Lucky nickte, brummte zustimmend und hörte nur mit halbem Ohr hin. Er trank Bier und rauchte, während der Nachrichtensprecher Meldungen aus Washington D.C. verlas und ein Kommentator seine Ansicht zu neuen Aspekten der Außenpolitik bekanntgab.

Lucky empfand es als einen Stich, den man ihm bewußt versetzte. Verdammt, ja, mit voller Absicht taten diese Fernsehidioten so, als wären die Nachrichten des Tages die nebensächlichste Nachricht der Welt!

Es juckte ihm in den Fingern, beim Sender anzurufen und diesen Einfaltspinseln klarzumachen, daß heute die Top-Meldung aus South Dakota kam. Rapid City, South Dakota! Menschenskind, was hier passiert war, passierte in New York City bestenfalls mal alle zehn Jahre – und dann bei weitem nicht so elegant. Da zersiebten sie sich gegenseitig mit Tommy-guns, wenn der Krieg zwischen den Syndikaten richtig ausgebrochen war. Aber das hier, in Rapid City, das war fachmännische Arbeit, wie sie die Branche selten gesehen hatte.

Mary kam aus der Küche herüber und setzte sich in einen Sessel. Lucky gab ihr Feuer, als sie nach einer Zigarette griff. Er hatte auf einmal ernsthafte Mühe, nun nicht doch mit dem herauszuplatzen, was ihn so verdammt stolz machte. Er verspürte den kindlichen Drang, den Eltern gegenüber loszuplappern, in der Hoffnung, die Freude in ihren Augen aufleuchten zu sehen.

Eltern.

Dieser nagende Schmerz war auf einmal wieder da. Im Fernsehen lief der Kontinental-Wetterbericht. Lucky zwang sich, seine Gedanken zu ordnen. Was blieb, war die Tatsache, daß diese Fernsehleute es wahrscheinlich verdienten, wenn sich in ihrer Branche neue Kapitalmehrheiten auftaten. Dieser Sender in Pierre hatte eine Monopolstellung. Er versorgte ganz South Dakota. Konkurrenz würde den Burschen guttun. Lucky Lansing begriff voll und ganz, weshalb sich ein Big Boß wie Malone mit kleinen Zeitungsverlegern zusammentun wollte. Malone hatte die Finanzkraft, Verleger wie Andrew Moore alle Voraussetzungen, um in ihrem überschaubaren örtlichen Bereich einen Privatsender aus dem Boden zu stampfen, der das brachte, was die Leute sehen wollten.

Der Mann, der dieses Ziel erreichen würde, hieß jetzt Sherman Stone und kam aus New York City. Die Weichen dafür hatte er gestellt - er, Lucky Lansing.

Endlich ließen sie die Eröffnungsfanfare für die Lokalnachrichten aus South Dakota schmettern. Eine Woge von wildem Stolz erfaßte Lucky, als die erste Einstellung die Verlagsgebäude des Rapid Chronicle aus der Hubschrauberperspektive zeigte. In der zweiten Kameraeinstellung war ein schwarzer Bentley zu sehen. Offene Wagentüren, Polizeibeamte in Uniform, Männer in Zivil, ein Zinksarg neben der schweren Limousine, ernste und verkniffene Gesichter.

Die dritte Einstellung war ein Brustbild. Captain Richard Arling, sagte die Textzeile unter dem Bild.

»He!« John Dale erwachte in seinem Sessel. »Das ist unser Arling! Der Chief Detective aus Rapid City!« Mary hob überrascht den Kopf, kam aber nicht mehr dazu, etwas zu sagen, da jetzt die Stimme des Sprechers einsetzte.

»Wie ein Schock traf heute die Einwohner von Rapid

City, was im Industriegebiet der Stadt geschah. Die Detective Division der Metropolitan Police hat es mit einem eiskalten, sorgfältig geplanten Mord zu tun. Und allem Anschein nach sind bislang kaum verwertbare Spuren gefunden worden. Wie ist der Stand der Dinge, Captain?«

Ein Mikrofon wurde ins Blickfeld der Kamera gehalten. Arling räusperte sich. Er trug einen grauen Anzug, helles Hemd und dunkelrote Krawatte. Arling war mittelgroß und drahtig. Er hatte schwarzes, leicht gewelltes Haar und einen Schnauzbart. Er sah so aus, als ob er nie lachte.

»Der Mord geschah nach einer geschäftlichen Besprechung in den Räumen des Rapid Chronicle«, sagte der Chief mit erstaunlich dunkler Stimme. »Das Opfer, Mr. Bruce Malone aus Chicago, verließ das Verlagsgebäude und wollte in seinen Wagen steigen.« Arling deutete mit einer knappen Kopfbewegung auf den Bentley. »In diesem Moment wurde er von zwei Gewehrkugeln getroffen.«

»Mr. Malone war Grundstücksmakler«, meldete sich der Reporter zu Wort und schob sich mit dem Mikrofon neben dem Polizeibeamten ins Bild. »Daneben spielte er auch als Kommunalpolitiker in seiner Heimatstadt Chicago eine wichtige Rolle. Können Sie schon etwas über das Motiv sagen, Captain? Welchen Grund könnte es gegeben haben, daß ein einflußreicher Mann wie Mr. Malone ausgerechnet hier bei uns erschossen wird?«

Grundstücksmakler! dachte Lucky, und er mußte an sich halten, um nicht laut loszulachen. Kommunalpolitiker! Ein Witz. Dieser milchbärtige Reporter nannte Malones Aushängeschilder mit der schönsten Selbstverständlichkeit, als steckte er mit dem gesamten organisierten Verbrechen der Staaten unter einer Decke.

»Natürlich haben wir so unmittelbar nach dem

Geschehen noch keine Rückschlüsse auf ein Motiv«, setzte Chief Arling zu seiner Erklärung an. »Ich kann deshalb zu diesem Zeitpunkt noch nichts darüber sagen …«

Lucky Lansing hörte nicht hin. Er beobachtete John und Mary, die sich vorgebeugt hatten und wie gebannt auf den Bildschirm starrten. Himmel, so gefesselt waren die Leute jetzt überall in South Dakota und den Nachbarstaaten! Ja, und in Chicago und in den in den Großstädten der Ostküste hatten sie es natürlich schon in den Nachrichten- und Magazinsendungen gebracht. Überall waren die Leute aus dem Häuschen, denn überall wußten sie, daß der Grundstücksmakler und Kommunalpolitiker Malone in Wahrheit einer der ganz Großen aus der Welt des organisierten Verbrechens gewesen war. Eine geheime Schadenfreude erfüllte die einen. Ein Schauer lief den anderen über den Rücken.

»… haben wir bislang keine weiteren Hinweise«, schloß Captain Richard Arling seinen Bericht.

Lucky runzelte die Stirn, zwang sich aber sofort, wieder eine unbeteiligte Miene aufzusetzen. Keine Hinweise auf Spuren? Keine Bilder von der Fundstelle der beiden Bodyguards? Wenigstens der Driver mußte die Cops darauf aufmerksam gemacht haben, daß sie den unbekannten Gewehrschützen verfolgt hatten.

Dann begriff er. Er lehnte sich zurück und lächelte kaum merklich.

Natürlich hatten sie die von der Explosion zerrissenen Leichen gefunden. Aber sie hatten keine Ahnung, was sich weiter abgespielt hatte. Denn weitere Spuren gab es in der Felslandschaft nicht. Dieser Captain glaubte, besonders raffiniert vorzugehen, indem er vor der Öffentlichkeit verschwieg, was seine Spurensicherer zusammengesucht hatten.

»… halten wir Sie auf dem laufenden, sobald neue Erkenntnisse vorliegen«, sagte der Reporter.

Die Kamera schwenkte in die Totale und zeigte noch einmal den Bentley vor dem Verlagsgebäude. Menschen hasteten geschäftig hin und her. Überall uniformierte Cops.

Lucky Lansings Blick fraß sich in die Bildröhre hinein. Uniformen.

Eine seltsame hohle Weite entstand in seinem Kopf. Er wußte, daß er weiter töten würde. In diesem Augenblick wußte er es so sicher, wie er niemals zuvor von einer Sache überzeugt gewesen war.

Die Farbe der Uniform schrie ihn an. Dunkelblau, hellblau, die lackartig glänzenden Dienstmützenschirme. Töten! Das Wort dröhnte in jenem hohlen, endlosen Raum, in dem er sich befand.

Töten!

Zwanzig Jahre vorher:

Das Auto war wie ein Schiff in der finsteren Weite des Ozeans. Wasser rauschte vom Himmel und umhüllte die dahinrollende kleine Kabine der Menschen. Wenn er sich lang auf den Sitz legte und das Ohr in die Nähe der Tür brachte, konnte er hören, wie die Reifen auf dem nassen Asphalt sangen und rauschten. Dann, wenn es ihm zu langweilig wurde und er sich wieder aufrichtete und zwischen den Schultern seiner Eltern hindurchblickte, sah er die matte Armaturenbeleuchtung, die hastigen Scheibenwischer und das Scheinwerferlicht, das sich in den Regenvorhang bohrte.

Das Radio lärmte dazu. Mom und Dad redeten. Es waren zu viele Eindrücke, als daß Lucky sie alle erfaßt hätte. Ihn faszinierte das unerschütterliche Dahingleiten des Autos, die Sicherheit seines Vaters, der den Wagen wie ein Kapitän durch wilde Wogen steuerte.

Im Radio wurde die Musik manchmal unterbrochen.

Ein Mann sagte ernste Worte, als ob er mit allen Zuhörern böse war.

»... muß hier in der Gegend sein!« rief Mom.

Dad schüttelte unwillig den Kopf. »Sei mal still!« Er drehte am Radioknopf.

»... handelt es sich offenbar um einen Mann und eine Frau, möglicherweise mit einer dritten noch nicht identifizierten Person. Ebenfalls noch unbekannt ist das Fluchtfahrzeug. Die Täter sind bewaffnet. Es wird dringend davor gewarnt ...«

Lucky hörte die Worte und verstand den Sinn nicht. In der Schule hatten sie gerade mit dem Alphabet angefangen.

»... würde ich doch für zwanzigtausend Dollar nicht so was riskieren!«

Das war wieder Moms helle Stimme, gleich nachdem der böse Nachrichtensprecher von Musik abgelöst wurde.

»Du nicht«, lachte Dad. »Weil dein Alter genug verdient.« Es klatschte ein paarmal, denn er pflegte ihr beim Fahren den Rock hochzuschieben und mit der flachen Hand die Schenkel zu tätscheln.

Lucky streckte sich auf dem Sitz aus und barg den Kopf zwischen den Armen, weil er Musik und Gerede nicht mehr hören konnte.

Mom kicherte. »Alfred! Der Junge!«

Dad lachte mit dunkler Stimme. »... schläft doch. Sei nicht so zimperlich!«

Wieder Kichern, Tätschelei, Musik. Dann ein Fluch. Bremsenkreischen. Lucky nahm die Arme vom Kopf und kam hoch.

Rote Lichter durchglühten den Regen. Kreisende Lichter. Männer in naßglänzenden hellen Umhängen bewegten sich vor dem Auto. Über ihre Mützenschirme rann das Wasser. Das Radio lärmte. Lucky sah, wie Mom den Rock über die Knie zog, verschüchtert wie ein kleines Mädchen.

Dads Finger trommelten auf dem Lenkrad. Wenn er das tat, war er meist kurz davor, loszubrüllen. Aber er prügelte nie aus Wut. Er war ein gerechter Dad. »Mein Sohn«, sagte er immer, »kriegt keine Schläge. Weil mein Sohn klug genug ist, um zu begreifen, wenn man ihm was sagt.« Lucky strahlte jedesmal, wenn Dad ihm zu diesen Worten mit der Hand über das Haar strich.

»Sind das Polizisten, Dad?«

»Sieht so aus, mein Junge.«

»Und warum halten sie uns an, Dad?«

»Sie denken, wir haben eine Bank überfallen und zwanzigtausend Dollar geklaut.« Dad lachte ergrimmt. »Ja, das denken sie, diese Holzköpfe. Weil sie keine Beschreibung von ihrem gottverdammten Fluchtfahrzeug haben, verdächtigen sie jeden anständigen Bürger.«

»Alfred, bitte!« sagte Mom. »Sei nicht ungerecht! Die Polizei tut nur ihre Pflicht.«

»Pflicht?« Dad schnaubte. »Ich lache mich tot!«

»Dad!« rief Lucky aufgeregt. »Die Polizisten haben Maschinenpistolen! Tack - tack - tack - tack ...« Mit heller Stimme ahmte er das Geräusch der hämmernden Schüsse nach, das er aus Fernsehkrimis und Kriegsfilmen kannte.

Dad wandte sich zur Seite, lachte, tätschelte Lucky die Wange und wandte sich Mom zu.

»Hörst du das, Wilma? Hörst du das? Dein Sohn weiß mit sechs Jahren, was eine Maschinenpistole ist! Ich wette, du kannst nicht mal eine Pistole von einem Revolver unterscheiden.«

»Ich wäre nicht stolz darauf, wenn ich etwas von Mordinstrumenten verstünde.«

Die Radiomusik wurde leiser, und der Sprecher mit der bösen Stimme ließ sich wieder vernehmen. Einer der Polizisten mit Maschinenpistole näherte sich der

Fahrerseite des Wagens. Ein anderer stand vor der Motorhaube.

»... unterbrechen wir unsere Sendung für eine Durchsage der State Police. Bei einem Überfall auf die Union Savings Bank ...«

»Der zielt auf uns!« schrie Lucky fasziniert.

»Sei still, Junge, und leg dich wieder hin. Der arme Kerl da draußen im Regen weiß ja nicht, ob wir harmlose Leute sind oder ob wir ihn gleich umlegen.« Dad lachte schallend und wandte sich wieder nach vorn.

Links neben dem Fenster der Fahrertür war jetzt der helle Regenumhang. Lucky konnte die Maschinenpistole deutlicher sehen. Wassertropfen perlten auf dem matten schwarzen Stahl der Waffe, die genauso aussah wie die Tommy-guns im Fernsehen. Dad kurbelte die Scheibe herunter und hielt dann beide Hände auf dem Lenkrad. Nur das Fingertrommeln konnte er nicht lassen.

»Kontrolle! Die Papiere!« schnarrte der Polizeibeamte.

Lucky erschrak über den barschen Ton. Er rutschte nach links, um aus dem Seitenfenster zu blicken. Die Augen des Beamten richteten sich auf ihn. Lucky staunte. Das war kein Old Man. Nein, dieser unfreundliche Cop sah aus wie Daniel, der Bruder seines Freundes Joey. Dan war neunzehn Jahre alt und kam oft mit seiner Army-Uniform auf Urlaub. Und Dan war immer freundlich, obwohl er mit seiner Uniform auch so ähnlich aussah wie ein Polizist.

»Die Papiere hab' ich im Jackett«, sagte Dad mit dieser Stimme, bei der man genau wußte, daß er sich über jemanden ärgerte. »Und die zwanzigtausend Bucks liegen hinten im Kofferraum.«

»Lassen Sie die Witze! Die Papiere, Mann!«

Lucky erschrak. Dieser Polizist behandelte seinen Dad, als hätte er etwas verbrochen.

Dads Stimme klang zitternd, aber immer noch leise.

»Hören Sie, Officer, ich kann Ihnen nachempfinden, wie unangenehm es da draußen im Regen ist. Aber Sie haben sich Ihren Beruf ausgesucht, nicht ich. Also reden Sie in einem anderen Ton mit mir, okay?«

Durch das regennasse Seitenfenster sah Lucky das Gesicht des Beamten – voller Wut, eine richtig häßliche Fratze.

Warum ärgerte sich der Polizist so? Nur, weil er ein bißchen naß wurde?

»Keine Diskussion!« schnarrte es von draußen. »Zeigen Sie auf der Stelle Ihre Papiere, oder ich muß Sie zur Vernehmung mitnehmen!«

»Alfred, bitte!« sagte Mom flehentlich.

»... Fluchtfahrzeug. Die Täter sind bewaffnet«, sagte der Mann im Radio zornig. »Es wird dringend davor gewarnt ...«

»Schalten Sie das Radio aus!« rief der Cop schneidend.

Der andere Beamte gestikulierte mit der linken Hand.

»Was ist los, Mike?« war er undeutlich zu hören. »Irgendwelche Probleme?«

»Widerstand!« rief der Beamte neben der Fahrertür. »Sieht so aus, als ob wir hier andere Saiten aufziehen müssen!«

Dad explodierte. Seine Hände krampften sich um das Lenkrad, daß die Knöchel weiß wurden.

»Was fällt Ihnen ein!« brüllte er. »Sie junger Schnösel erlauben sich, einen Bürger dieses Staates wie ein Stück Dreck zu behandeln! Nicht mit mir, Freundchen, nicht mit mir! Holen Sie Ihren Vorgesetzten, dann sehen wir weiter!«

»Alfred!« flehte Mom.

»Letzte Aufforderung!« rief der Beamte schneidend. »Die Papiere! Ich mache Sie darauf aufmerksam, daß Sie Widerstand gegen die Staatsgewalt leisten. Ich bin berechtigt, Sie festzunehmen, wenn Sie nicht ...«

»Ihren Vorgesetzten!« brüllte Dad.

Lucky hielt sich die Ohren zu. Angst ließ seinen Herzschlag hämmern. Trotzdem hörte er die Stimmen noch. Aus dem Radio kam wieder Musik.

»Erst zeigen Sie die Papiere, sonst ...«

Ein Ruck ging durch den Wagen. Lucky begann zu schreien, als er noch nicht einmal begriff, was geschah. Dad stieß die Tür auf und wuchtete sich aus dem Sitz hoch. Wieder brüllte er: »Das wollen wir doch mal sehen! Ich gehe selbst zu Ihrem Vorges...«

Das Schmettern tat weh. Es ließ die Ohren schmerzen. Lucky schrie und schrie, und auch Mom schrie jetzt. Nur kurz war dieses Schmettern, als hätte jemand ein paarmal wie rasend mit einem Hammer zugeschlagen.

Plötzlich Stille! Mom war verstummt. Lucky konnte seinen Vater nicht mehr sehen. Er riß den Mund weiter auf, noch weiter, doch da schien etwas Trockenes in seiner Kehle zu stecken. Von allen Seiten liefen Polizeibeamte herbei, und Maschinenpistolen richteten sich auf den Wagen.

»Mörder!« schrie Mom plötzlich. Ihre Stimme war schrill, entsetzlich schrill. »Mörder! Verfluchte Mörder!« Sie hörte auch dann nicht auf, es zu schreien, als die Beamten sie vom Sitz hoben und in einen der Wagen mit den kreisenden Rotlichtern brachten.

Ein anderer wollte Lucky nach rechts aus dem Auto winken. Aber er gehorchte nicht. Er drückte die linke Tür nach außen, und niemand hinderte ihn daran, denn niemand war schnell genug zur Stelle. Er kletterte aus dem Wagen und stellte sich in den rot erleuchteten Regen. Das Licht wischte in zuckender Folge über seinen Vater hinweg.

Dad lag neben dem Auto, zwischen den beiden offenen Türen, und der Regen prasselte auf ihn nieder.

Lucky spürte den Regen nicht. Er ging um die Fondtür

herum und blickte den Polizisten an, der so aussah wie Joeys Bruder und dastand, als ob er sich nicht mehr bewegen könnte.

»Du hast meinen Dad ermordet«, sagte Lucky mit ernster Stimme. »Du bist ein Mörder. Jetzt wirst du verhaftet. Dann kommst du vor Gericht, und dann wirst du aufgehängt!«

Der Polizist weinte.

Lucky klammerte sich an seinen toten Vater fest, als sie ihn wegbringen wollten. Sie schafften es nicht, ihn loszureißen. Sie waren gezwungen, ihn neben der Leiche mit einer Plane zuzudecken, bis der Notarzt eintraf und dem Jungen ein Beruhigungsmittel gab.

Wankend, wie umnebelt, hatte er das Haupthaus verlassen. Mary und John stellten keine Fragen. Sie kannten seine Ängste, wußten alles über seine Vergangenheit. Und sie wußten, daß er in solchen Momenten allein sein mußte mit seinem Schmerz, um ihn zu besiegen. Niemand konnte ihm dabei helfen.

Er hockte in seinem halbdunklen Wohnzimmer, starrte durch die Fenster hinaus auf den hellen Farmhof und pumpte Zigarettenrauch in seine Lungen wie ein Ertrinkender die letzte Luft, bevor er versank. Wieder und wieder goß er das Glas mit Whisky voll, noch bevor es halb geleert war.

Als die Flasche keinen Tropfen mehr hergab, stieß er sie um. Sie rollte von der Tischplatte über den Fußboden bis in die Ecke neben dem Kamin.

Das Geräusch ließ ihn zusammenzucken.

Erst jetzt wurden seine Gedanken klarer. Wie immer. Er brauchte anderthalb bis zwei Stunden, um die Szene zu bewältigen, die sich ankündigungslos in sein Bewußtsein drängte, ohne daß er etwas dagegen tun konnte.

Anderthalb bis zwei Stunden lang hatte er seine Gedanken dann nicht mehr unter Kontrolle. Nur der Alkohol half ihm, in die Wirklichkeit zurückzufinden.

Es war seltener geschehen in den letzten Jahren. Doch er empfand es als bestürzend, daß es ausgerechnet jetzt geschah. Er hatte getötet, und es hatte ihn nicht befreit. Warum stürzte sich die Erinnerung wie eine reißende Bestie auf ihn, um ihn schon wieder zu beherrschen?

Er schüttelte den Kopf, zündete sich eine neue Zigarette an, kippte den letzten Schluck aus dem Glas hinunter und ging zum Schrank, um eine neue Flasche zu holen. Seine Schritte waren nicht mehr unsicher. Er wankte nicht mehr wie vorhin auf dem Weg vom Haupthaus herüber.

Er schraubte die neue Flasche auf, goß das Glas voll und ließ sich wieder in den Sessel sinken. Dabei beobachtete er sich selbst und stellte fest, daß seine Bewegungsabläufe reibungslos funktionierten. Nichts konnte ihn umwerfen, nein, er war stärker als die Bestie Erinnerung. Wenn er wollte, konnte er sogar die Szene vor sein geistiges Auge zurückholen und sie ganz bewußt noch einmal durchleben.

Er schaffte es nicht.

Das einzige Bild, das sich zurückholen ließ, war das vom Friedhof. Der zweite Sarg senkte sich in die Grube vor dem Stein, auf dem die Namen in frisch einge-meißelten und vergoldeten Buchstaben glänzten.

Alfred Lansing.

Wilma Lansing.

Er konnte über diesen Teil der Erinnerung heute völlig nüchtern nachdenken. Mom hatte einen Schock erlitten und kurz nach Dads Tod Selbstmord begangen. Sie war eine schwache Frau gewesen, der Schmerz zu groß. Lucky war bei einer Tante aufgewachsen, die ihn später zu ihren Bekannten, den Dales, geschickt hatte, als sie selbst einen Argentinier geheiratet und Lucky sich geweigert hatte, mit nach Südamerika zu gehen. Er würde es niemals fertigbringen, das Land zu verlassen, in dem seine Eltern gelebt hatten. Sie waren eine glückliche kleine Familie gewesen.

Anfangs hatte er diesen Polizeibeamten gehaßt, der so aussah wie Joeys Bruder. Doch je älter er geworden war, desto mehr war sein Haß verflogen. Er hatte alle Zeitungsberichte über den Fall Lansing gelesen, und so hatte er auch erfahren, daß der junge Beamte wegen Unfähigkeit aus dem Polizeidienst entlassen worden war.

Jahre später war einmal eine Reportage erschienen, mit dem Titel Der Mann, der Alfred Lansing erschoß.

Ein cleverer Reporter in New York City hatte die Vergangenheit eines Junkies durchleuchtet, der sich in einer stinkigen, schmutzstarrenden New Yorker Bahnhofstoilette den goldenen Schuß gesetzt hatte. Die Illustrierte hatte ein Foto des Toten gebracht. Das Gesicht hatte sich nur wenig verändert seit damals, als der Mann mit der Maschinenpistole weinend vor dem kleinen Jungen und der Leiche seines Vaters gestanden hatte.

In der Reportage hatten sie die Geschichte noch einmal aufgekocht. Die bekannten Argumente von damals wurden wiederholt. Der Cop habe überreizt reagiert, aber auch Alfred Lansing habe Schuld getroffen, weil er den Beamten durch sein unkontrolliertes Verhalten provoziert habe.

Der junge, unerfahrene Cop habe drei Personen im Auto gesehen und keineswegs auf Anhieb erkennen können, daß es sich bei der dritten Person im Fond um ein Kind handelte. Dem Einsatzleiter sei vorzuwerfen gewesen, daß er keinen dienstälteren Beamten mit der Personenkontrolle beauftragt habe.

Andererseits war der Einsatzleiter weder vom Gericht noch von seinen Disziplinarvorgesetzten zur Rechenschaft gezogen worden, weil bei der Straßensperre stets mehrere Fahrzeuge auf einmal kontrolliert werden mußten. Da war es einfach nicht zu überblicken gewesen, wer nun gerade was tat.

Lucky Lansing, der eigentlich mit Vornamen Lucius hieß, hatte unter einem alten Kinderfoto in der Reportage gestanden. Ein neues Foto von ihm hatten sie nicht auftreiben können. Heute war er froh darüber. Manchmal waren Reporter auf der Farm aufgekreuzt. Aber er hatte sie jedesmal zum Teufel gejagt, und John Dale hatte ihm dabei geholfen. Für John und Mary war er so etwas wie ein eigener Sohn.

Als er damals diesen Bericht über den Rauschgifttoten in New York las, blieb er auf unerklärliche Weise gleichgültig. Der Tod des Mannes, der in seinen Augen immer ein Mörder gewesen war, berührte ihn nicht. Er begriff zu jenem Zeitpunkt endgültig, daß er nie persönliche Rache im Sinn gehabt hatte.

Er hatte nie wirklich gewußt, ob er überhaupt Rache üben wollte – am Staat, am Polizeiapparat, an irgend etwas.

Seit er Malone getötet hatte, war ihm alles klar geworden.

Er mußte töten.

Töten, ohne das Opfer persönlich zu kennen, geschweige denn, einen Haß gegen es zu hegen. Er mußte so unbegründet töten, wie es der junge Cop damals getan hatte. Andere Menschen mußten sterben, damit er sich selbst behaupten, sich von der Bestie Erinnerung befreien konnte.

Denn es gab kein Gebiet, auf dem er besondere Fähigkeiten entwickelt hatte. Schon in der Schule war er nur mittelmäßig. Die Lehrer behandelten ihn wegen seines Schicksals nachsichtiger als nötig. Eine kaufmännische Lehre lösten sein Arbeitgeber und er in beiderseitigem Einvernehmen vorzeitig auf, denn seine mangelhaften Leistungen zeigten, daß er die Abschlußprüfung nie schaffen würde. Bei der Army brachte er es in vier freiwilligen Dienstjahren gerade zum Corporal.

John Dale behielt ihn nach der Rückkehr nicht nur als angenommenen Sohn bei sich, sondern gab ihm auch als Farmgehilfe eine Chance, wie er sie anderswo niemals gekriegt hätte. Ein wenig dankte er es seinen Pflegeeltern, indem er ein passables technisches Geschick entwickelte und im übrigen außergewöhnlich fleißig war.

Jetzt würde er zeigen, daß es ein Gebiet gab, auf dem er besser war als alle anderen.

In all diesen Jahren war der Gedanke gereift.

Das Töten war sein Handwerk.

Bei der Army hatten sie ihm keine Chance gegeben, hatten seine Einheit in keinen bewaffneten Konflikt geschickt.

Aber jetzt war er auf dem Weg zur Spitze. Er brachte einen berühmten Mann wie Sherman Stone dazu, seinetwegen nach South Dakota zu fliegen. Die Karriere begann.

In den Polizeiakten war er ein Nichts. Da war er überhaupt nicht vorhanden. Ein Unbekannter auch in der Unterweltszene. Sein Debüt eines Mörders hatte er mit einem Paukenschlag gegeben. Bis die Cops auch nur ahnten, wer er war, würde er als Profi fest im Sattel sitzen.

Entweder bei Stone oder bei irgendeinem anderen. Denn in seinem Handwerk gab es niemanden, der besser war.

Das wußte er jetzt.

Stones privater Wohnsitz befand sich am südlichen Rand von Massapequa, einer Kleinstadt im Nassau County auf Long Island. Wohnsitz war eine tiefstaplerische Bezeichnung für die Villa, die da auf einem Hügel zweigeschossig aus einem Platanenpark aufragte, mit Blick auf die South Oyster Bay und die vorgelagerten Inseln.

Es war die Gegend für das gehobene Management, geschäftsführende Firmeninhaber und ähnliches aus der Preisklasse, die es sich leisten kann, bei dringenden Terminen mit dem Hubschrauber vom eigenen Startplatz in Richtung Manhattan aufzubrechen.

Ich lenkte den Jaguar in die von Platanen gesäumte Wohnstraße, von der die Zufahrt zum Stone-Grundstück abzweigte. Der guten Ordnung halber hatten wir die Kollegen vom zuständigen Revier der New York State Police verständigt. Die Absperrung stand. Alle Straßen im Umkreis von einer halben Meile waren von Radio Cars besetzt. Und die Flugüberwachung lauerte nur darauf, eine nicht identifizierte Riesenlibelle unter die Lupe zu nehmen.

Strohfeuer!

Das konnten uns die Kollegen aus dem Nassau County später vorwerfen. Mit Recht. Wir hatten unnötig die Pferde scheu gemacht. Aber das hatten wir beim besten Willen nicht ahnen können.

Mein Jaguar blieb mutterseelenallein auf dem tennisplatzgroßen Vorplatz zurück, als wir ausgestiegen waren und auf das Portal zugingen. Viktorianischer Stil, fast so, als hätte jemand das Gebäude in einer alteng-lischen Grafschaft abgetragen und hier Stein für Stein neu aufgebaut. Die Fensterläden waren verschlossen. Auch im zweiten Stock. Auf unser Klingeln rührte sich nichts. Nicht einmal ein Wachhund schlug an.

Phil nahm sein Walkie-talkie aus der Tasche. Ich tat es ihm nach und blieb vor dem Eingang stehen, während er einen Rundgang um das Haus unternahm. Die würzige Meeresluft war spürbar. Ich nutzte die Gelegenheit, sie tief einzuatmen. Als asphalt- und betongewohnter New

Yorker hat man selten Gelegenheit dazu. Nicht für jeden liegt Long Island vor der Haustür wie für Sherman Stone.

Die Stimmung war knisternd. Jeden Augenblick konnte es knallen. Aber niemand lauerte mit einer Schrotflinte auf uns. Niemand jagte Phil bei seinem Rundgang ein Messer in den Rücken, und kein daheim gebliebener Schloßwächter versuchte, uns mit Karatetricks auf die Matte zu legen.

Wir verständigten die State Police über Funk. Zehn Minuten später war ein Schlosser zur Stelle, der unter unserer Aufsicht das Yaleschloß der Eingangstür knackte. Ich hatte den Durchsuchungsbefehl bei mir. Doch wir sollten ihn nicht brauchen. Nach allem, was wir zusammengetragen hatten, war der Federal Attorney in Fahrt geraten und hatte den zuständigen Richter überzeugt. Erstens Haussuchung, zweitens Anklage wegen Beteiligung am Rauschgifthandel. Tiswell und Konsorten hatten uns mittlerweile genügend Material geliefert.

Stone mußte einen erstklassigen Riecher haben. Die Villa hatte er allem Anschein nach schon vor Stunden verlassen, denn die Klimaanlage lief nicht mehr, und die Außentemperatur war bis in die meisten Räume vorgedrungen. Weiße Laken umhüllten die Polstermöbel. Die Alarmanlage, von einem Polizeielektroniker außer Gefecht gesetzt, hätte ihren Zweck ohnehin nicht erfüllt, da sie nicht mit dem Revier der State Police verbunden war. Stone war stets darauf eingerichtet gewesen, seine eigenen Sicherheitskräfte im Haus zu haben.

Nun hatte er sich anscheinend auf eine längere Abwesenheit eingerichtet.

Phil und ich gönnten uns eine Zigarette, nachdem wir uns ausgiebig in Stones Arbeitszimmer umgesehen hatten. Der Tresor stand offen. Er war ausgeräumt. Im Schreibtisch und in den Aktenschränken gab es außer Büromaterial nichts mehr, was uns interessiert hätte.

Stone war nicht in Panik aufgebrochen. Er hatte Zeit genug gehabt, seine Abreise vorzubereiten - so, als wäre er in Urlaub geflogen.

Die Kollegen hatten sich auch in den Nebengebäuden umgesehen. Wir erfuhren, daß alle Privatfahrzeuge Stones in den Garagen abgestellt waren - der Rolls-Royce, der Lincoln Town Car und der Mercedes 500. Phil und ich telefonierten herum und fanden heraus, daß Stone morgens um neun Uhr ein Taxi bestellt hatte. Die Herzl Cab Company speicherte alle telefonischen oder fernschriftlichen Vorbestellungen in ihrem Rechner. Stones Taxi war unter dem Namen Greene geordert worden, mit der Adresse der Villa in Massapequa.

Es dauerte keine zwei Minuten, bis die freundliche Angestellte in der Cab Company die für uns wichtigen Sachen auf ihren Bildschirm geholt hatte. Der Taxidriver hatte als Fahrtziel den La Guardia Airport angegeben, ebenso die Fahrtzeit und den später entrichteten Fahrpreis. Ich fragte mich, ob sie in ihrem Computer auch noch die Schuhgröße der Fahrgäste speicherten.

Stone und seinesgleichen konnten nicht mehr sicher sein, was über sie gespeichert wurde, wo und wie es gespeichert wurde und vor allem: was unsereins damit anfing. Vielleicht hatte er sich deshalb bei seiner Abreise gar nicht erst die Mühe gemacht, heimlich zu verschwinden. Wer so tat, als hätte er nichts zu verbergen, dem glaubte man schließlich bis zu einem gewissen Grad. Ein altes Rezept.

Im Jaguar hatte ich eine Mappe mit Funkbildern. Archivfotos aus dem Zentralregister in Washington D.C. Wir fuhren zum La Guardia Airport in Queens und versuchten es zuerst am Informationsdesk der Eastern Airlines, die die meisten täglichen Abflüge vom New Yorker Inlandsflughafen hat. Die Bodenstewardessen waren seit Schichtbeginn am Morgen um 8 Uhr im

Dienst. Das höfliche blonde Girl vom Schalter führte uns in einen Nebenraum, wo sich ihre sämtlichen Kolleginnen versammelten. Wir ließen sie im Knisterpapier der Funkbilder blättern. Wir hatten Glück. Es waren drei Gesichter, an die sich die Angestellte vom Buchungsdesk erinnerte. Ihre Kollegin von der Fluggepäckannahme bestätigte die Angaben.

Sherman Stone, Floyd Greene, Warren Kindred.

Stone und seine beiden engsten Vertrauten hatten einen Flug nach Chicago gebucht, mit Anschluß nach Rapid City, South Dakota.

Stone liebte offenbar die Bequemlichkeit, in diesem Fall die Vorausbuchung. Sherman Stone bevorzugte die Comfort Class mit dem perfekten Service.

Und er tat so, als hätte er nichts zu verbergen.

South Dakota und North Dakota haben kein eigenes District Office des FBI. Zuständig ist – wenn in den beiden Flächenstaaten überhaupt einmal Verbrechen begangen werden – meistens das District Office in Minneapolis, Minnesota. Gelegentlich springen auch die FBI-Kollegen aus Butte in Montana ein.

Nachdem Phil und ich in unser gemeinsames Büro an der Federal Plaza zurückgekehrt waren, versuchte ich es zuerst mit einem Anruf in Minneapolis.

Richtig getippt!

»New York?« rief der zuständige Kollege. »Was kriegen wir noch alles? Chicago hatten wir schon. Detroit würde noch passen, Los Angeles, San Francisco, New Orleans …« Er holte Luft. »Special Agent Frank Desmond am Apparat.«

Ich nannte meinen Namen und erklärte ihm, worum es ging. Phil hatte sich die Mithörmuschel über das Ohr gestülpt.

»Wenn Sie mir jetzt noch sagen«, schloß ich, »was Ihre Städte-Aufzählung mit unserem Freund Stone zu tun hat, haben wir den halben Fall wahrscheinlich schon aufgeklärt.«

»Sie müssen ein hoffnungsloser Fall von Optimismus sein, Jerry. Was wir haben, ist ein toter Syndikatsboß in Rapid City. Sehen Sie keine Fernsehnachrichten? Bruce Malone!«

Phil und ich wechselten einen Blick. Wir hatten die Meldungen über den Mord an dem Syndikatsboß zwar flüchtig mitgekriegt, aber erst jetzt klang der Ortsname Rapid City in Verbindung mit Stones Flugbuchung wie ein Alarmsignal.

»Sie wollen doch nicht sagen, daß Rapid City auf die großen Bosse die Wirkung von Licht auf Motten hat, Frank?«

»Nach Malones Tod würde mich überhaupt nichts wundern, Kollege. Der Killer ist ein Perfektionist. Bevor wir nicht wissen, für wen er arbeitet, können wir überhaupt nichts ausschließen.« Er schilderte die Einzelheiten des Falles, einschließlich der Punkte, die im Fernsehen, im Radio und in den Zeitungen nicht veröffentlicht worden waren. Der FBI hatte eine Teil-Nachrichtensperre verhängt.

»Ein Kindskopf«, murmelte Phil kopfschüttelnd, als er die Sache mit den Granatsplittern und den Resten eines Flugmodells hörte.

»Was wollte Malone in dem Zeitungsverlag?« fragte ich. »Steht der Mord damit in Zusammenhang? Oder hat der Killer den Ort nur zufällig ausgewählt?«

»Wenn wir das wüßten«, seufzte Frank Desmond, »wären wir schon einen Riesenschritt weiter. Unser örtlicher Kontaktmann in Rapid City ist Captain Richard Arling, Metropolitan Police. Sprechen Sie mit ihm. Fragen Sie nach Zeitungsverleger Andrew Moore. Oder reden

Sie mit Moore persönlich. Beide werden Ihnen sagen, daß die Syndikate versuchen, ins Zeitungsgeschäft einzudringen. Private Fernsehsender auf lokaler Ebene. Sie verstehen? Wer viele, viele kleine Fernsehstationen kontrolliert, hat prozentual pro Landstrich höhere Zuschauerzahlen als die Fernsehriesen. Denn die Zukunft der Branche liegt in örtlichen Nachrichten, Klatsch und Tratsch vom Hühnerzüchterverein bis zur Geburtstagsparty beim Bürgermeister. Eine geballte Meinungsmacht, die sich prächtig ausschlachten ließe. Stellen Sie sich vor, Jerry, die Bosse würden sich von Politikern bestechen lassen, damit sie in ihren Sendungen bestimmte Richtungen vertreten. Die Syndikate wären irgendwann soweit, daß sie alle Macht in diesem Staat übernähmen.«

»Sie müssen ein hoffnungsloser Fall von Pessimismus sein«, konterte ich und grinste den Telefonhörer an. »Ich denke, mein Kollege und ich werden eine Dienstreise nach Rapid City unternehmen. Hätten Sie etwas dagegen, Frank?«

»Nicht das geringste. Im Gegenteil. Ich wäre Ihnen dankbar, wenn Sie mir diesen Fall ganz abnehmen.«

»Wir werden tun, was wir können«, versprach ich und bat ihn, Captain Arling vorzuwarnen. Dann legte ich auf.

Phil hängte die Muschel weg, ging hinaus und kehrte mit zwei Bechern voll heißem Automatenkaffee zurück. Er bediente sich von meiner Zigarettenschachtel, die ich ihm hinhielt.

»Sieht so aus, als ob wir uns geirrt haben«, sagte er gedehnt.

Ich nickte. »Möglich. Wenn es so ist, hat Stone das Angenehme mit dem Nützlichen verbunden. Abbruch der Zelte in New York nur wegen möglicher Schwierigkeiten. Daß es schon eine Anklage gegen ihn gibt, ahnt er vermutlich nicht.«

»Eine Anklage auf tönernen Füßen«, wandte Phil ein.

»Seine Anwälte würden ihn mit Leichtigkeit auf Kaution freikriegen. Machen wir uns nichts vor. Mit unserer Zermürbungstaktik wären wir auf die Dauer nur dann weitergekommen, wenn er sich dazu hätte verleiten lassen, einen schwerwiegenden Fehler zu begehen. Und das Nützliche?«

»Ein Konkurrent weniger. Angenommen, Stone hätte sogar den Killer in Rapid City beauftragt. Dann wäre er in Rapid City nicht nur aus unserem Blickfeld heraus, sondern er könnte auch noch Malones angestrebte Teilhaberschaft in dem Zeitungsverlag übernehmen.«

»Wenn der Verleger ihn übernehmen läßt.«

Ich sah meinen Freund und Kollegen an und schüttelte den Kopf. »Wo lebst du, Alter? Hast du jemals erlebt, daß Leute es gewagt hätten, ein Angebot von Stone oder seinesgleichen abzulehnen?«

»Rapid City ist nicht New York«, sagte Phil, »Syndikatsbosse sind in der Provinz unbekannte Größen. Machen wir also, daß wir nach South Dakota kommen, bevor dieser Zeitungsmann seine Kapitalmehrheit an Sherman Stone überschreibt!«

»Ich erwarte Sie«, sagte Lucky Lansing. »Es ist wichtig, daß wir nicht zusammen gesehen werden.«

»Das liegt auch mir am Herzen«, antwortete Stone. Seine Stimme klang nicht deutlicher als aus New York. Vielleicht lag es an der Telefonzelle in Rapid City, aus der er sprach. Wirklich abhörsicher waren eben nur die öffentlichen Sprechstellen, auch in South Dakota.

»Dann sind wir uns einig«, entgegnete Lucky. »Seien Sie pünktlich!« Er legte auf und zündete sich eine Zigarette an. Den Whiskyrausch von gestern hatte er restlos überwunden, da er an diesem Tag keinen Tropfen angerührt hatte. Er wußte, wie er mit sich selbst und mit seinem Kopf umzugehen hatte. Die Vergangenheit belästigte ihn nicht länger. Er hatte vorerst Ruhe vor den Bildern, die sich früher viel häufiger in sein Bewußtsein gedrängt hatten.

Er wartete, bis drüben im Haupthaus das Licht erlosch. Dann warf er seine Cordjacke über, verriegelte die Tür und holte den Pontiac Sunbird aus dem Unterstand.

Mary und John Dale stellten ihm nie Fragen. Vor allem dann nicht, wenn er spätabends, nachts oder auch tagsüber auf Achse war. Sie hielten sich an ihren Grundsatz, daß ein alleinstehender Mann in seinem Alter alle Freiheiten brauchte. Er durfte jedes Fahrzeug benutzen und war seinen Pflegeeltern keine Rechenschaft schuldig. Er dankte ihnen das Vertrauen, indem er sie nie enttäuschte.

Er lenkte den Wagen auf die Provinzstraße und zehn Minuten später auf den Interstate Highway 90 in Richtung Black Hills. Bis zu der Raststätte, zwei Meilen vor Deadwood, brauchte er eine knappe Dreiviertelstunde. Das gemütliche Selbstbedienungsrestaurant befand sich samt Parkplätzen und Nebengebäuden auf einem Plateau, an dessen äußerem Rand der Highway entlangführte. Der Blick fiel auf ein dunkles Tal, in dem die Lichter von Häusern schimmerten, als hätte man Perlen wahllos in eine Kiste mit schwarzem Samt geworfen.

Touristen bevölkerten diese Gegend wie Invasions-Heerscharen. Lucky stellte sich mit einem Tablett an der Theke auf und begnügte sich mit einem Becher Kaffee und einem Sandwich. Er bezahlte an der Kasse und erspähte Stone gleich darauf in einer Nische zwischen Zimmerpalmen und Feigenbäumchen an der großen Fensterfront, durch die man auf das Tal hinabblicken konnte. Das Stimmengemurmel des müden Reisevolks begleitete Lucky Lansing auf seinem Weg durch die Tischreihen als willkommene Geräuschkulisse.

»Wie haben Sie mich erkannt?« fragte Stone und hob seinen kantigen Schädel.

Lucky grinste, stellte sein Tablett auf den Tisch und setzte sich neben den eleganten Greene. Der mit dem blonden Krauskopf war Kindred.

»Ich lese überregionale Zeitungen«, antwortete Lucky, biß in sein Sandwich und begann zu kauen. »Ich kenne Sie alle drei. Sie sind das, was man offene Geheimnisse nennt. Jeder weiß, was Sie sind, aber keiner kann Ihnen was anhaben. Richtig?«

Der Syndikatsboß lachte leise. »Freut mich zu hören, so berühmt zu sein. Was die Zeitungsschreiber sich aus den Fingern saugen, ist natürlich alles erfundener Klatsch.«

»Natürlich«, sagte Lucky, stopfte den Rest des Sandwichs in sich hinein, spülte mit Kaffee nach und steckte sich eine Zigarette an. Er hob herausfordernd den Kopf. »Ich nehme an, wir wollen uns über ein ernsthaftes Thema unterhalten.«

»Ungeduldig?« entgegnete Stone spöttisch. »Unter welcher Art von Torschlußpanik leiden Sie, mein Freund?«

Lucky Lansing sah ihn aus kalten Augen an. »Nach der statistischen durchschnittlichen Lebenserwartung habe ich eine Menge mehr Zeit als Sie. Außerdem bin ich in gesunder Landluft aufgewachsen und habe nicht in der Großstadt Gift geatmet. Also kommen Sie mir nicht mit so lächerlichen Sprüchen, Mr. Stone!«

Der Syndikatsboß verzog keine Miene. Vielmehr nickte er anerkennend. »Sie lassen sich nichts gefallen, was?«

»Richtig, Sir. Und Sie scheinen mir weniger gereizt zu sein als in New York. Am Telefon waren Sie's jedenfalls.«

»Die Landluft, mein Junge, die Landluft!«

Lucky grinste, als Stone zu lachen begann. Auch Greene lachte. Nur Kindreds Gesicht blieb starr. Er stützte das Kinn mit gefalteten Händen und blickte Lansing scheinbar interesselos an.

Lucky spürte jedoch, daß dieser Mann von seiner Anwesenheit nicht erbaut war. Kein Wunder. Kindred, als Vollstrecker bisher die Nr. 1 bei Stone, mußte ihn als einen ernsthaften Konkurrenten betrachten.

»Was haben Sie vor?« fragte Lucky. »Sind Sie nur hergekommen, um mich kennenzulernen? Oder wollen Sie den Faden aufnehmen, wie Sie am Telefon sagten?«

»Beides«, antwortete Stone.

Lucky bemerkte, daß Greene sich unauffällig umsah, um festzustellen, ob in der Nähe jemand die Ohren spitzte. Aber da waren nur harmlose Familien, die sich noch schnell den Bauch vollschlugen, bevor sie den nächsten Campingplatz in den Bergen ansteuerten.

»Freut mich.« Lucky nickte. »Ich kann Ihnen sagen, wie es weitergeht.«

Stone zog verblüfft die Augenbrauen hoch.

»Normalerweise entscheide ich selbst, wie ich meine geschäftlichen Angelegenheiten vorantreibe.«

»Sicher.«

Lucky drückte seine Zigarette aus. »Nur kennen Sie in diesem Fall die örtlichen Gegebenheiten nicht. Wenn Sie ohne weitere Vorbereitung versuchen, mit Moore zu verhandeln, werden Sie einen Reinfall erleben.«

»Keine Namen!« zischte Kindred.

Lucky grinste ihn an. Der Krauskopf schien nur darauf gelauert zu haben, einen Kritikpunkt zu finden. Aber er landete nicht damit.

Stone winkte ab, und Greene brummte die Erklärung: »Der Laden ist ideal, Warren. Keine Wanzen, keine Lauscher. Unser Freund Lucky hat da eine gute Nase gehabt. Wie ein richtiger Profi.«

»Kein Profi ist besser als ich«, sagte Lansing.

Stone nickte erneut, und wieder sah es anerkennend aus. »Sie haben etwas Bestimmtes im Sinn, Lucky. Ich will es hören.«

»All right.« Lansing zündete sich eine neue Zigarette an. »Sie müssen sich erst mal in die Familienverhältnisse hineinknien, bevor Sie was unternehmen. Dann werden Sie begreifen, daß Malone es von Anfang an falsch gemacht hat. Begehen Sie also nicht den gleichen Fehler. Moore ist ein gottverdammter Dickschädel. Jeder weiß das in der Stadt. Deshalb muß man die Sache völlig anders anpacken.«

»Und Sie wissen natürlich, wie?« Ein Hauch von Spott spielte wieder um Stones Mundwinkel.

»Allerdings«, sagte Lansing ernst. Er senkte seine Stimme und schilderte mit wenigen Sätzen, wie er vorhatte, es anzupacken. »Anders bringen Sie die Sache nie über die Bühne, Stone. Lehnen Sie meinen Vorschlag ab. Meinetwegen. Versuchen Sie es auf Ihre Tour. Sie werden sich die Nase stoßen und leise weinend bei mir angekrochen kommen. Wenn Sie dann überhaupt noch kriechen können.«

»Der Kerl spinnt«, knurrte Kindred und kippte seinen Drink mit einem Ruck hinunter.

»Ich glaube nicht«, widersprach Stone nachdenklich, ohne den Blick von Lansing zu wenden. »Wir sind bloß nicht mehr daran gewöhnt, so mit der Tür ins Haus zu fallen, wie er es will. Aber es sind die Methoden aus der guten alten Zeit. Und die waren noch immer die besten.«

»In den Dakotas gehen die Uhren sowieso anders als an der Ostküste«, sagte Greene. »Ich verstehe genau, was unser Freund im Sinn hat.« Er wandte sich zur Seite. Es sah aus, als wollte er Lansing auf die Schulter klopfen. Doch er ließ es, als er dessen starre Miene sah.

»Wir sind uns also einig?« fragte Lansing. »Bedenken Sie, daß ich für Sie die Kohlen aus dem Feuer hole, Mr. Stone. Sie können sich auf den rein geschäftlichen Teil konzentrieren – wie es in der guten alten Zeit üblich war.«

Stone schmunzelte jetzt. »Sie verkaufen sich gut, mein Junge, wirklich überzeugend. Keiner könnte seine Ware oder seine Dienstleistung besser an den Mann bringen.« Er schob die Unterarme auf die Tischplatte. »In Ordnung. Wir sind uns so gut wie einig. Gehen wir ein bißchen in die Einzelheiten. Außerdem habe ich noch keinen Preis von Ihnen gehört. Ich nehme an, Sie werden diesmal nicht umsonst arbeiten.«

Lansing lachte leise. »Ich will den Markt nicht kaputtmachen. Manche Leute könnten mir das übelnehmen.« Er blickte Kindred dabei an und genoß dessen sauren Gesichtsausdruck. Dann wandte er sich wieder dem Syndikatsboß zu. »Ich richte mich nach den branchenüblichen Sätzen. Da ich neu bin, bestimmen Sie, welcher Preis für mich in Frage kommt.«

Sherman Stone streckte den Arm über die Tischplatte aus und reichte ihm die Hand.

Lansing wußte jetzt, daß er bei dem großen Boß aus New York City einen Stein im Brett hatte.

Sonne durchflutete das Büro. Ein Schreibtisch, eine Besucherecke, ein paar Schränke. Nichts übertrieben Gediegenes. Man konnte sehen, daß in diesem Office gearbeitet wurde. Andrew Moore war nicht der Mann, der andere überwachte und selbst die Hände in den Schoß legte. Soviel konnte ich erkennen, noch bevor ich die ersten Worte mit dem Mann gewechselt hatte.

Phil hatte sich aus dem Vorzimmer heraus entführen lassen. Von Liza, der Tochter des Zeitungsverlegers. Wir fuhren zweigleisig. Mein Freund und Kollege ließ sich den Betrieb zeigen, um sich einen Überblick zu verschaffen. Ich wartete auf den Inhaber, der in wenigen Minuten von einer Redaktionskonferenz zurückkehren mußte.

Der Sprung von der New Yorker Atlantic Standard

Time in die Zeitzone der Mountain Standard Time hatte Phil und mir einen Zeitgewinn von drei Stunden verschafft. Wir waren morgens von La Guardia gestartet und morgens fast zur selben Stunde – nach Ortszeit – in Rapid City gelandet.

Ich blickte auf die felsige Hügellandschaft, die gleich hinter dem Verlagsgrundstück begann. Nichts, was für den Touristenrummel attraktiv gewesen wäre. Hier fehlte den Black Hills die vielbesungene Schönheit. Deshalb hatten sie das Industriegebiet in diese Gegend außerhalb der Stadt gelegt, wo es niemanden störte.

Die schalldämmend gepolsterte Tür wurde geöffnet und verursachte ein saugendes Geräusch.

Ein kleiner Mann um die fünfzig, Halbglatze, gutmütiges rundes Gesicht. Wie er die Tür schloß und auf mich zukam, eine ledergebundene Mappe unter dem Arm, strahlte er geballte Energie aus. Ich gewann Respekt vor diesem Andrew Moore, bevor ich überhaupt ein Wort mit ihm gewechselt hatte. Man brauchte ihn nur anzusehen, um zu wissen, daß er seinen Laden hundertprozentig im Griff hatte.

»Mr. Cotton«, sagte er, und es klang mehr wie eine Feststellung meiner Anwesenheit als wie eine Begrüßung. Er schüttelte mir die Hand. »Ich bin froh, daß sich der FBI eingeschaltet hat. Über den Anlaß bin ich nicht froh. Das brauche ich wohl nicht extra zu betonen.« Er setzte sich mir gegenüber in einen Ledersessel, legte die Mappe auf den Tisch und beugte sich vor, die Hände über den Knien gefaltet.

»Sind Sie ein Einzelfall?« fragte ich ohne Einleitung.

Moore lächelte grimmig und schüttelte den Kopf. »Wir haben im Verlegerverband sofort vertrauliche Gespräche geführt, als die ersten Annäherungsversuche stattfanden. Es gab keine Einigung. Es war wie so oft im Leben. Die Falken konnten sich bei den Tauben nicht durchsetzen.«

»Sie gehörten zu den Falken«, sagte ich, ohne lange zu rätseln.

»Richtig. Reden wir Klartext, Mr. Cotton. Dieser Gangster aus Chicago hatte eine Liste aller Zeitungsverleger im Nordosten und im Mittleren Westen. Kleine Verlagshäuser, dünne Eigenkapitaldecke. Manche waren sogar erfreut, einen finanzstarken Teilhaber zu kriegen. Malone war an den Zeitungen weniger interessiert, nur an den Lizenzen für lokale Sender. Was er wollte, war das Know-how der Provinzverleger und ihrer Mitarbeiter.«

Ich nickte. »Und die, bei denen er auf Granit biß, hat er persönlich aufgesucht.«

»Auch richtig.« Moore lächelte. »Jetzt liegt die nächste Folgerung fast auf der Hand, nicht wahr? Daß ich es war, der den unbekannten Killer engagiert hat, wäre logisch genug.«

»Allerdings«, entgegnete ich. »Zu überprüfen wäre nur noch, was er gegen Sie in der Hand hatte, um Druck auf Sie auszuüben.«

»Sie erkennen den springenden Punkt sofort, nicht wahr? Nun, es handelte sich nur um ein Vorgespräch. Ich erfuhr, welche unvorhersehbaren Zwischenfälle einen Zeitungsverlag an den Rand des Ruins bringen können – Maschinenausfälle, Wasserrohrbrüche, Feuer, Explosionen in der Gasversorgung und so weiter. Ich habe es mir angehört und Malone dann hinausgeworfen. Nach dem Stand der Dinge konnte ich das noch tun. Daß er in zwei Gewehrkugeln laufen würde, hätte ich mir nicht träumen lassen.«

»Leider sind die Probleme damit nicht gelöst«, sagte ich.

»Ein Malone kommt selten allein, nicht wahr?« Er lachte und stemmte sich aus dem Sessel hoch. »Einen Kaffee?«

»Gern.«

Er umrundete seinen vollgepackten Schreibtisch,

schaltete eine Sprechanlage ein und bat eine Angestellte, den Automaten für uns in Gang zu werfen.

»Wissen Sie, Mr. Cotton …«, er öffnete eins der unteren Schreibtischfächer und kramte darin herum, »… diese Zeitung ist mehr als hundert Jahre alt. Mein Urgroßvater hat den Laden 1870 gegründet. Damals haben sie sich hier noch mit Indianern und Banditen herumgeschlagen. Mein Great Grand Dad hat Extrablätter gedruckt, wenn Revolverschwinger in Rapid City die Bank ausraubten. Einmal haben sie ihm aus Wut das Dach über dem Kopf angesteckt. Aber er hat immer weitergemacht. So waren sie alle in unserer Familie. Mein Vater hat sich nicht einmal in der großen Depression unterkriegen lassen. Und da soll ich vor ein paar hergelaufenen Gangstern kapitulieren?«

Er hievte einen Wälzer aus der Schublade, die Chronik des Hauses, wie ich an der Schrift erkannte, und kam damit hinter dem Schreibtisch hervor.

Ich konnte seinen Stolz auf die Familiengeschichte verstehen. Aber damit wehrte man sich nicht gegen ein Syndikat der Neuzeit.

»Mit hochfahrenden Worten täuschen Sie sich nur selbst«, sagte ich. »Das Problem ist vielleicht ernster als Indianerkriege, Revolverschwinger und Wirtschaftskrise zusammen.«

»Schon möglich.« Er hielt die Chronik wie einen Schutzschild vor sich. »Trotzdem gehe ich vom Wert der Tradition nicht ab.«

Ein berstender Schlag dröhnte durch das Office.

Ich sah, wie das Fensterglas auseinanderflog. Ohne Schrecksekunde schnellte ich aus dem Sessel hoch.

Scherben regneten in einem Schwall in den Raum und klirrten zu Boden.

Ich erwischte Moore in flachem Sprung. In dem Sekundenbruchteil, in dem ich ihn berührte und umstieß, spürte ich, wie sein Körper unter dem Einschlag der zweiten Kugel zusammenzuckte.

Der dicke Wälzer fiel ihm weg und polterte zu Boden.

Ich rutschte mit dem kleinen, bis eben so energiegeladenen Mann über die Teppichfliesen, bis hin zu den Glasscherben. Ich rollte mich herum, packte ihn und zog ihn robbend hinter den Schreibtisch.

Überflüssig.

Es fielen keine weiteren Schüsse.

Geduckt lief ich zur Tür. Angestellte stürmten mir im Korridor entgegen. Phil und seine Fremdenführerin hatten vielleicht nicht einmal etwas mitgekriegt. Möglich, daß sie sich in einem Gebäude auf der Ostseite des Grundstücks aufhielten.

»Einen Ambulanzwagen!« rief ich den Leuten zu, obwohl ich kaum Hoffnung hatte. Zwei Gewehrschüsse hatten auch Malone tödlich getroffen.

Ein jüngerer Mann reagierte als erster. Er wirbelte herum und verschwand in einem der Büros.

Zwei Sekunden später war ich beim Ausgang an der Ostseite. Unser Leihwagen für South Dakota war ein Ford Bronco. »Damit sind Sie für alles gerüstet, was in dieser Gegend auf Sie zukommen kann«, hatte das Girl beim Airport gesagt. Ihre Empfehlung war verdammt richtig.

Mir blieb keine Zeit, mich um Phil und die Tochter des Verlegers zu kümmern. Jede Sekunde war kostbar. Ich schwang mich hinter das Lenkrad des Ford, stieß den Schlüssel ins Zündschloß und ließ den Achtzylinder kommen. Das grobe Profil der Breitreifen wimmerte auf dem Parkplatzasphalt, als ich losjagte.

Sonnenschein glühte über der staubtrockenen Gegend. Trotzdem war nichts Freundliches daran. Ich wußte, aus welcher Richtung die Schüsse gefallen waren. Dieser Killer war ein Mann, der auf bewährte Rezepte zurückgriff. Er sollte sich an seiner Taktik verschlucken, das schwor ich mir in diesem Moment.

Ich kurbelte das Lenkrad nach rechts, und der Ford schlingerte auf die feste Fahrbahn hinaus. Links war das Gelände mit der Bauruine. Vollgas! Der Motor brüllte unter der bulligen Haube. Vier angetriebene Räder ließen den Wagen vorwärts schießen. Die Gebäude huschten an mir vorbei. Links Mißerfolg und Verfall. Rechts blühender Geschäftserfolg, der die Schmarotzer auf den Plan gerufen hatte.

Die Sonne stand noch im Süden. Die Felslandschaft, auf die ich zujagte, war von harten Schattenlinien gezeichnet. Ich kniff die Augen zusammen, spähte durch die Windschutzscheibe und konzentrierte mich abwechselnd auf die Straße und auf die Felsen.

Irgendwo dort oben hatte er gelauert. Dort lauerte er vielleicht noch immer.

Wenn er nicht sofort nach den Schüssen auf Andrew Moore die Flucht ergriffen hatte, mußte er mitgekriegt haben, daß ich ihm auf den Pelz rückte. Wie würde er reagieren? Ähnlich wie bei Malones Bodyguards?

Ich erhöhte die Motordrehzahl ohne Rücksicht auf die schlechter werdende Fahrbahn. Der Asphalt wurde von Schotter abgelöst. Mein geländegängiger Ford begann zu hoppeln wie ein Hase. Ich hielt ihn auf Kurs, obwohl er mit dem Hintern auszubrechen versuchte.

Der Motor röhrte. Die Reifen mahlten auf dem Schotter. Das Fahrwerk rumpelte. Deshalb hörte ich nur ein leises Klatschen. Trotzdem wußte ich sofort, was es war. Ich zog den Kopf ein und rammte das Gaspedal auf das Bodenblech. Der Ford Bronco machte einen Satz. Ein feiner Luftzug strich mir über den Nacken.

Das Einschußloch befand sich knapp oberhalb der

Windschutzscheibe im Dach. Es hatte das Blech und den Wagenhimmel durchschlagen.

Ich bewegte das Lenkrad hin und her. Der Wagen begann zu tanzen und zu wedeln. Die Hinterreifen spritzten Schotter nach beiden Seiten. Noch war der Weg breit genug.

Immerhin wußte ich Bescheid.

Dem Kerl schien es eine seltsame Art von Vergnügen zu bereiten, sich verfolgen zu lassen. Ich war gespannt, welche teuflischen Überraschungen er für mich auf Lager hatte.

Die Hügel wuchsen rasend schnell auf mich zu.

Noch ein paar Sekunden, dann schützten mich die Felswände auf der rechten Seite. Der Off-Road-Wagen war schwer zu beherrschen. Die Servolenkung vermittelte kein Gefühl für den rauhen Untergrund, auf dem ich dahintanzte. Trotzdem schaffte ich es, den Ford rechtzeitig in die richtige Richtung zu zwingen, ohne die Blechflanken an den Felsen einzudellen.

Ich nahm Gas weg.

Die Steigung nahm zu. Das wenige, noch halbwegs überschaubare Gelände ging in die felsige Hügellandschaft über, und die Schotterfahrbahn verlief nun in Kurven als Hohlweg. Unbehagen kroch in mir hoch. Ich fühlte mich eingeengt, denn ich sah immer nur ein Stück Schotter vor mir, einen Ausschnitt vom blauen Himmel und sonst nur die Gesteinswände rechts und links, abwechselnd steil und in mäßigem Winkel ansteigend.

Der Mörder mit dem Zielfernrohrgewehr kannte sich aus. Mit Leichtigkeit konnte er mich in die Falle locken, wie er es bei den Bodyguards getan hatte. Er konnte mich auch abknallen – in aller Ruhe, wie auf einem Schießstand, wenn er irgendwo da oben über dem Hohlweg hockte.

Trotzdem sagte mir ein unerklärlicher Instinkt, daß er

gerade das nicht tun würde. Nein, mehr als ein Instinkt. Ich glaubte, mich bereits teilweise in das Seelenleben dieses Mannes hineinversetzen zu können. Widersprüchliche Regungen mußten sein Motor sein.

Ich spürte, daß ich es nicht mit einem gewöhnlichen Killer zu tun hatte. Dieser Mann war anders als die Vollstrecker, die für einen Bruce Malone oder einen Sherman Stone arbeiteten und nach erledigtem Job die Hand aufhielten, um zu kassieren. Dieser Mann war grundlegend anders.

Und deshalb gefährlicher.

Meine Vermutung bestätigte sich. Kein plötzliches Zerbröckeln der Windschutzscheibe, kein Mantelblei, das sich klatschend in Blech bohrte oder mir um die Ohren flog.

Statt dessen änderte sich die Landschaft nach einer letzten engen Wegbiegung. Die Felswände wichen zurück und flachten ab. Der Sonnenschein fiel in ein Tal, das als Kulisse für einen Westernfilm brauchbar gewesen wäre. Hüfthohes Gras wogte im leichten Wind und verursachte ein ständig wechselndes Schattenspiel bis hin zu den Bergen. Ein Bach plätscherte mit kristallen blitzenden Reflexen am Weg entlang. Am Ufer wirkten vereinzelte Buschgruppen als dunkelgrüne Tupfer in der Landschaft.

Weit hinten sah ich einen Fremdkörper.

Ich reagierte in dem Moment, in dem ich ihn wahrnahm. Ich trat das Gaspedal durch und ließ den Ford brüllend beschleunigen.

Schwarzes Karosserieblech glänzte matt in dreihundert bis vierhundert Yards Entfernung. Die Windschutzscheibe erhob sich blinkend über einem offenen Cockpit.

Ein Jeep Renegade.

Ich spielte mit dem Gedanken, das Funkgerät zu benutzen, das rechts am Armaturenbrett eingebaut war. Aber ich ließ es. Außer der Tatsache, daß ich einen

Renegade in unbekannter Landschaft verfolgte, hatte ich nichts Weltbewegendes durchzugeben. Zumindest eins hatte der Killer erreicht, obwohl er nicht wissen konnte, daß er den FBI im Nacken hatte. Ich fühlte mich wie das Kind, das in den Brunnen geworfen wird.

Der Jeep setzte sich in Bewegung, wirbelte Schotter auf und umhüllte sich mit einer Wolke von Staub.

Ich hatte seinen Vorsprung vielleicht um 100 Yards verringert. Ein neuer Verdacht keimte in mir auf. Wollte sich der Bursche über mich lustig machen? Einfach dadurch, daß er sich mir zeigte und damit zu erkennen gab, wie gering er meine Fähigkeiten als Verfolger einschätzte?

Er sollte sich täuschen. Das schwor ich mir.

Mit allem hatten Phil und ich in Rapid City, der kleinen Provinzstadt, gerechnet. Nur nicht damit, daß Andrew Moore vor unseren Augen erschossen werden würde, kaum daß wir in seinem Verlagshaus eingetroffen waren. Wenn Stone tatsächlich vorhatte, in die Fußstapfen seines toten Chicagoer Konkurrenten zu treten, hätte er wohl kaum auf diese brutale Weise gehandelt. Seine zwielichtige Karriere in der New Yorker Unterwelt hatte er auf raffiniertere Art gemacht.

Dies hier - eiskalter Mord statt harter Verhandlung - gehörte zu den Praktiken, die das organisierte Verbrechen in den dreißiger oder vierziger Jahren angewendet hatte. Fast konnte man glauben, daß Stone überhaupt nichts mit der ganzen Sache zu tun hatte.

Ich jagte am Bach entlang durch das Tal und behielt die Staubfahne des Jeeps im Auge. Hinter mir stieg der Staub in dichten Wolken hoch und dämpfte das Sonnenlicht, das in die Rückspiegel gestochen hatte.

Klar, daß der Unbekannte seine Falle irgendwo in der Nähe vorbereitet hatte.

Für mich waren die Voraussetzungen denkbar schlecht. Ich hatte nur meinen Smith & Wesson. Immerhin den 357er Magnum. Doch die höhere Durchschlagskraft vermochte das Manko an Reichweite nicht auszugleichen. Keine weiteren Waffen. Keine vertraute Thompson-Maschinenpistole und erst recht kein weittragendes Gewehr, mit dem ich dem unbekannten Mordschützen ebenbürtig gewesen wäre.

Am nördlichen Ende des Tales führte der Weg in sanftem Bogen nach Nordwesten, stieg an und erreichte einen Paß zwischen zwei Höhenzügen.

Ich sah den Jeep dort oben, bevor er in ein Gelände hinabtauchte, das für mich unsichtbar war. Abzweigungen gab es nicht. Und der andere würde mir die Verfolgung nicht schwer machen. Das stand für mich fest. Deshalb schaltete ich nun doch das Funkgerät ein und angelte mir das Mikro herüber. Die Frequenz der Metropolitan Police von Rapid City war eingestellt. Ich schaltete auf Senden.

Die Funkzentrale der Kollegen in der Stadt hatte das Codewort Rapid Center. Für Phil und mich war schon vor unserer Ankunft Eastside vereinbart worden.

»Eastside an Rapid Center«, sagte ich, ohne das Tempo zu verringern. Das Rumpeln und Mahlen auf dem Schotter war zur vertrauten Geräuschkulisse geworden. »Eastside an Rapid Center, bitte kommen!«

In der Stadt mußten sie einen leistungsstarken Sender haben, eingerichtet auf häufige Außeneinsätze von Cops, Wildhütern, Forstbeamten und Tierärzten.

»Rapid Center für Eastside«, tönte eine erstaunlich klare Stimme aus dem Lautsprecher. »Ich empfange Sie deutlich, Sir. Over.«

»Verfolge Gewehrschützen in westlicher Richtung ab Industriegebiet und Zeitungsverlag Rapid Chronicle. Täter benutzt einen schwarzen Jeep Renegade. Keine weiteren Feststellungen. Standortbestimmung nicht möglich. Over.«

Der Beamte am anderen Ende der drahtlosen Verbindung wiederholte meine Angaben.

»Können Sie markante Geländepunkte nennen, Sir? Over.«

»Ein Tal mit einem Bachlauf.« Ich beschrieb die geschätzte Größe des Tales. »Weitere Fahrtrichtung über einen Paß nach Nordwesten. Over.«

»Damit läßt sich vielleicht schon etwas anfangen, Sir. Wir könnten Ihnen einen Hubschrauber schicken. Oder Verstärkung mit Geländefahrzeugen. Over.«

»Wenn ich klarer sehe, komme ich darauf zurück.« Da der Polizeifunk in Rapid City über Zerhacker lief, hatten Abhörer keine Chance. Ich konnte unverschlüsselten Text reden. »Haben Sie Meldungen über Andrew Moore? Over.«

»Ja, Sir. Mr. Moore ist auf dem Weg ins Hospital gestorben. Ihr Kollege ist noch am Tatort. Over.«

Ich spürte einen Druck auf der Kehle. Ich mußte mich räuspern, bevor ich antworten konnte.

»Verstanden«, sagte ich heiser. »Sagen Sie meinem Kollegen, daß ich mich gemeldet habe. Ich werde Sie weiter auf dem laufenden halten. Over und Ende.« Ich ließ das Mikro auf dem Beifahrersitz liegen, denn ich näherte mich der höchsten Stelle des Passes, wo ich den Jeep zuletzt gesehen hatte. Erneut ließ ich den Ford Bronco in Schlangenlinien wedeln. Doch wieder war meine Vorsicht überflüssig. Mir wurde klar, daß der Kerl mich nach Belieben narren konnte. Als Ortskundiger hatte er fast alle Vorteile auf seiner Seite.

Unwillkürlich trat ich auf die Bremse. Der Weg fiel zur anderen Seite des Passes steil ab. Bergwiesen bedeckten einen Talkessel wie grüner Teppichflor. Bewaldete Hänge setzten das Landschaftsbild in weniger als einer halben Meile Entfernung fort. Nadelwald in tiefem Grün, fast schwarz, wenn sich eine Wolke vor die Sonne schob. Man konnte sehen, woher die Black Hills ihren Namen haben.

Einen Moment lang glaubte ich, den Jeep aus den Augen verloren zu haben. Ich rechnete schon damit, daß er das Gewirr von Waldwegen nutzte, um mir zu entwischen, nachdem er mich an der Nase herumgeführt hatte.

Irrtum!

Dort, wo der Weg im schwarzen Wald verschwand, blitzte es auf.

Keine drei Yards vor der Motorhaube des Ford Bronco stieg eine Fontäne aus Staub und Gesteinssplittern auf. Etwas klackte gegen die Karosserie.

Der Querschläger? Oder ein Stein?

Ich wedelte den Wagen in die Senke hinunter.

Der Killer versuchte es nicht noch einmal. Möglich, daß er mir nur seine Schießkünste vorführen und mir zeigen wollte, wie sehr ich ihm ausgeliefert war.

Ich tat das, was er garantiert nicht erwartete.

Ich gab Gas und jagte auf den Waldrand zu.

Kein neues Mündungsfeuer. Ich wußte, daß er seine Flucht fortsetzte. Irgendwann würde ich ihm gegenüberstehen. Vielleicht in ein paar Minuten, vielleicht erst in Stunden.

Darauf war ich in keiner Weise vorbereitet. Kein Proviant, kein Trinkwasser, kein Benzinvorrat. Wenn er es darauf anlegte, konnte er mich nach allen Regeln der Kunst aushungern.

Im Wald war der Schotterweg wie ein Tunnel. Hoch oben schloß sich das Schwarzgrün der Baumkronen zusammen und ließ die Sonne nur noch strichweise durch. Ich kniff die Augen zusammen, um mich an die neuen Lichtverhältnisse zu gewöhnen. Der schwarze Lack des Jeeps war jetzt Tarnfarbe.

Trotzdem sah ich ihn in zweihundert Yards Entfernung, wo der Weg nach links abknickte. Das

Aufblitzen der Windschutzscheibe verriet ihn. Aber es hatte ja auch bislang keine Abzweigungen gegeben. Ich konnte die Verfolgungsrichtung einfach nicht verfehlen.

Fünf Minuten später jagte ich auf eine Gabelung zu. Fast rechtwinklig war die Abzweigung nach links. In stumpferem Winkel führte der Weg nach rechts.

Diesmal gab es keinen deutlichen Hinweis auf den Jeep.

Der Killer suchte die Entscheidung. Das war die einzig denkbare Folgerung.

Reifenspuren waren auf dem Schotter nicht zu erkennen. Mir blieb keine Wahl, als das Tempo zu verringern. Kurz vor der Gabelung bremste ich ab. Ich duckte mich bereits, als ich die Handbremse mit einem Ruck anzog. Noch im selben Atemzug stieß ich die Tür auf und schnellte nach links aus dem Wagen.

Ein Schuß peitschte weit hallend unter dem Blätterdach.

Ich hörte das Rieseln von zerkrümeltem Sicherheitsglas. Ich zog den Kopf an die Brust, landete mit der linken Schulter auf dem weichen Boden neben der Fahrbahn und rollte mich ins Gebüsch.

Dornige Zweige fetzten mir ins Gesicht. Schlingpflanzen griffen nach meinen Beinen. Ich kämpfte mich waldeinwärts frei und rechnete mit einem Kugelhagel, der auf mich einprasseln würde.

Noch zwei Schüsse peitschten. Beide Male hörte ich die hell krachenden Einschläge, als die Kugeln den Ford Bronco trafen.

Ich mußte zum Angriff übergehen. Und ich mußte den Ford aus der Schußlinie bringen, denn ich brauchte ihn noch.

Mein hinterhältiger Gegner beging seinen ersten Fehler, als ich aus dem Unterholz hochkam. Geduckt und hakenschlagend lief ich zurück, auf den Weg zu.

Ein Gewehrschuß. Aus den Augenwinkeln heraus sah ich das blaßrote Aufglühen des Mündungsfeuers. Dann spürte ich den sengenden Hauch der Kugel, die sich verteufelt nahe in einen Baumstamm bohrte. Sofort ging ich zu Boden, verharrte jedoch keinen Atemzug lang. Robbend bewegte ich mich weiter voran und nutzte die Flächen freien Waldbodens zwischen dem Unterholz.

Der Killer lauerte im Winkel zwischen den Weggabeln, soviel hatte ich feststellen können. Er wußte, was ich vorhatte. Ich kannte seine Absichten. Unser beider Ziel war der Ford. Er glaubte, mich in der Hand zu haben, wenn er das Wettrennen gewann.

Eine Barriere von dornigen Büschen versperrte mir die letzten paar Yards zum Weg. Ich mußte hindurch und zögerte nicht.

Es ließ sich nicht vermeiden, daß Zweige in Bewegung gerieten. Aber ich hatte Sichtschutz. Wenigstens das.

Kaum hatte ich den Gedanken zu Ende gedacht, peitschte es erneut. Sofort lag ich flach auf dem Boden.

Zwei, drei, vier Schüsse zählte ich. An Munitionsmangel schien der Kerl nicht zu leiden.

Kein Prasseln der Geschosse im Buschwerk, kein bedrohliches Sirren.

Statt dessen ein anderes Geräusch, bei dem sich meine Nackenhaare sträubten.

Ganz in der Nähe zischte etwas. Laut und vernehmlich.

Ich robbte weiter. Mein Widerstandswille begann zu kochen. Den Smith & Wesson hatte ich aus dem Holster gezogen, als ich den Rand des Buschwerks erreichte.

Vor mir sackte der Ford Bronco in die Knie. Beide Vorderreifen zerschossen.

Jetzt hatte er mich. Ich saß in der Klemme. Genau das war es, was er gewollt hatte. Trotzdem konnte ich mir nicht vorstellen, daß es so phantasielos wie bisher ablaufen sollte. Irgend etwas mußte er noch auf Lager haben.

Ich schob mich ein Stück nach rechts, zog die Beine an und federte hoch. Mit einer rasanten Rolle wischte ich am Heck des Ford vorbei auf das Unterholz an der anderen Seite des Weges zu.

Das Gewehr peitschte. Zu früh. Sein erster großer Fehler!

Ich sah den Mündungsblitz aus den Augenwinkeln heraus, als ich auf beiden Beinen vor dem Gebüsch landete und in die Knie ging. Das Geschoß schrammte kreischend an der blechernen Außenhaut meines Wagens entlang.

Ich ruckte herum. Mein 357er flog im Beidhandanschlag hoch. Ich hatte die Stelle im Blick, an der er lauerte. Ein lorbeerartiger Busch, direkt neben einem Baumstamm.

Ich jagte die erste Kugel aus dem Lauf. Der Magnum-Revolver wummerte mit tief dröhnender Stimme und bäumte sich in meinen Fäusten auf.

Die Kugel riß Splitter aus dem Baumstamm.

Ich sprintete los, drei Schritte weit. Im Laufen feuerte ich erneut. Wieder zerfaserte das Blei Baumholz. Noch im Nachhall des Schusses warf ich mich hin, rutschte über rauhen Schotter und rollte mich nach links. Direkt vor meiner Nase war der fast platte rechte Vorderreifen, der noch immer leise zischte.

Ich ließ dem Killer keine Zeit, richtig Luft zu holen. Ich stieß den Revolver an der Innenseite vorbei. Trocken brüllend unter dem Bodenblech spie das großkalibrige Rohr das dritte Geschoß aus.

Diesmal prasselte es durch die Blätter, die wie Lorbeer aussahen. Ich meinte, einen unterdrückten Fluch zu hören, war mir aber nicht sicher.

Eine andere Idee durchzuckte mich. Ich hatte ihm

keine Zeit gelassen, das Feuer zu erwidern. Möglicherweise hatte er mitgekriegt, daß ich einen Revolver benutzte. Es konnte also sein, daß er die Schüsse mitzählte. Die Frage war, ob er wußte, was ein Speedloader ist.

Kurzentschlossen jagte ich zwei weitere Kugeln aus den Trommelkammern. Die sechste und letzte feuerte ich einhändig ab, da ich mit der Linken den Speedloader aus der Tasche fischte.

Ich schwenkte die Trommel ruckartig aus, damit das Klicken deutlich zu hören war. Ebenso hell war auch das metallische Geräusch, als ich den Auswerfer betätigte, der die sechs leeren Patronenhülsen aus den Trommelkammern schleuderte.

Blitzschnell stieß ich den Speedloader mit den sechs frischen Patronen hinein, klappte die Trommel in den Rahmen und warf mich im selben Atemzug nach rechts.

Das Gewehr peitschte wie wild.

Ich rollte mich bis vor das Gebüsch und kam halb hoch. Nur einen Schritt links von mir pflügten die Geschosse den Schotter durch. Es prasselte, krachte und heulte unter dem Bodenblech des Ford. Der Killer hatte seine Stellung nicht gewechselt.

Ich feuerte in die Mündungsblitze, die aus den Lorbeerblättern zuckten.

Das Wummern meines 357ers ließ das Gewehr schlagartig verstummen. Ich hörte ein Ächzen, das mehr nach Wut als nach Schmerz klang. Geduckt pirschte ich mich voran und ließ die bullige Bronco-Motorhaube hinter mir zurück.

Plötzlich bewegten sich die Blätter, und ich wußte, daß ich ihn noch immer nicht hatte.

Mit flachem Sprung tauchte ich nach rechts in die Büsche.

Das Geschoß zupfte an meinem linken Jackenärmel

und wirbelte gleich darauf ein Stück Baumrinde durch die Gegend.

Er deckte mich mit einem Kugelhagel ein und ließ mir keine Chance, wieder hochzukommen und das Feuer zu erwidern. Außer raschen Stellungswechseln, flach auf dem Boden, konnte ich nichts unternehmen. Trotzdem versuchte ich, in Richtung auf die Weggabel voranzurobben. Denn ich ahnte, was er vorhatte.

Als die Schüsse abbrachen, war ich kurz vor der Gabelung. Ich sprang auf, den 357er in beiden Fäusten. Hakenschlagend jagte ich über den Schotter und wartete auf Mündungsblitze, bereit, ihn kampfunfähig zu schießen.

Nichts dergleichen geschah. Ein Motor röhrte los. Ich sah nur das Blitzen der Windschutzscheibe durch die dichtstehenden Baumstämme, wie es in dreißig, vierzig Yards Entfernung losjagte. Der schwarze Karosserielack war die beste Tarnung, wie ich schon festgestellt hatte.

Trotzdem rannte ich in die rechtwinklige Abzweigung hinein. Der Schotterweg führte nach Südwesten in die Berge. Von dem Jeep Renegade keine Spur mehr. Dafür sah ich einen cremefarbenen Stetsonhut am Wegrand. Ich hob ihn auf. Auf der anderen Seite der Schotterfahrbahn war eine Waldlichtung mit einer Blockhütte, deren Rückseite an einer steilen Felswand klebte. Auf den ersten Blick sah ich, daß die Tür aufgebrochen war.

Ich betrat das Häuschen, das offenbar von Wildhütern und Forstbeamten gelegentlich als Stützpunkt benutzt wurde. In den drei engen Räumen roch es nach kaltem Rauch. Seit Tagen hatte sich hier keine Menschenseele mehr aufgehalten – Andrew Moores Mörder jedoch erst vor einer Viertelstunde.

Mir dämmerte, was er vorgehabt hatte. Es war zu offensichtlich. Die Leitung des Telefons war aus der Wand gerissen, die Schalttafel des fest eingebauten

Funkgeräts zerschmettert – vermutlich mit dem Gewehrkolben. Auf ähnlich grobe Weise hatte der Killer auch einen Portable-Fernseher und ein Kofferradio zerstört. In einem Wandkasten neben der Tür zur kleinen Küche fehlte die Automatiksicherung für die Stromversorgung.

Er hatte mich in diese Hütte treiben und belagern wollen. Um mich auszuhungern und zu entnerven, um einen hilfloseren Menschen als mich vielleicht an den Rand des Wahnsinns zu treiben.

Ich lernte in diesen Minuten etwas mehr von dem Verbrecher kennen, der sich immer mehr zu meinem persönlichen Gegner entwickelte. Er mußte ein Besessener sein – besessen von dem zwanghaften Wunsch, anderen überlegen zu sein. Auf eine Weise jedoch, die den Unterlegenen unweigerlich das Leben kostete.

Ich kehrte zu dem Ford Bronco zurück und erkannte alle teuflischen Zusammenhänge seines Plans. Mit den ersten Schüssen, die ich in die Karosserie schlagen hörte, hatte er das eingebaute Funkgerät zerstört. Er kannte sich aus, das mußte ich ihm zubilligen. Haargenau hatte er gewußt, an welcher Stelle bei diesem Fahrzeugtyp so ein Gerät montiert wurde.

Sein Plan traf mich auch jetzt noch empfindlich. Ich holsterte den Smith & Wesson, ging in die Blockhütte zurück und drehte den Wasserhahn in der Küche auf.

Nichts. Die Wasserversorgung, natürlich über einen Brunnen mit Elektropumpe, hing von der Stromversorgung ab.

Nur einen kleinen Konservenvorrat gab es. Ich steckte mir zwei Dosen mit Formosaspargel in die Jackentaschen und öffnete eine Dose mit gepökeltem Schweinefleisch, das ich sofort verzehrte. Den Dosenöffner steckte ich ebenfalls ein.

Dann nahm ich den Stetson und marschierte los. Es

war bereits Mittag. Ich warf einen Blick auf den Tagesmeilenzähler des Ford Bronco.

Vom Autoverleih beim Airport bis zum Verlag des Rapid Chronicle hatten wir zehn Meilen zurückgelegt, daran erinnerte ich mich. Jetzt stand der Zähler auf fünfundzwanzig. Also fünfzehn Meilen Fußmarsch durch die idyllische Mittelgebirgslandschaft! Das war natürlich zu bewältigen. Aber mit Straßenschuhen und im Straßenanzug eine verdammt überflüssige Strapaze.

Trotzdem konnte ich mit dem Patt zwischen meinem Gegner und mir halbwegs zufrieden sein. Ungleich schlimmer hätte es für mich ausgesehen, wenn ich in die Blockhüttenfalle gegangen wäre. Ich mußte an Malones Leibwächter denken, die er mit einer fliegenden Granate ausgeschaltet hatte. Welche tödlichen Scherzartikel mochten sich in seinem Jeep befinden, die er mir zugedacht hatte?

In zügigem Schritt verließ ich den Wald. Sonnenlicht überflutete mich auf dem Weg zwischen den Bergwiesen. Beim Gehen drehte ich den Stetson in meinen Händen. Ein tolles Beweisstück stellte er nicht dar. In dieser Gegend liefen viele Leute mit Stetsonhüten herum.

Ich erklomm die Steigung zum Paß jenseits der grünen Talsohle. Eine gute halbe Stunde war seit meinem Abmarsch vergangen. Unvermittelt hörte ich ein schwirrendes Geräusch. Es näherte sich und ging in ein rhythmisches Klatschen über.

Rotorblätter.

Dann sah ich den Hubschrauber. Er stammte von der Metropolitan Police in Rapid City. Der Beamte in der Zentrale mußte versucht haben, mit mir Verbindung aufzunehmen. Und ich hatte mich nicht gemeldet. Für den Hubschrauberpiloten, den er sofort losgejagt haben mußte, war das Tal, das ich beschrieben hatte, der Orientierungspunkt gewesen.

Ich wedelte mit dem Stetson, als die Maschine über mich hinwegbrummte. Die Riesenlibelle landete zweihundert Yards hinter mir im wogenden Gras. Ich lief zurück. Die beiden Konservendosen in meinen Jackentaschen klatschten mir dabei gegen die Oberschenkel.

Die Marschverpflegung konnte ich vergessen.

Im Büro nebenan arbeiteten bereits die Glaser. Eine neue Scheibe wurde eingesetzt. Liza Moore hatte auch zwei Reinmachefrauen zu einer Sonderschicht gebeten. Spätestens in zwei Stunden würde im Office ihres Vaters nichts mehr an das blutige Geschehen erinnern.

Phil war im ersten Moment über die Reaktion der jungen Frau schockiert gewesen. Doch in dem an-schließenden Gespräch hatte er sie immer besser kennengelernt und begonnen, sie zu verstehen.

Liza Moore war wie ihr Vater.

Hart und unbeugsam, fast bis zur Verbohrtheit. Doch es tat ihrer berückenden Fraulichkeit keinen Abbruch. Im Gegensatz zu Andrew Moore war Liza groß und schlank, nur einen halben Kopf kleiner als der G-man. Ihre hellblauen Augen waren klar und offen. Mittelblondes Haar umrahmte in seidigen Linien ein schmales, ernstes Gesicht.

Ihre Mutter war vor wenigen Jahren an einer tückischen Krankheit gestorben. Seither arbeitete sie mit ihrem Vater zusammen, hatte ihr Jurastudium abgebrochen und Pläne für eine Karriere im Staatsdienst aufgegeben. Phil wußte das von Captain Arling, der es ihm erzählt hatte, als Liza nach nebenan gegangen war, um den Handwerkern Anweisungen zu geben.

Eine Angestellte brachte eine große Kanne mit frisch aufgebrühtem Kaffee. Liza bedankte sich mit einem Lächeln. Da war nichts von der Überheblichkeit in ihren

Gesichtszügen, wie sie Vorgesetzte manchmal an den Tag legen.

Phil Decker und Captain Arling hatten sich in den Sesseln an dem kleinen Besuchertisch niedergelassen. Der Captain übernahm es, die Tassen mit Kaffee nachzufüllen. Der aromatische Duft breitete sich aus und gab dem Büro ein wenig von der Behaglichkeit zurück, die es vor dem Mord an Andrew Moore gehabt hatte.

Liza saß hinter ihrem Schreibtisch wie in einer Kommandozentrale. Perfekt beherrschte sie die Klaviatur von drei Telefonen, zwei Gegensprechanlagen, einem Anrufbeantworter, einem Bildschirmgerät mit Floppylaufwerk und Drucker sowie einem Fernkopierer, der von Zeit zu Zeit selbsttätig ansprang und fertige Texte von freien Mitarbeitern ausspuckte, die in der Umgebung von Rapid City für die Redaktion des Chronicle tätig waren. In den zurückliegenden zwei Stunden hatte Liza neben dem, was im Zusammenhang mit dem Tod ihres Vaters geregelt werden mußte, auch noch ihre laufende Arbeit erledigt und mit dem FBI-Beamten und dem Chief Detective zusätzlich das Notwendige besprochen.

»Machen Sie sich um Himmels willen nichts vor, Liza«, sagte Phil behutsam. »Die Zukunft wird für Sie noch schwieriger werden als alles, was bis jetzt passiert ist.«

»Und das war schlimm genug, nicht wahr?« Sie lehnte sich zurück und zündete sich eine Zigarette an. »Das wollten Sie doch damit sagen. Oder?«

»So ungefähr«, sagte Phil. »Und es ist nicht nur dahergeredet. Was sich innerhalb von ein paar Tagen in diesem Gebäude ereignet hat, dürfte der Auftakt zu einem Machtkampf im organisierten Verbrechen werden. Das Pech wollte es, daß sich die Blutsauger ausgerechnet von dem Verlag Ihres Vaters angelockt fühlten.«

»Kein Wunder«, sagte Liza. Sie nippte an ihrer Kaffeetasse und sah den G-man versonnen an. »Im

Verlegerverband unserer Region gehören wir zu den Spitzenunternehmen. Diese Gangster kalkulieren so: Wenn sie uns in der Tasche haben, lösen sie einen Lawineneffekt aus. Andrew Moore galt in der Branche schon immer als richtungweisend – wie sein Vater, sein Großvater und sein Urgroßvater. Dad war übrigens auch Vorsitzender des Verlegerverbandes. Nach seinem Wort haben sich fast alle gerichtet. Wenn er nachgegeben hätte, hätte kaum ein anderer noch den Mut gehabt, sich gegen den verbrecherischen Druck von außen zu wehren.«

Captain Arling wandte sich dem G-man zu.

»Wissen Sie, was ich aus Lizas kleiner Ansprache heraushöre, Phil?« In den Mundwinkeln des Chief Detective entstand ein Ausdruck, den man als Lächeln deuten mochte. »Wenn ihr Vater hundert Prozent Härte gegenüber den Gangstern zeigte, dann wird sie auf zweihundert Prozent erhöhen.«

Phil nickte bedächtig.

Er sah die junge Frau an.

»Ich kann es mir sehr gut vorstellen«, sagte er. »Ich hatte angenommen, Liza, daß Sie nicht zu den Frauen gehören, die immer noch glauben, sie müßten der männlich feindlichen Umwelt ständig ihre Fähigkeiten unter Beweis stellen.«

Liza lächelte mild. »Ihr Eindruck war richtig, Phil. Richard meint es aber anders, weil er mich besser kennt. Es ist nicht so, daß ich ein gefühlloses Wesen bin, das nicht um seinen Vater trauert. Oh, das werde ich! Aber ich werde dann um ihn weinen, wenn ich allein bin, denn es sind meine innersten Empfindungen, die keinen etwas angehen.«

»Haben Sie nie den Wunsch, sich einem anderen Menschen mitzuteilen?« fragte Phil leise. »Auch was die innersten Empfindungen betrifft?« Er schwieg, denn er sah, daß er eine tiefe Wunde bei ihr traf.

Der Blick, mit dem sie ihn ansah, war voller Schmerz. Doch sie hatte sich sofort wieder in der Gewalt.

»Ich verstehe, was Sie meinen, Phil«, sagte sie kaum hörbar. »Jedes Wort verstehe ich. Aber dafür ist jetzt nicht die Zeit. Was Richard erkannt hat, ist dies: Ich werde genau das tun, was mein Vater an meiner Stelle tun würde. Auch er würde auf die doppelte Härte umschalten. Ohne Rücksicht auf sich selbst.«

»Kurzsichtig«, entgegnete Phil rauh. »Diese Art von Rücksichtslosigkeit kann tödlich enden, Liza. Haben Sie dann dem Fortbestand Ihrer Firma gedient?«

Es lag ihm auf der Zunge, daß markig geäußerter Pioniergeist nicht immer das alleingültige Rezept war. Aber er wollte sie nicht verletzen, wollte sie nicht zu einem Zeitpunkt kritisieren, zu dem manche andere an ihrer Stelle in Tränen aufgelöst gewesen wäre.

Liza nickte ernsthaft.

»Ich begreife Ihren Standpunkt, Phil. Ich fasse es auch als das auf, was es sein soll: ein gutgemeinter Rat. Sie werden vorschlagen, daß ich mit Ihnen und dem FBI zusammenarbeiten und zum Schein auf kommende Forderungen der Gangster eingehen soll. Wissen Sie, was dann passiert? Ich liefere mich den Gangstern aus, und ich liefere mich Ihnen aus. Ich selbst hätte über meine Zukunft nicht mehr mitzubestimmen. Das widerspricht dem Geist unserer Familie. Die Moores sind im Laufe der Generationen immer mit allen Anfeindungen fertig geworden. Ich weiß, daß auch ich die Kraft habe, es zu schaffen.«

Phil erwiderte nichts darauf. Er nickte nur. Sie befand sich in einer Art seelischem Schockzustand. Wenn sie zur Ruhe kam, wenn sie zu sich selber fand und die Trauer durchleben mußte, würde sie die Dinge aus dem richtigen Winkel sehen. Phil hatte sie als eine intelligente Frau kennengelernt, die imstande war, auch die schwierigsten

Zusammenhänge gedanklich zu entwirren und zu einem vernünftigen Schluß zu gelangen.

Das würde sie erst dann wieder können, wenn sie den Tod ihres Vaters verwunden hatte.

So lange mußte er auf sie aufpassen.

Es war vier Uhr nachmittags, als mich der Hubschrauber auf dem Verlagsgelände absetzte. Die Maschine startete sofort wieder. Noch im Rotorwind drückte ich Phil zwei kleine Dosen Formosaspargel in die Hand.

Er starrte mich entgeistert an. Was passiert war, hatten Liza Moore, Captain Arling und er inzwischen über Funk aus Rapid City erfahren.

»Damit hätte ich hundert Meilen Wüste geschafft«, sagte ich. »Gut gegen Hunger und noch besser gegen Durst. Was will man mehr?«

Phil holte schnaufend Luft.

»Kleiner Irrtum deinerseits«, grinste er. »Wenn die Wüstensonne deinen Spargel in der Dose kocht, wirst du ihn nicht mehr als Leckerbissen betrachten.«

Ich klopfte ihm auf die Schulter – anerkennend für seinen Scharfsinn – und ging mit ihm gemeinsam ins Büro, wo Liza und der Captain uns erwarteten. Ich legte den cremefarbenen Stetson auf den Besuchertisch.

»Von dem Killer?« sagte Arling und sah mich aus seinen dunklen Augen an.

»Ich weiß, daß er ebensogut eine Streichholzschachtel hinterlassen haben könnte«, erwiderte ich. »Mit einem Stetson läuft hier wahrscheinlich jedes dritte männliche Wesen herum.«

»Haargenau«, brummte Arling. »Trotzdem werden wir den Hut natürlich im Labor untersuchen lassen.« Ich wandte mich Liza zu, reichte ihr die Hand und räusperte mich.

»Sie brauchen nicht nach Worten zu suchen«, sagte sie matt und senkte den Blick. »Ich weiß, was Sie getan haben, um Dad zu schützen. Auch Sie könnten jetzt tot sein, Jerry.«

Ihre Art, die Dinge realistisch zu sehen, versetzte mir einen Stich. Ich wußte, daß ihr Gefühlszusammenbruch um so schlimmer sein würde, wenn sie die erzwungen bewahrte Haltung nicht mehr aufrechterhalten mußte.

»Sie sind sehr tapfer«, antwortete ich. »Meinen Sie nicht, daß Sie hier jetzt entbehrlich sind?«

Sie setzte sich auf ihren Schreibtischstuhl, schnappte eine Zigarette aus der Packung und blickte mit gequältem Lächeln zu mir auf, als ich ihr Feuer gab.

»Ich habe eine Verantwortung zu tragen, Jerry. Die Zeitungsproduktion läuft weiter wie an jedem Tag. Ich werde gemeinsam mit den Redakteuren einen Nachruf auf meinen Vater verfassen, der morgen auf der ersten Seite erscheint. Ich bin keine schwache Frau, die sich bei jeder kleinen Belastung in ihre Depressionen flüchtet.«

»Das respektiere ich«, sagte ich, nachdem ich einen Blick mit Phil und Captain Arling gewechselt hatte. »Haben Sie etwas dagegen, wenn wir Ihr Office als Kommandozentrale benutzen? Natürlich nur vorübergehend.«

»Das ist doch selbstverständlich«, murmelte sie.

Sie hatte meine Absicht nicht erkannt, aber Phil nickte mir kaum merklich zu. Ich wollte, daß Liza für die nächsten Stunden gewissermaßen unter Aufsicht blieb. Wenn ihre Beherrschung wie ein Kartenhaus zusammenstürzte, sollte nach Möglichkeit jemand in ihrer Nähe sein.

Ich ließ mich mit Phil und Captain Arling am Tisch nieder und gönnte mir einen Kaffee und eine Zigarette.

»Ein schwarzer Jeep Renegade mit nicht identifiziertem Kennzeichen«, sagte ich und sah den Chief an. »Das versetzt Sie auch nicht gerade in Begeisterung, stimmt's?«

Mit einem eben angedeuteten Lächeln schüttelte Arling den Kopf.

»Sie selbst haben einen Ford Bronco gemietet, Jerry. Sie haben sehr richtig erkannt, daß Sie sich in Off-Road-Country befinden. Hier spielt sich noch vieles abseits der Straßen ab. Ohne Allradantrieb wäre man zu oft aufgeschmissen. Der Jeep Renegade gehört nun mal zu den Rennern unter den Off-Road-Wagen. Und Schwarz ist eine ausgesprochene Modefarbe. Trotzdem lassen wir nichts unversucht. Spätestens morgen früh haben wir eine Liste aller Jeeps, Typ Renegade, Farbe schwarz. Ich veranlasse es über Funk. Was haben wir sonst noch?«

Phil beugte sich mit einem Ruck vor und drückte seine Zigarette aus. »Finden wir heraus, wie leicht es ist, in Rapid City unterzutauchen.«

»Stone ist ein Meister auf dem Gebiet«, wandte ich ein.

Phil sah den Captain von der Seite an. »Ich halte folgendes Argument dagegen: Ich denke, Chief Arling hat nur erstklassige Beamte, die einen guten Draht zur Bevölkerung haben.«

»Da liegen Sie ganz richtig«, sagte der Chief, ohne eine Miene zu verziehen. »Geben Sie mir die Fahndungsunterlagen, und wir krempeln Rapid City um, ohne daß es einer merkt. Erfolgsgarantien gibt es allerdings nicht.«

»Würden wir auch nicht verlangen«, entgegnete ich.

Phil zog einen Computerausdruck mit Personenbeschreibungen und verkleinerten Funkfotos aus der Innentasche seines Jacketts.

»Stone, Greene und Kindred«, erklärte er.

Arling nahm das Blatt entgegen, warf einen kurzen Blick darauf und wandte sich mir zu.

»Laut Funkmeldung haben Sie den Flüchtigen verwundet, Jerry. Haben Sie eine Ahnung, welche Art von Wunde es sein kann? Wir würden dann die niedergelassenen Ärzte verständigen, die Hospitäler ...«

Ich schüttelte sacht den Kopf. »Jetzt muß ich Ihnen entgegenhalten, in welchem Land Sie leben, Richard. Hier haben sich die harten Burschen im letzten Jahrhundert Schußwunden mit Schwarzpulver ausgebrannt. Außerdem bin ich sicher, daß es nur eine leichte Wunde ist. Auffällige Blutspuren habe ich jedenfalls nicht gesehen.«

Zum erstenmal lächelte Arling deutlich erkennbar. »Danke für die Lektion. Ich schicke gleich den Hubschrauber mit zwei Reserverädern für den Bronco los. Die Kollegen erhalten Anweisung, sich draußen noch einmal umzusehen, bevor es dunkel wird.«

Während Chief Arling den Stetson nahm und hinausging, um seine Anweisungen durchzugehen, stellten Phil und ich eine Checkliste der bisherigen Ermittlungen und der angekurbelten Punkte zusammen.

Liza verließ das Office ebenfalls, um sich um den Text für den Nachruf zu kümmern.

»Rauhe Schale, harter Kern«, brummte Phil mit einem Blick zur Tür.

»So was wurde in den guten alten Westernfilmen nur über Männer gesagt«, entgegnete ich.

Die vorbeirollenden Autos auf dem Interstate Highway 90 klangen wie eine nie endende Folge von Wischgeräuschen. Dazwischen immer wieder ein tieferes Brummen, wenn ein Driver Gas wegnahm und über die Abfahrt Haines Avenue den nordöstlichen Bereich von Rapid City ansteuerte.

Charles Moriarty hatte sich ein halbes Leben lang an diese Autogeräusche gewöhnt. Durch die offene Eingangstür des Motels unmittelbar an der Abfahrt wehte alles herein, Motorengedröhn vom Highway und von der Avenue und das Stimmengeschnatter der Leute, die vor den Motelzimmern ihre Sachen aus dem Kofferraum zerrten. Charles Moriarty hatte einmal ausgerechnet, daß er im Laufe seiner Dienstjahre als Rezeptions-Angestellter mindestens hunderttausend Fremde gesehen hatte, wie sie ihren Krempel ausgeladen und wieder eingepackt hatten.

An der Avenue flammten die Straßenlampen mit rötlichem Glühen auf. Gleich darauf, nur Sekunden später, flackerten auch die Leuchtstoffröhren der Motelreklame und schickten dann ihr schreiend rotgelbes Oglala Motel in die Dämmerung hinaus.

Moriarty betätigte die Schalter für die verschiedenen Außenlampen an seinem Pult. Später, wenn es richtig dunkel war, würden die Pilzleuchten das Motelgelände in ein Meer von weißen Lichtkreisen tauchen. Der grauhaarige Mann am Rezeptionspult genoß es, sich als kleiner Herr über Licht und Dunkel zu fühlen.

Aus Stimmen und Motorgeräuschen lösten sich Schritte, die sich zielstrebig näherten und dann über die Veranda polterten. Charles Moriarty erkannte den bullig gebauten Mann mit dem blonden Haar und dem Schnauzbart im Gegenlicht. Kein Neuankömmling. Der Schnauzbärtige und seine Partner hatten ihre erste Nacht im Oglala schon hinter sich. Dieser Bursche war für Moriarty der unsympathischste von allen dreien. Dabei hatte er nicht mehr als drei Worte mit ihm gewechselt.

»Sir?« Er hob den Kopf und legte den Kugelschreiber auf das Heft mit den Kreuzworträtseln.

Der Schnauzbärtige schob seine Unterarme auf das Pult und sah ihn aus blaßblauen Augen an.

»Ich brauche ein anderes Zimmer oder einen Klempner«, sagte er mit unangenehm klirrender Stimme. »In der Bude funktioniert die Dusche nicht. Die gibt nur ein paar Tropfen Wasser von sich. Begriffen?«

Der Ton war der eines Army-Sergeants zu einem Rekruten.

»Selbstverständlich, Sir«, antwortete Charles Moriarty steif. »Ich bin durchaus in der Lage, einfache Zusammenhänge zu durchblicken. Ich fürchte aber, daß ich Ihnen ein anderes Zimmer nicht geben kann, da wir restlos ausgebucht sind. Versuchen kann ich höchstens, die Installateurfirma anzurufen …«

»Sie sollen nichts versuchen«, sagte der andere grob. »Sie sollen etwas tun. In einer halben Stunde will ich den Klempner haben und dann eine funktionierende Dusche. Wenn nicht, mache ich Ihren Vorgesetzten die Hölle heiß. Klar?«

Moriarty schluckte trocken, kämpfte mit sich, ob er seine Empörung hinausbrüllen oder zurückstecken sollte.

»Sir, ich habe es nicht nötig, mich …«, setzte er an, doch der Schnauzbärtige hatte kurzerhand kehrtgemacht und beachtete ihn nicht mehr. »… von Ihnen wie ein Stück Dreck behandeln zu lassen«, flüsterte der grauhaarige Mann hinter dem Fremden her.

Am liebsten hätte er den Kerl mit seiner tröpfelnden Dusche schmoren lassen. Aber andererseits wollte er seinen Job nach mehr als zwanzig Dienstjahren nicht wegen eines gottverdammten Idioten aufs Spiel setzen. Moriarty wählte die Nummer des Schnelldienstes, mit dem die Moteldirektion einen Servicevertrag abgeschlossen hatte.

Natürlich meldete sich ausgerechnet der Anrufbeantworter. Pünktlich waren die Jungs nur, wenn es um den Feierabend ging. Er nannte den Motelnamen, Adresse und Telefonnummer und legte auf. Wenn es überhaupt klappte, konnte es Stunden dauern. Er mußte versuchen, jemanden aus seinem Bekanntenkreis für eine Viertelstunde Schwarzarbeit heranzukriegen.

Draußen rollte ein Radio Car der Metropolitan Police aus und stoppte außerhalb von Moriartys Blickfeld an der Grenze zwischen dem Motel und der benachbarten Tankstelle.

Er lächelte. Auf die Cops konnte man sich wenigstens verlassen. Jeden Abend kamen sie vorbei und hielten einen kurzen Plausch. Das machten sie bei jedem so, der irgendeine Art von Nachtdienst verrichtete. Vom Imbißbudenbesitzer bis zum Motelmann. Die Chiefs wußten, wie man die Verbindung zur Bevölkerung hielt.

Charles Moriarty erkannte den Beamten schon an den Schritten. Neil Wagoner, Sergeant seines Zeichens. Hatte auch schon seine zwanzig bis fünfundzwanzig Dienstjahre auf dem Buckel.

»Hi, Charley«, sagte Wagoner und tippte an den Mützenrand. »Viel Betrieb heute, was?«

»Ausgebucht, Neil. Manchmal kommt's mir vor, als ob sich die Leute hier bei uns verabreden..«

Wagoner, ein untersetzter Mann mit breitem, gutmütigem Gesicht, lehnte sich an das Desk und zündete sich eine Zigarette an. Er bedankte sich für den Plastikbecher mit Kaffee, den Moriarty ihm hinschob.

»Weißt du, Charley, wenn man jahrelang in einer Sache drinsteckt, wird man so was wie betriebsblind. Dann kommt man auf die verrücktesten Ideen. Manchmal denkst du sogar, die Leute wollen dich ärgern, weil sie dir ständig was zu tun geben. Habe ich recht?«

Moriarty lachte befreit. »Fein, daß man wenigstens manchmal mit 'nem vernünftigen Menschen reden kann.«

Der Sergeant grinste breit und nippte an seinem Kaffee. »Jeder hat sein Päckchen zu tragen, Alter. Ich habe zwar das Glück, nicht wie du dauernd am selben Fleck zu sitzen. Aber dafür muß ich mich mit den verrücktesten Leuten abgeben.«

»Verrückte lasse ich mir noch gefallen«, knurrte Moriarty. »Aber diese arroganten Hunde, weißt du, die einen wie den letzten Dreck behandeln ...« Er holte Luft und suchte vergeblich nach Worten.

Wagoner blies den Atem durch die Nase.

»Ich sehe, eine Laus dieser Art ist dir gerade über die Leber gekrochen, Charley.«

»Richtig«, sagte der Grauhaarige dumpf. »Und ich bin mit dem Problem noch nicht mal durch. Ich brauche einen Klempner und kriege keinen.« Er schilderte, was sich abgespielt hatte, und fügte hinzu: »Die beiden anderen sind ja okay. Aber diesem Burschen habe ich schon auf zehn Yards gegen den Wind angesehen, daß er ein fieser Hund ist.«

»Für so was entwickelt man eine Nase«, nickte Wagoner und hob seinen Kaffeebecher. Im nächsten Moment stellte er ihn mit einem Ruck auf das Pult. »Der Kerl ist mit zwei anderen hier?«

»Drei Männer in einem Auto«, antwortete Moriarty. »Der hellblaue Chevy da draußen. Die sehen aus wie Geschäftsleute, wenn du mich fragst.«

»Moment«, sagte der Beamte gepreßt. Er zog eine zusammengefaltete Fotokopie aus der Jackentasche und glättete das Papier auf dem Pult. Mit dem Zeigefinger tippte er auf die drei nur konturenhaft wiedergegebenen Funkfotos. »Könnten das deine drei Geschäftsleute sein?«

Charles Moriarty warf nur einen kurzen Blick auf die undeutlichen Bilder. Dann starrte er den Sergeant entgeistert an.

Es war dunkel geworden.

Liza Moore hatte sich endlich davon überzeugen lassen, daß die Redakteure und Techniker durchaus in der Lage waren, den Rest der Arbeit allein zu bewältigen.

Captain Arling bremste seinen neutralen Dienstwagen vor der neuen Geschäftspassage an der Van Buren Street.

»Ich bringe Sie bis vor die Tür, Liza«, sagte er und zog den Zündschlüssel ab.

Die junge Frau hob den Kopf, schien aus einem Traum zu erwachen und sah ihn aus ernsten Augen an. »Das ist nicht nötig, Richard. Wirklich nicht. Die paar Yards werde ich ja wohl allein bewältigen können.«

»Keine Widerrede«, entgegnete der Captain sanft. »Ich habe den G-men versprechen müssen, daß ich Sie erst dann aus den Augen lasse, wenn Sie in Ihrem Apartment sind.«

»Warum haben die beiden so ein großes Interesse an mir?«

Arling stieg aus.

»In dem Spiel, das hier zur Zeit läuft«, sagte er über das Wagendach hinweg, »sind Sie die Hauptperson, Liza. Deshalb.«

Liza richtete sich an der Beifahrerseite auf. »Man braucht mich als Geschäftspartnerin, Richard. Die Gangster haben Dad erschossen, damit ich verhandlungsbereit bin. Da werden sie mich doch nicht auch noch aus dem Weg räumen.«

Der Chief lächelte. »Sie können noch stundenlang mit mir diskutieren, Liza. Ich bestehe trotzdem darauf, Sie zu begleiten.«

»Also gut«, seufzte sie und erwiderte sein Lächeln. »Meine Einwände sind lächerlich, ich weiß. Schließlich werden Sie nicht verlangen, daß ich Ihnen meine Briefmarkensammlung zeigen soll.«

Captain Arling ging mit ihr durch die gläserne Passage zwischen einem Möbelgeschäft auf der einen und vielen kleinen Läden auf der anderen Seite. Am Ende der Passage öffnete sich der Weg in ein Wohngebiet. In einem der Blocks hatte Liza Moore eine Drei-Zimmer-Eigentumswohung.

Ihre Schritte hallten von den Glaswänden der Passage zurück. Die Auslagen der Läden wirkten schreierisch mit ihren grellfarbenen Reklamebuchstaben. Überall war

Licht. Es erfüllte bestenfalls den Zweck, Einbrecher abzuschrecken. Keine Menschenseele war noch unterwegs, um sich für die Schaufenster zu interessieren.

»Dieses sogenannte Geschäftszentrum wird immer etwas Künstliches bleiben«, sagte Chief Arling. »Gehen Sie hier regelmäßig einkaufen, Liza?«

Sie schüttelte den Kopf und bedachte ihn mit einem dankbaren Seitenblick, denn sie wußte, daß er sie nur auf andere Gedanken bringen wollte.

Sie wollte sagen, daß sie lieber in der Stadt einkaufte, in den alten Straßen der gemütlichen City. Sie wollte versuchen, das Gespräch über Belangloses fortzusetzen, bis sie in ihren vier Wänden mit jenen Gedanken allein war, zu denen sie in den Stunden seit dem Tod ihres Vaters noch keine Zeit gehabt hatte.

Sie brachte keinen Laut heraus.

Der Mann, der da in zwanzig Yards Entfernung aus einem Ladeneingang auftauchte, bewegte sich lässig schlendernd. Drei Schritte weit, dann blieb er in der Mitte der Passage stehen und wandte sich ihnen zu.

Liza zuckte zusammen wie unter einem Hieb. Obwohl sie den Mann noch nie zuvor gesehen hatte, wußte sie doch, wer er war.

Der Mörder ihres Vaters.

Dieser Stetsonhut, dunkelgrau, ähnelte jenem, den der New Yorker G-man von der Verfolgungsjagd aus den Black Hills mitgebracht hatte. In dem bartlosen Gesicht fielen die harten Furchen um die Mundwinkel auf. Und unter der Lederjacke zeichnete sich ein Wulst in Höhe des linken Oberarms ab. Ein Verband zweifellos. Dies war der Mann, den Jerry im Bergwald angeschossen hatte!

Auch Captain Arling war stehengeblieben. Obwohl sie ihn nicht berührte, fühlte Liza, wie sich seine Haltung neben ihr anspannte.

»Ein unerwartetes Hindernis, Chief Arling«, sagte der

Mann mit dem Stetson. »Sie können Ihren Weg nur fortsetzen, wenn Sie das Hindernis überwinden. Das Hindernis bin ich.« Er schlug seine Lederjacke auseinander.

Ein breiter Revolvergurt wurde sichtbar, mit einem langläufigen Colt im Holster.

Das Gesicht des Mörders verwandelte sich in eine bösartige Grimasse.

Liza war wie gelähmt. Alles in ihr schrie, die Flucht zu ergreifen. Doch ihr Körper, ihre Muskeln gehorchten nicht.

Sie hörte Arlings rauhe Stimme neben sich. »Wer immer Sie sind, Mister, ich mache Sie darauf aufmerksam, daß Sie einen Polizeibeamten im Dienst bedrohen. Ich bin berechtigt, Sie vorläufig festzunehmen.«

»Sehr richtig, Chief«, antwortete der andere spöttisch. »Ich bin mir über die Lage durchaus im klaren. Wenn Sie die Festnahme durchsetzen wollen, müssen Sie es mit Waffengewalt tun. Sehe ich das richtig?«

»Allerdings«, sagte Arling leise.

»Nun, dann habe ich erreicht, was ich wollte. Wir tragen es aus wie in der guten alten Zeit. Ich nehme an, Sie tragen Ihre Dienstwaffe in einem Schnellziehholster. Sind Sie schneller als ich, ist meine Karriere beendet, und Sie können sich als großer Held feiern lassen.«

»Sie haben Andrew Moore getötet«, sagte Arling tonlos. »Und Sie waren es auch, der Malone und die Bodyguards erschossen hat.«

»Alles richtig«, antwortete der Killer feixend. »Nun wissen wir wenigstens, was wir voneinander zu halten haben, stimmt's?«

Captain Arling öffnete das Jackett. Er trug den Smith & Wesson in einem Gürtelholster.

»Gehen Sie zur Seite, Liza«, flüsterte er.

»Aber nicht aus meinem Blickfeld!« fauchte er. Der

Killer hatte es dennoch gehört. »Sonst werde ich ungemütlich!«

Liza vermochte sich ohnehin nicht zu bewegen. Noch immer nicht.

Arling wich ein Stück von ihr weg, um sie aus der Schußlinie herauszuhalten.

Mit schreckensweiten Augen sah die junge Frau, was in der nächsten Sekunde geschah.

»Zieh!« zischte der Killer, und seine Rechte schwebte klauenartig über dem Revolvergriff. Es wirkte fast absurd, wie der Anblick an das bekannteste aller Westernklischees erinnerte.

Captain Arlings Bewegung war so blitzartig, daß man sie mit dem Auge nicht verfolgen konnte.

Grellrot zuckte es an der Hüfte des Killers auf. Der Colt stieß eine feurige Zunge aus, und das Krachen hallte wie ein Donnerschlag von den Glaswänden zurück.

Arlings Dienstwaffe bellte noch, doch um einen Sekundenbruchteil später. Das Geschoß raste schräg nach oben und zerschmetterte eine Scheibe in dem spitzwinkligen Glasdach der Passage.

Der Killer feuerte ein zweites Mal, als Arling schon hintenüberkippte. Der Smith & Wesson fiel dem Captain aus der bereits kraftlosen Hand.

Das Krachen dieses zweiten Schusses war es, das Lizas Erstarrung löste. Sie sah den Captain zu Boden stürzen, und sie schrie gellend auf. Panikartig warf sie sich herum und begann zu rennen. Jeden Atemzug rechnete sie damit, ebenfalls von einer Kugel getroffen zu werden und auf die Betonplatten der Passage zu stürzen. Doch dann hörte sie die Schritte hinter sich. Und begriff.

Die Angst tobte in ihr. Den Herzschlag spürte sie wie ein Hämmern oben im Hals. Sie glaubte, die Beine müßten ihr jeden Moment den Dienst versagen. Doch sie rannte und rannte, auf den Bürgersteig der Van Buren

Street hinaus. Sie warf sich nach links und eilte an Captain Arlings Dienstwagen vorbei stadteinwärts. Sie verlor ihre Handtasche und hörte sich um Hilfe schreien. Aber die Chance, hier im Außenbezirk der Stadt noch einen Menschen zu treffen, war eins zu tausend. Und wer, um Himmels willen, hätte es denn auch gewagt, sich einer vom Töten besessenen Mordbestie in den Weg zu stellen?

Ihre Gedanken überschlugen sich. In ihrem Kopf setzte ein Dröhnen ein. Ihre Schritte waren wie ein rasendes Trommeln auf dem Bürgersteig.

Die Schritte folgten ihr mit grausamer Regelmäßigkeit.

Als sie die Stimme plötzlich hinter sich hörte, war es ihr, als träfe sie eine Riesenfaust, die sie zu Boden schleuderte.

»Gib dir keine Mühe, Liza! Mit deinen Trippelschritten läufst du höchstens einer Schnecke weg. Hör schon auf! Sonst muß ich erst grob werden.«

Liza schrie erneut.

Autos rauschten in größeren Abständen auf der meilenlangen Van Buren Street vorbei. Doch keiner der Fahrer schien das Geschehen auf dem Bürgersteig wahrzunehmen. Oder es wollte keiner wahrnehmen.

Die Hand, die Liza plötzlich an der Schulter packte, war wie eine eiserne Kralle. Der Killer riß sie herum. Sie stolperte. Er schleuderte sie gegen die Bretterwand einer Baustelle. Ein Brett splitterte unter ihrem Anprall, doch die anderen hielten stand.

Sofort war der Mörder zur Stelle. Seine Fäuste gruben sich in den Stoff ihrer Jacke. Sein Atem wehte ihr ins Gesicht. Er keuchte nicht einmal. Die Verfolgung schien ihn nicht im mindesten angestrengt zu haben.

»Ich werde dich nicht töten«, sagte er gefährlich leise. »Aber es gibt eine Menge Möglichkeiten, dich zur Vernunft zu bringen. Merke dir das gut!«

Liza Moore schluchzte nur noch. Sie dachte nicht mehr an Flucht, geschweige denn an Widerstand.

Ein paar Yards weiter stieß ihr Bezwinger sie in einen Pontiac Sunbird.

Die klappernden Flankenbleche des Dodge Van klangen wie Schüsse, als ich von der 5th Street in die Haines Avenue einbog. Ich gab Gas. Die Kiste ratterte und rumpelte. Keiner der Stoßdämpfer funktionierte mehr. Phil mußte hinten in dem geschlossenen Kastenaufbau ziemliche Mühe haben, sich festzuhalten, um nicht von herumfliegenden Werkzeugen, Rohrstücken oder Wasserhähnen getroffen zu werden.

Wir hatten auf die Schnelle reagieren müssen. Die Absperrung rings um das Oglala Motel wurde in dieser Minute erst aufgebaut. Kein Zipfel einer Polizeiuniform durfte in der Nähe des Komplexes zu sehen sein.

Für mich war der Hinweis des Rezeptionsmannes Moriarty ein Wink des Himmels gewesen.

Plumbing Express Service stand in gelben Lettern auf dem dunkelgrünen Lack der Dodge-Rumpelkiste. Ich trug einen dunkelgrünen Overall mit ebensolcher Aufschrift.

Warren Kindred sollte seinen schnellen Klempner haben. Wir hatten uns über Funk bei der Metropolitan Police rückversichert. Die Personenbeschreibung, die Moriarty abgegeben hatte, war genauer als die fotokopierten Funkfotos.

Eindeutig, daß der arrogante Motelkunde kein anderer als Kindred war. Die beiden anderen hatte Moriarty nur einmal kurz zu Gesicht bekommen, doch er war überzeugt, daß die Beschreibungen von Sherman Stone und Floyd Greene zutrafen.

Wir hatten Liza Moore der Obhut von Captain Arling

überlassen und beschlossen, klare Verhältnisse zu schaffen. Stone und seine beiden verlängerten Arme mußten aus dem Verkehr gezogen werden. Ich war sicher, daß ich dem Killer damit den Boden unter den Füßen wegzog. Kein Auftraggeber, keine sichere Grundlage. Wir mußten ganz einfach das Blatt zu unseren Gunsten wenden.

Mit Gewalt!

Behutsame Mittel waren nicht mehr angebracht.

Die Highway-Überführung am Ende der Haines Avenue kam in Sicht. Sekunden später sah ich die Leuchtreklame des Motels. Nirgendwo ein Streifenwagen. Gut so. Phil und ich hatten nur Walkie-talkies bei uns, außerdem die Dienstrevolver unter dem Overall. Das Klappervehikel hatten wir unverändert von dem Schnelldienst übernommen. Keine Zeit für irgendwelche technischen Vorbereitungen.

Ich nahm Gas weg. Tankstelle und Motel befanden sich linker Hand. Sergeant Wagoner hatte uns die Örtlichkeit über Funk beschrieben. Deshalb konnte ich mich sofort orientieren, als ich den Blinker betätigte, auf die linke Fahrspur ausscherte und gleich darauf hinüberzog.

Grünanlagen lockerten das Motelgelände auf. Es gab mehrere hintereinandergestaffelte Flachbauten, in denen sich die Zimmer befanden. Der hellblaue Chevy stand gleich vor dem ersten Trakt, von der Straße aus sichtbar. Zwei Parkbuchten neben dem Chevy waren leer. Ich stieß mit dem Rumpel-Dodge hinein. Die Kiste schüttelte sich scheppernd, als ich den Motor abstellte.

Ich schwang mich ins Freie und ließ den Schlüssel stecken, wie es sich für einen eiligen Monteur gehörte. Zügig schritt ich zum Wagenheck, öffnete die rechte Türhälfte, die schief in den Angeln hing, und nahm einen Werkzeugkasten heraus. Phil nickte mir aus dem Halbdunkel zu.

Die Tür ließ ich angelehnt.

Kindred hatte Zimmer Nr. 27. Er erwartete mich in der offenen Tür – oder den, für den er mich hielt. Aus den Nachbarzimmern ließ sich niemand blicken. Aber es brannte Licht.

»Höchste Zeit«, knurrte der Kraushaarige statt einer Begrüßung. »Hat eure Firma in diesem Saftladen die Leitungsinstallationen gemacht?«

»Nein, Sir«, antwortete ich höflich. »Unsereins darf nur die Fehler ausbügeln, die sich andere geleistet haben.«

»Dankbare Aufgabe«, nickte er grinsend. »Da kommt immer wieder Freude auf, stimmt's?«

Er ließ mich eintreten. Es war die übliche Zimmeraufteilung. Vorn der große Wohn- und Schlafraum, dahinter, durch einen kleinen Korridor erreichbar, Bad und Dusche auf der linken Seite, Kochgelegenheit und Abstellraum auf der anderen.

Ich sah mich fragend um. Kindred schloß die Tür hinter sich und nickte mir auffordernd zu. Ich marschierte zielstrebig los und sah im Vorbeigehen, daß alles bestens aufgeräumt war. Kindred war ein ordentlicher Mensch. Nirgendwo lag auch nur ein Stückchen Papier. Ein Pedant. Ich machte mich auf einiges gefaßt.

Er war allein in seiner Bude. Meine Hoffnung, Phil dies mitzuteilen, sank in der nächsten Minute auf den Nullpunkt. Kindred folgte mir in die Dusche, lehnte sich an das Waschbecken und zündete sich eine Zigarette an.

Ich stellte meinen Werkzeugkasten ab, schob die Duschverkleidung auf und gab mir alle Mühe, dabei gelassen fachmännisch zu Werke zu gehen. Wenn ich mich nicht meldete, würde Phil nach Ablauf von drei Minuten in das Zimmer nebenan vordringen. Unser Nachteil war, daß wir nicht wußten, ob sich jeder der drei Gangster allein in dem betreffenden Zimmer aufhielt oder ob sie irgendwo beisammen hockten. Zumindest für Stone und Greene konnte das noch zutreffen.

»Das Ding tröpfelt also nur?« sagte ich und beugte mich in die blitzblanke Duschkabine.

»Probier's aus!« brummte Kindred. »Probier's aus und bring's in Ordnung, Mann! Ich bezahle nicht für etwas, das ich gar nicht benutzen kann.«

Ich beugte mich vor und drehte den Kaltwasserhahn auf. Tatsächlich gab die Brause nur Tropfen von sich. Ich drehte den Hahn zu und versuchte, die abgelaufene Zeit zu schätzen. Umständlich ging ich neben dem Werkzeugkasten in die Knie und kramte in dem Gewirr von Schraubenziehern, Schlüsseln und Zangen.

Die drei Minuten würden verticken, ohne daß ich eine Chance bekam, mein Walkie-talkie aus der Tasche zu ziehen. Kindred sah nicht so aus, als ob er mich allein lassen würde. Branchenübliches Mißtrauen, doch maßlos übertrieben. Ich hatte nicht ahnen können, was für ein Pedant er war. So etwas steht in keiner Polizeiakte.

»Von der schnellen Truppe bist du auch nicht, was?«

Ich hob den Kopf und sah ihn grinsen. War da ein Lauern in seinen blaßblauen Augen? Er klemmte sich die Zigarette in den Mundwinkel und ließ ein Glas mit Wasser vollaufen. Anschließend leerte er das Glas in einem Zug.

»Wir machen ordentliche Arbeit«, behauptete ich. »Keine schnelle Schlamperei.« Ich nahm eine Rohrzange aus dem Kasten, richtete mich auf und trat mit einem Fuß in das Duschbecken. Scheinbar in aller Ruhe begann ich, die Verschraubung der Wasserhähne auf festen Sitz zu überprüfen.

Ich hörte, wie Kindred sein leeres Wasserglas wegstellte. Das Wasser rauschte kurz, und dann erlosch seine Zigarette zischend, als er sie ins Becken warf. Seine Schritte näherten sich.

Ich hantierte mit der Zange an den Rohrschellen. Hölle und Teufel, ich konnte nicht länger warten. Ich mußte die

Entscheidung erzwingen. Dieser Krauskopf dachte nicht im Traum daran, mich auch nur eine Sekunde aus den Augen zu lassen.

»Ein Klempner bist du aber nicht«, sagte er plötzlich direkt hinter mir.

Ich drehte mich um und wollte ihn höflich, aber bestimmt eines Besseren belehren. Mein Lächeln erstarb im Ansatz.

Ich blickte in die Mündung einer Beretta, Modell 951.

»He, he!« versuchte ich es trotzdem. »So was erlebe ich aber selten, Sir. Solche Scherze können Sie mit mir nicht ...«

»Halt den Rand!« zischte er. »Von welchem Verein kommst du? Von der Konkurrenz? Oder von den Bullen?«

»Von der schnellen Truppe«, sagte ich.

Den Moment, in dem er mich verdutzt anstarrte, nutzte ich. Eine halbe, blitzartige Körperdrehung genügte. Ich ließ die Rohrzange schräg von unten hochzucken.

Einen Bruchteil seiner Schrecksekunde hatte er noch nicht überwunden. Genug für mich. Die Zange traf ihn an der Unterseite seines rechten Handgelenks.

Die Beretta bellte hell und trocken. Eine Handbreit rechts von mir zersplitterte die Kugel die Duschverkleidung. Kindred schrie vor Schmerz.

Ich ließ die Zange fallen und benutzte meine Handkante, um ihm die Pistole aus den schon halb gelähmten Fingern zu fegen. Sein Schrei steigerte sich zu wildem Gebrüll. Wut und Schmerz brachten ihn fast um den Verstand.

In einer Atempause hörte ich draußen Schritte. Sie klangen hohl unter dem Vordach.

Mit einem Rammstoß beider Fäuste trieb ich den Krauskopf von der Dusche weg. Er wankte, stolperte und ruderte mit den Armen. Ich machte kurzen Prozeß und feuerte eine Serie von Handkanten auf ihn ab, die ihn gegen die Wand schleuderte. Er sackte mit dem Rücken daran zu Boden.

Vor dem Gebäude röhrte ein Automotor auf. Reifen kreischten. Der Motorenlärm entfernte sich.

Dann eine Folge von hackend klingenden Schüssen. Phils Smith & Wesson tönte dumpf dazwischen.

Ich nahm mir nicht die Zeit, dem Bewußtlosen die stählerne Acht zu verpassen. Mit langen Sätzen stürmte ich durch den Wohnraum, riß die Tür auf, wich zwei Yards zurück und schnellte dann hinaus.

Mit einem Salto überquerte ich die Veranda, federte auf dem Asphalt der freien Parkbucht ab und sah im Hochkommen, wie ein hellblauer Chevy nach rechts stadteinwärts in die Haines Avenue abbog. Der Platz vor den Nachbarzimmern war frei.

Geduckt erreichte ich mit zwei Schritten den Klapper-Dodge, hinter dessen Heck Phil in Deckung lag. Den 357er zog ich im Laufen.

Mündungsblitze zuckten aus der halboffenen Tür neben Kindreds Bude.

Ich kroch bis zum rechten Vorderreifen des Lieferwagens und feuerte an der Stummelschnauze vorbei.

Meine Kugeln rissen Splitterfasern aus dem Türrahmen. Phil kriegte Luft. Sein Smith & Wesson bellte in rascher Folge. Die hackende Automatik im Motelzimmer verstummte.

Ich jagte meine nächste Kugel in den halbdunklen Türrahmenspalt.

Ein spitzer Schmerzenslaut. Etwas polterte. »Feuerschutz!« rief ich und sprintete im selben Moment los.

Phil schickte zwei Kugeln in den Türrahmen.

Dann war ich zur Stelle, fegte die Tür mit einem Schulterstoß nach innen und erfaßte die Situation innerhalb von einer Hundertstelsekunde. Greene kauerte gleich links gekrümmt an der Wand.

Ich trat ihm die Pistole aus der Hand. Das mattschwarze Ding segelte quer durch den Raum.

Floyd Greene schrie auf. Es mußte der Schreck sein. Denn ernsthafte Schmerzen konnte er nicht haben. Die Kugel hatte ihm lediglich über der rechten Schulter eine Furche ins Jackett gerissen.

Ich gab Phil das Zeichen zur Entwarnung.

Mein Freund und Kollege richtete sich hinter dem Dodge-Kastenwagen auf. Ich sah, daß er das Walkie-talkie schon in der Hand hatte. Die uniformierten Kollegen würden sich um den hellblauen Chevy mit Stone an Bord kümmern. Ich hörte, wie Phil das Kennzeichen durchgab. Er mußte es abgelesen haben, als ich Kindred noch den Klempner vorgespielt hatte.

Ich verpaßte Greene die stählerne Acht, zog ihn hoch und klopfte ihn rasch ab. Er hatte keine weiteren Eisenwaren bei sich.

Im Gesicht war er graugrün. Er stierte mich an, und ich sah, daß er überhaupt nicht begriff, was sich abspielte. Ich bugsierte ihn auf das Bett, wo er sich seinen Schmerzen hingeben konnte.

Dann lief ich nach nebenan. Phil war noch mit seiner Funkdurchsage beschäftigt.

Kindred stöhnte und machte soeben Anstalten, aus der Bewußtlosigkeit zu erwachen.

Ich packte ihn am Kragen, stellte ihn auf die Beine und brachte ihn nach draußen. Phil war mit seinen Handschellen zur Stelle, ließ sie um die Handgelenke des Krausköpfigen schnappen und nahm ihn mir ab, um ihn zu Greene in das andere Zimmer zu bringen.

Phils Gesicht war starr, als er mich ansah. Er suchte nach Worten, was bei ihm selten der Fall ist.

»Was ist passiert?« sagte ich tonlos. Meine jäh aufsteigende Ahnung war mehr als nur eine Ahnung.

»Captain Arling.« Phil preßte die Lippen aufeinander,

daß die Gesichtshaut ringsherum weiß wurde. »Die Cops haben es eben über Funk erfahren. Diese Mordbestie hat ihn eiskalt abgeknallt.«

Er nannte mir die wenigen Einzelheiten, die schon bekannt waren.

Und Liza Moore war verschwunden.

Ich hatte das Gefühl, daß mir jemand den Boden unter den Füßen wegriß.

»Wir haben am falschen Ende angesetzt«, sagte ich zwischen knirschenden Zähnen. »Verdammt, wir hätten das verhindern können.«

»Wie denn?« knurrte Phil. »Dieser Killer ist teuflisch raffiniert. Wenn wir Liza mit einem Riesenaufgebot umgeben hätten, dann hätte er sich eine andere Methode ausgedacht. Außerdem – wie sollten wir denn wissen, daß er sich wie ein Amokläufer aufführt? Der Mann ist nicht mit normalen Maßstäben zu messen.«

Ich konnte meinem Freund nicht widersprechen.

Radio Cars rollten auf das Motelgrundstück. Uniformierte Beamte kamen und nahmen uns die beiden Festgenommenen ab. Die Gesichter der Cops waren wie aus Stein.

Für Polizeibeamte ist es der schlimmste Schock, wenn es einen aus ihrer Mitte erwischt. Was nicht heißt, daß er den Tod anderer Menschen geringer einstuft. Aber die Tatsache, daß ein Polizeibeamter sein Leben im Dienst für die Allgemeinheit verliert, trifft seine Kollegen mit grausamer Härte. Denn jeder von uns weiß, daß er morgen der Nächste sein kann.

Die beiden engsten Vertrauten des Syndikatsbosses wurden abtransportiert. Greene brauchte nicht einmal einen Ambulanzwagen. Die Kugel hatte auf seiner Schulter nur eine Schramme mit einem Bluterguß hervorgerufen. Die Cops würden ihn vom Polizeiarzt behandeln lassen.

Eine neue niederschmetternde Nachricht erreichte uns über Funk.

Der hellblaue Chevy war zwei Häuserblocks weiter aufgefunden worden – harmlos parkend, als wäre es die selbstverständlichste Sache der Welt. Stone war clever genug gewesen, vorzusorgen. Er hatte dort für alle Fälle ein anderes Fahrzeug bereitstehen gehabt. Wir hatten das Nachsehen und nicht die leiseste Ahnung, mit was für einem fahrbaren Untersatz der Gangster jetzt durch die Gegend kurvte.

Wir konnten nichts weiter tun, als eine erneute Personenfahndung zu veranlassen. Diesmal nur nach Stone. Die Fotokopie, auf der auch seine Beschreibung stand, hatte jeder Cop in Rapid City noch in der Tasche. Ob es etwas nützte, war eine andere Frage.

Wir nahmen uns das Zimmer vor, das Stone bewohnt hatte. Der Syndikatsboß war kein Pedant wie Kindred. Kleidungsstücke lagen verstreut. Der kleine Fernseher lief noch. Im Aschenbecher verqualmte die Zigarette. Daneben eine Flasche Whisky, eine Flasche Wasser und ein halbvolles Glas.

Zum Trost hatten wir ein paar Fingerabdrücke Stones.

Ich durchsuchte die Schränke, während sich Phil nach etwaigen geheimen Winkeln im Wohnraum und in der Dusche umsah.

Ohne Erfolg.

Natürlich war Stone ein cleverer Bursche. Was, zum Teufel, erwarteten wir? Daß er sämtliche Unterlagen über seine illegalen Geschäfte herumliegen ließ – für uns zur Selbstbedienung?

Nein, ein Mann wie Stone hatte nichts bei sich, was ihn belasten konnte. Wer in seiner Branche zur Spitze gehörte, der hatte alles im Kopf, was er wissen mußte.

Wir wollten den Raum verlassen, als das Telefon schrillte.

Ich ging zurück und meldete mich.

»Sind Sie einer von den G-men, Sir?« Die Stimme klang gehetzt. Es war Moriarty, der Mann von der Rezeption.

»Ja.«

»Da ist einer dran, der seinen Namen nicht nennen will. Er will den Oberbullen sprechen. So hat er sich ausgedrückt, Sir.«

»Verbinden Sie!« sagte ich rasch und winkte Phil herbei.

Er war sofort zur Stelle. Ich hielt den Hörer halb vom Ohr weg, so daß er mithören konnte.

In der Leitung knackte es.

»Mit wem spreche ich?« Eine glatte, im Grunde nichtssagende Stimme. Nur abgrundtiefer Haß war herauszuhören. »Vorweg eins, damit das klar ist: Sie werden alle Fragen beantworten und meine Anweisungen befolgen. Keine Gegenfrage. Keine Hinhaltetaktik. Denn ich habe Liza Moore. Also noch mal: Mit wem spreche ich?«

»Cotton. Jerry Cotton, Special Agent des FBI.« Über den heiseren Klang meiner Stimme wunderte ich mich nicht. Ich hatte verdammte Schwierigkeiten, mich zu beherrschen. Doch mit barschen Worten erreichte ich überhaupt nichts. Nicht bei diesem Mann, den ich da in der Leitung hatte.

»Bist du in verantwortlicher Position?«

»Ja. Ich leite den Einsatz gegen Sie.«

Er lachte schallend, daß die Membrane klirrte. »Einsatz? Ob es einen Einsatz gegen mich gibt, entscheide ich. Ich ganz allein! Klar?«

»Natürlich«, antwortete ich gezwungenermaßen.

»Gut. Ich habe keine Lust, Belanglosigkeiten auszutauschen. Dazu ist meine Zeit zu schade. Im übrigen: Ich benutze ein Autotelefon. Versucht also nicht, mich zu orten! Es wird euch doch nichts nützen. Liza sitzt übrigens neben mir. Willst du sie hören?«

»Ja.« Ich bemühte mich, meine Stimme so ruhig wie möglich klingen zu lassen.

»Warte einen Moment ...«

Ich wechselte einen Blick mit Phil. In seinen Augen las ich die Härte der Entschlossenheit. Wir würden alles einsetzen, was wir hatten – ohne Rücksicht auf unser eigenes Leben. Wir würden Liza herausholen.

Ein Ächzen, eher ein Gurgeln war zu hören. Er hatte sie geknebelt.

Nach drei Sekunden meldete er sich wieder.

»Alles klar? Sie ist am Leben, und sie bleibt es auch. Schließlich wollen wir uns mit ihr einigen. Stone und ich wollen die ganze Sache in Ruhe über die Bühne bringen. Das ist doch auch in eurem Interesse, nicht wahr?«

Er log. Ich hörte es aus jeder Silbe. Es war hanebüchener Unsinn, den er da von sich gab.

»Selbstverständlich«, sagte ich. »Nennen Sie Ihre Bedingungen.«

»Was für Bedingungen?«

»Dafür, daß Sie Liza Moore freilassen.«

»Bedingungen!« Er lachte wieder. »Du wirst dich nach meinen Anweisungen richten, G-man.«

»Ich höre.«

»Wir treffen uns an Ort und Stelle. Du erinnerst dich an die Hütte der Wildhüter?«

»Allerdings.«

»Gut. Du kommst allein. Gegen Waffen habe ich nichts einzuwenden. Denn ich werde es mit dir austragen. Wenn du besser bist als ich, kannst du Liza haben.«

Ich antwortete nicht sofort, obwohl seine Wahnsinnsforderung nicht überraschend für mich klang. Aber er sollte die Genugtuung haben. Es war ein erster Schritt, ihn von falschen Voraussetzungen ausgehen zu lassen.

Er sollte sich daran weiden, daß er mich total geschockt hatte.

»Da schluckst du, was?« höhnte er. »Aber du hast richtig gehört, Oberbulle! Ich will kein Lösegeld. Ich will einen fairen Wettkampf. Ist das nicht sportlich gedacht?«

»Für fairen Sport hatte ich schon immer etwas übrig«, knurrte ich.

»Na also!« lachte er. »Dann treffen wir uns - sagen wir - in zwei Stunden in der Blockhütte. Klar, daß du allein kommst, Cotton. Wenn nicht, siehst du nicht mal meine Hacken. Ich kenne mich in dieser Gegend besser aus als jeder andere. Versucht also nicht erst, euch anzuschleichen!«

»Ich richte mich nach dem, was Sie sagen«, entgegnete ich.

»Fein!« rief er. »Richtig schön, wenn einem ein G-man aufs Wort gehorcht.«

Dann legte er auf.

Phil und ich sahen uns sprachlos an.

»Ich muß es tun«, murmelte ich schließlich.

»Niemand kann dich dazu zwingen«, entgegnete mein Freund leise. »Ich würde den Job für dich übernehmen. Für Liza. Sie ist ein verdammt nettes Girl.«

Ich zog überrascht die Brauen hoch.

Schritte näherten sich von draußen. Uniformen waren durch die offene Tür zu erkennen. Ein Beamter in Zivil trat ein. Wie bei Einsätzen Vorschrift, hatte er die Dienstplakette außen an die Brusttasche seines Jacketts geklemmt.

»Lieutenant Murphy«, stellte er sich vor. »Ich bin Chief Arlings Stellvertreter, und ich würde gern wissen, wie es weitergehen soll.« Bitterkeit klang überdeutlich aus seiner Stimme. Er konnte es kaum ertragen, jetzt nicht die Zügel in der Hand zu haben.

Phil und ich hatten volles Verständnis dafür. Aber ohne

Besonnenheit würden wir überhaupt nichts erreichen. Wir sagten es ihm und klärten ihn über den Stand der Dinge auf.

»Es hätte keinen Sinn, jetzt mit dem Kopf durch die Wand zu wollen«, fügte ich hinzu. »Liza Moore müßte die Konsequenzen tragen.«

Der Lieutenant senkte den Kopf.

»Ich weiß«, sagte er dumpf. »Trotzdem würde ich am liebsten ein paar Hubschrauber nehmen und die Berge mit Bomben und Maschinengewehren beharken, bis ich weiß, daß von dieser Bestie nichts mehr übrig ist.«

»Ich gehe allein«, sagte ich mit hartem Lächeln. »Und ich bitte Sie, Lieutenant, Ihre Beamten dem Kommando meines Kollegen zu unterstellen. Ich bin nämlich sicher, daß ich die Probleme nicht allein lösen werde.«

Phil nickte nur. Er brauchte nichts zu sagen. Wir verstehen uns in solchen Fällen ohne Worte. Dafür arbeiten wir lange genug zusammen.

Ich fuhr einen Dodge Ramcharger mit Allradantrieb. Der Wagen stammte aus dem Fuhrpark der Metropolitan Police und war mit Funk ausgerüstet.

Das bullige Fahrzeug unterschied sich äußerlich nur wenig von dem Ford Bronco. Unter der Haube werkelte dumpf dröhnend ein kraftvoller Achtzylindermotor, und das Fahrwerk war erträglich weich. Ich ertappte mich bei solchen Gedanken, während ich durch das Industriegelände kurvte und am Verlagsgrundstück vorbei auf die Berge zujagte.

In den Gebäuden des Rapid Chronicle brannte noch Licht. Die Morgenausgabe der Zeitung würde rechtzeitig wie immer ausgeliefert werden – mit dem Nachruf auf Andrew Moore. Er war größtenteils von seiner Tochter verfaßt worden, die sich jetzt in der Gewalt des brutalsten

Mörders befand, der mir jemals über den Weg gelaufen war.

Die Helligkeit blieb hinter mir zurück. Die Scheinwerfer fraßen sich über die Schotterfahrbahn in die Dunkelheit.

Zur Orientierung hatte ich lediglich noch einen Suchscheinwerfer, der an die Windschutzscheibe gepappt war.

Diesmal, bei Nacht, kam mir die Strecke wesentlich kürzer vor. Ich durchquerte das Tal mit dem Bach, das mich so sehr an eine Westernfilmszene erinnert hatte, und wenig später erreichte ich den Bergwald, in dem der Killer meinen Ford Bronco lahmgeschossen hatte.

Ich fuhr zügig bis zur Weggabelung, bog nach links ab und ging auf Schrittempo herunter. Von rechts angelte ich mir das Funkmikro und gab meine Position an die Zentrale in Rapid City durch.

Unter meinem Hemd, auf der nackten Haut, klebte ein leistungsstarker Sender, den ich jetzt durch einen Sensordruck einschaltete.

Ich hielt das Funkmikro weg.

»Können Sie mich verstehen?« fragte ich.

»Einwandfrei«, antwortete der Beamte in der Stadt. »Ich wünsche Ihnen alles Gute, Sir.«

Ich bedankte mich, knipste das stationäre Gerät aus und konzentrierte mich auf den Waldweg.

In der Blockhütte brannte kein Licht. Die Scheinwerfer erfaßten den Vorplatz. Ich verspürte einen Druck im Magen. Bedächtig trat ich auf die Bremse und drehte den Zündschlüssel nach links.

Die Scheinwerfer erloschen. Es wurde still.

Ich hatte die Innenbeleuchtung ausgeschaltet. Deshalb konnte ich aussteigen, ohne eine scharf umrissene Zielscheibe abzugeben. Ich ließ die Tür offen und blieb vor dem Seitenholm stehen.

Der Wind rauschte in den Bäumen. In Erdnähe war es stockfinster. Heller wirkte nur das Blau des Nachthimmels, der mit Sternen gesprenkelt war. Ich zwang mich, nicht nach oben zu blicken. Meine Augen mußten sich an die Dunkelheit gewöhnen.

Kein Laut, der nicht von der Natur stammte. Irgendwo in der Weite des Waldes hinter mir schrie ein Nachtvogel. Dann wurde es wieder still.

Ich hatte gezählt. Zehn Sekunden stand ich neben dem Wagen. Lange genug. Mein Gegner hockte in seinem unbekannten Versteck und weidete sich an meiner vermeintlichen Unsicherheit. Ich beschloß, ihn zu überraschen.

Ich stieß mich vom Wagen ab und ging los.

Er hatte gesagt, daß ich ihn in der Blockhütte treffen sollte. Ich entsprach also haargenau seinen Anweisungen.

Über den Schotter erreichte ich den ansteigenden felsigen Boden, der stellenweise mit Moos bewachsen war.

Durchdringender Geruch stieg mir plötzlich in die Nase. – Benzin!

Ich verharrte und lauschte. Ein Plätschern war nicht einmal zu hören. Es rann lautlos. Von wo, vermochte ich nicht festzustellen. Ich spürte nur, daß sich der Geruch verstärkte.

Ich ging mit schnelleren Schritten weiter auf die Hütte zu. Bis auf drei Yards kam ich heran.

Eine Feuerspur loderte jäh rechts von mir auf.

Ich zuckte herum.

Die Flammen rasten den Hang hinunter. Sie kamen von oberhalb der Hütte und erreichten in Sekundenschnelle den Dodge Ramcharger. Unter dem Wagen hatte sich eine Lache gebildet. Eine wabernde, gierig züngelnde Lohe entstand.

Ich warf mich hinter einen Felsbrocken, der zum Greifen nahe vor der Hütte war.

Flammen umhüllten den Geländewagen und verwandelten ihn in einen glühenden Ball. Die Explosion erfolgte nach weniger als einer Minute.

Ich hatte das Gefühl, als würde ich von der Druckwelle ein Stück angehoben. Blechteile wirbelten durch die Luft. Glühende Brocken von Reifengummi dazu. Wenn es keinen Waldbrand gab, dann nur, weil der Boden noch genügend Feuchtigkeit gespeichert hatte.

Der Killer wartete, bis das Feuer fast niedergebrannt war.

Ein einzelner Scheinwerfer flammte auf, etwa dort, wo er seinen Benzinkanister ausgekippt hatte.

Das grelle Licht riß mich erbarmungslos aus der Dunkelheit.

Ich dachte nicht daran, mich wie einen Hasen abknallen zu lassen. Reaktionsschnell rollte ich mich nach links, zog den 357er in der Bewegung und feuerte, als ich beide Ellbogen auf dem Boden hatte.

Im Nachhall des Schusses war das Zersplittern des Scheinwerfers zu hören.

Ich federte hoch und war mit einem Satz in der offenen Tür der Blockhütte.

Wieder wurde es hell.

Ich erstarrte.

Diesmal war es die Innenbeleuchtung der Hütte. Unter anderen Umständen hätte ich sie als behaglich empfunden.

Er stand mir gegenüber und berührte die gerade hineingedrückte Sicherung noch mit der Linken.

Ich hätte den Smith & Wesson nur hochzureißen brauchen. Vielleicht wäre ich mit dem Abdrücken sogar schneller gewesen als er.

Nur vielleicht.

Denn in seiner Rechten ruhte ein langläufiger Colt, Modell Peacemaker, wie sie ihn damals im Westen verwendet hatten. Die Mündung zeigte auf den Boden.

Daß er teuflisch schnell war, wußte ich. Denn Captain Arling hatte ihn nicht bezwungen.

»Daß ich dich mit dem Vehikel zusammen rösten könnte, habe ich nicht ernsthaft angenommen«, sagte er und grinste unter seinem Stetson. »Ich wollte dir hauptsächlich zeigen, daß du keinen Grund hast, auf übermütige Gedanken zu kommen.«

»Wo ist Liza Moore?« stieß ich hervor.

Er lachte. »Nicht hier natürlich. Hast du das im Ernst angenommen? Ich hatte dir einen fairen Wettkampf versprochen. Selbst wenn du der Bessere bist, werde ich Liza nicht als Druckmittel verwenden. Ich denke, das ist verdammt anständig von mir.«

Er meinte es allen Ernstes so, wie er es sagte. Das las ich in dem breiten, glatten Gesicht mit den seltsamen Furchen in der Gegend der Mundwinkel. In der Pupillentiefe seiner blauen Augen lag etwas Entrücktes, das sich allen Ergründungsversuchen entzog.

»Werde ich erfahren, wo sie ist?« versuchte ich es noch einmal.

»Aber natürlich. Stone hat sie bei sich. Er ist euch entwischt, und ich habe ihm das bißchen Sicherheit gegeben, das er so dringend braucht. Ohne seine Handlanger ist er ein fast hilfloser Mensch.«

Er blies die Luft durch die Nase. »Ich nehme an, du trägst einen Sender am Leib. Du müßtest ein Trottel sein, wenn du es nicht tätest. Folgendes also: Stone sitzt mit dem Girl im alten Sägewerk von Steamboat Rock. Deine Kollegen sind dort herzlich willkommen, damit er ihnen seine Bedingung mitteilen kann. Wenn ich hier fertig bin, folge ich ihm. Ich denke, wir werden mit einem Hubschrauber fürs erste zurechtkommen. Unterwegs entscheiden wir uns, welchen Flugplatz wir für den Weiterflug mit einer Langstreckenmaschine ansteuern.

Oder wir nehmen eine Hochseeyacht. Mal sehen. Für Liza wäre eine Million Bucks als Lösegeld wohl angemessen. Und wir lassen sie frei, sobald uns die Südamerikaner mit offenen Armen empfangen haben.«

»Ich habe einen Sender«, sagte ich. »Und die Bedingungen werden natürlich erfüllt.«

Er lachte schallend und brauchte eine Weile, um sich zu beruhigen. »Diese Art von Scheinheiligkeit kenne ich. Aber egal. Klar, daß ihr euch an die Bedingungen haltet. Weil ihr keine andere Wahl habt.«

Er beugte sich vor. »Übrigens, ich habe mich noch nicht vorgestellt, glaube ich. Mein Name ist Lucky Lansing. Du wirst ihn nicht mehr verbreiten können, aber deine Kollegen hören ja mit. Irgendwann, in ein paar Jahren, bin ich wieder in den Staaten. Mit einem falschen südamerikanischen Paß.« Er lachte erneut. »Dann geht es erst richtig los, Cotton. Darauf kannst du dich verlassen. Dann suche ich mir einen besseren Partner als Stone, der außer Sprücheklopfen nicht viel drauf hat.«

Ich schwieg. Es gab einfach nichts zu sagen. Diesen Mann konnte ich nicht zur Vernunft bringen.

Minutenlang stand er mir gegenüber, als überlegte er, welchen nächsten Schritt er unternehmen sollte.

Dann entschloß er sich, mir seine technischen Spielereien vorzuführen. Draußen gab es noch eine ganze Batterie von Standscheinwerfern, die er von der Hütte aus fernbedienen konnte. Desgleichen den Kippmechanismus mit dem Benzinkanister. Für die Zündung hatte er einen einfachen Kabelzünder verwendet.

Er war stolz wie ein Kind, als er mir das alles zeigte.

Der Dodge war inzwischen fast ausgebrannt. Obwohl ich es nicht direkt sehen konnte, erkannte ich es doch daran, daß die feurige Helligkeit draußen nachgelassen hatte.

Aus dem Stand heraus schnellte er plötzlich nach hinten weg. Seine Bewegung hatte nicht den winzigsten erkennbaren Ansatz gehabt.

Ich riß den Revolver hoch.

Krachend flog die Küchentür zu.

Ich konnte meinen Zeigefinger gerade noch bremsen, um nicht eine sinnlose Kugel zu verschwenden.

Daß es eine Falle sein konnte, wußte ich. Trotzdem zögerte ich keinen Atemzug lang.

Mit der linken Schulter rannte ich gegen die Tür an, schmetterte sie nach innen und landete mit flachem Sprung in dem kleinen Raum. Ich vermied es gerade noch, mir den Schädel an dem Schrank gegenüber einzurennen. Hier hatte ich mich mit den Konserven für den Fußmarsch versorgt.

Die Küche war leer.

Ich stellte es fest, kaum daß ich hochgefedert war. Da gab es keine weitere Tür, keine Verbindung zu einem anderen Nebenraum.

Ich glaubte schon, meinen Sinnen nicht mehr trauen zu können, als ich einen kühlen Luftzug spürte.

In der mit Profilholz ausgekleideten Wand neben dem Küchenschrank sah ich eine Klappe, die nur deshalb zu erkennen war, weil sie noch einen Spalt breit offenstand. Ich riß sie auf, hielt aber genügend Seitenabstand.

Wie ein Schwall strömte die naßkalte Luft herein.

Schritte hallten wie aus der endlosen Ferne eines Tunnels. Keine Schüsse. Wollte Lansing mir entwischen?

Ich konnte es mir beim besten Willen nicht vorstellen.

Der Raum war voller Staub und Spinnengeweben, die Fensterscheiben jedoch noch intakt. Es war früher ein Büro gewesen, aus dem die Inhaber und die leitenden Angestellten das gesamte Sägewerk überblicken konnten.

»Leider können wir kein Licht machen«, sagte der

Mann aus der Dunkelheit. »Aber ich nehme an, Sie würden meinen Anblick sowieso nicht besonders erbaulich finden.«

»Sie treffen den Nagel auf den Kopf«, antwortete Liza. Sie hatte ihre Nervenstärke wiedergewonnen und war von dem eisernen Willen beseelt durchzuhalten. Sie wußte aber auch, daß ihr Leben an einem seidenen Faden hing.

Der Mann lachte verhalten. Es klang wie ein Grunzen. Er sagte nichts mehr. Ohnehin war er nicht sehr gesprächig gewesen, seitdem Lansing ihn hierhergeführt hatte.

Der Fremde war mit einem dunklen Toyota Landcruiser an einem Treffpunkt in den Bergen aufgekreuzt, den sie wahrscheinlich vorher vereinbart hatten. Lansing hatte dort seinen Pontiac Sunbird gegen einen Ford Pickup ausgetauscht.

Und er hatte ihr den Knebel abgenommen, nachdem er sie auf den mit fingerdickem Staub bedeckten Stuhl gesetzt und daran festgebunden hatte.

Liza hatte den hochgewachsenen Fremden nur kurz im Schein der Wageninnenbeleuchtung gesehen. Ein kantiger Mann mit rostbraunem Haar und verwittert wirkenden Gesichtszügen. Er sah älter aus, als er vermutlich war.

Hinter der hohlen Hand ließ er sein Feuerzeug aufflammen und zündete sich eine Zigarette an. Beim Rauchen barg er die Glut nach alter Soldatenmanier.

»Es tut mir außerordentlich leid, daß wir uns unter diesen Umständen begegnen müssen, Miss Moore«, sagte er nach einer Weile. »Mein Name ist Sherman Stone. Ich hätte mich gern zu einer normalen geschäftlichen Besprechung bei Ihnen angemeldet. Leider ließen die Umstände das nicht mehr zu.«

»Umstände?« entgegnete sie verächtlich. »Sie haben

meinen Vater umbringen lassen und wollen danach mit mir verhandeln, als wären Sie der harmloseste Mensch der Welt?«

Stone antwortete nicht sofort.

»Ich habe mich von einem jungen Heißsporn mitreißen lassen«, murmelte er nach langen Sekunden.

Lieutenant Murphy hatte die Scheinwerfer rechtzeitig gelöscht und ließ den Dienstwagen nun auf dem Aussichtsplateau knapp unterhalb des Gipfels ausrollen. Eine feste Straße führte von der Highway-Ausfahrt Black Hawk hierher. Bei Tage, so hatte Murphy erklärt, stellten Hunderte von Touristen einstimmig fest, daß der Berg tatsächlich die Form eines alten Flußdampfers hatte.

Steamboat Rock. Daher der Name.

Phil Decker schwang sich an der Beifahrerseite aus dem Wagen. Der Lieutenant folgte ihm bis zum südlichen Rand des Plateaus.

Das Tal war wie schwarzer Samt, endlos weit. Vereinzelt schimmerten im Mondlicht jene Bäume, deren Laub einen fast silbrigen Glanz hatte. Sonst war buchstäblich nichts zu sehen. Keine Menschenseele lebte in dem Naturschutzgebiet.

»Da! Sehen Sie!« rief Murphy unvermittelt.

Phil blickte in die Richtung, in die er mit ausgestrecktem Arm wies.

Rötlicher Schein war hinter einem bewaldeten Höhenzug zu erkennen. Es mochte die Stelle sein, an der Jerry von Lansing in Empfang genommen worden war. Die Entfernung betrug in Luftlinie gut fünf Meilen. Phil und der Lieutenant hatten über Funk mitgehört, was sich in der Wildhüterhütte abgespielt hatte, wie alle anderen Einsatzbeteiligten in einer Ringschaltung auch.

Jerry hatte mit Hilfe des Körpersenders durchgegeben,

daß der Killer in einem alten Bergwerksstollen verschwunden und der Dodge Ramcharger inzwischen restlos ausgebrannt war.

»Ich nehme die Verfolgung auf«, hatte Jerry weiter gesagt. Niemand hatte ihm das ausreden können, da es sich nur um eine einseitige Funkverbindung gehandelt hatte.

Phil drängte die Gedanken beiseite. Nur das Naheliegende durfte jetzt zählen. Es ging um das Leben Liza Moores, die für ihn eine bemerkenswerte Frau war.

»Wo ist das Sägewerk?« fragte er.

»Praktisch zu unseren Füßen«, antwortete der Lieutenant. »Direkt vor uns, nur hundertfünfzig Fuß tiefer. Es gibt da ein zweites Plateau, dreimal so groß wie dieses. Daran angrenzend geht es mit mäßigem Gefälle ins Tal hinunter. Der Wald rings um das Sägewerk ist von der Jahrhundertwende bis in die 50er Jahre rigoros abgeholzt worden. Die Touristen bewundern von hier oben die Wiederaufforstung, das originalgetreu erhaltene Sägewerk und die vielen Löcher in den Bergen auf der anderen Talseite. Stillgelegte Minen, wissen Sie.«

Phil brummte verstehend. Der Goldrausch in den Black Hills war zwar nicht mit dem in Kalifornien zu vergleichen, aber auch hier war einiges losgewesen.

Phils Gedanken kehrten zu den verstaubten Holzschuppen des früheren Sägewerks zurück. Lieutenant Murphy hatte ihm das Bild von der historischen Anlage in einem Touristenprospekt gezeigt.

Die Einsatzkräfte der Metropolitan Police hatten rings um das Tal Stellung bezogen. Ein direkter Vorstoß – ohne die Gefahr, von Stone bemerkt zu werden, war nur zu dem Aussichtsplateau möglich gewesen.

Jeder Schimmer von Licht würde dem Syndikatsboß sofort auffallen.

Wenn sie ihren Einsatzbefehl erhielten, konnten die

Beamten deshalb nur zu Fuß in das Tal vordringen, mit der Zielrichtung Sägewerk. Für alle Fälle waren sie mit Schnellfeuergewehren, Nachtsichtgeräten und Zielfernrohren ausgerüstet worden.

Wenn es irgend möglich war, so hatte Phil sich vorgenommen, wollte er einen Großeinsatz jedoch vermeiden.

Lieutenant Murphy und er verharrten zehn Minuten lang am Rand des Plateaus.

Kein Licht flammte unten auf.

»Er hat keinen Suchscheinwerfer«, sagte Phil erleichtert. »Damit steht es für mich fest.«

Murphy schnalzte mißbilligend mit der Zunge. »Halten Sie das wirklich für richtig, Sir? Wenn wir den Ring enger ziehen und dem Gangster vor Augen führen, daß er in der Falle sitzt, haben wir es vielleicht einfacher und weniger riskant.«

»Vielleicht«, entgegnete Phil trocken. »Genausogut kann es aber auch sein, daß er in Panik gerät und zur Waffe greift.«

»Das sehe ich durchaus, Sir. Aber was Sie vorhaben, würde man bei der Army ein Himmelfahrtskommando nennen.«

Der G-man lächelte in der Dunkelheit. »Darüber bin ich mir im klaren, Lieutenant. Aber auch bei einem Himmelfahrtskommando kann es entweder ein gutes oder ein böses Ende geben. Also setzen Sie die Beamten mit der Ausrüstung in Marsch.«

»Wie Sie wollen, Sir.«

Phil blieb, wo er war, während der Lieutenant zum Wagen ging und einen Funkspruch absetzte.

Fünf Minuten später rollte ein Dienstwagen ohne Scheinwerferlicht an den westlichen Rand des Plateaus.

Auch während dieser Zeit war beim Sägewerk kein Scheinwerfer aufgeflammt. Phil war jetzt sicher, daß sich Stone auf die Unvorsichtigkeit seiner Gegner verlassen mußte. Wesentlicher Punkt war für den Syndikatsboß aber zweifellos die Geisel. Lansing hatte unmißverständlich klargemacht, zu welchem Zweck er die junge Frau in die Gewalt Stones gegeben hatte.

Der G-man wandte sich um und ging auf leisen Sohlen zu den Beamten, die bereits begonnen hatten, die verschiedenen Ausrüstungsteile auszuladen. Sie gingen gleichfalls vorsichtig dabei zu Werke. In der Nacht war auch das leiseste metallische Klirren meilenweit zu hören.

Phil half den Kollegen, die handbetriebene Seilwinde mit Tauen an einem Felszapfen etwa in der Mitte des Plateaus zu verzurren. Danach legte er das Gurtgestell an, das mittels zweier Karabinerhaken mit dem Seil verbunden wurde.

Er überprüfte seine persönliche Ausrüstung. Smith & Wesson, Kaliber 357 Magnum, drei gefüllte Speedloader als Reserve. Flache Taschenlampe. Klappmesser. Eine Thompson-Maschinenpistole mit abgeklappter Schulterstütze. Die MPi trug er auf dem Rücken.

Die Vorbereitungen hatten eine knappe halbe Stunde gedauert.

Phil verlor keine Zeit mehr.

Zwei Beamte betätigten die Seilwinde.

Der G-man ging rückwärts, bis das Seil gestrafft war. Dann stieß er einen Zischlaut aus, als er das Seil in das Rollenlager legte und sich über die Felskante abwärts stemmte. Er schwebte in der Dunkelheit am oberen Ende der Felswand, die hundertfünfzig Fuß senkrecht abfiel.

Und Sherman Stone schien nicht die leiseste Ahnung zu haben, was sich da vor seiner Nase abspielte. Denn wenn es so gewesen wäre, hätte er spätestens jetzt seinen Scheinwerfer anknipsen und ein Scheibenschießen veranstalten können.

Diese feuchte Kälte umgab mich, als hätte ich mich in ein nasses Tuch gehüllt. Die Dunkelheit war tiefschwarz, aber ich glaubte, weit entfernt einen helleren Fleck zu erkennen.

Der Ausgang des Stollens? Auf der anderen Seite des Berges?

Ich mußte damit rechnen, daß es Abzweigungen gab. Dort konnte Lansing lauern.

Denn daß er mich in eine Falle locken wollte, bezweifelte ich keine Sekunde lang.

Ich konnte mich nur gebückt vorwärts bewegen, da der Stollen nicht mehr als fünf Fuß hoch war. Mit der Linken tastete ich an dem rauhen, feuchten Fels entlang. In der Rechten hielt ich den Smith & Wesson.

Ich zählte meine Schritte. Obwohl ich den Fuß jedesmal so behutsam wie möglich aufsetzte, hatte ich dennoch das Gefühl, mit den Schuhsohlen wahre Donnerschläge auszulösen. Der Schall schien sich in der engen Felsröhre zu vervielfältigen.

Nach fünf Schritten ertastete ich den ersten glitschigen Stützbalken. Ich hörte auf, meine Schritte zu zählen. Von nun an zählte ich nur noch die Stützbalken. Von einem bis zum nächsten brauchte ich ungefähr zehn Sekunden, bei dem Schneckentempo, in dem ich vordrang.

Ich hatte zwanzig Fünf-Schritt-Abstände hinter mich gebracht, als ich den Eindruck gewann, daß der helle Fleck beträchtlich größer geworden war. Ich meinte auch, wieder einen deutlicheren Luftzug zu spüren.

Noch war ich an keine Abzweigung gekommen. Möglich, daß es sich nur um einen probeweise angelegten Felsgang gehandelt hatte. Die Erbauer der Blockhütte hatten ihn jedenfalls als natürlichen Kühlschrank in ihren Bauplan einbezogen.

Ein Geräusch ließ mich erstarren.

Es stammte nicht von meinen eigenen Schritten. Es war

weicher. Es hörte sich wie ein rollender Ball an, der in den Felstunnel geworfen wurde.

Die Schlußfolgerung ließ mich blitzschnell reagieren. Ich warf mich hin, mit der Nase auf den Boden.

Modergeruch empfing mich.

Das Rollen kam näher. Ein leises Zischen war jetzt zu vernehmen.

Jäh ein dumpfer Schlag. Wie eine gedämpfte Explosion.

Gleißende Helligkeit erblühte vor mir, keine zehn Schritte entfernt.

Eine Blendgranate.

Ich hatte das Wort in Gedanken noch nicht zu Ende geformt, als die Schüsse einsetzten.

Peitschend stachen sie in den Stollen. Gewehrschüsse. Er hatte alles gründlich vorbereitet.

Die Kugeln zirpten über mich hinweg, und die Querschläger veranstalteten ein Höllenkonzert. Ein Geschoß prallte dicht vor mir auf den Fels, fauchte schräg über mich hinweg und deckte mich mit einer Garbe von Gesteinssplittern ein. Einer der Splitter traf meine linke Wange. Ich fühlte Blut herunterrinnen.

Ich stieß den 357er vor und spähte aus zusammengekniffenen Augen in die undurchdringliche Helligkeit.

Lansing feuerte noch immer. Ich konnte mir seine Wut vorstellen. Er hatte geglaubt, mich mit der Blendgranate zu überraschen, und mich wie eine Schießbudenfigur abknipsen wollen.

Jetzt war ich ein schlechtes Ziel.

Kurz nacheinander jagte ich zwei Kugeln aus dem Lauf.

Die Schüsse klangen, als hätte ich die Urgewalten des Donners entfesselt. Meine Trommelfelle schmerzten. Aber ich hörte kein schrilles Singen. Kein Querschläger also. Instinktiv hatte ich die richtige Visierlinie erwischt.

Die Gewehrschüsse waren wie abgeschnitten.

Ich hatte Lansing von der Stollenöffnung verscheucht. Immerhin wußte ich jetzt, daß er nicht in einer Abzweigung lauerte. Das war ein schwacher Trost. Welche Freundlichkeiten er noch für mich auf Lager hatte, konnte ich nicht einmal ahnen.

Die Blendgranate erlosch. Das grellweiße Leuchten sackte zu einem kleinen, hellen Klumpen zusammen.

Ich wartete, bis es wieder vollends dunkel war.

Lansing versuchte es nicht noch einmal mit dem Gewehr. Ein bösartiger Trick, so sagte er sich vermutlich, wirkt selten zweimal.

Leise richtete ich mich auf und setzte meinen Weg fort. Die Luft wurde spürbar trockener, und die helle Öffnung wuchs auf mich zu.

Mehrmals verharrte ich, um zu horchen.

Kein Laut war zu hören. Trotzdem wußte ich, daß mich draußen mehr als nur der Mondschein erwartete. Es war anzunehmen, daß Lansings Augen sich besser an das fahle Licht gewöhnt hatten. Es wäre Selbstmord gewesen, langsam und vorsichtig aus der Stollenöffnung zu kriechen.

Ich näherte mich dem Ende des Felsgangs bis auf zwei Yards. Dann schob ich den 357er ins Holster und spannte die Beinmuskeln an. Kurzentschlossen schnellte ich los. In flachem Sprung fegte ich ins Freie und überschlug mich auf dem steinigen Untergrund zweimal, dreimal, einen Hang hinunter.

Mit Mühe bremste ich meinen Schwung, kam hoch und wollte mich geduckt nach einer Deckung umsehen.

Ein grollendes Geräusch hielt mich davon ab. Ich verharrte kauernd.

Ein Geräusch, das mir die Nackenhaare sträubte.

Hoch über mir rumpelte etwas. Steine polterten auf Steine. Helle und dumpfere Laute von kleinen und größeren Brocken. Das Rumpeln schwoll rasch an. Es wurde zu einem Dröhnen und Brausen.

Eisiger Schreck durchfuhr mich.

Ich konnte Lansing nicht sehen. Aber ich konnte ihn mir vorstellen, wie er dort oben hockte und mit teuflischem Grinsen die Geröllawine auslöste.

Er wollte mich buchstäblich steinigen!

Das Dröhnen schwoll an und näherte sich rasend schnell.

Es gab keine Deckung. Nur den steinigen Hang, der so flach wie ein schräggestelltes Brett war. Einzige Rettung war die Stollenöffnung fünf Yards über mir.

Ich konnte es schaffen! Ich zögerte keinen Atemzug lang und sprintete los.

Wahrscheinlich rechnete Lansing damit, daß ich genau dies tat. Sollte er! Es gab keine andere Möglichkeit für mich.

Dabei hatte ich seine teuflischen Absichten noch nicht einmal zur Hälfte durchschaut.

Ich bekam es zu spüren, als ich noch drei Yards von der Stollenöffnung entfernt war.

Etwas krachte hart und trocken in dem herandröhnenden Gesteinsschwall.

Ein harter Schlag traf mich an der rechten Hüfte. Der Schmerz durchstieß mich mit wildem Brennen. Ich stolperte, stürzte und konnte mich gerade noch mit den Händen abstützen.

Etwas sirrte über mich hinweg. Die Geröllawine röhrte wie eine dunkle Wand auf mich zu.

Noch zwei Yards bis zum Stollen …

Wieder krachte es in den Gesteinsmassen.

Ich warf mich nach vorn, ohne auf den Schmerz zu achten, der von meiner Hüfte ausging. Jetzt wußte ich, was es war. Ich dachte an die Leibwächter, die es auf der Verfolgungsjagd zerrissen hatte.

Er spickte die Geröllawine mit Handgranaten!

Erste kleinere Gesteinsbrocken prasselten auf mich herab.

Ich stieß mich mit den Füßen ab und schob mich auf allen vieren in die düstere Öffnung.

Im nächsten Moment setzte das Getöse mit voller Wucht ein. In rascher Folge krachten jetzt die Explosionen.

Der Berg schien zu beben. Ich kroch und kroch, spürte die Feuchtigkeit des Stollens wie ein Labsal und wußte, daß ich noch am Leben war.

Der Schmerz in der Hüfte erschien mir lächerlich. Ja, ich war dankbar für diesen Schmerz, denn er hatte mir das Leben gerettet. Wäre ich nicht gestolpert, hätten mich schon die Splitter der ersten Granate getroffen.

Keuchend verharrte ich.

Das Rumpeln und Tosen hielt immer noch an.

Langsam richtete ich mich halb auf und drehte mich um. Noch zweimal krachten Granaten, jetzt aber nur noch gedämpft zu hören.

Es gab keine helle Öffnung mehr. Nur noch schwärzeste Dunkelheit.

Lucky Lansing mußte glauben, daß ich verschüttet war.

Der Gedanke weckte jäh meine Willenskraft. Geduckt rannte ich los und stieß mir an einem der Querbalken den Kopf. Neuer Schmerz durchwühlte mich. Doch ich hielt nicht inne. Ich zog den Kopf tiefer zwischen die Schultern und lief mit langen Sätzen. Die Hände hielt ich sichernd ausgestreckt wie ein Käfer seine Fühler.

Möglich, daß ich mich verrechnete. Möglich, daß Lansing schon in der Hütte auf mich lauerte.

Wie auch immer – ich würde ihm eine Begrüßung liefern, an der er sich verschlucken sollte.

Lieutenant Murphy und seine Kollegen von der Metropolitan Police ließen den G-man langsam und ruckfrei abwärts sinken. Er hielt die Beine ausgestreckt und stützte sich behutsam ab, wenn er der Felswand zu nahe kam.

Nach und nach hatten sich seine Augen an das schwache Mondlicht gewöhnt.

Eben dies würde aber auch bei Stone der Fall sein. Der Syndikatsboß beobachtete seine Umgebung, und er hatte nach allen Seiten freies Blickfeld. Eine zu heftige Bewegung vor der senkrechten Felswand wäre ihm garantiert sofort aufgefallen.

Phil schätzte, daß er noch knapp fünfzig Fuß hatte, bis er den felsigen Boden des Sägewerksplateaus erreichte. Er hatte sich mehrmals umgedreht und sich die Umrisse der Gebäude eingeprägt.

Zwei ehemalige Lagerschuppen vorn, der erste nur etwa zehn Yards von der Felswand entfernt. Hinter dem zweiten Schuppen ein freier Platz und daran angrenzend die Maschinenhalle, über der sich in einer Art Obergeschoß die rundum verglasten Büroräume befanden.

Ein Peitschen zerfetzte die Stille.

Phil hörte den Aufschlag der Kugel haarscharf neben sich. Erst in der nächsten Zehntelsekunde folgte das Hallen des Schusses.

Die Beamten auf dem oberen Plateau reagierten sofort.

Phil sackte abwärts, fast wie im freien Fall.

Es rettete ihm das Leben.

Das zweite Geschoß fauchte über seinen Kopf hinweg, prallte gegen den Fels und orgelte als Querschläger in die Nacht hinaus.

Der dritte Schuß lag bereits viel zu hoch.

Phil zog die Beine leicht an, denn nun befand er sich bereits im Schutz der Schuppenwand.

Federnd landete er auf dem harten Boden. Er konnte

sein Gleichgewicht nicht halten, rappelte sich aber sofort wieder auf. Das Seil schlängelte sich auf ihn herab. Er löste die Karabinerhaken und lief geduckt auf die Schuppenwand zu.

Im Laufen zog er die Thompson vom Rücken und klappte die Schulterstütze aus. Schon vor dem Abseilen hatte er die Waffe auf Einzelfeuer gestellt. Mit Feuerstößen konnte er in diesem Fall nichts ausrichten. Er legte den Sicherheitsflügel herum, als er den Schuppen erreichte. Langsam bewegte er sich auf die Gebäudeecke zu.

Stone besaß ein weittragendes Gewehr mit Nachtsichtgerät. Gerade noch rechtzeitig hatte er entdeckt, was da vom oberen Plateau herabgeschwebt war.

Regungslos verharrte der G-man. Der beißende Geruch des Holzschutzmittels, mit dem die Schuppenwand getränkt war, stieg ihm in die Nase.

Vorsichtig, ohne sich zu weit vorzuwagen, spähte er zur Maschinenhalle hinüber.

Lange Unklarheit blieb ihm erspart.

Plötzlich flammte die Außenbeleuchtung der Halle auf – kleine Peitschenmastlampen, die oben an den vier Gebäudeecken befestigt waren.

Eine dröhnende Stimme erscholl. Stone benutzte ein Megaphon. Lansing hatte ihn bestens ausgerüstet.

»Herhören, Bulle! Liza Moore steht hier neben mir. Sie hat meine Pistolenmündung im Gesicht! Damit du es glaubst, werde ich jetzt ins Freie treten! Und solltest du eine Dummheit versuchen, ist sie auf der Stelle tot!«

Stille.

Phil hielt den Atem an. Er blieb, wo er war. Er spähte zu der Freitreppe, die an der Längsseite der Maschinenhalle vom Glaskasten der früheren Büros herabführte.

Er brachte die Thompson in Anschlag. Es war das einzige, was er tun konnte. Wenn es auch nur die geringste

Chance gab, mußte er feuern. Der Notwehrparagraph berechtigte ihn dazu. Leib und Leben eines Dritten waren in größter Gefahr.

Lizas Leben hing von der Nervenstärke eines skrupellosen Verbrechers ab.

Ein Schauer lief dem G-man über den Rücken. Er konnte nichts dagegen tun.

Unvermittelt schwang die Tür oberhalb der Treppe auf. Das Glas verursachte einen blinkenden Reflex.

Stone hatte nicht geblufft.

Groß und kantig schob er sich ins Freie. Sein rostbraunes Haar schimmerte im kalkigen Lampenlicht. Deutlicher jedoch der brünierte Waffenstahl vor Lizas blasser Gesichtshaut. Er hielt sie mit dem linken Arm umklammert und preßte ihr die Laufmündung der Automatik brutal in die Wange.

»Bulle!« brüllte Stone, jetzt ohne die Flüstertüte.

Phil konnte ihn dennoch gut verstehen.

»Ich höre!« brüllte er zurück.

»Laß dich blicken, mein Freund! Sei so nett und bewege dich auf den Platz, damit ich dich im Auge habe!« Sein Bemühen, höhnisch zu klingen, war herauszuhören. Doch ebenso unüberhörbar war die Nervosität, die seine Stimme vibrieren ließ. »Aber beweg dich schön langsam! Sonst könnte es sein, daß sich Miss Moore völlig unnötigerweise eine Kugel einhandelt!«

»In Ordnung, ich komme!« rief Phil laut und vernehmlich. Er verließ seine Deckung. Die Thompson ließ er nur ein Stück sinken, während er einen Fuß vor den anderen setzte. Er brauchte nur einen winzigen Moment, um die Waffe wieder in Anschlag zu reißen.

Stone stieg mit seiner Geisel die Treppe hinab. Dabei hielt er den Blick fortwährend auf die dunkle Gasse bei den Schuppen gerichtet.

Vor der letzten Treppenstufe, an der Bretterwand der

Maschinenhalle, blieb der Syndikatsboß mit Liza stehen.

Phil trat in den Rand des Lichtkreises hinaus. Es schmerzte ihn, die junge Frau in der tödlichen Gefahr zu sehen. Seine Nerven versuchten zu rebellieren, doch er hielt sie mit eiserner Kraft unter Kontrolle.

»He, so haben wir nicht gewettet!« schrie Stone schrill, und seine Stimme überschlug sich fast. »Das Schießeisen weg, Mann! Sofort weg damit, oder ...«

»Oder was?« entgegnete Phil eisig.

Er hatte den eckigen Schädel Stones in der Visierlinie.

»Oder sie stirbt!« geiferte er.

»Sie sollten aufgeben, Stone«, sagte Phil ruhig. »Nehmen Sie die Pistole weg! Ich gebe Ihnen zehn Sekunden Zeit, dann schieße ich. Es wird Ihnen nicht mehr gelingen, den Zeigefinger zu krümmen.«

Trotz der Entfernung von vierzig Yards sah Phil, wie die Kinnlade des Gangsters herabsackte. Seine Mundwinkel begannen unkontrolliert zu zucken.

»Schießen Sie, Phil!« rief Liza plötzlich. »Nehmen Sie keine Rücksicht auf mich! So schießen Sie doch! Ich bin bereit, mein Leben dafür einzusetzen, daß solche Kreaturen wie dieser Verbrecher aufhören zu existieren. Er hat meinen Vater auf dem Gewissen, Phil! Schießen Sie, und kümmern Sie sich nicht um mich!«

Für den G-man war es wie ein Schock. Eine jähe Ahnung ließ das Blut in seinen Adern stocken.

Er irrte sich nicht.

Liza nutzte die sekundenlange Fassungslosigkeit des Gangsters mit Todesverachtung. Mit einem wilden Ruck entriß sie sich seinem Griff.

Sein Reflex erfolgte um Sekundenbruchteile zu spät.

Die Automatik bellte. Doch Liza hatte sich schon zu Boden geworfen. Wirkungslos raste das Geschoß in die Nacht hinaus.

»Verfluchte Hexe!« kreischte Stone. »Stirb!«

Er senkte die Automatik.

Liza konnte es nicht mehr schaffen, aufzuspringen und davonzulaufen.

Phil zog durch. Die Thompson krachte dumpf und stieß gegen seine Schulter, doch er hielt sie in der Visierung. Die zweite Kugel traf den Syndikatsboß, als er gegen die Bretterwand geschleudert wurde. Sein Pistolenarm wurde hochgerissen, und die Waffe entlud sich in den Nachthimmel.

Zweimal bellte die Automatik, dann fiel sie aus den Fingern, in denen kein Leben mehr war.

Phil sprintete los.

Er ließ die Thompson sinken, trat die Automatik aus der Reichweite des Gangsters und war mit zwei Schritten bei Liza. Behutsam half er ihr auf die Beine. Sie schmiegte sich an ihn. Er legte die Arme um sie und spürte, wie sie zitterte.

Er blickte auf den leblosen Körper Stones hinab. Die Vorsicht war überflüssig. Der Mann konnte zu keiner Waffe mehr greifen.

Lizas schlanker Körper wurde von Schauern geschüttelt.

Phil hielt sie noch fest in seinen Armen, als die Polizeifahrzeuge auf das Sägewerksgelände rollten.

Ich rannte gegen die noch halboffene Holzklappe an und schnellte mit flachem Sprung quer durch die kleine Küche des Blockhauses. In der offenen Verbindungstür zum Wohnraum schlug ich einen Salto und kam auf der freien Fußbodenfläche federnd auf die Beine.

Aus der Aufwärtsbewegung heraus befreite ich den Revolver aus dem Holster. Dann ruckte ich herum, die Waffe im Anschlag – geduckt und sprungbereit.

Nichts. Kein Lansing.

Gab er sich etwa zufrieden?

Ich verließ mich nicht auf Vermutungen und stürmte nach vorn aus der Hütte.

Ein schrilles Gelächter wehte durch das Tal. Doch ich war nicht einmal sicher, daß es mir galt. Das Gelächter hallte als Echo von einem fernen Berghang zurück.

Ich rannte hakenschlagend über den Vorplatz und erreichte das noch warme, ausgeglühte Autowrack. Ich umrundete es und warf mich in Deckung.

Lucky Lansing hatte mich entweder überhaupt nicht oder zu spät wahrgenommen.

Ich sah ihn hoch oben auf dem Berg über der Blockhütte. Er trug seinen Reserve-Stetson auch jetzt noch. Gleißende Helligkeit riß ihn aus der Dunkelheit, als er eine weiße Leuchtkugel zündete, die an einem kleinen Fallschirm langsam herabschwebte.

Seine Aufmerksamkeit galt nicht mir.

Nein, er schien mich nicht gesehen zu haben.

Auf einmal hatte er ein Ding in der Hand, das aussah wie eine Miniaturrakete. Weiß lackiert, mit Stummelflügeln am Ende des schlanken Stahlkörpers.

Wieder dieses schrille Gelächter – wie ein Kind in diebischer Freude.

Im Schein der Leuchtkugel warf er die Fliegerbombe zielsicher auf die Hütte.

Ich sah noch, wie das weiße Etwas haargenau auf das Dach prallte.

Ich warf mich herum und ließ mich den Hang hinter dem Autowrack hinunterrollen.

Die Detonation brüllte wie ein Orkan durch das Tal. Orgelnd rauschte die Druckwelle über mich hinweg. Trümmerteile wirbelten durch die Luft. Einige davon schlugen in meiner Nähe zu Boden. Aber ich hatte Glück. Ich wurde von keinem zentnerschweren Balken erschlagen.

Der Explosionsnachhall rollte als mehrfaches Echo zwischen den Talwänden hin und her.

Nur langsam kehrte Stille ein.

Die Leuchtkugel war erloschen, als ich mich aufrichtete und zum Schotterweg hinaufstieg, den Revolver wieder in der Rechten.

Hinter dem ausgebrannten Wrack verharrte ich.

Lansing hatte einen Abstieg weiter seitlich benutzt. Mit einer starken Stablampe näherte er sich jetzt den Trümmern des Hauses. Der Lichtkegel erfaßte ein qualmendes Gewirr von zersplitterten Balken und hölzernen Dachschindeln.

Etwas schnürte meine Kehle ein. In diesem Moment wurde mir klar, daß Lansing alle Eventualitäten einkalkuliert hatte. Wäre ich nur ein paar Sekunden langsamer gewesen – ich hätte jetzt als lebendig Begrabener in dem Stollen gesessen.

Gespreizt wie ein Pfau schritt Lansing auf die Trümmer zu. Die Rechte hatte er in die Hüfte gestützt, und dabei war der Colt Peacemaker in seinem Gürtelholster sichtbar. Mit dem Lichtkegel suchte er den Trümmerhaufen ab. Klar, daß er sich vergewissern wollte, ob es nicht doch noch irgendwo eine Lücke zum Herausschlüpfen gab.

Ich hörte ihn zufrieden kichern.

Und ich erschauerte.

Ich trat zwei Schritte nach rechts von dem Wrack weg.

Schon das Knirschen des Schotters ließ ihn zusammenzucken.

»Lansing!« rief ich schneidend. »Die Hände hoch! Es ist aus und vorbei!«

Er kreiselte herum und stieß einen gellenden Wutschrei aus. Der Lichtkegel stieß in meine Richtung.

Ich jagte einen Warnschuß über seinen Kopf hinweg. Er schleuderte die Stablampe auf mich zu. Das tanzende

Licht fiel auf den Schotter. Im selben Moment war ich hinter dem Wrack in Deckung. Doch ich hatte mich getäuscht, wenn ich geglaubt hatte, Lansing würde auf mich feuern. Die Tatsache, daß ich nicht im Stollen eingeschlossen war, mußte ihn entnervt haben. Ich hörte ihn rennen.

Mit einem Satz schnellte ich hinter dem Wrack hervor. Ich sah das metallene Schimmern der Lampe. Sie war erloschen. Ich packte sie und fand den Schalter. Sie funktionierte noch. Ich lief weiter auf den Vorplatz der zertrümmerten Blockhütte zu. Im Laufen ließ ich den Lichtfinger über die Stelle huschen, an der Lansings von der Explosion umgeblasene Standscheinwerfer lagen.

Und dann hatte ich ihn. Er war nur ein Stück entfernt.

Er schrie, als er sich vom Licht erfaßt fühlte. Doch er blieb nicht stehen, sondern rannte auf einen canyonartigen Felseinschnitt zu.

»Geben Sie auf, Lansing!« brüllte ich. »Stehenbleiben, oder ich schieße!«

Ebensogut hätte ich die Felswand anbrüllen können.

Ich verharrte, brachte den Smith & Wesson mit der Rechten hoch und zog durch.

Wieder fauchte die Kugel haarscharf über seinen Kopf hinweg. Und wieder war es, als hätte ich überhaupt nicht geschossen. Lansing verschwand in dem Felseinschnitt und damit aus meinem Blickfeld.

Ich sprintete.

Drei Sekunden später hatte ich ihn wieder.

Das Stablampenlicht erfaßte ein Fahrzeug. Ein Ford Pick-up.

Ich legte die Lampe auf den Boden. Lansing schien das Licht nicht zu bemerken, das den Wagen und die Ladefläche erfaßte.

Ich zerschoß ihm mit zwei Kugeln die Hinterreifen und mit einer dritten den linken Vorderreifen.

Erst jetzt wurde er wach. Sein Wutschrei schrillte zwischen den engen Felswänden. Neben dem Pick-up ruckte er herum.

Ich sah den Peacemaker, der in seiner Rechten hochruckte. Reaktionsschnell ließ ich mich fallen und war hinter dem Blenden der Stablampe geschützt.

Er versuchte es dennoch. Mit verzerrtem Gesicht jagte er eine Kugel nach der anderen aus dem langen Lauf. Erst nach der vierten hielt er inne. Da schien er zu begreifen, daß er sich nicht seiner letzten Hoffnung berauben durfte.

Ich hatte die Trommel des 357ers im Liegen mit dem Speedloader gefüttert. Im Beidhandanschlag schickte ich zwei Kugeln auf die Reise, die das Sicherheitsglas des Ford in Krümel legten.

Lansing zuckte zusammen, als hätte er erst jetzt begriffen, daß er mich im Nacken hatte.

Ich wollte ihm die Möglichkeit lassen, sich zu ergeben.

»Schluß jetzt, Lansing!« rief ich. »Lassen Sie die Waffe fallen, dann passiert Ihnen nichts!«

Er stieß ein grelles Lachen aus und warf sich herum. Mit einem Sprung war er hinter der Motorhaube des Pick-up verschwunden.

Einen Moment lang glaubte ich, er würde dort lauern. Doch ich täuschte mich.

Seine Schritte hallten durch den Canyon.

Ich sprang auf, packte die Lampe und rannte von neuem los. Es mußte einen Weg geben, der aus dem Canyon führte. Die Richtung, in der der Pick-up stand, bewies es.

Augenblicke später hatte ich ihn wieder im Licht.

Wie von Furien gehetzt, rannte er auf ein Geröllfeld hinaus.

Ich holte auf.

»Letzte Warnung!« brüllte ich.

Noch einmal feuerte ich einen Warnschuß ab.

Lucky Lansing lachte nur.

Ich feuerte gezielt. Der 357er ruckte in meiner Faust.

Die Kugel fuhr Lansing in den rechten Oberschenkel. Er blieb stumm. Er hielt sich senkrecht, als wollte er mir nicht den Gefallen tun, ihn stürzen zu sehen.

Ich hielt den Atem an und glaubte meinen Augen nicht zu trauen.

Mit seltsam zuckenden Bewegungen drehte er sich um und hob den Revolver. Er feuerte, rückwärts wankend, als hätte er noch immer die Möglichkeit, mir zu entkommen. Ich knipste die Lampe aus und duckte mich. Schon die erste Kugel sirrte schräg nach oben.

Die nächste war die letzte, die er hatte.

Ich sah den Mündungsblitz, der fast senkrecht zum Himmel zuckte.

In das Krachen des Schusses stach ein erneuter Schrei - schriller diesmal. Der Schrei gewann einen seltsam hohlen Nachhall.

Ich schaltete die Stablampe wieder an.

Lucky Lansing war nicht mehr zu sehen.

Sein Schrei endete in einem dumpfen Schlag.

Ich senkte die Lampe ein Stück und sah nun die Felskante, die das Plateau nach Süden hin beendete.

Mit wenigen raschen Schritten lief ich hinüber.

Die Reichweite der Stablampe war eben groß genug, um ihn zu erfassen. Mit zerschmetterten Gliedern lag er in einer Schlucht in mehr als dreihundert Fuß Tiefe.

DIE BESTIE VON RAPID CITY.

So lauteten die Schlagzeilen, und so sollte er in die Kriminalgeschichte des Bundesstaates South Dakota eingehen.

Der Rapid Chronicle brachte die ausführlichsten Berichte, doch überall in den USA wurden die Storys über Lucky Lansing in Presse, Rundfunk und Fernsehen ausgewalzt.

Rapid City rückte für Tage und Wochen in den Mittelpunkt des Interesses. Das führte soweit, daß Psychologen nachträglich versuchten, das offenbar verwirrte Seelenleben des toten Mörders zu erforschen. Es gelang ihnen nicht. Zu viele Fragen blieben offen.

Bedauernswert waren nach unserer Meinung vor allem John und Mary Dale, die von dem Doppelleben ihres angenommenen Sohns nie etwas gewußt hatten.

Bevor wir Rapid City verließen, versprach Liza Moore uns, sich um die schwer getroffenen Eheleute zu kümmern. Damit hatte sie eine zweite wichtige Aufgabe. Die erste, die sie mit allem Elan in Angriff nahm, war es, den Chronicle im bewährten Stil weiterzuführen. Wir gaben ihr Kontaktadressen in New York, damit sie die Agenturberichte über das Ende des Stone-Syndikats anfordern und veröffentlichen konnte.

Greene und Kindred sollten zunächst in South Dakota vor Gericht gestellt werden. Später würden sie dann nach New York überführt werden, wo Phil und ich inzwischen die Machenschaften des nicht mehr vorhandenen Syndikats Stück für Stück aufdeckten.

Es war eine Arbeit, die in erster Linie aus dem Papierkrieg bestand, den wir abgrundtief hassen.

ENDE

Jerry Cotton ist die erfolgreichste Kriminalromanserie der Welt. Die Gesamtauflage liegt bei über 750 Millionen Exemplaren. Jerry Cotton wird in über fünfzig Ländern der Erde gelesen.

BASTEI-LÜBBE präsentiert für alle Freunde des Kriminalromans die lange vergriffenen Ausgaben der Jerry-Cotton-Taschenbücher in einer Sonderausgabe.

Der beste Mann der Mord-AG
Todesblumen aus Bangkok
Mein Mord-Kontrakt

ISBN 3-404-31926–5

BASTEI LÜBBE

Krieg in New York City – gegen die öffentliche Ordnung, gegen Recht und Gesetz und gegen die Polizei. Eine Bande brutaler Straßenschläger und Killer, die ›Master of Manhattan‹, hat sich geschworen, die Stadt unter ihre Kontrolle zu bringen. Mit allen Mitteln des Terrors. Schließlich eskalieren Gewalt, Cops werden auf offener Straße erschossen, ein Polizei-Revier überfallen und eine junge Beamtin brutal vergewaltigt. Der FBI wird eingeschaltet und eine junge Agentin als Undercover-Ermittlerin in die ›Masters‹ eingeschleust, um die Hintergründe der Gewalttaten zu durchleuchten und die wahren Drahtzieher ausfindig zu machen. Doch dieser Einsatz wird für Rose Warrington zu einem Trip in die Hölle, sie taucht ein in die finsteren Abgründe von Hass, Rachgier und absolutem Größenwahn …

ISBN 3-404-31468-9

BASTEI
LÜBBE

Ein kurzer Augenblick verändert ein ganzes Leben. Ein fataler Augenblick, in dem der erfolgreiche Wallstreet-Anwalt Ben Bradford die Beherrschung verliert und seinen Rivalen, den Geliebten seiner Frau, tötet. Ein Augenblick des Entsetzens ... und dann des eiskalten Kalküls: Ben beschließt, die Identität des Toten anzunehmen. Ein neues Leben beginnt, ein Leben stets auf der Flucht in immer neue Rollen.

In einem der spannendsten und anrührendsten Romane der letzten Jahre inszeniert Douglas Kennedy mit großem Einfühlungsvermögen das Drama eines Mannes mit geraubter Identität, ›...als hätte Patricia Highsmith eine Art Pferdeflüsterer geschrieben, eine düstere Fabel und ein unwiderstehlicher Thriller zugleich‹.

(Mail On Sunday)

›Man jagt durch das Buch und hofft, es werde nie enden.‹

(New York Times)

ISBN 3-404-14278-0

BASTEI LÜBBE

Geister werden in der Tiefe der Nacht beschworen, mit Hilfe von Zauberformeln und Ritualen. Der moderne Mensch des 20. Jahrhunderts nimmt derlei Dinge halb belustigt, halb irritiert zur Kenntnis. Nicht so Dr. Sam Towne, Leiter des Parapsychologischen Instituts der Universität New York. Er will beweisen, daß man einen Geist nicht nur rufen, sondern auch erschaffen kann – am hellichten Tage, kontrolliert von modernster Technik. Zu diesem Zweck versammelt er acht Freiwillige um sich, darunter seinen alten Physikprofessor, einen unverbesserlichen Skeptiker, und Joanna Cross, eine Journalistin, die beide gerade an einem brandheißen Fall von Betrug recherchieren. Doch das Experiment gerät außer Kontrolle. Der Geist verhindert den Abbruch der Sitzungen – und das Grauen beginnt ...

›*Hochspannung bis zur letzten Seite.*‹ (Max)

›*Fesselnde Unterhaltung bis zum überzeugenden Finale: clever und intelligent.*‹ THE TIMES

ISBN 3-404-14309-4

BASTEI LÜBBE

November 1943: Johann Halder, ein Spezialagent der deutschen Abwehr, wird mit der wohl spektakulärsten Mission des Zweiten Weltkrieges betraut: US-Präsident Franklin D. Roosevelt und der britische Premierminister Winston Churchill sollen während ihrer Geheimkonferenz in Kairo ermordet werden. Auf diese Weise könnte die geplante Invasion der Alliierten in der Normandie – eines der wichtigsten Konferenzthemen – verhindert, die Niederlage Deutschlands abgewendet werden. Halder steht an der Spitze eines Spezialkommandos, dem auch die junge und attraktive Ägyptologin Rachel Stern angehört.
Als der amerikanische Geheimdienst von dieser Mission erfährt, wird Harry Weaver mit der Eleminierung des Teams beauftragt. Doch für Weaver, Johann Halder und Rachel Stern steht mehr als der Erfolg ihrer jeweiligen Mission auf dem Spiel: Sie verbindet eine gemeinsame Vergangenheit und ein Freundschaftspakt, der nicht zu halten ist...

ISBN 3-404-14320-5

BASTEI LÜBBE